忽必烈

草原雄鹰的崛起

刘锋 著

河南文艺出版社
·郑州·

图书在版编目（CIP）数据

忽必烈:草原雄鹰的崛起／刘锋著. --郑州:河南文艺
出版社,2023.4
  ISBN 978-7-5559-1386-3

  I.①忽… Ⅱ.①刘… Ⅲ.①长篇历史小说-中国-当
代 Ⅳ.①I247.5

  中国国家版本馆 CIP 数据核字(2023)第 026135 号

选题策划　　刘晨芳　王战省
责任编辑　　王战省
责任校对　　梁　晓
书籍设计　　吴　月
责任印制　　陈少强

出版发行	河南文艺出版社	印　张	28.25
社　址	郑州市郑东新区祥盛街 27 号 C 座 5 楼	字　数	520 000
承印单位	河南瑞之光印刷股份有限公司	版　次	2023 年 4 月第 1 版
经销单位	新华书店	印　次	2023 年 4 月第 1 次印刷
开　本	700 毫米×1000 毫米　1/16	定　价	68.00 元

印厂地址　河南省武陟县产业集聚区东区(詹店镇)泰安路
邮政编码　454950　　电话　0371-63956290

目录

导言

　　多数人都承认元朝是中国历史上的一个朝代，却有不少人并不把元朝的历史真正看作是中国历史的一部分。

　　多数人都承认，一个政权抛弃了人民，最后必然被人民所抛弃；却有不少人只是谴责抛弃了政权的人民，而不去谴责抛弃了人民的政权。

　　爱因斯坦说过，国家是为人而设，人不是为国家而生存。所以，只有失去了人民的国家，没有失去了国家的人民。

　　公元1261年，忽必烈下令议修金史，却遇到一个重大困难："义例难定"。灭宋后，按隔代修史的惯例，元朝面临着要同时编修三部史书——《辽史》《金史》《宋史》的艰巨任务，关于"义例"的争论更趋激烈。这场争论持续了七十多年才最终达成共识，叫"各与正统"，即认定辽、金、宋都是这块疆域上的正式的、合法的朝廷。这个问题一解决，短短几年内，《辽史》《金史》《宋史》均告完成。这个义例此后亦一直被沿用，后来明人修《元史》，清人修《明史》，民国修《清史稿》，都不再因为哪个民族的人当统治者而怀疑那个朝廷的正统性。这个义例也从法理上确立了"大中华"的概念。

第一卷　鄂州之战

1　风云突变

　　蒙哥大汗去世的消息传到忽必烈的大帐时，忽必烈正率大军扎营江北，准备进攻南宋的咽喉要地鄂州①。同时传来的还有另一个消息：远在都城喀拉和林②的阿里不哥，已经着手准备召开忽里勒台会议③，推举他自己继承汗位。作为蒙哥最小的弟弟，阿里不哥已经在事实上统治了蒙古本土，召开忽里勒台会议只不过是履行一个程序。

　　这天夜里，忽必烈彻夜未眠，独自待在他的大帐里，直到天将拂晓，才让怯薛④长阿里海牙去把他的三位谋士叫醒，命他们火速到大帐来议事。

　　天亮后，忽必烈解衣就寝。在他酣然入睡之后，阿里海牙传下军令：不打鄂州了，全军回师北上，另有作战计划。军令里既未涉及新作战计划的具体内容，也没有说明行军的路线和目的地。虽然这是军中常有之事，但在宣布了蒙哥大汗归天的消息和全军服丧的命令之后，还是引起了一些猜测。猜测归猜测，这时候知道真相的人，除了阿里海牙，还有三位随军谋士：阿合马、廉希宪、姚枢。他们知道根本没有新的作战计划，也知道此次行动的最终目的地是他们的大本营——开平⑤。他们的任务是在回到开平之后，立即展开一场声势浩大的拥立活动，并最终把忽必烈拥立为大蒙古国大汗。他们都知道由成吉思汗确立的大汗王位继承制度，都知道继承者要通过诸王大会——忽里勒台选举产生，但是他们也都亲耳聆听了忽必烈的决断："本王知道忽里勒台！它不把本王放在眼里，本王也不把它放在眼里！"既然王爷做了决断，他们也就同样置成吉思汗的遗制于不顾了。凡供职于藩王帐下的臣僚，只能与藩王同荣辱共进退。当然，还有一点未必不重要：他们都不是蒙古人，

---

　　①　今武汉武昌。
　　②　今蒙古国境内前杭爱省西北角。
　　③　即诸王大会，由"黄金家族"及高层王公贵戚的家族首领组成，是当时蒙古帝国的最高议事形式，讨论并决定诸如汗位继承等重大事项。
　　④　贴身侍卫。
　　⑤　今内蒙古多伦西北。

阿合马是回回人，廉希宪、阿里海牙是畏兀儿人，姚枢是汉人。在内心深处，他们自然不像蒙古人那样把成吉思汗奉为天神。

忽必烈入睡很快，但睡得并不踏实，不到午时就醒了，而且再也无法入睡，只好起来。他坚信一个人不应躺着想事情。躺着想出来的主意"站"不住。好主意要么是在大帐里，要么是在马背上想出来的。

两个多时辰以前，当那三位谋士退出之后，他告诉阿里海牙他要"帐寝"。阿里海牙愣了一下，马上答应了一声"就好"。

这个规矩是在六年前，即蒙哥三年①出征大理时立下的。虽然大理只是一个小国，且多年内乱，积贫积弱，但忽必烈深知此役对蒙哥大汗、对他自己都极其重要，所以不敢有丝毫大意，便吩咐在他的中军大帐的后部，用狼皮隔出一个小间，作为他的寝室。遇有军政大事，或是需要安静，或是罢事过晚，他便在这里就寝，谓之"帐寝"。相应地，如果他要回到他日常起居的大帐休息，虽然那地方实际上也是帐篷，却称之为"宫寝"。两者真正的区别，在于当他说他要"帐寝"时，实际上是说"不要女人"。而且他的这个"不要"很彻底，不仅不要女人侍寝，甚至不能让他看见女人。因此，在他的寝帐周围，就只能有那些威武彪悍的宿卫。与六年前征大理不同，此次南征鄂州，虽然对手是大宋国，但当蒙哥大汗对合州的进击久攻不下、坏消息不时传来之后，他的将军们、谋士们乃至他本人，都对取胜没有太大的把握。出征以来的十多个月里，这还是他的第一次帐寝。即使宿卫中有一些六年前曾经从征大理的老兵，现在对这些活儿怕是也已生疏了。忽必烈是很能体恤部属的，如果因此耽误了一些时间，他不会责怪阿里海牙。

他准备等上一段时间。他踱到了那张大地图前，漫不经心地看着。这张大地图就张挂在他座位旁不远处。那儿没有墙，所以实际上不是"挂"，而是"张"在专门为此埋设的两根立柱之间。图很大，画在连缀起来的四张整牛皮上，但这并不是它被称为"大地图"的真正原因。真正的原因是它所画出的地域——那是他忽必烈内心深处的大蒙古帝国未来的疆域。这张地图是一位聂思托里安教士为他画的。迄今为止他所有的属下都画不了这么大的地图。他们平时所用的作战地图，画出的地域最大不过三百里。教士这张大地图用的是一种特殊的画法，画成以后，单是为了教会他怎样看图，就用了将近半个时辰。他因此非常感谢那位教士，可是始终弄不清教士的姓名和来自哪个国度。教士来自西方一个遥远的国度，它是那么遥远，比他的祖父成吉思汗和他的三弟旭烈兀所到过的最西的地方，还要往西很远很远，

---

①　公元 1253 年。

所以那个国家的名字虽然不长，但那个地方却超越于他的想象和理解之外，因此他不是不能而是不愿去弄清它、记住它。他径自"决定"那个国度就叫"牙牙"。教士的姓名却是真的很长，中间还分了四节或五节，他干脆"决定"让教士也叫"牙牙"。教士牙牙所来自的那个牙牙国，是大蒙古国从未征服过的地方，教士不是使者，不是商人，是来传教的，按蒙古人的习惯，是客人。客人"献"的这张地图，不是贡品，是礼物。依照蒙古人好客的传统，忽必烈收下这张地图后，封给教士一个官职作为回馈。当教士奉大主教之召回国时，忽必烈又赏赐给他许多贵重的财物，而为了让来自牙牙国的牙牙教士能把这些财物带回去，又额外赏赐给他一个马队外加一个骆驼队。

在这个无眠之夜，忽必烈在这张大地图前久久站立，久久凝视，久久沉思。最后，他下定了北返的决心。大宋国就在那里，只要他有足够的勇气和智慧，早晚是他的囊中之物，但在这之前，他先要成为大蒙古国的大汗。如果他仍然仅仅是一个"受命总领漠南汉地军国庶事"的亲王，那么即使他最终征服了大宋，那也是替别人征服的，无非是为大蒙古国拓展了一块新的属地。他的三弟旭烈兀，在奉蒙哥大汗之命征服了波斯之后，成了那里的可汗。旭烈兀对这个角色很满足，但忽必烈的抱负却是"思大有为于天下"。他必须先让自己登上大汗位，才有可能在征服大宋以后，建立起一个以中原为中心的大蒙古帝国。可是，当他的目光扫过地图上长江、汉水一线时，心里却猛然间震动了一下。似乎有什么不对。可是，问题究竟出在哪里？一时之间，他陷入良久的沉思，直到阿里海牙来请他就寝。

带着这种难以排解的心烦意乱，他仍能很快入睡，多半是由于他的自制能力。他的自制力极强。蒙古人最控制不了的两件事——女人和酒，他都能收放自如。在需要睡觉的时候，他能让自己很快入睡。等到一觉醒来，那个让他心烦意乱的困惑卷土重来，他就再也睡不着了。他认定这时最重要的已经不是睡觉，而是把那个困惑解开。

他决定在马背上完成这件事。

他睡觉时总是脱得一丝不挂。侍立在门边的宿卫见他坐了起来，即刻送来一袭睡袍。他抓过来披在身上，那宿卫已经为他撩起了寝帐的门帘。他掩好前襟走出寝帐，随即看到了侍立在门外不远处的阿里海牙。他微一颔首，阿里海牙立即紧迈几步趋到近前。

"备马，"忽必烈吩咐说，"我要去巡视各营。"

"请王爷示下，王爷要去哪几位将军的营？需要他们做哪些准备吗？"

"不，我随便走走看看，到哪儿算哪儿。"

"是。"

"还有，你就不用跟着了，回自己帐里睡一觉吧。"

忽必烈在宿卫们的服侍下梳洗穿戴完毕，走出中军大帐时，阿里海牙已经准备好一切，牵着那匹名叫"乌云"的黑马，等候在卫队的队列前面。在他的带领下，卫队整齐划一地行了军礼，发出一声喊："王爷千岁！"忽必烈一边走过去，一边挥手作答，然后从阿里海牙手中接过缰绳，随手拍了拍马的脖颈，翻身上马，一抖缰绳，纵马前行。卫士们也纷纷上马，紧随其后。忽必烈先在自己的大营中转了一圈。说是"大营"，其实并不很大，因为营中并没有作战部队，实际上只是个指挥中心。此次出征取的是攻势——忽必烈的军队还从未取过守势，不担心敌方会直袭大营，何况还有几支精锐部队部署在大营周围，形成拱卫之势。

营中一切正常。虽然已经下达了为蒙哥大汗服丧的命令，但所需的各种物料饰品尚在筹备之中，此刻还看不出明显的改变。至于将士中必定会有的议论和猜测，走马而过的忽必烈自然听不见，但是可以想到。不过，莫说这些普通将士，就是那些独当一面的将军，他也不可能一个个地耳提面命。他得通过那些能让将士们心领神会的行动，来控制、引导全军的军心士气。

出了大营，就是一片开阔的、略有起伏的田野。其实这儿原是丘陵地带，往任一方向不出一二十里，就是或大或小的山丘，很难再找到这样大一块比较平坦的地方。汉人的军队安营扎寨，喜欢依山傍水，忽必烈却要找平坦的地方，因为这种地形对蒙古骑兵最有利。忽必烈策马朝正南偏东的方向而去，他的卫队紧随其后，接着在他的左边和右边又有两队骑兵快速展开。虽说此类安排都有现成的规矩，但能够这么快地行动起来，仍得说与阿里海牙的干练有关。这时他想起阿里海牙就跟在他的后面，便微微抬了抬左手。他没有放慢坐骑的速度，也没有回头，转眼之间阿里海牙已经催马追了上来。

"不是让你回帐睡一觉吗？"忽必烈问。

阿里海牙的马等速地跟在忽必烈旁边，又恰如其分地稍稍靠后一点。听到王爷问，他在马上欠了欠身答道："虽是王爷体恤，职责攸关，末将不敢怠慢。"

"我就寝时你值宿卫，我出巡时你又跟着，你什么时候睡觉？"

"末将不用睡觉。"

阿里海牙此话一出，顿时引得忽必烈扑哧一乐，边笑边说："人每天都得睡觉，岂有不用睡觉之理？"

"禀王爷，"阿里海牙正色答道，"末将虽然来自畏兀儿，但自幼就听说过木华黎将军的故事，立志以他为榜样！"

忽必烈不笑了，赞许地点点头，又正色说道："好啊，壮志可嘉。你追随本王，自有你施展雄心的机会，但能够成就怎样的功业，却要看你自己的才干和努力了。"

阿里海牙略略一窘，欠身答道："末将的才具岂敢与木华黎将军相比，只是一片忠心、竭尽全力罢了。"

忽必烈也就宽容地一笑说："那也很好呀！"说着便抬手用马鞭一指东南方约三里之外的一座山头，"我要让乌云跑一跑，然后就在那山头上等你们。"

话音落时，胯下的乌云已经箭一般射出，忽必烈本人又披着一件黑色的大氅，人马合一，直如一团黑色的旋风卷地而去。虽然阿里海牙和卫队的士兵都是训练有素的骑手，骑的也都是百里挑一的战马，但半里之内，已经落后了一截，再往后，无论怎样奋力追赶，眼见得竟是越落越远了。

骑在飞驰向前的马背上，耳边是呼呼的风声和激越响亮的马蹄声，忽必烈的身心也进入了一种昂扬亢奋的状态。各种各样各方各面的念头纷至沓来，又一闪而过。他并未忘记时而回头一瞥，看看他的卫队。他确实具有很强烈的逞勇好强之心，因为他的血脉里流淌的是蒙古人的血液，更是成吉思汗家族的血液，但他也有足够的自制力，使他牢记自己的最高使命，正是这使命使他无权让自己轻易地身履险地。他不会让发生在蒙哥大汗身上的事在自己身上重演。他看见他曾经用马鞭指过的那座山头左侧的峡谷里，正快速地驰出一队骑兵。他忍不住发出一声响亮的欢呼。这声欢呼首先是为了他自己，然后顺带着也是为了阿里海牙。峡谷里出现的骑兵，显然也是应阿里海牙之命而来。这意味着他今天出巡可能经过的地方，都会有随时接应的护卫以防万一。如果说能想到这一点已实属不易，那么能做到这一点就更加难能可贵了。南宋军队绝不可能有这种速度！

稍后的一段路程，忽必烈不用再回头看，也知道阿里海牙正在赶上来。乌云是一匹波斯马，是三弟旭烈兀送给他的礼物。和相对矮小的蒙古马相比，这种波斯马身材高大，四腿修长，短时速度快，越障碍能力强，但耐力较差，跑不太远速度就会降下来，尤其是太娇贵、难饲养，远不像蒙古马那样能适应恶劣的环境和粗糙的饲料。波斯马适宜充当王爷的坐骑，装备部队还得是蒙古马。

忽必烈到了山顶，翻身下马，随手在柔软的马肚子上轻轻拍了几下，一松缰绳，乌云就自己在附近慢慢小跑走动起来。马在快跑之后，需要遛上相当一段时间。聪明而又训练有素的乌云，不用骑手牵着它遛。等忽必烈的喘息渐渐平稳下来，山脚处已经形成了一个可靠的警卫圈，阿里海牙率领的卫队，原在左右两翼的警卫部队，加上霸突鲁派出的接应部队，已经四股合为一处，从山腰里把这座山头围了起来。只有阿里海牙的位置更靠上一些，以便忽必烈随时都能很方便地呼唤到他。当然，没有呼唤，他也不会靠近。他知道王爷跑到这儿来，必有军国大事要谋划。

确实，忽必烈现在需要安静，以便把他在马背上得到的那些一掠而过的念头重新梳理一遍。他先走到了这座山头最南端的最高处，然后极目南眺。南方天际线下，隐隐可见一抹明亮的水光。那是长江。再往南，过了江不远，就是那座他此番南征所要攻下的城池——鄂州。守军的兵力，在人数上比他的兵力一点不少，可能少一些骑兵，但肯定有一支强大得多的水军。他相信对方对他已经有了很多的了解，可是他对对方的最高指挥官贾似道却所知甚少。然后他把目光往东移，那儿有一座山包。山包比他此刻驻足之处要低一些，他的目光可以越过那山包的顶部，看到山包后面那一片营帐。不错，那正是霸突鲁的营盘。他一夜未眠，久思而未决的问题之一，就与霸突鲁有关。大军北返之后，这儿得留下一支部队就地驻守。留多少人，特别是由谁率领，很费斟酌。谁能当此重任？别看平时总觉得帐下猛将如云，到了这种时候，竟产生一种两手空空的感觉。没有一个人能让他放心地委以此任。在可能的人选中反复权衡，最后觉得也只有霸突鲁差强人意，但仍不足以让他做出决定。莫说以后征伐南宋还要以此为基地，就是眼前为大军北返断后，霸突鲁行吗？目前蒙、宋双方都已拉开决战的架势，各自集结重兵，均号称十万，实际能用于作战的军队都有四五万之数，现在蒙军要不战而走，宋军岂肯轻易放你走掉？所以他得见一见霸突鲁，在霸突鲁没有什么准备的情况下问他两个问题，看他能做出怎样的回答，再做决定。第一个问题，如果我军北返之初，宋军就倾巢出动追杀过来，能不能以三千之众将其挡住，使我军可以从容脱身？第二个问题，如果宋军等我军走远，再以十倍之众围攻，能不能既不失地，亦避免太大的伤亡？这两种情况都可能出现，而且忽必烈也承认，换了自己，也很难对付。

实际上，在思虑此事的过程中，忽必烈想到了木华黎，所以在阿里海牙提到这位当年成吉思汗手下的名将时，他才随口就说到那个让阿里海牙受窘的才具问题。蒙古军民中间一直广泛流传着木华黎如何忠于大汗的故事。成吉思汗起事之初，有一次打了败仗，在几名亲兵的护卫下落荒而逃，天黑后，只得在草泽间席地而卧，不料又下起了大雪。木华黎与另一个叫博尔术的将军，就站在雪中张起一条毛毡，为入睡的成吉思汗遮挡风雪，通宵达旦没挪动一步。后来军民都以他们为榜样。在忽必烈的心目中，他不缺少博尔术，缺少的是木华黎。当年大蒙古国国势日盛、疆域日广，成吉思汗就把中原方面整个儿交给了木华黎，说，太行之北，他自己管；太行以南，就交给木华黎了。成吉思汗还赐给木华黎本来只有他自己才能使用的

"九旒大纛"，并传谕诸将，木华黎所发出的号令，就如同他的号令！直到木华黎死后，成吉思汗亲攻凤翔时还感慨地说，若有木华黎在，何需他亲自到此！

或许廉希宪是块料。和阿里海牙一样，廉希宪也是畏兀儿人。不同的是，廉希宪出身世家，祖上几代均为高昌世臣，直到蒙古崛起，其父布鲁海牙投附蒙古，在燕京、真定等地任职，深受中原文化影响。正值布鲁海牙任燕南诸路廉访使，遂以官为姓，子孙皆姓"廉"。廉希宪自幼笃好经史，他那手不释卷的勤学精神深得忽必烈的赏识，十九岁时即应召入侍王府，从征大理之后，做了一任京兆宣抚使，颇有政绩。忽必烈又将他召回身边，有意培养，并随同南征，参谋军机。忽必烈善于集思广益，随军谋士多达三十余人，或应召议事，或主动求见献策，唯廉希宪有事无事常被叫来随侍左右，其中自有让他增长见识之意。这一年，廉希宪二十八岁，正是增长才干的年纪。

这时乌云过来了。这匹有灵性的波斯马自己跑了一圈之后，踏着高贵的碎步回到了主人的身边。虽然它已经是旭烈兀送给他的那批马的第二代，但忽必烈仍然把它看作是三弟送给他的礼物。这种马的原产地可能还要往西，只因是旭烈兀送来的，忽必烈就认定它是波斯马。那批马从波斯出发时原有三十匹，一路上走走停停，生怕累着，走了大半年，到达时还是折损了两匹，而剩下的二十八匹，养了一年也未能完全恢复原有的神骏。幸亏旭烈兀想得周到，礼物中包括了足够的种马，有公马还有母马，因而才有乌云这一代幼马的诞生。旭烈兀连马的毛色都想到了，所以忽必烈除了乌云，还另有一匹叫"白雪"的坐骑——那是一匹浑身雪白的马，从头到脚挑不出一根杂毛。

在拖雷的正妻唆鲁和帖尼所生的四个儿子中，忽必烈和旭烈兀的关系最亲密。二人年岁相近，是真正能玩到一起的伙伴。忽必烈对他的幼弟一直很爱怜，只是稍微有点看不上他的任性。忽必烈对他的长兄一直很尊重，在为其谋取汗位的长达五年的斗争中，忽必烈和旭烈兀都曾倾尽全力；即使是前年发生的那场严重到一触即发的信任危机，最后还是以和解告终。在听到关于蒙哥大汗负伤身死的最初传闻时，他由衷地为不幸的兄长感到深深的悲伤。但无论如何，在离多聚少的日子里，他最惦记、牵挂的，还是三弟旭烈兀。

然而，当大哥归天之后，他不得不以另外的眼光来看他的两个弟弟了。四弟阿里不哥成了他的敌人，已是无可回避的事实。三弟能在多大程度上成为他的朋友，就成了一个至关重要却又没有多大把握的问题。

没有把握的事远不止这一件。夺取汗位的决心并不难下，如何实现这个决心却需要精细的谋划。在一定范围内发起一个拥立运动，然后自行宣布即位也不难，难的是怎样才能成为大蒙古国真正的大汗。他要的是一个以中原为中心的大蒙古帝国，而不是一个四分五裂的蒙古国和徒有其名的汗位。一段时间的分裂在所难免。打破成吉思汗的遗制，抛开忽里勒台宣布自己为大汗，必然导致分裂。就像汉人下围棋，这颗子一旦投下，往后必定是一盘乱棋。怎样才能把这盘乱棋走赢，每一步怎么走，先走哪步后走哪步，最要紧的几颗关键子应该在什么时候投下，都容不得有丝毫的差错，稍有不妥都可能导致满盘皆输。而棋盘上的每一颗子，每一步棋，变成实际行动时往往又成了一盘棋。即如眼前，要留下一支人马驻守断后，原是显而易见的，简直就算不上一步棋，可是仅仅在谁能当此重任的问题上，已经让他举棋不定了。而且，越是这样想，霸突鲁就变得越是不能让他放心。

忽必烈不喜欢举棋不定。

于是他转回身，准备把阿里海牙叫上来，告诉他要去霸突鲁那里。就在这时，他看见正有一骑快马从大营方向疾驰而来。转眼之间，那马已经到了山腰，没有任何停留就越过了警卫线，直接跑到了阿里海牙面前。紧接着，阿里海牙就迈动双腿往山上跑，很快就来到忽必烈面前。

"禀王爷，大帐值守飞马传话，刘秉忠求见！"

"啊！"

是啊，刘秉忠，刘秉忠，刘秉忠……

忽必烈前年下过特谕：凡刘秉忠求见，即刻禀报！在忽必烈的军规里，这个"即刻"，就包含不要怕把马跑死的意思。那一年，即蒙哥七年，或许是忽必烈的势力发展太快，再加上从前一年开始派刘秉忠建开平府城，营造宫室，规模大，规格高，引起了蒙哥的猜疑。蒙哥令阿蓝答儿在关中设立钩考局，查核京兆、河南财赋。阿蓝答儿罗织了一百余条罪状，涉及河南经略司、京兆宣抚司一大批主要官员。很明显，这是冲着忽必烈来的，如果查处了这些官员，势必引起忽必烈下属整个行政系统的激烈震荡。事关重大，又事发突然，该怎样应对，忽必烈一时拿不定主意，他的谋士们也想不出好办法，倒是有些意气用事者反应激烈，提出"申明原委，据理力争，力争不成，只好抗命"的主张。只有姚枢提出了相反的建议，说："大汗是君，是兄；大王是臣，是弟。君臣兄弟之间，事情难与计较，否则必然受祸，不如大王让一部分眷属回喀拉和林住上一段时间，大汗的怀疑自然会消除。"忽必烈虽然觉得姚枢的意见有道理，但是要他把自己的妻室子女送去做人质，却是无法下定决心。正在犹豫不决，人报刘秉忠求见！正是刘秉忠的一番"推衍"，让他豁然开朗，当即决定将包括一位正妻和一名嫡子在内的眷属送往喀拉和林。这年十二月，忽必烈又亲赴和林朝见蒙哥。蒙哥见忽必烈来朝，降阶以迎，相对泣下，要忽必烈不用再做任何表白。也正是在这次朝见中，二人商定了一年以后伐宋的计划。刘秉忠的"推衍"——应验，忽必烈才因此下了"凡刘秉忠求见，即刻禀报"的特谕。当然，这也与刘秉忠的特殊情况有关。早在"金莲川幕府"时期，在众多的汉人谋士当中，刘秉忠已经受到忽必烈的另眼相看。但是，与其他谋士不同，他又常被派去主持一些重要事务，因而不是常能参与其他谋士的议事讨论，往往要以"求见"的形式向忽必烈提出他的建议。

是啊，刘秉忠，刘秉忠……忽必烈嘴里念着这个名字，脑子里想着这个人。昨天傍晚，忽必烈接见那位前来通报蒙哥噩耗的使者时，只有刘秉忠和廉希宪在场。那只是碰巧在场。刘秉忠不在随军谋士之列；大军南征，他被留在开平继续主持营建府城宫室，此时大部工程都已完成，只是在收尾阶段出现了一些问题，刘秉忠不能擅自主张，才昼夜兼程赶来向忽必烈请示。召见刘秉忠时，忽必烈把廉希宪也叫来旁听，自是让他长长见识之意。诸事谈罢，恰好侍卫禀报使者到来。听说是来正式通报大汗噩耗，忽必烈便吩咐传使者进帐，却并未让刘秉忠和廉希宪退下。一个多月之前，忽必烈的大军进至汝南①时，他就从一个被俘的南宋士兵那里，听说蒙哥在进攻钓鱼城时中了流矢或飞石，伤重不治，当时还以为是敌方故意制造的谣言。此后，又多次听到类似的传言，越听越像真的。不过，传言再可信，终究是传言，而正式的通报却久候不至。这位使者虽自称是来正式通报，但接谈之下，方知实际还是受穆哥亲王所遣。穆哥亲王随蒙哥大汗征合州②，攻钓鱼城，但却是忽必烈的支持者。他让使者带来的不仅有蒙哥的凶讯，还有蒙哥死后四川军中的一些乱象，最后则是一条重大建议："请速即北归以系天下之望！"对此，忽必烈在沉吟片刻之后回答说："我奉命南来，岂可无功遽还？"语气很郑重，但实际上并不是一个深思熟虑之后的决定。那片刻的吟哦，想的却是穆哥。他既然认为应该速即北归，为什么不早来报信？现在距蒙哥的殡天之期，已经过去两个月了！

不过，现在忽必烈明白了一件事：那使者辞出之后，为什么刘秉忠旋即告退，廉希宪却留了下来。留下来的廉希宪还留下了一句话："天命不可辞，人情不可违，先发制人，后发制于人，事机一失，万巧莫追！"忽必烈听了这个话，当即悚然一惊。这显然是针对他那个"岂可无功遽还"说的。那么，刘秉忠的告退，也是因为这个话。忽必烈既有此言，就无须他刘秉忠多说了。

此刻，刘秉忠就是因为听到弃攻鄂州的军令才求见的。

————————————
① 今属河南。
② 今重庆合川。

忽必烈不由得又往山包后面那座营盘看了看，然后转回脸来看着阿里海牙。

阿里海牙趋前半步说："王爷是不是见过霸突鲁再见刘秉忠？"

"你怎么知道我要见霸突鲁？"

"王爷已经到了这里，末将应该想到。"

"不，霸突鲁稍后再见不迟，我要马上见刘秉忠！"

"是！"

在阿里海牙为他去牵马时，他再次朝着南方极远处、那天光水色相接的地方凝视有顷。这次，他的想法完全集中在一个人的身上。这个名叫贾似道的人将成为他的对手，可是他对这个人所知甚少。蒙古的军队还从未与这个人所指挥的宋军交过手，而手下收集来的关于这个人的情报又相互矛盾，令人将信将疑、莫衷一是。大量的情报把他描绘成一个不值得认真对待的对手，说他不学无术，不务正业，酷爱收藏，痴迷促织之戏，终日沉浸于酒色歌舞，贪安畏苦，贪生怕死，只是因为当年他姐姐贾妃受到皇帝的宠爱，他自己又善于钻营讨巧，更一面结党营私，一面排斥异己，才升至今日的高位。其中还有一说，说多年前的一个晚上，南宋皇帝赵昀登高遥望西湖夜景，恰逢贾似道携妓宴饮于湖上，歌舞之声传出甚远。赵昀崇尚理学，觉得贾似道携妓浪游之举过于张扬，有损朝廷官员声誉，命临安知府史岩之予以训诫。不料史岩之反而替贾似道说好话，说贾似道虽有少年习气，但其材可大用。如果说当时贾妃正受宠，史岩之这个话，是出于讨好贾妃，还是他对贾似道的真实评价，尚在两可之间，那么发生在十年前的事就没有这种嫌疑了。淳祐九年①，南宋的一代名将孟珙，在临死前向赵昀郑重推荐贾似道做自己的继任者，贾似道因而得以出任京湖安抚制置大使，首度成为独镇一方的军事要员。此时贾妃已病故两年，赵昀专宠阎妃，不应再有"爱屋及乌"之事。何况在忽必烈看来，赵昀虽是个风流皇帝，但军国大事上并不糊涂，为了讨爱妃喜欢，尽可赏赐财物，或派个肥缺美差，却不大可能把如此重要且充满风险的官职当成儿戏。至于孟珙，他主持东线的对蒙作战多年，自然深知这个官职的重要性和难度，不可能如此郑重地举荐一个不称职的人选。说到底，在最近几十年里，南宋朝中真正能让蒙古人不得不正眼相看的只有两个人，一个武将是孟珙，一个文臣是史嵩之。史岩之正是史嵩之的弟弟。

即将出现在忽必烈对面的这个贾似道，到底是怎样一个对手呢？

---

① 公元 1249 年。

以上是公元 1259 年发生的事。

这一年，蒙人称为蒙哥九年，宋人称为开庆元年。

这一年，生于公元 1215 年的忽必烈四十四岁，生于公元 1216 年的刘秉忠四十三岁，生于公元 1213 年的贾似道四十六岁。

这一年，距宋高宗赵构于公元 1127 年在临安建立南宋朝廷，已经过去了一百三十二年；距成吉思汗于公元 1206 年建立大蒙古国，已经过去了五十三年。

2　贾似道登场

当忽必烈为了争夺汗位已经匆匆北返的消息传到贾似道的府衙时，贾似道正在为一幅展子虔《游春图》与一名捎客讨价还价。消息是鄂州守军的细作们探得的，经守军专司军情的吏员整理分析，报呈鄂州守将张胜。张胜见事关重大，命文案重拟了禀帖，快马呈送到设在汉阳的贾似道的府衙。贾似道正为了压价向那捎客哭穷之际，一名幕僚走了进来，将一个禀帖交给了侍立在他身后的廖莹中。廖莹中匆匆浏览一遍，不由脸色一凛，赶紧交给了贾似道。不料贾似道接下之后，只漫不经心地扫了几眼，便轻轻一笑，放在了案几上，重又苦下脸来，向那捎客诉说世事的艰难和他手头的拮据。大凡捎客总是乖巧之人，这位亦不例外，从廖莹中的脸色转换上，便猜出必有紧急公事，遂摆出笑脸，静静听着贾似道讲他的俸禄是如何之少，用度又是如何之大，听得聚精会神，却是绝不开口。这一行里有句行话：开口三分松，不开口就是不松口。对方有紧急公事要办，又急于成交，这种时候再让价，即便只让出一两，那也是十足的傻瓜了。不过，听着听着，他终于有些疑惑起来。贾大人没有一点儿着急的样子。然后，他甚至有些相信贾大人的话了。贾大人虽然官居高位，但朝廷的官禄有限，民间是知道的。民间也盛传贾大人的诸多嗜好，歌舞宴饮，携妓浪游，痴迷虫戏，酷爱收藏，样样都是一掷百金的勾当，加上又不知多置田产，不懂放贷生息，似这等出多进少，一时之间拿不出五百两黄金来买这幅展子虔《游春图》，说不定也是实情。但生意人只讲生意经，你手头拮据，你自去调转，成不了我贱卖给你的理由。

捎客只是洗耳恭听，却绝不开口，贾似道的耐心终于到了尽头。不过他仍然面色平和，既不显烦躁之意，也不露愠怒之色，只是在一个停顿之后，叹息一声说："好吧，我知道你们生意人的算盘，能多赚一两，决不肯少挣一文，所以也没指望一席话便能将你说动。既是你今日不肯松口，就请暂回驿馆歇息，三五日内，我自会差人去请，咱们再从长计议就是了。"

那掮客便站起来，一拱手："如此，小人告辞了。"

直到这时，贾似道那张颇有些女相的脸上，才露出一丝严厉，声音也高了一些："有句话，本不想说，可看来我不说你还真不明白。这幅《游春图》的来龙去脉，想必你也知道一些，何况那画上就有徽宗皇帝的御笔题签！它原为宫中珍藏，岂是民间之物？靖康之难，是我大宋国耻，容不得不法之徒发国难财的！"话音甫落，那掮客已是一派惊慌，全无了刚才那副气定神闲之态。贾似道却已转向廖莹中："代我送客！"

他不想让那掮客现在就点头。那有以势压人之嫌。明天他会派人去驿馆，相信三百两足以摆平。其实那掮客今天如果让到四百两，贾似道也能满意。这叫敬酒不吃吃罚酒。

廖莹中的送客完全是象征性的。他可不像贾大人，跟三教九流的人都能来往，只是碍于贾大人有话，才不得不做做样子，陪着那位"客"朝门口方向走了几步，便道声"恕不远送"就折了回来。见贾似道正在看那棐帖，以为这次必看得十分仔细，多半还会思虑一番，他就站在一旁等候。不料贾似道已经抬起头来，问："张将军差来的人还在吗？"

"仍在下面候着大人的回话。"

"传话给张将军——再探！"

廖莹中一愣，没有动。

贾似道问："怎么？"

"大人，机不可失……"

贾似道摆摆手没让他说下去："我知道，如果忽必烈大军匆匆北返，我军乘机掩杀，必有斩获。可是——可是如果消息不确呢？"

"大人以为这是敌方一计？"

"我没这么说。我只是说——再探！"

廖莹中下去传话，贾似道也随即走到屋外。这个地方叫"望波厅"，不过却是徒有其名，从这儿根本看不见长江，只不过是知府衙门里一处还算高大宽敞的厅堂，被贾似道权且当作他办公、议事、待客的地方。穿过一扇角门，沿回廊向西三十几步，便有一处小小的庭院。官场上向有"官不修衙"之说，这庭院亦显得缺少修饰，景色平常，唯院中一泓池水，甚得贾似道的喜爱。他沿着池边的卵石甬道绕池而行，绕了一圈又一圈。贾似道生性喜动不喜静。虽然同僚中间盛传贾制置"坐得住"，能一坐两个时辰不动，但那是他的一种修炼，爱动则是他的天性。这天性又因为他多年担任制置使的官职而得到加强。自从十八年前，即淳祐元年，他由知澧州①府改任湖广统领，以一名文官改领军事，此后便一直充当这种角色。这种由文官领军事的制度，是大宋朝由宋太祖赵匡胤立下的"御将之法"，从北宋实行到南宋，所以贾似道也不觉得有何不妥，倒是尽心尽力，且不断学习揣摩，颇有心得。淳祐五年，他出任沿江制置副使、知江州兼江南西路安抚使，再迁京湖制置使兼知江陵府，直到淳祐九年，由孟珙临终力荐出任京湖安抚制置大使，首次成为独当一面的军事首领。次年移镇两淮，后又转任两淮宣抚大使。朝廷对他的日益重视，往往是以附加的名义体现的，比如任两淮制置使期间兼淮东安抚使知扬州，三年前即宝祐四年②加参知政事，两年前即宝祐五年加知枢密院事并任两淮安抚使。无论怎么"加"，他主要的职司还是制置使，所以人称"贾制置"。制置使是地区性的军事首脑，不是一个可以整天坐在衙门里的文官。

对于自己能成为孟珙的继任者，他还是颇为意外。他知道孟珙在其间所起的作用，却一直不知道孟珙为什么对他如此看重。二十六年前，南宋绍定六年，蒙古窝阔台汗五年③，宋蒙联合伐金，孟珙是宋军的主要将领。在取得节节胜利之后，金哀宗逃至蔡州④。次年正月，联军攻蔡州，宋军攻城南，蒙军攻城北，孟珙所率宋军率先攻破南门，大军进入城南之际，蒙军尚在城外西北与金军相持不下。孟珙打开西门出城接应蒙军，中间还救了蒙军将领张柔一命。虽然后来有人说，与宋军的复仇雪耻之心不同，蒙军在对金作战中留有余地，以至金朝灭亡之后，其文官武将多投降蒙古并为其所用，但孟珙的善战，确实是有口皆碑的。按当时的风气，像孟珙这种靠战功擢升的武将，通常是看不起文官的，尤其看不上那些领军事的文官，所以他临终前对贾似道的力荐，曾经引起朝野上下一片惊诧。而如果不是孟珙力荐，尽管贾似道的官运尚属不错，但以他的官声政绩，尤其是他那经常遭人鄙夷的出身，确实很难成为孟珙的继任者。

贾似道的父亲虽是一名官员，母亲胡氏却是一个"出妾"。胡氏原是有夫之妇，丈夫缺钱，把她卖给了在钱塘县任职的贾涉为妾。随后贾涉带了妻妾到万安县当县丞。胡氏在万安生下了贾似道。小妾所生的庶出，本来就地位低下，胡氏又遭到贾涉正妻的妒忌，在贾涉调任离开万安时，没有将她带走，让她嫁给了一个石匠。没了娘的贾似道从此跟随父亲生活，因为天资聪慧，又长得眉清目秀，父亲对

---

① 今湖南澧县。
② 公元1256年。
③ 公元1233年。
④ 今河南汝南。

他还算喜爱，也让他胡乱读了一些经史诗书。在他十一岁时，父亲突然病故。临终之际，情知正妻对这个庶出的儿子极其厌恶，父亲只好嘱咐女儿尽量关照这个同父异母的弟弟。这个姐姐后来成了赵昀专宠的贾贵妃，倒是让贾似道得了极大的好处，但在当时却是管不住这个弟弟。贾涉死后，家道迅速衰落，没了管教的贾似道稍长之后，便时常外出游荡，其间少不得酗酒、赌博、嫖娼一类无赖情事。这段经历对他后来作为一人之下万人之上的权臣，到底有多少好处多少坏处，是个无法计算的无解之题，但对他的名声，肯定是没有好处只有坏处的。如果说开头还只是一些市井间的议论，那么后来就直接成了政敌们用来攻击他的一件利器。

贾似道虽系庶出，终是贾家的儿子。按大宋朝的规矩，一定级别以上的官员死后，其成年后代若无功名，也可得到一份差事，借以安身立命，叫作"恩荫"。靠着恩荫，贾似道在结束了他那游荡街头的无赖少年时代之后，在嘉兴当了个管仓库的小官。以这样一个官职作为仕途的起点，纵使他确有出众的才干，到头来也不过是一名中低级的"干员"而已。幸而不久之后，他姐姐交上了好运，然后又给他带来了好运。被选入宫的贾氏，得到了皇帝的欢心，于绍定五年①冬被晋封为贵妃；两年后，二十一岁的贾似道被提拔为籍田令，此后又连连晋升，历任太常丞、军器监、大宗正丞等职。官位虽是步步攀升，职务却都是事务性的京官，而且实际上并没有多少公务需要料理，不如说就是皇帝赏他一个领干俸的官职。如果说这些都得之于他姐姐的"枕席之恩"，那么皇帝因此而施舍的恩典也是有原则的——不是要他做事，而是怕他误事。这样，有了银子、有了闲暇又来到临安做官的贾似道，就把他原来当无赖少年时的那一套，在更高档次上加以发挥，直到有一次被皇帝亲自撞见。幸而坏事变好事，原本受命对贾似道严加训诫的史岩之，反而在皇帝面前说他"其材可大用"，结果由此结束了他的京官生涯，被外派到澧州任知州。这一年他二十八岁。

从无赖少年时代开始，他就养成了喜欢打听事儿的习惯，也养成了对打听来的种种消息分辨其真伪的习惯。对于外放澧州，他也听到了各种各样的说法，归结到最后，则是对圣意的不同揣测。皇帝做出这个决定，肯定与听了史岩之的话有关。但皇帝是把它当哪种话来听的，却有根本的不同。如果是当作一般的讲情的话听的，那就是看在贾贵妃的情面上，做个顺水人情，不再责罚贾似道，只是让他离开临安，免得影响不好，也减少一些他胡作非为的条件。相反，如果是把史岩之的话当作认真的举荐来听的，那就是给他一个锻炼的机会，也是要对他进行考察了。贾

---

① 公元 1232 年。

似道毕竟读过一点书，明白"圣意难料"这句话的深浅，所以到任之后，并不敢玩忽职守。好在区区一个澧州的政事，他尽可举重若轻，不至于太耽误他的业余爱好。

"圣意"是一点一点地显露出来的。淳祐六年，他的姐姐贾妃病逝，次年即听说皇上已另有新宠。如果皇上不是真的认为"其材可大用"，那就意味着他的仕途已到尽头。岂料又过了两年，他竟得以成为孟珙的继任者！虽然其间有孟珙的力荐，毕竟最终做决定的是皇帝！那么，这似乎又验证了当年的"圣意"，确乎在于"大用"了。

可是，所谓"大用"，究竟能"大"到什么程度？一个独当一面的地方军事首脑，是不是足够"大"，甚至"大"到头了？那是所有人，包括贾似道自己都难以预料的。不过，他确实不是个轻易就满足的人。从后来的情况看，他这时已经在为更大的"用"做着各种精心的准备，所以当他被派往峡州时，虽然一度在朝野上下引起很多的议论乃至质疑，他自己却并不觉得太意外，给人的印象，倒更像是有备而来的。

八年前，淳祐十一年，遥远的北方发生了一件大事：在经历了长期的争夺和国内三年无君的混乱之后，拖雷的长子蒙哥被拥立为蒙古国的大汗。那时候，不仅是大宋朝廷，就连消息灵通的贾似道，对这个蒙哥也没什么了解，但是和朝中多数大臣的盲目乐观不同，贾似道却有自己的判断。十八年前，淳祐元年，蒙古国的第二任大汗窝阔台去世；在此后的十年里，持续不断的内乱，使这个曾经强大的帝国几乎到了崩溃的边缘。在这段时间里，虽然宋蒙双方一直处于敌对状态，大宋的边境仍不时受到对方的袭扰，可是像这种小股骚扰的边报报到朝廷之后，往往只是在几位相关大臣间传阅之后便被搁置一旁，不再理会。尽管还没有哪位大臣敢于再提出收复失地的动议，但"北患已不足虑"，却是这些大臣心照不宣的共识。在得知蒙哥已经即大汗位的消息之后，他们也并不特别担心。十年内乱，那个蒙古国已经积贫积弱，而且法度毁弃，号令不行，即便蒙哥有心励精图治，要想恢复元气，也得若干时日。

贾似道却另有看法。他从自己早年的经历中悟出一个道理：凡能在一场恶斗中胜出者，必有过人之处。果然，宝祐元年，即蒙哥登上汗位的第三年，皇弟忽必烈率军远征云南，并于次年灭了大理国。对于这场局部战争，大宋朝廷几乎没有做出任何像样的反应，基本上视为蒙古国与大理国之间的事，跟自己关系不大。贾似道对于蒙哥此举也有许多迷惑不解之处，但他能意识到这是冲着大宋来的，否则就无法解释蒙古人为什么会对如此遥远的南方的一个小国感兴趣，不惜劳师动众，进行这种危险的、几乎完全没有后方的远征。当他得知，蒙古人在灭了大理国后，重又把本已大权旁落的段氏家族扶持上台，皇弟忽必烈虽然功成北返，却把另一位主要将领兀良合台和一支数目不详的军队留在了那里，心里不由得咯噔了一下。原来一直被称为"北患"的来自蒙古人的威胁，现在在大宋的南边也有了一块土地！当然，贾似道也注意到了那些新出现的人物。蒙哥在即位两年后，就把一个快要崩溃的蒙古国，治理到有了进行这场远征的实力，其才具自是不可小觑；而被他任命为"总领漠南汉地军国庶事"的那位皇弟忽必烈，似乎更令人生畏。随着新的消息陆续传来，贾似道更具体地了解到忽必烈征服大理的过程——除了军事力量，忽必烈还使用了大量的政治谋略，而这些"汉法"，竟被使用得如此娴熟，如此恰到好处，实在是可以称之为"心腹之患"了。大理国本来就是小国，又因内政混乱而长期积弱，单从军事上加以征服，原本不堪一击，但在征服的过程中就为未来的治理做好准备，无疑显露了蒙古人的真实意图：要把那里变成将来进攻大宋的战略南线！

再往下，贾似道的担心一步步得到证实。他的属吏翁应龙曾经替他弄到一份蒙古国的文书，上面讲明当时他们对待大宋的方略："一岁一抄掠之，害其耕，夺其聚，杀其民人，使不得供其军赋。"而大宋的边报，则称其为"才掠即去，虽去不归"。这样的骚扰，虽然也让人不胜其烦，但对于"江山社稷"的安稳，确也不足为虑。可是自从蒙哥当政以后，贾似道很快便察觉到情况有变。这种"才掠即去"的骚扰减少了，而在边境的对面，蒙古人开始修筑城池堡垒，囤积粮草，集结兵力。直到这种改变由点到面，遍及由四川到淮东整个双方接壤的漫长一线，这才引起大宋朝廷的注意，从而也开始做出回应，尤其是加强了四川方面的防务。这时的贾似道看不出一旦蒙人大举来犯，其战略重点究竟会是哪里。

宝祐六年即蒙哥汗八年二月，蒙古宗王塔察儿率军进攻荆山①。这个位于淮河中上游北岸的据点，是连接淮河防线东线、西线之间的战略枢纽，虽然不大，却是宋军布防的重点之一。战端从这里开启，给人的印象，是蒙古人看上去要走金人的老路，从突破淮河一线入手，再渡过长江直取临安。可是，金人一百多年都未能实现的军事梦想，塔察儿就能实现？四月，蒙哥汗亲率蒙军主力进驻六盘山，拥兵四万，号称十万。六盘山是蒙军发动进攻的出发地，当年忽必烈灭大理，也是在这一带集结然后出发的。那么，蒙哥要来，是确定无疑了，但是他会先打哪儿，却不一定。尤其是在塔察儿进攻荆山失败、无功而返之后，下一步战事会如何发展，变得

———————————

① 今安徽怀远西南淮河北岸。

更加难以预测。在六盘山的蒙哥大军暂时没有动静，有行动的仍然是塔察儿。十一月，这支在荆山已被证明并不是很有战斗力的部队，扑向了汉水北岸的江防要塞樊城。由于樊城守将李和的坚守，加上相邻的襄阳守将高达积极有效的策应支援，塔察儿的进攻再次成为徒劳之举。不久塔察儿就撤出了战斗，他本人也因连续两次失败，受到蒙哥的严厉训斥。与此同时，皇弟忽必烈率领的大军从开平出发南下了！那支大军也号称十万，它的骑兵不比任何一支蒙军的骑兵逊色，同时却有比任何一支蒙军都更为丰富的中原作战的经验，军中更有很多汉人将领和谋士。不过，接下来的消息显示，这支大军出发后走走停停，进展缓慢，似乎是在观望、等待什么，或是兵力的集结、粮草的准备尚未完成。另外，从南方也传来消息，留在大理的兀良合台已经完成从当地临时招募兵员的工作，正在集结兵力，准备北上。

这时，进驻六盘山的蒙哥大军突然发力了，而且目标非常明确——四川。虽然不断遇到顽强的抵抗，但一路激战之后，于年底到达合州，并对合州形成包围之势。次年正月，蒙哥一面亲自指挥对合州的围攻，一面派都元帅纽璘绕道东进，攻打涪州①、忠州②。这虽是一着孤军深入的险棋，但效果极大，因为涪、忠二州实为重庆府的门户，一旦重庆有失，蒙军便取得了长江口岸，可以沿江而下。所以，当这两个地方受到蒙军进攻的战报传到大宋朝廷时，立即在临安引起一片惊慌。

这时，大宋皇帝赵昀做出了他一生中最重要也是最正确的决定：给贾似道一个真正的"大用"！

有宋以来，还未曾有过任何一位大臣，能集如此之多的职权于一身。当贾似道在扬州三拜九叩，跪听钦差宣读圣旨时，他自己都无法记住那些职衔，要到事后让翁应龙找来抄本，而且是在反复看过多次之后，才好不容易把它们记住。它们是"枢密使兼京西湖南北四川宣抚大使、都大提举两淮兵甲、总领湖广京西财赋、总领湖北京西军马钱粮、专一报发御前军马文字、兼提领措置屯田、兼知江陵军府事"。

把这一个个职务、职衔、职权拼接在一起，贾似道对自己的责任一目了然：皇上把组织、指挥抵抗此次蒙军大举进犯的全部重任，都交给自己了。今后，将由他来对各战区做出统一的指挥和调遣。至于命他"火速移司峡州③"，自是要他特别加强对长江中上游的防御。

对于"移司峡州"，贾似道私心有点不以为然。四川方面的战事固然激烈，但

---

① 今重庆涪陵。
② 今重庆忠县。
③ 今湖北宜昌。

峡州离那里似乎又太近，未必是一个指挥全局的适选之地。虽然一段时间以来很少有忽必烈的消息，似乎这位皇弟正逗留在金人早前的都城燕京一带，但贾似道对这支大军始终放心不下。他们既然已经离开老巢开平，断无出来转一圈便回去之理。倘若南下，只要没有笨到重走塔察儿老路的程度，兵锋所向必是河南，而那里又恰恰是大宋北方防线中最弱的部位。但贾似道不想在这个时候、这件事上给皇上添麻烦。揣摩圣意，皇上自是先要考虑社稷的稳固，包括他自身的安全，让贾似道出镇峡州，无非是一旦四川有失，还可扼住敌军沿江而下的出口。所以，贾似道立即遵旨星夜赶往峡州，同时走出了他的第一步棋：请朝廷即调京湖制置参议官吕文德出任四川制置副使兼知重庆府，从播州①出发，率军北上入川，主持川东战事。这也是一着险棋。吕文德率军出发之际已经有了新职，播州不再是他的根据地；可是他又必须在击败蒙军、进入重庆府之后，才能真正成为"四川制置副使兼知重庆府"，实际上也是一次无后方作战。而更重要的是，当时蒙军主力正在蒙哥大汗的亲自率领下围攻合州，并在合州附近的钓鱼城下与宋军激战。虽说钓鱼城工事坚固，储备充足，加上合州守将王坚英勇善战，指挥得当，使蒙哥的多次进攻均未得手，但宋军亦伤亡不小。无论如何，合州是当时的主战场；好不容易调来的援军，不去增援主战场，却用来对付由纽璘率领的偏师，万一合州有失，蒙军主力自西向东压过来，战局将很难收拾。

贾似道这步棋走对了！他出镇峡州，虽是"火速移司"，却是有备而来！他不仅对战局有清晰的洞察，而且对将领也有深入的了解。他相信王坚能守住钓鱼城，守住合州，至少能守到吕文德在川东站稳脚跟，那时即便合州有失，重庆自可成为挡住蒙哥继续东进的又一道屏障。

吕文德果然没有辜负贾似道的厚望。吕文德出身将门世家，后来更成为声名显赫的"吕氏集团"中的"大哥"，当时却是个不怎么被重视的人物。他原来镇守的播州，虽有防备兀良合台之意，其实算不上真正意义上的"前线"，从战略角度讲，甚至不如他弟弟吕文信镇守的阳逻堡重要。川东之役，刚好给了他一次展示才能的机会。他率军入川之后，一面联络原在当地分头抵抗蒙军的各地守将，一面了解敌情，捕捉战机。五月，以他所率的援军为主力，在几路友军的配合下，向正在进攻涪州的敌军发起突击，大败纽璘军，断涪州蒙军浮桥。纽璘所部兵力本来就有限，再分兵同时攻打忠、涪二州，经此一败，联络、补给受阻，顿时陷入进退失据的困境，在吕文德部的挤压下，只得仓皇撤出战区。六月，吕文德进入重庆府，川

---

① 今贵州桐梓西南。

东之役以宋军全胜告终。此时的吕文德，或进而增援合州，或就地扼守重庆，完全掌握了主动权。

蒙哥却因此陷入了被动。他围攻钓鱼城，苦战半年，劳而无功，却不肯改弦更张，仍是一味强攻不止，虽有赌气逞强、攻不下来誓不罢休之意，其实也未尝不是在等待纽璘军的进展。一旦川东得手，这边尽可丢开合州不管，与纽璘合兵一处沿长江出峡东进。吕文德之胜，使蒙哥失去了这种选择，他要么退兵，要么死拼硬攻。这就为他不久后死于合州城下埋下了伏笔。

这也使贾似道有了一段较为闲暇的时光。但是他对逗留在南下路上的忽必烈大军仍不敢大意，直到蒙哥的死讯传来，并且确知那路号称十万的忽必烈大军"仍在南下途中"，他才放心了。他猜测忽必烈在得知蒙哥的死讯之后，必定会班师北返。虽然贾似道此时还不能确定忽必烈争夺汗位的决心有多大，但他早已看出蒙古人的汗位继承制度有缺陷。窝阔台是成吉思汗明确指定的继任者，尚且用了一年多的时间，才正式完成了权力的更迭，而此后的贵由、蒙哥，都是在经过长期激烈的争夺，经历了国内多年无君的局面之后，才得以登上大汗的宝座。现在，他们无疑又将面临一场新的争夺，而势力强大的忽必烈也不可能置身事外。更何况对于蒙古来说，伐宋乃举国大事，不是一个亲王就能决定和实行的。

贾似道这回失算了！按贾似道从边报中得知的情况，忽必烈的大军于八月十日刚刚进至汝南。如果以开平为起点，以长江一线为终点，此时到达汝南，只是走完全程的一半略多，而且是在自己的占领区内，却用了将近十个月的时间！忽必烈自己是怎么打算的，无从知晓，但从种种迹象看来，却很像是他压根儿就不想打这一仗。这时，蒙哥身亡的消息已传遍大宋朝野，军中民间无不知晓，忽必烈即使尚未得到四川方面的正式通报，他派往宋军的细作也该听说了。然而，一心等待忽必烈撤军消息的贾似道，等来的却是截然不同的边报！八月十五日，忽必烈大军渡过淮河。蒙宋两军交锋伊始，忽必烈的军队就显露出锐不可当之势，连破大胜关①、虎头关②，并于二十一日进至黄陂③。这是蒙军在中原地区从未有过的进军速度。这时忽必烈已经放出话来，要"直取鄂州"！鄂州正处长江中游，实为大宋的咽喉要地，岂可有失？大宋朝中已是一片惊慌，而皇上还是做出了别无选择，但仍得说是英明正确的决定：急命贾似道"火速移司汉阳，就地屯兵，以援鄂州"！好在已经有了一次"火速移司"的经验，加上翁应龙确实干练过人，把一切都筹划、调遣

① 今河南罗山南。
② 今湖北麻城东北。
③ 今湖北黄陂。

得井然有序，使贾似道能在仓促之间仍然保有几分从容，甚至没忘记把那个向他兜售展子虔《游春图》的掮客也带到了汉阳。八月三十日，忽必烈大军进至长江北岸，而贾似道也已经在汉阳知府宋京的府衙里安顿下来。

　　所谓"移司"，就是对一个"光杆司令"和他的"司令部"的调动。这个司令手下根本没有可以用于作战的军队。如果不是汉阳知府宋京把自己的府衙腾出大半供贾似道使用，他可能连食宿办公的地方都找不到。自从宋太祖赵匡胤靠自导自演的陈桥兵变登上龙位，大宋王朝就一直实行这种"祖宗御将之法"，虽经靖康之变亦不改初衷。那些能够披坚执锐冲锋陷阵的武将，手下可以拥有一支听他指挥的军队，但这支军队的规模必定有限，绝对不足以对皇位构成威胁。遇有大的战事，需要若干支这样的军队联合作战时，朝廷会任命一个文官来统一指挥。这位文官可以依"圣命"来指挥这些军队，而一旦离开"圣命"，这些军队没有一支会听他的。贾似道对此无可抱怨，他本人就是个受益者。不然，像他这样一个手无缚鸡之力的文官，怎么可能成为一方军事首脑的制置使，直到成为一个战区总指挥的枢密使？

　　宋京借给他的府衙虽然相当简陋，却还算宽敞，他围着这一泓池水转圈来消磨闲暇。现在，当他下令让张胜"再探"之后，他又在这里转了一圈又一圈，边转边想着他的对手忽必烈，越想越觉得那是个深不可测的人。当既是兄长更是大汗的蒙哥在合州城下拼死苦战进退两难之际，这位皇弟率领着十万大军在家门口磨磨蹭蹭，十个月里平均每个月前进不过百余里。蒙哥死后，他却突然发力，半个月即从淮河边打到了长江边。他是想独自完成蒙哥未竟的遗愿？不过，从张胜派人报来的禀帖里，贾似道也注意到一个细节：除了弃攻鄂州的军令，忽必烈还同时下令全军为蒙哥服丧。那么，很可能是忽必烈这时才接到蒙哥死讯的正式通报。蒙古人行事，常有汉人难以理解之处；再加上他们虽然马快，通信联络的机构却效率不高，也没一套可循的章法，这种事确有可能发生。如果真是这样，你既然来了，就断无轻轻松松放你回去之理。刚才对廖莹中所说"乘机掩杀，必有斩获"，并不是随便一说。在四川的防御战取得全胜之后，再打一场大有斩获的掩杀战，那会给他贾似道得胜回朝增添多少风光！当然，前提是千万不能中了敌人之计，所以他要张胜"再探"。即便蒙军真要撤退，也会有种种断后的部署，须得把这些都打探清楚，方好制订掩杀的计划。

　　想到这里，贾似道心中突地跳出一个人来。这员名气很大，却一直不被重视的猛将，名叫刘整。刘整原是邓州穰城①人，祖上几辈生活在关中地区，都是金人占

---

　　①　今湖北麻城东北。

领的地方。练得一身武功的青年刘整眼见得金朝气数已尽，遂投奔宋军，成为孟珙麾下的一员勇将。在联蒙伐金战争中，孟珙率军攻打信阳，刘整任先锋。他带领一支由十二人组成的突击队，乘夜偷袭，渡堑登城，生擒守将，打开城门，接应大军入城。孟珙听说后赞叹不已，说唐时名将李存孝曾率十八骑取洛阳，而今刘整仅用十二人就攻克了信阳，遂在刘整的军旗上写了"赛存孝"三个大字。此后每临战阵，"赛存孝"旗帜所到之处，敌军纷纷避让。孟珙死后，宋军再无进攻作战，刘整也就失去了用武之地，且他虽以骁勇闻名，却少有人认为他是个长于带兵的将领。直到宝祐二年，刘整随李曾伯入蜀，才被选拔为将。蒙哥围攻合州时，刘整正在泸州一带驻防。泸州本身即地处战略要冲，又因其在合州西南，距离不远不近，恰好成牵制之势。若合州告急，泸州可以增援。一旦合州有失，蒙哥欲由此东下时，泸州可以出兵攻其腹背。基于这层考虑，虽然觉得此人可能有用，贾似道还是没有贸然将其召来，而是令其就地待命。此刻，贾似道很自然地想到了这个人。

刘整的不被重视，和贾似道对他的关注，实际上出于同一个原因。在有宋以来近三百年的历史中，尤其是宋室南迁以后，大宋的军队在对外作战中基本上总是处于守势，所以主要将领也几乎都是长于防守，不擅进攻。就连贾似道自己，所补的功课亦深受此限，因为宋军就没有过几次像样的进攻。若说例外，除了高宗时的岳飞，便是本朝的孟珙了。贾似道在查阅与孟珙有关的记载时发现，每有进攻任务，孟珙总是让刘整独当一面冲锋在前，而在平时，或者说全军处于守备状态时，刘整往往被派执行整饬军纪、训练士兵一类的任务。贾似道并不奢望刘整能有孟珙那样的才具，但遍观各路将领，一旦需要进攻时，或许刘整就是唯一可用之人了。

想到这里，他停下脚步，稍一思索，便快步往回走。他要跟翁应龙说说刘整的事儿。

回到望波厅，却没有见到翁应龙。当值的侍卫说，刚才鄂州张将军再次派人送来紧急禀报，翁总管看后急急下去了，想是去找来人询问什么不明之处。

贾似道听说，长长地"哦——"了一声。

这种情况不多见。按既有的规矩，只要他没有外出，翁、廖二人之中，必有一人在望波厅值守。翁应龙是他的属吏，廖莹中是他的幕僚，身份不同，却都是他的心腹。二人各有所长，翁应龙干练，廖莹中博学，但均具辅佐之能，他们参与贾似道所有的公私事务，并无明确分工，却又各有侧重。贾似道和掮客就一张古画讨价还价，自是精于书画古玩的廖莹中在侧，碰上有鄂州军情禀报，亦无妨稍带经手。及至掮客辞去，虽然贾大人没有明示，但廖莹中自是清楚这档子买卖还有哪些事要做。他去做这些事，自会通知翁应龙到望波厅应值。贾似道以文官领军事，这地方看似文官衙门，实是军事首脑机构，此类规矩是马虎不得的。

贾似道坐下，自有小童送茶。一盏茶未罢，翁应龙已匆匆赶回，径直趋至贾似道案前深深一揖，连说："卑职失措，卑职失措！"

贾似道看了他一眼，漫声道："听侍卫说张将军又有军情禀报，你因有不明之处，才下去……"

翁应龙又是一揖，抢着说："是卑职失措！张将军的禀报确有不明之处，且极其紧要，但下官本应想到来人不过是个送信的，问他岂能问出个明白来！"

贾似道点点头："禀帖呢？"

翁应龙赶忙呈上禀帖。贾似道接过来，一面看，一面不由得眉头越皱越紧。也难怪翁应龙一时失措，此事还真是关系重大。按那禀帖的说法，蒙军营中风传忽必烈已经悄悄启程，只带了阿合马、刘秉忠、廉希宪、姚枢、张易等一班谋士，轻装简从，匆匆北返。禀帖又称，另有探子探得，今天早上，确有一队五七百人的人马，从江岸方向朝东北而去。若联系到上一个军情禀帖，这消息似颇可信，但若细加揣摩，前者又只是"风传"，后者除了人数，对那队人马的行状则语焉不详，很难确定就是忽必烈和他的谋士们。若据此就认定蒙军要撤，开始谋划掩杀过去，显然太过轻率；但若总是观望不决，又唯恐坐失良机。

沉思有顷，贾似道抬起头来问："来人还在吗？"

"还在下面候着大人的话。"

"你让他火速返回鄂州，传我的话给张将军：让那个探子，就是亲眼看见那五七百人马的探子，立刻到这儿来。等等，让张将军派几个得力的人护送他来，不得有失！我有话问他！要快！叫他今天无论早晚务必赶到！"

翁应龙错愕了一下，这才答应一声，下去传话。尽管从贾似道知澧州时就追随左右，但贾似道的话仍然让他颇出意外。虽然知道贾大人生性喜欢热闹，爱"打听"事儿，也深谙各种打听事儿的门道，但这可是在军中，一个最高首脑，居然要直接向一名探子打听事儿，总让人觉得太过屈尊了。当然，稍一细想，也知道贾大人做出这种事来无足为奇。虽然贾大人很看重官威，可一旦需要，甚或只是一时高兴，却又极能屈尊，跟三教九流之辈都有话说。所以，在错愕了一下之后，他很快让自己"进入"了贾大人的思路。贾大人让传给张将军的话，自是原话照传；但贾大人的吩咐，在照办时却被升了一级——他让人从府里选了一匹好马，替换下那匹来时已经跑乏了的马，又让卫队选了五名精壮侍卫，把来人护送回鄂州，并在那里就地立等，以尽快把那个探子带回来。经过这样一番升级之后，至少可以早一个时辰。饶是如此，那探子到时，天色已是黑透了。

以后的事，就全在翁应龙的预料之中了。贾大人召见那探子时，他没等贾大人"屏退"，自己就远远地站在了大厅门旁的屏风侧后。然后，他远远望见贾大人朝跪在下面的探子招手，让其走到近处，赏了个座让其在侧面坐下，并叫随侍给了他一盏茶。在接下来的问话答话中间，翁应龙离得远，话的内容听不真切，却看得出那探子渐渐从紧张到放松，渐渐地答话多了起来，直至连说带比画。等到翁应龙站得有些腿酸了，才看见贾似道在一阵哈哈大笑之后朝他招了招手。他走到近前时，那探子已经站起来，却听得贾大人吩咐道："赏这个弟兄五两银子，让他下去后好生歇息，明天回鄂州时带个帖子给张将军，请张将军给这个弟兄记一功！"

那探子磕头谢赏，下去了。这里贾似道已正下脸色："替我连夜传令，晓谕沿江各防区，尤其是江北各防区领兵将官，近期内要格外注意，务必加强巡逻防御，严防敌军渡江，不得懈怠！"

"是。"

"忽必烈北返是假，其中有诈！他放出这个风，是想让我们心生懈怠！那么他想干什么也就不难猜测了——他想渡江，然后攻鄂州！说起来，还真难为了这个探子，"说到这里，贾似道的神情变得轻松一些了，"我问了他半天，横竖问不出个所以然来，后来倒是他想起一桩事，说是当那队人马就要过完时，他远远望见队里有一群光背马，少说也有五几十匹，细看时，竟然都是母马！"

"母马？"

"是啊！我问他，你既是远远望见的，怎见得都是母马？他说他原做过马夫，况且那一大群又是清一色的母马，断不会看错的！"

"这就对了！"翁应龙也不由得一拍手，"那队人马，绝不是北返的忽必烈！"

原来母马不能充当战马，但蒙古骑兵军中又总会带着一定数量的母马，尤其是进行孤军深入长途奔袭一类作战时，必带母马，万一粮草不济时，军士就以马奶充饥。但马奶并不好喝，莫说忽必烈本人，便是他的谋士们，也不会以此为充饥之物，何况若是北返，途中自会有充足的供应。

"不过，"贾似道又脸色一正说，"这个情况也要传谕各处知会，注意这队人马的动向。说不定这又是一支偏师，切勿被他绕道迂回，偷袭了我们后方！"

3 观战

忽必烈登上了香炉山①。

从小在草原长大的忽必烈目力极佳。草原上视野开阔，站在高处极目远眺，可以看出很远。这既锻炼了他的目力，也使他养成了登高远望的爱好，而每遇征战，只要能找到一个合适的制高点，他必于战前登临亲自观察敌情和地形。久而久之，他甚至形成一种心理：凡是这个地方"长"得好，能让他看得远，看到所有要紧的去处，又能把最要紧之处看得清晰真切，这一仗十有八九能取胜。所以，他刚登上香炉山的最高处，就发出了一声响亮的"哈！"等到跟随他上山的人都在这一小块并不平坦的山顶，各自选了适合自己身份的地方站好，他又转过脸来对站在他侧后的阿里海牙说："这个地方真好！"然后问："你是怎么找到的？"

阿里海牙谦恭地答道："是张柔将军推荐的。"

忽必烈就抬眼在他的将军们中间寻找。张柔虽然站得较远，倒也听见了，便赶紧越过几位蒙古将领走了过来："禀王爷，末将昨天来过这里，觉得甚好，所以才冒昧向怯薛长推荐。"

忽必烈点点头说："好！"又朝张柔招招手，"你站得离本王近一点。这一仗主要是你来打嘛！"

跟随忽必烈登上香炉山顶的只有十几个人。阿里海牙事先禀告过，那地方小，人多了站不开。这十几个人里，只有廉希宪不是带兵的将领。阿里海牙曾经请示要不要带上刘秉忠，忽必烈想了想说："子聪还得谋划一些更重要的事，就不去吧。"当然，阿里海牙心里明白，王爷很看不上宋人那种以文官领军事的做法，凡涉及作战之事，多不让谋士们参与，带上廉希宪，也是平时多让其跟随在身边的意思。而在几位带兵的主要将领中，张柔是唯一的汉人将领。当忽必烈说出这一仗主要是张柔来打时，阿里海牙心里便咯噔了一下。他立即意识到了自己的一个疏忽。是啊，他本应想到，眼前这一仗，王爷会尽量不动用蒙古将领和蒙古军队。作为一个畏兀儿人，他倒没有特别轻视汉人的想法。虽然蒙古人的传统看法，是把人分为四等——第一等自然是蒙古人，第二等是色目人，然后是汉人、南人，王爷也不反对这种看法，但在具体的用人上，却是唯才是举，让每个臣僚都能发挥他最大的作

---

① 今武汉汉阳邋北。

用。王爷让汉人的将领和军队来打这一仗，是因为汉人更适于中原的战法；至于那些蒙古将领和蒙古军队，则另有用处。昼夜不离王爷左右，阿里海牙当然明白，在王爷的心目中，与他的弟弟阿里不哥早晚必有一战。这种草原上的冲杀，就用不上汉人的将领和军队了。

在张柔的指点介绍下，忽必烈已经开始观察山下的敌情和地形。昨晚他看过作战地图，知道自己现在所站的位置，约略是在鄂州的正东。但在从鄂州到香炉山之间，长江却拱起了一个弓背，先是向正北偏东拐上去，然后是一个很急的陡弯，又向正南偏东拐下来。如果从这里渡江，渡江之后大军向西横扫，不足百里之遥，便可直抵鄂州城下。

"王爷请看，"张柔指着山下一个烟波浩渺的去处说，"那儿就是武湖！"

忽必烈展眼望去，但见这武湖几乎与长江连成一体，水面甚是开阔，它的北岸，也就是离香炉山很近的地方，排列着宋军的战船，大大小小，参差错落，阵形极是严整。

"那边就是阳逻堡，"张柔又指着水军后面那隐隐可见的城堡说，"宋军守将吕文信，就是年初从播州驰援重庆的宋将吕文德的弟弟。"

"听说他们吕家兄弟多人都是宋军将领？"

"据末将所知，他们一共兄弟六人，只知吕文德是老大，却未闻这吕文信排行老几。或者这个吕文信在宋军将领中不甚有名吧。吕家还有一个吕文焕，虽尚年轻，却较有名气，所以末将听说他排行老四。"

忽必烈漫不经心地"啊"了一声。此时他还想不到，正是这个吕文焕，未来将成为他最难对付的主要对手，最后又投入他的麾下。

"那边，"张柔指着远处一个已经看不见的地方说，"与阳逻堡隔江相对的，就是南岸的浒黄州。"停了一下接着说，"大军如果要从这里渡江，必须先占领阳逻堡，然后乘胜进击浒黄州。宋军的兵力主要在阳逻堡，吕文信也在阳逻堡，只要能快速攻下阳逻堡，并且立即过江进击浒黄州，不给敌人更多的准备时间，以末将估计，即使不能马上攻下浒黄州，至少也能把那里的敌人压制住，这时大军即可开始渡江。只要能有几千人过了江，浒黄州就不在话下了。"

"嗯，好！"忽必烈点点头赞许说，"就依你所言。那么最要紧的就是要快速攻下阳逻堡了。既然你说宋军的主要兵力在阳逻堡，又有吕文信坐镇，再加上水军陆军两相呼应，你能快速将其攻破吗？"

"末将已有了一个谋划，只是……末将想等王爷回到大帐后再详细禀报。"

忽必烈抬头看了张柔一眼，又看了看周围那几位蒙古将领，说声"也好"，便抬手指着山下问："你看见那两艘大船了吗?"

张柔顺着忽必烈所指的方向望去，果然看见有两艘大船停在岸边，却又与水军阵列隔开了一段距离。

忽必烈问："这两艘大船，是不是很像两只离群的大雁?"

"王爷好目力！以末将想，这两艘大船恐是卸了载的辎重船，所以不在宋军战船的阵列之内。"

"你能不能派个三二百人来一次突击，把这两艘船夺下?"

张柔一怔，但马上领悟："王爷奇思妙想！末将这就去！"

"好，你去吧！本王就在这里看你夺船。"

张柔去后，忽必烈让阿里海牙给自己安排个座儿。阿里海牙办这类事不在话下，转眼之间，就在离那两艘大船更近些的南山坡上，选了一小块平坦的空地，支一把宽大的太师椅和一张精巧的几案。稍后，忽必烈正觉得口渴时，便有一小壶茶放在了几案上。

这时，原来跟随他登上山顶的蒙古将领们均已"自便"，连随侍左右的阿里海牙和廉希宪也侍立在五步开外。这两个人都清楚，王爷说是要看张柔夺船，其实即使张柔的动作极快，那也是一个时辰以后的事，现在王爷必定是有大事要思虑谋划。

而忽必烈的思虑，正是从这一壶带有烟熏味的茶开始的。当他听从廉希宪的建议，做出立即北归的决定之后，又突然意识到其中有某种疏忽、不妥甚至错误，但是又想不清这疏忽或不妥或错误究竟在哪里。是刘秉忠为他解开了这个谜团。在所有的谋士，包括所有的汉人谋士之中，唯有刘秉忠能把极大的事思谋到如此的细微之处，而且能把所有方方面面的事串在一起，形成一个环环相扣的链，然后再一环一环地去推测它所有可能的发展与结果。忽必烈原来很赞赏廉希宪的话："天命不可辞，人情不可违，先发制人，后发制于人，事机一失，万巧莫追！"看这种大事，就要有这种大眼光，而且廉希宪看得精辟，看得透彻。只有在听了刘秉忠的一席话之后，他才悟到这是以大说大，其中只有大，没有小。道理都对，却有大而化之之嫌。刘秉忠则不然。更有意思的是，刘秉忠不是在否定廉希宪，恰恰是在肯定廉希宪这个话的基础上展开他的推衍的。刘秉忠抓住了这个话当中最核心的一环："事机"。什么是"事"? 什么是"机"? 什么叫"失"? 刘秉忠说："王爷的'事'，就是不辞天命，不违人情。成'事'之'机'，则在于'先发'。无论早晚，只要占得一个'先'字，即不为'失'。不知王爷怎样预计，以属下推算，阿里不哥要在喀拉和林召开忽里勒台，最早也得明年六月。这有两个缘故。其一，按先大汗蒙哥的旨意，他一直留守喀拉和林，漠北诸事，都是他在料理，政令自他而出，诸王贵戚一向遵从，他自是以为大汗位的继承，非他莫属，所以必定会力求将此事办得合乎规制。按先大汗成吉思汗定下的规制，忽里勒台即诸王大会，必须该到的诸王全部到齐，方可议事。据属下所知，当年窝阔台大汗殡天之后，皇后乃马真欲召开忽里勒台拥立贵由，正率大军西征的宗王拔都素与贵由不睦，以患病为名拒不到会，使忽里勒台无法召开，最终竟导致国内五年无君。现在阿里不哥要想把该到会的诸王全请到，也不是那么容易。即如远在波斯的旭烈兀王爷，若立即动身，势必中途在草原上过冬，人员马匹都要受苦。若等到来年春暖马力恢复后再动身，最快也得四五个月方能走到喀拉和林。其二，还有一个缘故，是阿里不哥需要时间去游说诸王。他虽然自以为能得到多数诸王贵戚的拥戴，却也担心会有人反对。他平日多有放纵任性之举，少不得会与一些人结怨。再如像旭烈兀，平日与王爷过从甚密，是众人皆知的事，万一在诸王大会上坚持己见，不肯拥立阿里不哥，形成争执不下的局面，只能无果而散。阿里不哥那边是这样，王爷这边又何尝不是如此。王爷虽可以不拘泥于现有规制，但以属下揣度，王爷想要的不仅仅是一个徒有其名的汗位，所以也需要时间，来争取更多的，起码是现在漠南诸王贵戚的拥戴，这也需要选派多路使者去各处游说。以属下推算，王爷要做好这件事，形成一个拥立的局面，亦很难早于明年三月。而果能如此，即已不失先机了。那么，在这半年的时间里，王爷做哪些事最能得人心？属下以为，王爷心里是明白的。在应对穆哥的使者时，王爷脱口而出的'岂可无功遽还'，即是明证！"

在这个问题上，刘秉忠的话到此为止。再往下说就有冒犯之嫌了。而对于忽必烈，话到这里也就够了。忽必烈自己能把刘秉忠没有说出来的话补上。而且，他顺着这个话，顺着这个思路，自己又往前推衍了一番。他设想，当他的使者站在那些要游说的诸王贵戚面前时，拿什么去说服人家拥立他忽必烈成为新的大汗？显然，最有说服力的，就是他忽必烈现在在哪里，在做什么！如果听说他忽必烈刚得知蒙哥的凶问，便已匆匆北返，人家会怎样看他忽必烈？那不过是个胸无大志、才具有限、一心只盯着汗位的凡庸之辈！反过来，如果听说他忽必烈秉承蒙哥大汗未竟的遗愿，正在与宋军苦战，甚至已经攻克鄂州，正沿江而下逼近临安，谁敢不承认这才无愧是成吉思汗的嫡孙，是阿里不哥根本无法望其项背的草原雄鹰！刘秉忠说得对，他当时脱口而出的"岂可无功遽还"，正是汗位继承者所应表现出的胸襟气度。让他站在旁观的位置上，他也不会高看那种"无功遽还"者。

刘秉忠接着还对攻鄂之战做了推衍。他说到几种可能，但总的来说并不乐观。忽必烈明白，刘秉忠的意思是这一仗不好打也要打。但忽必烈更注意刘秉忠那个没有直说出来的弦外之音：这一仗之所以胜算较少，最重要的一环是蒙军缺少真正的领军统帅。这一点又恰与忽必烈心中的疑虑暗合！要征服大宋，不仅要占领他的土地，还要取代赵家朝廷统治那里的人民，这就不是仅仅擅于攻城略地便能胜任的。他手下的蒙古将领，至少是眼前这些蒙古将领，勇猛有余，却都太过嗜杀嗜掠。此事还不能强求于一时。忽必烈也曾想到，此番中原作战，骑兵的优势很难完全施展，攻城拔寨，主要还得用汉人的军队，因而也得靠汉人将领。在汉人将领中，张柔是当然的首选，但并不能让他十分放心。自去年十一月从开平出发，忽必烈率领着十万大军一路走走停停，其中的缘故曲曲折折非止一端，而相当重要的一条，就是想等史天泽回来。蒙哥进驻六盘山时，就点名把史天泽召去。蒙哥虽然知道像史天泽这样的汉人将领有用，无奈他自己却是个刚愎自用的人，再加上他手下多是一帮蒙古将领，很难有史天泽说话的机会，而史天泽身临其境，唯求自保，哪里再敢多嘴？便是想要回去的话，亦不敢贸然说出。忽必烈并不清楚史天泽的处境，只是苦于等不到他的回归，无奈之下，只好把统领汉人军队的重任，交给张柔了。不想在连克大胜关、虎头关一役中，张柔打得干净利落，让人刮目相看，再听他刚才那番关于攻打阳逻堡、浒黄州和大军渡江的设想，让忽必烈真是心中一喜。看来这个以勇猛著称的汉人将领大有长进！忽必烈喜欢那些爱学习的、时有长进的属下。况且张柔已经六十九岁了，就更显得难能可贵。这也是他决意留下来，要看张柔夺船的起因。

不过，他实际上根本没有，或者说没来得及看清那个夺船的过程，只是远远地感受了一下那行动的"迅雷不及掩耳"之势。他的注意力其实一直集中在那两艘大船的西北方向，因为那是预计张柔发起攻击的方向。事后，阿里海牙和廉希宪都承认他们也是如此。他们都没想到，竟是在大船的东北方向，也就是阳逻堡那个方向，突然杀出一彪人马。这个突击队并没有忽必烈所说的"三二百人"，最多不过百十来人，而其中居然是以三十余骑的骑兵为前队。虽然不是水上作战，毕竟战场就在水边，目标又是夺船，竟以骑兵先行突击，确实出人意料。事实上，忽必烈最先看到的也是这队骑兵，而且立刻产生了一个不好的印象。这些战马的速度要不得！不要说跟蒙古骑兵没法比，就是作为蒙军中的汉人骑兵，这样的马速也是丢人的！忽必烈甚至开始有点恼怒了。他记得，朝觐蒙哥、商定伐宋计划回来不久，他就下令给汉人的军队配备一部分蒙古战马，并派蒙古骑兵去训练他们的骑兵。他认为这是一项很重要的举措，难道竟是这样的结果？果然，这些骑兵惊动了大船上的宋军，立即便有四五十宋军士兵纷纷从船上跳下，挥舞着刀枪向骑兵迎去，欲行阻击。见此情形，忽必烈不由得转脸去看不远处的阿里海牙，那阿里海牙也就趋前两步，摇摇头说："若是蒙古骑兵的马速，宋军根本来不及反应，马队早到了船前！"

忽必烈点点头表示认同，但突然把平竖起的手掌向外一推，做了个"且慢"的手势。他看出门道来了！当这四五十名宋军，在河滩上笨拙地向前奔跑之际，蒙军的马队也突然加快了马速，结果那景观，就像一股狂风扫向了落叶。这样的骑兵与步兵相遇，步兵无异于等着挨砍的西瓜。马队以旋风般的速度一扫而过，风过之后，河滩上只有宋军仍留在原处，只是仍然站着的已不足原来的三成，纷纷向大船逃去，并且还真的在马队折返之前逃上了大船。而实际上，马队也并没有以通常骑兵作战所要求的那种速度折返，很明显，张柔给他们的任务，仅仅就是这一波冲击，因为这时原来跟在马队后面的蒙军步兵已经赶到。他们几乎就跟在逃跑的宋军后面爬上了大船。接下来的短兵相接发生在船上，香炉山上的忽必烈看不见，但他仍不难想象——和发生在河滩上的一样，那不是对抗，只是砍杀，因为不一会儿，那两艘大船已开始移动。这时的马队，已经面朝阳逻堡方向列成一个断后的阵形。直到大船驶出约有一里之遥，阳逻堡方向毫无动静，骑手们才拨转马头，以纵队的队列和不紧不缓的马速，去追那两艘大船。

唉，张柔啊张柔！汉人啊汉人！忽必烈心中发出一声感叹。现在他看得很明白了。如果马队一开始就以最快的速度冲击，并且在宋军做出反应之前就冲到了大船前，那意味着根本不会有"西瓜"给他们砍。宋军还都在船上，莫非要他们下马，然后再爬到船上去夺船？那他们还是骑兵吗？而且，他们前进过快，势必与后面的步兵拉开过大的距离，根本不能形成一个进攻的整体。所以，这场夺船之战的关键，全在马队速度的恰到好处。难为张柔想得出，或许也只有汉人想得出这样使用骑兵。在蒙古骑兵的头脑里，马速总是越快越好。

于是忽必烈朝阿里海牙招招手，没等他走到近前，便断然说："传令下去，明天大军由此渡江！"

当然，回到大帐以后，他还要立即召见张柔，听他禀报攻打阳逻堡和浒黄州的具体计划。不过他现在就已深信，那计划错不了！

蒙军夺了宋军的两艘空船，船再大，也不过是两艘船，在整个鄂州战役中，原是不值一提的小事，连"花絮"都算不上。大概连忽必烈都不会想到，在后来的历史记载中，不仅略去了很多不大不小的事，甚至略去了很多很大的事，却唯独留下了"当即遣军夺大舟二艘"的记载。

两艘大船被蒙军夺走的军情，报到宋军守将吕文信那里，很让吕文信恼怒。他当即下令严查对此负有责任的一干军校，一旦查实，严惩不贷！两艘空船虽然不值什么，但就是让人家大白天地从眼皮子底下抢走，且半天没有任何反应，等到派人去追，那两艘船已经驶出十多里，又因怕中了埋伏，没追出五里便收兵返回。吕家丢不起这个脸！待怒气消去大半之后，他开始琢磨这件事。蒙军号称十万，大兵压境，没听说有什么像样的军情，却冒险来抢这么两艘船，意欲何为？吕文信确非等闲之辈，没有把它看成是某些低级军官的小动作，而是把它视为某个大动作的一部分——蒙军要渡江！于是他下达了更严厉的军令：敌人要渡江，正在准备舟楫，甚至不惜冒险到我水军阵前强行夺船，各处务必保持警觉，严加防范！因为是严令，所以连夜传往所有防区驻地、水步两军。吕文信没想到的是，这道措辞严厉的军令，却让接到它的下级从中读出了一种言外之意：蒙军一时半会儿还渡不了江——他们正在"准备舟楫"，他们缺船！

这正是张柔所说"王爷奇思妙想"的缘故！

蒙军不缺船！

蒙军的船，不是他们从开平千里迢迢带来的，而是当地，具体说就是江西一带的汉人渔民主动提供的。

不仅献出了足够的舟楫，许多汉人渔民还主动留下，或充当船工，或担任向导。

当时，宋朝派到这里的最有权势的官员，是沿江制置副使袁玠。这位对大宋忠心耿耿的宋将，为了准备抗击蒙军，在他所辖的地区，设立了各种一般人想不出的名目，以"供应军需"的名义聚敛财物粮草，以"修筑工事"的名义强征官差徭役，凡有逃避、拖欠、抗拒者，动辄以"对抗朝廷""通蒙资敌"问罪。渔民不堪其虐，怨声四起，多有离家出走或沦为盗匪者，而袁玠将此类情形一概按下不报，只向朝中夸耀他到任后储备了多少军械粮草，修筑了多少城墙堡垒。不料这次蒙古人真的来了，渔民们也真的来了个"通蒙资敌"。袁玠听到风声，派了一小队士兵前去弹压阻拦，反被渔民们打得抱头鼠窜，带队的小头目也落水溺死。袁玠一如既往，一面下令严惩暴徒，一面申报朝廷，已将两名通蒙资敌的歹徒就地问斩，并对那个在平息事态中奋不顾身英勇殉职的小头目予以厚葬，从优抚恤，旌表有加。同时还传下密令，封锁消息，如有泄露者，一律以扰乱军心民心论处。这样一来，阳逻堡的守军，虽是离得不远，却被瞒得一无所知。

他们知道蒙军不缺船，是在九月初四，但为时已晚。

九月初四，天刚蒙蒙亮，忽必烈就来到他的船上。昨天午后他来看过这艘船，很满意。这是一艘大船，长约二十丈，前部有桥楼，但外表有点旧，难得阿里海牙没有特意修整、装饰它，所以当它行驶在船队当中时，也不会太招人注意。忽必烈将乘坐这艘船渡江，一旦船到江心，没人知道会发生什么。如果宋军注意到这艘船，派出精锐船队实施突击，那谁也不敢保证蒙古水军一定对付得了。蒙古将领们都承认，和南宋水军相比，蒙古水军的作战能力差着一大截。

在阿里海牙的护卫和这艘船的水军统领的搀扶下，忽必烈登上了船舷。一进船舱，他就脱下已经被雨淋湿的帽子和大氅。幸好里面的衣服还是干的。早年在漠北草原上，被雨淋得湿透是家常便饭，但自从来到漠南不久，他就不习惯穿着湿漉漉的衣服了。

雨是从半夜时分开始下的，不大，也不是一直在下，却又是淅淅沥沥，时断时续。还有风，风还不小，有时甚至能把已经淋湿了的旌旗吹得猎猎作响。从大营出发前，包括阿里海牙在内的一些将领和谋士，即多有进言劝阻者，认为这样的天气不宜渡江，不宜作战。他总是听了以后点点头，却不开口。当他明示阿里海牙"按原计划登船"时，多数人都以为他决心已定，只有阿里海牙清楚，王爷说的是按原计划登船，而不是按原计划渡江。王爷到了船上，如果眼见江面上的风雨太急，再改主意不迟。

果然，忽必烈一走进为他准备的舱室，就直奔朝着江面的一侧，隔着舷窗朝外凝视良久。天色似乎比刚才更黑了，但仍能看到江面上那一片风雨如晦的景象。忽必烈的眉头也渐渐收得越来越紧。阿里海牙知道，王爷多半要改主意了，而就在这时，外面传话，说张柔将军来了。

"让他进来！"没等阿里海牙转述，忽必烈已经发下话来。

是啊，现在的关键是张柔！

"你——"忽必烈紧盯着张柔问，"是什么人说动你来的，还是你自己要来的？"

这话问得有点突兀，但论理又不应在张柔的意料之外。这时候他应该在自己军中，不该出现在这里。不过他也只是稍稍错愕了一下，便从容答道："是末将自己要来的。末将有句话理应禀告王爷。"

"是吗？你该不是也来劝我暂缓渡江吧？"

"王爷何时渡江，不是末将妄议之事。末将心中所想，只是昨日王爷交给末将的重任。"

"嗯，你说！"

"末将想请王爷知道，今日之风，乃天助末将取胜！"

"哦?"忽必烈不由得转脸看了看舷窗外面,突然两手一拍,"啊,我知道了!"

"依末将想,只要末将不辱王爷之命,今日之内拿下阳逻堡、浒黄州,便是王爷和大军延至明日渡江,似亦无妨。"

现在忽必烈明白自己举棋不定的缘故了。昨天听完张柔禀报的作战计划,忽必烈曾击节赞叹。这个计划可谓奇想迭出,整体上却严谨周密,环环相扣。看来张柔这块姜真是越老越辣了。听张柔说到诸事已照此准备停当,只等王爷令下,明早便可出击时,忽必烈当即拍案而起:"好!就请张将军依计行事,明早出击!"

可是这个计划并没有把天气的变化考虑在内。让忽必烈尤其担心的是风向。忽必烈从一开始就注意到了,刮的是西南风。大军渡江时,船行正遇侧顶风。当然,如果张柔确能按他所说,将阳逻堡、浒黄州的宋军全部压制住,顶风行船不过多用一点时间;可是战场上风云莫测,万一情况有变,宋军派出一支水军,借顺风顺水之势,向正在半渡之中的蒙军船队发起突击,那就很难招架了。众将领、谋士力劝,多数也是以指出这层危险为理由。然而忽必烈又实在舍不得放弃张柔那个计划。那个计划太诱人了!而一旦延缓,便等于放弃。他很清楚,此时此刻,三支突击队都已进入出发地,一旦撤出,不免留下诸多痕迹,难保不被宋军察觉。一旦宋军有所准备,再要实施这个建立在"出其不意"基础上的计划,反而变成一次以羊扑虎的愚蠢行动。

"王爷!"见忽必烈沉吟不语,张柔有些焦急地向前跨了半步,拱手禀道,"是末将疏忽,昨日禀报时,没有把张荣实所部的突击方向说清楚……"

"不,"忽必烈抬抬手,打断了张柔的话,"你说清楚了,是本王一时没有想到。"

是啊,张荣实所部不过三百余人,在数万大军渡江作战中,这点人太不起眼了。当数万大军都将面临侧顶风时,唯独那三百余人是顺风出击,而他们的出击,却是为整个战场奠定胜局的关键一击!

"你来得很好,"忽必烈接着说,"但是本王要你立刻回去,按原计划出击,而且必须取胜!"

"是!末将这就回去!"

"稍等!"忽必烈离席而起,走到张柔身边,抚着他的背说,"我要你知道,既然你的出击计划不变,大军渡江的计划也不变。如此,我全军安危,实系于将军一身。"

"是,末将知道干系。"

"传我的话给张荣实,还有解诚、朱国宝、董文炳等人,只要将士用命,奋勇向前，此战必胜！到时本王加倍有赏。好，去吧！"

张柔疾步离去。忽必烈走到朝江岸一侧的舷窗前，看着张柔连跑带跳地下了船，飞身上马，疾驰而去，心里又是一动——这位已届六十九岁的老将，竟是未带随从护卫，单人单骑而来！难怪人们都称他是"河朔豪士"！

然后他叫来阿里海牙："本王今日起得太早，现在想睡个回笼觉！"

就在忽必烈酣然入睡之际，张柔的三支突击队先后出发了。

朱国宝率领的水军，不算严格意义上的突击队。一百多艘船，将近四千人，面临的也将是一场正规的水上作战。而另外的两支，就全然是突击队甚至敢死队的性质了。勇将董文炳率领着一支不足百人的小船队，如一支利箭直向南岸的浒黄州射去。大江横阔，风雨交加，更兼逆风，战场尚远，士兵们眼下只是奋力划船。而张荣实所率领的突击队，却是很快就投入了短兵相接的战斗。在蒙军中，张荣实以"习水战"闻名；头天夜里，他已率领这支全由轻舟组成的水军，悄悄进入阳逻堡西南约十里之遥的一片沙洲。应该说，张柔的出击令传到时，已经略有耽搁，如果天气晴好，他们冲到南宋水军的阵列前面时，可能提前已被发现。真是老天帮忙，因为阴晦，天色一直昏暗，下雨又使宋军看不远，再加上因为顺风加快了船速，直到他们擂响战鼓，点亮火把，呐喊着冲进宋船的阵列时，刚从睡梦中惊醒的宋军立刻乱作一团。蒙军开始将火把向宋军船上投掷，虽是天雨船湿，却也有些火把投进了宋军船舱内，渐渐便有一些船只起火燃烧，这就更加加重了宋军的恐慌，一时间死的死，伤的伤，逃跑的逃跑，跳水的跳水。只是蒙军毕竟人少船少，而宋军又是一支训练有素的水军，那些没有直接受到冲击的船只，虽然一时不明情况，也没有上级的命令，但听到蒙军的鼓声和呐喊声，又见四处火起，纷纷各自做主，解缆起锚，朝比较开阔的水面驶去。尽管没有统一的指挥，各船又都有点慌不择路，难说有什么队列阵形，但靠着平日的经验，乱了一阵之后，便渐渐有了秩序，而当它们在江面上分头聚拢、集结之后，却看见了由朱国宝率领的那支不大不小的船队。其中有那忠勇过人的，或许以为那蒙军就是朝这边来的，便加速迎了上去，附近的船则有意无意地跟了上去。其他船见状，或以为有了上面命令，或仅仅是随大溜，亦纷纷跟上，并且行驶当中，大略形成了一个迎战的队形。

朱国宝的船队做出了反应。前船慢了下来，后船分别向两翼展开——纵阵变成了横阵。

宋军的船队也慢了下来。前面带头的减速了，后面跟上来的也随之减速。这支没有了统一指挥的船队，就这样形成了临时的指挥系统：大家都依最先带头迎上去的那艘船的动作行事。而这艘船慢下来，是因为它的统领一时看不懂对方为什么突然变阵。这位统领原以为这队蒙军是来进攻阳逻堡的，而果如此，它就应该继续保持纵阵；现在它突然变为横阵，倒像是遇到了意料之外的情况，取守势以应变。不过这位忠勇过人之士立刻意识到，既然双方已经劈面相遇，断无再各自回头之理，而自己这边又占着顺风顺水的便宜，何不乘机立上一功？加速！

这艘船一加速，其余宋军船只也随着加速，并且形成一个大略可以辨识的楔形队形，朝朱国宝的船队冲去。

当这两支规模大略相当的船队绞杀在一起时，董文炳的部下仍在一心一意地奋力划船，而张荣实的部下已经开始打扫战场。他们没有去追赶那些陆续离开这里驶向中流的宋船，而是只在被他们冲乱了的几个局部扩大战果。据事后的战报，他们共夺得宋船二十艘，俘宋军二百人，杀死、烧死、溺死宋军"无数"。张荣实还在无意中立了一大功，只是当时他自己都不清楚，要到稍后才被张弘略弄明白。

张弘略是张柔的第八个儿子，奉命在张荣实得手后攻取阳逻堡。阳逻堡虽无深堑高垒，毕竟也是宋军的一个重要防区，更兼守将吕文信威名颇著——尤其是吕文德在川东战绩显赫，更让人不敢小觑他这个弟弟。所以，从张柔到张弘略，虽然志在必得，但也都做了打一场恶仗的准备。不想刚发起第一波攻击，没有遇到任何像样的抵抗，前队就冲进了阳逻堡，接着，跟进的大队便将阳逻堡完全占领。如果说短兵相接时尚无暇多想，此时张弘略却不能不想到，整个战斗，从头到尾都未见吕文信的踪影。急传令让人赶快盘问俘虏，很快便从一名被俘的副将处得知，他们也在找吕文信。接着又从吕府的一名小吏处得知，吕文信头天去水军视察，当夜未归。遂派人快马去报张荣实，张荣实才在宋军的尸体中认出了吕文信。毕竟穿戴不同，有心找时，不难辨认。所以在后来的战报中，列有"斩宋将吕文信"。功劳是记在了张荣实名下，但吕文信究竟在何时何地被何人所斩，俱皆语焉不详。

但这个消息确实大大鼓舞了蒙军的士气。张弘略向所部将士下达了乘胜进击的命令，要一鼓作气再拿下对岸的浒黄州！

此刻还不到午时。睡了一觉刚刚醒来的忽必烈，听说第一支渡江大军开船已将近一个时辰了，便下令自己所乘的船开船！

此令一出，水军万户解诚所率的船队迅即离岸，并以拱卫队形在江面展开。解诚正有些担心他的部下朱国宝，因为此前他接到朱国宝派人报信，说在中流不断遇到宋军，已接战四次，皆胜。朱国宝部是他派出临时归张柔调遣的，并不深知张柔的意图，而自己因为负有掩护大军，特别是掩护王爷渡江的责任，分给朱国宝的兵力不是很多，虽然朱国宝可堪信任，又报四战皆捷，但若是不断与宋军接战，终是不能让人十分放心。说到底，单论水战能力，毕竟略逊宋军一筹。听说王爷的船要开，只得收回心思，一时也就顾不上朱国宝了。

实际上朱国宝遇到的麻烦比解诚所担心的还要大。宋军一拨接一拨地到达，先头还只是从阳逻堡方向来的，后来当中又穿插着从浐黄州方向来的，朱国宝的船队难得有机会向南驶进，几乎就是原地不动，在同一处江面上接战一拨又一拨宋军，有时简直分不清那是同一拨的前队后队，还是另外的一拨。

当忽必烈的大船缓缓驶离岸边之时，董文炳所率的那"数百人敢死之士"，已经开始在南岸造成宋军的混乱。他们的行动方式有点像水贼，到一个地方就杀人放火，闹腾一阵又呼哨而去，再换一个地方闹腾。宋军一开始还真把他们当成了胆大包天的强人，不过很快也就明白过来，水贼是不会专找宋军营盘、战船来"打劫"的，而且并不抢掠财物，只是杀人放火。当他们越来越靠近浐黄州的城防时，宋军已经在他们的对面加强了防卫，同时组织兵力向他们的两翼迂回，截断他们的退路。出击之前，董文炳曾经激励他的部下要抱定"有去无回"的决心，看来那最后一拼真的就在眼前了。

而就在这时，第一支接应部队及时赶到！这支混合组成的部队，不仅有水军，还有七八百人的步兵，所以既有战船，也有运送步兵的大船，以至出发时间虽只比董文炳略晚，却正好在这时才到。而且，如果不是朱国宝在中流与宋军水军的鏖战，他们很可能在渡江当中遇到宋军水军的截击，这时候也到不了。这一切，不能不归功于张柔对整个战局的预见和对速度、时间的掐算。当接应部队的步兵直接向浐黄州的城防扑过去，摆出一副就要攻城的架势时，董文炳眼看着面前和两侧的宋军匆匆撤走，然后自己也两腿一软，坐在了地上。

将近未时，忽必烈的大船驶过江心，天色突然放晴。风停雨住，一轮明晃晃的太阳，把江面照耀得波光粼粼。忽必烈走出船舱，登上船头，船上将士顿时发出一片欢呼，紧接着相邻各船亦欢声雷动。欢呼声一船接一船地扩展开来，很快成了整个蒙军船队的集体欢呼，声遏行云，响彻了整片江面。蒙军士气大振，船速显得更快了。

连朱国宝都远远听见了这欢呼声，不过这时他正忙于应敌，顾不上让部下也跟着一起欢呼。一队眼下还看不清规模究竟多大的宋军船队，正迎面驶来，他自己的船队也在变换队形，由原在后面的战船前迎，以便让刚刚与前一拨宋军拼杀过一阵的将士稍作喘息。敌船一拨接一拨，面前这拨，已经是第十二或许是第十三拨了。幸好敌方船队规模都不大，使他可以利用前后互换的办法，使将士们得以轮换着稍事休息，否则不等战死就得累死。这当中，还多亏了那些自愿前来充当船工的江西渔民；他们的参与，不仅替下了一些士兵直接投入战斗，更难得的是他们的行船经验，尤其是那套在浪高水急的大江中流巧妙地利用风势水势的神奇功夫，使战船的行驶更加快速顺畅，在变换队形和近敌接战时占尽了便宜，比宋军战船更胜一筹。三五战之后，朱国宝已经看出自己这个优势，使他由忧心变成了充满信心。而在他悟透了张柔把自己放在这里的用意之后，他更给自己加了一个任务：尽量多俘获宋军的战船。事后他因此立下了额外的战功。

在朱国宝取得第十二或十三次战斗的胜利之后，张弘略所率的乘胜渡江的主力开始发动对浒黄州城防的强攻，因为只是遇到了微不足道的抵抗，很快便突入城内。与张弘略占领浒黄州全城几乎同时，第一批渡江的大军已经在南岸登陆，建立了牢固的滩头阵地，准备迎接忽必烈王爷登岸。而当忽必烈的马靴实实在在地踩在了南岸的土地之上，转过身去回望已经渡过了的滚滚长江时，朱国宝的事儿还没有结束。他再一次变后队作前队，准备接战正在向他驶来的又一拨敌船。这是第十八拨敌船。直到双方靠近了，才看清对方为首的那条船上悬挂着一面白旗。是来投降的。

整个说来，蒙军与宋军打了一场乱仗。如果说这原本出自张柔的计划，他要的就是一场乱仗，那么这场乱仗因为刚一开打宋军就折了主将而打得更乱了。失去了统一指挥的宋军几乎乱作一团。这乱局成就了朱国宝。被朱国宝经过十七战一一击败的宋军，加起来超过朱国宝所部至少三倍；如果这三倍之敌在统一指挥下集合起来与朱国宝一战，朱部实有全军覆没的危险！结果他反而十七战皆胜，不仅完全牵制了宋军水军，还额外建立了"夺宋船千余艘"的奇功。为此他得到了忽必烈的亲自召见。好个朱国宝，在听了王爷当面对他赞赏有加之后，并没有把功劳全都揽在自己身上。除了将士们的奋勇争先、竞相效命，他还特别提到并详细介绍了江西渔民在此战中的重要作用。忽必烈闻言大喜，深为感慨："一定要重重犒赏他们！还有……传我的话，说本王对他们的效力深表感激，铭记在心！"

"是！不过……"

"你还有话要说？"

"启禀王爷，末将来此之前，问过他们有何要求……"

"他们怎么说？"

"他们说他们身为大宋子民，不敢领受王爷的赏赐，只求王爷践行当初的承诺。"

"哦？"忽必烈脸色一凛，想了想才说，"你告诉他们，他们的心意，本王知道了，但本王的赏赐还是要收下的。他们献船献技，出人出力，少不得耽误诸多日常的生计，这些就权当补偿吧。你再告诉他们，本王言必信，行必果，目前已经派出一支精兵直取江西，那祸国殃民的袁玠，已经死期不远了！"

4 试探

在贾似道的督促下，张胜派出了更多也更得力的细作，以加强军情打探。果然不久就查明，那支带了不少母马的队伍，在向北走了一截之后，就掉头折向西南，又转向东南，似是奔湖南而去，只是很快便找不到了。同时还查明，稍后另有一支三千余人的队伍离开大军，朝江西方向开去，然后进一步查明这支队伍是由蒙将郑鼎所率领。这个郑鼎是蒙军中一位有独立作战能力的将领，所以张胜判断这是一支偏师，意图袭扰江西，以分散宋军注意力。贾似道认同了张胜这个判断，因为即使是消息灵通的贾大人，此时也还不知道袁玠作恶、渔民献船那些事。他命令张胜多派细作，务必尽快查实、判明湖南方向那支蒙军的去向和意图，而先不去管江西方向这支蒙军。在他看来，对方派出这种袭扰兵力实属多余，因为他此时即便有心也无力顾得上它。自从忽必烈的大军于九月初四渡江，而渡江后的种种举动又确确实实指向了鄂州，他就把注意力集中在鄂州防守上了。他甚至都没有细究阳逻堡和浒黄州的失守。忽必烈选择从这里渡江，并不在他意料之外，这个地方守不住，也在他意料之中。在这一段长江防线中，只有鄂州一地驻有足够的兵力，但忽必烈肯定不会选择从这里渡江，因为忽必烈的目的是攻城。不过，他也确实没料到阳逻堡、浒黄州会如此轻易地就丢了。尽管呈送到他这里的战报已经经过刻意的掩饰，他还是能从中看出那一仗打得有多窝囊。战报越是贬低蒙军，反倒越显出宋军的无能。虽然他也看出吕文信的阵亡有一定的偶然性因素，但他还是认定吕文信对此败负有主要责任。这个人不行，根本不能与其大哥吕文德相比。亲兄弟归亲兄弟，才具却可能相差十万八千里。他让翁应龙去料理这位阵亡将领的后事，一切照规矩办，心里却毫无惋惜之意，正相反，倒是有一点幸灾乐祸，觉得未必不是一件好事。他正用得着吕文德；让这位真能打仗的将领，增加一份为弟弟报仇之心驰援鄂州，自当更能拼死用命。

实际上，这正是近几天贾似道做出的最重要的两大决策之一：命吕文德领兵自重庆向东驰援鄂州。另一个重大决策，就是命高达率军自襄阳出发，向东南驰援鄂州。幕僚们多有提议从南边调援兵的，因为可以较顺畅、较快地到达，而现在贾似道所调的这两路，出发不久即会遇到蒙军，而蒙军一旦察觉其行动意图，定会增派兵力阻击，所以他们几乎得杀开一条血路，才能到达鄂州！于是就有了一样好处：

他们出发不久，就能开始发挥牵制攻鄂蒙军的作用。但是这也有极大风险，因为此战的焦点终归是鄂州，所以贾似道这个部署必须具备三个前提——守得住，到得了，进得去。首先是鄂州要守得住，至少守到援军入城。然后是援军必须及时到达，至少在鄂州失守前到达。而决定性的是进得去，包括吕文德、高达打得进去，和张胜能把他们接得进去。他们一路杀过来，无论蒙军怎样千方百计阻击，终是兵力有限，一旦到达鄂州城下，面对的将是敌方的主力大军。在城外的开阔地带与蒙军主力对抗，很难占到任何便宜，必须在进入鄂州城后，利用城防工事进行城防战，才能发挥最大的作用。这三个环节有一个不能实现，便会使鄂州保卫战陷入必败之局。这使贾似道犹豫了好几天。这当中，仍有幕僚提议再从湖南调一支援军（比如向士璧的部队）过来，以为万全之策。贾似道在考虑再三之后，还是没有采纳。他心里放不下那支先是朝湖南而去，后来又不知去向的蒙军。虽然那只是一支不足千人的小股之敌，但他们带了很多母马，终是有些诡异。在无法确定其用意的情况下，贾似道猜测恐怕与兀良合台有关。蒙古人刚刚占领大理时，朝中一度有些惊慌，等到忽必烈率大军北返，只留下兀良合台在那里，渐渐便不以为意，及至几年过后，实际上已松懈下来，除广西一线尚有相当的兵力，其余各处就只剩下徒有其名的防线，实际上是一块几乎不设防的腹地。六月，兀良合台率军出广西，先攻柳州，再攻静江府，均未得手。从朝廷发来的军情通报中，贾似道很难看出实战的详情细节，所以也很难断定兀良合台是用了全力而未能攻下，还是仅仅作为大举进攻前的试探，甚至只是声东击西的佯攻。况且当时他正全力关注四川的战局，而滇桂的战事不在他的职权之内，无法也无暇细究。此后，从六月到九月，朝中的军情通报再无兀良合台的消息。三个月没有任何行动，幕僚中多有认为兀良合台已经知难而退者，但贾似道并不相信。现在忽必烈大军南下攻鄂，不正是兀良合台绝好的可乘之"机"吗？所以，幕僚们所提调向士璧北上援鄂的提议，虽然对防守鄂州有利，但一想到湘中兵力将因此更加空虚，一想到兀良合台的存在，他还是犹豫不决。

　　当然，真正不容他再犹豫不决的，不是这些小麻烦，而是战局的急速发展。当廖莹中报告说蒙军已于今日午时进到鄂州城下时，倒是贾似道自己有些失态地"啊"了一声。沉默了一会儿，他才轻声埋怨道："这忽必烈来得也忒快了！"

　　"原是大人说让放他过来的。"

　　"那也还是来得忒快了些。"

　　这天刚好是重阳节——九月初九。忽必烈大军九月初四渡江，只用了五天时间便进至鄂州城下。贾似道确曾下过"放他们过来"的命令，具体说，就是对蒙军的前进只进行小股骚扰，不做正面阻击，将主要兵力收缩到鄂州城内，以便利用城防进行有效的抵抗。尽管放弃了阻击，但蒙军竟能在五天后到达鄂州，还是有点出乎贾似道的预料。鄂州的防守倒是早有准备，蒙军早到几天晚到几天无关紧要，但援军的调动，却是必须做出决定了。

"你让翁应龙传命：着吕文德部、高达部即刻出发，驰援鄂州！向士璧部——就不调了！"

"是！"

"还有——"贾似道突然离席而起，在书案后面快步地踱来踱去，边踱边说，"你替我草拟几道文书，着刘整即率其现属所部，到我军前听用！"

"是，大人！"

"叫他跟在吕文德将军的后面走！"

"让吕将军替他开路？"

"不是，是叫刘将军顺着吕将军已经开通的路走。"

"明白了。"

"此事也要知会吕将军，但措辞要有斟酌。吕将军善战，但心胸欠开阔。反正无论如何不能让刘整的部队替他开路。"

"明白。贾大人何时何地要用刘整另有谋划。"

"对，就是这个意思。"停了一下，半是对廖莹中，半是对自己说，"宁可备而不用，不可用而无备！"

话是这么说，实际上连贾似道自己也不愿正视他内心的这层矛盾。当他为了"补课"而研习那些过往的战例时，他就不断为这些几乎是清一色的防守战例而深觉郁闷。偶有进攻战例，却只能让他更郁闷。无论是高宗时的岳飞，还是本朝的孟珙，他们完成的那些进攻战例都是"特例"，无法重复亦无从效仿。现在贾似道面临的又是一场防守作战，在具体的指挥、部署上，他非常务实，一切都围绕着"据城固守"进行。现在，蒙军已经兵临鄂州城下，"据城固守"的形势更趋明朗，而他的心里却仍然在渴望着一次进攻。是的，哪怕只是一次局部的进攻作战。他为此终于做出了调刘整前来的决定。当然，从整个战局的演变来看，只有把鄂州长时间地死死守住，耗到蒙军不得不放弃进攻的那一天，才可能出现宋军发动进攻的机会。那么，调刘整前来，就是为了给死守鄂州增加一份信心。

这样想，不能说不合情理，但又总让人觉得有种一厢情愿的意思在里面。

就像是为了点破这层矛盾，当晚张胜就报来一个新情况：细作们发现，在鄂州城东北，蒙军正在搭建一座高台，虽然尚未完工，台高已四丈有余，而其位置距鄂州城防不过二三里之遥。虽然禀帖称尚未探明此台何用，但贾似道心中已是一阵紧张，一面命张胜抓紧探明此台的用途，包括其内外结构、格局等详情，一面让他的幕僚们都注意此事。幕僚们七嘴八舌议论了一番，报称多半是蒙军用来窥探城中虚实的。这个话猛一听好像也有点道理，但贾似道还是摇了摇头。以他的估算，若要看城防的外部，还不如直接抵近了看；若要越过城墙俯瞰城内，则此台至少得十来丈高，且距离又太远，最多看个大概轮廓，那作用甚至还不如派几个得力的细作混进城看得更清、探得更实。贾似道真正担心的是它会不会与某种新的攻城器具有关。贾似道一直都在关注这个事。夫工欲善其事，必先利其器，这是尽人皆知的道理，而要想"善"战争这个"事"，自然也有个"利器"的讲究。蒙军的骑兵优于宋军，很大程度是倚仗他们的马好；宋军的水军优于蒙军，很大程度是倚仗船好。自成吉思汗征西夏、伐金以来，尤其是本朝端平、嘉熙年间蒙宋全面对抗之后，蒙古人在中原作战当中，多次在坚城高垒面前吃尽苦头，无计可施。贾似道早就听说，蒙古人一直在寻找攻城战的良策，包括新的战法，也包括新的攻城器具。曾有细作探得，他们做了一种叫"鹅车"的东西，虽不知其详，大略是一种掘地的器具，说不定是想从地下挖洞入城。在贾似道看来，大宋在这方面并不一定占有优势。当今皇上崇尚理学，虽有端正人心之功，亦有轻视实技之弊。饶是如此，军中仍有看重此事者，且不乏成效。两年前研制成功的连发弩，即有射程远、发射快、弩矢密集的长处，目前张胜的守城部队已配有十余组，一旦投入使用，贾似道深信必可收得奇效。他还听说曹世雄军中曾研制一种火枪，据称威力极大，射出的弹丸，三五十步之内可嵌入树干两三寸，可惜枪体不够坚固，点火时往往先将枪体炸开，试用时伤了好几个枪手，以至一时不敢再试。蒙古人一向不尚空谈，虽然他们在工匠技艺方面远不如大宋，但亦多有金人和北方汉人为其所用，又有西域的色目人相助，难保其中没有身怀奇能绝技者，所以贾似道始终不敢掉以轻心。他实行的就是"据城固守"的方略，万一对方真造出了某种出人意料的攻城器具，那可就是釜底抽薪死路一条了！

想到这里，贾似道让廖莹中传话给翁应龙，让他明天一早去鄂州，检查一下命张胜准备的木料是否已经备齐。"务必要亲到储备地，亲身查看。"贾似道叮嘱说，"耳听皆是虚，眼见方为实！"

翁应龙去了一整天，天未亮就动身，天黑了才回来。他刚好赶上了鄂州城下第一场试探性的前哨战。无论是他，还是贾似道、张胜，都没想到会有如此一战。听说贾大人对那座高台如此关注，张胜心里也有点不踏实了，一面多派得力细作前去打探，一面派出一小队人马，意欲抵近观察。翁应龙眼见张胜如此调派，觉得这位将军的确是个办事认真的人，这才跟着那个派来给他带路的，去查看那些木料。带路的说，贾大人虽无明示，但张将军揣度贾大人的用心，此时储备这些木料，必是要用于守城，所以将征集来的木料分了四处，城东城南城西城北各有一处，以便需要时就近取用。翁应龙点头称是，只是这东南西北一圈转下来，虽然查得数量、质量都与贾大人的要求相符，存放亦称稳妥，却是看看已近午时，身上亦觉困乏。回到张胜的府衙，他原想告辞一声赶回汉阳交差，不料却被告知，城外有紧急军情，张将军已亲到城上督战。翁应龙略一沉吟，便让带他去城上。跟随贾大人多年，翁应龙自是明白，若在这节骨眼回去，须是难以交差，而亲至城上观战，再回去向贾大人禀报亲眼所见，那可是一个大大的彩头！

　　没想到再次扑空。翁应龙赶到城上时，张胜又不在。一个军校禀报说，张将军已去集合兵马，少时即将率军出击。翁应龙便展眼往城下看，却看不出个所以然来。多亏这名军校倒也干练，尽其所知将前情说了一遍。原来此前派出的那一哨人马，朝蒙军高台方向走了不足三里，尚未及看清那高台的模样，却看见一队蒙古骑兵疾驰而来。张将军原有交代，如遇大股敌军，即急速撤回，不要恋战，因见蒙军骑兵来得凶猛，便往回跑。也多亏发现得早，未被敌人缠住，只有两个跑得慢的步卒落在后面，当了敌人的俘虏。幸好敌人亦未穷追，其他人得以回到城里。原以为事情到此告一段落，没想到时隔不久，就有一队蒙军来到城下。原来那两个被俘的宋军降了敌人，就由一名蒙将带着前来劝降，说是奉了忽必烈王爷之命，要面见张胜将军。张将军到了城上，下令让那伙人进来。及至他们被带到张将军面前，张将军不由分说，便下令把两个降人杀了，然后指着那蒙军将领说："我要你进来，就是让你看看我这铜墙铁壁般的城防，所以给你留条命，回去告诉忽必烈，早早退兵，还能回去料理你们漠北那些烂事，若敢来犯，再想回也回不去了！"轰走那伙人之后，张将军意犹未尽，又想起那逃回城的一哨人马，益发觉得那座高台起得蹊跷，发声狠说"我倒要亲自看看它是个什么鸟东西"，便集合人马去了。

　　正说话间，城下已经有了动静。先是护城河上的吊桥落下，随后城门打开，接着便有步兵出城过河，朝东南方向奔去。总共约有两千人的步兵，原是鱼贯而出，奔跑当中渐渐成了一个方阵。步兵之后，稍一间隔，便有骑兵随后驰出，几哨尖兵之后，便是在众军校簇拥之下的大将张胜。近三百匹战马的蹄声轰然作响，又倏忽远去。站在高可七丈有余的城墙上，翁应龙眼见得张胜率领着马队，在城前那片开阔地上做了个不大不小的迂回，在大约二里之外，从侧面超越了步兵方阵，再拐回来，成了步兵方阵的前队。历来城下攻防之战，防守一方都会将城外的民居悉数拆除或烧毁，以免被敌方用作攻城时的掩体。南宋自高宗以降，北患频仍，在那些被认为"兵家必争之地"的城外，附近已很少有人再建民居，所以翁应龙看得很清楚。就在张胜的马队超出步兵方阵的同时，却见对面陡地扬起一片黄尘，然后便有一队骑兵出现在黄尘之中，朝这边冲了过来，转眼间与张胜所率的骑兵步兵绞在一起，一片惊天动地的喊杀声，连城楼上的翁应龙也听得真真切切。翁应龙虽只是个文吏，没用多久，也看得出宋军不占优势。短时间的相持之后，宋军便开始且战且退，渐渐退到护城河边，而脚下原已关闭的城门再次打开。这时的翁应龙已有点惊慌了，心想万一蒙军跟在宋军后面也拥进城门，麻烦可就大了。不过他随即就放下心来，因为城门打开之后，外面的宋军并未退回城内，倒是另有一支宋军从城内杀将出去。与此同时，翁应龙发现身旁两侧已上来很多弓箭手，不停地向远处放箭，而那些比较靠前的蒙军，便不时有人中箭落马或倒地。宋军得到援兵，又有城上弓箭掩护，很快稳住了阵脚，蒙军则略有后退，两军之间便出现一条分隔线。隔着这条线又对峙了一会儿，蒙军开始撤退。虽是退去，却也章法不乱，后队先走，前队断后，直到见宋军无意追击，留在最后的百余骑兵，才拨转马头绝尘而去，催马追赶已走出一里之遥的大队。而此时宋军也开始收兵，有条不紊地鱼贯入城。

等翁应龙见到张胜时，这位刚打了一仗的将军，虽仍铠甲在身，却已摘去头盔，正用一块帕子擦拭头上的汗。见张胜脸色平和，谈吐淡定，便知这一仗虽有波折，但并不吃亏。落座之后，翁应龙道了辛苦，说了些赞扬的话。张胜亦自回了些谦让之辞。便有小校来说饭已备好。张胜站起来一拱手说："军中安得美酒佳肴，不过是请翁先生吃饱，赶回汉阳向贾大人复命。"翁应龙也不谦让，这餐饭晚了足有一个时辰，两个人都已饥肠辘辘，少不得也都吃得有点狼吞虎咽。席间说话不多，只是张胜说到对城东南那座高台的疑虑时，也勾起翁应龙相同的迷惑。无论是最初派去的小队，还是后来张胜亲率大队前往，目标既是那个方向，便立即引起对方迅速的反应，让人觉得那正是蒙古人刻意要保护的地方，绝对不许宋军靠近。二人议论了一阵，却无非是些猜测，总之与蒙军攻城有关。不意刚刚餐罢，便有小校来报，说派去的细作已有二人返回，并已探得那高台的实情。原来那座高台已于昨晚粗粗搭就，高约五丈，底座长达五十余步，进深亦五丈有余，却是不东不南，不西不北，正面直对鄂州城东门。虽是昼夜赶工匆忙建成，内外皆是原木裸露，概无装饰，那正门之上，倒已悬挂出一块匾额，上书"压云亭"三个大字。四周戒备森严，很难靠近，多亏有个细作乖巧，远远听得蒙军两个士卒交谈，方知今天一早，他们的忽必烈王爷已登临其上，察看鄂州守军的城防军情。听到这里，翁应龙和张胜不由得四目相视，哈哈一笑——原来如此！然则此前蒙军的两次出动，和当中的一次劝降，都是忽必烈在压云亭上直接指挥的！难怪来招降的那个蒙军将领，口口声声说是奉了王爷的诏谕，当时张胜还以为不过是张扬之词，看来还真是忽必烈亲自发了话的！

带着如此之多又如此重要，更是亲闻亲见亲历亲为的军情，翁应龙回到汉阳向贾似道一一禀报，自是会得到一顿上好的夸奖称赞。说到那"压云亭"的种种，贾似道毫不掩饰地当即出了一口长气。可是等翁应龙禀报完毕，贾似道却默然良久，渐渐锁紧了眉头，弄得刚受了夸奖的翁应龙也跟着紧张起来。

"如果，"贾似道开口了，像是说给翁应龙听的，更像是说给自己听的，"如果确如你所说，今天是忽必烈在指挥一切，那就表明张柔尚在前来鄂州的途中，他们的攻城主力亦未到齐。主将未到，忽必烈却先到了，且径自登上压云亭，这说明什么？对，来者不善，善者不来！这个忽必烈……看来委实不可小觑！若是日后蒙军攻城，这个王爷每次都登临压云亭督战，哪个将士敢不用命？"

"这么说，倒不如让张将军派人乘夜偷袭，一把火烧了它！"

"不！他喜欢看，就让他看吧！让他亲眼看看他的将士毙命于我坚城之下的惨状，也好早做退兵的打算。而且，"他停顿了一下，加重语气说，"张将军今日出击，事出有因，情有可原，我就不予深究了，但仍要传话给他，只此一回，下不为例！告诉他，我一向所说'据城固守'四个字，叫他须臾不可忘却！像今天这种即使不算吃亏，毕竟也不占便宜的糊涂仗，以后少打！"

别看贾似道眉目之间带着三分女相，一旦沉下脸来，却是不怒自威，颇有震慑之气。翁应龙虽是受了夸奖，因为贾似道后面的一番重话，心里便有些忐忑，告辞出来，忙拟就一通书札，又派人连夜送往鄂州，叫张胜以后切勿轻易出击。

连着三天，鄂州张胜没有报来什么紧急军情。倒是襄阳高达那边传来一个捷报，说他们刚出发不久，便得知蒙军已派百户长巩彦晖率军迎战，高达设了个埋伏将其击败，并将巩彦晖俘杀。贾似道知是大战将临，正在一触即发之际，却又只能等着，眼下并没有什么事要他去做。

很快，翁应龙报来喜讯——那幅展子虔《游春图》已经以三百二十两黄金成交。贾似道命人挂在望波厅内，赏玩了足足半个时辰，过足了新主之瘾。

其后几日，贾似道或赏玩书画，或寄情于促织。到了九月十五日，他正和群僚在望波厅观赏一出"蛐蛐大战"，一个吏员急急走了进来，将一个禀帖交给翁应龙，还低声说了几句话。翁应龙一面听，一面已经将禀帖疾速扫了一遍，当即直冲冲朝贾似道走来。

贾似道也看见了，没等翁应龙走近，喊了一个字："讲！"

翁应龙原是想走得近些低声禀报，这时只好站住，大声说："张将军报来紧急军情，蒙将王道冲率军攻城！"

"多少人？"

"五七百人。"

"什么？五七百人就敢来攻城？"

"怕是后面还有大队。"

贾似道摇摇头："恐怕是来招降的吧？"

"有可能。忽必烈确有惯例，攻城前必先招降。"

贾似道想了想，招招手说："跟我来。"

贾似道在前面走，翁应龙在后面跟。一跟跟到了望波厅的后门侧边，见贾似道停了步，翁应龙又往跟前凑了凑，只听得贾似道说："你让张将军派来的人带回话给张将军：小心从事，莫折锐气，力争先机。有情况随时禀报，不要怕把马累着！"

"是！然则这虫戏……"

"接着往下看！"

话是这么说，因为贾似道的离开，那些"导演""裁判"已经将两个蛐蛐从战场撤出，放回各自的蛐蛐罐里。经过这一番折腾，须得让它们安生一会儿，方可再放回战场。其实，就在这番折腾之前，鄂州城下的战事已经有了结果。那时，贾似道的"小心从事，莫折锐气，力争先机"十二字方针，不仅尚未传达到前线，甚至还没从贾似道嘴里说出来。不过，战事的结果，倒也印证了这十二字方针的正确性、重要性，只是来报捷的军士尚在途中。因为是捷报，又有张将军"不要怕把马跑死"的话，那军士自是不断挥动他的马鞭——但真抽在马身上的次数并不多；他心疼他的马。从鄂州到汉阳，毕竟有三数十里的路程，所以等到前方的捷报传来，两只蛐蛐的决斗也有了结果。那可真是一场好斗！惊心动魄，扣人心弦，气冲牛斗！当然，这说的是围观众人的感觉；若论看得见的情形，不过是两个虫儿扭在了一起，然后分开，然后又扭在一起，虽也看得出互有进退，却分不出哪个更占上风。正在难解难分之际，忽地便有一只虫儿跳出了战场，另一只便在它胜出的战场上鼓翅而鸣，那鸣声清脆、嘹亮、激越，即便称不上响遏行云，至少整个望波厅都能听见。正在这时，翁应龙又是直冲冲地走来，边走边喊："鄂州捷报！"

"报来！"

"张将军报称，那王道冲果然是来招降的，不过除了招降，更在城下不断挑衅，且不时施放冷箭。张将军暗中布好了连发弩，一声号令，矢如雨下，连弩齐发，那王道冲躲闪不及，中弩落马。张将军事先埋伏在护城河外的奇兵乘机杀出，蒙军仓皇逃窜，王道冲被生俘！"

"你是说——活捉了？"

"正是。张将军请示：此人如何发落？"

贾似道想了想，不动声色地说："败军之将，留他何用？砍了吧！"说完贾似道略一颔首，扬长而去。

这边自有役吏们收拾方才蛐蛐大战的"战场"。看看收拾得差不多时，又有人来传话，说让铺纸磨墨，贾大人要泼墨挥毫。这个倒是常有之事。贾似道虽幼时胡乱读过一些经史，后来又让人补课，甚至考中过进士，对各种经时济世之道，亦颇有心得，唯独赋诗作文，却总是捉襟见肘。后来便悟出一条捷径，只以书法来展示他的文采。若在常人，不过是写字；官位一高，便成了书法。况且贾似道于此亦是有些悟性，临过一些碑帖，糟蹋掉若干宣纸之后，却也略有所成，所写的字，骨架虽未必端正，起落之间倒颇有张牙舞爪之态，自有幕僚、属吏们来奉迎，称之为"自成一体"，颂之曰"龙飞凤舞"。贾似道并非不知这些话的真假，好在他并不指望以此传世，每逢兴之所至，常会写上几个字，就他自己而言，借以纾解胸臆罢了。

这边收拾得干净，铺得纸好，研得墨浓，自有人去请贾大人。少时，贾似道倒背着手踱了进来，立于案前，凝神运气良久，这才提起笔来，写下了六个大字：

首战务求必胜！

5　刘秉忠的推衍

据史书记载，蒙哥汗九年，九月十一日，忽必烈登城东北压云亭，立高楼观察城中军情，见城中出兵，即遣兵迎战，俘宋军二人。后遣将携宋降人到城下劝降，宋守将张胜杀死降人并遣兵出击，又被击败。适宋将高达率军入援，蒙古军百户长巩彦晖迎战中伏，被俘杀。十五日，复遣王道冲率兵至城下招降搦战，王道冲中矢落马，被俘杀。十七日，张柔率军会忽必烈攻鄂州城。

而实际上，这段时间的历史是两条线。这两条几乎平行的线本身互不相交，唯一的交会点就是忽必烈本人。普天之下，此时只有他一个人是在两条战线上作战，就连史书也只关注鄂州之战，而对另一条战线，不是视而不见，就是秘而不宣。

忽必烈登上香炉山那天，阿里海牙请示要不要带上刘秉忠，忽必烈想了想说，子聪还得谋划一些更重要的事，就不去吧。实际上从这时开始，刘秉忠就已经成了那另一条战线上的主帅了。如果说把攻打鄂州的任务交给张柔，几乎是顺理成章之事，那么把这个事交给刘秉忠，就有点迫不得已和勉为其难了。说到底他终是一个汉人，再博学，对大蒙古国的历史也只有一些书面上的了解，而对蒙古人的了解，就更是难以透彻。可是，忽必烈把他手下的蒙古人细细检视一遍之后，竟找不到一个人可以当此重任。他把廉希宪斟酌了颇久，最后还是放弃了。至少在现在，廉希宪还不具备足够的统揽全局的能力。汉人当中，他也考虑过郝经。在纵横捭阖折冲游说方面，郝经才识过人，足堪大用，但这件事还涉及很多其他方面，却非郝经所擅长。想来想去，也只有刘秉忠了。刘秉忠正在营建开平府，那已经是一件够大的事了，现在要再给他加一件更大的事，确实是勉为其难。不过，忽必烈了解刘秉忠。无论让他去做什么事，或者同时去做多少件事，他都不会推辞，而且会竭尽全力去一一做好。这让忽必烈感慨不已，以至有一次当着众谋士的面说："汉人有个成语，叫作'鞠躬尽瘁'，本王初时总觉未能穷尽其义，后来突感顿悟，只要看看子聪，便知何谓'鞠躬尽瘁'了！"

忽必烈称呼他的谋士，都是直呼其姓名，唯独对刘秉忠，时以"子聪"相称。这也有个缘故。宋淳祐二年，高僧海云印简奉召前往喀拉和林的漠北王府觐见忽必烈。那一年是公元 1242 年，而蒙古国的大汗窝阔台刚于前一年去世，新的大汗迟迟未能产生，所以没有年号。海云在前往喀拉和林的途中，特意绕道山西大同，邀请他的佛门弟子子聪同行。这个小和尚原来姓刘名侃字仲晦，原籍辽国瑞州，曾祖于金朝时在邢州任职，遂举家移居邢州。蒙古灭金后，刘侃一度出任邢州节度府令史，后来觉得当这么个小官没啥意思，便辞官出家当了和尚，法名子聪，再到大同一座寺庙挂牒，看似超脱凡俗，又不失增长学识、待机而出之意。二人到了喀拉和林，忽必烈和他们几次深谈之后，极为赏识，就要他们留下，但海云说自己是个漂泊惯了的人，只力荐子聪。由此开始，子聪便成了忽必烈身边不可缺少的人物。忽必烈遂命他还俗，恢复刘姓，并赐名秉忠。蒙哥汗即位后，忽必烈受命"总领漠南汉地军国庶事"，就把他的王府迁至金莲川，设幕府"广招天下英俊，讲论治道"，各方有识之士纷纷来归，史称"金莲川幕府"。刘秉忠不仅自己成了其中的主要人物，而且对幕府的建设、发展也做出了独特的贡献，仅由他推举、引荐而进入幕府的同学、同乡、学生、故交，就有张文谦、张易、李德辉、刘肃、张耕、马亨、王恂、刘秉恕等十余人。所以，忽必烈以"子聪"相称，既有亲近、信任之意，更是对其资历的强调——在众谋士中，刘秉忠是最早追随他的。这一点还有更深一层的含义：不仅是忽必烈识刘秉忠，也是刘秉忠识忽必烈！那时的忽必烈，仅仅是"四大黄金家族"中拖雷系的老二，而当时的大汗位，还在窝阔台系的手中！窝阔台去世后，在汗位的继承上，诸王贵戚之间发生了严重分歧，以至大汗位竟空置了五年；然而在这五年里，真正有资格的候选人仍然只有一个——窝阔台的长子贵由，而真正有能力阻挠贵由上台的，则是术赤系的老大拔都。那时，几乎没几个蒙古人相信，大蒙古国的大汗位，会与拖雷系的人相干。

九月初三深夜，也就是忽必烈渡过长江的前夜，刘秉忠向忽必烈提出了他的计划。计划分为两部分，书面的和口头的。后面这部分，因为目前还只能是个大致轮廓，其中还有许多不确定的、模糊的因素，所以很难形成文字。不过，从刘秉忠口头的表述里，忽必烈已经听出了那些最重要的环节——明年的春末夏初，一个有违祖制，但仍叫忽里勒台的诸王大会，将在开平府召开，并最终拥立忽必烈为大蒙古国的大汗。大会的细节，身为汉人的刘秉忠很难具体化，但他说他可以在回到开平之后，找到合适的蒙古人将此事办妥。他还请求忽必烈尽早让阿合马返回开平，由他主持、谋划大会所需的经费和物资。而前一部分，即书面的，则是一份名单，列出了大会准备向哪些人发出邀请，但只是"准备邀请"，最后是否正式邀请，还要看各人的态度而定。刘秉忠说，最好能请到几个不大赞成王爷，但又不是坚决反对的，只是这样的人不要太多，尤其要选那种地位不高、说话分量不大的。听到这里，忽必烈微微一笑。刘秉忠又指着名单上的一些记号说："所有这些人中，最重要的就是这位塔察儿王爷，最难的也是他，所以究竟派谁去，也请王爷仔细斟酌。"听到这里，忽必烈已是了然于心，连连点了几下头，然后提起笔来，在那空白处添了三个字：廉希宪。

刘秉忠抚掌大笑，说："王爷圣明！"

塔察儿为何重要？因为在东道诸侯，也就是蒙古国在汉地的所有宗王贵戚当中，他最年长，地位也最高。他的祖父斡赤斤，是成吉思汗的幼弟。因为他的父亲只不干死得早，祖父斡赤斤去世后，便由他以嫡孙的身份受"皇太弟"之宝，袭王爵，继承了祖父的封地。他本人骁勇善战，自拖雷监国时起，多次受命出征，屡立战功，且在拥立蒙哥为大汗的过程中也起了相当的作用。那么为什么又"最难"呢？因为去年开始伐宋，他先攻荆山，后攻樊城，均无功而返，因而受到蒙哥的严厉训斥，差一点解了他的兵权，在后来的征战中实际上已被弃而不用。这让一向以战功卓著而受人尊敬的塔察儿很没面子，心中不免对蒙哥有气，也不免把这股怨气，至少是其中的一部分，转到蒙哥的弟弟忽必烈身上。虽然阿里不哥也是蒙哥的弟弟，毕竟远在喀拉和林，与漠南之事无关，也与伐宋战事无关。正是这些微妙之处，难说他在汗位继承的问题上，会持怎样的态度。

忽必烈渡江南下，刘秉忠北返开平。稍后人们发现，忽必烈的身边，不见了经常随侍左右的那个畏兀儿人廉希宪。

　　九月十七日一早，忽必烈再次登上压云亭，看见张柔的兵马正在集结、列阵，并开始向鄂州东门移动。他已经告诉张柔，今天他只观战不督战，战场上的一切发展变化，都由张柔相机处置。实际上，这些天来张柔做出的各种部署，也都是为长期、持续的攻城战做准备。遍观蒙军在漠南的攻城战史，虽然不乏一举拿下的战例，但几乎都是没有坚固城防的小城；凡是有深沟高垒和深堑高墙的地方，往往是久攻不下甚至无功而返。蒙哥大汗铩羽合州，就是最新例证。面前的鄂州，虽然没有合州那种险恶的山川地形，却拥有更开阔的地形，更完备的城防体系，不比合州好攻。忽必烈明白，这将是一场持久的消耗战、绞杀战，得通过一次又一次的反复冲击，一点又一点地破坏宋军的城防，消耗宋军的兵员和物资，并且还要使其不能得到必要的补充，直到失去继续抵抗的能力，才能最终取胜。至于今天的攻城，则不过是这个过程的开端，忽必烈并不指望能有多大收获，他甚至想到自己一方多半是要吃点亏的。抱着这样的想法，忽必烈对今天的观战并没有太强烈的兴趣，他的心思转到了另一条战线上。

　　是啊，明年春末夏初，一次注定要载入史册的忽里勒台将在开平府召开。子聪尚在北返途中，那边的工作还没有展开，但这边的事没有耽搁。各路使者的名单已由他亲自圈定，现在军中的使者都已领受使命，且大部均已启程。不在军中的，任命也已发出，并将得到尽快动身的严令。忽必烈对他们均寄予厚望，但无论他们游说的结果如何，忽必烈都相信他的忽里勒台一定要开成，也一定能开成。正如刘秉忠所说，这是一次有违祖制，但仍然叫忽里勒台的诸王大会。它不再受原有规制的限制。当年乃马真皇后要推举贵由继承汗位，一个拔都称病不到，忽里勒台就开不成。这回不同了，无论谁来谁不来，反正要开。即使该来的人一个都没来，仍然照开。汉人有句话：国不可一日无君。大蒙古国五年无汗的历史，决不能再重复了！

　　实际上忽必烈很清楚，那些"该来的人"，他有一多半请不来。有些或许能请来的，他也等不得。比如拖雷家的老三、他的弟弟旭烈兀，走过来得一年。

　　刘秉忠只说"有违祖制"，没说"祖制"不好。这个话，刘秉忠不该说，甚至不该想。但忽必烈不是刘秉忠。祖制不好这个话，他也得等以后才能说，但现在就可以想，而且应该想。

　　是的，到了合适的时候，他会宣布废止这个由成吉思汗制定的汗位继承制度。

　　他想起一个在蒙古人中流传很广的故事。这故事是由一个妃子所写的一首诗开始的。那一年成吉思汗亲征西夏，出征之前，这个妃子冒着被贬乃至被杀的风险，把她写的这首诗呈献给成吉思汗。诗中先把成吉思汗大大地赞扬了一通，然后话锋一转，说大汗的身体虽然现在非常健康，但所有生命都有终结的一天，何况大汗每临战事总是奋不顾身，难保不会发生意外，那么，由谁来继承大汗千辛万苦所开创的基业，还是早做安排为好。成吉思汗看了这首诗，很感动也很赞成，于是接班人的问题就提上了日程。

当然，这个"千辛万苦所开创的基业"，成吉思汗要传给他的儿子。这是个原则问题，不用讨论。但是，传给哪个儿子，却是个问题。

成吉思汗的正妻一共生了四个儿子，依次为术赤、察合台、窝阔台、拖雷。蒙古人有"幼子守产"的传统，年长诸子须离家外出自谋生路，只有最小的儿子留在父母身边，将来继承全部遗产。所以成吉思汗分封诸子在外，却把拖雷留在身边。但他又认为大汗王位属于整个黄金家族，是"公器"，不是私产，不在"幼子守产"范围之内，应挑选贤能者来继承。一次，他找来四个儿子商议由谁来继承汗位，老大术赤和老二察合台当着他的面就发生了激烈的争执，结果反而让老三窝阔台得益，成了四个儿子都能接受，并被成吉思汗确认的汗位继承人。后来，他在临终前又再次加以明确。可是，在这种由大汗指定继承者的做法之外，他又要求新的大汗在正式即位前，必须经过忽里勒台的"推选"。这显然是为了防止新大汗即位以后，家族内部仍有某一支反对。

不能说成吉思汗的顾虑纯属多余。当时，蒙古人对汉人的一些做法已有所了解，虽不是完全照搬，却也有相当的借鉴和效仿。王位传给王子，就与汉人的做法一致。但是汉人还有一个很明确的说法，叫"传长不传贤"。若依此例，则汗位便应由术赤继承，而成吉思汗本来也是这样想的，却当面受到察合台的强烈反对。老二敢这么做，是因为他有一个很过硬的理由，过硬到连成吉思汗本人都无法将其驳回。

原来成吉思汗起事之初，有一次被敌人偷袭了大营，其妻亦被掳去。按惯例，掳获的女人都是战利品，成吉思汗的妻子亦不例外。九个月后，他的部下消灭了这伙敌人，并将其妻救出。成吉思汗闻报，飞马迎出接回他的妻子，不仅没责备她的失节，反而自责没把她保护好。成吉思汗即大汗位后，册封她为皇后。对于蒙古人来说，这些都不成问题。问题是她在获救后不久即产下一子，就是术赤，而她被掳的时间跨度又刚好是九个月，术赤的身份就有了疑点。按说这也不是问题，因为以当时的手段，这个疑点只能存疑，既无法证实，也无法证伪，只要成吉思汗认定他是自己的儿子，别人说什么都白说。一直以来，事实也确是如此。成吉思汗始终将术赤按长子对待，而术赤的所作所为也不愧是成吉思汗的儿子。然而问题一旦涉及汗位的继承时，性质就变了，疑点虽然仍只是疑点，却颇类似于后世的"疑罪从有"，更何况提出质疑的又是他的次子察合台！成吉思汗本人也不能不想到，与其冒传给"野种"的风险，还是把汗位留在有把握的"龙种"之内更稳妥。不过，他还是让察合台付出了代价。若以长幼为序，排除了术赤之后，就该轮到察合台了，于是他提出了"选贤能者"这个标准。这也是可以把汗位传给老三窝阔台的唯一理由。然而他也明白，"贤能"不是一个很刚性的标准，不是他一个人说了就算数的，即便无人公开反对，也难保不会有人口服心不服，甚至在他身后挑起事端。为了使汗位的继承者拥有更充分的合法性，他制定了由忽里勒台推举新大汗的制度。好在他本人没有发生太突然的"意外"，临终前有机会把一些诸王贵戚叫到床前，明确重申他已选定窝阔台继承汗位，要求所有有资格参加忽里勒台的诸王贵戚，确保他的决定能在会上变成所有人对新大汗的拥戴。

　　他的遗愿最终得以顺利实现，还有一个原因，就是长子术赤已经先于他死去，而察合台和拖雷都对窝阔台即位不持异议。即便如此，这时的大蒙古国的疆域已经太辽阔了，诸王贵戚或在自己的封地，或在四出征伐的军中，而忽里勒台又是第一次召开，诸多事项需往返协商，然后又要在指定的时间汇聚到一个地方开会，确实不是一件轻而易举就能办成的事。这个会直到成吉思汗去世两年以后才开成，而在新汗产生之前的这段时间里，就由老四拖雷以"监国"的身份主政。这又是成吉思汗的一个深思熟虑的结果。因为监国的主要任务之一，就是筹备忽里勒台。不让新大汗的候选人，而是另外找人担任这个职务，可以使忽里勒台的推选显得更公平，从而使新大汗的权力更具合法性。

　　不能说成吉思汗的考虑不周到，但是他确实过多地考虑了新大汗的权力合法性。他没有想到的事，都是后来才一件件显露出来的。

　　成吉思汗于宋宝庆三年①去世，两年后，即宋绍定二年，窝阔台即位。他继承成吉思汗的遗志，灭了金国，征服了高丽；西线方面，在完全控制波斯后，占领了除诺夫哥罗德以外罗斯诸国的全部，以及波兰和匈牙利的全境，并于宋淳祐元年开始向维也纳推进，途中因酗酒而暴卒，大军遂撤回蒙古。他在对外扩张上相当成功，但在指定接班人上却非常失败。他不喜欢长子贵由，宠爱三子阔出。不料阔出先他五年死于征宋途中，窝阔台悲痛之余，决定让阔出的长子失烈门做大汗位的继承者。虽然他也曾将此决定晓谕诸王贵戚，但首先他自己并不具有成吉思汗那样的权威，且又是在 57 岁时突然死亡，死时失烈门尚年幼，尚未形成自己的势力，以至他生前这个并未受到公开反对的决定，在他死后却被抛弃一边了。而在这当中起主要作用的，却是他的皇后、贵由的母亲乃马真。他死后，皇后乃马真出面管理

---

①　公元 1227 年。

朝政，而乃马真做出的安排，却是等正在高加索地区用兵的贵由返回后召开忽里勒台，拥立贵由即位。她的计划又遭到拔都的反对。拔都是术赤的长子，在统领大军西征时战功卓著，威望很高，但长期与贵由不和。听说乃马真要在忽里勒台上拥立贵由为大汗，拔都以患病为名拒不到会，使忽里勒台无法召开，直到五年后才派其弟代他出席忽里勒台。由于乃马真的坚持，终于达成协议，推举贵由为新的大汗。在这五年里，朝政一直由乃马真管理。她虽有野心却无能力，在此期间宠信回回商人奥都剌合蛮、波斯女巫法提玛等人，任其自拟法令施行，对推行汉法的耶律楚材则加以排斥，致使内政败坏，法度紊乱，民力困乏，帝国内部矛盾日益尖锐。贵由即位后，她仍抓住权力不放，直到不久后病死，贵由才得以着手整饬朝政。他杀了奥都剌合蛮，将女巫法提玛溺死，重新起用被其母罢免的官员。可是由于他自己不久后也因病死去，一年多的时间很难收到明显的效果。另一方面，他自己也做出了不少错误的决定。他插手察合台家族的内部矛盾，导致关系紧张。为报复拔都不支持他继任大汗，即位后的第二年他就亲率大军西征，只是由于他在途中突然病死，才避免了一场皇室内部的战争。他还大肆赏赐诸王、贵戚、大臣以图收买人心，实际上并未收到多少效果，却使国力更加虚弱。由于沉湎酒色，他的健康日益恶化，在位的两年中经常因病不能亲理朝政。凡此种种，使得在乃马真称制期间形成的法度不一、内外离心的衰败局面，直到他死也没能改变。他生前曾与诸王贵戚约定，其汗位应由他的子孙继承，但他死后诸王贵戚并未照办，皇后海迷失欲再立失烈门听政，诸亲王亦多反对。朝内争讼不决，以至三年无君，国内混乱不堪，帝国开创初期的稳定局面尽遭破坏。

拖雷家族的机会来了。

当年成吉思汗将汗位继承和"幼子守产"分开，考虑到了公私之分，却没有考虑到因此造成的实力失衡。窝阔台从成吉思汗那里继承的是大汗位，而拖雷所继承的"私产"却包括成吉思汗原来统领的部落、牧地和军队。构成蒙古军队核心部分的是"漠北自由民骑士"，当时成吉思汗共有骑士十二万九千人，成吉思汗的诸子诸弟共分得两万八千人，拖雷独自分得十万一千人。这样一来，大蒙古国最有权力的人虽是窝阔台，最有实力的人却是拖雷。幸好拖雷无意于最高权力，窝阔台即位后，拖雷一直尽心尽力地辅佐，直到三年后先于窝阔台去世。但是，他的皇后唆鲁和帖尼别吉却另有想法。这个颇有能量和政治才能的女人，自丈夫去世后便主持家族事务。在她的主持下，为了最终把她的儿子蒙哥推上大汗位，进行了周密的策划和长期的努力。她精心塑造拖雷家族慷慨无私为帝国效劳的形象，派出大量军队支持帝国的出征。在帝国内部的诸王斗争中，拖雷家族总是小心地保持中立，总是与在位的大汗保持一致，总是谦和地接受忽里勒台的各种决议，而同时又与术赤系的拔都结成牢固的联盟。当贵由亲率大军西进时，她及时向拔都发出警告，使拔都得以提前在阿拉合马黑集结军队，等待贵由大军的到来。贵由中途病死，拔都立即宣布术赤家族与拖雷家族的事业休戚相关，并发起就在阿拉合马黑召开忽里勒台，推举蒙哥为大汗。窝阔台系对会议地点提出了异议，表示新大汗的选举应在斡难—怯绿连地区进行。察合台系也支持这个意见，遂使拔都的计划未能实现。但拔都此后一直努力推动拥立蒙哥的活动，而窝阔台系虽然极力加以阻挠，却未能有更积极的作为。由于贵由的两个儿子脑忽和忽察，再加上他们的堂兄弟失烈门，三个人都想当大汗，以至原本拥有大汗位的窝阔台家族，竟无法提出一个本家族的统一的候选人。这样僵持了两年多，在支持蒙哥的一方百般劝说下，加上帝国不可长期无大汗的客观压力，忽察和脑忽终于同意派出代表，察合台系也就不再坚持，由拖雷系和术赤系主导的忽里勒台大会，始于宋淳祐十年得以在阿拉合马黑召开。会上经过一番交锋，最终确认了蒙哥为新大汗。但是，为了取得让对手也无话可说的权力的合法性，以唆鲁和帖尼别吉为首的拖雷家族决定翌年在斡难—怯绿连地区再召开一次忽里勒台，正式确认新大汗并举行登基仪式。唆鲁和帖尼别吉和拔都又进行了一年的努力，总算使窝阔台、察合台两系的一部分成员，愿意心平气和地接受蒙哥的当选。在取得这种保证之后，第二次也是正式的忽里勒台于次年夏在阔兀帖阿阑（这是四十五年前成吉思汗登基之地）召开。直到这时，忽察、脑忽、失烈门等才弄明白，把大汗位留在窝阔台家族，比他们之中的哪一个当大汗更重要，并由此结成联盟。要改变忽里勒台的决定为时已晚，他们决定一面宣布要亲临忽里勒台大会，并向蒙哥祝贺，一面准备在此期间刺杀蒙哥及其主要支持者。他们的准备工作很周密，没有引起对手丝毫的疑心，却因为一个偶然事件而败露。蒙哥家的一名驯鹰人去寻找一头丢失的牲畜，看见一辆因损坏而落后的失烈门辎重车队的马车，上前帮助时，发现车中竟藏着大量武器。行刺的阴谋从而被粉碎。不久之后，其策划者为此付出了生命的代价。当然，这也无可厚非，因为如果行刺成功，死的就将是蒙哥。对汗位的争夺由此开始让成吉思汗的子孙流血了。

如果说蒙哥的成功还只是让有限的人流血，那么在想到这一点时，压云亭上的忽必烈已经看得很清楚，他的成功必须通过一场战争才能取得。刘秉忠的推衍，只是让他更加确信这场战争的不可避免。这也是历史发展的必然。蒙哥能够即位，不仅是他个人的胜利，更意味着大汗位从窝阔台系转到了拖雷系的手中。在这场争夺中，整个拖雷家族的人都倾尽全力相助，所以蒙哥即位后，自然也把巩固和扩大拖雷家族的势力放在了最优先的地位。老二忽必烈被委以"总领漠南汉地军国庶事"，老三旭烈兀则受命管理西亚事务，等于创造了两个地区汗国，老四阿里不哥作为拖雷的幼子，则驻守都城喀拉和林，成为蒙古本土的实际统治者，这样一来，很快便形成了拖雷家族对其他家族的绝对优势。同时，他一面严厉整饬朝政，一面无情地清洗反对者，并且把实行清洗的审判作为讲坛，以强调其权力来源的合法性，确立他的正统地位。他的有效治理，挽救了在乃马真和贵由手里已经濒临崩溃的帝国。虽然仅仅在位九年，到他死去时，大蒙古国已经恢复了四出征伐的实力。当大汗位再度空缺时，其他家族已不具有向拖雷系挑战的实力。

　　然而，拖雷家族内部的格局却发生了根本的变化。由于蒙哥的安排，三个弟弟分别在内部治理和对外扩张上发挥了重要作用，也各自形成了很大的影响力，再加上他本人死时只有五十二岁，又死得比较突然，来不及为儿子的即位做出必要的安排，所以这一次的汗位争夺，实际上只能在他的弟弟们之间展开。得益于"幼子守产"，阿里不哥在政治方面仍然拥有相当的优势。这些年来，那些分封在本土及周围的诸王贵戚，已经习惯了听他的号令行事，而对远在西亚的旭烈兀几乎没什么印象，对远在漠南的忽必烈甚至只有不好的印象，认为他已经"汉化"了。如果在喀拉和林召开忽里勒台，这些人肯定会成为会上的绝对多数。所以，阿里不哥的志在必得，并非没有根据。但他的优势也仅限于此。与上一辈不同，他的两个哥哥都成了一方地区汗国的首领，因而也都有了利用当地资源扩充自身实力的权力和理由。如果说旭烈兀还比较有节制，那么忽必烈却是做得孜孜以求，且极有成效，以至引起蒙哥本人的猜忌。只是由于忽必烈采纳了刘秉忠、姚枢的建议，采取了明智的做法，才化解了这场几乎一触即发的信任危机。蒙哥的猜忌绝非空穴来风，这一点从此次伐宋中亦可明显看出。一个攻四川，一个攻湖北，两相比较，从投入的兵力、动用的资源，到作战的能力，后者比前者有过之而无不及。连蒙哥都比不了，阿里不哥就更不在话下了。实际上，由于主要任务是管理内政，阿里不哥手下那支军队，规模有限不说，究竟有多强的作战能力，都是未知数。

　　忽必烈当然明白，既然政治优势在对方手里，而自己拥有的是军事、经济优势，那么解决这场争夺对自己最有利的方式也只有一个，那就是——战争。

　　战争，战争……眼前是一场战争，不久之后等着他的是另一场战争。由张柔直接指挥的攻城战开始了。忽必烈站起来，走到压云亭顶层的西南角观战。攻城战持续了将近一个半时辰，他从始至终站在这里看。从三里之外看一场攻城战，很难看清战斗细节。不过他知道，攻城战的套路一直就那些。攻城一方，是在弓箭手的掩护下，或搭设浮桥，或强行泅渡，抢过护城河，若成功，再向城墙接近，然后或架云梯，或掷绳索，奋力攀登。而防守一方，离得远时，弓弩齐发，离得近了，辅以投掷标枪，再近些，便有滚木礌石砸下来，火油金汁泼下来。守城者居高临下，且杀伤对方的手段多种多样，而攻城者只有冒死向前、向上，除了掩护的弓箭偶有命中，没有任何其他武器可以杀伤对方。要经过不断地、反复地冲击之后，抓住守方出现的薄弱环节，攻方才可能有少数士兵登上城墙，开始短兵相接、刀枪相向的格斗。登城的士兵越多，就越能削弱对方对城下的防守，为更多的攻城士兵登城创造条件，直到守城一方不得不全力对付已经登城的敌人，战斗才有望转为条件对等的拼杀。但是，这时又会出现另一个制约攻城一方的问题：投入攻城的人数是受限制的，人太密，就成了守城方弓箭手的活靶子。而投入一千人攻城，能有二三百人登城就不错了，这时如果不能得到后续的、源源不断的增援，这二三百人很快就会被杀光。一旦登城，便没有退路，要么战死，要么投降。忽必烈知道——张柔禀报过，他为今天的攻城准备了三波攻势。忽必烈目睹了这三波冲击的全过程。他约略能够看见那每一波冲击，都是潮水般涌上去，隔上半个来时辰，再稀稀拉拉退下来。当然，没退下来的，就永远地留在了那里。这当中，在第三波人潮涌上去之后，时间不长，他就看到城墙上出现了依稀可辨的火光。这么远还能看见，那火也就不小，说明已有相当数量的蒙军登上了城墙，格斗之外，还能放火烧毁宋军的城防。忽必烈甚至心里动了一下，应该重赏那些放火的士兵，接着转念又想，他们怕是不能回来领赏了。因为这时他已看见，他的士兵正在稀稀拉拉地退下来。那么，今天的攻城战就要结束了。虽然早在预料之中，但他还是多少有些怅然。想了想，张柔并没有什么可以责备之处。三波冲击，全都进行得中规中矩。三波之间的间隔和衔接，也恰到好处。对于这样的攻城战，张柔有丰富的经验，知道该怎么做，也知道遇见何种情况该如何处置。接下来怎样准备下一次、下下次攻城，自会按照惯常的规矩去进行，都不用他忽必烈操心。但是，想到不久后将要在草原上进行的那场战争，心里就不是这么有底了。近些年来，他的军队都是在中原作战，而且越到后来，越是倚重汉人的军队和将领。到了要在草原上与对手一决雌雄时，他的那些蒙古军人，还能像蒙古勇士那样厮杀格斗吗？他们的胯下坐骑，还能像蒙古马那样奔跑驰骋吗？至于他手下的那些蒙古将领，还熟悉那些草原作战的规矩吗？他们当中，谁是类似于张柔那样的人物，可以让他放手派去全面负责为下一场战争做准备？

　　不过，和眼前的鄂州之战相比，那场草原之战毕竟还相当遥远。半个月里，张柔又进行了三次大规模的攻城，小股的袭扰则一直持续不断。在进行大规模攻城时，忽必烈每次都会登上压云亭观战，每次所见也大同小异——攻方攻得中规中矩，守方守得中规中矩，双方各有损失亦各有所获，虽然未能攻破，张柔亦无可指责。对鄂州的包围之势已经形成并得到巩固，而现在还不需要形成围困，因为宋军尚无向城里运送物资的迹象，想必早有准备，开战不过半月，城中尚有足够的粮草兵械。对两路援军的阻击也进行得不温不火。蒙军的精锐主力集中于鄂州城下，以非精锐之师，要将这两路援军真正挡住，很难做到，但也没有让他们轻易前进，实际上，他们几乎是杀开一条血路，才得以一点点向鄂州靠近的。等离得近了，自会碰上围城的主力。派往江西的郑鼎，起初进展顺利，但袁玠望风而逃，郑鼎亦未敢贸然深入追击，且不久又获知宋将曹世雄率兵来援，只得留在原地驻守。派往湖南的那支小股部队，按事先的约定，便再无消息传来，因为若派人送信，必须经过宋军控制的地面，万一送信的人被捉，就可能暴露他们的意图和位置。至于那些派往各地联络漠南诸王贵戚的使者，应该都还在路上，自然亦无消息回报。对于忽必烈来说，这是他自八月十五日率主力渡过淮河以来，难得的一段较为闲暇的时间。

忽必烈的闲暇期也就持续了二十多天。其间张柔又多次攻城，成绩有好有坏，有时吃点亏，有时占些便宜，总体损益大致相当，杀了对方数千人，也被对方杀了几千人。在杀人的问题上，张柔很好地执行了忽必烈的政策：起初是不杀平民，后来发现对方开始动员百姓参与守城，改为不杀与战斗无关的人。多次攻城未果之后，有蒙古将领开始表示不满，说只有多杀人，才能摧毁城中的民心士气，迫其投降。针对这种议论，忽必烈召来张柔，重申既定方针，叮嘱他无论胜败，绝不可滥杀无辜。这是他在这段时间里对攻城战事唯一一次具体的干预。不过，每次攻城，他总是登上压云亭观战。虽只看看而已，却也促使张柔以下皆不敢稍有懈怠。十月初八，张柔在经过一番精心准备之后，再度以精锐主力发动强攻，显示出一种攻不下来决不罢休的气概。这是一次惨烈的战斗，就连远在三里之外压云亭上的忽必烈，都分明看出投入的兵力之多，已经到了很难在城防前充分展开的程度。到了第五波冲击的高潮阶段，看来几乎得手，相当多的蒙军（事后张柔报称有三百余人）陆续登上了城楼，但最后还是被宋军悉数消灭，所以这一波退下来时也就格外稀稀拉拉。看到这里，忽必烈确实心中一动：这个仗不能再这样打下去了。不过，想到这里，他没有再往下想。为什么不能再这样打下去？不这样打，又该怎样打？想这些，都是劳神费时的事。还是让张柔或者那些谋士先去想吧，他就该赶回他的大帐，去享受已经为他准备好的美酒和涮羊肉。

然而，在快要回到他的大帐时，他再一次觉得心里有点不踏实，忍不住扭头问了问跟在他侧后的阿里海牙："今天初几了？初五还是初六？"

"今天初八了。"

"啊！"

回到大帐，等待他的不仅有酒，还有一封信。这封信是他的妻子弘吉剌所写，被以最快速度送来的。信中说，十月初四，阿里不哥所派的使者送来了正式的邀请，请忽必烈于明年夏初到喀拉和林参加忽里勒台，推举新大汗。使者还要求带一个回话给阿里不哥，但被弘吉剌婉拒："王爷按照蒙哥汗的遗命，正在遥远的南方与宋军作战，而这么重要的事，只有王爷本人才能做出决定，等他有了决定，再派人回复阿里不哥王爷吧。"

这个消息并没有让忽必烈觉得意外，却让他对压云亭上没有细想的问题有了一个顿悟。这个仗确实不能再这样打下去了，但并不是因为还有其他的打法。攻城战就是这个打法。你只能一次一次地攻，这次不成，下次再来。如果其中的某一次对方出了重大差错，又恰好被你抓住，那是万幸；否则，必然是一场旷日持久的消耗战，兵员的消耗，粮草、水和各种作战物资的消耗，谁先经不起这种消耗，谁就失败。舍此再无别的取胜之道！眼下的战事，就是处在这个消耗的过程之中，这个仗打到现在，打得很正常。所谓不能再这样打下去了，不是因为别的原因，仅仅是因为他忽必烈有后顾之忧。对他来说，汗位的得失，比鄂州的得失不知要重要多少倍！

于是他又想起刘秉忠的推衍。在刘秉忠缜密的推衍中，汗位和鄂州，各有自己明确的位置，后者是从属于前者的。刘秉忠主张打鄂州，并不是因为这一仗本身有多大胜算，而是因为要争汗位，就必须打这一仗，不好打也要打，甚至打不好也要打。但是又不能打得太难看。可以打个平手，却绝对不能打败。打了败仗，还有什么脸面去争汗位？

然后就是时间问题。无论打出什么结果，它都必须在恰当的时机结束，绝对不能影响了汗位的争夺。弘吉剌的信，对忽必烈来说是一个强烈的提醒：能用于鄂州之战的时间已经所剩不多了。阿里不哥计划中的忽里勒台要在明年夏初召开，现在已经向他发出了邀请；他自己的忽里勒台应该抢先开成，而他现在的主要精力还放在鄂州的战事上，这种情况应该尽快有所改变了。问题是这一仗又不能轻易结束。在忽必烈的心目中，他并不甘心仅仅"打个平手"。什么叫"平手"？说穿了不就是攻城未果撤围而去嘛！那跟"无功遽还"有多大区别？

放下弘吉剌的信，他沉思有顷，然后把阿里海牙叫进帐来，吩咐说今晚他要和张柔做一次长谈，再听听谋士们的意见，最后还要召见几位蒙古将领。他预见到这最后一项可能最难缠。蒙古将领们肯定会力劝他多多杀人，而他却要严厉告诫他们务必少杀人，因为看来已经不得不动用那些蒙古部队了，即便不用他们直接攻城，至少也得用他们替换一些外围的汉人部队，以便加强攻城的力量。

当然，眼下最重要的还是张柔。他将和他讨论一个极敏感的问题：是不是已经到了动用他们的秘密武器——"鹅车"——的时候了！

6 临安有变

张胜的细作们真是大有长进！

自十月初八那次大规模的攻城被击退以后，蒙军已经连续五天没有再发动像样的攻击了。这让贾似道很不安。这中间，张胜报来的军情中，几次提到鄂州周围的蒙军进行了一系列规模较大的调动。这更加加重了贾似道的不安，而随后报来的军情很快便证实了他的猜测：被这些蒙古部队替换下来的汉人部队，正在向鄂州城下靠近。这当然是要增加攻城的兵力。但是，据贾似道掌握的情况，蒙军目前集中在鄂州城下的兵力已经足够多了，虽然有了不小的伤亡，可似乎还没到需要大规模补充兵员的程度。在攻城作战中，面对一定宽度的防线，能够展开的兵力也有一定的限度，人员过于密集，不仅会有更多的伤亡，自己人之间也会互相妨碍。莫非他们想出了什么新的攻城战法？再联系到城前多日无动静，贾似道真的有点坐立不安了。万一敌人真有什么出其不意的举动，自己岂不是会陷入手足无措的境地了？

正在这时，张胜的细作们探得了实情！原来张柔正命他的部将何伯祥日夜赶造一种叫"鹅车"的东西。因为附近警卫森严，细作们难以靠近，未能亲见那东西的模样，但仍然将其用途打探得切实——它们将被用来"掘洞入城"！

贾似道长吁了一口气。对这个，他是有准备的。

然而，几乎同时，却从临安传来了一个他毫无准备的消息：皇上日前做了一个少有先例的决定——即军中拜贾似道为右丞相兼枢密使！

当翁应龙兴冲冲向他禀报这个好消息时，他的第一反应也是喜出望外。不过，那笑逐颜开的表情很快就在他的脸上凝固成一种惊愕，双目直视，问："那——丁大人呢？"

翁应龙也愣了一下，然后说："是呀，没听说丁大人官职有变呀！"

这个"丁大人"，指的是现任右丞相兼枢密使丁大全。此人虽然官声政绩不佳，但自有其为官之道，多年以来，屡屡有人参奏弹劾，却是金刚不倒。以贾似道揣度，此人早晚会倒，但现在还不到时候。既然没有他官职有变的消息，那他仍是当朝的右丞相。如果说军中拜相已是破例之举，但还可以用军情紧急，贾似道难以脱身来解释，那么，一朝之中，同时有一个左丞相两个右丞相，又算怎么回事呢？

丞相可不是别的官职！按通常的说法，那叫"一人之下万人之上"。丞相的人选，是绝对不会交部议也不可能上朝议的，只能是皇上的"乾纲独断"。

那么，皇上为什么会有这样奇怪的想法呢？

临安出了什么事？

总的来说，临安正处在一片欢乐祥和的气氛之中。当皇上的诏谕——"即军中拜贾似道为右丞相兼枢密使"——传开以后，这种气氛变得更加浓烈了。对这个消息，虽然朝中的反应多种多样，称得上复杂而且诡异，但民间却多认为看到了某种希望。临安的消息相当灵通，临安的百姓觉得他们什么都知道。当他们得知忽必烈渡过淮河并挥师南下时，他们开始有些不安；听说忽必烈渡过长江直取鄂州时，他们确实有些恐慌了，不过也不是很严重。忽必烈在渡过长江之后没有向东向南，反而是向西去围攻鄂州，足以让临安的百姓长出一口大气。等到鄂州前线不断有捷报传来，皇上英明决断钦定的总指挥贾似道坐镇汉阳，大宋军已多次击退蒙军的进攻，蒙军"死伤无数"，临安的百姓便觉得"北患已不足虑"，那一度中断了一个多月的欢乐祥和的气氛，自是渐渐得到了恢复。而被议论得最多的，倒是这个突然冒出来的贾似道。当年曾在西湖上携妓浪游的贾似道，虽然不巧被皇上亲自撞见，但皇上一时把这真当回事儿似的，未必是因为贾似道的行径太过出格，多半倒是因为他当时官职低微，原不配如此，显得过于张扬。实际上，在这件事载入正史之前，临安百姓压根儿不知道有过这回事儿。西湖本来就是个游玩去处，湖上大小游船来去如织，既有达官显贵，亦有富商豪绅，百姓们都懒得去留意船里究竟是哪位，谁会记得那里面还有一个"大宗正丞"之类的屁大的小官？也就是最近几年，还得是那些格外热衷于官场消息的闲人，才听说过有个"贾制置"，官职升得颇快，却没听说过有何显赫的政绩。须得是熟知官场内幕的，才会有些耳闻，说此人生性爱玩，喜欢歌舞，酷爱收藏，痴迷虫戏，攻之者说他不务正业，有碍官声，辩之者说一不误事，二不扰民，便是好官。直到蒙军大举来犯，皇上委以重任，而贾大人又真能不负皇上之重托，指挥若定，力抗强敌，人们这才想起那句老话，叫"养兵千日，用兵一时"。如此看来，英明不过还是当今皇上，早已慧眼识珠，备而不用，一旦起用，掷地有声！大宋出了这样一个人才，自是百姓之福。临安的百姓虽然也有多种不同的观点，但最普遍的看法，是认为当今盛世，要能长治久安，还须消除隐患，内除贪官积弊，外防强敌来犯，而堪当此任者，需要的正是一位能臣。贾似道就正是这样一位能臣！当然，具体到官场的进退，人们的预期就不尽相同了。这不同又缘于人们对两位现任丞相的态度。在挺吴派看来，贾似道将直接取代丁大全；在挺丁派看来，丁大全虽会把右丞相的位置让给贾似道，但下一步则是取代吴潜出任左丞相。

对于这些，及至所有的细枝末节，当今皇上都知道。如果说临安百姓只是自以为什么都知道，那么位居九五之尊的赵昀，则是真的什么都知道。

临安的百姓，虽然离皇上最近，但毕竟不是真正意义上的天子脚下的皇民。临安就是临安。当年高宗皇帝赵构，在"靖康之变"以后，从"泥马渡康王"开始，好不容易熬过了兵荒马乱、颠沛流离的岁月，得以找个好点的地方喘口气歇一歇，选中了杭州，将其改名为临安，无非就是临时安定一下的意思。但它还有更深一层的政治含义——临安一下可以，但绝对忌讳被认为是"偏安"。不管内心里怎么想，"收复失地，迎回二圣"是一定要讲的。后来徽宗、钦宗先后死去，迎不回来了，收复失地仍是"须臾不敢或忘"的口号。所以，自高宗以降，南宋一百多年的历史中，这个王朝始终没有皇都，临安的正式称谓是"行在"。没有皇都，自然也不能有皇宫，所以皇上住的那个地方，只叫"大内"。不要以为这只是个称呼上的差别，至少在当今皇上赵昀身上发生的事，在"大内"里发生了，而在皇宫里似乎就很难发生。

宋宁宗嘉定十七年①，老皇上一命呜呼。按史书的记载，他在位的这三十年，要算南宋历史上相对比较好的时期，政治比较稳定，经济比较繁荣，社会比较和谐。可是就是这样一个好端端的太平盛世，老皇上一死，立刻就出了怪事，一直在太子位上等着接班的赵竑被宣布废去，而根本就不是皇子的赵昀却登上了皇位。宣布这个事的，是宰相史弥远。他说他依据的是先帝临终前留下的遗诏，但后来查明这个所谓的遗诏根本就是他自己伪造的。像这种由一个大臣矫诏废太子另立新君的故事，在中国历史上倒也发生过几次。像皇位传承这样的头等大事，皇宫内自有一整套严密得无隙可乘的规制，绝非一个大臣就可以轻易做手脚的。然而，由于临安不是皇都只是"行在"，"行在"之地没有皇宫只有"大内"，史弥远就把这种事情办成了。

更令人称奇的是，史弥远在把赵昀扶上皇位以后，竟然把持朝政达十年之久，直到他死去。类似这种"大权旁落"的故事，中国历史上也有过几次，但基本上都发生在皇上年幼的情况下，而赵昀登基之时，已经二十岁，足够可以"亲政"的年龄了。他为什么一定要熬到二十九岁，熬到史弥远死去，才收回本应属于自己的权力？临安的百姓不知道，修史的专家学者也不知道。如果赵昀是个糊涂蛋窝囊废，那也罢了，可后来的事实证明，他不仅不糊涂不窝囊，反倒是个有眼光、有主

---

①　公元1224年。

见、拿得起放得下的人物。所以，他这十年的韬光养晦，就成了一个谜团。

　　然而，有一点可以肯定，就是这十年里他一点儿都没闲着。其中，至少有一件事他忙活得极有成效，那就是建立并控制着一个"私人的"情报系统，以确保他随时随地"什么都知道"。绍定六年，也就是他登基后的第十年，史弥远死了，他立刻收回自己的权力，并于第二年改元"端平"，实行新政，史称"端平更化"。新政的主要内容，被归纳为"罢黜史党，亲擢台谏，澄清吏治，整顿财政"。这十六个字，针对性是如此之强，说明这十年来的朝政，虽然他从不过问，但什么都知道！尤其是那个"罢黜史党"，矛头所向不仅是其人，而是其"党"，朝中大小官员百数十人，谁是史弥远这条线上的，起了什么作用，干过哪些坏事，说过哪些坏话，皇上赵昀什么都知道！

　　那么，赵昀在亲政之后，会不会因为有了官方的渠道，就停用他那套"私人的"情报系统？

　　"大内"虽不是皇宫，"大内"毕竟是"大内"。大臣们出于种种考虑，往往会将一些事压下不报，而"大内"的情报系统就不会有这些考虑，自然有闻必报。再加上"亲擢台谏"一类广开言路的措施作为补充，都是为了让他能够什么都知道。

　　一个小小的"大宗正丞"，在西湖上撒欢了一把，他都能知道，那些丞相在做什么，他会不知道？

　　他早就知道，暂时不说罢了。

　　后来在清算丁大全的罪行时，有个大臣参奏说：在蒙军攻打鄂州时，朝野震动，边关告急文书报到朝廷，丁大全隐而不报，致贻误军情。看到这里，赵昀只是微微一笑，便将奏章搁在一边。丁大全隐而不报，就能一手遮天了？朕就不知道了？就会把如此重大的军情耽搁了？丁大全究竟报没报，朕还真是没有留意。朕不靠这个。靠这个，黄花菜早就凉了。朕选定贾似道，命其移司汉阳，统一指挥长江中上游战事，晚了吗？一点都不晚嘛！

　　十月十四是个常朝日，例行的早朝，在垂拱殿依例进行。赵昀端坐在龙墩宝座上，脸色倒也平和。他不想一上来就吓着这些"爱卿"。无奈众爱卿仍是一个个面容呆板，而赵昀当然知道，这呆板后面，是被掩饰着的战战兢兢。自从"即军中拜贾似道为右丞相兼枢密使"的诏书下达后，从朝中的大臣，到各地的大员，便颇有一批人处在"圣意难料"的惴惴不安之中。没人知道接下来是否还会有事，或者有什么事发生。没人知道皇上怎么想，或者想干什么。好在是例行早朝，自有一些例行公事，或只是将某事"奏闻"，或是按圣意拟就的某个方案再请圣上"恩准"。有话可说，有事可办，总算没有冷场，但气氛终是很沉闷。

终于有位大臣忍不住了，出班启奏，说万岁军中拜相，实属英明果断之举，诏书甫下，反应强烈，民心鼓舞，士气振奋。然亦有少数愚民，不守本分，或飞短流长，妄加揣测，或横生枝节，无事生非。凡此诸端，虽无碍大局，不足为虑，但大敌当前，小心为上，还是想个什么法子安抚一下，以防其滋生蔓延，蛊惑人心。

因为气氛的沉闷，赵昀本来已经有点困倦，眼皮都耷拉下来了，听说这话，才抬起眼看了看，见出班启奏的是马天骥，于是点点头。马天骥这两年官职时常变动，总是丁大全那班人在那里主张，只要奏请，便照准，也不细究原委，无非是丁大全对哪里不放心了，就让马天骥去插手，所以眼下他到底官居何职，还真是一时想不起来了，但他是丁大全线上的人，这个赵昀是知道的。赵昀心想：他这个话是啥意思，朕也知道。想个什么法子，才能"安抚一下"，免得有些人寝食难安？不就是让朕发个话，说军中拜相之事就是为了抗蒙作战的需要，不会再有后文。

"马爱卿此言不谬。"赵昀开金口吐玉言了，"有句话叫众口铄金，你们想必都知道吧？什么意思呢？朕在潜邸时，每与街坊邻里交往，所遇多有不顺心之事，所闻更多有不顺耳之言，渐渐便悟出一个道理，众人皆各长着一张嘴，朕却只长了两只手，用一只手去捂一张嘴，最多捂住两个人的嘴。即如马爱卿所奏之事，我朝中君臣，全加起来总共长了多少只手？就算别的啥都不干了，全体出动，又岂能捂住天下万民之口？所以，以朕之意，与其钳口，不如正心。而正心之道，即在推崇理学。愚民之愚，非天生之愚，乃不学之愚。不学而愚，愚而不学，谁之过？尔等不教之过也！天下无不学之民，只有不教之官！汝其不教，民何所学？所学不正，有害无益，不如不学。愚民之愚，不在其不知仨多俩少，而在其不知忠义孝悌。心既不正，理何以明？天理不彰，人欲未泯，自然就会生出诸多恶言恶行来。所以，尔等为官者，爵无论高低，官无论大小，职无论文武，任无论内外，一件共同的头等大事，就是教百姓懂得存天理灭人欲的道理。为官之道，最要紧的就是恪尽职守。什么是最要紧的职守？就是教百姓读圣贤之书，习圣贤之言，行圣贤之道，庶几才能做朕的好臣民！凡是朕说了的，都要照办；凡是朕没有说的，就不要……不要乱猜！"

皇上侃侃而谈，众大臣洗耳恭听。赵昀说得兴起，便把程朱之学，由浅入深地发挥了一通，说到嘴滑处，顺便也夸了夸自己：古往今来，会处理军国政务的皇帝所在多有，但充其量只能算个能干的好皇帝，唯有少数不仅能干，还懂得以圣贤之道教谕百姓的皇帝，才称得上是真正的明君圣主。滔滔不绝，说了足有半个时辰，偶然间一瞥，发现大臣们一个个俱已屈膝弯腰抱肩拱背，眼见得站不动了，心想也都一把子年纪了，这才突兀地吐出了三个字："散了吧。"

退朝之后，赵昀回到了福宁殿。他有点累了。毕竟，此时的赵昀，春秋已经五十有五。不过，他回到福宁殿，并不是真的想睡觉；年事渐高，觉也少了。他只是想休息一下，但又不愿去勤政殿。那地方倒是安静雅致，但"勤政"两个字却让他不得心安。几次想让人查查，当年是哪个大臣给这个殿取了这么个名号，到底没说出口。这个事，不知道就不知道吧。有一次，曾有人送来一份高宗一朝内未得善终的大臣名单，他边看边想，此人必在其内。皇上原想歇息一会儿，他都要唠叨什么"勤政"，非把皇上累死不可，这种臣子肯定要不得好死的。

岂料福宁殿也没给他带来安宁。小太监刚送来一盏茶，大太监石禄紧跟着就送来一本奏折。原想待会儿再看的，却一眼瞥见奏折上标有"密报"二字，便拿了过来。只有来自"大内"那个系统的奏折，才有如此标注！还是看看吧，别误了什么要紧之事。一看之下，不由双目圆睁，龙颜大怒，未及看完，便啪的一声将奏折摔在了案几上，又嘭的一声重重一拍案几，高声喝问："这都什么时候的事了，怎么现在才报！"

石禄虽是吓了一跳，毕竟是个有历练的太监，稳住神不紧不慢地回奏："小的听说，皆因袁大人严令不得走漏风声……"

"好啊，袁大人……你袁玠发个话，就一手遮天了？朕就不知道了？"

"还有丁大人……"

"朕知道！若没有丁大全上下其手，他袁玠也当不上那个九江制置使！朕什么都知道！"

"万岁爷息怒……"

"出了这等事，朕能不生气吗？"

"气大伤身呀！万岁爷龙体安康，是天下万民之福。至于几个臣子不争气，该打的打，该罚的罚，朝廷里常有之事罢了。"

石禄这番不紧不慢的话，让赵昀多少消了些气，摆摆手说：

"行啦，朕知道了，你下去吧！"

石禄走后，赵昀发了一会儿呆，脑子里空空的，又站起来走动了一会儿，脑子里才渐渐有了些东西。再坐下，把那盏已经有点凉了的茶喝了，脑子才重新开始转弯儿了。

"密报"里启奏的，正是江西渔民出船出人帮蒙军打宋军的事。这让他立即想到当年那些失地上的遗民不杀金军杀宋军的事。两件事看来相似，实则不同。当年虽是打了败仗，却没有吃大亏，孟珙见势不好，当机立断，迅速退守大散关一线，虽然未能收复旧的失地，却也没有增加新的失地。事后，他左思右想，端赖他那"朕在潜邸时"的经历，终于想清了其中的原委，而这是他的大臣们横竖都不会想明白的——那地方在金人治下已经一百多年了，那里的普通老百姓，还会有多少人仍然自认是大宋的子民？江西可不是河南。江西始终都在大宋的治下，从来都是大宋的子民，他们竟然也会帮着蒙军打宋军，原因何在？"密报"里启奏得明白："由于九江制置使袁玠长期横征暴敛，致民怨沸腾！"这时候的赵昀，已经当了三十五年的皇帝，亲政也已二十五年，当然知道那种地方会出现什么情况——没有外患时，会"揭竿而起"；否则，便是帮着外人一起杀过来。是啊，"几个臣子不争气"，是"朝廷里常有之事"，那石禄在宫中已近四十年，这种事看得多了，这种话从他嘴里说出来，自然带有几分轻描淡写的意思；可是对于身居大位的赵昀，乃至对于江山社稷，却是心腹大患啊！

想到这里，赵昀不由得倒吸一口凉气。

实际上，最近两年，他已渐有"倦勤"之意。禅位之举，各朝早有先例，而南宋更有此传统。"大内"北边，就建有"德寿宫"，是专门给"太上皇"住的地方。赵昀前面，共有四位南宋皇帝，其中就有三位在这儿住过。高宗退位时五十五岁，退位后又当了二十五年的太上皇。孝宗退位时六十二岁，光宗甚至四十七岁时就退位了。只有宁宗是在位时驾崩的，死时五十七岁，如果再长寿些，说不定过两年也会退位。前任做出的榜样，赵昀也很想效仿，而面前一个很难克服的障碍，就是他到现在还没有立太子。他本人无子，没有在自己的若干个儿子中选谁不选谁的问题，无非是在龙脉中选出一个辈分合适、自己又中意的人，按说比较超脱，不料他看中的人选，偏偏遭到左丞相吴潜的拼命反对，而反对的理由，又让赵昀很难辩驳，事情就拖了下来。太子未立，"倦勤"的事也只得搁下了。

是的，他对现任这两个丞相都不满意。若两相比较，二人之中哪个更不满意，却是一时一个想法，不过眼下他确实更不满意吴潜。但他又知道，拿掉丁大全比较容易，罢黜吴潜却比较难。丁大全党羽众多，一呼百诺，他也因此有恃无恐，做事张扬，所以官声很差，虽尚在职，民间已有"奸相"之称，日后修史，怕是要进奸臣传。要动这种人，无论交部议上朝议，都会有很多人帮他说话，但若直接出以"圣断"，则可能帮他说话的人，多数都在清算之列，民意就彰显出来了。吴潜却完全不同。吴潜为人正直，不搞歪门邪道，又是状元出身，作诗填词，常有可诵之作，每有奏章条陈，进言议事，说出话来都是一套一套的。做过地方官，也当过兵部尚书、吏部尚书、工部尚书。无论是在地方任职，还是权掌六部，都尽职尽责，无懈可击。连他赵昀本人，也曾觉得其忠可鉴，其德可嘉，其情可悯，其才可用。直到今年年初，赵昀还将其从右丞相兼枢密使迁任左丞相兼枢密使，并在诏书中大加赞扬，说他"天资忠亮，问学渊深。负经纶致远之才，抱博古通今之蕴。指陈谠论既有保安社稷之谋，措置时宜尤着沥胆洗心之策"。不过，在私心里，他对这位正人君子也常有不满意的时候，总觉得此人虽是个好官，终不是可以托国的重臣，即便委以重任时，往往也是出于别无佳选，只能"就是他了"。到了蒙古人大举来犯，赵昀更有了全然不同的体会。蒙军步步进逼，两个丞相全无有效的对策，直到赵昀乾纲独断，起用了贾似道，形势才渐有起色。不怕不识货，就怕货比货；这一比，就比出了两个丞相的无能。回过头去再看，自是看得更加明白。早就听说外间有人将吴潜历来所写各种奏章策论汇集成册，流传颇广，每被视为名言谠论。赵昀让人找来一本，翻阅之下，油然而生一种"这回算是把他看透了"的感觉。早在赵昀亲政之前，吴潜就曾向专权的史弥远上书议政，提出："一格君心，二节奉给，三振恤都民，四用老成廉洁之人，五用良将以御外患，六革吏弊以新治道。"听起来头头是道，实际上空洞无物。这段话，原是说给史弥远听的，赵昀以前没见过，如今一见之下，心里极为反感。那史弥远，本是赵昀心中恨之入骨的人，原来这吴潜当年也是个要与史弥远沆瀣一气，一起来"格君心"的人。及至赵昀亲政，推行"端平更化"，吴潜又向赵昀上书议政了，说"边事当鉴前辙以图新功，楮币当权新制以解后忧"。当时百废待举，一样样都需拿出切实可行并能行之有效的办法来，而这种空话，最多不过是凑个热闹而已。"更化"进行得并不顺利，一些官员出于私利，或阳奉阴违，或将"新制"刻意曲解，变形走样，以至旧弊未除，又添新弊，吴潜在奏章里说："国家之不能无弊，犹人之不能无病。今日之病，不但仓、扁望之而惊，庸医亦望而惊矣！"这种大声疾呼的腔调，看似忧国忧民，实则于事无补，徒乱民心士气罢了。尤其是他提出的对蒙政策，叫"以和为形，以守为实，以战为应"，竟成为一时之名言，而在赵昀看来，实在是言之无物。什么叫"形"？什么叫"实"？什么叫"应"？灭金之后，蒙古就成了大宋的心腹之患。那蒙古人野心勃勃，虎视眈眈，陈兵边境，骚扰不止，从来就没有画地为界、互不相扰之意。从长远来看，不是我灭了他，就是他灭了我，只有在谁都灭不了谁的情况下，才会有暂时的相持。如此强敌压境之势，也只有厉兵秣马，富国强军，才是抗敌图存之道，否则，不管弄出什么"形"来，都无济于事，而战端一开，就不是"应"不应的问题，胜则存，败则亡，胜仗败仗，都是人打出来的。谁能把仗打胜，谁就是功臣。空谈能有何用？

凡此种种，在赵昀的心目中，渐渐形成了一盘棋局，哪儿是边角，哪儿是中腹，哪儿是眼位，哪儿是手筋，哪儿要粘，哪儿要断，哪儿是弃子，哪儿是劫材，都渐渐清晰起来。若战事能在今年之内结束，明年他要改元。他甚至连年号都想好了，就叫"景定"。他要再来一次"景定更化"。等他把更化之"景"形成"定"局之后，就可以搬到德寿宫去安享晚年了。

现在的问题是：战事能在年前结束吗？

十天之后，派往汉阳传谕军中拜相圣旨的钦差，带回了贾似道对这个问题的回答。那回答是：

"臣以为战事之结局，不必年终，最晚闰十一月内便有分晓，而其胜负，则视鄂州仍在否。城破，臣料已以身报国，无论其他。城在，则忽必烈自退。彼大军远出，又有内忧，即便苦撑，也撑不到四个月。"

这回答让赵昀心里踏实了许多，但细想又隐隐有些不悦。贾似道这话有点狂，好像没了他，大宋就不行了。

可是再反过来想，好像也真是这样。因为钦差带回来的另一个消息是，贾丞相已离开汉阳前往鄂州，亲自入城督战！赵昀想了想，自高宗以降，以文官领军事者所在多有，能像贾似道这样亲临一线督战的，再没第二个！

7　鹅车计失败

忽必烈已经有十多天没有登上压云亭了。

十月初八强攻之后，有过几天中断，随后攻城再次开始。表面上看，攻城的强度并不比原来弱，投入的兵力也不比原来少，但进攻的目的却有所变化：不是意在一举破城而入，只在尽可能多地杀伤对方的兵员，破坏对方的城防工事。忽必烈没有再登上压云亭观战，因为他知道此时指挥攻城的已经不是张柔，而是张柔的第八个儿子张弘略，协助张弘略的则是张柔的第九个儿子、刚刚二十一岁的张弘范。张柔不在一线指挥，忽必烈也不再观战，因为他们都知道这些隔一两天就发动一次的攻城，更直接的目的只是为何伯祥赶造鹅车做掩护。

何伯祥是张柔属下的一名部将。自从五年前向张柔献"鹅车计"，他便受到张柔的另眼相看。他被从原来的军中调出，另拨了一批军士给他，让他单独扎营，专门演练他的鹅车计。所谓鹅车，其实只是一种独轮车，样子也并不像鹅，因其适用于挖地道时向外运土，意会为鹅在水边觅食时常以喙向前拱泥，故名鹅车。何伯祥的鹅车计，虽是以鹅车为核心，却包括了一整套通过掘洞入城的全新攻城战法，所以很受张柔重视。忽必烈知道以后也很感兴趣，嘱咐张柔务必精心演练，不断完善，并注意不得外泄，更不可轻易使用。此次南征，何伯祥也带着他那些人随大军南下，但仍是单独扎营，由张柔直接调遣。十月初八夜里，忽必烈召来张柔，决定以鹅车计攻鄂州。从此张柔便一直为此奔波忙碌。虽然这个攻城战法已经经过多次演练，毕竟也只是演练，且规模有限，而第一次用于实战，便用在鄂州，其规模之大，远非以往演练可比，究竟会出现哪些意想不到的问题，张柔心里也不是很有底。在忽必烈征求他的意见时，他曾说到这层顾虑，可是忽必烈说凡事总得有个开头，即便失败了也不要紧，逐步改进以求完善嘛！灭宋是个长期计划，将来还有很多攻城战要打。另外，采用这种战法攻城，部队需要增加兵员，并做出新的部署。

调动蒙古部队的命令，是忽必烈亲自下达的。这些蒙古部队原来大多驻扎在江北。现在把他们调到江南，替换一部分部署在外围的汉人部队，再把这些汉人部队调到鄂州附近，或参加挖地道，或准备攻城。这些汉人部队虽然现在都归张柔统一指挥，但其中一些并非张柔自己的部队，而是南下过程中由各地调集起来的，有些事情，就需要由更高一级，也就是"王爷大帐"出面协调。忽必烈把这件事交给了阿里海牙，而阿里海牙把这件事办得周密严谨，很是展现了他的组织指挥才干。这也是日后忽必烈把他留在了湖北的重要原因。

按照张柔的计划，有三条地道同时开挖。忽必烈很想去地道口看看，但被张柔劝阻。地道口距城墙均不足半里，万一被城上宋军看见，会有危险。忽必烈倒也听劝，因为他也不愿轻易身履险地，于是决定见见何伯祥。召见时，还赏给他一个座位，让他在侧面坐了，听他扼要介绍了鹅车计的各个方面，又仔细询问了地道在地下掘进时，如何保持正确的方向，如何确定掘进的长度，地道出口与预期的目标会有多大偏差。何伯祥退下后，他又把张柔召来，嘱咐道："听了何伯祥的介绍，本王觉得最要紧的有两点，一个是时机，一个是隐蔽。地道的高度和宽度有限，只能容一个人通过，士兵须鱼贯而出，如被宋军发现，只需堵住洞口，上来一个杀一个。按何伯祥说，洞口要尽量开在不易被察觉之处，先出洞的士兵要就近隐蔽，待上来的人足够多了，再一起动手。所以一定要把时间掐算好，士兵从这边洞口下洞，到从城内洞口出洞，需要多少时间，三百个人一共需多少时间，天一亮恰好三百人到齐，然后发动攻击。"

安排完这些，忽必烈又到几处军营巡视了一遭，当中还特意去看望了在攻城作战中受伤的士兵。因为是攻城作战，箭伤和摔伤的伤兵最多，也有被滚木礌石砸伤的，伤重的伤轻的都有，全凭各人运气，而最让忽必烈印象深刻的，是那些被金汁浇伤的倒霉蛋。何谓"金汁"？只有汉人想得出这种名目，其实就是大粪！城墙上架口大锅，把稀释了的大粪烧得滚沸，再用粪勺舀了劈头盖脸往下浇。中了这招的伤兵，不仅会被烫伤，因那大粪原是秽物，伤处极易红肿溃烂，而烫伤又不能包扎，便是养伤时还得裸露着，莫说臭气熏天，看着都恶心，弄得谁都不愿靠近。这大概也是只有汉人才想得出的战法，用汉人的话来说就叫阴损。听参加过西征的人说，色目人就不会这种战法。去年塔察儿攻打荆山、樊城时，那些蒙古士兵最怕的就是这个，一见有这东西浇下来，便纷纷退后。这成了塔察儿战败的重要原因之一。

不过，忽必烈也明白，战争须以胜败论英雄，不管用什么方法，能取胜的就是好方法。即如他即将施行的鹅车计，按蒙古人的标准，也不是什么正大光明的英雄作为，可是现在要对付的，是据城固守的宋军，蒙古人那套战法根本用不上。大宋王朝三百年间战事不断，九成以上打的是防守战，据水而守，据险而守，据城而守，都守出了一套周密严谨的作战方法。将来要灭大宋，就得有一套破解之术，尤其是一套有效的攻城战法。这也是忽必烈如此重视鹅车计，不惜冒着失败的危险试它一试的原因。

十月二十二日，鹅车计付诸实施。忽必烈没有登上压云亭观战，因为行动是在夜色中展开的，那里什么都看不见。凌晨时分，他就在大帐里坐定，等着张柔从城下传来的消息。按他的要求，战场上出现的每一个情况，不管是好的还是坏的，出现的每一个变化，不管是有利的还是不利的，张柔都必须派人飞马来报。他甚至已经做好准备，一旦从地道进入城内的士兵得手——"得手"的标志就是从里面将城门打开，他将立即登上压云亭，观看蒙军大部队从城门下蜂拥入城。

子时刚过，蒙军的大部队就开始进入攻击出发地。为了不惊动城上的宋军，三千余人的部队，被分成几十人一股的小队，必须在前一股已经到达并隐蔽起来之后，后一股才能出发。这样，即使偶然被城上眼尖的守军看见，也不会太当回事。在鄂州这样的大规模攻城战当中，一二百人的动向不太会被重视。而如果稍后的另一股又被发现，也很可能被当作已经看见过的那一拨人。天公作美，二十二日的月亮虽只缺了一个角，但空中时有浮云飘过，并不总是很明亮。问题是城下这片地面平坦开阔，再经过一个月来的战火，所有地面建筑已经完全毁坏，虽然还剩下不少断壁残垣，但一大群人站着活动，要想一点都不被守军察觉，就太过一厢情愿了。而已经进入攻击出发地的士兵，倒是可以利用这些断壁残垣做掩护，或坐或卧，只要不轻易活动，便几乎与夜色融为一体了。张柔有军令：一旦安顿好，就必须保持附近的秋虫鸣声不断！

　　出现了一个意料之外的情况：冷。北方来的人，总以为南方比北方暖和，岂不知南方也有南方的冷。北方人总以为自己比较耐寒，却不知他们能适应北方的干冷，却受不了南方的阴冷。北方人的服装又比较简单，脱了单衣就是棉衣，而现在还不到穿棉衣的时候，穿单衣却又太过单薄。当后半夜的寒冷，随着潮湿的地气一点点扩散开来，便开始有人打喷嚏了。幸好这点动静城上听不见。到临近拂晓时，尤其是那些较早进入攻击出发地的士兵，有的已经被冻得瑟瑟发抖了。

　　另外的九百人要好受些。总共三条地道，每条各三百人，只分成五拨，所以行动开始得晚。到达洞口后，就进入地道。何伯祥想得周到，地道口两侧挖有"屯兵洞"，士兵们就在里面等候，虽有些挤，却暖和。等的时间也不长，不久前面就传来城内洞口已经打开，洞口都在预期范围之内的消息。三条地道的同样消息，几乎同时传到张柔处，张柔立即派人飞马报告忽必烈。

　　忽必烈闻报大喜，立即传谕先给何伯祥记一功！

　　这也体现了此战的试验性。城内洞口的开洞，是鹅车计的第一个关键环节。地道挖到最后，为了不被对方提前发现洞口位置，要留下一小段，直到发动攻击前再挖通，从地面打开一个刚够一个人探出脑袋的小口，以观察洞口的位置是否正确。此次行动，三条地道均以鄂州东门的城楼为坐标，由士兵目测城楼所在的方位和距离。结果，三个洞口均在预定的范围之内！从理论上讲，洞口开得不准，还可以再做调整，但即使只差出一二十丈，要在地下再挖出这么长的地道，也不是一时半会儿能够完成的，若差得再多，就有贻误战机的危险了。这三条地道，在地下掘进的长度均超过半里，何伯祥竟能将三个洞口都掐算得如此之准，确实堪称绝技！开口成功，忽必烈便传谕给他记功——无论此后的战事如何发展，这一功先记下了！

　　而张柔对于时间和速度的掐算，早在阳逻堡的夺船之战中，已经展露无遗。他的出击令同时下达到三条地道，士兵们按事先多次演练过的顺序，依次从屯兵洞内鱼贯而出，略弯着腰沿地道向前疾行。先头到达城内洞口时，加大洞口的工作也刚好完成。老天帮忙——只是不知帮的是哪一方，刚好有一片浓云遮住了就要隐去的月亮，使拂晓前最暗的时刻提前来。士兵们一个接一个地钻出洞口，就近找个暗处蹲下。他们发现这儿不仅没有地面建筑，连拆除这些民居时留下的残砖碎瓦都不多，幸亏天色极暗，随处找个地方蹲下，目标小一点也就罢了。出洞的士兵越来越多，渐渐便蹲成了不大不小的一片，此时若有宋军哨兵巡逻经过，极有被发现的可能，所以蒙军士兵一个个全都屏气敛息，即便在逼人的寒气中冻得发抖，也不敢稍有活动。时间一点点过去，周围一片安静，不仅没有宋军巡逻，便是城墙上的守军亦全无动静，就连秋虫的鸣叫也很稀少，好像也在嫌天气太冷。很快，每条地道的三百名士兵全部到达了地面。现在，他们只等着天色一亮，便可动手了。

这是鹅车计的第二个关键环节。士兵已经全部出洞，此时即便被对方发现，已有足够多的兵力可以在地面上展开，等于只是把动手的时间稍稍提前而已。当张柔派人把这个消息飞马传到忽必烈的大帐时，天色已经微明，而忽必烈闻报后，竟不由得长出了一口气！在大帐内陪同他等候消息的几位将领、谋士，也都一个个面露喜色，相互低声议论起来。

忽必烈原来只是独自在大帐内等候消息，地道开口成功的消息传来后，他来了兴致，便让阿里海牙传话，召几个现在附近的蒙古将领，想了想，又加上了郝经、姚枢、张易等几个汉人谋士前来陪同。

他们都没有想到，那些只等天色一亮就动手的蒙军士兵，没有等到他们所等待的那个天亮。

就在天色似明未明之际，在他们觉得很快就能将难熬的寒冷和瞌睡熬到尽头的时候，猛听得一声炮响，然后就觉眼前一亮，细看时，却见前前后后火把齐明。不能说没有一点慌乱，但在大小头领的吆喝之下，还能基本保持住阵形。毕竟，在三天前，他们还演练过万一被对方发现时的处置方法，那就是提前动手，首先向城里的方向冲杀，因为那个方向没有城墙，对方没有居高临下的优势，易于抢占出足够的地面，来展开自己的兵力。可是当他们冲出十来丈远之后，就纷纷停了下来。他们骇然发现，对面宋军的火把都在高处，细看时，前面根本不是他们预想当中的民舍、街道，而是一道齐刷刷用粗大原木连成的丈余高木栅。木栅与城墙形成一道夹城，将这些由地道入城的蒙军夹在了中间。这时又听一声炮响，从木栅后面射出了一支支利箭。未被射中的蒙军向后退去，却不料城墙上同样矢如雨下，更放下了不少滚木礌石，其中的一些石头木块，很快便将地道口封住，断了他们的退路。可怜那些剩下的蒙军士兵，最后是怎样的结果，从张柔到忽必烈始终没有弄明白。九百人中，头脑灵活、腿脚又快且当时距洞口足够近的，侥幸从地道里逃回的不足百人。他们能带回来的消息，止于城墙上开始施放滚木礌石，此后的情形，便无人知晓了。

张柔在最后时刻所能做出的正确决定，就是下令那些等候在外的蒙军，乘天色尚未大亮火速撤回，以免再遭到宋军的追杀。直到傍晚，他把应该问明、可以问明的情况都问明了，又听了专门派去城里的细作回来后所做的禀报，这才赶往忽必烈的大帐请罪。侍卫进去通报，很快就回来说："王爷让你这就进去，他已经在大帐等你多时了！"

侍卫这个话，其实话里有话。这些蒙古人都希望自己的军队打胜仗，但偶尔看到汉人将领打了败仗，也会有一种幸灾乐祸的心情。可是当他说完这个话，却发现张柔的脸色竟是出乎意料的平静！

张柔迈着从容的步伐走进了大帐。他最先看到的，是站在忽必烈身后的三个汉人谋士：郝经、姚枢、张易。这种情形之下，王爷召来三个汉人谋士在身边，颇不寻常。然后他看到忽必烈此刻的脸色竟也是出乎意料的平静！不能说面有喜色，但也绝不能说面带怒容。张柔行礼完毕，站在一边。两个脸色都很平静的人，都在对方没有看自己时看了对方一下，又都沉默了一会儿。还是忽必烈先开口，声调仍很平静："张将军，你有什么话想说，就只管说。"

张柔停了一会儿才说："末将前来领罪。"

忽必烈也停了一会儿，摇摇头："这不是本王想听的话。"

张柔也摇摇头，说："王爷仁厚，末将感知远非一日。但末将自二十岁提军上阵，不敢说身经百战，胜仗败仗都没少打。治军之道，未可穷尽，早晚研习，略知皮毛而已，但打了胜仗该怎么赏，打了败仗该怎么罚，末将是知道的。"

"那么有一句话将军理应也知道：胜有胜道，败有败因。"

"是，末将知道。此番败绩，末将午前已有粗略禀报，之所以未在营中静候处置，却厚着脸皮前来大帐领罪，正因为末将已将败因查得清楚，须向王爷禀明，以免王爷出于仁厚，不肯对末将从严发落。"

"这个本王倒要听听了。"

"这一仗败得如此之惨，一非将士不肯用命，二非鹅车计不可行——能把九百人送到城内预定之地，何伯祥已经不辱使命。是末将算计不精，智不如人，才将这九百弟兄置于任人宰割之地！"

"往下讲！"

"据末将查明，此前宋军对我掘洞入城确有准备，但末将对此也并未大意。我军兴师动众地挖洞，莫说人来车往，单是那挖出的新土，便在洞口堆成了小山，这里又是宋人地面，细作极易靠近，贾似道不可能毫无所知。所以，在我军演练中，末将已预作设想，如被宋军发现，已经上去的人少时，迅即撤回洞内，料宋军亦不敢入洞追杀；若上去的人多，便朝城内方向冲杀，抢占地面展开兵力。依末将的预想，这个方向应该是民舍街道，宋军无据可守，自然成为一场巷战，无论兵力多寡，总有一拼，若左右两支能够稳住阵脚，中间一支便可回头去夺其城门。这是从里往外打，正可打在宋军不设防的方向，胜算应该不小，而一旦打开城门，放我城外的三千人冲进城去，便可以说胜券在握了。无奈这只是末将的预想，而末将完全没有想到的是，当我军朝城内方向冲杀过去，却遇到了一道丈余高的木栅。"

"你午前的禀报中提及了这道木栅，可是你以前从未向本王说过城里还有这么一道夹城！"

"这正是症结之所在！昨天末将还特派细作从西门混入城内，据他回来禀报，并未发现东门一带宋军有何准备。今早战败后，末将又把这细作找来追问，该人一口咬定，直到昨日申时他返回之前，还去东门一带看过，根本没看到有什么木栅。末将仍不敢轻信，又派了可靠之人混进城去细细察访，据他回来说，鄂州城内百姓，都在称颂贾似道用兵如神，原来他探得我军要掘洞入城，早有准备，却并不动手，直到确知我军今日攻城，才于昨天傍晚下令筑栅，天黑后开始，竟是一夜筑成！"

"一夜筑成？"

"正是。这样的事，换了末将，都未必敢如此弄险，须是事先有极周密的谋划，又有得力的人选，才能有此把握。所以末将不能不想，末将戎马一生，而彼贾制置不过一个士人，两相比较，高低分明。末将这个败仗，败得无话可说，唯有请王爷从严治罪！"

忽必烈点点头，却没有说话，默然有顷，站起来在大帐中踱了两圈，再坐下，这才用做决定的语气说："这一仗，何伯祥有功无过，依例论功行赏！"

"是。"

"此战虽败，但证明鹅车计可用。败因不在鹅车计，而在贾似道。大宋有贾似道，是大宋之幸，但他只有一个贾似道，没有第二个，更莫说十个八个。传谕给何伯祥，让他继续揣摩改进，此计本王将来还要用！"

"是。"

"至于张将军你嘛，你说得也对，终归是打了败仗，不罚不足以明军纪，就罚你两个月的饷银吧。"

"王爷……"

"本王话既出口，轻了重了，都不改了。这个鄂州，本王还要你给我打下来，如何将功补过，才是你现在最应该想的！"

"是。"

"智取不成，看来还得用强攻。而当务之急，是先要振作士气。气可鼓而不可泄，战可以一败但不可一败再败。收拾好残局，莫让这一仗影响其他的事。以后的事，该做什么，本王不说你也知道。"

"是，末将知道。"

"还有，今天本王特意把几位谋士召来，不是因为本王要听他们说什么，也不是为了让他们听你说什么。有他们侍立在侧，就是对本王的提醒，越是这样的时候，越要多想、细想，往宽处想，往深处想。所谓吃一堑长一智，本王这个用心，你要好好体察！"

"末将明白。"

"那就好，去办你的事吧！"

张柔行礼退下。别看他前来领罪时步伐从容，结果只罚了他两个月饷银，他退下时的步伐，反倒有些沉重了。

忽必烈目送张柔走出大帐，这才把目光收回，然后转向三个谋士。郝经等便都向前半步，拱手问："王爷有何吩咐？"

忽必烈摆摆手："本王没有吩咐，只是……"

话到这里，戛然而止，停顿良久，把目光从三个谋士身上挪开，转向大帐的虚空处，像在寻找什么，没有找到，那目光孛然垂落，这才突兀地迸出一句问话："吾安得如似道者用之？"

实际上，鹅车计之败造成的后续影响，远远超出了忽必烈的预料。这些影响是一天一天、一点一点显现出来的。

首先是那些撤回来的士兵中，出现了大量的病号。症状都差不多：发烧、头痛、腹泻、肚子痛、全身无力。直接的原因看来就是冻的。紧接着，类似的症状开始在其他部队中出现、蔓延，随军的医生说不清原因，还是请教当地的医生后才知道，这是本地常有的"时疫"。当地的医生还警告说，随着时令转寒，疫情可能还会加重。最要紧的是穿暖和点，别冻着。正在此时，从后方运来的棉装陆续送到，而送到后却发现，这些棉装的棉絮太厚，穿着太热，遇上行军操练，很容易出汗，等到停下来，小风一吹，汗湿过的棉装，便冰凉地贴在身上。若是穿着这种棉衣去格斗厮杀，真不知道会怎样！

士气更是一大问题。虽然张柔用了不少办法，但收效有限。又跟办法有限相关。若在平时，提高士气最简单也最有效的办法，就是立个名目，从上到下发一笔数量可观的赏银。这个银子倒能筹措，无奈刚打了败仗，那名目却是"立"不住，立得不妥，让人以为打了败仗同样有赏，效果就适得其反了。这时候，最好是打一个胜仗，哪怕只是个小胜仗，起码对提高士气会起点作用。可是无论张柔怎样绞尽脑汁，都想不出在哪儿能打这么个小胜仗。幸亏天无绝人之路，这时出现了一个机会。很偶然，抓到一个宋军的小头目。比起某些宋军将领，这小头目倒是更忠君爱国，不肯投降，高呼生是大宋人，死是大宋鬼。等到真要拉他出去砍头，他又说：

"且慢，我知道一些你们不知道的事，若是你们出的价够高，我可以告诉你们。"原来此人在宋军中是个管军情联络的小官。从他嘴里，还真听说一件此前不知道的事：云南的兀良合台，进攻广西受挫之后，采用其子阿术之计，趁鄂州激战之机，从小路绕道北出湖南，直取潭州。张柔闻报大喜，虽然只是俘虏的一面之词，难辨真伪，且上报忽必烈之后，王爷反应平淡，似乎还有不以为然的意思，但张柔还是在军中宣扬了一番，说一旦兀良合台部进至潭州，便可与鄂州形成夹击之势。尽管颇有画饼充饥之嫌，对提高士气还真起了作用。

没想到偏偏此时，又遭到一个沉重的打击！

宋将高达率领的援军进入鄂州城了！

高达部是从南门进入鄂州的。

不仅是张柔，连忽必烈都因此大为震惊。高达从襄阳出发，率军东进南下增援鄂州，忽必烈是重视的，并做出了部署：先以小股袭扰之，延迟其前进速度，消耗其军力，等他以疲惫之师，进至离鄂州较近时，再以部署在鄂州周围的主力围歼之。为此，特意把张柔手下的勇将张禧，摆在了高达的必经之路上，以逸待劳。攻城战打得这么艰难，都没有动用张禧，只是将部署在张禧侧后的尚志雄部调往城下，原属尚志雄的防区，则由帖不花所率蒙古部队接管。这个防区在张禧驻地以北偏东，按原定计划，在张禧挡住高达的前进道路之后，这支部队将突击高达的后方，断其退路，而帖不花的骑兵，正好比汉人部队更适合这种长途奔袭。

十月二十五日凌晨，帖不花营中突然起火。蒙古的草原勇士们从睡梦中惊醒，人不及甲马不及鞍，很多士兵都是赤条条一丝不挂地冲出帐篷，但见火光冲天，只听马嘶人喊，营帐之间许多受了惊的光背蒙古军马奔突乱窜，一个躲闪不及，便被踏翻在地。这群惊马刚刚四散而去，惊马的后面便有宋军的骑兵纵马杀来。若是两阵对冲，宋军骑兵原不是对手，无奈此时的蒙军骑兵都是没有马的骑兵，甚至许多人手里连兵器都没有，就只剩下挨宰的份儿。运气好的，反倒是那些睡得死、醒得晚、动作慢，因而此时还在帐篷里发呆的笨蛋。那帖不花昨晚大醉，两个侍卫连喊带推，一时也没能把他叫醒，倒让他侥幸躲过了一劫。等到总算把他叫醒，在侍卫的搀扶下走到帐篷外看时，宋军大队已经朝着鄂州方向扬长而去。

当种种情形渐次明朗之后，忽必烈也由最初的震惊、震怒渐渐冷静下来，最后只发出了一声无奈的长叹。现在他看得很清楚了：不是原定的作战预想有多么重大的缺陷，而是他的人不中用。张禧自是一员勇将，但勇猛有余而谋略不足。他在驻地以北三十里和五十里，各派了一支前哨，命其一旦发现宋军，立即火速回报，只要这两处报称尚未发现宋军，他便无事可做，也不管其他。让他"以逸待劳"，经他这么一执行，就变成了"守株待兔"。至于那个帖不花，本是要他去奔袭宋军，结果反被宋军偷袭。调他去接手尚志雄的防区之前，忽必烈曾私下嘱咐过他，要他监督张禧，不料他还真是只远远看着张禧，只要张禧那里没事，他就认为自己这里也没事，一心只等着去奔袭高达的后路，不想反被高达偷袭了自己的大营，等于把自己的防区变成了一条通道，让高达踩着他的脊梁进了鄂州。忽必烈还有一条说不出的苦：他明知帖不花并非一个能够委以重任的人，可是思前想后，却是别无他选。

连吃败仗，让忽必烈变得更加清醒了。他已经清醒地认识到，前年在喀拉和林，他与蒙哥共同做出的判断是错误的——灭宋的时机并未成熟。宋军将领斗志仍在；只要他们斗志尚存，其中的多数就是很难对付的对手。而自己方面，既缺少贾似道那样的主将之选，也没有足够的可用之才。他也清醒地看到，如今的鄂州之战，已成骑虎难下之势。不过，这一点在刘秉忠的推衍中已预见了，他还算心中有数。高达的援军已经进入鄂州，自然增加了攻城的难度，但城中增加了五七千人马，尚不足以完全改变全局的力量对比，并非已经全无胜算。问题是，决不能再发生这种敌增我减的情况了！

所以，一定要把吕文德的西路援军，拦截在鄂州城外！

8　悍将高达

贾似道是在十月二十六日进入鄂州城的。十月二十五日，高达率军入城。贾似道得报后，当即决定次日进入鄂州。

贾似道知道，在宋军将领中，高达是个有点儿特别的人物。按多数人对他的评价，他以擅长营建著称。事实上，他驻防的襄阳，在他的多年经营之下，所有要冲之处，都修筑了坚固的、设计精妙的城防工事，使襄阳堪称固若金汤。人们对他的这种称赞，原来名至实归，他本人却不以为然，偏偏在作战能力上自视甚高，然而实际上又迄今尚无显赫的战绩，于是便常有生不逢时之叹。再加上他的性格桀骜不驯，多有恃才傲物之状，把谁都不放在眼里，以至每每生出今日与某某"不睦"、明日与谁谁"有隙"的传闻。但是他又不会让别人抓住什么把柄，凡是他职责以内的事，他总能做得无可挑剔。去年九月，塔察儿进攻樊城，守将李和据城坚守，襄阳与樊城相邻，高达在作战中给予了积极的策应和支援，连李和都无话可说，但二人的关系却相当紧张，龃龉不断。现在高达率军进入鄂州，鄂州城里两支互不隶属的部队，两个级别相当的将领，如何协调配合统一指挥，就成了问题。贾似道也就顾不得房子是否收拾得干净整齐，赶紧进城坐镇来了。

贾似道万万没有想到，本意是来坐镇督战，结果却是自找气受。都说高达瞧不上同僚将领，殊不知他更看不起贾似道这样的文官。若没有贾似道，他或许会跟张胜寻衅滋事，有了贾似道，张胜倒落得个安静。高达进入鄂州的次日，贾似道刚刚入城，尚未安顿停当，也没来得及发话，高达就应张胜之请，接下了东门一线的城防，换张胜的部队后退休整。贾似道听说之后，咂摸过来咂摸过去，始终咂摸不清其中的味道。这既是一件很正常的事，所谓"题中应有之义"，正该如此；但这也是军中一件大事，原是应该由贾似道做出决定，再下令给张、高二将执行的，现在二人私下里一商量，甚至没跟贾似道打个招呼就办了，细品其中的滋味，贾似道不能不有一种被架空的感觉。然而，这事却又说不得。若说这种事以后必须先经批准方可实行，又明摆着带有自讨无趣的意思，张胜、高达都是带兵多年的将领，岂能这个都不知道？那么，好像只能下次重犯时再说。但贾似道心里明白，这种事多半不会有下一次，只此一回，给你个下马威，再有下次，便是授人以柄了。傍晚，张胜差人送来禀帖，禀报城防已移交给高将军。贾似道原来驻司汉阳时，张胜有事均以禀帖呈报，现在既已入城督战，相距不过一里之遥，就不能走过来当面禀告一声？可是这事仍然说不得。你以此相问，人家会说你今天刚到，尚不知安顿好了没有，既未奉召，不便贸然晋见。贾似道只得咽口唾沫，提笔在禀帖后面批了四个字：如此甚好！

十月二十九日，蒙军重新开始以前那种消耗性的攻城。每天一次，从天亮开始，到午时结束，只是进攻的重点，似乎稍稍向北偏移了一点，不像以前那样以东门的城楼为中心。贾似道闻报后即前来督战，当他登上城楼时，蒙军正向城下运动，高达已在北边不远处的城墙上观察敌军的运动情况。大概是由于身边卫兵的提醒，高达顺着那卫兵所指，朝这边转过头来，恰与贾似道目光相遇。按贾似道所想，这时高达起码应该过来见个面行个礼，问问有没有什么指示，他甚至已经想好，用"请高将军便宜行事"来表示对他的信任，不料高达并没有过来，却是只从远处朝他看了一会儿，突然扬声说道："贾大人，你戴着高高的头巾到这儿来，能干什么？"

就在贾似道愕然之际，高达身边的士兵们爆发出一阵大笑。

好个贾似道，脸不红心不跳，不动声色地朝城下转过脸去，像是也在观察敌军的运动。

也恰在此刻，城下一声炮响，敌军开始攻城了。直到确信高达已去指挥士兵守城，他才又把头转向北面。在接下来这段时间里，他生平第一次如此近距离地目睹了一场真正的战争。但是，说来奇怪，他好像天生就洞悉战争中那些最基本的东西，所以很快就看出了高达的指挥有方。可以说，蒙军的伤亡明显大于宋军。看着眼前这一切，再联想到从帖不花的大营"借道入城"，贾似道不由得赞赏这个高达，看来此人还真是一名很能打仗的战将。看到战局已定，但战事还没有完全结束时，他便离开城楼，打道回府，故意不与高达照面。

第二天天亮不久，贾似道就听见外面人声聒噪，接着就有翁应龙进来禀报，说是有三五十个高达的士兵，正在外面讨要赏银，声称蒙军正向城下运动，请贾丞相多给犒赏。

贾似道脸一沉，问："我若是不赏呢？"

"他们说，没有犒赏，即不出战！"

"胡说！赏银自有，但得战后论功行赏，哪有尚未交战即来讨要犒赏之理？"

"他们说，这一仗终是要取胜的，与其等打完之后，尚不知谁能活下来领赏，哪如现在就赏了。"

"噢，还有这个说法？"好个贾似道，转眼之间，那满面怒容已变为一脸平和，"想想倒也是，那就先赏了吧！"

"赏多少？"

"就赏五百两银子吧。"

"大人……"

"怎么，少了？"

"不是少了，是忒多了些。若是做下规矩，每次出战都要先赏五百两银子，不赏即不出战，只怕军中的用度撑不到……"

"不怕！"贾似道厉声打断了翁应龙的话，但后面的话却仍是用从容不迫、平平和和的口气说出，"真到了有一天我这里的银子用光了，而高将军那里仍是没有犒赏即不出战，大家作一处去向忽必烈投降便了！"

话说得从容平和，但翁应龙却隐隐听出一股杀机，不由得打了个寒战，竟然连一声"是"都没说出，就退下去照办了。

此后连着两天，蒙军都来攻城，而贾似道这里，也照例有高达所指使的士兵"哗于其门"，讨要犒赏。翁应龙按照贾似道的吩咐，早将银两准备好，却定要等那些士兵说出"不出战"的话，方才拿出手。贾似道则单等那些士兵退去，这才去城楼督战。

可是这一天，也就是十一月初一日，贾似道刚要动身，却见一骑快马疾驰而至，一名副将滚鞍下马："禀贾大人，适才吕文德将军差人送信，说吕将军的援军已到城下，但被蒙军拦截在西门外五里处，两军接战多时，吕将军难以取胜，故派人给张胜将军送信，请张将军派兵接应吕将军入城。张将军见情势紧急，即率两千精兵出西门接应吕将军去了，并让小的来报告贾大人。"

"那西门的防务交给谁了？"

"张将军说蒙军正在攻东门，西面战事又在五里之外，城门一时不会受敌攻击，叫小的们多加小心就行了。"

"那你快回西门去吧，随后我再去西门。"

贾似道抛下东门转而关注西门，自有他的道理。但他还是派人去东门看了看，直到那人回来报称，今日蒙军攻城的规模和战法仍和前两天相同，这才动身去西门。蒙军这种消耗性的攻城，显然是在为一次大规模的攻城做准备，正如此前为施行鹅车计做准备。虽然尚未探明是否还有鹅车计之类的其他战法，但至少不用担心现在这种战法就能将城防攻破。比较起来，吕文德的援军能否进入鄂州，对整个战局的意义则重要得多。忽必烈自渡江以来，已经苦战了两个月，消耗大于补给，渐渐已成强弩之末，这个时候，自己若得两支援军先后入城，几乎可以说胜券在握了。看来张胜也明白这个道理，听说吕文德受阻，立即亲率精兵前去接应。虽然贾似道一再嘱其据城固守，切勿轻举妄动，但此时的这个变通还是应该的。

贾似道登上西门城楼不久，就见西边远处陡然扬起一片沙尘，随后便现出一彪人马，朝这边疾驰而来。初时他还有些紧张，深恐是敌军分兵来袭。渐渐近了，只见前队一面大旗，被风吹得横向展开，正露出斗大一个"吕"字。一瞥之下，贾似道忍不住将手高高一举："啊！吕将军来了！"

贾似道便走下城楼迎接，刚迎到城门下，对面一骑马已快到眼前，马上骑手蓦地将马一勒，那马便长嘶一声，直立起来，等前蹄落回地面，骑手已翻身下马，趋前几步，单膝跪下，双手胸前一拱："末将吕文德参见贾丞相！"

贾似道也快走几步，伸手去搀："吕将军辛苦了，快快请起！"

贾似道这一搀，是个虚搀，是让吕文德自己站起来的意思，而吕文德并没有起来，仍是单膝着地而跪："末将率军进至城西五里铺一带，遇敌阻击。我军一路苦战而来，敌军以逸待劳，且人数占优，幸赖张胜将军及时出城接应，突袭其后，将敌军击溃……"

"是啊，张将军呢？"

"张将军他……他不幸阵亡了！"

"啊!"

"贾丞相! 张将军是为接应末将而阵亡的! 恳请贾丞相务必上奏朝廷, 予以旌表!"

贾似道默然片刻, 点点头说:"这个自然, 将军请起吧!"

就这样, 宋军以守城主将张胜阵亡的代价, 换得了吕文德援军进入鄂州的成果。毕竟要算一次胜仗, 张胜的阵亡对士气的影响不是很大, 而城中实力却有了明显的增强。由于张胜是为接应吕文德而死, 无形中就将二人联系在一起, 贾似道顺势而为, 下令吕文德接管了南、北、西门的城防, 原来张胜的守城部队, 也暂由吕文德指挥。再加上吕文德的资历原比高达深些, 便自然形成一种吕文德压过高达一头的局面。而正面守城的重担, 却压在了高达的肩上。

转天一早, 又有二三十个高达的士兵, 在贾似道的门外聒噪, 翁应龙仍是备好赏银, 听得士兵中有人说出"无犒赏即不出战"的话, 便走出门来, 却是未容得与士兵们搭上话, 便听得那群士兵的侧后, 响起炸雷般一声断喝:"住口! 丞相衙前, 谁敢如此喧哗!"

这一吼, 声若洪钟, 气势威严, 且又来得突然, 众人一时俱都噤声。待循声望去, 只见一个副将模样的壮汉, 立于一块青石之上, 盔甲严整, 面目凶猛, 却是都不认得。这些刚被吓了一跳的士兵, 见不是本部当管军官, 渐渐又找回了胆子, 重又你一言我一语地聒噪起来。初时还只是大声, 渐渐成了高喊, 说什么的都有, 内中自亦包括"无犒赏不出战"的话, 却又被那副将模样的人一声断喝所打断:"胡说! 大敌当前, 谁敢违抗军令拒不出战?"

众士兵也已有了些胆子, 自有三五个嘴快的, 七嘴八舌作答, 因系同时开口, 很难听清都说的是什么, 何况那人也根本不想听什么, 只冷笑一声, 将手一举:

"来人! 给我拿下!"

这一声"来人", 来的可不是三个两个, 只见周围几条巷子里, 呼啦啦各涌出若干手持刀枪的兵丁, 总共不下百数十人, 眨眼间便将这二三十闹事者团团围住。

"刚才是谁胆敢扬言拒不出战的?"

这一回, 二三十人中竟无一个再敢吭气了。

"不说? 哼, 尔等以为不说我就不知道了?"抬手便朝人群中一指,"就是那个獐头鼠目的家伙, 给我绑了!"

他这一指, 原没有实指哪一个, 人群中也未必真有人长得獐头鼠目。那持刀拿枪的兵丁发声喊, 便有两个走进人丛, 看着哪个不顺眼, 便扑将上去, 一人拧住一条胳膊, 推到人群之外, 另有两个提了绳索上前, 三下五除二, 捆了个五花大绑。

那倒霉蛋哪里还敢挣扎，只疼得一迭声叫娘。

那副将模样的人又冷笑一声，说："押下去！"然后才转向众人，高声说道："历来军规，都是得胜后论功行赏，岂有未战先赏之理？何况此人竟敢扬言无赏不战，分明是故意扰乱军心，多半是个敌人派来的奸细！尔等速速回去禀报你们高将军，让他派人前来认领。如果是你们的人，领回去严加惩处。若无人认得此人，我自明天当作奸细砍了！"

翁应龙在一旁看够多时，喜不自禁，走上前去，朝那副将模样的人深深一揖："在下翁应龙，是贾大人的属下；这位将军却是眼生些。"

那人还了一礼："小可孙虎臣，吕文德将军麾下的部将。"

"失敬失敬！将军适才挺身相助，在下替贾大人多谢了。"

孙虎臣一笑说："不敢不敢。这等事若是高将军怪罪下来，小可却是担当不起的。小可只是奉命行事罢了。"

"若此，在下自当依实禀明贾大人。"

话虽如此，翁应龙毕竟是翁应龙。在他向贾似道禀明此事经过之后，捎带着也说出了自己的疑虑：强敌大军压境之际，若因此弄得己方将领不和，恐非幸事。

不料贾似道摆摆手说："无碍！吕、高二位，都是领兵多年的老将，理应有分寸，知道顾大局。"

贾似道看得不错。高达那些士兵回去之后，自有小头目去向高达禀报。高达听后，脸色虽然极不好看，却不说什么。闷了多时，突然问："今天谁让你们去的？"

那小头目一听就急了，说："这……这……老天爷在上，若没有将军明示，就算再借给小的们一箩筐胆子，小的们也不敢去贾丞相门前聒噪呀！"

"放屁！我是说过，若有敌人攻城，尔等可去丞相处讨些赏银，银子不咬人，不要白不要。可你睁开狗眼看看，今天有敌人来攻城吗？"

那小头目翻着白眼想了想，今天蒙军还真是没来攻城，只因连着去了三天，两条腿走得顺了，一早起来，也没问问可有蒙军攻城，便吆喝一声，聚众而去。现在听高达如此一说，明明是不管了，焉能不急？便扑通一声双膝跪下，磕个响头说："小的们不对，将军要打便打，要罚便罚，总都是自家门里的事，唯请将军火速派人把那被扣的弟兄领回来才好，时间长了，不要被人家打坏了。将军常说，高家军的兵，自家打得，却不是别人打得的！"

高达瞪了小头目一眼，又"哼"了一声，说："他们叫去领，咱们就当真去领？派谁去？去了怎么说？你自脸皮比树皮厚，我可丢不起这个人！"

就把小头目说得更急了："若不去领，须是明天被人家当作奸细砍了！"

"砍了？哼，砍了就砍了吧！真给砍了，只能怨他命里有此一难。算了算了，下去吧，你放心，少时你那弟兄自会回来！"

果不其然，午时刚过，那倒霉蛋自己晃晃悠悠走了回来，还仗着酒意吹嘘了一番，说虽是被人家百般盘问，他自是铁嘴钢牙，一口咬定没说过什么无赏不战的话，这叫只要不开口，神仙难下手，磨得他们不耐烦时，只得将他放了，临走还叨扰了他们一顿好吃喝……

这天蒙军确实没来攻城。此后三日，城下竟是毫无动静。这让贾似道很不安。显然，这意味着蒙军又要有大的动作了，但究竟是什么样的动作，有没有什么新花样，却无从知晓。张胜阵亡后，那套由张胜按贾似道的指示所建立起来的军情系统，已基本停止运作。贾似道曾有意把它接过来，但那也得有个过程，远水解不了近渴。贾似道也曾把高达召来，但两个人怎么也说不到一块儿去。从谈话中，贾似道才得知高达对敌情也有所掌握，例如知道对方已将张禧部调至城下，但他并未将这些情况知会贾似道。实际上，贾似道听说这个情况，稍微放心了些。张禧是员勇将，将他调至城下，看来是没有别的新花样，要实施强攻了。高达却不以为意。无论是贾似道嘱他加固城防工事，还是要他多派细作了解敌情预做准备，高达都只是敷衍应允，虽没有直接反对，也没有表示将采取什么措施。言外之意，无非是：打仗的事，我比你明白，无须你操心。

十一月六日，蒙军果然由勇将张禧率领实施了强攻。"勇将"的不同之处，就在于他不是在后面"指挥"，是在前面"率领"。而另一个不同之处，多半不是张禧的主意，倒更可能是出自张柔甚至忽必烈——直取鄂州城防的东南角。前一段的消耗性攻城，曾经把进攻的重点，从正面向北偏移了一点，现在看来，不仅是有意图的，而且确实收到了效果。在蒙军的压力下，高达的防守重心也随之向北偏移，今天蒙军直取东南角，就打在了相对薄弱之处。守方居高临下，又可以凭借城防工事，但在时间、地点的选择上，却是完全被动的。东南角上兵力有限，物资储备亦不很充足，蒙军的第一波冲击上来时，还勉强可以应付，不料紧接着就来了第二波，中间几乎没有间隔，到把这第二波打下去，城上的滚木礌石已几乎用完，而"金汁"甚至还没来得及烧热。这样，当仍是几乎没有间隔的第三波冲击发动后，城上已经很难再做出有效的抵抗，很快就有蒙军士兵登上了城墙！强将手下无弱兵，张禧手下的这些士兵也相当勇猛，一旦面对面地短兵相接，果然胜出宋军一头。宋军穷于招架，渐渐削弱了对城下的防守，便有更多的蒙军士兵拥上城头。其中的一些原是有备而来，开始在同伴的掩护下装设、引爆火药，炸毁城墙和那些施放滚木礌石的设置。就在千钧一发之际，受高达之命从南边沿城墙急奔而来的援军及时赶到。由于这支生力军的投入战斗，城墙上的形势很快发生逆转，已经占据了一定空间的蒙军，重又被压回城墙边缘一线，其中的一些，便试图顺着登城时的云梯往城下逃命。虽然能由此而逃掉的人极其有限，但此举彻底堵塞了后面蒙军继续登城的通道。这时高达也赶来督战。他提刀在手，一面挥舞，一面高喊："杀啊！杀啊！别让他们跑了！"在高达的鼓舞下，士兵们果然奋勇争先，时间不长，就将登城的蒙军全部肃清。趁着士兵们清理双方死伤人员之际，高达将刚才的战场巡视一遍，见城墙及守城设施多有损毁，又见城下蒙军并未退去，知其还要来攻，便吩咐赶紧修复那些紧要之处。高达不愧是个营建行家，对修复时用什么材料，如何修复，都交代得清清楚楚。正忙碌时，却见一个士兵急急跑来，远远地便大声禀报，说东门正面遭到敌军强攻。闻听此报，高达不由得吃了一惊，急忙朝东门赶去。等高达回到东门城楼时，敌军的进攻已经停止，却听得东南角上又是一声炮响，不用问，必是那边的张禧发起了第四波冲击。这倒让高达做出了判断：敌军今日攻城，必是以张禧所部为主力，以东南角为主要目标，其余皆是佯攻。敌军意图既明，高达果断下令再从北面调一支部队增援东南角，自己索性留在东门，居中坐镇指挥。

半个多时辰之后，东南角上传来消息，敌军的第四波冲击刚被击退，第五波冲击接踵而至。由于敌军来得格外凶猛，而城上的工事设施还没来得及完全修复，很快便有蒙军士兵登城，随后又有人发现，这些人竟是在蒙将张禧的亲自率领下登城的。这让高达又坐不住了，急忙朝东南角赶去。张禧亲自率军攻城，说是孤注一掷也好，是志在必得也罢，表明这一波冲击已是他最后一搏。而他本人出现在鄂州城墙之上，对蒙军士气是个很大的鼓舞，对宋军则会形成巨大的压力。高达匆忙赶到时，一片喊杀声中，蒙军已有三百余人登城，并且已经占据了一段宽三十余丈的城墙，而这段城墙外面，已竖起六七架云梯，又有后续的蒙军攀梯登城。此时宋军虽人数仍占优势，但被挤到两头，兵力难以展开，一面拼命死守，一面却节节后退。高达见状，怒目圆睁，仓啷啷一声宝刀出鞘，大吼一声："高达来也！"举刀便向人多处冲去。宋军士兵见自己主将冲杀在前，顿时士气大振，由后退改为向前。高达虽是自幼习武，但作为一军之将，军务繁多，年纪已然不轻，现在与敌短兵相接，未必能够以一当十，此时身先士卒冲锋在前，更主要的还是提高士气，稳定军心。倒是他身边那六七个随身侍卫，见主将冲了上去，立刻在高达前后左右散开，将高达护在了当中。这些侍卫，自然都是百里挑一之选，体壮力大，身手不凡，又皆在血气方刚之年，若论单打独斗的本领，恐怕个个都在高达之上。有了这层坚硬的外壳，高达刀锋所向，敌军便纷纷后退。而高达又是有意沿着城墙的外缘向前冲杀，他每前进一段，身后便有宋军士兵跟进，将靠在城墙上的蒙军云梯向外推倒，那些正攀梯而上却未及登城的蒙军，便大喊大叫着摔将下去，这不仅断了蒙军的后续兵力，那一声声喊叫也影响了蒙军的军心。随着这种变化，便有一些奋勇争先的宋军，杀入敌方人群之中，渐渐形成混战局面，宋军在人数上的优势得以发挥。情势至此，在侍卫护卫下的高达便脱身出来，跳上一块被损毁了的箭垛残壁，举刀高喊："别让敌将张禧跑了！有拿张禧首级来献者，赏银二百两！"抬手招来一名侍卫，就让他站在这里再喊十遍。那侍卫心领神会，便也跳上残壁高喊起来：

"有拿张禧首级来献者，赏银二百两！"

"有拿张禧首级来献者，赏银二百两！"

这一招果然灵验，宋军士气更高了，而蒙军眼见得已无心恋战。事后得知，正是在此后不久，已经负伤多处的张禧，在众人力劝之下，被几名侍卫强行从南端仅余的一架云梯护送下城。城上的蒙军没了主将，便开始自谋出路。少数侥幸的，由云梯而下。云梯两侧，也有人坠下几根不知是带上去的还是从哪里找到的绳索，得以借此逃得性命。只是没过多久，城上便有宋军杀将过来，推倒了云梯，斩断了绳索。退路既断，便开始有蒙军从城墙上往下跳。这就全然是撞大运了。多数被摔死，少数运气好的，只摔断胳膊腿，保住一条命。

残敌肃清之后，高达顾不上喘息，指挥众人急忙修复那些被破坏得更严重的城防设施。这时有人来报，说贾丞相派人送来用于修复工事所需的砖石木料。高达不由得心中动了一下，手扶城垛往下看了看，只见不远处果有一队辎重车队朝这边而来，车上所载，正是眼下急需的各种材料。高达心中暗道：这个"贾虫"，对营建倒不外行。

已到午时，城下蒙军已没了踪影，高达这才觉出腹中饥饿。留下一员部将在这里督促城防设施的修复，再三叮嘱不可疏忽大意，须防蒙军下午又来攻城，自己心里却想，经过一上午惨烈的激战之后，又有士兵报称眼见张禧身负重伤，蒙军的元气已损，午后恐难再组织足够的兵力攻城了。回到营中，饱餐一顿之后，更觉困乏，正要睡个午觉，猛听得东南方向又是一声炮响！只这轰的一声，高达便知必是蒙军又发起攻城的号炮，不等人来报信，早把刚刚卸去的盔甲重新披挂整齐，急匆匆又朝东南角赶去。高达到时，蒙军的这一波冲击刚被击退，往城下看时，敌军角旗上已不再是"张"字，却是换了个"董"字。高达心中不由得一紧。还在襄阳时，高达就听说蒙军在攻打浒黄州时，有个叫董文炳的勇将，率领一支仅由百十人组成的敢死队，孤军深入，将浒黄州搅得乱作一团。看来，蒙军在张禧之后，又动用了另一员勇将，而且分明早有准备，所以在张禧部撤出战斗仅仅一个多时辰之后，董文炳部即再次发动攻城。然则蒙军的意图已昭然若揭，那就是要以持续不断的凶猛的强攻，以东南角为突破口，攻不下来决不罢休！

从午后到黄昏，高达一步也没有离开东南角。敌军来攻，他便指挥防御；敌军被击退，他立即指挥修复被损坏的城防设施。随修随坏，随坏随修。两个时辰里，他击退了董文炳的三次进攻。在整个战斗过程中，高达身先士卒的勇敢，沉着果断的指挥，都起了至关重要的作用，不过还是不能不说到他的好运气。而他的好运气，又直接来自对方指挥者的坏运气。正如他所预料，在董文炳的后面，蒙军还有一个绝非庸常之辈的指挥者，而他没有料到的是，这个指挥者竟是忽必烈中军大帐的怯薛长阿里海牙！忽必烈在这个时候把阿里海牙派到这里来，充分显示了他对这次强攻志在必得的决心。只可惜阿里海牙的运气实在太坏了。当董文炳的第一波冲击被击退之后，立功心切的阿里海牙就把他的指挥营帐前移到离城墙很近的地方，对第二波冲击进行一线督战。按说，尽管很靠前，仍不过是督战，不能说就是多么鲁莽、冒险的举动，却不料攻城部队刚开始向城墙突进，便有一支流矢飞来，不偏不倚正中他那毫无盔甲保护的下颌！阿里海牙大叫一声，虽然竭力忍着痛，没有立时落马，却也是血流如注。几个侍卫见状，不由分说，便将他拖下马来，护送到后面疗伤止血去了。

阿里海牙领受了如此重要的任务，却没能发挥任何像样的作用，而他的意外受伤，倒是实实在在地影响了攻城部队的士气。看上去，就像是命运和他开了一个特意让他出丑的玩笑，至于这个玩笑的另外一面，那让他成就后来的功业，成为灭宋的重要功臣之一的种种，要到后来才会显现。

贾似道没有再到前线督战，只在自己的临时府衙里坐等战报。他也没指望高达会向他随时报告战况，事实上从天亮到天黑，他一次都没有接到过高达的战报。他让翁应龙去找了几个张胜用过的细作，不是要他们去探明敌情，只是将城上的战况随时报来。他们干得不错。贾似道送去修复工事所需的砖石木料，就是根据他们的报告而及时做出的决定。当蒙军换用董文炳攻城时，贾似道也给吕文德下了命令，要他从防守南门的部队中抽出一支向东运动，但只是以备万一，只有得到他的命令方可投入战斗。他知道，不到万不得已，高达不会向他求援，而凭着他对全局的敏锐直觉，他相信高达自己能对付，至少能把今天挺下来。到天色眼看已快黑透时，虽然细作尚未报告蒙军已撤离城下，但他相信今天的战事已经结束了，且此后几天会有一个休整期，双方都需要补充伤亡的兵员和消耗的作战物资。不过他也没有立即吩咐开饭；毕竟，只有得到蒙军确已撤离城下的消息之后，他才能真正放心。再说他也不想在用膳时再被打扰。

当翁应龙快步走来时，他以为他一直在等的报告终于来了，不料翁应龙带来的却是他万万没有料到的消息！

"丞相！京中急报！"

"京中？"这时贾似道还没有太当回事。在贾似道的府衙里，"京中"二字指的不是朝廷，而是他派去临安的专门替他打探朝中乃至六部衙门信息的人员。尤其是那些与他直接有关的信息，他特别要求必须提前让他知道，以便预做准备。即如不久前那个"军中拜相"的圣命，在宣读圣旨的钦差到达前两天，他就已经得到了"京中急报"。所以，单听翁应龙说是京中急报，贾似道并没有怎么急，慢条斯理地问道，"说了些什么？"

"前日下了诏书，命丞相移司黄州！"

"什么？你是说要我、要我移司……移司哪里？"

"黄州！"

"胡扯！这、这、这是从何说起，又是所为何来？"

颜色大变的贾似道推案而起，快步走到悬挂在大厅侧面的地图前。他伸出右手食指，先指向鄂州，再渐渐东移。鄂州离黄州并不远，但贾似道的手移到一半，指尖已开始微微发抖，到停在黄州时，整只手都有些发抖了。

"这……"贾似道的声音也有些发颤了，"这不是要借蒙古人的刀杀我吗？"

"属下也有此疑惑。"

"谁的主意？"

"左丞相吴潜。"

"圣上知道吗？"

"京报里没有提及。"

贾似道回到座位上坐下，说："拿来我看看。"

翁应龙就把那份京中急报呈了上来。按贾似道立下的规矩，这种京报不仅要有消息，还应有相关的情况、背景和必要的分析。不过，所有的事实都必须打探得真切，不清楚的就留白，不可乱猜，更不可乱分析。这份京报很符合这些要求。消息的主体，正如翁应龙所说，就是朝廷命贾似道火速移司黄州，诏书已于日前发出。做出这个决定的原因，贾似道已经猜到，就是蒙军兀良合台部的北上。此前一段时间里，贾似道确曾几次收到过有关兀良合台部动向的军情通报。今年六月，兀良合台入侵广西，先攻柳州，再攻静江府①，均不能破。十月，用其子阿术计，从小路

---

① 今广西桂林。

绕道进入湖南，连破辰州①、沅州②，打乱了宋军的防御部署，再于其侧后连下贵州③、象州④及静江府，从而廓清了后方，乃集合兵力北上，直指潭州⑤。对于这些情况，贾似道一直采取"知道了"的态度。一则这条战线不归他管，二则他确实不觉得这样一支偏师能成多大气候，所以知道了也就罢了。对于那些朝廷发下来的正式的军情通报中采用的词语，例如破辰州、沅州、象州时所用的"湘桂震动"，破静江府时所用的"朝野震动"，他都不以为然，认为纯属夸大其词，但这也不归他管。他当时没想到也想不到的是，在这两个"震动"之后，当兀良合台那万余人马的兵锋指向潭州时，竟又加上了一个"荆湖地区人心惶惶"，而且被用在了命他移司黄州的诏书里。京报里说，由于"荆湖地区人心惶惶"，消息传到临安，又引起了临安百姓的恐慌，然后这恐慌又传染了朝中的君臣，遂有监察御史饶应子上书左丞相吴潜建言："今精兵健马咸在阃外，湖南、江西地阔兵稀，唯老臣宿将可以镇压，然无兵何以御悍敌之来？当自内托出，不复自外赶入。"吴潜采纳了这个建议，把贾似道当作了那个"自内托出"的"老臣宿将"，以朝廷的名义下了诏书，命他火速移司黄州！

看到这里，贾似道不由得长叹一声！

这是想干什么？

当此之际，宋蒙战争的焦点在哪里？在鄂州！鄂州内外，双方大军云集，各自号称十万，实际兵力亦均在四五万之间。从九月到十一月，激战多次，仍相持不下，汉阳距鄂州仅数十里之遥，他尚且嫌远，毅然决定进入鄂州督战。现在战事正处于胶着状态，并日益逼近某个可能决出胜负的节点，朝廷却让他移司二百里之外的黄州，所为何来？去挡住兀良合台？似乎是，实际上并不是，因为并没有把湘、赣方面的指挥权交给他。何况以目前的战局态势，要挡住兀良合台，关键在于守住潭州。那个狗屁监察御史饶应子，说什么"湖南、江西地阔兵稀"，纯属一派胡言！大宋的防御体系，历来都是面朝北而设，战略上完全正确。兀良合台能得一时之逞，确与辰、沅、象等州兵力不多有关，可你再让他继续往北走走看！湖南有向士璧，江西有曹世雄，仅此两支部队，只要打得好，就足以与之抗衡。说到底，兀良合台手下仅有六七千蒙军，加上从当地临时招募的寨民，总共不过万余人，不管

---

① 今湖南沅陵。
② 今湖南芷江。
③ 今广西贵县。
④ 今广西象州。
⑤ 今湖南长沙。

从哪条路往北打或往东打，他都威胁不到临安！如果再看长远一点，他这种孤军远出，越走得远，越会成为无后方作战，越是出来容易回去难。一旦鄂州解围，宋军腾出手来，只要愿意，调集两三万兵马，将他就地围住，打都不用打，不出半年就能把他困死。就是这样一支在战略上毫无重要性的偏师，怎么就成了诏令贾似道移司黄州的理由？而且还是正在鄂州之战相持不下的紧要关头！

真正的奥秘，在于从鄂州到黄州之间的这段路程！

这段相距二百余里的路程，正常的走法，是沿长江南岸自西向东而行。这片地面，自九月初忽必烈渡江以来，已不在宋军的有效控制之下，而蒙方虽未将其占领，却常有蒙军在此往返出没。贾似道要移司黄州，自然仍是一个光杆司令带着他的属吏、幕僚们搬家，最多加上他平时那三五十个护卫。在这段最快也要走上三天的路程中，无论何时何地，只要碰上一支百八十人的蒙军小队，这位南宋的最高指挥官仅有两个选择：要么引颈就戮，要么束手就擒。

没错。这就是后来史书中的大忠臣吴潜，给大奸臣贾似道安排的一种死法。

不光要他死，还要他死得很难看。

而贾似道却别无选择。诏书就是诏书。诏书必须执行！不错，历来有个说法，叫"将在外，君命有所不受"。但贾似道不是"将"。他是个"相"！作为一名文官，"抗旨不遵"是一项大逆不道的罪过。他唯一还能打打折扣的，就是随行的人越少越好，除了必不可少的，像廖莹中等人，一律不带，让他们统统回汉阳。他不想自己临死再搭上一帮子垫背的。而且即使他侥幸抵达黄州，到了那里也无事可干。一句话，他此番移司黄州，"移"的只是他这一个光杆司令，连司令部都没有带。

9　罢兵议和

忽必烈错失了这个绝佳的机会，几乎纯属天意。十一月十二日，他接到一个报告，说有一支七八百人的宋军，于拂晓时分从鄂州南门突出，冲破了蒙军的包围圈，然后朝东而去。担负围城任务的蒙军曾试图拦阻，但未能成功，因为对方的先头部队冲击力极强，显然是一支精兵。从这支部队所打的旗号上看，领军的将领姓孙，估计很可能是吕文德的部将孙虎臣。这是吕文德属下的一员重要部将，所辖部队应在两三千人，如今只率七百精兵突围而去，应是负有特殊使命，只是尚未查明。忽必烈得报后，虽也吩咐严密监视其动向，尽快查明其意图，却并没有太关注执行的结果。毕竟，在一场十万人的大会战中，一支不足千人的小部队，是很难对整个战局产生多大影响的。

两天后，忽必烈又接到一个报告，说在梁子湖以东金山店一带，一支押运战利品的蒙军，与一支约七百人的宋军突然相遇。这是一场对双方都很突然的遭遇战。蒙军虽非作战部队，但担任押运警卫的部队也还有些战斗力和作战经验，发现敌情后，立即在向敌的一面展开兵力，可是尚未来得及列好阵形，宋军的骑兵已经冲到了眼前。眨眼间风扫残云，蒙军已被打得四散溃逃。宋军也不追赶，只是将队中那些掳来的女人尽数遣散，而对车上那些掠来的财物竟不屑一顾，动都没动，便集合队伍，朝东北方向扬长而去。从这支部队所打的旗号上看，领军的将领姓孙。

忽必烈接到这份报告后，应该说还是相当认真地想了一下。不用说，这支宋军，应该就是两天前从鄂州南门突围而出的孙虎臣部。可是这样一支突围而出的小股精兵，却朝东而去，意欲何为？去江西？江西那边似乎并没有发生什么值得贾似道调兵遣将的事情呀！九月初，忽必烈派郑鼎去江西捉拿袁玠，因袁玠跑得实在太快，没有捉到，原想追杀袁玠，因得知宋将曹世雄已率军进至其侧后，未敢贸然孤军深入，遂就地扎营，不久即与曹世雄形成互相牵制的相持局面。如果愿意把这种局面继续保持下去，双方都无须增兵。若说贾似道想增援曹世雄，将郑鼎逼回湖北，似乎意义不大，且眼下鄂州激战正酣，如此分兵显失明智，更何况欲达此目的，即使是精兵，七百人也太少。在排除这种可能性之后，忽必烈甚至根本没往湖南方面去想。迄今为止他还没有跟兀良合台建立直接的联系，只是从宋军的俘虏那里得知一些零星的、无法核实的消息，说是兀良合台已经兵出湖南，正向潭州进军。宋军即使有意增援潭州，亦断无从鄂州分兵之理，何况又只是区区七百余人，且方向也南辕北辙。想不出结果，只好放在一边。

又过了三天，忽必烈终于接到了确切的报告：贾似道已移司黄州！这消息让忽必烈跌足长叹，懊悔不已！忽必烈心想：贾似道为什么要移司黄州？他站在地图前看了半天，丝毫未能看出黄州有何重要性。他不相信贾似道会因为贪生怕死，才躲到了这个远离战火的去处；他也不相信贾似道会因为一时糊涂，才把自己放在了一个毫无战略意义的地方，而他又实在看不出黄州有什么战略意义。于是，他只能得出一个让他相当沮丧的结论：

此人深不可测！

贾似道不能不感谢吕文德。正是吕文德，在听说贾似道奉诏移司黄州之后，主动提出派孙虎臣率精兵七百护送。否则，在梁子湖以东与蒙军突然遭遇，他必死无疑！

　　然后，他启奏朝廷，报告他已奉诏移司黄州。朝廷的反应证实了他的猜测：那边根本没准备他到得了黄州，所以直到这时才想起得给他一个交代——让他到黄州来干什么。看来那边为此也很费了一番脑筋。让他兼管潭州的守卫战吧，黄州到潭州的距离比汉阳只远不近，何况那边也不愿让他再染指向士璧的部队。于是就给了他一个奇怪的任务：在湖北、江西的交界处，再建立一条新的防线，以确保临安万无一失。这条指令，让贾似道先是一声冷笑接着又苦笑一声。这样一条防线，须得潭州失守以后才可能有用；可是如果潭州失守，兀良合台要直取临安，有好几条路可走，走哪条都比走黄州合理。而实际上，如果兀良合台真能攻下潭州，他最合理的选择是继续北上与忽必烈会合，只有疯子才会以区区万余之众去攻临安。

　　但是，要建立一条新的防线，总得有兵力才行啊。那边的指令是：必要时，可以调用曹世雄的部队，但目前该部仍应密切监视蒙军郑鼎所部，以防其"东窜"。

　　说穿了，就是让贾似道在黄州歇着。

　　不歇着也不行。鄂州战事仍在他的职责之内，但他实际能做的，也就是看看鄂州送来的战报，而战事的进程，已非他所能够控制。虽然吕文德、高达都表示将拼死坚守，但实际情况并不让他乐观。经过两个月的激战，鄂州军民死伤已达一万三千余人，原来张胜所部已没有多少战斗力，高达所部也已伤亡过半。至于蒙军方面，虽然肯定也是伤亡惨重，但究竟还有多大力量，却不是很清楚。自张胜阵亡以后，对敌情的掌握就多有削弱；贾似道移司黄州以后，这方面的工作几乎成了空白。其中还有个缘故，就是在得知吕文德将派兵护送之后，贾似道决定把他的随行队伍也扩大一下：不仅带上了他的幕僚，还带上了那支拼凑起来的细作队伍。现在，派上用场了。当细作们陆续把了解到的敌情直接禀报给贾似道之后，贾似道终于感到自己又有了耳朵和眼睛。十一月十七日，兀良合台进至潭州城下，随即开始攻城。朝廷关于此事的军情通报，十一月二十五日才到达这里，而贾似道在二十日就从自己的细作那儿获知。此后从那儿传来的消息，坏消息多，好消息少。负责防守潭州的，是湖南安抚副使兼知潭州向士璧，他手下的兵员有限，能用于战斗的不过五千余人。按贾似道的想法，一旦判明兀良合台的进攻目标确实是潭州，在他兵临城下之前，就应调曹世雄部火速驰援。现在朝廷将曹世雄部划归贾似道调遣，又没有另调他部增援，潭州就成了一座孤城，全靠向士璧在那里孤军奋战。幸赖向士璧亲率军民，奋勇抵抗，还想了很多办法，鼓舞军心，发动民众，多方筹集钱粮，组织军中勇士，成立敢死队，号称飞虎军，又以军中银两，招募民间善射者协同守城，号称斗弩社，朝夕亲自登城，慰劳守城将士民众，可谓竭尽全力，这才勉强把蒙军阻挡在潭州城下。但在孤立无援的情况下，究竟还能坚持多久，就是未知之数了。

贾似道不能不预做打算。万一潭州失守，他倒不怕兀良合台去打临安，却十分担心其北上与鄂州蒙军会合。一支万余人的偏师，若去攻临安，走不到一半便会拼净打光，但若继续北上，鄂州城下目前的微妙平衡，很可能被彻底打破。于是，贾似道发出了他移司黄州以来的第一个重大军令：命曹世雄部向黄州靠拢，形成一种有可能向鄂州增援的态势！贾似道可不怕郑鼎率部"东窜"！事实上，曹世雄部刚开始向西、向北移动，郑鼎就匆忙撤回到江北——他怕自己与忽必烈之间的通道被切断。

然后，他发出指令，将两个他需要的人召来黄州。

这两个人，一个是宋京，一个是刘整。宋京来得很快，刘整却略有耽搁。此前刘整率部前来鄂州，按照贾似道的命令，跟在吕文德部的后面，吕文德在前面杀开一条血路，他在后面不紧不慢地跟着，一路走来，兵不血刃。这让吕文德心里很不痛快。吕文德知道这是贾似道的命令，也能想到这是贾似道有意保留一支擅长进攻作战的生力军，以备需要时用于反攻，这些都符合用兵之道，武将世家出身的吕文德自然明白，所以他对贾似道并无不满，却把心中的一股怨气，算在"占了便宜"的刘整账上。他在突入鄂州之前，并没有知会刘整追赶上来，以至当他在张胜的拼死接应之下进入鄂州之后，蒙军的包围圈迅即重新合拢，将刘整挡在了城外。以吕文德的本意，是想给刘整一个难堪，可是贾似道本来就没打算让刘整参与守城，遂派人从小路送信给刘整，叫他稍稍后退，择地扎营待命。饶是如此，蒙军知是刘整，仍不放心，前后左右都部署了兵力加以监视，直到多日之后，见刘整确实没有动静，才渐渐形成一种两军对峙，却又相安无事的局面。对这种情形，贾似道早已知晓，所以在下达给刘整的命令里，要他酌情前来黄州，以不惊动蒙军为限。刘整要离开他的大部队，还要不惊动蒙军，少不得有诸多事项需要谋划、安排、交代，遂略有耽搁，以至等他到达黄州时，宋京已经前往忽必烈的大营了。

忽必烈看不懂贾似道移司黄州的用意，一时没敢轻举妄动。等到他的思路重新转回来，想到无论贾似道怎样，只要攻下鄂州，全局的主动权就会握在自己的手里，却又接到张柔的报告，军中粮草告急，士兵水土不服，患疫疾者日多，有些部队患病者十有三四，以至疗疾所需的药品已不敷应用。报告中虽然没有明说，但意思已很明显：现在部队的战斗力已大不如前，如果说此前兵精马壮时尚且屡攻不下，那么现在要想攻下鄂州，实在希望不大了。

于是他做出一个决定：移驻牛头山。

这也是一个含义模糊的决定，和贾似道的移司黄州有异曲同工之处——也是搬到一个与鄂州有一定距离的地方。或许，这也是忽必烈对贾似道移司黄州所做的一种解读——那是贾似道发出的一个信号：我不想再打了。于是用自己移驻牛头山做出了回答：我也不想再打了。

十一月十七日，刚搬到牛头山的忽必烈收到了妻子送来的密信，向他报告了阿里不哥正在紧锣密鼓地筹备将在喀拉和林召开的忽里勒台，并且已将会期定在明年六月。更耐人寻味的是，阿里不哥还派出一支总兵力近三千人的大部队南下，声称将驻扎在漠北与漠南的交界处，等待、迎接并护送将去参加忽里勒台的忽必烈王爷。三千人马啊！阿里不哥目前直接拥有的兵力，总共也超不过两万呀！这是在向忽必烈炫耀武力，甚至是以武力相威胁了。

他把他的谋士们召来，向他们转述了这封信里的主要内容，然后就让他们退下。他只是要他们知道这个情况，并不需要听他们的意见。

两天后，廉希宪回来了。这个年轻的畏兀儿人，以出乎意料的方法，把他那个重要而困难的使命，完成得出乎意料地好！

又过了两天，忽必烈意外地接到了冯远的报告。渡江之前派出的那支七百余人、带了不少母马的小部队，就是由冯远率领的。他报告说已经按照王爷的命令，与兀良合台会合，并且向兀良合台传达了王爷的要求。兀良合台初时还有些举棋不定，经他儿子少将军阿术说明利害，已表示愿照王爷的吩咐办，择机撤围北上，与王爷会合，不回云南了。而冯远一路南下时，已经为兀良合台看好了北返的路线，不经过太大的战斗，就能到达长江一线。这件事现在或许不是很重要，但涉及他的一个长远考虑，一直让他很挂心。他不能把兀良合台丢在中原不管。

但是他还有一个难题没有解决。他的谋士们已经开始纷纷建言献策，指出汗位不宜久悬，夺位之争已迫在眉睫，灭宋却将是一场旷日持久的战争，胶着于此，是自取其祸，所以都力劝忽必烈"断然班师，亟定大计，销祸于未然"。忽必烈听过之后，一言不发。谋士们可以就事论事，忽必烈不能这样。当初为什么没有立即北返，而是采纳了刘秉忠的意见渡江攻鄂州？就是因为考虑到未来的大汗形象，所以不能在"奉命南来"之后"无功遽还"。同样道理，既然发动了鄂州之战，就不能一无所获灰头土脸地退兵。再退一步，即便攻不下鄂州，至少也要体体面面地班师，如果再被宋军从背后掩杀，把此前占领的地方全部夺回去，那么他还有什么脸面去争汗位？

一时之间，他看不出有什么机会，也想不出有什么办法，来争这个几乎已经无法体面的"脸面"，可是仍不肯"断然班师"。这多半只是出于他的性格，一种在无望中仍不肯放弃的坚持！

十一月二十八日午后，忽必烈正独自在大帐里闷坐，侍卫来报："宋使求见！"

忽必烈打开侍卫呈上的名帖，只见上面写着："大宋特使、知汉阳府宋京。"

宋京？忽必烈没听说过这个人，但这一点不重要，重要的是他此来将会有何说辞。这正是忽必烈很想听一听的。当然，他不会一对一地跟他谈，但也不要有太多的人在侧。想了想，将领嘛，一个都不要；谋士嘛，就五个吧。叫谁呢？廉希宪、姚枢、郝经、张易、张文谦。

宋京走进大帐时，原本站在忽必烈身后的这五位士人，依次转到侧前方来——这是表示一种迎接的意思，然后与宋京相互拱手为礼。然后宋京参见忽必烈，忽必烈也抬抬手，先说声"免礼"，又说了声"看座"。说"免"的时候，"礼"已经行过了；说"看"的时候，"座"已经在那儿放着了。宋京说了声谢座，然后坐下。古往今来，敌对双方，两军交战，兵刃相向，血流成河，新仇旧恨，不共戴天，必欲将对方赶尽杀绝而后快。唯独有使者前来，却都要以礼相待。

宋京刚坐好，忽必烈抢先发问了："先生此番前来，是奉朝廷之命，还是受贾制置的差遣？"

"贾大人军中拜相，统领一方，丞相让在下前来，自然是代表我大宋来见王爷。"

"你们的贾制置是以文官领军事，派先生来，大概是来下战表的吧？"

"战端已开，交战经年，攻守进退，何需再下战表？"

"然则就是来求和的？"

"是战是和，皆双方之事，岂是一方可求的？"

"既不是下战表，亦非来求和，战、和之外，先生何以教我？"

"贾丞相派我来，专为面商王爷退兵之事。"

"退兵？你们贾大人想退兵？"

"鄂州城防坚固，兵精粮足，何谈退兵？要商量的，是王爷退兵之事。"

"本王退兵？谁说本王要退兵？"

"王爷确实没跟任何人说过要退兵，但尽人皆知王爷心里确实想退兵。想退而又不退者，只因中间缺少一个商量。"

"先生所说，太一厢情愿了吧？"

"宋蒙交战，互为敌我，然我无我外之我，敌有敌外之敌。是以军情之外，尚有政情，军情政情兼而顾之，方能顾得大局。以政情论，王爷心腹之患，非在江南，实在漠北；以军情论，王爷于江南无可胜之战，在漠北却大有可胜之机。窃以为，王爷若恋此无可胜之战，不但徒劳无益，反会坐失彼可胜之机，实不可取。"

"你很会说话。可惜说的都是空话。"

"虽是空话，其理甚实。不过在下愿意承认它们只是些可说可不说的话，盖此中道理，王爷自应早已了然于胸。所以，贾丞相才特派在下给王爷带来一句实话——"

说到这里，宋京卖个关子，端起面前那盏一直没动过的茶，见忽必烈和他的谋士们都在等着下文，才微微呷了一口，说："贾丞相以为，若王爷能审时度势，断然班师，则王爷北返之后，自有诸多事务亟须料理，我大宋百姓，战乱之后，亦需重建家园，休养生息。为了这个相安无事的太平岁月，王爷退兵之际，贾丞相准备送给王爷一份薄礼。"

"此话怎讲？"

"王爷若断然班师，自可率军从容北返，不必虑及断后诸事。"

"就这一句话？"

"就这一句话。"

"再没别的了？"

"再没别的了。"

"先生说是薄礼，也忒薄了些，简直称不上是'礼'了。"

"'薄礼'之说，那是我贾丞相的谦辞，若以区区看来，于王爷而言，足称丰厚，何况又正是王爷目前所亟须！"

忽必烈想了想，说："好吧，就请先生屈尊在我营中歇息一夜，明日本王给你答复，如何？"

"那就叨扰了，相信王爷明日必有明断！"

宋京走后，忽必烈让他的谋士们也都退下。谋士们自然也都明白，这表示忽必烈眼下不想听他们的意见。这样的事情，最终只能由忽必烈做出决断，而做出决断之前，多听听谋士们的意见，自然有集思广益的好处，但听得多了，也可能造成莫衷一是，以至犹豫不决、无所适从。

那天夜里，忽必烈独自在大帐里反复思谋此事，翻来覆去，总是委决不下。这份"薄礼"似乎真是他目前所能得到的最好的结果，却又显然不能满足他的需要。看看夜深，忽有值宿卫来报：郝经求见。

他立刻皱了皱眉头，心中不悦。又想了想，他那个现在不想听人议论的表示，郝经不会不明白，仍来求见，想是有什么非同一般的话要说。于是他摆摆手说："让他进来吧。"

忽必烈没有猜错。

"属下以为贾似道这份薄礼其实不薄。"郝经开门见山地说，"所谓不必虑及断后诸事，表面上看，只是放我们走，是个不再纠缠不会追击的许诺，但这样一来，实际上等于把我们此次南来所占领的地方给了我们，至少是长江以北，应是如此。"

"这个本王也想到了，只是贾似道对此并无明确的表示。"

"贾似道若有此表示，那就是割地了。他这样做反倒是没有诚意的证明，因为割地之约，须得朝廷出面，一个大臣派来的使者，这种话说了也作不得数的。我大军北撤，他不来追击，我自会在各个要紧之处留兵把守，日后他若派兵前来，那就是他重启战端了。且以属下的推测，宋军亦不会自以为有此实力。这样一来，虽无割地之名，却有放弃失地之实。他不说不必虑及断后之事，却说不必虑及断后诸事，就把这些暗含在那个'诸'字之内了。"

"即便如此，也满足不了本王的需要。"见郝经一时没有回答，忽必烈又加了一句，"你既来此求见，想必应该知道本王都需要些什么才能满足。"

"是的，属下知道。然而属下还知道，这份薄礼之外王爷还想要的那些东西，很难用常法取得……"

"等等！你是说——常法，那么你还有什么非常之法？"

"不错，属下有一计在此！"

"快讲！"

"属下此计，虽是好计，却也是个权宜之计，日后说不定会有一些麻烦，谋事献计，是属下分内之事，是否可行，还请王爷决断。"

"那是自然的。"

"两国交战，兵不厌诈，折冲捭阖，各说各话。他们没有明说的话，我们何妨替他们说出来，更何妨说得比他们想的更明白？又因为他们的话说得不明白，我们何不再加上一些他们不想说但我们想听到的话？割地既然可以说，称臣、纳币等为何不可说？王爷想要……"

话到这里，还没有说完，忽必烈已忍不住拍案大叫："好计！"

次日早饭过后，郝经便来到宋京住处，转达了忽必烈的回话："本王已决定近期内择日班师。贾丞相美意，本王愧领了！"

十一月三十日，忽必烈传谕各部：在我军沉重打击下，湖北宋军已龟缩鄂州城内，我军下一步的计划是，除留少量兵力继续监视鄂州之敌，其余大军沿长江东进，直趋临安！同时，忽必烈本人的大帐，亦从牛头山出发，移驻长江北岸的青山矶。

闰十一月初二，忽必烈派张文谦告谕诸将：六天后撤离鄂州，退守浒黄州。

这一天，忽必烈还专门派了两名怯薛去看望阿里海牙，并传话给这位前怯薛长，要他留在这里继续疗伤，待伤愈后另有任用。

三天后，留张杰、阎旺继续驻守青山矶，并于江上搭建浮桥，准备接应兀良合台军，忽必烈和他的大本营踏上了北归之路。

闰十一月初八，忽必烈的大军开始从浒黄州渡江，经阳逻堡北撤，撤军的速度比来时还要快。与此同时，忽必烈向所辖军民发出告谕，谕文内称：本王自奉先大汗蒙哥之命南征以来，势如破竹，所向披靡，斩获无数。在我重创之下，湖北之敌，龟缩鄂州城内，我大军转而东进，直趋临安，荡平南宋，指日可待。彼南宋迫于无奈，遣使乞和，许以划江为界，称臣纳贡，岁奉银二十万两，绢二十万匹。本王念其尚具诚意，不可不察，且本王素怀至仁至爱之心，不忍目睹江南生灵涂炭，玉石俱焚，姑允其乞和之议，即日班师。

这告谕传到黄州，先把宋京急出一头大汗，匆匆来见贾似道。贾似道却只淡淡一笑，说：

"当时我派你去见忽必烈，就是为了给他一个台阶下。两军相持，日久必生变故，不如给他一个台阶下，使其早日退兵，也免得朝中又有人算计我。至于他这个谕文，说穿了，无非是嫌我给他的台阶太小，他自己再给自己一个更大的台阶罢了。算了，不理他！"

见贾似道没有责怪、怀疑的意思，宋京吁了一口气，但仍悻悻说道："终是太便宜他了。"

"是啊！现在想想，就这么放他走，确实有点便宜他了。"停了一下，贾似道又说，"不过，既然话已出口，就放他走吧。以我们现在的兵力，要一口吞掉他，终是力有不逮，稍后，等他的大军走得远了，看准机会，我还是要狠狠咬他一口！"

第二卷　汗位之争

10　阿术的志向

鄂州之战结束了。这是一场没有胜利者，但双方又都宣称自己是胜利者的战争。当然，忽必烈对这样的结果心有不甘，想着要在将来的某个时候再发动一场灭宋的战争，实现这次未能实现的目标！

他把阿里海牙留在了湖北。在当时，几乎没有人真正理解他此举的用意。这个畏兀儿人确实伤得不轻，但似乎也没有严重到无法带回开平的程度。有人甚至猜测忽必烈是不是对这个家伙不够满意，想趁此机会换个更中意的怯薛长。

对于他的另一个"小动作"，当时更是无人理解。就在大军匆匆北返之际，忽必烈亲自发出命令：留张杰、阎旺率三千人驻守青山矶，并于江上搭建浮桥，接应兀良合台部北归。这种时候，王爷还惦记着那位当年征大理时的老搭档——冯远。在蒙军中，冯远虽只是一名中低级的部将，但他胆大心细，文武兼备，口碑甚佳。忽必烈派他冒着这么大的风险，去干这么一件无关大局的事，人们自不免觉得有点儿大马拉小车的意思，万一被宋军盯上，冯远和他那七八百人马，只能落得个有去无回，算来还真是有点儿不值。

冯远出发不久，蒙古大军即已渡江，围攻鄂州即将开战，宋军的注意力自然也集中在鄂州防守上，冯远孤军深入的风险相对降低，再加上他的胆大心细，应能化险为夷。冯远此行的真正难度，焦点在于能否说服兀良合台北归。这一点，如果不是行前受到忽必烈的召见，当面做了详细交代，连冯远自己都很难明白。

当年出征大理时，冯远就在忽必烈军中，并多次奉命去兀良合台处送信联络。在整个征战过程中，蒙军始终是兵分两路，忽必烈与兀良合台各率一路。与此同时，蒙哥还做出了另外一种平衡：一方面"命忽必烈率军征云南"，一方面又"命兀良合台总督军事"。说到底，忽必烈虽然地位高出一截，但兀良合台并不是忽必烈的部下，而是直接受蒙哥大汗的派遣出征。且出征伊始，蒙哥就有明确的安排：征服大理之后，兀良合台留驻云南，忽必烈自回金莲川。整个征大理之战，不仅是兵分两路，这两路大军基本上也是各自为战。

那一年，忽必烈率领他的大军在六盘山度夏，养得兵精马壮。直到秋天，两路大军分头出发，各走各的路，各打各的仗，然后于年底按预定计划会合于大理城下，都没有耽搁。次年初开始围攻大理城，这才开始有了协调配合统一指挥的问题。也就在这时，冯远开始奉派去兀良合台营中送信联络。在他的印象中，即使这时，忽必烈也很少就军事问题对兀良合台发号施令，多数时候都是向对方通报自己的情况，询问对方的情况。倒是在政务方面，忽必烈往往以相当严厉的措辞做出指示，例如不得滥杀无辜，严禁抢掠民财，善待当地各族山民等。

对于忽必烈这些政务方面的指示，兀良合台倒是都能照办，不过冯远稍后听说，这也不全是兀良合台的本意，倒是他的爱子阿术在其间起了不小的作用。两路大军会合之后，忽必烈和兀良合台也很少见面，遇有重大军情政务，兀良合台派阿术去面见忽必烈，似乎就是最高规格的会商了。阿术当时虽只有二十六岁，但在军中已有很高的威望，父亲对他又很是信任，几乎言听计从，所以在忽必烈面前很能代表其父说话。有意思的是，忽必烈跟这个年轻人也很谈得来，有几次甚至和他一直长谈到深夜。忽必烈的一些很汉化的想法，要让兀良合台接受，本来是很难的，阿术却比较容易接受。而说服了阿术，就等于说服了兀良合台。

不过，冯远毕竟只是个送信、传话的角色，他能感觉到这两个人之间的距离，但并不理解他们之间的差异乃至矛盾。更何况时隔六年之后，情势又有了新的不同。虽然行前得到过忽必烈的面示，兀良合台的冷淡还是超出了他的预想。

兀良合台还认得冯远。冯远呈上忽必烈的手谕，那手谕很简短，但兀良合台还认得忽必烈的笔体。这就完成了对冯远的身份、使命的确认。兀良合台笑了笑，说："冯将军别来无恙？"

冯远急忙连连摆手："老将军千万别这么说！小的在忽必烈王爷帐下效力，虽是王爷仁厚，不时让小的多带几百人马，只是以此让小的多领些饷银罢了，并非小的真有多少长进，更何况这是在老将军面前，小的仍是个送信、传话的，如何当得起'将军'二字？"

兀良合台又一次也是最后一次笑了笑，说："你还是那么会说话。"然后就正下脸色问，"王爷手谕里说，你带来了一封信？"

冯远赶紧取出那封信呈上。信是以忽必烈的名义写的，不过不是亲笔，也比较长。兀良合台接过信来看，越往下看，那脸色就越紧、越沉、越黑。看到约摸一半，不看了，把信往旁边一推，抬起头来厉声问："冯远，你知不知道，你们王爷交给你的，是一件足以让你掉脑袋的差事？"

这话让冯远实实在在吃了一惊，吃惊之后的冯远定下神来，定下神来之后的冯远却做出更加惊慌的模样，扑通一声双膝跪倒："小的该死！小的真不知道哪儿得罪了老将军。"

兀良合台挥挥手让他站起来，盯着他看了一会儿，问：

"蒙哥先大汗的次子阿速台现在在哪里，你知道吗？"

"小的不知道。"

"那——你们王爷知道不知道？"

"小的不知道王爷知道不知道。"

"好吧，我来告诉你，让你知道，也让你们王爷知道——"一个很长的停顿，"阿速台现在在阿里不哥王爷那里！"

"是，小的知道了。阿速台王爷找阿里不哥王爷去了。"

"那你明白我的意思了吧？"

"依小的想，这种事小的还是不明白比明白好。"

"嗯？"

"小的是真不明白。"

"嗯，你说的也对，这种事你还是不明白好。算了，你们王爷这封信，容我看完了再说。你呢，终归是我的客人，就在我的大营里歇息几日，不过你带来的那七百人马，我可是供养不起。"

"这个不劳老将军费心，小的们自带着人吃马喂。"

当天，冯远就住在了兀良合台的大营里。说这是被当作客人受到的款待，或者说是被扣下了，都不为错。好个冯远，虽然对自己面临的险境一清二楚，却仍旧没事儿人似的，睡过一觉起来，走出帐外，晃晃悠悠地闲逛，明知后面有两个人跟着，也只当没看见，一逛就逛到了阿术的大帐。后面跟着的人，得到的命令是别让这家伙溜了，没说限制他在大营之内的行动，更何况人家是去见少将军。

阿术也还认得冯远，几句虚词之后，就问冯远来意。在阿术这儿，冯远的回话就跟在兀良合台面前有了差异。他说忽必烈王爷派他到这儿来有三个任务，一是让他送一封信给老将军，一是让他专门看望一下少将军。

"小的临行前，王爷特地召见，千叮万嘱要小的一定把王爷的原话带到，王爷说云南一别，倏忽六载，王爷仍时常想起少将军，尤其记得与少将军长谈至深夜的情景。王爷还说，希望不久之后，能有再与少将军秉烛而谈的机会。"

听到这里，阿术双眉一挑，发出一声长长的："哦——？"

冯远却不再往下说，单等阿术发问。

阿术果然问："那么，王爷给老将军的信里都说了些什么？"

"王爷信里怎么说，不是小的理当知道的，不过王爷交给小的第三个任务，就是让小的接应老将军率部北归。"

"你带了多少人马？"

"王爷给了小的七百人马。"

"明白了。王爷之意，也是当初我们从小路出云南的法子。"

"少将军圣明。小的们九月出发，一路走来，已将回去的路探得明白，不会遇到大股宋军的阻击。"

阿术什么都明白了。

这天夜里，阿术来到兀良合台的大帐，父子之间有过一次长谈。

这是一次关于"选择"的长谈。

"我们还能回云南吗？回不去了。"这是阿术开门见山第一句话，停顿了一下，他才往下说，"出兵北上之前，孩儿就劝过父亲，孤军远出，打出去容易打回来难。是父亲执意要出兵，孩儿才提出由小路直出湖南之计。"

"我是奉蒙哥大汗之命伐宋，大汗要我打到潭州与他会合，我只有遵命出征之责，哪有为自己留后路、踌躇不前之理？"

"那时是出其不意，更兼我用兵伊始，这才一路打到了潭州。其实这一路之上连续作战，将士得不到休息，消耗得不到补充，我军本来就不是精锐之师，此时已是强弩之末，以至区区一个潭州，向士璧也算不上什么名将，竟然将我挡在潭州城下，久攻无果。以孩儿揣度，数日之前，父亲便有退兵之意，只因虑及撤围之后无处可去，故尚未决断。然依孩儿之见，这种进退两难之境，还是早早脱离为好。"

"你猜得倒是不错，我确实是在为撤围之后的去处思虑。我也知道再回云南之不易，可我也不信就绝对回不去。只要有意避敌锋芒，即便有些折损，总能把一半人马带回去吧！"

"常言道兵事无常，如果打得好，运气也好，这种可能不是没有。如果父亲打算就此不管大蒙古国的事，自去深山僻壤割据一方，孩儿愿随父亲一试。"

"你这话就不对了。我奉蒙哥汗之命征大理、守云南，就是为了把那里建成征宋的基地，用蒙哥汗的话来说，要把那里变成南面的六盘山！"

阿术这回没有立刻接话，沉吟了一下才说："有件事，父亲有所不知。"

"什么事？"

"围攻大理时，孩儿多次代父亲去忽必烈王爷处议事，王爷几次留孩儿长谈。"

"这个我知道。忽必烈王爷是个睿智之人，跟他谈谈对你的长进有好处嘛！"

"其中有一次，说到将来大理的作用。王爷的话，表面上是嘱咐将来治理大理时需要注意的事，但在孩儿听来，王爷其实是不赞成大汗的想法的。"

"这就是他太过自负了！"

"这当中，王爷提到他有个叫刘秉忠的汉人谋士，颇擅推衍之术，这个刘秉忠曾对云南、大理的种种可能做过一番推衍。"

"这个你可没说过。"

"孩儿知道父亲看不上那些汉人谋士，怕说了惹父亲生气。"

"那倒是。那些汉人就会说些空话。"

"不过这个刘秉忠确实不简单。他当年推想可能会出现的种种情形，六年后竟一一应验！"

"是吗？有这种事？"

"比如他说，我们的军队不仅得不到发展，还会一年不如一年。因为我们远离蒙古，无法得到新的蒙古骑手作为兵员的补充，实际上这六年里，两次从漠北招募来的新兵，总共不过七八百人。我们出征大理时号称万人的精锐之师，现在只剩下不足七千人了，其中还有一些老弱伤残，战斗力远不如当年。"

兀良合台不由得点点头，感慨地说："是啊，不要说骑手，就是战马，也都老啦！"

"所以，依孩儿之见，趁忽必烈王爷来信要父亲率军北返与其会合，父亲就依信中所说去做，亦不失明智。"

兀良合台想了想，又摇摇头："不行。我是蒙哥大汗的人，在忽里勒台选出新的大汗之前，我怎么能去投奔忽必烈？何况现在已经明摆着是忽必烈要和阿里不哥争夺汗位，如果互不相让，说不定两兄弟之间还有一战，我怎么能让我的骑手去和阿里不哥的骑手厮杀？更何况阿速台在滞留中原数月之后，不久前已经去了喀拉和林。无论如何，我不能做让蒙哥大汗在天上不高兴的事！"

阿术沉默了一会儿。谈话进入了最核心的部分，也是最让兀良合台动感情的部分。阿术比任何人都更清楚他的父亲对蒙哥大汗的那一片耿耿忠心。作为开国功臣速不台的长子，兀良合台早年曾充当成吉思汗的怯薛军成员，后受命护育皇孙蒙哥，并升任蒙哥的怯薛长，掌管蒙哥宿卫，朝夕随侍蒙哥左右，眼看着蒙哥一天天长大成人。后来离开了蒙哥，先后随贵由、拔都、拜答尔等东征西讨，屡立战功，自己也渐渐成为独掌一军的将领。但在贵由汗去世后长达三年的汗位之争里，他毫不含糊地附和拔都的主张，积极支持蒙哥继承汗位。虽然他只是一名出身功臣世家的蒙军将领，并非黄金家族诸王贵戚，在汗位问题上能起的作用有限，但他通过这种鲜明、积极的态度所表达出的对蒙哥的忠心，还是得到了蒙哥的赏识和信任。后来蒙哥选中他率军远征大理，与其说是因为他的军事才能多么杰出，还不如说是出于对他的忠诚极其信任，可以放心地让他远去几千里之外独当一方——通常，只有黄金家族诸王贵戚才能得到这样的信任。所以，一谈到与对蒙哥的忠诚有关的问题，他就不免感情激动。

等他的激动稍稍过去，阿术才轻轻说道："孩儿一直追随在父亲身边，父亲对蒙哥大汗的忠诚之心，孩儿自然了解最深。其实，受父亲的教诲，孩儿同样也从小就立志要永远忠于蒙哥大汗。而事实上，大汗在世期间，我们对他始终都是忠心耿耿，从无二心，此情此意，苍天可以做证，扪心自问，亦可无愧。现在大汗已经归天，大汗英雄一世，可惜亦偶有虑事不周之处，即如汗位继承这样的大事，生前竟未及做出妥善的安排。究竟是没有想到自己会突然去世，还是原本就无意让阿速台即位，我们已无从猜测，猜测也没有用，摆在我们面前的，已是一个难以回避的'兄终弟及'的局面。至于是哪个弟弟，是忽必烈王爷还是阿里不哥王爷，甚或是旭烈兀王爷，总是他们拖雷家族的事，父亲愿意支持谁，都有权做出自己的选择，无论支持谁，都与对蒙哥大汗是否忠诚无关，甚至都可以说是对蒙哥的忠心。"

"我宁愿谁也不支持，等忽里勒台选出新大汗，谁当大汗我就听谁的号令。"

"依孩儿想，父亲话虽这样说，其实心里也明白那是做不到的。如果我们现在还在云南，倒还可以选择这种不求有功但求无过的做法，可我们现在孤军远出，屯兵潭州城下，想攻城攻不下，想撤兵又无处去，一旦忽必烈北归去争汗位，解了鄂州之危的宋军腾出手来对付我们，我们将何以自保，等到新大汗产生的那一天？"

"照这样说，我们只有北上与忽必烈会合这一条路了？"

"其实还有很多路，只是因为这一条路最好，所以我们就不再去想那些不好的路了。"

"但是无论如何，我也不愿意忽必烈用我的军队去打阿里不哥。"

"孩儿早知父亲会有此心意，已经替父亲想好对策了。"

"什么对策？"

"我军渡江之后，即以将士需要休整的理由就地结营，不再北上，然后父亲可以等着看看忽必烈的态度。"

"你是说，让我以就地休整为名，来表示不愿参与汗位之争？"

"孩儿料想忽必烈能够明白父亲的心意。"

"如果他仍然执意要调我率军继续北上呢？"

"如果他执意如此，而父亲又确实不愿，自可抗命不遵，引军向西，于陕、甘一带，应不难找到一块暂求自保之地。"

"嗯，不错！"兀良合台显得有点兴奋了。那边有不少蒙军将领和他关系颇好，原来都是蒙哥的旧部，因伐宋而集结于四川一带，蒙哥死后，群龙无首，众将领各率人马自行其是，纷纷向西北后撤若干路程，择地结营待命。其中有支持忽必烈的，也有支持阿里不哥的，类似兀良合台想静观其变的，也不在少数。

"不过依孩儿想，忽必烈应该不会执意如此。"

"为什么？"

"他要打阿里不哥，手下原有许多忠于他的将领、军队可用，父亲既然有过想原地休整的表示，换了孩儿，用起来也会觉得不能放心，忽必烈岂会想不到？另一方面，忽必烈一旦兵出漠北，中原又不能全交给汉人部队。"

兀良合台点点头，想了想，又说："即便如此，忽必烈心里也会对我不高兴的。"

"换了父亲，又会如何？"

"是啊，这个就不可强求了。只是不知他会把我怎样？"

"孩儿猜，他大概会让父亲休息。"

"让我告老？"

阿术摇摇头，轻轻说："他会解了父亲的兵权。"

兀良合台默然有顷，点点头，叹口气："是啊，换了我也会这样做。当年我全力支持蒙哥继承汗位，蒙哥即位后自然重用我。现在我不支持忽必烈，真是被解兵权，那也是我自求的结果。"

"不过依孩儿看，父亲戎马一生，如今已年近花甲，况蒙哥大汗已经用不着父亲，父亲也正该颐养天年了。"

"是啊，我……也就罢了。只是这样一来，岂不耽误了你的前程？"

阿术没有立刻接话。现在到了此事的另一个核心。在一个相当长的停顿之后，他才缓缓开口说道："父亲如此顾念孩儿，让孩儿感恩不尽！不过，在这件事上，父亲所虑，恰恰是把事情想反了！"

"怎么讲？"

"若是孩儿没有把忽必烈王爷看错，他不仅不会难为孩儿，反而会在孩儿身上给父亲一个体面，以免天下人说他不懂得怎样对待功臣之后。"

"嗯，有道理！那么，他会在解了我的兵权之后，把这支军队交给你统率？"

"如果我是忽必烈王爷，我会另选将领来改编这支已经老化的部队，而让阿术去做更能发挥其才干的事。"

"哦？什么才是更能发挥你才干的事？"

阿术又停顿了一下才说："孩儿想问父亲一个问题。"

"你说。"

"父亲一生为将，出生入死，打了无数胜仗，立了无数战功，解甲之前，可有什么遗憾之事？"

兀良合台沉思有顷，才慢慢说道："为父这一辈子，转战沙场四十年，取胜立功，已是寻常之事。往东打到过大真国，往西打到过捏迷思，往南打到过大理、交趾，单论征战地域之广，即使在蒙军将领中，亦无人可比。但平心而论，自成吉思汗以来，大蒙古国英雄辈出，为父却未敢以'拔都'[①]自诩，自然更称不上是一代名将。不为别的，只因为我……我带的兵有点少，打的仗有点小。在我参加过的所有战事里，没有一次是真正的主帅。"停了停，摇摇头，叹口气，"儿啊，这些话，我从未跟任何人讲，即便是我儿你，若不是你先问，我也不会说的！"

"父亲虽然没说过，但从父亲历来对孩儿的教诲中，孩儿早已体察到父亲这种心情。父亲时常提醒孩儿不要只盯着这支万把人马的军队，鼓励孩儿不断研习、揣摩如何成为能统领一支大军的将领。正是父亲的这些教诲，使孩儿有了更开阔的胸怀和眼光。"停了一下，阿术再也抑制不住心中的激情，兴奋地说，"到今日，孩儿遍观我大蒙古国中与孩儿年纪相仿的新一代将领中，能与孩儿在伯仲之间的，唯伯颜一人耳。可惜他现在旭烈兀王爷军中，无大军可带，无大仗可打，落得个仅以治军有方闻名。不是孩儿狂妄，孩儿虽偏处一隅，而朝夕梦寐以求的，却是有朝一日能统兵十万，与强敌周旋于千里战场！父亲明鉴，能给孩儿这样机会的，只有忽必烈王爷，只有在忽必烈王爷必定会发动的征宋战争之中！"说到这里，突然离席而起，趋至父亲座前双膝跪下，"孩儿若得偿此夙愿，方不枉为人一世和父亲的教诲。求父亲成全了孩儿吧！"

这番话，多少出乎兀良合台意料，但他只稍稍惊愕了一下，立刻明白过来，不由大喜过望，竟兴奋得一拍大腿，站了起来，说："嗨！快起来！吾儿好志向啊，好志向！'统兵十万，与强敌周旋于千里战场！'好志向！你若早说此话，前面那些，其实全不用考虑！我兀良合台生儿如此，将来九泉之下见到列祖列宗，都格外体面啊！好，就由吾儿传我将令：自明日起，停止攻城，立即着手准备，尽早撤围北归！"

---

① 蒙古语"英雄"之称。

11　得胜青山矶

宋开庆元年①闰十一月，此时的贾似道，正处在他一生当中的巅峰时刻。虽然没打过一场真正的胜仗，却取得了一场战争的胜利，而且是使整个江山社稷转危为安的重大胜利。贾似道明白，像这样的事，一个朝廷也是几十年方可一遇，而在一个人的一生当中，是很难再有第二次的。他当然希望能从中得到最大的收获。

在他得知忽必烈确实已经率大军北返之后，他就专门召来廖莹中和翁应龙，让他们高度注意一件事：从现在起，对那些领军的将领要开始保持一点距离了，除必要的军务外，其他方面的来往要尽量减少直至避免。两位亲信立即心领神会。

开庆元年闰十一月二十二日，也就是在拖延了十几天之后，贾似道才上表向理宗告捷："诸将大捷于鄂城，鄂围解，凡百余日。"虽说是"大捷"，也仅止于解了鄂州之围。他不想早早给这件事画上句号。

捷报到了朝廷，左丞相吴潜当即代拟了一道上谕发出，在几句无关痛痒，但对仗和排比用得都很讲究的表扬之后，是关键性的八个字：着即班师，得胜回朝。

大忠臣吴潜要把这件事早早了结。

幸亏贾似道早有防备。他的驻京细作得知这个消息后，因为贾大人有话在先，所以不用现请示，便连夜找到陈宜中。此时的陈宜中还只是个五品小官，但所任却是可以上书言事之职，遂连夜将一份奏折呈进宫中。他这个奏折不长不短，却写得极是深文周纳，看似就事论事，对所论之事却不往明白里说，只在云山雾罩间盘旋缭绕。不过，他是对的。虽然后世多有说赵昀是个昏君者，但身在当时的陈宜中却对皇上的智商给予了充分的肯定，而且事实证明他没有看错。在他那份连夜送进宫中的奏折上，皇上连夜做出了朱笔御批。那批示写得比奏折本身更加弯弯绕，但若换成白话，倒也不难明白：虽然你论事多有不通，但也不必多虑，像这样的大事，朕自然会亲自过问的。皇上的这条最高指示，又连夜从宫中传出。左丞相吴潜遂在拂晓前被从睡梦中叫醒，看罢御批，愕然良久，这才吩咐赶紧去追那个已经发出的上谕，不管跑死几匹马，务必追回来！

后来细作把这些情况以"京中急报"禀报贾似道，贾似道阅罢不由得脊背不停冒凉气。"班师"那是前代先朝的说法，大宋的前线总指挥手下无兵，只有"移

---

① 公元 1259 年。

司"之便，却是无师可班。至于"得胜回朝"，意思是当下就停了你对部队的指挥权！现在贾似道最怕的就是这个！他还要用这些部队。他要打一场多少有点儿模样的胜仗，来为这场战争的胜利画个说得过去的句号。这也是他为大臣者的一片拳拳之心。虽然赵家的江山社稷保住了，可是在庆祝胜利之时，那失去了江北大片土地控制权的事实，总得有些遮掩吧？

然而，要取得一次进攻作战的胜利，又谈何容易！贾似道需要一个机会，而这个机会却久等不至。忽必烈并没有因为"不必虑及断后诸事"的承诺而麻痹大意，从江北到豫南，前有霸突鲁，侧后有张柔，粗看略有地广兵稀之虞，细察实无可乘之隙。等来等去，等到的却是一个让人不怎么痛快的消息：兀良合台已率其残部由青山矶渡江北归！潭州解围后，有军情称兀良合台从云南出发前招募的那些土著山民，已被就地遣散，所以剩下的就是"残部"了。向土璧好不容易守住了潭州，喘息未定，自是无力反攻，只能听其"自便"，所以在后来贾似道所能得到的军情通报里，这支应该还有近五千人马的蒙军，从此便去向不明。现在听说已渡江北归，虽然心里也有点不痛快，觉得就这样轻易让其脱身，有点便宜了他们，不过毕竟本来就没有想把他们怎么样的打算，不痛快一下也就罢了。倒是他们渡江的地点，让贾似道心里动了一下。忽必烈留张杰、阎旺率三千人驻守青山矶，他是知道的，但这应该属于正常的军事部署，并无什么特别之处。后来又听说蒙军在那里搭建浮桥，想了想，想不出对方意图何在。如果说忽必烈现在就在为下一次渡江作战准备一条进攻通道，好像实在太早了点儿。现在明白了，那是为了接兀良合台军北归。

然后，就传来皇上明年要改元的消息。今年刚改过元，明年又要改元，刚过完开庆元年，接着就要过景定元年。看来皇上思想很活跃，不断产生新想法。可是，皇上究竟都在想什么？不清楚。这让贾似道开始心里犯嘀咕了。是到了该"回朝"的时候了。

景定元年①正月初六，贾似道终于做出一个直接违背原来决定的决定，让廖莹中传话：请刘整将军来此小坐，顺便切磋一下书法。

会见是在贾似道的一间私人书房里进行的，简短而私密。一见之下，贾似道对刘整印象极佳，尤其是刘整那双眼睛让他印象深刻。那是一双真正的老鹰眼，犀利的目光深藏在高耸的眉骨之下，两颗饱满的瞳仁又大又圆，有时漆黑，有时又透出一种青黄的色泽。他的判断很快得到证实，刘整绝非那种只知道打打杀杀的蛮勇之

----

① 公元 1260 年。

徒，正相反，是个很精明的人。他首先做了几句说明，何以把刘整和所部分开，从鄂州召来黄州，来了之后却又撂在了一边。除了按时送一份军情通报，快两个月了都没见上一面，也确实该给一个说法。不过，他说明的却并非真正的原因，而是公务繁忙应酬太多一类的借口——谁都知道纯属借口。刘整听了，只是一笑，接着便说："丞相养兵千日，用兵一时，今日相召，便是要用末将了，只是不知丞相哪路有差，要末将去取何人首级？"

贾似道听了，不由得哈哈大笑，笑完了才说："刘将军不愧关中豪杰，直恁地爽快！不过，我若要将军去攻城略地，自应升帐传令，今日请将军书房小坐，却是要与将军切磋书法的。"

刘整便急忙摇手说："末将对这个……"

但贾似道打断了他，径自说下去："书家有个说法，说写字不用吹，写写'飞、凤、家'。盖这三个字直笔少，撇捺多，不易写正，倒是极易写歪。但我听说有个诀窍，虽不能把字写得隽秀飘逸，却可保其骨架端正。刘将军明白我的意思吗？"

这个话，直如街头少年手握空拳让人猜，恐怕也只有贾似道想得出。好个刘整，默然片刻，不动声色说："以末将想，丞相是要打一个胜仗，虽不一定战果辉煌，却要胜得有模有样。"

"我需要一个胜仗，但万万经不起一次败仗。"

"胜败皆兵家常事，若要只能胜不能败，兹事亦难矣！"

"所以才请将军来此小坐。"

刘整先垂下目光想了想，又抬起目光看了看，果见侧面墙上挂着一张地图。虽是当朝枢密使贾大人的地方，书房里挂着作战地图，眼见得那是专为刘整预备的。刘整先说了声："丞相请！"然后站起身来朝地图走去，路过一张案几时，见案角放着一根马鞭，趁便一抄拿在手里。到了地图前，他先把地图扫视一遭，再看看已站在图前的贾似道，见贾似道已把目光盯在地图上，便举起马鞭，在地图的周遭一个一个地画了四个圈，刚好围成一个半圆形。他边画边说："丞相请看，这是霸突鲁，这是阿里海牙，这是张柔，这是张柔派出与自己形成掎角之势的其子张弘略。这四家，打他哪家，其他三家都会动，攻下来也守不住。丞相要打一个代价最小、风险最小却又有模有样的胜仗，末将以为就打这里！"说时手中马鞭已在图上那个半圆的圆心上啪地一点，"这地方离那四家都不远，但只要尽快拿下，那四家都会傻看上一阵，谁也不会动！"

贾似道不由得又向前靠近了一步，再看那马鞭所指，图上标出的地名，正是——青山矶！

青山矶之战给后世的军事史学家留下了一系列的谜团。当然，比较简单的办法就是只当没这回事儿。那根本就算不上一次战役，充其量也就是一次中等规模的战斗。双方投入的兵力总共不到九千人，历时总共不过小半天。战斗从辰时开始，由曹世雄率所部五千人，向地处长江北岸的青山矶发起攻击。由张杰、阎旺率领的三千蒙军，因为分出了一千在南岸把守浮桥的另一头，守青山矶的只有两千人。按贾似道的部署，刘整负责攻打南岸这一头，但考虑到他从鄂州带过来的部队仅八百余人，虽是精锐，毕竟是以少打多，又是进攻方，所以贾似道让他比北岸晚半个时辰再发起攻击，意思是希望以五千人打两千人的北岸进攻得手，南岸的蒙军或是分兵去增援，或是怕断了退路悉数北撤，则刘整的进攻方可有必胜的把握。可惜此番刘整却没能占到这个便宜。按说，贾似道也估计到了宋军普遍进攻能力较差，却没想到会差到这种程度。青山矶虽然地势险要，易守难攻，毕竟那张杰、阎旺驻守以来，人力物力都用在了搭建、维护浮桥上，而原来宋军所筑的防御工事，全是面朝北。深知对手此一弱点的曹世雄，正是兵分两路从东、西两个方向杀来。尽管曹世雄的指挥中规中矩，无奈他手下的士兵从未打过进攻战——更公平地说，蒙军也没打过防御战，双方都不知道该怎么打，于是就打出了一场全无章法的烂仗，要梯次没梯次，要阵形没阵形，双方士兵最有把握的，就是呐喊。半个时辰就这样过去了，虽然听得一片连天喊杀声，不仅东西两路的进攻都没多大进展，甚至双方都没有发生多大伤亡。南岸的蒙军听到了北岸的炮声，甚至听到了喊杀声，但不知那边发生了什么事，所以也不知道该怎么办，只是派了两个人过去探听情况，其余的便在那里等消息、等命令。不过，这种心理还是影响了士气。不久南岸这边也响起进攻的号炮，接着便见一队宋军骑兵从扬起的尘土中纵马驰来，一时也看不清究竟有几百还是几千人马，到稍稍近了，却见一员大将银盔银甲，挺一杆长矛冲在前面，身后紧跟着一名旗手，手中战旗迎风展开，现出斗大三个字："赛存孝"！蒙军中有老兵知道厉害的，喊一声"狼来了"，就从浮桥上往北跑，其余的便像得了命令似的跟着。还得说蒙军毕竟训练有素，饶是这等不战而溃，逃时仍尚称井然有序，跑到离岸边稍远，更有一些小校高声喊叫着指挥，将那一千人分隔成百来人一段，隔出二三十丈再是一段，以免浮桥承重过于集中，所以虽是桥体有些下沉，江水漫上了桥面，却不过只湿了鞋袜，直至这一千人全部撤到江北，并未发生任何拥挤踩踏或坠水一类情事。再说宋军这边，其实也是沾了南岸地势较为平坦的光，刘整那三百铁骑才得以在冲到江边时展开了阵形，跑出了马速，却是未及交手，单是那气势便把蒙军吓跑了。蒙军上了浮桥，骑兵却是上不得桥，更有一时收不住马的，直接冲进了江中，然后才连人带马都落汤鸡般地回到岸上。过了有一会儿，后面那五百多步兵到了，上桥去追蒙军时，追到将近江心处，眼见得追不上了，收兵往回返，却与后面仍在往前追的碰个面对面，一时堵作一团，前拥后挤，有几个笨手笨脚的，便被挤落江中，命大的，被同伴救起，两个实在晦气的，竟被激流卷走。这让刘整也觉得挺晦气，虽是打了个胜仗，却一无斩获，反是自己折了两个弟兄。不过，被他吓跑的那一千人，却帮了曹世雄的大忙。那帮败兵，在桥上时都怕掉进江里，没一个敢乱跑乱闯，一旦到了陆地上，便什么都不怕了，呼啦啦散开来，转眼间将原在北岸那两千人冲乱了。正在东路指挥进攻的曹世雄，先还以为是南岸之敌过江来援，不意却是溃败之敌冲乱了自家的阵脚，焉肯放过这天赐良机？拔剑在手，大喊一声："杀啊！"率先冲了上去。众宋军见自己的主将身先士卒冲锋在前，顿时士气大振，紧跟着冲了上去。别看仍是不成阵形，却士气昂扬地掩杀过去，那形势自是非前可比。蒙军见对方此番确实来者不善，更有从南岸败下来的战友率先垂范，便有样学样，顺势也向北溃退。此时西路的宋军也没太耽误，及时发起了攻击。两路宋军，一个从东往西杀，一个从西往东杀，都没有遇到多少像样的抵抗，没有多久，便胜利会师于蒙军原先的营地，这才发现蒙军已朝北跑了。曹世雄情知立功的时机到了，手中宝剑一挥，剑尖北指，大喊："给我追！"两股宋军合为一股，齐齐向北追去。这一回蒙军的撤退组织得不是很好，虽然大部均得脱身，终是有一小队人马跑得太慢，被宋军截住，排头砍去，一一宰了。事后清点尸首，好在人数不多，点得明白，写进战报。所以后来的史书，才对此战有如下记载："贾似道用刘整计，以曹世雄军攻青山矶，大败蒙军，断其浮梁，斩殿兵百七十人。"

动用了近六千人马，打了胜仗，却只消灭了一百七十个敌人。这样的战斗，确实不怎么值得军事史学家劳神关注。更何况还有资料显示，张杰、阎旺都不是蒙军中的知名将领，由他们率领的三千蒙军，根本就不是一支作战部队，而是一支工兵部队加少量警卫。这样的战斗，能在史书中留下一笔，已经够高抬了。

然而，这一仗真正的亮点，却在于刘整的选择。当他手中的马鞭鞭梢，指向地图上那个标着"青山矶"的地方时，贾似道心头一震，不由得回过头来看了看身旁这位仅以进攻勇猛著称的、级别和资历都不高的将军。赞赏之余，他甚至有些怀疑，一个最多时也只带六五七千人马的中低级将领，怎么会具有如此恢宏的全局观念和战略眼光！不错，贾似道心里也一直惦记着青山矶。尤其是在得知兀良合台部已经由此过江北归之后，他原以为蒙军会拆掉或放弃那里的浮桥，而得到的消息却正相反，蒙军仍依前按时、定点地在桥上及其周围巡逻，甚至还对浮桥进行过一次加固。这让贾似道意识到，他原来低估了忽必烈的长远意识。忽必烈搭建这座浮桥是一箭双雕，既是为了接应兀良合台，更是为将来伐宋做准备！从这里，向西可取鄂州，往东可趋九江，若两个方向同时发力，更有望迅速控制长江中游最具战略重要性的一大段！只消站在地图前粗粗一看，那态势一目了然：青山矶虽然稍稍突前，且兵力有限，却正好处在霸突鲁、阿里海牙、张柔、张弘略四支蒙军大军的拱卫之下，想打青山矶，几乎就是甘冒虎口拔牙的风险，而贾似道需要的却是一次不冒风险的胜利，吃小亏占大便宜的事都不能干。最后还是刘整一句话提醒了他——那四家，打他哪家其他三家都会动，青山矶离那四家都不远，但只要尽快拿下，那四家谁都不会动！为什么？因为那四家同属一个完整的防御体系，都是其中的一部分，自会有一套互为接应的机制；而青山矶却不在那个防御体系之内，是忽必烈为将来的进攻埋伏下的一手棋，虽然将来完全有可能形成一块大局面，现在却是一颗不折不扣的孤子！这一点，从地图上是看不出来的，唯具备宏大的战略眼光，深谙战争中攻守转换之机理者，方能洞察！

贾似道在下决心打这一仗的同时，也为刘整深感惋惜。如果大宋有足够的力量发动一场北伐战争，刘整至少有可能成为另一位孟珙。可惜大宋短时间内很难积累到这么大的力量。刘整呀刘整，你实在是生不逢时啊！

青山矶之败的消息传到忽必烈的大帐时，忽必烈正逗留在原金国首都燕京一带，为即将展开的夺位之争忙得不亦乐乎。正是寒冬季节，这里比开平暖和些，他也渐渐习惯在这里过冬了。在很短的时间里，他从这儿发出了一系列的指令，从军队和将领的调动，到军需物资的筹集和调运。最近，他更把注意力集中在西北一带。由于很难指望从漠北诸王贵戚中得到太多的支持，他必须在那些现在漠南的宗王、将领身上格外下大力气，一面为自己争取、拉拢更多的支持者，一面打击那些阿里不哥的支持者。正当他对此进行军事上的调整和部署时，传来了青山矶失守、浮桥被毁的消息。得报后，他再次跌足长叹，痛惜不已。在青山矶埋下一颗孤棋，原是他的精心之作、得意之笔。从牛头山移驻青山矶之后，他立刻注意到这里的地形地势，敏锐地看出了它的战略重要性。他还特别注意到这里虽有宋军修筑的防御工事，朝江一面却有许多民用的码头，岸上又有许多可供集市贸易的“榷场”。实际上，无论是以前的金人，还是鄂州之战以前的蒙军，都从未打到过这里，甚至攻鄂之战的渡江阶段，蒙宋双方也没有在这里发生过真正的战斗，这里原是一个连接长江南北两岸舟楫往来、货物转运的交通贸易枢纽。经过几天的缜密思考，忽必烈才逐渐形成一个完整的计划。他在这里留下了一支不起眼的部队——如果不是因为搭建浮桥的需要，人数还会少些，又为这支部队选派了两位不起眼的将领。他甚至没有在距离这儿较近的地方部署其他部队，虽然情知这样做有些冒险，但权衡之下，他觉得还是以不引起对方注意为要。过上一年半载，他会让当过商人的阎旺重操旧业，哪怕多贴些银子，务求把这里发展成一个繁荣的商埠。到了那时，这座浮桥就自然有了"合理"的用途。再过三四年，他会开始在这里集结军队，囤积粮草军需，直到打造战船，吸引宋军也在对岸增兵设防。到七八年之后，也就是他计划中有可能开始大规模伐宋的时候，这里将会成为蒙宋双方隔江对峙的一个焦点，一个新的兵家必争之地，一场生死攸关的大会战将在这里进行！那将是一种"战局未开，胜负已定"的局面！

而现在，这个堪称深谋远虑的计划，转眼间就胎死腹中了！

又是那个该死的贾似道！经过鄂州城下那一百多个日日夜夜，忽必烈已经深信，无论怎样深谋远虑精心策划，都很难瞒过那个"一士人耳"的贾制置。赵昀那满朝文武，大概也只有贾制置，才具备这种察微风于青萍之末的眼光。

该死归该死，忽必烈对这个贾似道嫉妒得要死，却怎么也恨不起来，连"爱恨交加"里的那点恨都凑不够。到第三天，忽必烈召来了郝经、姚枢、张易，不带任何拐弯抹角，劈头就问："当初在鄂州，用鹅车计攻城未果之后，本王对你们说过一句话，你们还记得吗？"

那三人互相看了看，姚枢往前迈了半步，禀道："属下们都记得。"

"我怎么说的？"

"王爷说，'吾安得如似道者用之'。"

"有吗？"

"有。"

忽必烈唰地站了起来，快步走到三人近前，急急问道："此人现在哪里？"

"就在王爷属下，只是未得擢用。"

"谁？"

"王文统。"

贾似道终于给这场宋蒙战争画上了句号。

他再次上表给赵昀，奏称"江汉肃清，宗社危而复安"。

贾似道虽无文采可言，不过也和其他汉人官员一样，一旦官居高位，便无师自通，很快学会如何充分发挥汉语的潜在功能。"江汉肃清，宗社危而复安"，寥寥十个字，其深刻含义，却绝非三言两语便能说清。首先，它突出了"肃清"二字。

这就给他的任务画上了句号。既然"清"了，自然没别的事了，可以交差了。这一回，等于是他自请"回朝"，或者"另有任用"，总之是交出兵权了。但是他也很客观地给"肃清"划定了一个范围，即"江汉"。这里，他又充分利用了青山矶的胜利，因为只有拔掉了青山矶这颗钉子，才能说"江汉肃清"这个话。确确实实，到此为止，长江两岸乃至汉水流域，已经重新掌握在大宋手里。但是，人们至少不会这么快就忘记，忽必烈可是从淮河以北打过来的，八月十五日渡过淮河，随后连克大胜关、虎头关，二十一日进至黄陂，三十日忽必烈本人到达长江北岸，半个月内，所向披靡，席卷千里。这一大片地方，现在仍在蒙古人手里，并未"肃清"。然而，那些地方虽然丢了，所幸离临安尚远，只要"宗社"已经"危而复安"，就不必再计较了。说到底，在贾似道看来，当今皇上是个明白人，肯定不会忘记端平年间的教训，再轻率地去从蒙古人手里收复失地。聪明的皇上会把这个艰巨的任务留到以后"徐图之"。

其实，这个道理不光赵昀明白，朝中的大臣全明白，大忠臣吴潜自然也明白。更何况他几个月前就差一点把"着即班师得胜回朝"的上谕发出去，虽说紧接着又追回来了，也难说就神不知鬼不觉，如果现在又对"宗社危而复安"提出异议，何以自圆其说？所以，贾似道上表奏报的内容传开之后，立即引起朝野一片欢腾。舆论界是一片颂扬之声，赞扬诸将的忠君爱国奋勇杀敌，赞扬贾丞相的运筹帷幄力挽狂澜，更赞扬皇上果断起用贾似道的英明决策。当然，也有少量的声音，捎带着赞扬了一下吴潜，说他在关键时刻果断命令贾似道移司黄州，从而稳定了大局，使"下游之兵始振"。西湖上重又是游人如织，画舫如梭，更兼正是春暖花开、草长莺飞季节，即便入夜后亦是灯光如昼，从一艘艘画舫上传出不绝如缕的丝竹之声，恰好是太平景象中的盛世欢歌。

这一回，贾似道没有参与其中。那是他做"大宗正丞"时的勾当。而此刻，身为右丞相兼枢密使的贾似道，已经悄悄从黄州回到汉阳。回到汉阳以后，自是少不了寻欢作乐一番。有个新买来的舞姬，甚得他的欢心，竟替她重取了个大家闺秀般的名字——王惠清，有事无事常让她跟在身边。其间，皇上御札垂询对有功诸将之升赏有何意见，贾似道恭谨答称："诸将功绩，臣已据实奏明，至论功行赏，乃朝廷之事，非臣敢与闻也。"贾似道在汉阳闲散取乐，其实就是在等这个——远远地等着结果出来，却决不参与其中。让"宗社危而复安"的贾似道，对于长江以北那片未得"肃清"的失地，心里也并不是那么放得下，只是力所不及，只能留给皇上日后"徐图之"。然而转念之间，亦觉在这个"徐图之"里，有着自己一份为臣的责任。当然，他现在还不能肯定，自己回朝之后是不是能成为名副其实的丞相，因为朝中原有两位实授的左、右丞相，至今仍各在其位，且其中的一位曾在鄂战正酣时命他火速移司黄州，要置他于死地。皇上究竟是怎么想的，至今仍是圣意难料。不过，往好的一面想，只要他谨慎行事，不要让皇上有功高震主的感觉，也不要让皇上疑心他有笼络武将的行迹，若无意外，好像也没有在功成之后反而免去丞相的道理。

贾似道在汉阳边玩边等的那个结果，终于姗姗而至。宋景定元年三月，对有功诸将论功行赏的诏书陆续下达。功劳最大、赏赐最高的是四川宣抚使吕文德，援蜀、援鄂之功一并酬赏，升任京西、湖北安抚大使兼制置使知鄂州，赐缗钱百万、浙西良田百顷。其次是知襄阳府高达，升任湖北安抚副使、知江陵府兼夔路策应使，赐缗钱五十万。在得知高达这个新的任命后，贾似道独自去望波厅后围着那泓池水转开了圈儿，转了不下七七四十九圈，直到两腿酸麻，命小厮搬了个兀凳来，就甬道边坐下，望着池水发呆。他想不通为什么非要把高达从襄阳调开；那是个紧要之地，而高达对那里很熟悉。他更想不通为什么对高达的新任命非要加个"副"，以他原来的职位和现在的功绩（张胜阵亡之后，鄂州的几场硬仗都是他打的），实在应该把这个"副"去掉。当然，就贾似道个人来说，对高达的奖赏偏低，倒也暗合其心意，可越是心里出现解恨出气的想法，就越是担心这会不会是有人故意而为，再把自己当作栽赃的对象。

稍后，他的担心又有了新的发展。四月初，对青山矶之战的奖赏诏书下来了。诏书就像一个文字谜团，让他摸不着头脑。在"论功"部分，明白指出"此战曹世雄首功，刘整次之"，但在"行赏"部分，却只有刘整升任泸州知府兼潼川路安抚副使，根本没说曹世雄的事儿。黑不提来白也不提，朝廷想拿这位有功将领怎么着？

四月六日，皇上专为贾似道颁发的奖颂备至的诏书下达了。诏书说，"贾似道为吾股肱之臣，任此句宣之寄，隐然珍患，奋不顾身。戎乘一临，士气百倍。吾民赖之而更生，王室有同于再造。予嘉伟绩，宜示褒纶。"这样的言辞，若非皇上亲拟，亦必出于口授，否则哪个大臣敢作"王室有同于再造"之语？功劳这么大，自然要重赏。除依前仍为右丞相兼枢密使，更进为少师，加封卫国公，赐金器千两、帛千匹。而更加破格的是，在肯定贾似道"元勋伟绩不在赵普、彦博下"之后，宣布要以至高无上的礼遇，来迎接他的得胜回朝："似道将至国门，可依文彦博例，郊劳于都城外！"

有宋以来三百年，除了文彦博，再无第二人曾获此殊荣！

接到这封诏书之后，贾似道又去那泓池水边转开了圈儿，转罢多时，回到望波厅，让小童研墨，然后自拟了一道奏本，用尽了所有谦辞，对"郊劳"坚辞不受。待翁应龙着人誊清了，看了两遍，仍觉不妥。说来说去，里面终是有抗旨不遵的意思，生怕圣意在不知何处拐个弯儿，或疑他故作姿态，或疑其讨价还价，甚或怀疑他别有用心，岂不成了自取其祸？吟哦良久，又提起笔来，在后面加了个亲笔小注。这做法本身就出格，那小注的内容更出格：

"臣回朝之日，自当即趋陛见，以解朝夕思念之渴。若得陛下格外施恩，召臣至勤政殿小坐，臣不胜感激涕零之至，叩首谢恩，万岁万岁万万岁。"

皇上与大臣议事是在选德殿，勤政殿是皇上休息的地方，贾似道却要皇上召他在这里小坐，明显含有不谈朝政只说闲话的意思。

莫非他有心与皇上切磋书法？

12 即位

听了郝经、姚枢、张易三人对王文统的介绍，忽必烈顿时思贤若渴。不过，他还是想听听刘秉忠的意见再做决定。虽然郝经等三人皆足堪信任，但有一个疑问还需要刘秉忠解开。刘秉忠与汉族士人颇多交往，对他们有广泛的了解，早在金莲川幕府时期，他就不遗余力地为忽必烈延揽英才，目前忽必烈手下这些汉人谋士，有一半以上都与他的邀请、举荐有关，更有些直接就是投奔他而来。按郝经等人的介绍，王文统在士人中颇有些名气和声望，刘秉忠不会不知道，可为什么一直没有提起过这个人？

于是，这件事就被暂时搁置起来了。忽必烈认为，这样的大事靠书信往来可能会言不尽其意，但若召刘秉忠前来面谈，开平那边的工程进展又正在关键时刻，深恐刘秉忠难以脱身。何况忽必烈在燕京也是诸事繁忙，确实有点顾不上。

这一年——到目前为止，大蒙古国的"这一年"还没有年号——的上半年，忽必烈的大局观经受了前所未有的挑战。他得把如此巨大的空间和如此繁杂的事务，全部放在他的心胸之内，并且把由此而构成的全局，牢牢控制在他的手中。有不少蒙古男人的手比他的手更粗壮、更硕大，但只有这双手才是帝王之手。虽然繁忙，既已远离战场，他就重又亲近他喜爱的女人和酒了。然而，无论是在举起酒杯，还是在抚摸女人时，这双手都丝毫没有放松对大局的控制。也正是在这种控制中，他开始找到了帝王的感觉。

与此同时，军队也进行了一轮大规模的调动，他很快就在燕京周围集结了一支三万人马的大军，稍后又在开平周围部署了一支一万五千人的军队，其中就包括宗王塔察儿所部。刘秉忠已经为这支部队准备好了新驻地，它们就散布在即将召开的忽里勒台会址的周围，但其后不远就是忽必烈的怯薛部队的营盘，以防其有变。在这个部署完成之后，一支由合丹率领的七千人的蒙古部队出发前往延安。廉希宪则奉命前往长安，以确保西南、西北的大局稳定。这是一个很艰巨的任务，因为忽必烈在那个方向上的兵力并不占上风。

忽必烈懂得，战争不仅要拼士兵的生命，也要拼物资的消耗。他命令尽快筹集一万石大米运往开平。他还下令购买一万匹军马，主要是蒙古马，也集中到开平以北的草原上，供出征时使用。他的第三个命令是从他的旧属地真定①、燕京和益都②征调一万套装备，包括毛皮帽子、长靴和裤子。他亲自嘱咐：要记取鄂州之战的教训，装备的设计和制作，一定要充分考虑漠北作战，尤其是喀拉和林一带的气候条件。他还秘密叮嘱：要暗中注意益都方面的进度，一旦发现有不能按时按量完成的迹象，立即安排其他地方赶制，以确保这一万套装备在入冬前运到开平。去年他接到过报告，说益都曾有截留盐课之事；当时因正在攻鄂未予深究，心里却不能不有所提防。后来派人去暗访，报称益都行省长官李璮对此项任务极为重视，多次亲自过问工程进展，忽必烈这才稍觉放心。不久，他又接到李璮的请战书，要求准许以其所率军队攻宋，掠其沿淮之地。忽必烈沉思良久，才做出批示："忠勇可嘉，但其事暂不宜行。"

益都这个地方，和李璮这个人，在忽必烈的心里都有特殊的地位。益都，或者说山东，地处蒙宋对峙的东线。自金人时起，这里就不是北方向南方发动大规模进攻时的战略重点，却常常是南方向北方发动局部反攻时的主攻方向。这种态势表明，北面的一方，无论是金人还是蒙古人，部署在这里的兵力都相对较弱。直到李璮出任益都行省长官，这种态势才有了根本的改观。李璮一改过去的被动防守为主动进攻，虽然多数仅仅是虚张声势，偶尔也会有一些小胜，占领一点地盘，掳掠一些财物，于大局没有太大的影响，却也足以保持局部的稳定，使忽必烈可以免去东顾之忧。去年，乘忽必烈攻鄂之机，李璮亦出兵南下，连克南宋之海州③等四城，对蒙哥全面伐宋进行有效的策应。

李璮各方面能力都不弱，尤擅权谋。他继承并扩大了由其父母开创的事业，将

---

① 今河北正定。
② 今山东青州。
③ 今江苏连云港西南。

旧部整编为两支部队，分别驻扎在沂州、涟州，又亲自招募和训练了一支新军，部署在益都，形成鼎足之势，并牢牢控制着山东东部四十余城，割据一方。此时金朝已灭，蒙、宋之间的矛盾更趋尖锐激烈，李璮充分利用了这一点，向蒙古朝廷讨价还价，拥兵自重，甚至时常谎报军情，要钱粮，要兵权，以加强和扩张自己的实力。蒙古人虽也有所察觉，但因正忙于西征，不得不依靠李璮防守山东以遏制南宋，只好容忍，放任李璮在山东坐大。

蒙古人在取代金人统治的过程中，实行的是一种维持原状的政策，各种地方势力只是形式上换了一个蒙古人给的官职，其余一切照旧。总体上看，这类地方势力的头头们，大都有管理一小块地方的能力和实力，却没有太大的才具，也没有过分的野心，所以这种对各方都有利（多数情况下对当地老百姓也有利）的局面，就很自然地延续下来了。当然其中也有几种例外。其中的一种，以张柔为代表。张柔原是河朔地区的一股地方势力，也曾领受过金朝的官职，从定兴令直至权元帅左都监、行元帅府事。降蒙后"官职依旧"，连叫法都没改，自然也仍旧管着他原来那片地方。但是，由于他积极率部参加蒙军较大规模的战争行动，并且在这些行动中展示了自己的才能，渐渐超越了地方势力的局限，并最终成为忽必烈手下最高级别的汉人将领之一。忽必烈巴不得多出几个张柔，可惜迄今为止只有一个。与张柔相反的代表人物，就要数李璮了。李璮并非没有机会。蒙哥大汗曾多次调他出征，他都托词不听调遣，有一次还去面见蒙哥，力陈"益都乃宋航海要津，分军非便"，又建议若要他配合攻宋，他可以独自带兵就近攻宋之海州等城以为策应。这样一来，他与其他地方势力的两个不同之处就凸显出来了：一是他比别的地方势力大得多；二是他处在一个极特殊的位置——那里既是与南宋对峙的前线，同时也是离南宋最近的地方！

一个如此这般的李璮，一股拥兵自重尾大不掉的地方势力，再考虑到他父辈反反复复的历史，加上他本人的现实表现，一旦局势有变，李璮是否可靠，忽必烈一清二楚。对这种事，廉希宪那句"先发制人，后发人制"同样适用。之所以没有这样做，非不为也，实不能也，简单直截地说，就是顾不上。现在这件事里又增加了一个新的因素：经姚枢等极力推荐，已经让忽必烈思贤若渴的王文统，不仅正供职于李璮的幕府，而且还是李璮的岳父！这让忽必烈不能不把事情想得更复杂。于是，在忽必烈正式登上大汗位后最先做出的一批决定中，其中之一，便是加封李璮为江淮大都督！

这一年的四月，忽必烈在开平即大汗位，设开平府，作为临时的国都。

　　忽必烈登上大汗位，名义上也是通过忽里勒台的拥戴才得以成为蒙哥的继承人，但是如果我们仅仅客观地记叙这个过程，那就很可能被误读为一场闹剧。按照成吉思汗制定的祖制，首先，忽里勒台应该在蒙古草原上的某个地方召开，而拥戴忽必烈的所谓诸王大会却是在大漠以南的开平举行的；其次，必须四大黄金家族的兀鲁思（或由其亲自指定的代表）全部到齐，忽里勒台才能召开，而在拥戴忽必烈的忽里勒台参加者中，竟然连一个真正的兀鲁思都没有，地位最高的，也就是成吉思汗幼弟斡赤斤的孙子、在东道诸侯中居长的塔察儿。但是必须看到，仅仅几十年之后，成吉思汗所制定的那个办法，已经丧失了实际上的可操作性。那个办法的核心，是以血缘关系的远近，来决定地位的高低，所谓"四大黄金家族"，就是他的正妻所生的四个儿子术赤、察合台、窝阔台、拖雷各自所形成的家族。两代人之后，谁是某个家族的首领——兀鲁思，便纷纷出现了问题。这里既没有汉人那种"传长不传贤"的规矩，也不能套用蒙古人"幼子守产"的做法，各家族又无法建立各自的兀鲁思继承制度。即如当时最显赫的拖雷家族，因为蒙哥已经成为大汗，本家族的兀鲁思便显得没有多大实际意义，而在蒙哥去世之后，谁是代表拖雷家族的兀鲁思，也被汗位之争所掩盖。与此同时，察合台家族也正面临着一场激烈的兀鲁思争端：察合台汗国可汗、察合台的孙子哈剌旭烈刚刚死去，察合台的另两个孙子阿鲁忽和阿必失合都想成为新的可汗，自然也是察合台家族的新兀鲁思之争。所以，在这个时候，实际上谁都不可能召开一个真正"合法"的忽里勒台。

　　这样一个不合法的、闹剧式的忽里勒台，其准备工作却是在极其严肃认真的态度下进行的。当最积极的拥戴者塔察儿面对诸王贵戚慷慨陈词，乃至声嘶力竭地大肆宣讲忽必烈如何天纵英才，宣称如果不把这样的圣主拥立为大汗，天就会塌下来，草原就会变成沼泽，牛羊就会无草可吃，马儿就会找不到可以驰骋的地方，连狼群都会另觅栖息之地，来诱逼那些还没有拿定主意的与会者"相继劝进"时，确实显得有点儿滑稽，但是如果往深处想一想，为什么是这个人，在这个时候，站在这个地方，说出这些话，就会明白一切皆非偶然。

　　当忽必烈经过精心挑选，最后选中廉希宪前去充当说客时，事实上并不敢指望会有这样的效果。他一度做过最坏的准备，万不得已时，由自己手下的一些蒙古将领来充当主要的拥戴者。而对于塔察儿，能在忽里勒台上不公开反对就好，若能表示一个支持的态度，已是求之不得。塔察儿是拖雷家族的人，也可以说是蒙哥的人，但不是他忽必烈的人。

　　廉希宪确实把塔察儿琢磨透了！这个一向以勇猛善战且战功卓著闻名的蒙古宗王，正处在一生当中最窝囊、最耻辱的境遇当中。奉蒙哥大汗之命，他一年当中两次攻宋，全都无功而返，虽不曾严重损兵折将，毕竟也是连吃败仗，因此受到蒙哥的严厉训斥，差一点被解了兵权。塔察儿心中不满，却有苦难言；战场上一旦有了输赢，就是明摆着的事，总不能把败仗说成胜仗，把有过说成有功。即便是廉希宪巧舌如簧，这个案也是翻不过来的。廉希宪恭恭敬敬但又满面春风地走进塔察儿的大帐，落座之后，便说自己是奉了忽必烈王爷之命，特来向德高望重的塔察儿宗王表示敬意，然后便滔滔不绝地把塔察儿当年的赫赫战功回顾了一遍，中间恰到好处地几次提及忽必烈是如何地仰慕他。这些挠痒痒的话，虽然挠得塔察儿挺受用，毕竟说的都是过往之事，所谓好汉不提当年勇，最终还是绕不过不久前的败绩。这时廉希宪便走出了他思谋已久的那着极险但也极精妙的好棋。他说他是个畏兀儿人。他又说，他素知蒙古人最讲忠义，尤其是对自己的大汗，总是忠心不贰，容不得他人稍有微词。然而——他又终究是个色目人，所谓旁观者清；何况他又是一名谋士，而谋士的职责，便是分辨真伪，识别进退，权衡利弊……

"哎呀，你到底想说什么？"这一番吞吞吐吐，欲言又止，让性急的塔察儿终于忍耐不住，大声催问，"有话你就直说嘛！"

"王爷莫急，"廉希宪还是又绕了个弯子，"在下听说，前年我家王爷去喀拉和林觐见蒙哥大汗，在商议伐宋时，对蒙哥大汗的有些决定，是心存疑虑的。"

"你家王爷说什么来着？"

"忽必烈王爷的想法，不是在下可以妄测的，只是在下以一名谋士的眼光看来，蒙哥大汗让塔察儿王爷去打的那两仗，实在是有点难为王爷您了。"

"怎么讲？"

"其一，此番南征，意在灭宋，不是零星骚扰，是一场大仗，需要大军作战，集数万乃至十数万人马于一处，一决雌雄；大汗却让王爷您单独出兵，孤军作战，虽是出于对王爷的尊重，委任王爷为一方主将，但毕竟王爷所辖兵力有限，一旦孤军远出，攻其一地，稍有延误，宋军即可多方来援，使王爷的兵力处于劣势，更难取胜，接着又面临粮草不济之虞，即便没打过一次败仗，也只得退兵而去。"

"啊！对呀！对呀！"

"其二，大汗命王爷先攻荆山，再攻樊城，两番出兵，皆是攻城之战，而王爷麾下，都是蒙古最勇敢、最优秀的骑手，长于草原驰骋冲杀，却未必擅于攻城夺堡。这就好比用马刀去砍蝗虫，不能怪马刀不快，只能说没有选对家伙。"

"对呀！对呀！啊！啊啊！"

"所以，听说王爷因此受到大汗责怪时，我家王爷特意告诫在下和一众谋士，切不可因此对塔察儿宗王稍生不敬之心，还反复叮嘱要以此为鉴：统帅者用兵不当，用将不对，反使英雄气短！"

"哈哈！你家王爷真是这么说的？说我是英雄——气短？"

"岂止这么说！日前论及汗位之事，我家王爷听说阿里不哥要在喀拉和林自立为大汗，虽是至亲手足，然事关大蒙古国安危盛衰，岂能坐视不管？如此一来，漠南碛北，或有一战。我家王爷虽说麾下猛将如云，但仍念念不忘塔察儿王爷。"

"他怎么说？"

"他说，手下诸将，长期以来多与宋军作战，他日若要北征，须得塔察儿相助，才是如虎添翼，于他塔察儿则是一展雄风，让天下人都见识见识塔察儿这位草原雄鹰！"

这番话，引得塔察儿又是一连串的"啊啊"大叫。廉希宪的话，算是说到他心坎儿里去了。塔察儿英雄一世，窝囊一时，这回才明白还有这样一个机会，来还原他的英雄本色，想拦都拦不住了，谁拦他跟谁拼命！最后，这两个人达成的是铁定不移的约定：廉希宪要求他"若至开平，首当推戴，无为他人所先"；他要求廉希宪"若北征和林，塔察儿必为先锋"。所以，当稍后忽必烈要塔察儿率部至开平扎营时，不难想象他会怎样地兴冲冲一路前往！

忽必烈没有白白器重廉希宪，塔察儿后来确实在开平忽里勒台上发出了最有分量的声音。

另一个和塔察儿一样，也是奉命率军来参加忽里勒台的诸王，是合撒儿之子移相哥，不过他的部队被部署在燕京一带更靠近碛北的地方。合撒儿是成吉思汗的二弟，成吉思汗最初的崛起，颇得力于他的帮助。虽然兄弟二人后来几次发生矛盾，终归还是亲兄弟，而且合撒儿没少为成吉思汗出力建功，所以合撒儿家族在诸王贵戚中还是拥有比较高的地位。移相哥虽不是长子，但自幼即追随于成吉思汗左右，多有战功。他还继承了父亲的特长，射术高超。宋宝庆元年①，成吉思汗西征归来，为庆祝胜利，举行了一场盛大的射箭比赛，移相哥从三百三十五步之外射中靶心。成吉思汗大喜，专门刻石立碑记载此事。移相哥能够率兵前来，自是有其相当的分量。

与移相哥身份相近的，是合赤温之孙忽剌忽儿。合赤温是成吉思汗的三弟。来自黄金家族的，则有窝阔台之子合丹和察合台的曾孙阿只吉。不过他们都只是黄金家族的成员，不是兀鲁思。

忽必烈在开平即大汗位之时，阿里不哥正在阿勒泰山中度夏。当然，度夏本身

---

① 公元 1225 年。

不是问题；忽必烈在筹备开平忽里勒台过程中，也曾长时间在燕京一带逗留。问题是他对忽必烈的野心早有估计，自己也一直在积极筹备于喀拉和林召开忽里勒台，可是按史书的记载，当他得知忽必烈已抢先宣布自己为新大汗时，阿里不哥却慌了手脚，匆忙召集留守漠北的诸王贵戚举行忽里勒台，并在会上拥立自己为大汗。不过，即便是"慌了手脚"之后"匆忙召集"起来的忽里勒台，阿里不哥得到的支持仍然不弱。在赶来与会的诸王贵戚中，排在首位的，自然是察合台之孙哈剌旭烈的寡妻兀鲁忽乃——在两个都是单方面举行的忽里勒台的与会者中，她是唯一一位真正拥有黄金家族兀鲁思身份的人，虽然她这个兀鲁思身份在其家族内部亦有争议。同样到会的察合台的另一个孙子阿鲁忽，就是她的竞争者之一；而她的另一个竞争者、察合台的另一个孙子阿必失合，却是忽必烈的支持者。到会的另一个黄金家族成员，是窝阔台的孙子睹尔赤，不过睹尔赤的父亲合丹却参加了开平的忽里勒台。类似的，不久前曾是开平忽里勒台风云人物的塔察儿，他的儿子乃马台却在漠北的忽里勒台上全力拥戴阿里不哥。到会的还有窝阔台的另一个孙子海都。海都的父亲合失，曾是继承窝阔台大汗位的候选者之一，但在乃马真的把持下，最终继承大汗位的是窝阔台的长子贵由，合失自己也早早死去，所以这时的海都还只是窝阔台家族的一般成员，要到若干年后，他才逐渐成为整个反忽必烈阵营的领袖，成为忽必烈一生中挥之不去的梦魇。黄金家族中的术赤系则明显不支持忽必烈，术赤的两个孙子，忽里迷失和合剌察儿，都到会拥戴阿里不哥。而在拖雷系中，蒙哥的两个儿子，阿速台和玉龙答失，都参加了漠北的忽里勒台，其中的阿速台，在蒙哥去世后，曾长时间在中原滞留观望，最后竟离开原来蒙哥所率领的征宋大军，前往喀拉和林投奔阿里不哥，不能不说是忽必烈的一大失败。远在西亚的旭烈兀，本身无意大汗位，在忽必烈与阿里不哥之间也没有明确的态度，但替他留守漠北的儿子术木忽儿，当时是明确支持阿里不哥的。

一个是"精心准备"，一个是"匆忙召集"，但是从两份参会名单的比较中，仍然不难看出忽必烈的弱势。不错，参加漠北忽里勒台的，几乎没有什么有影响力的东路诸侯，但是反过来，忽必烈也没有从有影响力的西路诸侯中得到多少支持。地域性的差别非常明显。可是如果再把东、西两路诸侯在大蒙古国中的地位做个比较，那么西路的分量就明显高于东路了，其中最重要的差别，就是黄金家族的态度。毫无疑问，除了少数例外，黄金家族作为成吉思汗的后代，更愿意守住蒙古人的基本传统，而不是接受忽必烈的强烈的汉化。这种选择，与忽必烈和阿里不哥的实力、才能都没有关系。

忽必烈对此一清二楚。他登上大汗位的过程很顺利，所有环节都是按他的预定计划逐一实现的，就连所谓的"三让"，也都按原定的剧情，严肃认真、不走过场地"演出"了一遍。尤其是最后一次，当忽必烈面对众人的拥戴，仍然不肯接受，"峻辞固让，至于再三"。那些拥戴者便纷纷在大帐前跪倒，哭成一片，或取出绳索、绢带，或掏出事先经过批准才得带在身上的小刀，一致表示若他们的强烈愿望得不到满足，大蒙古国便毫无希望了，他们也就不活了。看到那么多"名王巨臣"都"誓以死请"，忽必烈深感无论如何担不起这么大责任，这才长叹一声说："朕就依了你们吧！"那场面，确确实实称得上"感人至深"！然而，已经成为新大汗的忽必烈，当面对的不仅是一班拥戴者，而是整个"天下"时，却仍然得回过头来，重新解决权力的合法性问题。

他知道该怎么做。

登上大汗位不久，忽必烈即以《即位诏》颁行天下。这份极重要的文献，是在终于得到起用的王文统的主持下起草的。诏书不长，却涉及方方面面，该说的话都说得很到位。当然，它首先应该是新大汗用以宣示天下的"施政纲领"，而新大汗的新政，将有别于以往。于是，它以委婉的词句，但又是明确的态度，对大蒙古国既往的历史，做了热情的赞扬，也做了必要的批判，概括起来八个字，叫作"武功迭兴，文治多缺"。但这种批判对事不对人，"盖时有先后，事有缓急，天下大业，非一圣一朝所能兼备"，先得打天下，然后才谈得上治天下，所以从成吉思汗到窝阔台再到贵由，并没有什么不对。但是在说到前任蒙哥时，就不得不略有微词了："先皇帝即位之初，风飞雷厉，将大有为。忧国爱民之心虽切于己，尊贤使能之道未得其人。"这个话，很能体现忽必烈思贤若渴、善于用人的长处，而其背后还有更深的用意：原来蒙哥手下那些将领，现在竟有相当一些人不支持我忽必烈，正是"未得其人"的结果。不过，光有这样的旁敲侧击远远不够，《即位诏》还得直截了当地正面回答权力合法性问题。它的回答也概括为八个字："祖述变通，正在今日。"老办法过时了，现在要按新规矩办事了。那么，新规矩是什么呢？首先是看资格，同时也要看德行。看资格，忽必烈最有资格。"求之今日，太祖嫡孙之中，先皇母弟之列，以贤以长，止予一人。"看德行，忽必烈最有德行。"虽在征伐之间，每存仁爱之念，博施济众，实可为天下主。"如此等等，还有什么对忽必烈有利的理由没讲到吗？没有了。

可是，这就能让天下人口服心服吗？

忽必烈知道，这仍然远远不够。在这一点上，他比阿里不哥高明的可不是一点半点。

阿里不哥在宣布自己为新大汗之后，甚至没有花多少心思为自己建立一个与自己的身份相当、能向整个大蒙古国下达政令的行政系统。他在登上汗位后所做的最重要的事，就是派出两路大军南征。东路军由旭烈兀之子药术忽儿和术赤之孙合剌察儿率领，从和林出发，穿越沙漠南进，直指燕京、开平一线；西路军则由阿蓝答儿统率，直指战略要地六盘山，意在接应从四川前线退屯到这一带的攻宋主力。这支很有实力的军队，在蒙哥死后曾归阿速台节制。阿速台投奔和林后，一直控制在阿里不哥的大将浑都海手里。按阿里不哥的计划，这两支军队会合后，将完全控制漠南西线，并把忽必烈部署在那里的有限兵力赶出这一地区。由此看来，虽然阿里不哥所召集的那个忽里勒台同样不合规制，但他并不因此怀疑自己权力的合法性。让他感到不安的只是那边还有一个自行宣布的大汗，把这个大汗除掉，自己就成了唯一的大汗，问题也就解决了。

忽必烈同样清楚，他和阿里不哥谁能成为最后剩下的那个唯一的大汗，要由战场上的胜负来决定。他与阿里不哥的最大不同，就在于他的全局观。他可以在同一时间段里考虑和处理各种问题。即使仅仅是一个亲王时，他已拥有一个庞大而有效的行政指挥体系，拥有足够多也足够称职的人为他提供信息和建议，然后再去执行、落实他的决定。

他开始着手建立一个真正的朝廷。大蒙古国原来也有一个统治核心，但在忽必烈看来，那根本算不上一个朝廷。一个朝廷，既是一个在皇帝主宰下的机构，又必须是一个具有自行运转能力的体系。老皇上驾崩了，朝廷还得继续运转，使权力的更迭能合法地、平稳地、体面地完成，直到新皇上成为这个机构的新主宰。蒙哥大汗原来也有一个行政指挥核心，可是在蒙哥去世以后，它就完全瘫痪了，无论谁成为新大汗，都无法接过来就用。事实上忽必烈也根本没打算用它；他有自己的班底，更要在这个班底的基础上组建一个全新的朝廷。但是，对于这个朝廷的种种细节，一开始他自己也不是想得很清晰。登基之初，他最早的行政核心，是统辖中原汉地政事的燕京路宣慰司。十几天后，他成立中书省，任命王文统、赵璧为中书省平章政事。但是，由于他的犹豫不决，中书省未能很快形成完备的建制，因而也就很难起到国家中枢机构的作用。与此同时，倒是燕京宣慰司所属的各路宣抚司相继创置，并很快形成十路宣抚司的建制，任命了主持各路宣抚司的地方大员。七月，忽必烈终于下了决心，将这两个体系做了事实上的合并：升燕京宣慰司为燕京行中书省，王文统、赵璧并以中书省平章领行省事，从而实际承担了朝廷行政中枢的职能。

还有一个"武"的核心，就是新大汗的怯薛部队。忽必烈同样也没有指望原来蒙哥的怯薛军。这支军队在蒙哥去世后扶枢北归，此时大都滞留于漠北。忽必烈另起炉灶，在他自己原来的宿卫部队的基础上扩充、组建了一支全新的怯薛军。此举在政治上是要付出相当代价的。在蒙古人的传统观念里，大汗的怯薛成员，都是从蒙古贵族的子弟中挑选的，而能被选中成为大汗身边的一名怯薛，是一种很高的荣誉。由于忽必烈另建新怯薛，上千个蒙古家庭"平白无故"失去了这种荣誉，其失望和不满可想而知。但忽必烈有自己的想法。比如，在他新任命的怯薛部队的将领中，就有两位宿卫将军格外引人注目。一个是阿术。阿术的父亲兀良合台刚刚被解除兵权，众所周知是因为不肯支持忽必烈，而在蒙古人所熟悉的观念里，支持谁，效忠谁，总是区分远近亲疏最显而易见的标准。另一个是董文炳。此人的勇敢和忠诚，就连蒙古将领也无人提出异议，但董文炳是个汉人！一个汉人，不仅进入了怯薛部队，还成了宿卫将军，这使满朝文武心生疑惑：在汉化的路上，忽必烈到底会走出多远？

当然，更具政治意义的，还是忽必烈颁布的《建元诏》！在这份忽必烈即位一个多月之后颁布的诏书里，他宣布"可自庚申年五月十九日，建元为中统元年"。这一年，即宋景定元年，或后人推算的公元 1260 年，终于也有了蒙古人的纪年——中统元年。但它又与以往的蒙古纪年明显不同；原来都是以大汗的称呼来纪年，如成吉思汗十年、窝阔台五年、蒙哥六年等，现在却有了与中原政权类同的"年号"。而这个前所未有的做法的政治含义，在《建元诏》的文字中也给出了权威的解释。"朝廷草创，未遑润色之文；政事变通，渐有纲维之目。"表明忽必烈虽然是大汗位的继承者，但并不是简单地对原来的大蒙古国政权的接管，而是要从头开始，"草创"一个"朝廷"。这是一个要统管"天下"的朝廷，"故内立都省，以总宏纲；外设总司，以平庶政"。建元纪年，则是其中的一个重要组成部分，"建元表岁，示人君万世之传；纪时书王，见天下一家之义"。当然，最能体现这个"天下一家"真实内涵的，就是这个年号本身——"中统"！

这个政权一建立，就宣布它才是中原的正统！

这也就等于宣布，这个政权的竞争对手是大宋。

而事实上，忽必烈只是用眼角的余光，偶尔瞄一眼喀拉和林的阿里不哥；他的目光始终紧紧盯着临安的赵昀。

13　凌虚楼召见

赵昀没有驳贾似道的面子。在这位大功臣得胜回朝不久，皇上就向他发出了前来"小坐"的邀请。"小坐"原是贾似道的提议，但这个邀请还是让贾似道着实吓了一大跳，因为皇上召他去小坐的地方，不是他所建议的勤政殿，而是在皇宫后苑的凌虚楼。

按朝廷的规制，这种地方，只有宦官去得，朝中的大臣是根本去不得的。即便是外戚，这儿也不是他们该去的地方，何况贾似道的姐姐贾贵妃虽然一度受到皇上的专宠，但也只是宠爱而已，她自己没有朝皇上要，皇上也没有给她更高的身份，到死仍只是一个"贵妃"，所以贾似道也从来没有把自己视为外戚。皇上也要按规矩办事，也要受礼制的约束，虽然这种约束只是相对的，皇上可以"破格"，甚至可以"出格"，但皇上做出如此出格的决定，必须有特别的原因，必须说服他的臣民。

所以，当贾似道在太监的引领下，进入到皇宫后苑的范围以后，就不由得越来越紧张了。对于"小坐"，贾似道确实是有备而来，但在这种地方小坐，却实出意料。等到经过翠寒堂、庆瑞殿继续往前走，凌虚楼已经遥遥在望时，贾似道早已顾不得欣赏沿途那些精美无比的皇家园林的绝妙景色，干脆进入了一种战战兢兢的窘迫状态。

严肃认真、不走过场地行完君臣大礼，听得一声"爱卿平身"，贾似道站起身来，在侧面垂手恭立，偷眼瞟了一下赵昀，见皇上面色平和，多少还带点高兴的模样，心里反而更加紧张了。皇上把他叫到这种地方来，显然不是为了挑他的毛病、找他的麻烦，而是有什么非同寻常的话要跟他说。皇上的事都是大事，一旦触怒皇上，就可能惹来杀身之祸——这才是让他紧张的原因。

"爱卿一路走来，觉得这凌虚楼的景色如何？"

听到皇上问，贾似道的脑子眨眼之间飞快地转了九九八十一圈。当然，这是正题开始之前的闲话，但这是在跟皇上说话，即使是说闲话，也得滴水不漏才行。

"虽是陛下隆恩圣眷，召臣到这儿来，但依微臣想，这儿毕竟是皇宫后苑，所以一路走来，并不敢东张西望，然而就是路边近处所见，已是大开眼界，既有江南园林的精妙小巧，又有皇家林苑的恢宏气派，实非民间所能有。"

"是啊，这地方委实是个好去处。"赵昀停顿一下，又叹了口气，才接着说，"当年贾爱妃就很喜欢这地方。"

贾似道的额头渗出一片细小的汗珠。来之前，手下们经过拐弯抹角多方打听，才从宫里几个老太监处得到证实，凌虚楼确实是当年皇上和贾贵妃爱来、常来的地方。贾似道听说，也就是知道一下罢了，不可能、也不允许再做其他的联想。当年皇上专宠贾贵妃，朝野尽知，他知道的并不比别人多多少。他由此得到的好处，也就是从籍田令开始，再到太常丞、军器监、大宗正丞等官职。以这样的身份，他可以斗蟋蟀、赏歌舞、游西湖，却远不够了解朝政，更莫说与闻宫中之事了。实际上，直到皇上传谕相召，他才知道皇宫后苑里有个凌虚楼，而手下们居然打听到那曾是当年皇上和贾贵妃爱去、常去的地方，他已经觉得那原是不该去打听的事了。现在，这个话竟从皇上嘴里说出，六月天里额头冒汗，实在地说是很正常的反应。最简单、最直接的理解，这是皇上在跟他套近乎。

贾似道一时无言以对，皇上倒又开口了，语气仍是如前一样地平和，但话却较前"正式"了些："贾爱妃亡故，倏忽已是一十三载，音容笑貌，犹在眼前。而于此国难当头之际，幸得爱卿系安危于一身，挽狂澜于既倒，以过人之胆识，成旷世之伟业，国得以存，民得以安，朝廷更得股肱之臣，朕心甚慰！"

这一番赞扬之词，于贾似道并不陌生；两个月前那道论功行赏的诏书，说的有过之无不及。但是，把这些和已经故去十三年的贾贵妃联系在一起，贾似道还是头一回听到，并且这个话又是皇上亲口说出！所以贾似道的脸上非但没有露出任何得意之色，反而显得有些惶恐，躬身答道："宗社危而复安，端赖陛下天纵英才，洪福齐天，臣于中略尽绵薄，都是为臣子者应该做的，陛下勉励有加，臣实惭愧。"

"嗯，好！居功不傲，谦恭自守，好！股肱之臣，正该如此！说到这儿，朕还真要告诫爱卿一句话，千万莫学吴潜、丁大全那班人，刚做了几件微不足道的事，便不知天高地厚，用朕在潜邸时常听人说的话来讲，就是不知道自己是哪棵树上结的果子！"

皇上这句金口玉言话音未落，贾似道就愣在了那里。万岁爷一句话就把两个当朝宰相全抛了出来，以这时的贾似道，纵然再借给他九十九个熊心豹胆，他也不敢接这个话。不过，他心里倒也明白，不管是哪棵树上的果子，削皮去肉，快到那个核儿了。

"就说吴潜吧，"说出这句话，赵昀停顿了一下，又看了贾似道一眼，见贾似道面无表情，两眼看地，恭立静听，这才说下去，"朕待吴潜，够仁厚的了，吴潜为官多年，并不曾办过几件出类拔萃之事，只是因为略有些才学虚名，朕每寄殷望，数委重任，累迁到今日左丞相兼枢密使之高位，所为何来？不就是为了让他替朕办事吗？孰料越是到用着他的时候，他反倒……对了，你觉得吴潜这个人怎么样？"

"臣以为……臣以为吴大人乃先贤前辈，纵然有些事做得不对，换了臣会是另一种做法，却不是臣可以在圣上面前妄加非议的。"

赵昀先是一怔，接着又扑哧一笑。贾似道这个话，表面上是不肯回答，却已经把回答藏在里面了。

"爱卿所言，甚合朕意！像现在这种朝政紊乱、举措失据、弊端丛生的局面，朕早已隐忍多日，是该换个做法了。即如册立太子这事……噢，此事爱卿应该知道吧？"

"臣……"贾似道停顿了一下。这问题很难回答，说知道吧，你为官在外，并非朝中大臣，怎么知道的？说不知道吧，这么大的事，你怎么一点都不关心？亏得贾似道脑子快，稍一思索之后，便有了最恰当的回答，"臣略有所闻。"

说是"最恰当"，其实也不是很稳妥，万一皇上接着问，都知道哪些？听说了什么？又是听谁说的？都不好回答。幸好贾似道所料不错，皇上并不关心这些，而是直接切入正题：

"朕自己无子，无所谓传长传贤之争，册立谁为太子，自应审时度势，于诸皇侄中甄选最合适的人承接大位。十数年以来，朕多方观察，反复思虑，始属意于荣王之子赵禥，盖朕自端平更化以来，去旧布新，兴利除弊，迄今二十余载，未敢稍有懈怠，今年改元景定，意欲再推行若干新政，当可为天下的长治久安确立根基。是以朕常念创业之维艰，乃深感守成之不易。赵禥心性平和，守成之选也。当年朕先将其收为养子，再先后封为建安王、永嘉王以至于忠王，朕做这些铺垫时，吴潜均在朝中，从未听说他有何异议，孰料要正式册立其为太子时，他却横生枝节，百般阻拦，弄得朕不上不下，进退两难。贾爱卿你说说，这叫个什么事儿！"

"臣以为……臣不敢妄言。"

"你也是朝中大臣，建言献策，分内之事，何为妄言？"

"那——臣就姑妄言之？"

"朕叫你说，你就说嘛！"

"臣以为，为臣之道，有两种不同之事，须得分清。"

"怎么讲？"

"举凡财赋税收，朝纲吏治，科举考绩，官员任免，皆朝廷国家之事，为大臣者职能攸关，责无旁贷，即便与同僚所见不同，主张有异，只要是出以公心，非为私利，无妨据理力争，坚持己见，这正是恪尽职守的本义。"

"说得对！"

"若夫事关皇后册封，太子废立，则为宗庙社稷之事，决非身为人臣者可以妄加臧否，即便万岁有所垂询，亦以如实陈述一己之见为限，圣上裁断，臣子横加干涉，臣以为实不可取，太过僭越了。"

"说得好！吴潜就是这样一个僭越之人！朕要册立忠王赵禥为太子，他百般阻拦不说，就是他阻拦的理由，也是极其荒唐可笑！"

"臣实不知吴大人为何如此。"

"你不知道？好吧，朕告诉你。他说忠王'好内'。"

贾似道的脸上掠过一丝惊诧，却没有答话。赵昀等了等，见贾似道仍无开口之意，问："你怎么不说话？"

贾似道赶紧一拱手："恕臣冒昧，臣一向自觉听力尚好，只是这次臣实恐没有听清——陛下是说吴大人说忠王'好内'？"

"你听得不错，他正是这么说的。"

"果如此，臣不得不说，这个话，亏吴大人想得出来！"

"就是啊！"

"古人云，食色性也。若这等说，臣亦'好内'。"

这话一出，引得赵昀忍不住一阵哈哈大笑，边笑边说："罢了罢了，若这等说，朕更'好内'。如其不然，这数十嫔妃，上百宫娥，要来何用？"

直到这时，贾似道心中才略略有些放松、放宽。皇上要立太子，自是朝中大得不能再大之事，却不是直接与他有关的事。他刚才说的也是真话——在他看来，这是皇上的事，不是大臣的事。历朝历代，但凡有大臣掺和这种事，都是为大臣的私权私利，没一个真是为皇家着想的。皇上要立赵禥，他顺水推舟，有利无弊。另外一点也已明朗：皇上不喜欢他原来任用的两个丞相了。免了吴潜、丁大全，剩下的就是他贾似道了，乐得坐收渔翁之利。正这样想着，见皇上朝后面招了招手，便有一个太监过来，原以为或是皇上说得口渴让太监奉茶之类，不料却听得皇上吩咐道：

"给贾爱卿赐座，坐下好说话。"

越是皇上的口气平淡随意，越是让贾似道心头一震，不容多想，扑通一声双膝跪倒："陛下开恩，这个万万使不得！"

"贾爱卿多虑了，朕不为别的，就为个坐下好说话。今天朕召你来，就是有几件事须得慢慢说、细细说。"

"臣也有许多话想跟陛下慢慢说、细细说，站着说就好，坐下了，只怕反倒听不明白，也说不清楚。"

赵昀微微一笑说："朕知道你不像吴潜、丁大全那班老臣，你正年富力强，站得动。然则一码归一码，站着坐着，与明白糊涂何干？也好，趁你现在还跪着，且试一试。那日早朝，你言及有个公田法，后来还专门有个奏折，朕今天要再听你细说。朕这里也有个打算法，尚未与任何大臣提起，今天也要跟你细说。一个打算法，一个公田法，一个节流，一个开源，有此两项，景定新政正好以之为纲，求强国富民之路。然而新政之推行，必须先从整顿朝政纲纪肇始，以贾爱卿之见，整顿朝纲，又该先从哪里入手？"

赵昀的语气越来越凝重，贾似道的心情反倒越来越淡然。皇上问到这个，也就没了转圜之地，只能直陈己见。或者一切由此开始，或者一切到此结束，都在皇上一念之间。所以，贾似道开口之前，竟也淡然一笑："陛下垂问，臣不敢不答，而据实回答，实恐诤言逆耳，正宜跪着说。"

"你说吧！"

"臣以为，首先要做的事，乃是禁止宦官干政，杜绝外戚弄权。有此两项，内外肃然，朝纲自正。"

此话一出，赵昀肃然。在赵昀长时间的沉默里，贾似道的心情也由极度的紧张转为相当的淡定。

赵昀停顿良久，在开口之前，先赞许地点了点头："爱卿此言，切中时弊，也道出朕心头大患！朕在潜邸时就常听人说，历朝各代，凡朝政落于宦官、外戚之手者，早晚弄到民不聊生，国无宁日，故自端平以来，朕对此类情事始终心存戒备，奈何近年间，两个丞相各霸一方，结党营私，争权逐势，内外不分，以至外戚借机弄权，宦官率尔干政。朕早已觉察，之所以隐忍不发者，未获得力之辅弼也。今日幸得爱卿，即以此事相托，务必全力施行，早见功效，莫负朕之殷望！"

贾似道就势磕了三个头，说了两句话："臣——明白！臣——肝脑涂地，在所不辞！"

赵昀点点头说："好，卿平身，坐下，先听朕说说打算法，朕再听你说说公田法。"

果然是———一切由此开始。

当然，皇上的最高想法高瞻远瞩，洞察一切；皇上的最高指示深谋远虑，明察秋毫，还需要贾似道反复琢磨，深刻领会，一面理解一面执行，并且在执行中加深理解。有些比较好理解。比如皇上关于宦官外戚的那番话，贾似道一听就明白。一般认为，宦官干政，外戚弄权，总是皇上纵容的结果，现在要解决这个问题，首先得把皇上的责任撇清，明确指出那是吴、丁两党之争造成的。于是，执行起来，便自然有了先后顺序：先打倒吴、丁，再把宦官外戚问题，作为肃清吴、丁流毒的一项内容去完成。这个事做完，不用说，整个朝廷上下会有一大批老面孔消失，一大批新面孔出现，推行新政的条件就具备了。至于新政之中，为什么要先推行打算法，然后再推行公田法，执行之初，贾似道的理解就比较肤浅了。这个先后顺序是皇上定的，贾似道遵照执行，并没有颠倒走样，但心里只是简单地认为，打算法是皇上提出的，自然先做。他当时甚至有些畏难情绪，觉得不如先易后难，因为公田法虽然也会触及一些人的既得利益，毕竟是和平赎买，不像打算法那样暗藏杀机。更何况公田法针对的只是那些拥有过多土地的地主，而打算法针对的却是军事将领，尤其是那些在刚刚结束的对蒙战争中有功的将领！严格讲，他甚至因此有点儿手软。直到打算法执行到一定阶段之后他才发现，原来将军们都那么喜欢买地，几乎个个都是大地主，如果不是通过打算法把他们整得灰溜溜的，推行公田法时必定会遇到难以克服的阻力。

要再过一段时间，贾似道才有了进一步的理解：皇上急于要做这件事，还有更深一层的考虑，就是不给那些将领任何翘尾巴的机会。他们不久前为社稷危而复安立下了战功，但在这之后，正是这些战功构成了对江山社稷的威胁！

要到再过很长一段时间以后，贾似道才完全深刻领会了皇上的真实想法。皇上能有此英明果决的圣断，实是出于一个对天下大局的高瞻远瞩的估计：蒙古人已经领教过我大宋的厉害了，何况现在又忙于内斗，若干年内必不敢、也不可能再对我大宋轻举妄动。即便若干年后卷土重来，这些将领也都老了，没有用了，那时自会有新一代将领可供驱遣，无须多虑。再看皇上对太子的挑选，他显然认为即便蒙古人胆敢再来侵犯，也没什么了不起的，有个"守成之选"就足以应付，不能弄出个不安分的新皇帝，对老皇帝几十年的文治武功说三道四，改这改那。

等到贾似道把这些弄明白的时候，一切都来不及了。

在北方的大蒙古国先后有两个人分别宣布登上大汗位的时候，南方的大宋朝廷里两个丞相的内斗也达到了如火如荼的境界。这两个人分别是丁大全和吴潜。都到了这个时候，他们仍然没把贾似道当回事儿，今天看来简直有点儿"疯狂"，实际上在当时却是顺理成章的。

南宋自高宗以降，甚至追溯到北宋时期，虽然偶尔也出过几个"权相"，在一段时间之内把皇帝当成傀儡，但整体政治生态却是皇帝们走马灯似的换丞相，三年五载换一个。有的还多少有点缘故，例如为皇帝的某个失误当替罪羊，有的简直什么都不为，就是为了换丞相而换丞相。当然，这背后倒是有一个真实的原因，那就是皇帝们的终极目标：江山永固。赵昀在当上皇帝以后，专门用了十年时间学习怎样当皇帝，在这一点上自然也学得毫不逊色。远的不说，只说在丁大全之前，刚刚于宝祐三年①任命董槐为右丞相兼枢密使，到宝祐四年，就在丁大全的弹劾之下将其罢相。后人将这一事件归结为"丁大全陷害忠良"，实际上当时丁大全不过是个右司谏、殿中侍御史，如果不是皇上想换相，董槐岂是他能"陷害"得了的？

那天，丁大全写了弹劾董槐的奏章，给董槐罗织的罪名是：功高震主，特权谋私，图谋不轨。按当时的标准，董槐也算个比较好的官，多少有一些政绩。例如，嘉熙元年②，董槐任提点湖北刑狱时，常德军中发生骚乱，守尉马彦直被围，董槐得知，带人赶到现场，斥问作乱者为何作乱。作乱者说："马彦直扣发我们的俸金据为己有。"董槐叫来马彦直，查问属实，立斩于马前。第二天，又捕斩作乱者中的为首分子。也就是诸如此类的一些事迹吧，维稳手段可能比别人"高明"一些，但称不上是多么重大的建树。凭这些，谈何"功高震主"？何况有没有被"震"之感，须得那个"主"说了才算。"谋私"一说，倒可能有那么一点。那个时候，当官的有几个不谋私的？谋的是常态，不谋的是例外，但若说谋到了足以构成罢相的地步，好像董槐还没那么严重。至于"图谋不轨"，那是大罪，是要有证据的。董槐没干这种事（如果干了，那就不仅仅是罢相的问题了），丁大全哪儿来的证据？就是这样一份奏章，皇上看了，信还是不信，实在难说，而丁大全的实际表现，却奇怪得很。奏章呈上去的当天，他就急不可待又极有把握地在等待皇上下旨罢相，等到半夜不见动静，失去了耐心，竟穿戴整齐，调来"隅兵"（负责救火的消防队）百余人，将董槐的相府围了。丁大全站在相府门前高喊："董槐出来！"董槐不明就里，走出相府来看，当即被一拥而上的"隅兵"围住。见此情景，丁大全倒进退两难了——其实他原以为董槐不会真出来的。没了退路的丁大全只好硬起头皮，说奉了皇上密旨，要董槐到大理寺去说清楚。众"隅兵"哪知真假，听丁大全如此一说，便高喊几声"走！""快走！"簇拥着董槐朝大理寺而去。出了北关，到了大理寺衙门口，丁大全又为难了。大理寺是个专办朝廷大案、要案的衙门，根本不归丁大全管。进去了，跟人家说什么？好个丁大全，可谓处变不惊，临危不乱，当即吩咐众"隅兵"："把董槐放在这儿，尔等散了吧！"众"隅兵"本已心生不满，调他们出来，原来并非哪儿失火要他们扑救，却是为这种旁不相干的鸟事耽误了睡觉，见丁大全发了话，正合心意，遂高喊几声，一哄散了。那董槐转眼间不见了众"隅兵"，再看时亦不见了丁大全，独自一人站在大理寺衙门口，觉得挺不是个事儿，便自己缓步走进大理寺的接待室。有值班的官员急忙上前问："丞相大

---

① 公元 1255 年。
② 公元 1237 年。

人夙夜亲自前来，有何贵干？"却被董槐反问了一句："不是要我来大理寺说清楚吗？"亏得那值班的机灵，说了声"我去问问"，进去了就没有再出来——问谁谁不知道，怎么出来？天快亮时，罢相的圣旨才从宫中传到大理寺，那值班的也才回到接待室，挺和善也挺严肃地对董槐说："董大人，有几件事需要你说清楚。"

史书相当详尽地记述了这件事儿，看起来有点儿像一场闹剧，也让丁大全出了一回洋相。遗憾的是，史书没有告诉我们，出身贫贱、此前一直谄媚示人、谨小慎微的丁大全，这回怎么竟敢如此胆大包天？他不知道以下犯上会有什么后果？他不知道假传圣旨那是多大的罪名？当史书出现这种本不应有的脱讹时，我们只能自己去寻找合理的解释，而在这件事上，最合理的解释只能是：丁大全事先已经知道他的弹劾会得到皇上的认可，因为那奏章本来就是皇上让他写的。

弹劾董槐之后，丁大全的升迁进入了快车道，直至宝祐六年，当上了右丞相兼枢密使。从那时到现在的两年里，对他的弹劾始终持续不断，他也始终在为保住自己的相位进行着艰苦卓绝的斗争，编织着一张从内宫到外朝的关系网，形成一股强大的势力。他当上丞相的第二年，就有陈宗等六名太学生上书要求罢免丁大全，一时闹得沸沸扬扬，丁大全则在其党羽翁应弼、吴衍等人的协助下奋起反击，不仅安然解除了危机，还将那六名上书的太学生打压下去，或贬或逐。不过，他并没有因此放松警觉。他自己就是从这条路走上来的，知道这条路上所有的沟沟坎坎。他知道那六个太学生没有得逞，除了他自己的努力，说到底还是因为皇上现在尚不想换他。皇上总是喜欢换丞相，要想不被很快换掉，唯一的办法，就是使自己成为一名"权相"。当他和朝中的另一个"权臣"马天骥结成联盟，又从宫中得到深得皇上专宠的阎妃的支持以后，他相信离那一步已经不远了。朝中亦自有人看出了这种危险，竟有人在朝门上题写了"阎马丁当，国势将亡"八个大字。负责追查这个大案的官员也是丁大全的党羽，虽然始终未能将幕后主使抓住，却向丁大全报称：种种迹象表明系受吴潜一派指使。丁大全对此亦深信不疑，因为这时出现了新情况：皇上乾纲独断，即军中拜贾似道为右丞相兼枢密使。

一朝之中同时有了一左两右、一新两旧三个丞相，肯定会让两个旧丞相都深感自己的相位不稳。

这时吴潜的情况也确实有点儿微妙。他是在这一年即开庆元年的年初才坐上左丞相兼枢密使的位子，是个屁股还没有坐稳的新官。八年前，即淳祐十一年[①]，他已经当过一回右丞相兼枢密使了，虽然不到一年就被罢了相，但那只不过是换相走

---

① 公元 1251 年。

马灯中的一个小片段，罢相之后，也没有被贬谪。到了开庆元年，蒙人南侵，他以年近古稀的高龄被重新起用，且直接就当上了左丞相，颇有些临危受命的意思。至少，他自己更愿意相信，皇上对他是信任的。而且这绝非是他的一厢情愿，因为在拜相的诏书中，皇上对他的人品、学识和以往的政绩，都给予了充分的肯定："（吴潜）天资忠亮，问学渊深。负经纶致远之才，抱博古通今之蕴。指陈谠论既有保安社稷之谋，措置时宜尤着沥胆洗心之策。"皇上随便说句话，都是金口玉言，写进诏书的白纸黑字，自然说了算数。所以在他看来，皇上起用贾似道，直至军中拜相，应该是准备以贾似道换掉丁大全，他正可借势发力，帮皇上除掉丁大全。

确实，他的官声比丁大全要好得多。

更何况他出身名门，他和他的父亲、三哥都是进士及第，都官至台阁重臣，他三哥和他一样也当过一阵子丞相，号称吴氏三杰，显赫一时，是南宋历史上最显贵的名门望族之一。反观丁大全则出身微贱，发迹之前所娶的妻子竟是一个婢女。史书虽然略去了诸多大事，却没忘记录下他的一桩丑行，说他曾遣媒为儿子定下一桩亲事，一次偶然看见这未过门的儿媳竟是一绝色女子，遂据为己有，不给他儿子了。

当然，无论是吴潜还是丁大全，他们对形势的判断全都错了。当时实际上还有另一种可能，就是这两个人联合起来共同对付贾似道。那时的贾似道刚从一名地方官员变身为朝廷大臣，在临安根基尚浅，若吴丁形成联盟，他显然处于劣势。虽然他身后有皇上的支持，而皇上又拥有至高无上的决定权，但在一定的政治格局中，皇上的权力也会受到一定的制约，赵昀册立太子的计划被吴潜阻拦，就是一例。即使最后仍拗不过皇帝，那过程也会相当不同，至少不会那么顺利。

判断错误，往往产生于信息不全。吴潜和丁大全都认为，贾似道"上来"，已断难阻挡，"上来"之后，无非是换掉他们二人当中的一个，于是才有了这场二人之间的相互攻击。如果他们知道皇上的真意，知道皇上在凌虚楼都跟贾似道说了些什么，以他们的官场经验，联合起来共同对付贾似道，几乎就是顺理成章的选择。

可是他们对凌虚楼的事一无所知。虽然他们都在宫里安插了内线，自认为对宫中发生的一切都了如指掌，但在这件事上却被瞒得严严实实。后世的史家在编造历史时总是反复地犯同一个错误，似乎总认为读史的人很愿意相信大臣如何轻易地骗了皇帝，而皇帝却很难骗过大臣。这类史家将丁大全归为奸臣之后，为他编造的罪名之一就是欺骗皇上：开庆六年，蒙军南犯，忽必烈围攻鄂州，中外震动，边关告急的文书传到朝廷，丁大全隐而不报，以至战事日益转向不利，直至另一路蒙军在兀良合台的率领下攻广西破湖南，丁大全见无法再瞒，才上报理宗。理宗闻报大惊，如梦方醒，不知所措……

实际上，赵昀该知道的事儿什么都知道，该办的事儿一点没耽误。从起用贾似道，命其移司峡州，再移司汉阳，都是在充分掌握相关信息的前提下所做出的非常及时的决策。

相反的，因为信息不灵而耽误了事儿的，是吴潜和丁大全。

鹬蚌相争，渔翁得利。这时的贾似道立足未稳，办公的衙门和办事的班子，最多能说是粗具规模。如果要他自己动手组织人去整吴、丁的材料，还真得费点劲儿，成不成都难说。现在好了，只消拿吴党告丁的材料去整丁，拿丁党告吴的材料去整吴，一切现成。更有利的是，在这样一种氛围下，一些原本中立的朝臣，也纷纷上书言事，分别表达对两个旧丞相的不满。虽然较少具体的事实，较多情绪化的指摘，但因为奏事者的身份比较中性，不在下一轮的被查办之列，所以便更多地被贾似道所采用。下面是几个例子。中书舍人洪芹上疏称："丁大全人如含沙射影之鬼蜮，行如穿箭之道，引用凶恶，陷害忠良，遏塞言路，扰乱朝纲。臣乞陛下将其罢官远放，以伸张大宋王法，谢天下黎民。"监察御史朱貔孙进言称："丁大全奸诈阴险，狠毒贪残，假借陛下的声威钳天下百姓之口，依仗陛下所赐的爵禄笼天下财路于一己之身。"监察御史虎臣则指出丁大全的四大罪状：绝言路、坏人才、竭民力、误边防。侍御史沈炎、右正言曹永年也相继上疏，要求罢免丁大全。当贾似道把这些归拢在一起，呈到赵昀的龙案前，赵昀会有何反应？按史书的记载，是"理宗大怒"——这个"大怒"让人觉得挺蹊跷，好像这些事儿皇上全是头一回听说似的。按正常情理揣度，赵昀应该是"大喜"——贾似道办事儿挺利落，且恰到好处。于是赵昀传下话来，将丁大全罢相，给他个小点儿的官当。

由此启动了处理丁大全的程序。那是个漫长的过程。没办法，这是有宋以来的常规，是老祖宗赵匡胤立下的规矩——除谋逆大罪之外，只杀武将，不杀文官。不仅不杀，通常也不会坐牢，多半只是降个两三级继续当官。所以，罢相之后，丁大全仍得以观文殿大学士知镇江府。于是大臣们纷纷上疏，认为处理太轻，赵昀也虚心接受批评，改任丁大全为中奉大夫。大臣们仍不依不饶，"一致建议"将他贬到边远之地，赵昀则继续从善如流，将他贬到南康军。次年，监察御史刘应龙奏请皇帝将丁大全发配到更远的地方，于是赵昀又将丁大全降了两级，移任贵州①团练使。一桩旧罪，再三再四地加重处理，好像都觉得有点说不过去了，就有朱貔孙揭发出新问题：到了贵州这样的蛮夷之地，丁大全仍然贼心不死，与贵州州守淤翁明

---

① 今贵州省贵阳市一带，宋时属夔州路。

在酒桌上商议暗造弓矢，通谋蛮夷以图不轨！赵昀也不追问，人家在酒桌上的话你是怎么知道的，就将丁大全再移置新州①。这时又有太常少卿刘震孙上书，认为新州虽是偏远之地，但越是偏远，丁大全这种人对边疆的稳定就越有威胁，建议将其发配到海岛。赵昀也认为这是个好办法，欣然准奏。不过，这回丁大全没能真正到达海岛；船过藤州②时，负责护送他的将官毕迁请他出舱看看水景，或因船舷较窄，丁大全被毕迁挤了一下，落水溺亡。

贾似道极有耐心地协助皇上走完了这一整套程序。也正是在这个执行的过程中，他得以加深了对皇上的整个战略部署的理解。刚刚当上地方要员时，他就听廖莹中讲过太祖立誓碑的故事。老祖宗赵匡胤陈桥兵变黄袍加身之后第三年，就密刻一碑，立于太庙寝殿之夹室，用销金黄幔蒙住，室门紧锁。此后，只有各位皇帝在规定的祭祀典礼完毕，或新太子即位时，才将室门开启，黄幔揭去，让皇帝或即将登基的准皇帝将碑上的誓词默诵一遍。能陪皇帝、准皇帝靠近誓碑的，只有一名经过严格挑选确实不识字的小太监，其他陪同人员都必须站得远远的，所以过了一百多年，除了皇帝，没人知道那碑文的内容。直到靖康之变，金兵杀进宫去，宫内"门皆洞开"，将最高机密解了密，这才渐渐传出，原来那碑文是太祖立下的三条规矩，其中之一，便是不杀士大夫及上书言事人，其实也就是不杀文官。那规矩又被要求严格执行，"子孙有渝此誓者，天必殛之"。虽然不再是绝密，只要掌权的人还是赵家子孙，规矩仍然是规矩。已经成了金人俘虏的宋徽宗赵佶，得知同为俘虏的旧臣曹勋获准即将南归时，特意托他带话给已在临安站住脚的高宗赵构："太祖有约，誓不诛大臣、言官，违者不祥。"廖莹中的故事到此为止。高宗以后，这规矩又是怎样往下传的，一多半是他真不知道，一少半是他即便知道也不敢讲。贾似道听说这故事后虽也印象深刻，但理解毕竟尚浅。直到他在执行对丁大全处理的过程中，特别是有了最终结果之后，他才真正理解了从赵匡胤到赵昀的帝王之心。这个优待文官的"誓约"，真正的目标瞄准的却是武将。正因为历任皇帝都不打折扣或略打折扣地执行了这条规矩，才确保了有宋以来三百年间，从来没有一名武将能对赵家的江山社稷构成威胁。或许只有岳飞是半个例外，但是到他刚刚拥有十万"岳家军"的时候，赵构便毫不犹豫地及时将其翦除，由秦桧传达给他的罪名是"莫须有"。"莫须有"不是"不需要有"，而是"或许有"的意思。若说得再直白些，就是你是有罪的，但那罪名不能告诉你。那罪名就源于这个不杀文官的"誓

---

① 笔者查不出这个地方在哪里，疑为钦州之误。
② 在今广西壮族自治区东部，梧州和桂平之间。

约"。何况对文官的优待也仅止于不杀；到了当真君要臣死的时候，为臣者可以有各种各样的死法，无非多费几道手罢了。赵家并不曾、也没道理格外心疼文官，就拿丁大全来说吧，以贾似道看，即便按汉、唐律，丁大全亦非罪在必死。所以，当这个前丞相溺水身亡的消息传来时，贾似道明白，杀武将的事乃势所必致，无法避免。

于是他对打算法也有了更深刻的理解。所谓打算法，就是以朝廷的名义，向各部队派出官吏，查核其军费的开支情况，举凡账目不清者，有侵占、挪用等情形者，在战争中支取官府钱物用于军需者，一律治罪，并向其本人乃至家族追缴赃款赃物。很明显，查核的重点是那些刚刚参加过战斗的部队，而矛头则直指那些有功将领。他们的专长和职责就是领兵打仗，即便在平时，也很难把所辖部队的钱粮财物弄得一清二楚，到了战时，就更难细致周到，而为了取胜，有需要时，自是凡能搜集到的就用了再说，哪里还会去区分官府军需之别？作为曾经的前线总指挥，贾似道对所有参加过战事的将领都有相当的了解，深知若以这样的标准，没有一个经得住查。皇上决心已定，不是他贾似道能够拦得住的。他能做的，也就是自己在心里分分类、排排队。当然，人非圣贤，贾似道亦有自己的私情。他希望吕文德能比较顺利地过关；在整个战争期间，吕文德功劳最大，对他的态度也最好，很支持，很尊重，很听话，尤其是在移司黄州时派孙虎臣率精兵护送，可以说是救命之恩。对比之下，他最不满的是高达。他一直没忘高达对他"戴高头巾"的嘲弄和纵容士兵"哗于其门"战前讨赏的胡闹。为了顾大局，贾似道能忍于一时，甚至能忍他人之所不能忍，但这不等于他不记仇。时至今日，他巴不得有人把高达狠狠整一整，也好让他出口恶气。可话说回来，高达出战鄂州，是奉命驰援，鄂州当地的官府钱物，他须是很难调用。实际上，高达所用的一些军需物资，还是贾似道主动给予接济补充的。在贾似道看来，几个主要有功将领中，最危险的当推曹世雄。首先是他人缘不好，与文官的关系尤其不好；其次是他在这场战争中的作用特殊：除青山矶一役，没打过什么大仗恶仗，他的部队一直作为牵制力量而存在，需要不断地调动换防，调整兵力重心，不断地虚张声势，小股出击。这些军事行动都需要一定的花费和消耗，而文官未必理解此类支出。相比而言，向士璧可能麻烦小一点。十年前，蒙军南犯，合州告急，时任峡州知州的向士璧曾捐家资以供军费，并领军赴援，大败蒙军，因此受到朝廷的嘉奖、升赏，其事迹流传颇广，亦有案可查。个人的家资都捐出来以供军需了，足可见其品行。而前不久的潭州之役，则是一场无援可待的坚守孤城之战，围城之中，自是一草一木、一砖一石都用在了守城上，哪里还有多余的钱粮财物可供中饱私囊据为己有？至于较早在四川坚守合州，并最终导致蒙哥死于合州城下的王坚，虽然居功至伟，却不是让贾似道很放心，因为这个人也以与文官关系不好闻名。至于已经以身殉国的张胜，应该不会再去查他了。

贾似道只是稍稍想了想刘整。在整场战争中，刘整并不引人注目，只是在最后的青山矶之战中出了一个主意，率领几百骑兵打了一次冲锋。虽然也因此得到了升迁奖赏，但他资历尚浅，级别不高，何况他又是个北方人，在南宋将领中一直处于边缘状态，不被视为主流将领。树不大，或许不至于太招风吧？

14　兄弟开战

这一年的秋天，阿里不哥兵分两路大举南下。这一年，按大宋的纪年，是景定元年；按忽必烈的纪年，是中统元年。这两个纪年他都不承认，所以只好仍称之为"这一年"。

与忽必烈相比，阿里不哥是轻装上阵。他不需要费心去搞什么"建元"。蒙古人向无此例。事实上，如果他的汗位能够坐稳，这一年就理所当然地定为"阿里不哥元年"。他也不需要搞什么"即位诏"，来为自己的权力合法性寻找理由；事实上，他在宣布自己为新大汗之后，就开始向整个蒙古草原发号施令，其政令一如既往地顺畅下达，因为此前他早已是蒙古草原的实际统治者。他更不需要像忽必烈那样去从头开始组建一个朝廷模样的行政机构。在这一点上，孛鲁合起了很重要的作用。这位聂思托里安教教徒原是蒙哥的丞相，现在他转而支持阿里不哥，并帮助阿里不哥完成了从筹备忽里勒台到登上汗位的整个过程，他自己也顺理成章地成了阿里不哥的丞相，而原来由他掌管的那套班子，自然也就成了阿里不哥大汗的行政机构。阿里不哥唯一需要解决的问题，就是在漠南还有一个自称大汗的忽必烈，而解决这个问题的唯一方法，就是用武力消灭他。于是，阿里不哥在登上汗位之后，就立即着手解决这个问题：出兵讨伐。

为了保障大军南下作战，需要一个能提供可靠支持，尤其是供应粮食的后方基地。蒙古境内出产谷物的地方并不多，主要是位于中亚东部的阿姆河一带，一向被视为距离最近的"粮仓"，但那里一直是察合台汗国的领地。因此，确保对这一地区的控制，就成了出兵南下前要解决的问题。而察合台家族的内斗，又恰好为他提供了一个绝好的机会。

察合台汗国的首任可汗察合台于窝阔台十二年①去世。按照他的遗命，由他的孙子哈剌旭烈即位，成为察合台汗国的第二任可汗。同年稍后，大汗窝阔台亦去世，身后出现了大汗位之争，以至大蒙古国五年无君。在这段由皇后乃马真"称制"的时期里，察合台汗国也安生了五年。之后，贵由即大汗位。这位短命大汗总共在位两年，实际行使大汗权力不到一年，前前后后干成的事没有几件，其中的一件，就是下令废黜了哈剌旭烈，改命察合台的第五子、与贵由友善的也速蒙哥为察合台可汗。而这件事之所以能干成，端赖察合台生前形成的维护大汗权威的传统。成吉思汗去世后，察合台作为成吉思汗的次子，遵照成吉思汗的遗命，拥立他的三弟窝阔台即大汗位，亲执臣属之礼，平时亦守臣下礼节，处处维护大汗权威。窝阔台对察合台也很尊重，尊称其为察合台阿哈（兄），汗国大事，必先遣使咨商，征得他的同意而后行。在这种氛围下，哈剌旭烈在得知贵由的决定后，虽然心有不服，但仍然未做抗拒，而是先期带着家人离开汗国的都城虎牙思，回到自己早先的领地，使也速蒙哥得以顺利地成为新可汗。然而好景不长，贵由死后，经过三年的争夺，拖雷系的蒙哥成了新大汗。这时的蒙古帝国已经面临崩溃的边缘，蒙哥即位后励精图治，改变了许多从乃马真称制到贵由执政时期的错误做法，捎带着的其中一项，就是不承认也速蒙哥的可汗身份，支持哈剌旭烈回国重登汗位。这一次哈剌旭烈没有再谦让，甚至在得知也速蒙哥并不打算让出可汗位时，仍决定向虎牙思进发，而且带上了他的全部军队。途中，哈剌旭烈突患急病死去，而其妻兀鲁忽乃仍率军继续前进，不久后到达虎牙思。在虎牙思，人们仍然尊崇由察合台创立的传统，认为遵从大汗的决定是天经地义的事，所以兀鲁忽乃相当顺利地进入了都城，并将负隅顽抗的也速蒙哥杀死。哈剌旭烈已经去世，兀鲁忽乃决定由哈剌旭烈和自己所生的儿子木八剌沙继任可汗，因木八剌沙尚年幼，便由她自己监国摄政。在其后的近十年里，她证明自己确实是一位不错的女政治家，也具备相当合格的治国能力。

但是，阿里不哥决定改变这种状态。他这个决定，和当年贵由的做法很相似，甚至比贵由更任性。按说，兀鲁忽乃已经以察合台兀鲁思的身份亲临忽里勒台，给了阿里不哥很大的支持，也承认了他的大汗地位，他只要继续跟她搞好关系就行了。但是他却不愿意这样做。他觉得去跟一个女人打交道，显得自己不够爷们儿；而更重要的是，他跟察合台的另一个孙子阿鲁忽的关系友善。阿里不哥喜欢打猎。以前有过几次，阿里不哥派人去叫阿鲁忽前来陪他打猎，阿鲁忽每叫必到。这次的

---

① 公元 1240 年。

忽里勒台结束以后，兀鲁忽乃很快便匆匆赶回虎牙思，阿鲁忽却一直逗留在喀拉和林，阿里不哥认为这正是阿鲁忽跟自己亲近的表现。于是，有一天，阿里不哥就派人把阿鲁忽找了来。

"你想不想当察合台汗国的可汗？"

"那儿已经有可汗了呀！"

"你只说你想不想当。"

"想。"

"那你就赶紧去虎牙思！到了虎牙思，你就是那儿的可汗了。"

"那木八剌沙怎么办？"

"你是可汗，你看着办就是了。"

"那好，我明天就出发！"

阿鲁忽第二天果然就出发了。他确实想当可汗，想得要命。但他的顾忌也是真的。兀鲁忽乃是他的嫂子，木八剌沙是他的侄儿，而且多年以来，他跟这位嫂子和这个侄儿的关系都不错。权衡再三，他决定还是要当可汗，然后，也就是当了可汗以后，他要善待这位嫂子和这个侄儿，不能太委屈他们。当然，这得有个恰当的办法。好在路上要走很多天，办法可以慢慢想。

直到阿鲁忽走了十多天以后，阿里不哥才为这个决定找到一个最充分、最有说服力的理由。这一天他得到消息，说忽必烈已经派原在他那里的阿必失合前往虎牙思——阿必失合也是察合台的孙子，他前往虎牙思的目的不言而喻。如果他到了那里，孤儿寡母的兀鲁忽乃和木八剌沙，岂是他的对手？于是阿里不哥急忙派出两路使者，一路通知阿鲁忽火速赶路，一路通知正屯兵于六盘山一带的浑都海，命他务必将阿必失合拦截下来。那一带，正是从中原去往中亚的必经之路。

阿里不哥运气真好。不久，两个好消息接连传来，先是浑都海报告已成功拦截阿必失合，稍后，阿鲁忽报告已顺利成为察合台汗国的可汗。他报告说兀鲁忽乃表示，维护大汗的权威是察合台可汗的遗训，也是察合台汗国的立国之本，既然她已经在忽里勒台上承认了阿里不哥的大汗地位，现在自然甘愿接受阿里不哥大汗的决定。

"天助我也！"阿里不哥信心倍增！

接下来又是好消息。军情报告称，忽必烈在中原的西南、西北地区兵力空虚，军心不稳，且归属混乱，原蒙哥下属的刘太平部、霍鲁怀部已进至关中地区，浑都海正联系他们，以便与其他支持阿里不哥的将领一起，向忽必烈的嫡系部队发难。政情报告则显示忽必烈在组阁过程中遇到了麻烦。这原是一份旧报告，说的是忽必烈成立了中书省，同时原来的燕京路宣慰司，也相继在其属下建立了十路宣抚司，任命了主持各路宣抚司的地方大员。当时他看过就扔在了一边，这回偶然想起，跟他的丞相孛鲁合说，以后少拿这种不咸不淡的事来麻烦他。孛鲁合告诉他，这是很重要的情况，表明忽必烈在组阁中有麻烦了：两个平行的系统各自为政，又都在争夺作为中枢机构的核心权力。阿里不哥其实还是不太理解，按他的想法，大蒙古国的臣民，只要不捣乱，按时交足税赋，就可以在大草原上自由自在地生活；而如果有人故意捣乱，不交税赋，与本大汗为敌，那么本大汗自有对付敌人的办法，那就是杀死那里所有的男人，掠夺他们全部的财产和女人。不过，阿里不哥自有他独特的政治敏锐：敌人的麻烦，就是自己的机会。既然忽必烈在军情、政情方面都遇到了麻烦，那就是阿里不哥的大好时机终于来了！

他毫不犹豫地向已经做好出征准备的两路大军下达了命令：出发！

东路军有两位统帅，一位是旭烈兀之子术木忽儿，一位是术赤之孙合剌察儿，都是地位显赫的宗王。两位宗王统领着号称十万的大军，为了展示骑手们的英勇无畏，故意避开比较好走的路，直接穿过浩瀚的沙漠向南进军，目标直指忽必烈的老巢——燕京！

西路军则由阿蓝答儿统领。这"蒙古最好猎手"统率着号称两万的大军，向六盘山进发。行前他向士兵们宣布，凡是不肯效忠于阿里不哥大汗的人，都将成为阿蓝答儿的猎物！

阿里不哥本人则坐镇喀拉和林，静候捷报传来。他吩咐孛鲁合为他准备一场大规模的狩猎，活捉忽必烈后，他要以此庆祝他的胜利。

不错，他亲自向术木忽儿和合剌察儿交代过，不要坏了忽必烈的性命。"他好歹是我二哥。"他说。

忽必烈得知这个消息后，虽然颇有些意外，但还是笑了一笑。这个四弟，还是一如既往地体现着蒙古人的优点：大胆，敢作敢为。也一如既往地保留着他个人的缺点：鲁莽，任性。

毕竟很长时间不在一起了，忽必烈对四弟的这些特点有所忽略，所以基本上没想到他会先动手。按他对双方实力的估计，只要自己不出兵北上，四弟应该不会挥师南下。双方中间隔着一个沙漠，谁发动进攻，谁的军队就要在交手之前，先经受一次穿越沙漠的消耗。他觉得怎么着也得由自己来吃这个亏。他和阿术讨论过这个问题，阿术甚至认为这个亏谁都吃不起。阿术还提出了一个具体的建议：从秋后开始，让部队分批出发，循帖里干道向北运动，在汪吉河①一带集结过冬，到明年夏天，待马力有所恢复后，再从那里出发进攻喀拉和林。阿术这个建议给他留下了深刻印象：这样一种稳扎稳打、沉得住气的风格和那种十分珍惜自己部队战斗力的思维方式，在蒙古将领中十分罕见。从政治上讲，他不想给阿里不哥那么长的时间，让他可以从容地在喀拉和林向全蒙古发号施令，使漠北诸王觉得阿里不哥已经是实际上的大汗。只有在西南、西北方面短时间内确实无法稳定下来的情况下，他才会考虑阿术的建议。

　　按他的想法，无论他多想早一点出兵北上，前提是必须有一个稳固的后方。他倒不太担心南边的大宋会怎么样；有阿里海牙、霸突鲁、张柔在那里，足以和大宋保持几年相持局面。东线则有李璮；这个人总是让他不怎么放心，却又不能不把那一大段战线交给他，所以即位不久就加封李璮为江淮大都督，至少暂时不会有事。真正的问题在于西南、西北一线。那里原是蒙哥大军所在，他没有、也不可以把自己的兵力放在那个方向。蒙哥死后，大军由合州前线后撤，驻扎在川北及以六盘山为核心的陕西、甘肃及原西夏属地一带，由原来的将领分别统率，因此，各将领的态度，就成了至关重要的问题。到目前为止，有的已明确表示支持阿里不哥，有的倾向于支持阿里不哥，有的还在观望，三种情况大约各占三分之一。忽必烈希望把后一种的大部分和中间一种当中的一部分争取或收买过来，为此他既要向对方施加一定的军事压力，使其不敢轻举妄动，又不能投入太多的部队，以免刺激了对方。由窝阔台之子合丹率领的一支七千人的精兵进驻延安，作为一种进可以攻、退可以守的军事存在。忽必烈对合丹比较放心，到了需要的时候，这支部队还是很有战斗力的。忽必烈比较不放心的是廉希宪，这个畏兀儿谋士被派到长安，没有带去一兵一卒。他得把那里零散的军队组织起来，作为所在各地的防守力量，必要时还可集中起来，进行一定的进攻作战。更重要的是他还得负责建立一套有效的行政管理体系，使那一大片区域成为可靠的后方。

　　在得知阿里不哥的两路大军已出发南下的消息之后，忽必烈接到廉希宪的报告，说好不容易调到渭南一带的原兀良合台的部队，已经被他就地遣散。看完这份报告，忽必烈心里很不痛快，又反反复复地想了很长时间。他一度打算把阿术召来，听听他对这事儿的意见，但最终还是取消了这个打算。他知道阿术对这支部队有很深的感情，也知道被称为"少将军"的阿术在将士中间有很高的威望。他不想让阿术因为这件事对廉希宪产生什么不好的想法，这两个人都是他将来要倚重的

---

　　① 今翁金河。

人。说到底，他对廉希宪还是很信任的，而且现在想不信任都不行。廉希宪既然这样做了，必有这样做的道理。反正那一大片地方就交给他了。如果将来有一天，他率军由南向北打过去，而阿里不哥的军队却打败了廉希宪，从西向东打过来，让天下人都笑话他忽必烈的时候，他也只能怪自己识人不准，用人不当。

第二天早朝，他宣布了自己的决定：原来集结在燕地的三万大军，由移相哥统领，开始向正北偏西方向运动，准备迎击逾漠南来的术木忽儿和合刺察儿；原来集结在开平一带的一万五千人，由塔察儿统领，循帖里于道向正北偏东方向运动，再进至汪吉河一带，准备向喀拉和林发起进攻。他宣布他将御驾亲征，先到移相哥部督战，取胜后转道与塔察儿部会合，一起进入喀拉和林！

在廉希宪从渭南匆匆赶回长安的路上，他隐隐感到自己的决定有点感情用事。现在他手里已经没有任何一支真正可以用于正规作战的军队了。原属兀良合台的那支部队虽然有些老化，但仍不失为一支训练有素、经验丰富、拥有自己的传统和荣誉的部队。这都是他现在手里的这些“杂牌军”无法相比的。但是他并不为自己的决定后悔。他深信那是一个正确的决定，虽然在呈报给忽必烈的奏章中所陈述的几个理由，大部分都是他已经做出决定之后才“想”出来的。

他被忽必烈派到长安来，正式的官职是京兆、四川道宣抚使。以他的领会，忽必烈没有给他另派军队，只是下令原在鄂西北扎营休整的原兀良合台部移驻渭南，就是把这支部队交给了他，让他加以整编，委任将领，然后归他调遣。他觉得这样也就够了，因为他知道忽必烈的整体战略，是由东线北上进攻阿里不哥，西线这边不会有太多太大的战事。两个多月以后，出现了他的第一个“没有料到”：那支部队虽然按时从原驻地出发了，却在超出指定期限二十余日后仍未到达新驻地。派人去催问，得到的回报是：将士困乏，致行动迟缓。他立刻就想到：这是借口，实际另有原因！七年前出征云南，他就在忽必烈军中，对这支友军有所了解——再困乏，他们的行军速度也不会这样慢。看来，即使是在西线，他们也不想与原来蒙哥的部队离得太近，以免出现情况时被派去与以前的兄弟部队交手。不过，他们毕竟是军人，接到命令后，还是从原驻地出发了，不能说他们有抗命不遵的行为，只是路上走得很慢，以此表达一种中立的态度。廉希宪不想太纵容他们，不能听任他们什么时候走到就算什么时候，但是又不能采用太严厉的做法，以免激起他们的反感，于是就再派人前去传他的口信，说他非常想念当年通过少将军结识的那些好朋友，正好他不久有公务要去渭南，所以很愿意在八月底能在那里与好朋友们欢聚叙旧。当然，好朋友们都是真正的军人，自会明白这是要他们在八月底前到达新驻地的命令。

八月二十九日，廉希宪接到了该部已经到达新驻地的报告，第二天就动身赶往渭南。他只带了一支三十余人的卫队，而这已经是他手上仅有的"精锐"了。实际上无论他去哪里，这支卫队都会跟随左右，带他们去渭南，并不是担心那支部队的将领们会对他怎么样。他相信那些好朋友，因为他们都是真正的蒙古骑士，是重友情讲义气的。当然，他更有政治上的判断：他们的"中立"，只是不愿意和蒙古人，尤其是原来蒙哥的部队成为战场上的敌人；但是，既然他们的老将军率领着他们与忽必烈会合了，而他们的少将军又已经成为忽必烈的宿卫将军，当然更没有理由和同样也是蒙古人的忽必烈为敌了。

果然，廉希宪受到了恭敬的迎接和热情的款待。

兀良合台被解除兵权之后，部队暂由阿术统率。稍后，阿术被任命为宿卫将军，赴开平就任时，兀良合台亦奉命携眷同行，在那里颐养天年。阿术在征得父亲同意之后，指定巴刺、赤那和阿不儿斯楞共同负责管理这支部队。他这样做，既是为了便于此后由忽必烈任命统帅，也是为了在此之前，使这支没有最高指挥官的部队无法被轻易投入战斗。这三个人不分主次，但又有排序，遇事商量着办，而这当中巴刺的意见则得到更多的尊重。

有趣的是，这三个人都在廉希宪的"好朋友"之列。这与其说是巧合，不如说是暗合——因为他们都是少将军看重的人，所以当年很自然地便被介绍给了廉希宪。当然，私谊是私谊，公务是公务。现在廉希宪是他们的顶头上司；正式的参见之后，巴刺向廉希宪禀报了部队目前的情况，诸如还有多少士兵，多少战马，多少粮秣，多少装备兵器等，以及营地的情况，营地周围的地形，警戒的布置等。巴刺讲得简明扼要，条理清晰，使廉希宪觉得他确实具备一定的治军能力。讲完这些之后，巴刺才轻描淡写地提到，刘太平、霍鲁怀的部队，就在他们西南方向扎营，虽是属于耀州①地界，实际上距离不过六十多里，前不久还曾派人送来邀请信，说要宴请他们。他们还没决定去不去。廉希宪表面上不动声色，心中却暗暗吃了一惊。刘太平、霍鲁怀原来是蒙哥的部将，属于尚未明确表态、但倾向于支持阿里不哥的一类。当初决定让原兀良合台部来此驻扎时，他们还不在这里，想必是最近才移驻过来的。虽然从道理上讲，这里是蒙古的地盘，刘、霍率领的也是蒙古的军队，但他们毕竟是原蒙哥的属下，而关中则是忽必烈治理下的地域，他们未经同意，甚至没打招呼，就"前出"到这里，不能不让人觉得暗含某种"来者不善"的意味。

_____

① 今陕西铜川。

这些都属于"公务"。晚上，巴剌等人设宴为廉希宪接风洗尘，酒席之间，才由阿不儿斯楞"私下里"告诉他：这支部队已经远不像原来那样有战斗力了。人和马都老化了。而更重要的是，士兵中弥漫着一股很强烈的思乡情绪。相当多的老兵不想打仗，只想回家。廉希宪知道，蒙古军人都很看重自己部队的荣誉，喜欢吹嘘他们如何地勇敢善战，立过多少战功。如果不是出于"私情"，他们是不会向他说起这些的。

不过，这到底是实情，还是为了不参加战斗而故意制造的借口？

当天夜里，廉希宪做出了三个决定。

首先，他派人连夜赶回长安，传令加强对原蒙哥所属部队的监视和刺探，包括设法了解刘、霍部的动态。

其次，让巴剌等接受刘、霍的邀请，前去赴宴，但是不能让他们知道他现在正在这里。

最后，他要亲自到各营去巡视，观察了解部队的实情。

虽然已是深夜，做出决定之后，他还是当即把巴剌召来，把后面两个决定告诉他。巴剌听完之后，沉默了好一会儿。这是一座很大的营帐，两个人离得有一丈来远，帐篷里又不很明亮，所以廉希宪看不清巴剌的表情。等了一会儿，见巴剌仍未开口，他就鼓励道："你有什么想说的话，只管说。"

"末将想得可能多了些。"

"你说吧。"

"廉大人让末将去刘太平、霍鲁怀处赴宴，末将深知这是对末将非同一般的信任。大人如此信得过末将，末将此去，无论吉凶祸福，总要对得住大人。"

"这也正是我的希望。"

"如此一来，末将便不再是局外之人，今后，末将愿追随大人鞍前马后，刀山火海，在所不辞，"停顿了一下，巴剌突然单膝跪倒在地，"请大人收留！"

其实廉希宪等的就是这个。局势纷攘，个人安得总能置身局外，事到临头，无论愿意不愿意，终得有所选择。巴剌的选择，并不在廉希宪的意料之外，但其态度之果决，还是让廉希宪很高兴。他急忙离席而起，快步上前，伸出双手，连连说："快快请起！快快请起！"

廉希宪伸出双手，是搀扶之意，却是虚搀，并未用力，所以巴剌没有立即站起来，仍是跪着说："末将还有一句话。"

"请讲。"

"末将手下那些士兵小校，确实已经离家多年，有的确实年老，恳请大人慈悲，就放他们回到草原度过余生吧！"

"哦，哦，这个好说，这个好说，将军快起来吧！"

当然，廉希宪的答复，也仅仅到"这个好说"为止。

他得在巡视之后才能做出决定。尤其是在得知刘太平、霍鲁怀部已前出到关中地区的消息后，虽然还没有确切的军情报告，却不能不高度警觉，现在非常需要手里有一支正规的蒙古部队。

他用了整整三天的时间，巡视了这支部队的所有营盘，无数次地直接走进营帐，和士兵们交谈，听他们讲各种各样的事，问他们现在最关心什么，最想要什么，最想做什么，最想得到什么。可是，直到第三天的傍晚，他回到自己的大帐时，心中仍在犹豫不决。是的，巴刺他们禀报的情况属实，士兵中间确实弥漫着一股浓重的思乡之情。这种情绪显然对士气有害，却又是可以理解的。其他的蒙古部队虽然也远离家乡多年，但总有渠道和家乡保持联系，和亲人互通音信，部队的兵员、战马也有经常性的更换。这支部队就不同了。他们远征云南并留在那里，自忽必烈的军队北返之后，他们来时经过的那些地方，大部分又被宋军重新控制，很难再与后方保持经常的联系。蒙哥大汗要他们出兵北上伐宋并在潭州与大军会合的命令，是在一支三百余人的精兵护送之下才送达大理的。在这种情况下，士兵们自然很难再与他们的家乡、亲人保持联系，基本上都是音信隔绝六七年了。所以，他们现在思乡心切，实乃人之常情。至于因此而产生一些厌战情绪，自亦在所难免。据廉希宪的所见所闻，他觉得这一点未必有巴刺他们报称的那样严重，至少一旦命令他们投入战斗，公然抗命拒不出战的可能性并不大。原因之一，就在于这仍然是一支纪律严明的军队。这是廉希宪从第一天开始就得出的印象深刻的结论。军营的布局，地形的选择，警戒的部署，营与营之间的呼应，全都中规中矩。虽然兀良合台被解兵权已经半年，阿术离开也已两个多月，但他们父子治军有方的痕迹，依然清晰可见。当然，目前士兵中间的厌战情绪，恐怕也与兀良合台的不同原蒙哥部队作战的想法有很大关系。这支部队确实老化了。当年征大理时，廉希宪就听说过刘秉忠关于这支军队必将老化的推衍，看来实情跟刘秉忠的预料分毫不差。如果说三十多岁的士兵还能勉强上阵交锋，那么让八九岁的战马上阵就太勉为其难了。一年前他们从云南一路打过来，对手是宋军，战马的问题还不突出，现在若要跟浑都海的骑兵迎面对冲，那根本就不是对手！

直到晚饭后，廉希宪仍然在他的大帐里算计着这笔难以算清的账，一会儿闷坐苦思，一会儿往返踱步，左思右想，决心难下。心绪不宁，便觉帐内闷热难耐，一时信步走出帐外，伫立在一片空地上，只见一轮下弦月半明半暗地挂在天际，夜色如水，明暗之间似有缕缕光影在粼粼闪动，自是透着几分静谧。就于这静谧之中，便有一阵琴声从稍远处隐隐传来，听得出那是马头琴奏出的乐曲声。廉希宪自幼受的是汉人儒士的教育，经书之外，亦通些音律，觉得那琴声颇有些不俗，便循声走了过去。走得近些时，廉希宪听出那演奏者技巧颇为娴熟，那乐曲亦是韵味深厚。再近些，便看到是一群士兵围坐在营帐前的空地上，听一位琴手演奏马头琴。众人都是席地而坐，唯琴手坐在一副马鞍上，比别人高出一头，又恰好面朝廉希宪走来的方向，所以廉希宪看出他是一名老兵，年龄已在四十开外了。这时老兵也看见了廉希宪，忙停了琴，说声"廉大人来了"，众人随即纷纷起身，又按军中规矩单膝跪下参拜。有人先说了声："给廉大人请安！"众人便齐齐地大声说："给廉大人请安！"

廉希宪便往前快走了几步，到了众士兵近前，一面伸出双手向上抬了抬，一面说："罢了罢了，弟兄们辛苦了，都起来吧！"见众人纷纷站起来，垂手侍立，又伸出双手向下压了压说："都坐下，都坐下！我也是循琴声而来，来和你们一起听琴的。"

等众人原样坐好，廉希宪才转向那位老兵琴手："烦劳这位兄弟，可否再为我们演奏一曲？"

那琴手也不推辞，反倒横着手指在口髭下一抹，高兴地说："既是大人抬举，小的就献丑了。但不知大人想听哪一曲？"

"都无妨，你拿手的就好。若有你自制的曲子，更好。"

"若是现成的曲子，只怕大人早已听过更好琴手的演奏；若说自制的曲子，小可岂有那样的造诣，不过兴之所至，律随心生，胡乱拉来，却是每回都不太一样。大人若不怕脏了耳朵，小的就这么拉上一通可好？"

廉希宪点点头说："如此甚好。"

说着便撩起衣襟，正待也席地坐下，却有一个士兵搬来一副马鞍，廉希宪又点点头，就马鞍上坐了。再看那琴手时，已是重新将琴弦调正，凝神屏气，眼望远方，猛然间将头一摆，将手一抖，弓弦跃上琴弦，弹跃之间，便似有一串马蹄声踢踏作响，先自远而近，再由近而远，中间一声高亢的马嘶，便自然而然将听者带入一片辽阔的大草原。

这是一片辽阔的草原，一望无际，绵延起伏，天穹低垂，丽日高悬，流云飘荡，阳光把云朵的影子投射在草原上，斑斑点点。忽然间狂风呼啸，电闪雷鸣，大雨滂沱，大自然把它所有的豪迈雄壮博大恢宏，汪洋恣肆地在大草原的胸膛上尽情展现。俄而雨过天晴，大草原也换了一副面貌。这是一片生机盎然的大草原，河水欢快地流过，发出活泼的淙淙声，就在这水声的烘托下，此起彼伏地传来一阵阵的羊咩、牛哞、犬吠、马嘶，甚至还有远处隐隐可闻的一声狼嚎，一声鹰唳，而从天空飞过的鸟儿也在欢唱，那是蒙古草原上特有的白翎鸟，那啾啾的鸟鸣柔和又响亮。一队骆驼从这里经过，它们从沙漠中来，又向沙漠走去，一串串的驼铃声，清脆中又带着些沉重和喑哑。蒙古人就在这大草原上迎接、送走一个又一个的日出日落，世代繁衍，生生不息。一个婴儿呱呱坠地，那一串稚嫩而激昂的哭声，让人精神一振，却又心头一颤。哭声转为笑声，从婴儿的娇笑，转为孩童的嬉笑，再转为成年人豪爽的阔笑。马头琴发出了一声呼哨——不对，是琴手停了弓，含着手指打了个呼哨，再把琴弓一抖，让弓弦在琴弦上奇妙地弹跳起来，发出了类似于火不思那种弹拨乐器才能弹奏出的旋律。骑手们跳起了踢踏舞——一种只有在婚礼上才跳的喜庆舞，欢快热烈，也隐隐带着一点儿戏谑和轻佻。日子就像流水和行云，草原上的日子有许多欢乐也有许多艰辛。一个老人离去了，送葬的队伍在草原上缓缓行进。马头琴其实最能表现和传达这种悲伤、苍凉的感情。厚重的音色，凝重的旋律，诉说着草原的悲伤，天地日月的悲伤，又从这悲伤里走出来，转为一种深沉幽远的庄严和神圣，那是对草原的膜拜，对生命的礼赞……

琴声戛然而止。

众人无不泪流满面。

廉希宪站起身来就走，近于失态。他的脚步有些踉跄。他听到身后先有一个人说了声"送廉大人"，然后众人齐声说"送廉大人"。那声音不够响亮，带点哭腔，却仍然整齐。他头都没有回，只是朝身后摆了摆手，口齿含混地说："罢了罢了。"

他是京兆、四川道宣抚使。他不能让士兵们看见他那张泪脸。

他不再犹豫，决心放那些老兵回家。他把巴剌、赤那和阿不儿斯楞召来，向他们宣布了他的决定。三个人齐齐双膝跪倒，磕了三个头，说是替弟兄们谢谢廉大人的恩典。廉希宪让他们起来，这才对他们说："这不是'遣散'，只是轮换——稍后还会招募新的士兵，补充新的战马，所以部队的建制依然存在。所有的事都要悄悄地进行，故从今夜起要增哨加岗，昼夜巡逻，切断军营内外的一切联系，外人不得进入军营，士兵亦不得离营外出。你们今晚就做这一件事，其余诸事，你们先想想，明日再细细商议。"

具体的实施方案确实是一点一点形成的。巴剌说他已经表示过要追随廉大人，蒙古骑士说了话是要算数的，何况正因为他有了这样的表示，他才能开口请求廉大人放老兵们回家。他说他虽然同情那些老兵，但自己作为一名蒙古骑士，却不愿做一个没伤没病就自己要求回家的人。阿不儿斯楞也要求留下。情况似乎并不像原来想的那么简单。军营里思乡情绪占上风的时候，一些人的军人荣誉感并没有失去，只是暂时受到了遮蔽。还有一些人，虽然很想家，但到了真的可以回家了的时候，却又舍不得离开军营了。廉希宪决心好事做到底，让巴剌他们索性彻底把情况摸清，在保持军心基本稳定的前提下，允许每一个士兵都说出自己的愿望。结果真是五花八门。有的虽已年龄较大，或有伤残，或是家乡已无亲人，或是已经习惯漠南的生活，愿意留在中原谋生，或是希望留在军中从事养马、看守仓库等差事。甚至还有几个想回云南，因为那边有相好的女人。廉希宪吩咐，士兵们所有的愿望，既然让他们说出来了，就要尽量予以满足。而最重要的，是当巴剌和阿不儿斯楞都确认愿意留下的士兵不会少于八百人之后，廉希宪决定将留下的人重新编队，由巴剌为主将，阿不儿斯楞为副将，组成一支仍有相当战斗力的小部队，以备不时之需。这样一来又出现了马的问题。按原来的计划，是谁的马归谁，反正都是些老马了。现在有人要留下，还要保持一定的战斗力，可是留下的人虽然都相对年轻健壮，所用的战马却不一定正好和人一样，倒是一些要走的人，战马虽然已不年轻，却相对健壮一些。当然，最理想的做法就是换一换。可是，让蒙古骑手离开自己骑了多年的战马，是一件非常困难的事，何况从公平的角度讲，对那些将好马换出的回乡者也应该有所补偿。

对于一个京兆、四川道宣抚使来说，这都是些琐细的事务。廉希宪亲自过问、决定种种的细节，但是并没有被这些细节所淹没。来渭南之前，就不断有军情报称，浑都海已经在六盘山以东集结军队，筹集粮草，正可谓虎视眈眈，蠢蠢欲动！如果浑都海当真引兵东进，以廉希宪目前手中的兵力，很难与之抗衡，恐怕就不得不请求驻扎在延安的合丹部南下增援。但廉希宪知道，忽必烈大汗把合丹部放在延安，本意是防北面之敌，一旦南下，大汗的部署就会被整个打乱。现在浑都海还没有真正出兵，只是在观察虚实，选择时机。在这个危急而微妙的时刻，如果原兀良合台部正在整编的消息走漏，甚或再出点乱子，那就等于帮着浑都海下决心出兵了。幸好浑都海一类的蒙古将领，普遍不太重视军情刺探，估计至今仍不甚了解廉希宪的虚实。

就在这微妙时刻，廉希宪接到了长安传来的紧急军情，在这段不算很长的路途中，送信人所骑的那匹马虽然没有跑死，眼见得也跑废了。情况包括两个方面。其一，浑都海已经分兵两路东进，一路前出至凤翔[①]，另一路前出至平凉。其二，是从其内部传出的消息，浑都海已下令给刘太平、霍鲁怀，命其火速联络川蜀军中亲

---

①　今陕西宝鸡。

阿里不哥的将领，即日发难。这两个情况叠加在一起，不能不让廉希宪倒吸一口凉气！不用现看地图，廉希宪就能了然于胸：从凤翔到平凉再到耀州，恰好形成一个环形攻击线，从西北向东南，压向包括长安在内的整个关中地区。一旦形成这种局面，他廉希宪便是势如累卵了！

不过，等他把巴剌召来时，却已是一副气定神闲的模样。

"你们去刘太平那里赴宴，有几天了吧？"

"六天了。"

"汉人有个说法，叫礼尚往来，你们也该设个宴，请请人家了。"

"大人……听说什么了？"

"你猜对了。"

"大人想在酒宴上动手？"

"这个你猜得不全对。我首先是想核实一下我得到的消息准不准。如果刘、霍二人于席间只是猜拳行令，饮酒寻欢，你等自应以礼相待，然后以礼相送。若是他二人另有图谋，比如于席间劝你们去入他的伙，跟他们一起向忽必烈大汗发难，那就另当别论了。换了你是我，你还会让他们回去吗？"

"末将明白了。只是……"

"这个你就不必多虑了。到了需要动手时，我自有精兵可用，你们退到一旁便了。"

廉希宪的"精兵"，就是他带来的那三十余人的卫队。

果如廉希宪所料，已经接到浑都海指令的刘太平、霍鲁怀，正巴不得有此机会拉人入伙共同举事，欣然前来赴宴。而廉希宪没有料到的是，这二人竟带了一支五六十人的卫队。如此一来，廉希宪的"精兵"，就面临以寡敌众的局面。然事已至此，欲罢不能，只得冒险一拼。刘太平、霍鲁怀二人喝到酒酣时，你一言我一语，不仅力劝巴剌等入伙起事，还大肆吹嘘浑都海将军如何勇猛善战，其部队如何兵强马壮，一旦得手，对手下有功诸将，又会如何地高升重赏。此时的廉希宪，已换了一身小校装束，混在设宴大帐的边上，听到此处，心头火起，便朝不远处他的卫队长使个眼色。精兵毕竟是精兵，而廉希宪终归是儒生出身，未及他看得真切，只听得有人发声喊，便见帐内大乱，耳边一片兵刃相格丁当作响，有人冲进帐里，有人冲出帐外，而转眼之间，那刘、霍二人，已是身首异处，倒在血泊之中。正待松口气，耳边听得一声"大人快随我来"，便有人拉着他向帐外冲去。到了帐外，这才明白拉他的正是事先安排好护卫他的贴身警卫。警卫递给他一把防身宝剑，他接过来拿在手里，再看周围时，心头又是一惊。原来刘太平、霍鲁怀带来的卫队，只有五人进入设宴的大帐，跟随在二人附近，其余众人，则在距大帐三五十丈远的各处，若干人围成一圈，席地而坐，享用主人款待的好酒好肉好饭菜。动手之时，帐内的警卫正待上前保护首领，却都被廉希宪的人拦住，交手中间，折了三个，剩下的两个，见刘太平、霍鲁怀已丢了性命，便转而往帐外冲。方向变了，阻力就小了。二人冲出帐来，便朝那围坐的弟兄们跑去，其中的一个，一边跑一边高呼："不好了！二位将军俱被砍了脑壳了！"那边听得喊，呼啦啦站起来，拔刀的拔刀，牵马的牵马，内中便有人挥着兵刃朝这边来。廉希宪再看身边时，说声"不好"，原来此时巴剌的人都已按事前说定的退出圈外，剩下的只有廉希宪的三十几个"精兵"，而对方起码尚有五十余人，且既然能被选入卫队，想必亦有些身手，起码不是"孬种"，如此以少打多，明显不占便宜。廉希宪表面上还算镇定，可那持剑的右手已是不由自主地在那里微微发抖。却得此时那卫队长冲了过来，跺了跺脚，说"大人你怎么还在这里"，便叫了三个人的名字："张三，李四，王二，你们快快护送大人离开此地！"廉希宪正巴不得赶紧走开，转念一想却使不得，没人护送，他自己不敢走；带走三个人，这里岂不人手更少了！正犹豫间，猛听得营中咚咚咚响了三声号炮。这三声炮响，因为离得近，格外的震耳。炮声响过，最先做出反应的是廉希宪，他连叫了三声："巴剌！巴剌！巴剌！"对面那些舞动兵刃朝这边而来的士兵先是站住，然后转身，再然后，是那边的整个卫队，不知是得了令，还是不约而同，纷纷各奔各的马，纵身上马，再纵马朝营外西北方向驰去。这边的卫队长也来了劲，手中马刀一挥，高喊："弟兄们！上马！追！"这下廉希宪也有劲了，也把手中宝剑高高举起，不过喊出来的却是："不要追！不要追！"他见正要去追的人都被卫队长喊了回来，这才当啷一声把宝剑扔到地上，轻轻说了一句：让他们回去报丧吧！

廉希宪连喊了三声"巴剌"，自是由衷的感激和赞许。巴剌虽然"置身事外"，却放了三声炮。正是这三声炮，救了廉希宪。

虽然杀了刘太平和霍鲁怀，廉希宪仍是不敢怠慢，向巴剌等人做了一番交代之后，便匆匆赶回长安。在回长安的路上，他隐隐感到自己对原兀良合台部的处置确实有点感情用事，但并无悔意。何况这种事是不能追悔，也追悔不得的。要到若干年之后，他才意识到这是他和忽必烈之间出现的第一个分歧，也是忽必烈第一次对他有所不满。现在他可顾不上这些。他的当务之急，就是用手里这些没有多少战斗力的"杂牌军"，把正在虎视眈眈的浑都海吓跑。

回到长安，他那句"让他们回去报丧"的话得到了应验。原属刘霍的部队，得知他们的首领身死后，便进入了群龙无首的状态，随即拔营而起，去投奔浑都海了。这时廉希宪已经开始调动他的那些杂牌军了。这些地方武装中，最大的一支要数秦巩世侯汪家的军队，有近三千人，其余的则多为二三百人，很少有五百人以上的。廉希宪对他们一一发出指令，让他们分别于某月某日前到达某处，某月某日前再到某处，复于某月某日前又到某处。路都不远，却是来回折腾，有时还指定某一段须走大路，另一段须走小路。汪家的军队则化整为零，分作三股，各走各的路。指令还特别提到要体恤士兵，一段时间内要走很多的路，所以要多扎营帐，宿营时务必让他们休息好，原来住二十人的帐篷，现在住上十个八个就好。廉希宪还向各处派出了督办，因为这些地方武装大多不愿离开本地，士兵们也不大习惯走路，就得由督办们催着点，逼着点，有时也得给点好处，比如拨给一些帐篷。好在长安的库里恰好还有一些储备。虽然仍不免有些磨磨蹭蹭不能按时到达指定地点的，甚至还有出发后就直接去了第三个目的地的，不过总的说来，情况尚好。而当这些情况报到浑都海的大帐时，就呈现为一种极为壮观的景象，一时之间，整个关中地区，凡有路的地方，无论大路小路，常常便会有大股小股的军队正在行进；凡有适合军队安营扎寨的地方，常常便有一片一片的营帐出现。于是，浑都海的东进决心开始动摇了。实际上，他从一开始对自己的部队就不是很有信心。这支部队在随蒙哥进攻合州时受过不小的损失，至今亦未能完全恢复，原以为对方兵力空虚，现在看来人马颇众，原打算出其不意，现在看来对方早有准备。这样一来，哪里还有多少胜算！

而让他彻底改变主意的，是原兀良合台部的新动向。

这支部队按不同去向重新编队之后，巴剌宣布了廉希宪的命令：所有要回家的老兵，仍要结队而行，到达碛北后再解散，各回各家。留在军中的士兵，要护送一程，以尽战友的情谊。至于要留在中原谋生的，和要回云南的，待大队出发三天之后，再就地解散，各奔前程。由于后两种人加起来也不过几百，大队出发之后，看上去和原来兀良合台部没什么两样。五天后，浑都海得到报告，内称原兀良合台部近五千人马，已经从渭南出发，正向西北方向开进，从行进的方向上看，其目标很可能是平凉！

浑都海倒吸一口凉气。他深知兀良合台的厉害，对那支部队的老化却一无所知。他东进的信心彻底丧失了。大蒙古国自成吉思汗以来形成的惯例，凡较大规模的军事行动，多以诸王为大军统率。像浑都海这样的将领，总是在别人的指挥下进行战斗，自然缺乏独当一面的战略眼光和处置能力。于是他打起了小算盘。如果说他此前的种种行动，都是想立下一份大功劳，作为自己投靠阿里不哥的筹码，那么到了此刻，在面对一场毫无胜算的战斗时，他就不能不想到，一旦战败，损兵折将，他还有什么投靠阿里不哥的本钱？这样一想，最稳妥的办法，还是避开战斗，保存实力。于是，他下达了一百八十度大转向的命令：向西渡河，再向北趋甘州①，"重装北归，以应和林"。其中的"重装"二字，微妙地透露了他的心机。

廉希宪这时才长出了一口气。他也用了八个字来概括他此前的方略"但张声势，使不得东"。凭了这八个字，一仗没打，关陕之危竟安然得解。

浑都海的"重装"部队没来得及走到甘州。刚过凉州②不久，就遇到了奉阿里不哥之命南征的阿蓝答儿大军。于是，作为阿蓝答儿大军的一部分，这支部队重又折返东向，但方向较前偏北，因而对手也换成了正集结在延安一带的合丹。当然，更重要的变化不是对手而是战局。如果说浑都海此前的来回折腾，只不过是一种地区性的角逐，现在阿蓝答儿统领的军队，已是阿里不哥全面南征的一部分，是兵分两路中的一路。阿里不哥南征的目的是要消灭忽必烈，出来应战的自然也是忽必烈本人。他毫不犹豫地向西线派出了精锐部队，合丹和廉希宪都得到了有效的增援。战斗开始的时机也相当微妙，两军兵锋初接，合丹部便吃了一个大亏，以至"河右大震"，连已经御驾亲征到达大漠南缘的忽必烈都吃了一惊，心想一向很能打仗的合丹，又已得到精锐部队的增援，怎么一上来就打了个败仗？阿蓝答儿、浑都海当然更不知道，那是因为刚刚赶到，打败仗的只是一支被匆忙派出的阻击部队。占了便宜的阿蓝答儿和浑都海得意扬扬，乘胜挥师继续东进，中间一度得到报告，廉希宪正率军直逼凉、甘二州，明摆着是要抄他们的后路，他们都不以为意，因为他们的计划是一路向东杀过去，直至与阿里不哥的东路军在中原某个地方会合，压根儿就没想过要再从凉州、甘州退回碛北。当然，事实上他们也确实没有用上这条退路，因为他们意气风发，斗志昂扬，始终走在大路上，而且走得太快，直接就走进了一个口袋里。其实合丹并不是一个喜欢靠计谋取胜的将领，那口袋也不是他故意布下的。他只是按通常的规矩将部队展开在一定的区域之间，以免挤成一个疙瘩，而这时敌军已经走进了这个区域的中央，如果仍按通常的战法，两军先列好阵形，各占一边，再同时发力，纵马对冲，厮杀格斗，一决雌雄，就得先让正面部队把敌军挡住，再把已经处在敌军侧面的两翼部队撤回来，才能摆出一个与敌军面对面的阵形。这让他觉得实在太麻烦了，就干脆下达了一个不合规制的命令：听到炮响，各部队原地出发，向敌军发起冲击。这样一来，阿蓝答儿和浑都海的大军，原本正好好地走在大路上，忽听得东、南、北三面炮声响处，尘土遮天，杀声震耳，正要

①　今甘肃张掖。
②　今甘肃武威。

列阵相迎，尚未及想好应该朝哪个方向布阵，那一片轰然爆响的战马疾驰的蹄声已经到了近前。这绝对不是一场公平合理的战斗。首先，阿、浑所部在人数上只有对方的一半；其次，连续几天行军，走得又快，马力相对困乏；而最要命的是部队正走在大路上，自然只能是个简单的纵队，没有阵形，更完全没有准备。如果说两军初接时还有过短暂的拼杀格斗，那么眨眼之间就转变为直接的屠宰。包括阿蓝答儿和浑都海本人在内，这一方的将士全都成了屠宰的对象。直到合丹动了恻隐之心，发下话来，称"都是蒙古人，凡敌方将校士卒，愿降的，可留活命"，这才开始进入投降和受降的阶段。阿蓝答儿和浑都海都没能坚持到这个阶段，所以也没有机会享受这个待遇，双双成了阵亡者。事后合丹在战报中用七个字归纳了此战结果："大败之，俘斩略尽。"

　　廉希宪没怎么费劲就拿下了凉州和甘州。他在战报中甚至不好意思说"战胜"了敌人，只是说已将他们"驱逐"到肃州①以西。按原计划，他这时应该派出一支可靠的部队到凉州以东，扼住阿蓝答儿的退路。在得知那支敌军已被"俘斩略尽"之后，遂提前把注意力转到四川方面。这时他接到密报，说握有重兵据守成都的密力火正在图谋反叛。这消息让廉希宪顿时紧张万分，因为成都的地理位置具有重要的战略意义，一旦有失，整个四川的局势便很难控制。廉希宪当机立断，做出一个异乎寻常的决定：派遣足智多谋的汉人世侯刘黑马，扮作传谕圣旨的钦差，乘驿前往。密力火不知是计，跪迎接旨，被刘黑马大喝一声："拿下！"待捆得结实了，才宣读圣旨："密力火图谋反叛，罪大恶极，着即问斩！"刘黑马杀了密力火，接管了成都的军政大权。由于刘黑马是当时的汉人世侯之首，且多有战功，地位一度在史天泽之上，更何况是奉旨而来，密力火属下部将，很快也就纷纷表示愿意听命于刘黑马。随后刘黑马自己的部队也迅速赶到，被部署在成都以南，与宋将刘整对峙。四川的局势得到稳定，刘黑马亦被任命为成都路军马经略使。稍后，密力火的儿子不相信其父有谋反之事，又通过种种关系，查得朝廷从未发出过将密力火问斩的圣旨，遂进京上访，提出其父被以谋反罪问斩，却从未见到过任何谋反的证据，而成都诸将甘愿听命于刘黑马，恰恰证明其父从未有过谋反之意。刘黑马假传圣旨，夺军篡权，其罪当诛。上访材料送到了忽必烈那里，忽必烈批示了八个字："此吾意也，汝勿再言！"让该小子彻底闭嘴。如此看来，那道圣旨虽是假的，做法却实出于大汗的圣意，否则，廉希宪真未必敢去担那矫诏的大罪。这是后话，表过不提。

———————————

　　①　在今甘肃酒泉。

这时巴剌率领的那支混编部队也走到了凉州。廉希宪将其一拆为二，回家的由赤那率领继续前行，留在军中的则由巴剌和阿不儿斯楞统领，作为廉希宪的警卫部队。后来李璮发动叛乱，阿术奉命率军参加平叛，廉希宪让他们去投奔阿术，使他们重新回到了少将军的麾下。这也是后话，同样表过不提。

川陕局势得到稳定之时，忽必烈却在大漠南缘闲得无聊，以至连亲近女人和酒的兴趣都提不起来。自从术木忽儿和合剌察儿的东路大军由北面进入大漠之后，便不再有他们的消息。在蒙古人看来，大沙漠里也是有"路"的，而且弯弯曲曲，错综复杂。不过，那个"路"并不是某种物理上的存在，实际上只是一种"走法"，从某个点到某个点再到某个点，目的是每隔一段路程可以经过一个可能有水的地方。沙漠中几乎没有标志物，走偏了方向在所难免，这就需要不断调整"走法"。所以，如果是要到几百里以外的地方去，每次所走的都不是同一条"路"，所用的时间也就有长有短。忽必烈御驾亲征，本来也是掐算了时间才动身的，按术木忽儿大军最快走出大漠的时间，提前三天到达了移相哥为他准备好的大帐。可是，十天过去了，术木忽儿仍然无影无踪。忽必烈冲着移相哥发了一回脾气，移相哥却满脸委屈地辩解说："我的上百名斥候每天都在大漠里转，可这么大一片地方，到哪儿去找他们？又不敢太向北深入，否则自己就很可能回不来。"忽必烈没话可说，只能摆摆手令其退下。其实忽必烈也知道，术木忽儿的部队在大漠里耽搁得越久，消耗就越大，也就越好打。他的烦躁，来自他多年的征战习惯：敌情不明，心里便不踏实。不知道他们现在何处也就罢了，但他们会在何时出现在何地也一概不知，让他总觉得心中悬着一个未解的疑团。大漠南缘有一二百里的宽度，都可能是术木忽儿走出沙漠的地点。如果那地方离目前移相哥扎营的地方太远，移相哥就不得不来一次长途奔袭，原有的以逸待劳的优势就会被削减。

最后的结果，是术木忽儿出现在了他最不该出现的地方——这地方离移相哥的大营不到四十里。关于这支军队为什么会在大漠中耽搁这么久，又为什么会从这个要命的地点走出沙漠，史书没有任何记载。或许，刚刚二十岁出头的术木忽儿缺少足够的实战经验——很可能他此前只是打过猎，根本没有打过仗。你也可以为他辩解，因为在大沙漠里确定行军路线，首先是向导和参谋的事。当然，如果一定要责备他，那么至少在最后走出沙漠之前，应该先派斥候侦察一下附近是否有敌军的大部队。但是若设身处地地想一想，任何人在这个时候，都更可能选择先走出沙漠再说。或许，更可能的是他确实曾经派出了不少斥候，只不过给他们的任务不是侦察敌情，而是寻找水源。

这一回，移相哥的斥候表现得不错。术木忽儿刚在沙漠边缘露头，情况就报至移相哥的大帐。移相哥一面派人奏禀大汗，一面传令部队集合。移相哥是个按规矩办事的人，虽然也力图抢占先机，但行动起来仍是按部就班。集合，整队，出发，前哨，后卫，侧翼保护，队间联络，分毫不差。部队徐徐前行，形成一个齐头并进的队形。走得不快，为的是保存马力。这一回，术木忽儿的斥候也起了作用，所以当移相哥的部队接近术木忽儿刚刚扎起的营帐时，发现术木忽儿的骑手们也已在营前开始列阵。这一回移相哥没有太守规矩，他只是让战马稍作停歇，不等对方列阵完毕，便下令冲锋。号炮响处，骑手们挥动马刀，纵马向前，转眼间便跑出了马速，也跑出了阵形，杀声动地，蹄声如雷。再看术木忽儿这边，已顾不得阵形是否严整，便纷纷催马迎战，因为骑手们都知道，接战之时，如果还没有把马速跑起来，那是要吃大亏的。也唯其如此，他们的战马一开跑，这一仗的胜负便已一目了然——他们的战马，有的已根本跑不起来了，即便是那些勉强还能跑起来的，哪里还跑得出能与对方匹敌的马速！

　　和阿蓝答儿大军在西凉的命运一样，术木忽儿的大军也很快从投入一场战斗转为面临一场屠宰。幸而还有一点不同，就是他们毕竟没有三面受敌，更何况背后不远就是沙漠。只要能逃进沙漠，一般都有逃生的机会，至少这支大军的两位主将，术木忽儿和合剌察儿，都逃得了性命，不过后来阿里不哥只见到了后者。这位二把手不得不据实向大汗禀奏：一把手自觉无颜复命，逃出沙漠后便独自向西而去，多半是往波斯投奔他老爹去了。

　　忽必烈对这一仗的结果很满意，但对未能亲临督战却略觉扫兴。实际上，从接到移相哥关于发现敌军的奏报时起，他就张罗着去督战，但或许是大汗的仪仗比亲王要烦琐，又或许是阿术、董文炳不如阿里海牙有经验且行事干练，又或者两方面的原因都有，总之他始终没能追上移相哥的部队。等他的御驾赶到战场时，战事已经结束。于是他对原来的计划做出了一个大胆的改变：不是随移相哥的部队一起行动，而是只在他的怯薛军的护卫下，先行出发，去与塔察儿的部队会合，让移相哥的部队原地休整一段时间，再随后跟来。出发不久，从塔察儿处传来的消息就一再证明他这个改变确有必要。这时塔察儿还没有进至汪吉河，而阿里不哥已经察觉其动向，并且派出一支部队朝这个方向进发，显然是来迎战的。忽必烈心中颇为不解，阿里不哥手里到底有多少军队，竟能如此三路用兵？忽必烈一路往前走，路上不断接到塔察儿的报告。先是双方越来越接近，然后是塔察儿抢先渡过了汪吉河，接着是一份捷报："两军相遇，经激战，敌溃。"这让忽必烈不由得心痒难禁，因为以他估计，这三仗下来，阿里不哥恐怕已经没有多少可用的军队了。果然，塔察儿的下一个报告，说的就是阿里不哥已经离开喀拉和林。然后，已经进入喀拉和林的塔察儿报称，已经查明阿里不哥的去向，从方向上判断，显然是打算退回到由他继承的吉利吉思。到忽必烈和他的怯薛军渡过汪吉河时，塔察儿呈来一份正式的奏章，说他已经为大汗进入喀拉和林做好了一切准备。

忽必烈传谕塔察儿取消他所有的准备，然后下令到达喀拉和林时在二十里外扎营。他在这座营帐里"休息"了两天，直到第三天下午才突然说要去"看看"喀拉和林。按他的要求，没有动用任何乘舆仪仗，他自己骑着"乌云"，阿术、董文炳一左一右紧随身后，再后面是五十人的怯薛。

得到阿术的紧急通报后，塔察儿匆匆赶来大路口迎接，忽必烈淡淡说声"罢了"，让他也跟在身后。塔察儿答应一声，便连忙闪身一旁，原打算问问大汗要去哪里，见大汗脸色冷峻，便也没敢再问。好在忽必烈对这里并不陌生，径自信马由缰地在前面走。众人便在后面跟着。忽必烈在市井间转了一遭。道路两边的民居大多门窗紧闭。看来百姓们仍恋着旧主，至少眼下还不打算对忽必烈表示效忠之意。走走看看，忽必烈心中感慨，看来他的四弟并没有多少治国爱民的心思，喀拉和林本是大蒙古国的都城，可是与三年前忽必烈来此朝觐时相比，不仅没有改进，反倒显出比比皆是的破败。叹口气，拨马转向东南。这是去往大汗王宫的方向。跟随在身后的众人，看不见忽必烈的脸色表情，全都默默地跟着，连一声低语都无人敢发。这样走了一段不短的路程之后，忽必烈勒住马，然后就一动不动地停在那里，朝远处望去。这儿已经可以远远地看见王宫了，但准确地说，是因为王宫建在一块微微隆起的高地上，所以能从这儿看见其中最高的几座宫殿的金色屋顶。忽必烈的目光就停留在其中的一个屋顶上，全身凝然如雕塑，连"乌云"亦像定住了一般。就这样看了很久，虽然目光从未移动，却仿佛看到了很多有形无形的景象。忽然，他身形一矮，像是整个身体都松弛下来，接着又一挺，猛然间一勒缰绳，拨马便往回走，再一拐，便是回营的方向。众人仍是默默跟着，然后就随着忽必烈渐渐加快了马速。出了喀拉和林，忽必烈让马小跑起来，二十里路只用了小半个时辰。

忽必烈在自己的大帐前下了马，把缰绳交到董文炳的手上时，才像是突然看见了塔察儿，问："你怎么也跟来了？"问得突兀，塔察儿一时不知如何回答，呆在那里。忽必烈好像也没想要他回答，转身吩咐阿术："派几个人送他回去吧，路上不要出了差错。"说完就进了大帐。塔察儿这才凑近阿术，低声问："不是我做错了什么，惹大汗生气了吧？"阿术摇摇头："大汗这几天一直如此。虽然我也不知道为什么，不过肯定跟你没关系。"

当晚，忽必烈传下话来，说他准备在汪吉河那边扎营过冬。

这是忽必烈最后一次进入喀拉和林。此后，终其一生，再没到过这座大蒙古国的都城。

实际上他在汪吉河的过冬营帐里也只住了半个多月。在这里，他接到阿里不哥派人送来的一封信，内称四弟已经知错，请二哥宽恕，等来年春天马力稍复，再赴阙谢罪。忽必烈看后，一言未发，就撂在了一边。其后的一天，他忽然传谕准备南返。他下令让移相哥率军留守喀拉和林，又亲自召见被换下来的塔察儿进行安抚，说稍后还有硬仗要靠他去打，而这里已经无仗可打了。

中统元年的年末，忽必烈冒着严寒逾漠南返回到燕京。蒙古人通常是不在冬天穿越沙漠的。忽必烈为什么轻易地放过了已经失去抵抗能力的阿里不哥，却如此急于回到中原？他本人从未对此做过任何解释，史家只好凭自己的想象做出种种的猜测。猜测之一，是他"深以汉地政局为念"，而做此猜测的依据，是他在汪吉河冬营地收到过一个报告，说南宋皇帝赵昀已经正式册立忠王赵禥为东宫太子。

15 走投无路的刘整

因为有过凌虚楼"小坐"，贾似道早已知道赵昀要立赵禥为太子的决心，但对皇上偏要在这个时候办成这件事，仍觉有些意外。不过，稍稍一想，也就明白了皇上为什么要单挑这样一个时机。

这个"时机"，就是吴潜尚在相位。

皇上判断得一点儿都不错。在丁大全被挤落船下溺亡之后，此前拼命反对太子人选的左丞相吴潜，这回连屁都没敢放一个。贾似道明白，册立太子之后，接着就要"吴潜罢相"。他反对，要罢；他赞成，也要罢。按说以吴潜的官场经验，不可能连这个都不明白，那么，既然横竖都是罢，倒不如反对到底，或许反能落个身后的好名声，成为一个更大的大忠臣。然而他似乎最后还是没有算清这个账，选择了保持沉默。又或许他心存侥幸，幻想保住他的相位。当然，最终是不可能的。

第二年，也就是景定二年春，六十六岁的吴潜被罢相，贬逐到循州①。这以后，他的表现仍然符合一位大忠臣的形象，和大奸臣丁大全的表现截然不同。他没有像丁大全那样"烦劳"朝廷一再采取后续措施，而是在循州住了一年之后，就死了。一种说法是自然死亡；这种说法没有细节，年龄大，身体不好，突发疾病可能都是原因。还有一种说法，说他是被贾似道派去监视他的循州知州刘宗申毒死

---

① 在今广东惠州、梅州一带。

的。这说法附有很丰富的细节，说吴潜对此早有预知，对人说："吾将逝也，夜必雷风大作。"那天夜里果然电闪雷鸣，风雨交加，吴潜写下《谢世诗》《谢世颂》各三首，然后端坐而逝。至于贾似道为什么要害死他，那说法提供的原因是"贾似道怕他东山再起"。那一年吴潜已经六十七岁了，他还有哪怕一点点"东山再起"的机会吗？

紧接在"罢相"之后，景定二年四月，下一个节目"打算法"便紧锣密鼓地开演。一大批朝廷官员被派到各个部队，尤其是那些刚刚参加过对蒙作战的部队去检查他们的账目，重点则是"凡在战争中支取官府钱物用于军需者，一律以侵盗掩匿的罪名治罪"。一个多月下来，"捷报"不断传到丞相府。先是一些有名的老将如赵葵、杜庶、史岩之等被查出有问题，均因此罢官，并勒令赔偿。这是扫外围，先从没有直接参加过抗蒙作战的人入手，以免有人发表不负责任的言论，说朝廷是在杀功臣。然后便由表及里，涉及少数参战将领了。最先被揪出来的是王坚。这位曾在钓鱼城立下奇功、导致蒙哥命丧城下的名将，因账目不清被解除了兵权，将其调知和州①。王坚知道这只是开始而不是结束，很快就自行"抑郁而死"，也算是保住了忠臣的名节。尽管这样，还是有一帮更忠心的大臣言官，豁出身家性命犯颜直谏，说对这班蛀虫处理太轻，必须严刑峻法，方能以儆效尤。皇上也就从善如流。到曹世雄、向士璧相继被揪出来，就直接夺官下狱了。向士璧的问题很严重。他在死守潭州期间，亲率军民守城，组织"飞虎军"，招募"斗弩社"，连军、民都不分了，哪里还会区分什么官府钱物与军需？整个儿就是一笔公私不分的糊涂账！何况他早有"前科"。淳祐年间，蒙古军进攻四川，合州告急，他曾捐家资以供军费，领军赴援，可见他的公私不分是一贯的！曹世雄的问题稍微单纯些，但态度极其恶劣，即使下狱之后，仍负隅顽抗，始终不能把为何只在青山矶打过一仗，却有那么大消耗的问题说清楚。似这等"怙恶不悛"，终于引起朝廷震怒，令其就狱中自裁。得知曹世雄被自杀，向士璧情知必不能免，更兼听说自己的族人亦多被拘押，以催逼赔偿，遂长叹一声，服毒自尽。

面对着这些"捷报"，贾似道不由得想到一个人：李庭芝。

他和李庭芝有一个共同的"伯乐"——孟珙。一代名将孟珙临终之际，向朝廷推荐贾似道作为自己的继任者，又向贾似道推荐李庭芝，说李庭芝是一个"难得之才"。那一年李庭芝二十七岁，虽然已经在孟珙手下得到五六年的悉心培养，但尚无太大的业绩，职务也只是在孟珙帐中掌管机要文字。贾似道对孟珙的推荐自

---

① 今安徽省巢湖市和县。

然高度重视，但孟珙似乎并没有把这一举荐告诉李庭芝，所以孟珙死后，李庭芝为了报答孟珙的知遇之恩，亲自护送其灵柩回兴国①安葬，随后又不顾众人挽留，毅然辞官还乡，为孟珙执丧三年。期满，已接替孟珙镇守京湖的贾似道，才召他至手下，任制置司参议。这是个类似于现在的参谋长的职位。几年下来，贾似道见他果如孟珙所荐，不仅具有多方面的才干，而且为人正直，为官清廉，处事勤谨，忠于职守，不遗余力，遂奏请朝廷，命其移镇两淮。两淮是南宋东线防御的重点，李庭芝为了加强防务，就与贾似道商议在清河五河口设置栅栏，并在淮南增设烽火台。贾似道很支持。五河口栅栏完成后，贾似道前往视察，留下了深刻的印象。后来在鄂州，贾似道树栅为夹城大破蒙军"鹅车计"，就是受此启发。开庆元年，蒙军大举犯宋，贾似道奉命御敌，移司峡州，行前特留李庭芝驻守扬州。在蒙哥攻四川、忽必烈攻鄂州期间，蒙军东线李璮多次出兵骚扰，都被李庭芝击退。

开庆元年冬，李庭芝因母丧，辞官回乡守制。代替他的参议官李应庚，虽然也忠心耿耿，能力却不足以胜任。景定元年六月，为了加强防御，征调两路士兵在淮河以南修筑南城，正值酷暑，李应庚又不知体恤，士兵多有中暑而死者。蒙将李璮得知后乘机出兵，连下涟州等三城，接着又渡过淮河攻占南城。朝廷闻报，亦知李应庚不是守扬州的材料，但对于究竟谁能当此重任，却是众说纷纭，莫衷一是。也有人来请示贾丞相，可贾似道此时亦在微妙时期，正抱定宗旨对武将之事不发表意见，遂答称："此事问我，不如直接问圣上。"那日早朝，便有大臣启奏此事，并提出五个人选，请皇上圣断。不料赵昀听罢，不假思索便道："你那五个人都不行，此事非李庭芝莫属！"虽然圣意与贾似道所愿暗合，但皇上回答得这么快，这么肯定，还是让贾似道心头一震：皇上什么都清楚啊！

于是朝廷发出命令，着李庭芝停止守丧，主管两淮制置司事。李庭芝走马上任，率兵打败了李璮的军队，斩其部将厉元帅，夷平了南城，随后又在乔村再次击败李璮，攻破东海、石圃等城，两淮局势得以平定。

所以，当贾似道得知向士璧于狱中服毒自尽因而想到李庭芝时，心中颇觉宽慰。下一次蒙宋大战，就得靠李庭芝这一代将领了。至于他们在取胜之后如何保全自己，则要看他们自己了。

这时贾似道也想到了刘整。皇上根本没有北上攻蒙的打算，刘整全面施展其进攻才具的机会，看来是不会有了。然而即使是在以防御为主的战局中，局部的攻击作战仍是应有之义，那么刘整就仍是个不可或缺的人。前月朝廷所派的官会计已经

---

① 今属江西。

下到川陕诸路军中，不知刘整会被查出怎样的问题。此前的情况已经表明，凡参与过作战的将领，不被查出问题是不可能的，但愿刘整的问题能留有一定的回旋余地。这时吴潜已被罢相，贾似道的地位已经基本稳定，如果有要杀刘整的文书呈报到相府，他会破例设法回护一下，保住他的性命。只要人还在，到用得着时，也好重新起用。

贾似道虑事不为不周，但这回还是把事情想得太简单了。

刘整在走投无路时也想到了贾似道。

这话也可以反过来说：当他想到派人给贾似道呈送一封亲笔信时，他确实觉得自己已经走投无路了。

自从投奔大宋以来，他早已习惯了忍受和退让。谁叫他是从北方投奔过来的人呢。他知道，在他出生之前乃至再往前的那段时间里，还偶尔会有少数的北方人，从金人治下跑出来，投奔大宋。在他们投奔过来之前，往往并不了解在大宋存在着一套秘而不宣的针对他们的政策，将他们称为"归正人"，加以种种的限制和防范。不过，到刘整投到孟珙帐下时，人们已不再使用"归正人"一类的说法了。不是有人废止了那套规则，而是因为那套规则在实施多年以后，已经出现它必然导致的后果——基本上没有人再来"归正"了。一个政权抛弃了自己的人民，不可能不被他的人民所抛弃。这是历史的必然，也是很正常的事；只有后世的某些别有用心者，才会只去苛难那些抛弃了朝廷的人民，而不去谴责那个抛弃了人民的朝廷。刘整来前也不知道这些，直到孟珙去世，他屡遭排斥后才听说的。就刘整本人而论，他与其说是为投奔大宋而来，不如说是为投奔孟珙而来，因为他从小就仰慕孟珙的威名，觉得只有在这位一代名将的麾下，才有可能施展自己的才能和抱负。事实上，他也确实得到了孟珙的赏识，尤其是当孟老将军亲笔为他的旌旗题上"赛存孝"三个大字时，他兴奋激动得热血沸腾，觉得当初背井离乡南来真是来得太对了。孟珙不仅战时用他做先锋，更在平时指导他从事军营的管理和士兵的训练，不断提高他的治军能力，又用心良苦地不使他太出头露脸，以免招人妒忌。凡此种种，都足见不是只把他作为普通将领来培养的。可惜大宋只有一个孟珙，孟珙死后，刘整便被冷落，即使苦等了八年，方得随李曾伯入蜀，后来他屡建战功，仍时常因为不凡事而被同僚欺侮、嘲笑，被上司压制、排挤，诸如有建议不采纳，乃至有功不报不赏等都时有发生。好在这类事零零散散，又好在毕竟有"赛存孝"的威名罩着，终是有个限度，能忍则忍，能让则让，刘整也就忍了让了。时间长了，忍受和退让渐渐成了刘整习以为常的心态。这心态使他成了一个孤独者，然后他也就接受了这份孤独。只有和俞兴的冲突，要算是唯一的例外了。

五年前，一股蒙军南下袭扰，兵锋直指嘉定①。驻守嘉定的，正是时任四川宣抚使的俞兴。俞兴自己不敢出战，下令驻守泸州的刘整驰援，并限期将敌击退。作为部属，刘整得令后自是不敢怠慢，且那军令又是有期限的，遂召集了三千人马，立即出发，急忙赶路，到达嘉定外围时，看看限期已到，虽是人困马乏，顾不得休整，便向蒙军发起攻击。因为是以疲兵应敌，那一仗打得颇不顺利，虽然最终将敌击退，解了嘉定之急，但自己的伤亡也很大。战后，刘整去营中慰问伤员，耳听喊痛之声，眼见血污之象，正是心中沉痛郁结之际，忽报俞大人派了一名小吏犒军来了，不觉一怔——军中惯例，像这种情况，受援方主官应将援军的主要将领迎入城中，设宴犒劳，再派出队伍赴军中犒赏全军将士。走回中军帐时，刘整左边一只手已自微微发抖。到得帐前，果见有一名派来的小吏，旁边跟着一辆两条毛驴拉的木轮车，车上用油布苦着，下面想必就是犒军之物了。那小吏倒也乖觉，趋前两步，作了个揖，躬身道："拜见刘将军。"

刘整摆摆手说："罢了。"转过脸看着那辆毛驴车问，"这就是你带来的犒军之物？"

"正是。"

"都是些什么？多少？"

"三十头羊，五十坛酒。"

刘整没有说话，只觉得胸间血往上涌：漫说我这是三千人马，也不说那五百来伤号，单是我那阵亡了的二百多弟兄，就只值这三十头羊五十坛酒？

那小吏见刘整不说话，又加了一句："俞大人说，羊羔美酒，聊表谢忱，请刘将军笑纳。"

"嗯，羊羔美酒。说得好！俞大人还有别的话吗？"

"俞大人让小可传话给刘将军，俞大人因恐敌军去而复来，正忙于整饬城防，碍难迎送，请刘将军不必拘礼，自回泸州。"

倨傲轻慢一至于此，连一面都不见，还要加一句"请刘将军不必拘礼"。刘整记起一句老话：是可忍孰不可忍！正所谓怒从心头起，恶向胆边生，朝后面一招手，喊声："来人！"手中马鞭朝那小吏一指说："拉下去！杖一百！"又说："给我往死里打！"又加了一句："别真打死了就好！"

---

① 今四川乐山。

那三十头羊五十坛酒还是留下了。不要白不要。那小吏已被打得站立不住，就让那毛驴车拉了回去。与此同时，刘整下令拔寨启程，自回泸州。

君子报仇，十年不晚。刘整知道这个话，但并不真懂其中的含义。真是君子，讲的是以德报怨，往往倒是小人，才最擅于深藏不露，伺机报复。所以，到了五年后的景定元年十月，当俞兴又被任命为四川制置使，再次成为他的顶头上司时，虽然他心里也动了一下，最终还是没有十分在意。后来同僚中颇有人说，毫无战功的俞兴竟能成为"蜀帅"，是吕文德"做"成的一个"局"。刘整听说后，更是没往心里去。他想，咱跟吕将军既无瓜葛，亦无芥蒂，虽非通好至交，却也往日无冤近日无仇，就那么回事儿吧！

刘整的战略眼光，战场上的洞察力，在看人时一星半点都没剩下。他哪里知道，俞兴入蜀，正是吕文德挑选出来对付他的。他根本就不明白吕文德这种人。不错，他跟吕文德往日无冤近日无仇。即便驰援鄂州时，他奉贾似道之命引军跟在吕文德后面，那也是奉命行事，既非怯战，更不是有意占吕文德的便宜。这不假。即使在吕文德一面，当时虽也相当地不快，想以后找机会整他一下，但那终不是什么大事，"不快"而已，并非深仇大恨，没道理必欲置之死地而后快。吕文德要除掉刘整，跟这件事多少有点儿关系，但关系不大。也就是说，即便没有这回事，吕文德同样也要除掉刘整。为什么？因为吕文德出身于武将世家，而在南宋的将领中，像他这种几代都为武将的家族相当多。吕家到了吕文德这一代，不仅几个兄弟都是一方将领，再加上远近亲朋，故交旧部，已经形成一个被后世称为"吕氏集团"的群体，而吕文德就是这个群体的老大。如果再加上他们和另一些类似家族的"世交""旧谊""乡情"，就在军界形成了一张巨大的关系网。吕文德原来就具有较深的资历和较高的地位，又在此次援蜀、援鄂中两次建功，升任京西、湖北安抚大使兼制置使知鄂州，稍后更兼任策应大使，实际上已经成为南宋军中最主要的将领。如果不是大宋官制不设集中指挥所有军队的中央机构，他几乎有望成为全军统帅了。遍观南宋之军界，已经少有他的影响力达不到的地方。正是在这样的格局之下，刘整就成了一个异类、异数。何况这并不只是他一个人的想法。每与同侪言及时下军界的状况，也常有人语出不忿。一个从北边投奔过来的人，在此毫无根基，竟然能全凭军功，累迁至泸州知府兼潼川路安抚副使这样的高位，长此以往，军界之乱局，将何以堪！

被人算计而不自知，这就是刘整所处的险境。直到朝廷开始推行打算法，他才心中又是一动。过了几天，见俞兴那里并没有什么动静，再想想自己又没有什么损公肥私的劣迹，便是抄了家，也抄不出多少值钱的家当来，却又放过一边了。人在矮檐下，低头低惯了，也就不敏感了。又直到陆续听说，凡官会计所到之处，几乎没有查不出纰漏来的，这才察觉出危险。再然后，坏消息一个接一个，直到立下奇功的王坚被解了兵权，立下大功的曹世雄、向士璧竟直接夺官下狱，继而被处死、逼死，他才心慌起来。和那几位相比，自己资历既浅，又无根基关系，他们尚且如此，自己又何以自保？及至接到俞兴的通知，说官会计不日即将前去核查军中钱财粮秣，内中还特别提到要他"早做准备"——军中账目自有人管着，他刘整有什么可"准备"的？那不是分明要他准备后事嘛！直到这时刘整才明白，自己已是到了走投无路、难以自保的境地了。

这时他想到了贾似道。

那次被请去"小坐"，他对这位贾丞相印象颇佳。当他把马鞭指向地图上的青山矶时，他解释了为什么此处可攻的原因，却没有挑明攻下此处的意义。而贾丞相对于青山矶的战略重要性，一点即明，无须多赘。如此默契，在刘整的经验中，只在过去与孟珙老将军之间曾经有过。那种彼此相知的交流，让人有一种如沐春风的感觉，一生中难得几遇。说到底，贾丞相本来就是孟珙临终力荐的继任者嘛！后来他得以升任泸州知府兼潼川路安抚副使，也很感念这位贾丞相。"小坐"时只他们二人，再无第三个人知道打青山矶是他的主意，如果贾丞相也像他以前经常遇到的一些上司那样，将此一节匿而不报，单凭他在南岸打了个冲锋，一无斩获自己倒折了两个弟兄，哪里能得到如此的升赏？如此看来，现在能救他刘整的，也只有贾丞相了。

他决定给贾丞相写一封亲笔信。

军中自有文案，底稿可以让他们代拟，但信要由刘整自己再抄写一遍。想起当初贾丞相邀他去"小坐"，说是要跟他切磋书法，他还真用了一整天时间练习小楷，以期把这封信抄得更工整一些。不过，这只是他出于郑重而想出来的。

到了紧要关头，刘整也不得不格外细心了。信的行文要委婉，但所请之事却要说得明白。事儿说得明白，便不免有些关碍，不能让不相干的人知道，所以特意挑选了一名最可靠且最会办事的亲信，行前还再三嘱咐，这信务必面呈贾丞相。麻烦也就出在这个细心上。十余日后，最可靠且最会办事的亲信回来了，说相府门禁森严，饶是怎样地求爷爷告奶奶，饶是怎样地大把银子打点，人家死活不给通报，还说贾丞相早有严令，凡武将求见，一律挡驾。见不着贾丞相，只好原信带回。

闻听此言，刘整就像是万丈悬崖一脚蹬空，翻滚坠落，掉进了下面的汹涌急流之中。

当真再没有别的办法救出自己了？就像行将灭顶之前，手忙脚乱之际，猛然间瞥见一根稻草——事已至此，只好向俞兴服软求饶了。杀人不过头点地，以前是我不对，现在我负荆请罪，知错认错改错，以后甘愿牵马坠镫，效犬马之力，还不行吗？

刘整决定抓住这根救命稻草。虽然心里是一千二百个不情愿，还是一咬牙一跺脚：罢了！先留得青山在，以后再说烧柴的事！

服软求饶，不能只凭一张嘴说说。拿什么去表达这个"意思"呢？戎马一生，并没有攒下几多家产，每临阵战，都得做好马革裹尸的准备，早把那金银财宝视为身外之物。想来想去，猛然想起家中还存着一条玉带。那还是端平年间，灭金之后，朝廷下令向盟友手中收复失地。在一次与蒙军的恶战中，为了救出陷入敌阵的孟珙，刘整身负重伤，战后孟珙亲自来探伤慰问时赏赐给他的。刘整虽不知那东西到底价值几何，却也明白那是个珍贵物件，坚辞不受。最后还是孟珙沉下脸来说："你给我看好了，这可不是军中之物——军中哪有这种东西？这是我自己家里的东西，你若不收，置我于何地？"刘整这才称谢收下。那实际上是对救命之恩的酬谢，毕竟将帅有别，不好明说。此后刘整便一直将玉带珍藏，不为它值多少钱，只为它是孟珙所赠。如今到了这种地步，遑论舍得舍不得，能救自己一命，也便值了。

主意已定，就仍派了那亲信——虽然上回没把事办成，但终是手下最会办事之人——携了玉带，赶去重庆，向俞大人输诚。五天之后，亲信仍是将玉带原物带回，说和相府一样，俞大人那里亦是不得其门而入。门上说，俞大人早已发话，凡泸州来人，一律不见！

原来人家早就拿定了主意，只要你刘整性命，别的不要！

刘整呀刘整，你还有活路吗？

也真难为了刘整，还真又想出一条路来。次日又把那亲信叫来，让其再跑一趟。那亲信虽面有难色，却也只得照办。这一回还真不是一般的辛苦，按刘整的吩咐，他再次携了玉带，昼夜兼程赶往江陵①。俞兴是江陵人，这是要去求他老母亲。八天后，那亲信回来了，跌跌撞撞进了大堂，眼见得几百里路都走了，却是最后几步死活走不动了，只在大堂门口，上气不接下气地说了一句："那……俞老夫人……收下了……"

原本坐着的刘整，噌地一下站了起来，又厉声问："怎么讲？"

———————————————

① 今湖北荆州。

"收……收下了……"

刘整又一屁股跌坐回椅子里。

再看那亲信，摇晃了一下，便瘫倒在地上。

刘整见状，想起身去搀扶，却怎么也站不起来。身边的卫兵见状，急忙上前将那亲信搀扶下去歇息去了。

刘整倒头大睡，一连睡了三夜三天。终是个武夫，心里有事，便睡不着觉，没事了，便睡他个天昏地暗。到第三日傍晚，睡醒了，正迟疑着起来还是再睡一会儿，有人来报："俞老夫人差人把玉带送回来了！"

"什么？"

"送……送回来了！"

"没别的话？"

"只说原物奉还，没别的话。"

这一夜，刘整通宵无眠。

他把卫兵随侍全打发开了，独自留在大堂，时而往返踱步，时而枯坐发呆。想啊想啊，总在那几个恼人之处转来转去，周而复始，循环往复。烦到极处，信步走出大堂，沿回廊踱了一遭。正是六月时节，夜色迷离，夜凉如水。心中抑郁，又走回大堂，方进得门来，便觉自己的堂案上有些异样，快走几步，来到案前看时，只见那大案中央，一个黄铜镇纸下面，压了一个四指来宽的纸条，急拿起来看，上面是不大的十二个字：

悟以往之不谏，知来者之可追！

他甚至根本没去想是谁把它放在这儿的。虽然屏退了左右，终归都仍在附近。这大堂原非寻常去处，自亦不是闲杂人等可以轻易混进来的地方。只不过出去转了一下，怎么案头就会多出来这样一张纸条？对于诗词歌赋之类，刘整最多也只能算"略知一二"。比如，他知道这十二个字原是陶渊明《归去来兮辞》中的句子，甚至对原辞的大意也有所了解。但是，要他真正去鉴赏那些文字，尤其是这类田园诗词里那种淡泊高远的意境，就太过勉为其难了。但此刻，那十二个字一入眼，他立刻就产生了联想——你若想知道以后该怎么做，先得弄明白你以前错在哪儿了！

我哪儿做错了？做错什么了？没有呀！自从投奔孟珙以来，杀敌立功，冲锋陷阵，身先士卒，舍生忘死，小差错可能有，但大错误绝对没有！"胜负皆兵家之常事"是他经常挂在嘴边上的一句话。从道理上说，这是一句大白话、大实话；但这个话却不是随便什么人都可以随便说说的。只有那些没打过败仗的人，才有资格说这个话！

直路不通，拐个弯儿。他猛地想到，这十二个字出自《归去来兮辞》，而《归去来兮辞》的第一句是什么？是"归去来兮，田园将芜胡不归"！

我应该回老家？

我的老家在河南，再往上的祖籍是关中，回不去呀！

护送孟珙的灵柩回乡安葬之后，他也曾有意效仿李庭芝，为孟珙守丧，可惜最终没有实行，此刻已是悔之晚矣。

现在，那个原来不可能回去的地方，似乎又并非绝对回不去。只是那样一来……

刘整放下纸条，坐下，然后就一直这样坐着，凝然不动，良久良久。直到猛然间觉得脸上冰凉，伸手一摸，原来已是泪流满面。

男儿有泪不轻弹，只因未到伤心处。伤心到极处，流出的不是热泪是冷泪。这冷泪便是对权势的告诫：可以令英雄气短，但是切莫使英雄流泪。正因为男儿有泪不轻弹，一旦使英雄流泪，代价惨重。

天亮以后，刘整召来文案，说要拟一封书信。侧面原有一张书案，那文案便就案前坐下。刘整则在他面前踱来踱去，看着他铺得纸正，研得墨浓，醮得笔饱，这才开口吐出一个字："致——"

一个长得几乎没有尽头的停顿，然后才用平缓的语气说："致——大蒙古国成都路军马经略使刘黑马将军……"

刘黑马接过信来看时，已是一愣。发信人是刘整。收信人是刘黑马。虽然都姓刘，这二刘之间却是不该有书信来往的。何况数月来，蒙宋两家都在忙活自家的事，一个是兄打弟，一个是君杀臣，自顾不暇，所以成都与泸州之间，都是各自拥兵，彼此相持，两下里都没有挑启战端之意，那刘整怎么会派人下战书来了？

拆开一看，愕然良久。

不是战书，是降书！

大宋泸州知府兼潼川路安抚副使刘整将军，致信大蒙古国成都路军马经略使刘黑马将军，说愿以泸州及所属十五郡三十万户归降！

这可不是闹着玩儿的！

到此刻为止，蒙宋之间已经打了三十多年的仗，大打两次，小打无数次。打到现在，互有胜负，各有伤亡，降将却不多，且总要打到他再无还手之力，亦无路可逃，方肯投降。像这种相持之间，双方并无直接交锋，一仗未打，无端便献城献地献军民前来投降者，实属罕见，更何况还是威名显赫、常胜不败的大宋名将刘整！

信？还是不信？

召来诸将商议，众说纷纭，却是不信者居多。更有那伶牙俐齿的，说这哪里是降书，分明是战书，是要诱我轻敌，以逞其奸，取我成都！你别说，如果是诈降，还真没准演变出这样一场乱局，让原本兵力不弱、有恃无恐的成都，成为一座危城。

你以为投降是件容易事吗？若在战场上，或打出一面降旗，或把兵刃朝地上一扔，便诸事齐备；可是在这非战时期，降与不降，受与不受，对双方都是一道难题。便是被刘整派来送信的那个亲信，也是安排好了后事方才动身的——万一人家认定你是诈降，还能放你回去吗？而对于刘黑马手下众将来说，没有这事儿，日子原自过得安安稳稳，生出这么个事儿来，眼见得安稳日子就过不成了，你说烦不烦？

商议归商议，大主意还得刘黑马自己拿。刘整要降，受或不受，莫说上奏大汗，就是向廉大人禀报，也来不及。廉大人自己就说过：事机一失，万巧莫追！刘整信中亦说得明白，一旦走漏了风声，即便手下人马还能带过去，那泸州城及所属十五郡三十万户，却是搬不动也带不走的。已经年过六旬的刘黑马，一生转战南北，建功无数，如今岂肯将这一份唾手可得的大功劳轻轻放过？打个折扣都不行！

刘黑马原名刘嶷，济南历城人。出生时，家有白马产下黑驹，众人皆以为异，就用"黑马"做了他的乳名，此后竟以此名流传天下，名垂史册。其父刘伯林也是一股地方武装势力的首领，同样是金人在时归金，蒙人来时归蒙，官职不变，行事依旧。刘黑马自幼随父征战，不仅英勇善战，且多智谋。父亲去世，他袭父职为万户，佩虎符，兼都元帅。后来成吉思汗开始利用这些地方武装，征召他们参加各地战事，刘黑马亦得以转战四方，先后从木华黎攻凤翔，从孛罗攻西夏唐兀，从按真那延攻破东平、大名，从孛罗征讨叛乱的金降将武仙，屡立战功。窝阔台即位后，始立三万户，以黑马为首，重喜、史天泽次之，授金虎符，总管汉军。此后又在西征回回和对金作战中多次取胜，战功卓著。后来窝阔台又增设七万户，仍以黑马为首，重喜、史天泽、严实次之。灭金后，刘黑马跟从都元帅答海绀卜攻打四川，改授都总管万户，统领西京、河东、陕西诸军万户，从此转战于川陕一线，直到蒙哥伐宋时，刘黑马驻守商州①，对于东路的忽必烈和西路的蒙哥，他都是一个稳固可靠的侧翼支点。忽必烈中统元年，廉希宪挑选他去平定成都叛乱，正是看中了他的智勇双全、老谋深算。他因此被留在那里兼任成都路军马经略使，恰好成为刘整降蒙的受降者。如果说这里面暗含着某种"天算"，那么他能以一位蒙军名将之心，去理解另一位宋军名将之意，那就纯粹是"人算"了。

众将仍在七嘴八舌，刘黑马一面用耳听，一面用心想。耳边所听渐渐如风吹过，心中所想则渐渐成形。刘整是谁？是"赛存孝"。他要打成都，自会率军来打，打赢打输，总归打的是明白仗，断不会先以诈降做成乱局，再图谋乱中取胜。想好了，他站起身来，待众人都住了嘴，这才决然说道："刘整是真降。不管你们信不信，反正我信了。"

他这个"我信了"也不是白信。他派去泸州受降的，是他的儿子刘元振。万一他判断错了，中了敌方的诈降计，派去受降的将领必定有去无回，所以这差使只能落在他儿子头上。

中统二年六月，宋将刘整来降。消息传到开平，忽必烈闻报大喜，当即任命刘整为夔路行省兼安抚使，仍统旧部原地驻守。同时知会廉希宪，要他处理好刘整归降后的各种后续问题，确保川陕一线的有利新格局。

景定二年六月，叛将刘整降蒙。消息传到临安，赵昀闻奏大怒，当即传旨命俞兴率军讨伐刘整，刻日出兵，不得有误！

俞兴倒也没有怠慢，立即命令所属各部人马，分别从各自的驻地出发，到泸州城下集合，再一起攻打泸州，他自己则亲率三千重庆守军向西南方向挺进，直趋泸州。在他心里，是必欲将刘整置之死地而后快的，即便降了蒙古人，也要捉回来杀掉，方解心头之恨。他虽心里着急，怎奈手下这支部队自他接管以来，就缺少训练，军纪松弛，再加上仓促开拔，一时间缺这少那，便是埋锅造饭，竟有一个时辰尚未将饭煮熟的。俞兴心中不解，来此上任之前，听吕文德吕大人介绍，这支部队虽非精锐，却也是训练有素、经得战阵的，怎么到了自己手里，不多日子就变成了这样。如此这般，走了两天，走到江津。这两天当中，不断有手下文武前来进言，都说仗不是这样打法，从古至今，没有到敌方城下集合部队的先例。听得多了，俞兴方觉得亦有道理，也是自己忒心急了些，遂从善如流，将前令作废，改令各部均到永川集中，待各部到齐，编好顺序，列好阵形，再直趋泸州，去取刘整首级。军令既出，他自己的部队也调整了前进方向，又走了两天，到得永川。这永川是个小

---

①　今陕西商洛。

县，外无高墙深堑，内无宽敞之地。俞兴传令就在城边安营扎寨，静候各路人马到齐。等了两天，竟不见有一支人马到达，心中焦躁，却又无可奈何。要到日后经吕文德一查到底，方才查明诸路人马中竟没有一路真往永川方向走出过五十里。皆因领军的将校，听说是要在俞兴的指挥下去打刘整，都觉得无异于以卵击石，谁愿意把自己这身鸡蛋黄子去溅到那石头上？所以各怀鬼胎，虽是按时出发，走出一截便找个借口按兵不动了。

这日傍晚，俞兴心中无趣，遂叫来一个亲信，命他悄悄去县城里找两个女人来，也不要什么沉鱼落雁之姿、羞花闭月之貌，只消略解些风情，能陪着解解闷儿便好。那亲信去后，俞兴更觉按捺不住，又想到这军中召妓，终不是什么正大光明之事，须是有些遮掩才好，便传令备马，然后在一班亲兵侍卫的簇拥之下，视察军营。为了更显出恪尽职守的模样，也为了节省时间，东、南、北三面都没去，直奔西寨门而来。看看快到寨门，猛听得远远响起几声号炮，一时心中颇不以为然，扭头对侍卫长说："我不过随便走走，弄这么大动静干什么？"却见那侍卫长已是脸色煞白，结结巴巴说道："禀俞、俞大大人，那是敌人前来偷……偷……偷袭的炮……炮……炮！"俞兴问了一声："是吗？"同时一催坐骑，朝寨门外而去，那意思是心中不信，要去看看。众人见主帅竟能如此处变不惊，从容向前，也只得硬着头皮跟着。原来这西寨门一带亦自有军士把守，虽是仓促之间，却也有小校们吆喝着集合迎敌。这时见主帅竟纵马向前，虽说不上士气一振，毕竟少了些惊慌，纷纷展眼向西面看去时，却见平地里已扬起一片遮天蔽日的尘土，紧接着，就于这一道黄幕似的尘土中现出一彪骑兵，朝这边疾驰而来。转眼间便听得蹄声动地，杀声震天，轰隆隆冲到眼前。为首一员大将，银盔银甲，挺一杆长矛，身旁一名旗手，高擎一面迎风展开的帅旗，上面三个斗大的大字："赛存孝"！宋军中有老兵知道厉害的，高喊一声："爷爷来了！"撒丫子便往回跑。有几个跑的，便带得众士兵纷纷逃命。不过跑得最快的，还是俞兴俞大人。俞大人胯下那匹马还真是不俗，一口气跑出了足有五里之遥，这才勒缰收马，一面牛喘，一面看身边时，竟没有一个亲兵侍卫能跟上来。再抬眼朝来路望去，天际已是一片火光，想必是大营已被刘整那厮烧了。看来那厮手脚真快。再想自己，不由得暗自庆幸，若不是自己勤于王事，亲自巡营督战，焉能率先发现敌军偷袭？若是待在大帐里，等别人来报信时再传令备马，能不能跑出来还真是难说。

这一仗，俞兴到底是怎样向朝廷报告的，史书没有详细记载；那上面只有不咸不淡两个字："大败。"史书也没有述及俞兴是否因此败而受到惩罚；说到底，胜败乃兵家常事，俞大人毕竟是个忠臣，以忠臣奉旨去讨伐叛将，"虽败犹荣"。

俞兴大败，讨伐刘整的重任，就落在了吕文德肩上。皇上亲自开了金口："不惜一切代价，务必夺回泸州！"倒不是赵昀多么有战略眼光，他是听了贾似道的话。贾似道告诉他：泸州一失，重庆就直接暴露在蒙军面前了，而一旦重庆有失，蒙军就有了沿长江顺流而下的通道！贾似道虽然也重视刘整，但这时刘整的价值还没有完全展现出来，贾似道也很难完全认识到。至于赵昀，则根本没把刘整当回事儿。叛变降敌固然可恨，毕竟本来就是个北方过来的归正人，想家了，回去就回去吧，只要夺回泸州便好！

当年曾经从重庆出发驰援鄂州的吕文德，解了鄂州之围就留在了那里，现在又从鄂州回到了重庆。毕竟是武将世家出身，他到了重庆以后，视察了几处军营，观看了几次操练，心中叫了声"苦也！"三年前，他受命从播州驰援重庆，初到川东时，包括这支部队在内的一些当地驻军，曾经在他的统一指挥下协同作战，都表现得相当有战斗力，他能在短时间内扭转川东战局，颇得力于这些部队的出色表现。离开重庆才两年多，人还是那些人，部队却已是面目全非，可以说是"兵熊熊一个，将熊熊一窝"。然事已至此，临阵磨枪已是来不及了，只好从用兵之道上另想办法。他一面从鄂州调来一支援军，以备不时之需，一面对现有的部队严厉整饬军纪，一面调整部署，步步为营地向前推进，渐渐对泸州形成合围之势。这些部队经过一番整饬，虽然仍远不能和刘整部正面交锋，但执行此类围困任务，还能勉强应付。到了初冬时节，泸州已渐渐成为一座孤城。当时的泸州建在山上，虽然易守难攻，一旦受到围困，却是难以支撑。刘整不断派出小股部队实施突击，虽然总能将宋军击败、驱逐，但所获有限，而撤回之后，宋军便又卷土重来。稍后，吕文德更使出绝招，将泸州附近的民众强行撤离，所有粮草物资，乃至笤帚扫把水桶锅盖笸箩擀面杖悉数带走。

因为冬季少雨，泸州城里的饮水开始出现困难，不得不派兵下山抢水应急。情势已经到了很难再支撑下去的危急关头，刘整收到了廉希宪派专人送来的一封信。读完这封不过三百来字的信，刘整忍不住热泪盈眶了。他觉得，这是自孟珙、贾似道之后，他一生中遇到的第三个心灵相通的人。信中所说的方略，他其实已经想到了，但碍于自己的身份，总觉得"弃守泸州"这个话，很难由他提出。如果没有相当的战略眼光，他很容易被视为贪生怕死之徒。现在好了，一切都迎刃而解。

中统三年正月，刘整顺利将泸州民众徙往成都、潼川之后，撤出泸州。直到这时，他才发现当初将他任命为"夔路行省兼安抚使"，似乎已经预见到有可能要弃守泸州。现在，他的辖区内虽然没有了泸州，但是仍然包括一些可以直接威胁重庆的战略要地，有些地方与重庆的距离甚至比泸州还近。

景定三年正月，吕文德收复泸州，并向朝廷告捷。朝廷改泸州为江安军，但其所隶之州，除泸、叙、长宁、富顺外，均为蒙古军占有。吕文德因功官升一级，成为南宋朝廷事实上的一号将领，并于不久后受命移镇襄阳。几年后，他将在襄阳再次与刘整打交道，并且扮演当年俞兴在重庆扮演过的那种角色。

16　郝经出使

中统二年正月，也就是忽必烈从汪吉河冬营地冒着严寒逾漠南返不久，郝经就踏上了以"国使"身份出使南宋的征程。出发时，忽必烈特命刘秉忠、张柔送出城外十八里。

这是一次有去无回的出使。

刚刚回到漠南的忽必烈，劈面就遇到对他的权力合法性的又一个挑战，而且这挑战不是来自对手，却是出于自己的内部。这些人主要是大约一年前从中立的、观望的，甚至曾经倾向于阿里不哥的立场上被争取过来的蒙古宗室和将领，现在他们提出了一个问题：当初从鄂州撤围，忽必烈曾宣称是因为南宋已遣使乞和，许以划江为界，称臣纳贡，岁奉银二十万两，绢二十万匹，如今一年多的时间已经过去了，为何既不见南宋交割土地，也未见其哪怕一两银子一匹绢的岁贡，而我们却既不催讨，也不追究？话中还有话：当初王爷派来的使者，就是拿这个来说服我们支持王爷即大汗位的，莫非是在骗我们？

这个问题，忽必烈不好回答，可是又不能不回答。如果任其议论纷纷，说不定哪天上了朝议，问题就会变形走样。那时自不会再有哪个大臣追问是否确有其事，只会就如何惩罚南宋的背信弃义表示义愤。南宋如此出尔反尔，我大蒙古国岂能听之任之？再往下，自然就是要兴师问罪了。可是忽必烈心里明白，现在决不是跟南宋再启战端的适当时机，更何况以这样的理由兴师问罪！那不是逼着人家说根本没这回事吗？

解铃还须系铃人。挺身而出替忽必烈解围的，还是郝经。

听说郝经请求单独召见，忽必烈立即猜出了他的来意，连说了三个字："快！快！快！"郝经走进大殿时，忽必烈竟然已离席而起，站在座前迎候。

郝经也就直奔主题："臣请以国信大使赴临安，责其失信，促其履约。"

忽必烈轻声问道："如其不成？"

郝经决绝答道："臣誓不辱命！"

忽必烈默然有顷，说："爱卿此去，恐非三年两载可回。"

郝经立即答道："臣为国出使，何计归期！"

忽必烈又停了一下，说："爱卿眷属，朕自会让子聪照料。"

郝经就磕了三个头："臣今此来，就算陛辞了。"

忽必烈忙摆摆手说："不急不急，你再想想，可还有什么话要说，或有什么事要朕替你做的？"

这回是郝经沉默了半晌，然后才徐徐说道："臣早年在张柔幕府时，曾为其幼子张弘范授课，后来亦多有交往。依臣看，此子文武兼备，胆识过人，足堪大用，请陛下留意。"

"哦？"忽必烈立刻来了精神，"此子比张弘略如何？"

"远在其上。"

"嗯，好，好！张弘范、张弘范、张弘范，朕记下了。他多大了？"

"二十三。"

忽必烈响亮地拍拍手："好！十年之后，正可大用！"然后便直直看着郝经，看了良久，才问："朕记得爱卿也是保州人吧？"

"臣原籍陵川①，幼时因金人兵乱随父逃难，先至鲁山②，后到保州定居，方有幸得遇张柔将军。"

忽必烈沉吟片刻，点点头说："是啊，出了张将军，出了郝爱卿，朕得感念保州这个地方。"

中统二年四月，七十一岁的张柔回到了他的大本营保州。他请求致仕的上奏已被忽必烈批准，并被加封为安肃公，所以此番回保州，就带上了衣锦荣归、告老还乡的意味，但实际上他却是为了一件大事才回来的。到了临行前，又意外得到了忽必烈的召见，把另外一件同样很大，或许还更加重要的事交给他去办。

"爱卿年事已高，朕知道。"忽必烈说，"爱卿奏请致仕，朕若不准，于心不忍，也有悖于天理人情。可准了之后，朕实是追悔。朕这里要办的事实在太多了，办事的人实在太少了。也罢，卿且回保州休息将养数月半载，将养得神满体健，再回来给朕做事。"

---

① 今山西晋城。
② 今河南鲁山。

对于忽必烈来说，中统二年是个百废待兴的年头，也是个"麻烦"不断的年头，总之是诸事繁多。当然，说到底，这都是他那个"思大有为于天下"的念头惹的祸。

相比之下，阿里不哥就没有那么多事需要操心。兵败之后，他回到了自己的领地吉利吉思，一面让丞相孛鲁合替他召集残部，招兵征马；一面让怯薛们替他寻找猎场，安排狩猎。当然，这一切都是为了一个目标：秋后反攻，报仇雪恨。这次他要亲自领军挂帅，所以打猎就成了压倒一切的首要科目。他以为只要通过打猎，把自己锻炼得体魄健壮，武艺高强，取胜便有了保障。困难仅仅在于寻找新的伙伴来陪他打猎。术木忽儿已经不辞而别；当然，即使他没走，阿里不哥也不会再找他了，正如合剌察儿早已被打发回术赤的领地去了。阿里不哥打心眼儿里瞧不起那些打过败仗的人。阿鲁忽还行。阿鲁忽没有辜负阿里不哥的期望，及时赶到虎牙思，从堂嫂兀鲁忽乃手中夺得了察合台兀鲁思之位，成为察合台汗国的可汗。不过，阿里不哥要他前来打猎的邀请却被婉拒了；阿鲁忽说他诸事猬集，碍难分身，又说他正在筹办婚事，不久将娶兀鲁忽乃为妻。这倒让阿里不哥颇觉费解，他想象不出一个女人怎么可能嫁给那个夺了自己大位的男人。不过他也没有在这上面多费脑筋。他不想为别人的事操心，只要阿鲁忽能源源不断地提供他所需要的粮食就好。

要到很久以后他才听说，忽必烈在这一年三月曾经宣布了两项决定：自阿姆河西至马木鲁克疆界的塔吉克地面当归旭烈兀统治守卫，自阿勒泰山至阿姆河之地则由阿鲁忽镇守。听说之后，他也没有太在意。关于旭烈兀的决定，他觉得还勉强说得过去。二哥跟三哥好，老四早知道。此番示好，无非是二哥想表示一下大度，不把术木忽儿的账算在他老爸旭烈兀身上。至于阿鲁忽的事，就显得二哥太傻、太一厢情愿了。阿鲁忽是我的人，能听你的？当初你派了阿必失合前往虎牙思，如果不是我下令将他拦截、扣留并最后杀掉，阿鲁忽能有今天吗？

这两个决定的重大意义，要到后来才被事实所证明。阿里不哥不愿意多操心的地方，忽必烈却是都费尽了心机。

其实对于忽必烈来说，这两个决定简直就只是两个"小动作"。真正错综复杂、头绪繁多的是那些军国大事。中统二年二月，诏命燕京行省及各路宣抚使北上开平，会议军国大政。三月末，燕京省官毕集开平。除检核钱谷、充实省部、擢用辅弼外，朝廷还为中央和地方官府制定了若干具体的行政条款，行政中枢既经调整扩充，更明确地分为两个班子，以史天泽、张文谦等人留中，王文统、廉希宪等行省事于燕。这样一种安排，透露出忽必烈此时已有将行政中心南移的打算了。

张柔的保州之行，就负有与此相关的使命，只是被要求秘而不宣。而在当地，官民们都只把注意力放在张柔荣归故里这件事本身——这本身就已经是一件很大的事了。从知顺天府田德满以下，都把别的事情暂且搁置一旁，把准备迎接张柔的到来作为头等大事。为什么领头的人是"知顺天府"？因为保州在窝阔台十二年①即已升格为顺天府。不过，只要是说到与张柔有关的事，人们还是习惯把这个地方叫作保州。成吉思汗二十二年，金哀宗正大四年②，原来驻镇满城的张柔，深感满城受山区地势所限，发展余地不大，决定移镇保州。这时的保州已饱受战乱的破坏长达十五年，市井荒芜，盗贼出没。张柔先派人营建居所，刚建成，便被一股水寇焚毁。张柔说："小贼们如此猖獗，是觉得我没有长久打算，这回我不走了！"就下令将部队调至保州，立前锋、左、右、中翼四营，而自己就在荒芜的城中废墟上，先搭建了一处营帐，自此每日披荆棘、拾瓦砾，力以营建为事。在对本地及周边亲自进行了大量的勘察之后，为重建保州做出了总体设计，"画市井，定民居，置官廨，引泉入城，疏沟渠以泻卑湿，通商惠工，遂致殷富。迁庙学于城东南，增其旧制"。其中引泉入城一项，尤其为保州百姓所称道。以前这里的井水多咸苦，难以饮用，百姓深以为患，也限制了保州的发展。张柔得知满城东面有一大泉，名鸡距泉，又名一亩泉——前者是以它的形状为名，后者是以它的面积之大为名。张柔经过实地勘察，决定开挖新渠，将泉水先从保州西城引入，再绕经东城分为两支，然后双流交贯由小北门而出。由于泉水充足，清冽甘甜，彻底解决了百姓的饮水问题，而且经过张柔这番精心独到的设计，保州全城被人造的河渠环绕拥抱，景观焕然一新，水面面积几乎达到全城面积的四成左右。在建成了四周高大厚实的城墙后，一些大户人家在张柔的带领和鼓励下，开始营造私人园林。张柔更从南方请来（也有俘虏来的）工匠艺人，使这些园林带上了不少江南园林的特色，并渐渐形成了一个园林体系。其中较大的，东有寿春园，西有种香园，南有雪香园③，北有芳润园。种香园是张柔府邸的一部分，雪香园则属于张柔手下大将千户乔维忠。张柔于窝阔台四年④开始应召参与蒙古国的伐金作战，但始终把保州作为他的大本营。他的府邸和幕府一直都在这里，他的幕府也始终主导着保州的建设。他的幕僚毛正卿，作为一名营造工程专家，数十年间始终是保州营建的总设计师和总指挥。由于"万户张府"的存在，张柔从一开始就为重建保州而制定的各种鼓励农桑、发展生产、通商惠工、繁荣经济的政策，以及修建寺庙道观、增建庙学私塾、发展文化教

① 公元 1240 年。
② 公元 1227 年。
③ 雪香园即今之莲池，其余皆陆续毁坏。
④ 公元 1232 年。

育的政策，都得到历任地方官员认真、稳定的执行。经过一段时间持续稳定的发展，保州从一座兵火之余的荒芜城市，变成了繁荣富庶的太平州府，渐渐成为河朔地区的中心城市。窝阔台十年，顺天军改为顺天路；两年后，升保州为顺天府。

　　张柔祖居易州定兴①，"世力农"——几代人都是农民。在由明朝的汉族文人所编修的《元史》中，张柔单独有传，且得到的评价很高："柔少慷慨，尚气节，善骑射，以豪侠称。"明朝毕竟离那个时候还近，明朝的文人，即便是汉人，也知道定兴这个地方从来就不曾在大宋稳定、有效的行政管辖之下，这地方的百姓从来就不是大宋治下的臣民，所以也产生不出仅仅因为是汉人，就要求他们忠于大宋的荒唐想法。张柔出生于金章宗明昌元年②，正逢乱世。怎么个乱法？大宋已经在他出生之前六十七年南逃到千里之外，河朔一带早已没了他们的事儿，就不提它了。这时蒙古势力刚刚崛起，其标志性事件之一，就是在张柔十六岁那年，成吉思汗即大汗位，建立了大蒙古国，在大举向西进军的同时，也不断向东向南扩张。金朝则日益衰落，其标志性事件之一，就是在张柔二十四岁那年，为避蒙古人的锋芒，将国都由中都③南迁至汴京④。蒙古人还没有来，金人的重心又已南移，河北一带就成了一个权力真空地区，"盗贼蜂起，民不得安"。这时候，血气方刚的张柔挺身而出，要为自己的邻里乡亲做点事、尽点力了。可是，在这种情况下，"尚气节，善骑射，以豪侠称"的张柔能做什么？去千里之外的大宋请朝廷发兵来保护易州的百姓？显然不可能。他所能做，实际上也做了，并且做得很成功的事，就是聚集族人乡里数千家，结集在西山东流寨，征选壮士，筑寨修堡以自卫。这样做的结果，是形成了一股具有一定实力的地方武装势力，"盗贼不敢犯，民得以安"。金朝虽已迁都，但这块地方还归他管，而既要与蒙古抗衡，自己又没有力量，所以对地方武装采取笼络政策。金中都经略使苗道润遂授张柔为定兴令，后来发现张柔确实是个人才，颇为赏识，不断提升，先升为清州防御使，又遥领永定军节度使，再兼雄州管内观察使，权元帅左都监，行元帅府事。成吉思汗十三年，金兴定二年⑤，苗道润为夏瑀所杀。讲义气的张柔一直感念苗道润的知遇之恩，决意为苗复仇，召集苗氏部下，得到拥戴，征讨夏瑀。正当此时，蒙军来犯，张柔率军迎战于狼牙岭，因战马失足被俘。蒙军主帅因张柔"肮脏无所屈，义而释之，且复旧职"。其实这也是蒙古人的政策，和金朝的政策差不多，本身实力有限，都想拉

① 今保定定兴。
② 公元 1190 年。
③ 今北京。
④ 今河南开封。
⑤ 公元 1218 年。

拢、依靠地方武装势力。此后，官职依旧但已成为蒙军部将的张柔，接连攻下易州、安州、保州、雄州。同时，他也不忘为苗道润报仇，进剿盘踞在孔山的夏瑀，在迫使夏投降后，剖其心以祭苗道润。稍后，他移治满城，击败来攻的数万金军，并乘胜攻克完州，第二年春天又连下祁州（今安国）、曲阳、定州。攻定州时，与金兵战于新乐，领中流矢，击落二齿，仍拔矢奋战而获胜。后金兵又来攻满城，张柔登城抗击，再中流矢，仍带伤击退攻城敌军。八月，张柔再度出击，进一步扩大势力范围，"威名震河朔"。这段经历，很能显示张柔的为人，也很有时代特征——在那个特定时期的特定地域，一个地方武装势力的首领，无论领受哪个朝廷授予的官职，所做的事情和行事的方法都差不多。不过，张柔毕竟是张柔。与一般地方武装势力首领只知抢占地盘、保存实力不同，张柔在镇守满城时，就制定各种鼓励政策，劝民耕织，恢复生产，将他管辖的地区建成可靠的基地。窝阔台四年，张柔参加伐金，升任汉军万户，开始参加大区域、大规模作战，屡立战功，他本人也由此完成了从一个地方武装首领到大军将领的转变。窝阔台五年正月，张柔率军进攻金朝国都汴京，金帝出走归德（今河南商丘），汴京守将崔立投降。张柔入城后，于金帛一无所取，直奔史馆，取走《金实录》并秘府图书，使这些宝贵的史料、书籍得以完好无损地保留下来。他还访求耆德及燕赵故族十余人，护送他们北归。他从屠杀战俘的刑场上救下了金朝最后一科状元王鹗，将他送回自己的大本营保州，留于幕府中。王鹗在张柔幕府十一年，宋淳祐四年①被忽必烈召至藩邸，后又进入翰林院，前后十年间，忽必烈的重大诰命、典册，皆出其手。张柔很重视网罗人才，也很有识人的眼光，除了王鹗，像郝经、乐夔、敬铉、毛正卿等人，也都是一时的才俊之士。

中统二年初，王鹗率先向忽必烈提出议修《金史》的建议。刘秉忠随即深表赞同。忽必烈敏锐地捕捉到此举的重要意义：中原向有隔代修史的惯例，为金朝修史，自然而然就彰显了自己的正统地位。他很快就传下旨意，下令筹建史馆，商议编修《金史》事宜。正是在听说此事之后，张柔才决定回一趟保州。他要把在保州珍藏了近三十年的《金实录》献给朝廷，以供编修《金史》之用。正好他请求致仕的上奏得到批准，便决定让他心爱的小儿子张弘范同行，准备由该子将《金实录》护送到开平，自己就留在保州养老了。不想临行前忽必烈又交给他一项重要任务，让张弘范同行的决定竟有了未雨绸缪的意味。

因为事先已得到幕僚的禀报，张柔调整了行程，正好在老家定兴住了一夜，次

---

① 公元 1244 年。这一年蒙古正处在乃马真称制期间，无年号，而此时金已亡，只好借用宋朝年号。

日早早启程，所以下午申初时分，就与出城十里迎候的知顺天府田德满等一行相遇。按张柔的本意，原不想如此张扬，还曾让幕僚毛正卿捎话给田知府，恳请一切从简，却引得田知府亲笔写来一信，内称"张公自上次离保，倏忽十有一载，而今再度荣归，百姓闻之，喜不自禁，奔走相告，欢声雷动，更有一众绅缙，前来府衙敦促卑职早做准备者，络绎不绝。卑职窃以为，百姓存感恩之念，民众具敬贤之心，国家之祥也，地方之幸也！况张公功在家国，惠及乡里，于公于私，当之无愧，于情于理，未可固辞。而卑职不揣冒昧，不避愚鲁，欣欣然致力于斯者，实欲借公之大德懿行，以教化民心，激励士气，俾万众一心，齐心协力，惩恶扬善，见贤思齐，使我顺天府，能成为河朔太平昌盛之州府，百姓安居乐业之福地。此情此意，公其俯鉴！"这一番话，辞恳意切，说得张柔不想答应也得答应。不过，在与出城十里高接远迎的田知府会合之后，张柔只做了一番谦让应酬，便把张弘范叫过来，介绍给田德满。张弘范促马近前，就马上施了一礼，躬身说道："家父年迈，又兼一路鞍马劳顿，田大人有何见教，只管吩咐小侄。"那田德满展眼看时，却见一骑白马之上，是一位白衣少年，那马生得矫健，那少年长得更是俊俏。眉挺目朗，鼻直口方，穿一身靓白儒生衫裤，却又腰悬一口银鞘宝剑，虽只躬身一礼，寥寥数语，已自透出那遮掩不住的风流倜傥！田德满直愣愣看罢多时，猛然间两手一拍，叫声"阿也"，却转脸对张柔说："张公有子如此，真教天下人何其艳羡！只是公子乱排辈分，却是折杀了卑职！即便卑职糊涂，叫声贤弟，已是僭越了。也罢，来来来，就请公子与卑职一起在前引路，张公随后慢慢走就是了！"张柔点点头，笑称："如此甚好。"于是田德满果然与张弘范一起走在前面，边走边说，越说越觉得这个张弘范非同一般，治军施政之类自不必说，诗词歌赋亦自不待言，便是耕织桑麻，匠艺营建，亦无不通晓。田德满边听边想，若是机遇相宜，此子前程说不定还在乃父之上！

　　走了约莫半个时辰，离保州城北尚有二里之遥，大路两旁已开始有民众夹道相迎，每隔百十步，路旁便有一个响器班子，望见张柔队伍来得稍近，便鼓乐齐鸣，更有人放些爆竹，噼噼啪啪，甚是热闹。田德满招呼张弘范放慢了马，让张柔走在前面。人群中不时有人高喊一声"张万户安好！"或"张将军吉祥！"张柔便于马上躬身施礼，回答些"承蒙抬爱"一类的话。又前行了里许，远远已能望见保州的小北门城楼了，大路两侧已经有了一些整齐的民居店铺，欢迎的民众亦自较前稠密了许多，鼓乐之声更是不绝于耳，那行走的路自亦与前不同，端的是打扫得干干净净，黄土垫道，净水泼街。正热闹间，人丛中忽然走出一位老者，就路边翻身跪倒，磕了三个头，这才仰起脸来问："万户大人贵体康健！还认得小人吗？"张柔在马上展眼看时，只见那老者鹤发童颜，精神矍铄，复定睛细看，凝神细想，猛然间双手一拍，叫了声："阿也！这不是康老保吗?"一边说着，早已滚鞍落马，快步向前将老者搀起，拉着他的手上上下下又看了一遍，又凑近些比了比，说："不对呀，你不是比我还高一些吗?"那老者粲然一笑道："老啦，个子就缩啦!"正说着，张柔见田德满亦下马走了过来，便朝他招招手说："来来来，田大人，认识一下这位满城县康各庄的康老保康保良!"原来保州满城一带有个习惯，对人尊称时，除了姓，只取其姓名中的第二个字，然后中间加一"老"字，即如这康保良还有三个兄弟，分别叫康保民、康保善、康保财，尊称起来，都叫"康老保"，若须区分，就再加上本名，是以便有了"康老保康保良"之称。想到这里，张柔就问："你那三个兄弟可好?"康老保又淡然一笑说："他们仨虽是有比我大的也有比我小的，却是都走得比我快，全走到阴阳界的那头儿去了。"张柔便点点头："是啊是啊，咱们也正往那头儿走呢!"复转身对田知府说："当年引泉入城，从勘察泉水，到规划河道，这康老保一直是我的向导，鞍前马后，跟了我一载有余，甚是勤快干练，还常常帮我出些好主意。当时为了河道在城里究竟怎么走法，颇费了许多周折，其中就是因了康老保的提醒，最终才有了双流分贯小北门的高招。保州因此又多出了许多水面，康老保功不可没啊!"说完，再回身吩咐牵一匹马来，要康老保跟在身边一起进城。康老保连连推辞，说："小人已多年不曾骑马了，遮莫将这把老骨头摔散了。"张柔哪里肯依，说："又不跑，只是慢慢走，如何就摔下来?"一名侍卫牵过一匹马来，张柔就命侍卫扶康老保上了马，又亏得那侍卫颇有些眼色，就替那康老保牵着马，跟在张柔侧后。一行人复往小北门走去，一边走，张柔插空向康老保问一些康各庄眼下的情形。听说那里已有很多人家养起了柞蚕，张柔格外高兴。原来这正是当年张柔驻镇满城时大力提倡过的——桑蚕主要出自南方，为宋廷所控制，不易得，在北方发展养柞蚕，正好作为补充。

不觉就来到了小北门。这时田德满已在前面引路，将张柔一行引到了小北门前那"双流分贯"的交汇之处。原来这里也已修葺出一片园林，中央一片开阔去处，矗立着一座高可丈余的石碑，碑上却是蒙着一块巨大的猩红锦缎。碑前约十来步，一左一右，各有一人挑着一根长杆，杆上各挂着一挂五百响的鞭炮。张柔等刚到近前，那两挂鞭炮同时点燃，就在这又脆又响的鞭炮声里，田德满和张柔翻身下马，走到碑前，一人一边，将石碑上的猩红锦缎揭去。张柔展眼看时，见那碑上所刻不是别的，正是十一年前他携好友元好问同来保州时，元好问因见保州城府焕然一新，百姓安居乐业，欣然命笔一挥而就写下的那篇《顺天府营建记》。因为是一篇近两千字的长文，所以那石碑不仅有一丈四五尺高，宽度也在八尺以上，饶是如此，那上面密密麻麻的碑文仍显字体稍小，尤其是碑顶部分，从下面仰视，眼力差些的便不易分辨。好在张柔对这篇文章早已稔熟于心，所以只把目光在碑文上从上到下、从右到左地扫了一遍，然后便停留在结尾处，看着那句"予虽老矣，如获见其成，尚能为侯屡书之"，心里一酸，不觉潸然泪下。张柔与元好问同庚，十一年前来此，二人都是刚好六十岁。身为万户侯的张柔自是一代豪杰，一介布衣的元好问则是当之无愧的一代文宗，在十余日的盘桓交往里，二人就保州未来的建设、治理谈了很多，越谈越投机，对于通过"厚基本""变风俗""致忠爱""养后福"，来达到"端本正末"之目的，二人看法非常一致，所以元好问在《顺天府营建记》的结尾，记下了这些宏愿，也才有"如获见其成""为侯屡书之"的承诺。可是，这些目标还不能说已经实现，而元好问却已于四年前病逝。物是人非，令人感慨。

张柔在保州逗留了二十余日。在张弘范护送《金实录》前往开平之后，他也动身前往燕京，去执行忽必烈交给他的秘密任务。虽然忽必烈曾说此事不必急在一时，嘱咐他在保州好好将养一阵，但他心知此事的重要，哪里待得住！原来忽必烈早已有意将皇都南迁至燕京，在原来金朝都城的基础上，进行大规模的改建扩建，建成一个新的皇都——忽必烈甚至已经为它想好了名称：大都。张柔的任务，就是从一个新的皇都的角度，对现在的燕京做一番实地的勘察，从而就如何改建扩建提出一个总体设想。未来的皇都离保州如此之近，这让他很是兴奋，他完全能体察到大汗将皇都南迁的深谋远虑——简单说那就是"意在中原，志在必得"！

临行之前，他又去了一次小北门，在离那座石碑约五十步外驻马良久，却只是远远地望着那座石碑，始终没有再往前靠近。到保州的第二天，毛正卿就告诉他，那石碑的背面，还刻有田知府的"碑记"，除记载了刻建此碑的经过，末尾还有一段话，说保州的子子孙孙，应该永远铭记张公的德泽，"百姓存感恩之念，民众具敬贤之心，国家之祥也，地方之幸也"，"有违此情此理者，人神不佑"。张柔虽然感念田知府的好意，但并没有特别把这件事放在心上，所以也无意去看看那碑文。活着时努力把该做的事做好已属不易，身后的虚名于己何干？他行前来此，只是为了缅怀逝去的好友元好问。

张柔在刻有《顺天府营建记》的石碑前驻马伫立，浮想联翩地沉思了足有一个时辰，这才叹息一声，策马而去。此去燕京，他要开始为忽必烈大汗营建一座新的都城。这将是一座统驭整个"中华"版舆的朝廷之所在，而长江以南那个朝廷将会走到自己历史的终点。那天奉大汗命送郝经出使南宋，临别前，郝经郑重地嘱咐他好好关照张弘范："请以十年为期，灭南宋者，此子也。"张柔亦正色答道："果如此，张门之幸也。"

　　到达燕京以后不久，张柔就开始了对这个金时"中都"的考察。虽然这个金国的都城在金宣宗贞祐三年①被蒙军攻陷时已经完全毁坏，但是从种种残留的遗址、废墟上，还是不难看出金海陵王完颜亮于天德三年②决定把国都从上京③南迁至此的想法——他已经把自己视为一个统治着整个中原地域的君主。所以，这座都城的格局，明显地是在模仿北宋都城汴京的规制和建筑式样。也正因为如此，当中都受到来自蒙古的威胁，需要迁都以避敌锋芒时，不是向东北退回到自己的老家，反而进一步南迁至汴京。这样一来，虽然离北面的蒙古人远了一些，却离南面的大宋更近了。而实际上，当蒙、宋联合伐金时，汴京就刚好处在南北夹击之中。张柔曾亲身参与此役，对此深有体会。如果当初金国把都城迁回上京，把中原留给蒙、宋两家去争夺，说不定尚可在东北一隅偏安。决定迁都汴京的金宣宗完颜珣，未必对这些毫无预见，但作为一个中原王朝的君主，做出这样的选择，实乃势所必然。

　　想到这些，张柔心中不由得感慨不已。

　　考察进行了一个多月，张柔心中渐渐有了定见：大汗若要迁都至此，金时的遗址已不堪用，应以重择新址另起炉灶为宜。而在形成这个想法的过程中，他也更深入地揣摩到了大汗的心思。仅仅几年前，忽必烈还在倾注全力于营建开平，那是因为他当时的目标只是大蒙古国的汗位；一旦这个目标实现，他立即开始向一个更大的目标前进了，这个目标就是一个以中原为中心的庞大的王朝！

　　正当他即将动身回开平向大汗复命时，收到了小儿子张弘范的来信。张弘范在信中首先禀报《金实录》已平安运抵开平，并通过王鹗向刚成立的金史馆做了交割。这让张柔甚感欣慰。但张弘范又说，金史馆甫一成立，就遇到了麻烦。朝野上下对编修金史的"义例"，提出了多种不同主张，各执一词，相持不下。大汗本人一时也拿不定主意，遂以"义例难定"为由，下旨诸史官先一面核实史料，一面研讨义例，不要急于动手编撰。张弘范在信中对几种不同的主张都做了扼要的介绍，但张柔毕竟是武将，对这些不是很明白，也不是很有兴趣。倒是张弘范在信的结尾处捎带着提到的一笔，引起了张柔的注意。张弘范在这里向父亲介绍了近日朝中发生的几件大事，其中一件是："宋将刘整主动献城归降！"

　　对张柔来说，他可以想象任何一个宋方将领归降，唯刘整不在其中。当年蒙、

---

①　公元 1215 年。
②　公元 1151 年。
③　在今黑龙江省阿城市。

宋联合伐金，合兵攻打汴京，张柔恰与孟珙所部是相邻的友军。那时张柔大规模作战的经验还很少，有一次在与金军交锋时，由于时机和地形的选择都考虑得不够周到，一时陷于金军的重围之中，幸亏刘整奉命率一支精兵前来解救，从侧后杀入敌阵，很快将敌军阵形冲得七零八落。张柔目睹了刘整率军杀入敌阵的情形，那冲击之猛烈、凶狠，那锐不可当的气势，都给张柔留下了难以磨灭的印象。不久之后，灭了金的南宋即撕毁盟约，来向蒙军"收复失地"，友军成了敌军。张柔即叮嘱部下：阵前若遇刘整，定要避其锋芒，切不可硬碰。前年攻鄂州，从得知贾似道已将刘整调至军前听用那一刻起，他的手心里始终捏着一把汗，三天两头就要问一问刘整部现在何处，有何动静。受忽必烈王爷影响，他心里也有点忧贾似道，知道这个"士人"用兵奇谲，何况又有这个令人不能不惧的刘整。攻鄂州，全军的部署、阵形取的是攻势，防守总是薄弱环节，万一哪里被刘整突击，少不得剜一块肉去。后来的青山矶之役，果然如此，幸亏此时他的大军已经后撤，这一刀算是没有剜到他的身上。从窝阔台四年参与伐宋算起，张柔已经有了近三十年与宋军对垒的经历，其间对方来降者并不多见，多为战败被俘者，而且多为低级将校。稍有名气的将领，降者屈指可数，而且总要打得他山穷水尽走投无路之后，方肯就范。而像刘整这样的猛将，根本就很难打败他，更遑论把他逼到非降不可的绝路！如今他居然"主动献城归降"，其中必有缘故，看来是临安朝中出了差错。古人说得好："良禽择木而栖，贤臣择主而事。"从来两强相争，究竟鹿死谁手，最终取决于人心向背。由此看来，南边那个朝廷已经离心离德，眼见得气数将尽了。只是不知下一个来降者，又会是谁呢？

张柔毕竟比不得刘秉忠。就在张柔拭目以待下一个来降的宋将之时，却是蒙方的一员大将降了宋。这员大将虽比不得刘整那样威名显赫，但他所辖地域的战略价值，丝毫不亚于刘整所辖的泸州，而他所选择的时机，对忽必烈来说几乎就是致命的。

他就是不久前刚被忽必烈加封为江淮大都督的李璮。

17　平定李璮之乱

李璮投降南宋，发动反蒙叛乱的时机，正好选择在忽必烈与阿里不哥战而未胜即匆匆南返之际。此时他刚刚回到开平，屁股还没有坐稳，注意力也没有真正收回来，心情更是处在一种受了挫折后的沮丧与无奈之中。他的主力部队大多还滞留在大漠边缘，正在陆续返回漠南的途中，因为在两场大战中伤亡相当惨重却未能取得真正的胜利，士气也相当低迷。接到李璮叛乱的奏报以后，他命人将山东、两淮一带的地图铺开在案几上，然后看了良久，却总不能将心思集中在地图上，脑子里出现的都是些零零散散的碎片。这时他起了一阵冲动，想去郊外骑上他的乌云或白雪跑上半个时辰，或许在飞驰的马背上，能将那些零散的思维碎片连缀起来。可是再一想，一早就听怯薛们禀报过，昨天夜里下了一场大雪，到处积雪盈尺，又正是雪后的奇寒，今天是难以外出的了。于是他只好命人将宿卫将军阿术召来。

"知道李璮的事了吗？"

"已知大略。"

"你可看看这些图，然后说说你的想法。"忽必烈指了指案几上的地图，见阿术原地不动，并无要过去的意思，问，"怎么？"

"那些图早在末将心里，不用看。若是大汗允许，末将倒是想看看那张大图。"

阿术指了指张挂在宝座侧面的由牙牙国的牙牙教士绘制的大地图。

"啊——"忽必烈似有所悟地啊了一声，"去看吧，看完以后告诉朕，如果你是李璮，你会怎样。"

阿术站在大图前看啊看啊，看得忽必烈坐不住了，也走到了图前去看。他看看图，再看看阿术，再循着阿术的目光去看图。看着看着，他的脸由黄转红，又由红转白，直到阿术朝他转过身来说："末将看完了。"

"那……你就说吧，如果你是李璮，你会怎样？"

阿术迟疑了一下，说："末将不是李璮，李璮也不是末将。"

"废话！"

"末将说的不是废话。"

"哎呀，你就直说吧，你会怎样！"

"大汗请看——"

阿术一边说，一边解下悬在腰间的马鞭，先将鞭梢指向李璮起事的海州一带，然后缓缓向北稍稍偏西的方向移动。鞭梢移动的轨迹略有曲折，似在绕开什么——当然，忽必烈看得明白，阿术已经替李璮制定了一条进军路线。那些被绕开的地方，驻有一些地方部队，虽然人数和战斗力都很有限，阿术仍然绕开那些地方，意味着他的意图是不做任何纠缠，大军直指目的地！那么，他的目的地是哪里？鞭梢最后做了一个大的迂回，那是绕过了此刻兵力已很空虚的燕京，在略略抬起之后，往燕京的西北方向轻轻一点，停在了那里。对于这张大图，忽必烈可谓早已烂熟于心，不用看那图上标出的地名，忽必烈已是一清二楚：鞭梢所指，正是居庸关！

　　这时阿术已经收回马鞭，重新挂在腰里，然后双手一拱说："大汗，末将可是什么都没有说。"

　　而忽必烈却好像根本没听见他这句话，双目瞠视，呆若木鸡。

　　从海州到居庸关，不，实际上阿术的消息还略有滞后，根据忽必烈得到的最新情报，李璮所率的五万大军，已经取捷径从海上北归，直扑益都。益都虽驻有两千蒙古军队，但也挡得住李璮的五万大军！从益都到居庸关，或者说其间的山东、河北一线，究竟有多少兵力可供调用，以阻挡哪怕只是迟滞李璮大军北上，忽必烈和阿术都清楚，同样李璮也清楚！如果李璮真像阿术替他设计的那样，一路不做纠缠直扑居庸关，忽必烈根本来不及调兵遣将形成有效的防线，居庸关难免落入其手。一旦居庸关易手，忽必烈与中原，尤其是川陕方面的联系被拦腰截断，尚在碛北的主力部队又很难回到中原，如果此时南宋以一部兵力牵制西线，使那里的蒙军无法回援，再以大军从两淮一线随李璮之后杀来，那几乎就是一种如入无人之境的态势！

　　忽必烈此时有一种喉咙已被人紧紧扼住的感觉。

　　去年秋天，忽必烈还清楚地记得，那天他接到移相哥的奏报，说阿里不哥已写信给他，很快就要出发前来归降。他心里飘过一片疑云。其实歇息于吉利吉思的阿里不哥这多半年都在干什么，他一清二楚。阿里不哥的聂思托里安教丞相孛鲁合先是收集残部，然后又征募新兵，他清楚，这意味着阿里不哥已经重建并扩充了军队。阿里不哥和阿鲁忽正打得火热，他更清楚，实际上他一直在密切关注着这两个人的关系，阿鲁忽正在依靠阿里不哥的影响力巩固自己的地位，扩大自己的地盘，而阿里不哥则从阿鲁忽那里得到源源不断的给养和装备。阿里不哥从春末到秋初不断地举行狩猎，仅大规模的狩猎活动就进行了三次，都有哪些重要人物参加，甚至阿鲁忽、海都均未接受其邀请，他全清楚，当然也清楚阿里不哥向来把狩猎当作一种练兵和备战的方式。忽必烈甚至还知道，阿里不哥请了不少养马好手，这一夏天把战马养得极是肥壮。那么，忽必烈怎么就会相信，阿里不哥所做的这一切，都是为了等到秋天这种好厮杀的日子前来归降？或许是这一段时间他没有遇到太多太大的麻烦？或许是因为海都没有接受邀请参加阿里不哥的狩猎让他放松了警惕？到目前为止，对他来说海都还只是一个潜在的威胁，但也一直是他的一块心病。这位窝阔台的孙子，一有机会就拼命宣传一段往事，说窝阔台即位的时候，贵由即位的时候，诸王都曾有过誓言：大汗位将永远在窝阔台的子孙中传承，"哪怕只是一块肉，也要接受其为汗"。显然，在这位野心勃勃的窝阔台之孙看来，由拖雷的后人占据大汗位是非法的。他没有和阿里不哥一起来反对自己，让忽必烈放心不少。不过忽必烈其实也明白，海都反对的是整个拖雷家族，为了反对自己而与阿里不哥结成联盟的可能性很小。所以，让忽必烈最终轻信了阿里不哥诈降的真正原因究竟是什么，始终是后世史家一道难解之谜。定而无疑的反倒是，忽必烈确实下了一份诏书回答移相哥的奏报，令其在阿里不哥来降时要好好接待，休息一阵以后再护送到开平来。如果说移相哥本来还对阿里不哥有些将信将疑，那么在接到诏书后，也就深信不疑了。

那简直就不能算一场战斗。正在准备"好好接待"来降者的移相哥，等到的是一场劈头盖脸的突击。如果不是阿里不哥急于回到和林城，看看他的宫殿有没有被破坏，移相哥那些溃败而逃的士兵很可能被追杀得片甲不留。当然，蒙古人的习惯，也是在将对方击败之后，就不再追赶。阿里不哥真没有太把移相哥当回事儿，看到自己的宫殿完好无损以后，他就找来阿速台一起商量如何好好庆祝这场胜利。

忽必烈则迅速意识到了自己的错误。他没有过多地责备移相哥，只是告诉自己这个人不能再用了，然后就开始调兵遣将，并宣布将御驾亲征。这一次他没有再犯大意轻敌的错误，而是把这多半年来阿里不哥在吉利吉思所做的种种都想了一遍，得出了这位四弟确实是有备而来的结论。如果仔细回想，不能说他一点儿都没想到过把中原兵力抽空所包含的风险，但他确实没有想到李璮真会在这个时候发动叛乱。

虽然在兵力部署上足够重视，但是忽必烈很难完全排除他心里的那个潜意识——那个站在敌对一方的人总归是他的亲弟弟。他让自己的大帐跟随在主力部队的后面缓缓行进，并不在意距离越拉越远，反而觉得这样更有利于他随时处理朝中的、汉地的各种事务。

阿里不哥得知忽必烈率军北上的消息后，立即也率部南下迎敌，完全是一种乘胜再战、一举拿下的态势。和忽必烈正相反，他走在自己大军的前面，行至昔木土脑儿之西，与忽必烈的北上大军迎面相遇。他立即来了精神，也不等后续部队到达，便率领卫队发起了攻击。无奈这一回对面可不是正等着他去归降的移相哥，而是阵形严整的塔察儿部，两军对冲，扭作一团，蹄声动地，杀声震天，激战近一个时辰，人数占优的忽必烈一方渐渐占了上风，稍后便有一些阿里不哥的士兵脱离战场，开始纵马向北奔逃，接着便出现了连锁反应，转眼间就变成了整体溃败，几千匹战马黑压压、乌沉沉地一大片向北疾驰，那景象也相当壮观。忽必烈的士兵追了一阵，见追不上——双方马速都差不多，也就不追了。

捷报传来，忽必烈在远离战场一百余里的大帐中下达了奖赏有功将士的上谕，然后告诉阿术就地安营扎寨，大帐不再北上。那天傍晚，他骑着乌云在大帐附近的一小片草原上溜达了小半个时辰，又闷闷不乐地回到了大帐，压根儿就没让马放开了跑一跑。

第二天很平常地过去了，大汗没有宣布任何重大的新决定，也没有就征讨阿里不哥的战斗做出新的部署，当然更没有"乘胜前进，直取和林"一类的命令。在接下来的日子里，大汗按部就班地工作，说不上多忙碌，但也算不上很清闲。他处理着种种朝中的和汉地的事务，甚至用了一整天的时间，将几位随行的汉人谋士找来，听取他们对迁都的意见。这当中，他接到过李璮的奏报，内称淮东一线宋军调动频繁，有集结兵力发动进攻的迹象，请示要不要先发制人向扬州方向出击。忽必烈做了一个很平和的批复，要他以静制动，加强城防戒备即可，不要轻易挑起事端。形成强烈反差的是，他对廉希宪的奏折所做的御批，却出人意料的严厉。廉希宪报告说，他见大汗御驾北征之后，河南河北兵力空虚，已令一部东移洛阳附近，一旦有变，可以就近驰援。按说这是极具全局眼光的一步，不料忽必烈却在御批中做出严厉警告："调兵遣将，应先奏准，岂可擅专！"并且明确要求"以洛为止，不得再东"。忽必烈的这种态度，让汉人谋士们全都倒吸一口凉气。这是明摆着的不信任；而如果大汗连廉希宪都不信任了，他还能信任谁？或许，这才是他的真实想法——出征时身后处于军事力量的半真空状态，反倒是最安全的。

大汗没有命令，将领们不知道自己该做什么，而就那样原地不动地待着，又让他们心里很不踏实。到了第六天，几位宗王相邀来到大帐，没敢直接找大汗，却找到了阿术，颇为谦恭地请教："少将军对大汗按兵不动有何高见？"阿术自然知道此中深浅，并不明说大汗有没有跟他交代过，只说以他的揣测，大汗这是不愿逼自己的兄弟太甚，故以静制动，以逸待劳，后发制人，等其来攻，无论攻哪儿，将其击退便了。只要把他消耗到没有足够的力量挑战大汗的汗位，仍让其在碛北有一块自己的立脚之地。众宗王听罢，虽是心中仍有疑惑，却也连连点头，赞颂大汗的仁义。

大败之后的第十天，阿里不哥卷土重来。这时他已与阿速台所率的后续部队会合，兵力增强不少。由于忽必烈摆开了一副由你来打的架势，选择战机的主动权便掌握在阿里不哥手里。又难得他还真听了一回劝，没有坚持在原来挨打的地方报仇，而是采纳了阿速台的建议，将战场东移至兴安岭西侧，向他们认为属于对方较弱的一部发起了进攻。战斗开始不久，他们就发现"较弱"的一部也不弱，己方右翼很快就被击溃，幸好其中、左两翼还是坚持住了，与对方搅在一处，杀得难分难解，一直鏖战到天色彻底黑了，看不清人马盔甲、分不清敌我了，双方各自下令收兵，再各自引军后退，一场大战算是以打了个平手结束。

消息传到忽必烈的大帐，盛怒之下的大汗把案头的一只茶盏摔了个粉碎，吓得阿术和董文炳面面相觑，大气都不敢出一声。他们知道，这是去年以来两度北征中唯一一次没有取得胜利的战斗，大汗肯定会将其视为一件丢尽脸面的事。可是到了次日，盛怒过后的忽必烈仍然心平气和地发出指令，传谕对左翼将士论功行赏，对其余将士亦犒赏有加。他甚至提前发了话，凡是建议对作战不力的将领给予处罚的奏章一律不看。"并无败绩，何言惩处？"这个话好像带点自我解嘲的味道，但实际上，此话一出，大帐上下人等都有一种醍醐灌顶、恍然大悟之感——是啊，咱们并没有打败仗呀，只不过未能取胜罢了，如果不胜即为败，那以后的仗就没法打了。

然后……然后就是一个漫长而寒冷的冬天。两支大军在大碛南缘遥相对峙，谁也不进攻，谁也不后退。忽必烈重又按部就班地处理着朝中的和汉地的事务，而军中的战报则让阿术先替他过目，有重要事情再向他面奏。

管理此事的官员很怕大汗哪天不高兴，迁怒到他们的头上来，于是决定向大汗献媚，恰好听说不远处有个叫翁古特的地方出美女，派人到那里一看，果然那里的年轻女人大多脸庞秀丽，肤色光洁，遂宣布奉命来此为大汗选妃。当地居民闻听此讯欣喜异常，奔走相告，凡家中有貌美女孩者，纷纷由父母领着前来应选。热闹了五七日，终于从数千应选者中选出了二十名佼佼者。当这些花枝招展的女孩被带到大帐所在的营地之后，那几个主事的官员也意识到了这事儿做得忒鲁莽了些——大汗本人原无此意，他们亦未曾向大汗启奏请准。大汗若是问将下来，若说无事，也就无事，若说有罪，那便是欺君之罪！然而事已至此，绝无退路，几个商量下来，串通一致，大汗不问便罢，若问时，就咬定曾经面奏大汗，大汗默许了。不料忽必烈闻奏之后，只淡淡说了声："嗯，知道了。"再无别的言语。大汗没有怪罪，倒是让这几个把一颗悬着的心放下了，可这样一来，也让他们原想讨个好的希望落了空。互相看了看，便有一个壮着胆子又加了一句："选来的妃子们已候在外面，大汗要不要看看？"忽必烈仍是无可无不可地淡淡说："既然来了，就带上来看看吧。"听大汗说看看，几个官员顿时来了精神。那二十个美女一一从大汗前面走过，让大汗看了一遍。看到第三个时，大汗的脸色便有了变化，看到最后，已经是满面春色了。二十个走完一遍之后，大汗离座起身，走了下来，再自己走动着将她们重又依次看了一遍，然后说："好，今晚起，就由她们轮值吧。"

第二天一早，大汗传下话来，给那几个官员各赏银三十两、羊皮两张。同时还有两项重要决定：一、原来那些女人，就送她们回开平，别再让她们在这里挨冻了；二、以后选妃，就在这个叫翁古特的地方选，不要再去别处乱跑了。

大汗的事无小事。即使只是提起一点大汗对女人的兴趣，也让大帐内外上下人等都悄悄松了一口气，再连着两天看见大汗有了笑意，更是有了一种云开日出的感觉。便有人预测：几天之内，说不定大汗会有重要决策，会有大动作。到了第四天，也就是那二十个女人五人一组刚刚轮过一轮，那预测便得到了应验，只是动作之大，远远超出了他们的想象——

大汗决定撤兵。

诏曰："撤所在戍兵，放民间新签军。"

也就是说，不仅撤兵，还要裁军。这等于明白宣告：不打了，把重启战事的决定权让给阿里不哥。

对于做出这个决定的原因，忽必烈没有给出任何解释，而仅仅两年之后的事实，让人觉得好像当时的忽必烈已经高瞻远瞩地预见到了阿里不哥的"自取灭亡"，以至后世的史家也觉得这只是一件顺理成章的事，并没有什么特别的意义。忽必烈手下的将领们对大汗心中的轻重缓急顺序，有了清楚的认识——他对他的四弟很能容忍，而对中原的事很不放心。

当然，连忽必烈本人也没想到，等待他的是一场有可能置他于死地的叛乱！

中统三年①二月，李璮举兵反叛，杀蒙古戍兵，献涟水、海州等三城降宋，被宋廷封为齐郡王、节度使。准备相当充分的李璮事前已将五万人马集结于海州，此时立即取捷径渡海北上，直取益都。益都原驻有阔阔不花率领的蒙古探马赤军，负责监视和威慑李璮，但事发突然，且寡不敌众，很快被李璮部歼灭，益都失守。

消息传到临安，朝野反应冷淡，倒是贾似道为之精神一振。这时贾似道正在忙两件大事：一是加紧准备推行公田法，二是加紧修建丞相府。但在听到这个消息后，他还是在地图前站了好一阵子。实际上，他心里一直装着从山东到河南、河北那一大块地广兵稀之地，只是因为皇上根本没有发兵北上的念头，他才很少去想它。现在，当他站在地图前细细打量的时候，他的脑海中很自然地就出现了与阿术如出一辙的想法：李璮易帜之后，对方的屏障成了我方的先锋，若命其直扑燕京以北的居庸关，再命李庭芝率军跟进，敌军将被拦腰斩断，成为首尾不能相顾的两截，战略主动权将牢牢掌握在我方手里。不过想归想，也确实兴奋了一阵子，但眼下并非战时，即便是他这个丞相，也没有调动军队、指挥大规模作战的权力。现在

---

① 宋景定三年，公元 1262 年。

只有皇上能做这种决定，而现在的皇上正有倦勤之意，一直为要不要禅位、什么时候禅位犹豫不决，恐怕很难做出这种决定。次日早朝，他发现大臣们根本没人议论这件事，好像既然已经发出了封李璮为齐郡王、节度使的诏书，这件事就算处理过了，完事了。于是他也没有在朝议中提起这事儿，但散朝之后，他还是给李庭芝写了封信，询问他对此事的意见，并差人快马送达，立等回信。四天之后，回信来了，一共八个字："反复小人，不足为凭。"

讲究气节的宋朝官员，对投降过来的敌方文武官员是不屑一顾的。

蒙古方面最快做出反应的是廉希宪。他立即赶往洛阳，率领已经先期驻扎在那里的以巴剌为首的部队，星夜兼程急速东进，但很快就接到忽必烈命令，要他本人立即赶往开平。行至赵地，他遇到了一队三百多人的队伍，说是奉大汗之命前来迎接，当晚就在他们的帐中安歇。一觉醒来，他发现自己的侍卫已被解除武装，但对方的首领对他仍然很客气，说大汗原是很急于见到廉大人的，只因临时有些要务，不得不请廉大人在此稍候数日。廉大人在此的日常起居，有何要求，只管吩咐。

廉希宪明白：他被软禁了。

只有一个人知道廉希宪对此是有思想准备的，那就是巴剌。在他离开部队，只带了三十余名侍卫应诏前往开平的头天晚上，他单独把巴剌召来，给他下了个死命令：无论听到什么消息，发生什么情况，都要率领这支部队，在五天之内赶到顺天府以东，摆出一个面朝东南方向的防御阵形。如果在那里遇到了阿术，就将队伍交给他指挥。

毫无疑问，只有忽必烈本人才能做出软禁廉希宪这样的决定。同时的决定还有：立即逮捕王文统，并对其宅邸严加搜查，尤其是他与李璮之间的来往信件。这中间又接到报告，说李璮举事之前，已偷偷把他送到开平作为人质的儿子李彦简接走了，而负责此事的官员竟毫无察觉。忽必烈闻报大怒，命令彻底查明情况，凡负有责任的，一律罪加三等，从严惩处，以儆效尤！

这让忽必烈心中的那种不信任感又加深了一层。

当然，忽必烈同时也迅速做出了军事方面的部署。这些决定能在这么短的时间里做出，不仅是因为他的果断，更是由于他实际上也没有多少可供选择的余地。他下令调集十七路军马驰援。"十七路军马"听起来好像声势很大，实际上是他手上已经没有哪怕一两支成规模的部队可供调用。当这些一小股一小股的地方武装，从四面八方朝那里开进时，如何建立统一指挥和彼此协调的办法，还是个很难解决的问题。也没有适当的将领可以委派。有能力指挥这样规模战事的将领，都率领着自己的部队驻扎在相当远的地方——要么在塞外，要么在川陕。要他们率军驰援吧，来不及；即使让某人轻装赶来，也得有一段时间，何况要他们离开自己的部队，来指挥这些小股的地方武装打一场大仗，忽必烈都觉得困难。于是，说别无选择也好，说顺理成章也行，他的两位宿卫将军，阿术和董文炳，就被派往前线。这两个人，即使到了现在，他也还信得过——他终归不能谁都不信任。

即使有了这些军事上的部署，他的朝廷也没有安定下来。大臣们的危机感来自朝廷内部，来自大汗本人。王文统的被捕，使几乎所有的汉族官员、谋士人人自危；而廉希宪的被软禁，不仅色目人，连地地道道的蒙古人也甚是不安。如果大汗连廉希宪都信不过了，那么还有谁会傻到认为自己仍能得到忽必烈的充分信任？

谁能出来挽救这势如累卵的危局？

忽必烈真是好福气！居然就还有这样一个人，而且这个人还是个汉人！

那天散朝之后不久，忽必烈刚刚回到他的"静远斋"，想清静一下，便有侍卫来报："姚枢求见。"

"谁？"

"姚枢。"

忽必烈沉着脸默然良久。若在过去，像姚枢这样的谋士求见，他会想都不想就让进来，然而现在他不是亲王而是大汗了，一个谋士有话不在朝议上说，刚一散朝就来求见，若是一求就见，岂不很容易在大臣们中间惯出这种坏毛病？不过，沉吟一阵之后，还是忧虑之心占了上风：单独求见，必是有不能当众明言的话要说，会不会是前来密报大臣或将领谋反？这可是忽必烈现在最担心的事！

"让他进来吧。"

姚枢走上来的步态尚称平稳，但忽必烈看得出他的脸色还是相当紧张。行礼已毕，姚枢不等大汗动问，便有点儿颤巍巍地说："臣特来保一个人……"

"什么？"

"臣特来保一个人。"

"谁？"

"廉希宪廉大人。"

"廉希宪？"

"正是。"

"你凭什么替他担保？"

"微臣姚枢的项上人头。"

忽必烈站了起来，向前走了三步，停住，再转身向右，就在他座位的右侧快步踱了三个来回，这才走到姚枢的近前："好啊，你用自己的脑袋替廉希宪担保，那么——谁又能替你担保？"

这时的姚枢倒镇定如常了，不慌不忙从袖中取出一个奏折："臣一家老少九十七口，这是他们的名册。"

忽必烈瞥了一眼姚枢手中的名册，没有接，也没有让侍卫接，却一字一句地说："朕若依了你，赌的就是朕的项上人头了。"

"蝼蚁虽贱，也是一命。微臣一家九十七口，加上微臣也是九十八条蝼蚁之命。姚枢不才，幸得效命于大汗陛下，唯愿好好活下去，并不想现在就死。"

"朕不要听你这些空话！你既然要保廉希宪，总得说说理由，让朕觉得廉希宪可以信任吧？"

"臣与廉大人不过同朝为臣，平日并无多少过从，对廉大人的才具品格，陛下比微臣清楚得多，何需微臣多说。"

这简直就是一句废话，但这句废话又很噎人。忽必烈沉默了一会儿，点点头说："朕明白你的意思了。好吧，容朕再想想。你这全家老少九十七口的名册，你自己先收好，朕用不着它！朕要追究时，不在这名册上的也不会放过！"

"臣并不担心陛下追究。以臣估计，此事三五日内，自然会见分晓。"

"嗯？尔此话又是何意？"

"这个也不必微臣多说，三五日内陛下自然就明白了。"

实际上姚枢走后不久，忽必烈就明白了姚枢此来并非单单为了一个廉希宪。他开始围绕"静远斋"缓缓踱步，越走越慢，终于停下来，凝然而立。是啊，凡事总需有张有弛；当你弄到了人人自危的地步，就像是弓弦绷到了极限，需要某种转换。只有畏惧而完全没有爱戴也不行。而姚枢所说的"三五日内"如何如何，不过是虚指可能出现一个实行这种转换的契机。对，他要寻找并抓住这个契机。

这个契机第二天就出现了。当他接到阿术差人专门飞马送来的密奏时，他首先是松了一口大气——那种被人扼住喉咙的感觉消失了。阿术奏称，他在顺天府以东八十里处遇到了一支正规的蒙古部队，而该部已经面向东南布好了防御阵形。李璮直取居庸关的危险解除了！

顺天府以东怎么会有正规蒙古部队？阿术继续奏称："这支部队是由臣父兀良合台之旧部整编而成，奉廉希宪之命驰援到此，以防李璮叛军北上危及燕京。廉大人奉诏赴开平之前，曾命其为首将领，遇到末将后即听从末将指挥。这支部队虽仅三千余人，亦难称精锐，然较其余之地方汉军为强，末将手中有了此军，可保河北无虞矣！"

怪不得姚枢敢以一家老小力保廉希宪！

忽必烈首先下诏，廉希宪由平章政事进拜中书平章政事，命姚枢为钦差，奉旨前往宣谕。姚枢自然知道到了那里该怎么办，该说什么和怎么说。

然后他正式任命了平定李璮叛乱的最高军事指挥官：以宗王合必赤为征李统领，同时命右丞相史天泽专征。合必赤拥有宗王身份，但并不以擅长指挥大规模战事闻名；史天泽是汉人，却是蒙军中老资格的汉人名将，地位虽在合必赤之下，军事指挥上却必然会起主要的作用。这就在最高军事指挥权上实现了蒙汉将领间的平衡。同时命张弘略率五千精兵轻装驰援，到达后由史天泽统辖。此令一出，原来那种人人自危的局面果然迅速得到了缓解。

这时前方传来最新战报：李璮叛军占领济南！

忽必烈看罢战报，只微微一笑，便放在了一边。

当阿术说出"末将不是李璮，李璮也不是末将"时，忽必烈曾脱口说了一句："废话！"而阿术却认真解释说："末将说的不是废话。"现在，阿术的话分毫不爽地得到了应验。

李璮率五万大军渡海北上，迅速占领益都之后，一面分兵四出进占益都周围的要地，先后占领了蒲台、淄州等地，一面也是等待宋廷的反应。等等宋廷的反应没什么不对。作为久经战阵的军事将领，他当然也看到了直取居庸关这个狠招，但孤军深入终是兵家之大忌。说到底，单凭他这五万人马不可能把忽必烈赶回碛北，如果他的后面没有南宋的大军跟进，即便能拿下居庸关，却是再难回到益都了。十天之后，他等来了宋廷给他的"齐郡王"的封号，却没有要他采取任何行动的指示。而这时他也意识到"分兵四出"实非上策，又重新把部队集结起来。等到集结完毕，他实际上已经错过了时机，即使这时他再决心打居庸关，也会在顺天府以东与前来驰援的巴剌部相遇，虽然那三千人马很难将他的五万大军真正挡住，但需要多少时日才能越过这道障碍，就难说了。

何况李璮心中的目标，并不是为大宋征讨蒙古，而是使自己成为"齐鲁王"，所以在他将部队重新集结起来之后，便向济南进发了，同时传檄河北，希望取得华北地区汉人军阀的支持。他很快拿下了济南，但是河北方面对他的共同抗蒙的号召却没有任何响应。更有甚者，就连山东的百姓也不支持他。史载："民闻璮反，皆入保城郭，或奔窜山谷，由是自益都至临淄数百里，寂无人声。"连人影儿都见不着，上哪儿去为他的五万大军筹集粮草军需？至于占领济南后在那里囤积粮草以图长期固守的计划，就更加无从谈起了。

李璮举事，打的是反蒙的旗号，行的也是反蒙的事实。从后果看，在那段时间里，他对忽必烈威胁最大、打击最重、影响最深远。他甚至在很大程度上动摇了忽必烈南下灭宋的信心和决心。他给忽必烈所造成的麻烦，他对历史进程的影响，比后来的文天祥要大得多。若依此而论，他本应是个舍身抗蒙的民族英雄，但是在史书里却被称为"作乱"。原因何在？恐怕只能从"数百里寂无人声"所反映的人心向背中去找答案了。

李璮的好日子仅仅持续了一个月。中统三年三月，阿术率领巴剌及史枢、韩世安等部向济南开进。李璮派兵迎击，两军战于高苑，李军大败，退守济南。另一路蒙军在董文炳的率领下向益都进发；这支由小股地方武装拼凑而成的军队虽没有多少战斗力，却足以构成对济南李军的牵制，而李璮此时一心只想据城死守。四月，史天泽到达济南前线。他近来身体欠佳；在抱病视察了济南的四面城防之后，征得合必赤的同意，他下令筑环城围济南，长期围困，困而不攻。后世评论这位大元的开国名将，说他打胜仗最多，死人最少。

济南城防虽然坚固，无奈城中粮草不多。在蒙军的合围尚未完全形成之前，李璮曾派出一支精兵去偷袭阿术的辎重队。那是一次经过周密策划的行动，从情报的收集与核实，到战斗的设计与部队的挑选，都经过李璮本人的反复斟酌。从他最后竟决定派出五千人的重兵去完成这项任务，不难看出他志在必得的决心。根据他所得到的情报，对方护送辎重队的不足一千人！这个情报后来证明确凿无误；他唯一的错误其实也不算错误，因为这时还没人知道阿术的厉害。偷袭非常成功，对方的作战部队没怎么抵抗就四散溃逃，辎重基本完好无损地落入李璮部手中。他们没有料到的是，在返回济南的途中，而且是在距济南仅剩十里之遥的地方，却落入了阿术预先设下的埋伏圈，惨败侥幸逃回济南城的不足千人。大战还没有开始，五万人马已经十去其一，不要说全军的士气一蹶不振，便是李璮自己，也暂时断了出城抢粮的念头。

一个月以后，他认识到了问题的另一面：没有粮食，一样要饿死！前后三次派人向南宋告急求援，都没有得到任何回应，甚至连个让他固守待援的许诺都没有。当然，这也可以理解为一种态度：打济南是你自己的决定，现在你被困在那里了，我们爱莫能助，你自己好自为之吧！他意识到，他父亲曾经的命运，再次降临他自己的头上了，所以他派出的第四个人，已不再是派往宋军求救，而是去他留在涟、海一带的部队，命令他们严防宋军偷袭。外无救兵，内无粮草，眼看着士兵们要吃不上饭了，他开始实行一项非常措施："取城中子女赏将士，以悦其心。"可是，这些"子女"也得先吃饱肚子，然后才能去"悦"将士之心，反而加重了负担，这就催生了李璮的另一项非常措施："分军就食民家，发其盖藏以继。"这些措施，使得民心尽失，士气全无。李璮决意不降，别人可不愿意为他的气节买单。先是百姓纷纷出逃，城中可以"就食"的民家越来越少，然后需要"就食"的人也少了，因为军士们亦纷纷"缒城出降"。到了这一年的七月，已是"人情溃散，璮不能制"。史天泽探得确实，下令攻城。他说，再不打就对不起城中百姓了。

史天泽没有在攻城作战的细节上下太大功夫；他知道对方已经没有多少战斗力了。他指定阿术率部攻打南门。不是因为南门难打，而是因为那里离大明湖最近，李璮的府邸就在大明湖的旁边。他知道阿术能明白他的用意，但还是不厌其烦地嘱咐：要以最快的速度攻进去，然后直取李璮府，并且要由阿术亲自率兵夺取李璮的全部文牍档案，务求完好无损，就地封存，严加守护看管，奏明大汗，听候发落。

从攻城开始，到李璮接到南门失守的报告，前后不足半个时辰。李璮接到报告后，不是往外走，率兵前去抵抗，而是往里走，回到后府，亲自操刀将他的妻妾一一杀死。慌乱之中，他的头脑仍然十分清楚：正式的妻妾之外，凡是曾经被他召去侍寝的侍女女佣，一个都没有漏掉；没有得到过这种"幸运"的，一个也没有错杀。杀完之后，手中仍提着那把滴血的刀，身上仍穿着那件已经沾满血的袍，来到了大明湖，独自驾了一条小船，驶向湖心。此时的李璮已经筋疲力尽，那船便划得极慢，走出未及一半，便有蒙军追至岸边，接着就有五七艘小船飞快划来。李璮原知今夏少雨，城中诸泉皆泉水不旺，大明湖水浅，所以才要划去湖心，求个全尸，此时见追兵已近，哪里还顾得许多，纵身一跃，跳进湖中。不料入水不久，便觉一只脚触及湖底。大凡不识水性的人落水之后，一旦触到水底，便会情不自禁想要站立。无奈此处的湖水较深，虽然脚能触底，人却是站立不住，只能在那里不断地扑腾，弄得水花四溅。等到蒙军赶来，虽是已经喝了十数口水，离死还差着一截。蒙军士兵将其捞起，倒提着控出几口水来，便捆了个结实，去少将军处领赏。阿术也不敢怠慢，加派兵丁押往史天泽帐前。史天泽命识得李璮的降兵细细看了，验明确是李璮正身，说："宜即诛之，以安人心。"须臾便有手下将李璮首级呈上，史天泽说："宜悬之城门三日，令百姓得见，然后遍传山东各地。"随即下令尽搜李璮全家，男丁一律处死，妇女押回开平为奴。

当史天泽乘胜挥师南下之际，宋廷也明白过来，命令李庭芝火速出兵，进占益都。益都守将是个明白人，且又先已得到李璮严防宋军偷袭的军令，遂一面让涟、海一带的手下设法阻滞宋军，一面派人去董文炳处请降。李庭芝听说部下在涟州受阻，情知手中这支军队善守不善攻，即便能攻下涟、海，也未必攻得下益都，心下不想打这场劳而无功的糊涂仗，便索性装糊涂，派人去临安向兵部请示，是否可以向这些打着大宋旗号却又挡着路不让过的人动武。兵部里原也有几个不糊涂的官员，无奈遇到这种明白人装糊涂的事，也给弄糊涂了，商议了几天，议不透李庭芝这葫芦里卖的是什么药。又知道李庭芝是皇上和贾丞相都看重的人，不敢造次。正委决不下，接到紧急边报，内称益都已换上蒙军旗号，于是正好就坡下驴，下令李庭芝收兵。原来董文炳收到益都守将的请降书之后，唯恐夜长梦多，又充当了一次孤胆英雄。此时史天泽的大军刚从济南出发，得数日后方能到达，而自己手下的这些军队，真有情况，未必有多大用。董文炳不愧一员猛将，索性留兵马于城外，自己更是卸了盔甲，换上衣冠，只带数骑，昂然进入益都，住进官府，不设警卫，召集李璮故旧将吏，好言相慰，既往不咎，立功有赏。这一番举动言语，让益都诸人既惊讶又佩服，于是"军民大悦"，形势迅速安定下来。

李璮的叛乱到此以彻底失败告终，从二月举事，到八月被消灭，历时半年。但是它所造成的后续影响，却只是刚刚开头。

忽必烈面临的第一个问题，就是王文统怎么办。王文统被忽必烈召到开平重用，不过两年时间，但他所表现出来的才能，已经让朝中大臣没有不服气的，也深得忽必烈的赏识和信任。现在他因女婿李璮反叛作乱而被关在牢里，杀，还是不杀，确实让忽必烈很难定夺。杀得有杀的罪名，不杀得有不杀的说法，又怎样让天下人信服？从搜查王文统府邸时得到的李璮的来信，和从李璮府邸缴获的王文统的去信，都没有找到确凿的证据，能证明王文统对李璮的叛乱事前知情。在对作为人质的李璮之子李彦简被偷偷接走之事的彻底调查中，也没有发现王文统曾参与其事的证据。然而，查找证据只是为了确证其罪，没查到证据并不能消除忽必烈的怀疑。以翁婿至亲，又是这么大的事，王文统能毫无所知？这让人很难相信。

何况要想杀王文统，有没有证据并非不可逾越的障碍。即便只以株连为名，灭了李璮的九族亦不为过，这样王文统便难逃一死。实际上，忽必烈心中最大的，或者说最难以绕过的障碍，是他曾经对刘秉忠做出过的一个承诺。虽然那时他还只是皇弟，但汉人早有说法——"君子一言，驷马难追"，更何况他现在已经是大汗了，金口玉言，他说出口的每一个字都是不可更改的。

忽必烈犹豫不决之际，受到了来自诸王贵戚越来越大的压力。有些汉化较深的，还知道写个奏折来表达意见；更多的人却是直接提、当面讲。他们不仅直接要求赶快杀了王文统，话里话外，更提请、敦促他重新考虑对汉人的整体政策，诸如"可以用之，不可信之，尤须防之"之类。当然，忽必烈自己之所虑亦正在于此。留下王文统一条命不难，但已经出了一个李璮，谁知还有没有第二个"李璮"？他忽必烈必须确保不出这第二个！

这一天，忽必烈终于把刘秉忠召到"静远斋"。

这是他们二人之间迄今为止最艰难的一次谈话。如果说此前他们之间谈话基本上不用绕弯子，那么这回却变成了都在拼命绕弯子。

刘秉忠行过礼，就垂手恭立于侧不再开口，摆出了一副问什么才答什么的架子。

忽必烈想了想，只好先开口："爱卿处可有什么要事奏闻？"

刘秉忠沉默了一会儿，想了想，拱手启奏："臣前日得报，我朝派往南宋的国使郝经，未至临安便被贾似道扣留于真州①，不过日常所需尚称完备，据报郝大使高风亮节，于彼驿馆内安之若素，每日讲学不辍。"

这个情况忽必烈此前已经知道了。忽必烈也知道刘秉忠应该想到他已经知道了。忽必烈还知道刘秉忠为什么明知大汗已经知道还要如此一本正经地当回事儿来启奏。尽管如此，忽必烈心里还是动了一下，甚至又记起了当初郝经那句响当当的话："臣为国出使，何计归期！"明知是有去无回的使命，坦然以赴，那是何等的肝胆胸襟！刘秉忠不提别的单提这个，不是为了提醒忽必烈不要忘了这些忠义之士，还能为什么？在这个节骨眼上提这个事，已经带着点哪壶不开提哪壶的意味了。

当初听了郝经、姚枢、张易对王文统的力荐，忽必烈早已思贤若渴，但还是勉强按捺住急切的心情，要听一听刘秉忠的意见再做最后的决定。王文统之用，不是要在众多谋士之外再增加一个谋士，因为忽必烈向郝、姚、张提出的是"吾安得如似道者用之"。后来对王文统的实际使用，也正是如此：他不仅让王文统主持起草了极重要的《即位诏》和《建元诏》，而且在登上大汗位仅十几天之后，就任命王文统为中书省平章政事。这个职位的重要性并不比宋廷的丞相一职差多少。这么重要的事，自然要格外慎重。由于在开平召开忽里勒台的日期日益迫近，他不得不特意把刘秉忠召来垂问，因而使此举显得格外郑重。而另一方面，在这段时间里，他也问过其他一些谋士，得到的回答无一不是对王文统才学的赞扬，实际上起用此人的决心已经愈益坚定。当然，如果这时刘秉忠明确反对，他或许还会再考虑考虑，问题是刘秉忠的态度并不是明确反对，反倒是一种有保留的赞成。刘秉忠首先赞扬了王文统的才学和能力，并解释自己之所以没有举荐他，是因为觉得像他这样的大才，还是由他自己选择自己的出路为好，既然他已在李璮的幕府多年，并且已经成了李璮的岳父，好像这就是他已经做出的选择。忽必烈不以为然地笑笑说：

---

① 今江苏仪征。

"子聪此言不亦迂乎？那王文统若果有大才，他在李璮处岂能没有屈才之感？只是这人尽其才，终须有个机遇，本王若早知有此高士，早把他请来了！"刘秉忠听了这话，想了想才说："王爷若要重用王文统，有一件事须早有准备——王爷得把王文统和李璮分开。"也是忽必烈用才心切，不能说他完全没想到刘秉忠此言是有所指而发，但当时确实没有太往深处、细处想，仍是笑笑说："这个自然！李璮是李璮，王文统是王文统，本王岂会连这个都分不清！"

这个话一出口，忽必烈便觉出说得有点过头，但并无悔意。那时的他虽然仍还是一位亲王，但登上大汗之位已是指日可待的事，说话要留有余地，可是把话说得太满，和把话说错之间，仍是有很大的不同。说到底，这还是缘于他的自信。他知道李璮不是一个可以放心信任的人，也从未放松过对李璮的戒备，但这种戒备又是为了继续用他，防止他生出异心，或即便有了异心亦不敢轻举妄动。如果早就料定其必会反叛作乱，也用不着如此费心戒备，下决心将其翦除也就是了。所以，当忽必烈得知李璮作乱后的第一反应，不是恼恨这个人为什么会作乱，而是恼恨自己为什么没有防住这个人作乱！这正是让他格外恼火之处！也就是说，李璮以自己的反叛作乱，向天下人证明了他忽必烈并不是一个无所不能之人！而且，虽然他无从知晓天下人对此信不信，他自己却是真信了。首先是汉人，然后是色目人，最后是蒙古人，都会有他忽必烈控制不了的一面，都可能在他原来认为不会有事的时间地点闹出事来，包括闹出有可能置他于死地的事情来。他必须全面调整他的用人之道，必须收回他早先挥霍出去的那些恩典和信任，那些他原以为很安全，但现在已被证明很危险的制度和政策。这包括方方面面的一系列重大、复杂、影响深远的改变，而所有这些改变必须拿王文统开刀。正是在事情已经到了想不杀王文统都不行了的时候，忽必烈把刘秉忠召来了。当然不是为了在杀不杀上听听刘秉忠的意见，为的只是他当初有过将王文统与李璮分开那个话。他希望刘秉忠开口；刘秉忠开了口，就省得他开口了。

但是，看起来刘秉忠不肯开口。

忽必烈却不愿放弃。在绕来绕去绕了半天之后，他终于直接问："李璮之乱已平，其后诸事，刘爱卿有何高见？"

刘秉忠没有立刻回答，在一个长得让人难忍的沉默之后，刘秉忠用了一种极谦卑又极坚定的语气说："万岁若还想用微臣，就不要再问。"又一个长长的停顿之后，加了一句，"其实天下人尽知王文统是李璮的岳丈，至于是李璮娶了王文统的女儿，还是王文统把女儿嫁给了李璮，臣以为并无不同。"

这回忽必烈没有说刘秉忠是在说废话。忽必烈听懂了这句话。他的嘴角渐渐浮出了一个不易察觉的微笑，然后点点头："朕知道了。"然后给了刘秉忠一个此时此刻再无第二人能从他这儿得到的赞扬，"天下之大，唯有忠义，义有高低，忠有大小，高义大忠，唯我子聪！"

刘秉忠自己没有改口，同时也让忽必烈不需要改口了。

刘秉忠走后，忽必烈传旨：命张柔之子张弘略子袭父职。

十天之后，他的大变革开始启动，第一项，就是"罢汉地诸侯世袭"。汉地诸侯当然都是汉人。他在诏书中说，此举是为了防止诸侯子弟依赖祖荫不思上进，激励他们靠自己的努力博取功名。作为平衡，那些确有功劳的诸侯子弟也确实得到了升赏，被安排到其他地方就任新的官职。

对其他的官员也进行了大范围的调动，涉及的主要地方官员达百余人。色目人成了表面上的获益者，为了在各地实行色目人和汉人的互相牵制，不少色目人得到了升迁。但是这并不等于他们得到了比以往更大的信任，因为在色目人与汉人的互相牵制之上，更加强了蒙古人对两者的监督与防范。

实际上不少汉人文官也得到了升迁，因为忽必烈这个大变革的真正的核心是实行"军民分治"。军事将领不得再参与地方行政事务。这与南宋皇帝赵昀在打算法中将官府钱粮与军需严格分开，有异曲同工之效。军队及其将领从此不再有实行地方割据的可能了。

这场大变动初步落实之后，忽必烈感到自己安全了。江淮以北，不再有任何一支可能对他构成威胁的力量。至于长江以南——他当然也很清楚，在采取了这些措施之后，原来预计将在五至七年内开始的大举南征，实际上已经被无限期推迟乃至取消了。那场战争是一场巨大的赌局，如果说他并不在乎为此押上几十万条生命，那么倘若连他自己的项上人头也得押上，就是另一回事了。没有一支强大的军队，不可能战胜敌人；而军队太强大，对自己也会构成威胁。这是帝王体制下帝王与军队之间必定会有的矛盾关系。在登上大汗位两年多以后，忽必烈终于真正找到了帝王的感觉。

但是，忽必烈并不想放弃他的统一中原的雄心。他相信早晚有一天他能找到一个两全其美的办法。这时，从碛北传来了好消息：他的部队兵不血刃地重新占领了喀拉和林。在这个巨大胜利中起决定作用的不是他手下的哪位将领，甚至也不是他的哪位同盟者，反倒是原来的阿里不哥的同盟者阿鲁忽！不错，当初他有过一个判断：他那个任性的四弟跟任何人都会有合不来的一天，所以不可能有长期的同盟者。但是当他下诏宣布"自阿勒泰山至阿姆河之地由阿鲁忽镇守"时，看上去还只是一步闲棋，当时甚至根本没指望阿鲁忽会领这个情。时隔一年，这步闲棋竟变成了对阿里不哥的绝杀。

18   察合台汗国

由成吉思汗开始的大蒙古国的西征，最后的结果是在中亚—西亚地区留下了四个汗国。西边两个——北部的钦察汗国和南部的伊儿汗国；东边两个——北部的窝阔台汗国和南部的察合台汗国。由此再往东，就是广袤的蒙古本土了。而由蒙古本土往南，就是忽必烈作为皇弟、以"总领漠南汉地军国庶事"名义统治的中原地区。等到他建立了大元并灭了南宋，以上相加，就构成了整个大元帝国的版图。这是"中国"历史上疆域最大的版图。

就大蒙古国而言，这个版图的划分具有明显的"幼子守产"的印记。地域最为辽阔的蒙古本土，由成吉思汗传给了他的幼子拖雷，又由拖雷传给了他的幼子阿里不哥。成吉思汗的三子窝阔台虽然从父亲那里继承了大汗之位，但窝阔台家族所得到的领地，直至后来为窝阔台汗国所管辖的疆域，不仅面积最小，因为靠北，也相对贫瘠。成吉思汗的长子术赤虽然没有得到大汗位的继承权，但靠着在西征中所占领的土地，使后来的钦察汗国的疆域，比窝阔台汗国和察合台汗国都要大，而且那地方虽然也靠北，但相对富庶。到了拖雷的长子蒙哥成为大汗之后，他不仅成功地将大汗位由窝阔台家族转到了拖雷家族手中，而且通过让二弟忽必烈总领漠南汉地军国庶事，让三弟旭烈兀西征波斯，进一步扩大了拖雷家族的领地。后来旭烈兀在他占领的土地上建立了伊儿汗国，其疆域面积比钦察汗国还要大，几乎是窝阔台汗国的三倍。至于忽必烈，即使他也像旭烈兀那样满足于蒙哥指定给他的角色，那也是统治着一个强大、富庶的汗国。

在成吉思汗的四个儿子中，察合台所扮演的角色很特别。作为次子，他虽然在阻止术赤继承大汗位上起了关键作用，但在成吉思汗决定传位给窝阔台之后，他并无异议。成吉思汗去世以后，他忠实地执行了父亲的遗命，拥戴窝阔台为新大汗，带头向他的三弟执臣子礼，维护新大汗的权威，执行新大汗的所有决定。据说有一次赛马，他一时高兴赢了窝阔台，事后很快就去向窝阔台谢罪。但是这并不等于一切都太平无事。他的手下曾经不断地侵扰、蚕食窝阔台家族的领地，虽然都是手下所为，也难说没有得到他的默许甚至纵容，直到窝阔台就此向他发出了严厉的警告，他才下令严禁手下再做这种事。

而实际上，察合台的领地，比窝阔台的大得多也富得多。两条大河——阿姆河和伊犁河滋润了那一带的草原，尤其伊犁河流域是适宜农业生产的宝地。然而，也正是由于这种在经济、供给上对于整个大蒙古国的重要性，这里的行政管理和税赋征收一直受到大汗廷的直接干预，察合台的兀鲁思很难独立地行事，而到了贵由继任大汗之后，更直接插手兀鲁思的人选。本来，在察合台死后，按照他生前的安排，由他的孙子哈剌旭烈接任兀鲁思，但贵由却在他上台的当年①，就废黜了哈剌旭烈，册立与他关系密切的也速蒙哥为察合台汗国的可汗。秉承其祖父确立的"服从大汗所有决定"的传统，哈剌旭烈在得知这一消息后，赶在也速蒙哥到达前离开了首都虎牙思，回到自己原来的领地。等到蒙哥成了新的大汗②，他指出贵由的做法是不合法的，支持哈剌旭烈回国夺取汗位。哈剌旭烈率领着他的军队向虎牙思进发，不料却于途中病死。他的妻子兀鲁忽乃率军继续前进，并顺利地到达了虎牙思。也速蒙哥不肯交权，但是当地的臣民都有服从大汗决定的传统，又都知道哈剌旭烈本是察合台指定的继承人，所以也速蒙哥得不到任何支持，很快就被兀鲁忽乃的军队杀死。兀鲁忽乃遂立她和哈剌旭烈所生的儿子木八剌沙为可汗，但实际上是她自己监国摄政。早在哈剌旭烈任可汗时，她就被臣民们描述为一个美丽、聪明、和善的皇后，深受臣民们的爱戴，这也是她得以战胜也速蒙哥的一个重要原因。此后她监国摄政，更证明自己确实是一位具有政治才干和长远眼光的杰出女性。她治理这个汗国长达十年之久，始终保持了这个地方的稳定和安宁，直到阿鲁忽的到来。

阿鲁忽的到来，其实没多少道理。即使是作为合法的大汗，阿里不哥让阿鲁忽接管察合台汗国的决定也是不合法的。黄金家族的内部事务，本应由家族的成员自己解决，尤其是可汗位的传承，首先应该尊重老可汗的意愿，察合台传位于哈剌旭烈，符合这一原则，因而哈剌旭烈本是察合台汗国合法的第二任可汗。窝阔台家族的贵由硬要以大汗的名义废黜，另立也速蒙哥，是越权干预其他家族内部事务的错误行为。蒙哥支持哈剌旭烈夺回汗位，正是对这一错误行为的纠正。现在阿里不哥等于又推翻了蒙哥的决定，自是没有任何合法性可言。阿鲁忽对这一点心知肚明，更何况堂嫂兀鲁忽乃一向待他不错，只因他实在是太想当察合台家族的兀鲁思、察合台汗国的可汗了，所以在领受了阿里不哥的命令以后，就日夜兼程地朝虎牙思赶去。中间他一度考虑要不要从他的领地召来他的军队，但是在接到阿里不哥的急信，告诉他忽必烈已派出阿必失合前往虎牙思，要他务必抢先到达以后，便放弃了

---

① 公元 1246 年。

② 公元 1251 年。

这个率军前往的想法。实际上，他拥有的骑士不过三百余人，即使能仓促组成一支千把人的军队，也难说有怎样的战斗力，能去和兀鲁忽乃的军队较量。他只能一边赶路，一边想办法，可是直到已经接近阿力麻里，遇到了兀鲁忽乃派来迎接他的一支百人小队，也没有想出什么可行的办法来。

兀鲁忽乃这支百人小队里有负责礼仪的文官，有照料人员马匹生活起居的差役，更有六十名经过挑选的警卫。阿鲁忽从喀拉和林出发时，自然也带了些随从和侍卫，总共不到三十人。两队会合之后，阿鲁忽受到了无可挑剔的礼遇和照料，但是那六十名警卫却让他心里别扭。行进时，他们一半在前开路，一半殿后；住下后他们就散开在周围围成一圈，让阿鲁忽不由自主地觉得自己像个正在被押解的俘虏。终于到了虎牙思，他被安排住进了预先准备好的馆舍，一切仍由那百人小队照料，包括那六十名骑士所提供的警卫。现在已不是在辽阔的草原上赶路，而是身处察合台汗国都城的驿馆，却仍然有那么多人日夜警卫，让阿鲁忽不能不觉得自己实际上已经是个囚徒了。

到达虎牙思的第三天，阿鲁忽终于忍不住了，试探着去问那个叫巴根的为首的礼仪官："请问，我的堂嫂……"

"要称太后！"巴根严厉地打断并纠正说。他威严地站在那里，与他的名字很相符——像根柱子。蒙语"巴根"意即柱子。

"那……好吧，"阿鲁忽只好让步，"太后什么时候才能召见我这个从远方而来的客人？"

"这要由太后本人决定。再说你也不是来做客的。"

"那么，太后知道我到这儿来的目的吧？"

"太后高瞻远瞩洞察一切。"

"那么太后对此事是什么态度？"

"等太后有了态度，自会告诉你，但是不会先跟我说！"

柱子毕竟只是柱子。口风虽然很紧，还是被阿鲁忽抓住了一个疑点——莫非她还没有拿定主意？

当天下午，这个疑点似乎还得到了略进一步的证实。他正在屋里发愣，巴根忽然闯了进来，指着身后对他说："太后来了！"

阿鲁忽噌地站了起来。

"太后让告诉你，"巴根又补充道，"她从附近路过，顺便来看看你缺不缺什么。"

这时兀鲁忽乃已经走了进来。

阿鲁忽迟疑了一下，还是行了一个大礼，说："阿鲁忽参见太后！"

兀鲁忽乃先是嫣然一笑，才摆摆手说："罢了，虽然我现在仍是太后，你我还是叔嫂相称吧。"

阿鲁忽的脸红了。就这么一来一往，两个人的差距就显出来了。堂嫂已经当了十年的监国摄政，堂弟却一直在游荡，连自己的领地都主要是手下那些人在管理着。

兀鲁忽乃自己先坐下，然后让阿鲁忽也坐下，就开始问他在这儿住得好不好，缺什么东西不缺，接着话题一转，又问起了阿鲁忽家里的事，领地的事，妻子们和儿女们可都健壮，马群牛群羊群是否扩大，骑士们身手如何，牧民们可都温饱富足。问完这些，她轻轻站起身来，说堂弟好好休息，明天带他去阿力麻里看看，尝尝那里甘甜多汁的苹果。说完就朝门口走去。

阿鲁忽也起身相送，说："嫂嫂慢走。"

兀鲁忽乃突然转回身来，先是直愣愣地看了他一会儿，又慢声细语地说出一句杀机毕露的话："你到我这儿来，只带了这么几个不中用的人，却想要我的儿子把汗位让给你，你就不怕什么人把你杀了？"

"别人我不知道，我只知道嫂嫂不会杀我。"

"你认为我一定会听阿里不哥的话？"

"那倒不是。阿里不哥是蒙哥家的人，木八剌沙的汗位是察合台家的事。"

"此话怎讲？"

"究竟由谁来当察合台汗国的可汗，得由察合台家的人决定，具体说，就是由嫂嫂决定。嫂嫂觉得让我当比由侄儿当好，我就当；嫂嫂觉得还是让侄儿当好，我自回自家的领地当我的宗王，嫂嫂没来由非杀了我不可。"

"凭什么我会认为你当可汗比木八剌沙当更好？"

"因为在察合台家族中，我是那个唯一让察合台汗国能够独立行事的人。"

"等等，你是说——独立行事？"

"对了，独立行事。我们察合台家本应是黄金家族中最显赫的家族！爷爷把大汗位让给了窝阔台，那是他的决定，我们不能说三道四，何况窝阔台家也没能把大汗位留在自己家手里。可是到了现在，钦察汗国、窝阔台汗国能做的事，甚至伊儿汗国能做的事，为什么我们察合台汗国却不能做？先是贵由来插手，然后是蒙哥来插手，现在是阿里不哥、忽必烈又都想要来插手，这种事哪天才能到头？"

阿鲁忽越说越激动，兀鲁忽乃却只是静静地听。阿鲁忽说完，她也没有接话，只是又直愣愣地把阿鲁忽看了一会儿，却又忽然间嫣然一笑，说："别忘了我刚才的话，今天叔叔好好休息，明天我带你去阿力麻里。"

阿鲁忽注意到了那个微妙的变化："堂弟好好休息"变成了"叔叔好好休息"。

是的，兀鲁忽乃还没有拿定主意。

如果兀鲁忽乃只是一个普通的蒙古贵妇，这事儿几乎不用多想。哈剌旭烈本来就是察合台选定的继承者，后来蒙哥大汗又支持他收回自己被贵由非法剥夺的汗位。然后，他的儿子木八剌沙继承了汗位，并由他的皇后、木八剌沙的母亲兀鲁忽乃监国摄政，其权力、地位具有充分的合法性。兀鲁忽乃受邀并出席了阿里不哥在喀拉和林召开的忽里勒台，意味着首先是阿里不哥承认了兀鲁忽乃的察合台兀鲁思身份，然后是兀鲁忽乃承认了阿里不哥的大汗身份。如果把这看作是一次政治交易，那么时隔不久阿里不哥就转而支持阿鲁忽，显然是一种毁约行为，兀鲁忽乃完全有权予以拒绝。剩下的问题，就是一旦阿鲁忽以武力前来夺位，能不能将其击退。而实际上这根本不是问题；莫说阿鲁忽带来的这二十几个人，就是他的军队倾巢出动，也根本不是兀鲁忽乃的对手。

但兀鲁忽乃并不是一个普通的蒙古贵妇，而是一位富有远见的女政治家。首先她看得很明白，察合台汗国本无汗位之争，"平白无故"生出这个枝节来，是阿里不哥想更牢固地控制察合台汗国丰富的资源，而其背后，正是阿里不哥和忽必烈这兄弟俩之间的大汗位之争。这虽然直接导致她目前的处境困难，但是她敏锐的政治直觉告诉她：四大黄金家族中，其他任何一个家族所出现的内部纷争，对于察合台家族来说，都可能是一个机会。监国十年，使她对察合台汗国的艰难处境早有深切的体认。拖雷家族占据了大汗之位，以大汗廷之名对察合台汗国的种种干预、控制乃至掠夺，根本无法抗拒。而来自北面窝阔台汗国和西北面钦察汗国的威胁和袭扰，则一直持续不断。钦察汗国几乎就是"世仇"；术赤的子孙始终把一笔旧账记在察合台子孙的头上，正是由于察合台面对面的激烈反对，才使术赤未能以长子身份从成吉思汗那里继承到大汗之位。而在察合台子孙的心里，这件事又始终是个挥之不去的阴影，同时还是个有苦难言的心病。实际上术赤根本就没有继承大汗位的可能，因为后来他是先于成吉思汗死去的。如果没有发生过那次争吵，作为老二的察合台极有可能依顺序递补成为大汗，正是由于那次当面反对，反而让袖手旁观的老三窝阔台得了便宜。虽然窝阔台本人对察合台本人尊重有加，但窝阔台的子孙却并不感念察合台的子孙。更何况除了这种种的恩怨，察合台领地的丰饶肥美，实在是太诱人了，不能不让他的邻居们垂涎欲滴！察合台汗国之所以还能在夹缝中生存下来，或者说他还有一点好运的话，那就是这两个强邻幸好没有同时拥有强人领袖。当术赤的儿子拔都在整个蒙古都拥有决定性的影响力时，窝阔台之后的窝阔台家族却很窝囊，连大汗位都未能保留在自己家族手中。而当窝阔台家族出现了海都，高调提出只有窝阔台的子孙才有资格成为大蒙古国的大汗时，拔都之后的钦察汗国却没有再出现拔都式的领袖。别儿哥只是个徒有其名的可汗，反而是下面的大小宗王各行其是，谁也不服谁，谁也管不了谁。

这就是兀鲁忽乃眼下面临的局势。海都是她直接面临的威胁，但她深知这并不是唯一的威胁。至少到目前为止，术赤子孙和察合台子孙之间的敌意，并没有丝毫的缓解。事实上，在钦察汗国削弱到一定程度之后，她的属下曾多次提议主动出击，夺回那些被蚕食的领地，有一次她甚至已经下达了备战令，只是由于海都的迅速崛起，当然也由于她看到自己的军力实在有限，才中途放弃。随后局势逐渐逆转。聪明而狡诈的海都开始与钦察汗国的几个主要宗王来往密切，而对方也乐得纵容海都向南扩张，以减轻自己的压力。当兀鲁忽乃意识到这两个强邻已经形成了某种联盟，来共同对付察合台的子孙时，她知道这样下去，自己早晚有顶不住的一天。

现在出现了忽必烈和阿里不哥的大汗位之争，这两个拖雷的后人都在争取得到察合台汗国的支持。显然，这是一个可以利用的机会，但是兀鲁忽乃又意识到自己缺少利用这个机会的能力。虽然她把自己的汗国治理得不错，但在对外交往中却无法给自己树立起强硬的形象。一个由"孤儿寡母"统领的汗国很容易被认为软弱可欺，而实际上她和她的儿子也确实无法率领着骑士们去冲锋陷阵。她甚至不知道怎样才能使自己的军力强大起来。另一方面，她又是一个有胸怀的政治家，一个视察合台家族的利益高于一切的人。如果察合台汗国在她和她儿子手里只会越来越受欺负，直至汗国的存在都可能受到威胁，她情愿让她的儿子把汗位让给家族内的另一个人，只要这个人确实能让察合台汗国成为一个强大的汗国。

问题是：阿鲁忽真是这个人吗？

另一个问题她也必须考虑。她深知权力斗争中的种种凶险，所以她必须得到充分的保证，一旦她让出权力，她和她的儿子可以安全、体面地回到自己的领地，继续过一种有尊严的生活。这是一件非常困难的事。在她让出权力之前，得到这样一个承诺很容易，可是一旦交出权力之后，她拿什么才能制约那个大权在握的人不会出尔反尔？

这种事太有可能发生了，而这种事一旦发生，就再怎么追悔都来不及了！

只有解决了这两个问题，她才能做出决定，而在目前的情势下，这两个问题的解决又只能靠谈话。具体说，就是她提出问题，再从他的回答中做出判断。可是，人身上的各种器官中，最靠不住的就是那张嘴呀！

　　所以她做出的第一个决定，就是这次谈话要在阿力麻里美丽富饶的草原上进行。与其说这是一个经过深思熟虑的政治决定，还不如说这是一个纯粹的女人的决定。她相信草原会比宫殿提供更广阔的空间、更多的可能性。她还相信——至少是希望，阿力麻里的富饶和美丽会形成某种压力，促使阿鲁忽说真话不说假话，一旦说了假话，就会愧对那里的山和那里的水，还有那里肥沃的土地。甚至加上那里出产的甘甜多汁的苹果。在蒙语中，"阿力麻里"就是苹果。

　　那天他们很早就出发了。从虎牙思到阿力麻里路程不远，巳时[①]未尽就到了。一路上他们没有说话。按照她的旨意，除了十几个贴身的随从、侍卫，担任这次出行警卫的就是被派去迎接他的那些骑士。她自己坐在通常是正式出行时才会乘坐的车辇里，而车窗的帘幕则始终垂挂着。阿鲁忽则骑着自己的马。没有人告诉他应该走在哪个位置，他自己选择了走在兀鲁忽乃车辇右侧稍稍靠前的地方。和汉人不同，蒙古人认为这个位置表示的是一种护卫，不含僭越之意。这就给兀鲁忽乃提供了一种方便，使她可以随时将窗帘掀起一条缝去观察他。而她的每一次观察，看到的都是宽宽的肩，厚厚的背，和在马背上始终挺得笔直的骑姿。看了几次，使她不由得追忆起一段不堪回首的往事。在那段已经变得相当暗淡的往事里，骑马走在那个位置的是她的丈夫哈剌旭烈。对比之下，哈剌旭烈的肩要窄一些，背要薄一些，骑姿则有些佝偻。那一年，哈剌旭烈决定遵从贵由大汗的旨意，把汗位让给贵由指定的也速蒙哥，提前带着兀鲁忽乃返回自己的封地，一路上就是这样走的。兀鲁忽乃不知道丈夫为什么会做出这样的决定。如果他就此事征求她的意见，她会毫不犹豫地反对。她不能抱怨丈夫没跟她商量：汗国的大事是不需要跟女人们商量的。但是这并不妨碍她不满于丈夫的软弱和糊涂。即使让出汗位，也速蒙哥也不是最能让察合台汗国拥有更多威望和财富的那个人。察合台有二十多个孙子，其中至少有十个比他强。就在这样的对比中，她那颗女人的心竟情不自禁地震颤了一下。或许，像阿鲁忽那样的肩膀和背脊，才是可以依靠的。

　　他们到达了阿力麻里，然后在靠近一个小小村落的地方停下。这地方是她特别指定的，因为她来过几次，非常喜欢这里的景色。那个小村子被一块块农田所环绕，不远处则有一条伊犁河的支流潺潺流过。正是初秋时节，高粱已经长到了一人多高，形成了一片片幽幽的墨绿。中间则是一小块一小块的菜地，还有一片稍大些的油菜地，油菜花开得灿烂。靠近一座小山的那边，就是一片片的苹果园了，不过现在果实还很小，稍远了就看不见了。道路的另一边，则是辽阔、绵延无尽的、翠

_____

　　①　巳时相当于现行计时制的上午 9 点到 11 点。

绿色的草原，上面散布着星星点点的白色的羊群。兀鲁忽乃下了车，巴根把她的马牵过来。她接过缰绳，拍了拍马背，先看了阿鲁忽一眼，却转身吩咐巴根派人去村里找些上好的苹果来。她有点儿啰唆地嘱咐说，去年的苹果放到现在，须是贮存得极好才不致失去太多的水分，所以最好去找那些畏兀儿女人，她们做这个比蒙古女人做得好。然后她上了马，又从马上躬下身来对巴根说："你们就在这儿等着，不叫别过来。"听到巴根答应了，这才一抖缰绳，策马向前，直到超过了阿鲁忽坐骑半个马位，这才头也不回地说了声："叔叔你跟我来！"

两个人并排沿着来路继续向前走，阿鲁忽的马始终靠后半个马位。等到离开那些随从稍远之后，兀鲁忽乃开始问话。话语很零散，兀鲁忽乃显然有意东拉西扯，问到喀拉和林的情况，问到他在那边逗留时的印象，问到阿里不哥最近的想法，尤其是对海都的态度，嘴一滑，就岔开来问他知不知道阿里不哥到底有几位正妻。这中间，她还说到今年雨水充沛，伊犁河和它的大小支流，河床全都灌得满满的，然后又说到钦察汗别儿哥和术赤长子斡儿答、术赤第五子昔班之间的矛盾，虽然这三个人全都和海都交往密切。而真正的"问话"，却是穿插在这中间进行的，内容涉及汗国施政管理的诸多方面，若是归纳集中起来，等于是在考问阿鲁忽："如果真把察合台汗国交给你，你将如何治理它，带着它往哪里去？"及至听到阿鲁忽的回答大都笼统含糊，有些甚至文不对题，答非所问，兀鲁忽乃反而有些替这个小叔子着急了，心想他是不是在阿里不哥那边待得太久了，对察合台汗国的事不怎么了解？于是在她的问话中，就增加了一些对情况的介绍。可是阿鲁忽好像对此也没有应有的反应，甚至缺少必要的理解。在问到他对汗国赋税情况和征收制度的想法时，她向他介绍了一个叫麻速忽的人。她告诉他这人很能干，是个难得的人才，现在正在这里代表大汗廷，也就是替阿里不哥征收税赋。而阿鲁忽对此的反应竟然是：既然他是个人才，我们就应该让他替我们收税。这让兀鲁忽乃心中颇为不悦——阿鲁忽怎么连这个都不明白？大汗廷的税官，怎么可能替察合台汗国收税？而更让她不悦的是，他好像不仅对人没感觉，对钱粮财物也没感觉。她向他介绍察合台汗国是个多么富饶的地方，单是从不花剌和撒麻耳干地区，一年就能征收到多少谷物钱财。她说了几个数字，那可是任何人听了都会吃惊和羡慕的数字，不料阿鲁忽听后竟然几乎没什么反应。不知理财，焉能治国？看来这个肩宽背厚的汉子，最多也就是一条汉子，并不是那个能让察合台汗国更加强大和富有的人。

就在这时，她听到从她的侧后传来一句很突然的问话："太后是不是对我有些失望了？"

这一问之所以显得突然，是因为从开始到现在，所有的谈话实际上都是她问他答，以至于她对于回答对方提出的问题毫无准备。她想了一下，还是没想出怎样回答才好，只得回了一个反问："你觉得呢？"

"我觉得恐怕是。"阿鲁忽回答的口气很轻松，比前面所有回答问话时的口气都轻松，"连我自己都觉得我的回答很笨拙。不过我想我或许可以解释一下，我的回答不好，是因为我缺少准备。我从喀拉和林到虎牙思，走了一个多月，一路之上也确实想了一些事，可是太后问到的这些事，偏偏都是些我没怎么去想的事。"

"为什么？"

"这些事有太后想，比我想更管用。"

"那你都想了些什么？"

"其实我想得最多的只有一件事。"

"什么事？"

"蒙哥大汗留在甘州、凉州以西的那些军队！"

话音一落，兀鲁忽乃就勒住了马。等阿鲁忽也勒住马，两匹马的马头已经平齐。有一阵，兀鲁忽乃的身形纹丝不动，好像正在凝视远方那片高远深邃的天穹。她确实需要一点时间来转换她的思路，而对于一个女人来说，她所用的时间真是不算长。猛然间她再把缰绳一收，那马来了个向后转。现在她和阿鲁忽直接面对面了，而且离得非常之近。眼睛到眼睛的距离最多五尺。两双相距不到五尺的眼睛对视良久之后，她提出了下一个问题："阿鲁忽，"是的，称呼也变了，"如果——我是说如果，如果你真的成了察合台汗，你准备怎样对待我和我的儿子？你能保证在我们回到自己的封地之后，过上安宁的、有尊严的日子吗？"

"噢，这个——你想听一个认真的回答吗？"

"当然！"

"你们将留在虎牙思。"

"为什么？"

"木八剌沙将是察合台汗国的下一任可汗。"

"我呢？"

"如果——我是说如果，如果你不反对，你将重新成为察合台汗国的皇后。"

一段长时间的寂静。草原和农田，村庄和道路，山和水，天和地，人和马，都没有发出一点点声响。兀鲁忽乃的脸，先是由黄转白，再由白转红，红到不能再红时，她轻声问："阿鲁忽，你的骑术怎么样？"

"还行吧。"

"你能追上我吗？"

"试试看吧。"

这一刻可把巴根急坏了。他一直远远地注视着他的太后和太后那位说不清是敌是友的客人。后来他远远看见太后掉转了马头，面对着她的客人，而且离得很近时，他才放下心来，因为只有关系很亲密，至少是很友好的人，才会这样交谈。可是忽然之间就看不见那两个人了，他最后所看见的，是他的太后纵马疾驰而去，那个客人在后面紧追，然后就消失在视野以外。巴根一时之间完全不知所措了。他最先想到的是太后的安全，但接着就是太后那个"不叫别过来"的命令，最后只好自己宽慰自己：太后如果有危险，应该往这边跑，而不是朝远处去。不过他还是命令骑士们全部上马，随时准备出击，而他自己则目不转睛地盯着远处。当随从禀报苹果已经买来，他也没有亲自去看一看尝一尝，只是吩咐挑几个最好的，仔细洗干净了准备着。

半个多时辰以后，太后和客人回来了。两匹马挨得很近，马头平齐，轻松地小跑着，连步点儿都一模一样。太后下了马，张口就问："苹果呢？"随从用托盘呈上苹果。太后随手拿起一个，咔嚓咬了一口，然后一甩手便扔给了客人，笑着喊道："嗨，尝尝我的苹果！"

直到这时，巴根才注意到太后脸上的红晕。这是太后寡居以来从未有过的红晕。

巴根知道了他该知道的一切。除此之外的详情，就不是他应该知道的了。别说是他，就是历史，也不知道——当然也没有兴趣知道过多的细枝末节，比如这一对男女的初欢，究竟是在大草原上，还是在高粱地里完成的。这有什么要紧呢？

历史认真记载下来的，是阿里不哥很快就收到了阿鲁忽的报告，说他已经顺利地到达虎牙思，并顺利地成为察合台的兀鲁思，兀鲁忽乃很合作，并让他代为转达她的诚意，说她秉承察合台的遗训，一切服从大汗的旨意。这让阿里不哥非常高兴，当即吩咐他的聂思托里安教丞相孛鲁合行文全蒙古国，正式确立阿鲁忽为察合台兀鲁思，并且宣布阿鲁忽在自阿勒泰山至阿姆河之地所做的一切，都是代表他阿里不哥大汗在行事。

这正是阿鲁忽所需要的。当阿鲁忽的使者来到他所关心的那些军队时，那些军队的将领虽然不一定直接看到过那份文书，但是都已经知道大汗廷发出的命令。这些军队主要是当时蒙哥大汗西征时的预备队，虽然不一定是最精锐的主力，至少也是有一战之力的正规部队。而由于他们没有被投入过战斗，反而成了实力保存得比较好的部队。蒙哥去世以后，尤其是蒙哥之子阿速台前往喀拉和林投奔阿里不哥以后，再加上他们的将领在忽必烈与阿里不哥的汗位之争中采取了中立或观望的立

场，因此就变成了一些没人管的部队，时间一长，部队的给养就出现了问题。少数
几位将领，选择了支持阿里不哥，便向西移动投奔了浑都海，虽然及时得到了粮草
补充，但是随后却被忽必烈所派的宗王合丹等部歼灭于西凉一线。有了这个前车之
鉴，剩下的更加不愿卷入那场大汗位之争了——在那种规模的战争里，像他们这种
部队，转眼之间就能打得精光。正是在这种时刻，阿鲁忽的使者来了。使者们传达
了察合台汗阿鲁忽的良好祝愿，然后请他们到阿姆河一带去"就食"。那边有充足
的粮食草料，而这边已经没有任何战事，对于那些将领来说，这简直就是求之不得
的了。带着一支军队，谁也不愿意垮掉、走散，而要保住这支队伍，最起码的条件
就是得让人和马都把肚子吃饱。到阿姆河去，首先是队伍保住了。然后，在名分
上，阿鲁忽的背后有阿里不哥大汗；虽然是两个大汗中的一个大汗，终归是大汗。
更何况顺应了这个大汗，又不必替这个大汗去打另一个大汗，你说哪儿还有这样的
好事？天上掉下馅饼来，不赶快接住，等掉到地上再捡起来，吃着就牙碜了。

　　说是"阿姆河"，等他们到达给他们指定的驻地之后，他们发现阿姆河离他们
还有一段距离。那是个很微妙的地方。首先，即便阿里不哥知道了，也不会有什么
异议，因为阿鲁忽出发前，阿里不哥给过他一个任务：扼住伊儿汗国与中原之间的
通道，以防一向与忽必烈关系密切的旭烈兀派兵支援忽必烈。要完成这个任务，这
些部队的驻地只能说稍稍偏北了一点，终归还是在那条通道上。真正对这些新部队
的出现感到紧张的是海都。海都立即调整了他的军队部署，从进攻态势转为防守态
势。即便这样也没有收到多大效果。不久之后，阿鲁忽果然跟海都打了一仗，虽然
也动用了原有的军队，但这些"新"部队至少起了一半以上的作用，而且可以说，
如果没有这些部队，单靠察合台汗国原有的部队，根本就打不了这一仗。就战事本
身来说，这一仗基本上打了个平手，海都的军队稍稍吃了点亏，被迫后退了几十
里。军队的后退虽然有限，但因此而失去控制的地面却是不小的一片，察合台汗国
一举收复了它多年以来被窝阔台汗国蚕食的领地。更重要的是，察合台汗国由此威
名大振，并且开始由被人蚕食转为主动扩张。稍后，钦察汗别儿哥在西北方的高加
索地区遇到了麻烦。那边是术赤的子孙们的另一个，当然也是另一种性质的世仇；
老术赤以此起家，而拔都能无愧于他的名字[1]，也是因为在征服高加索的战争中战
功卓著。现在你不如从前强大了，就不能怪人家要来报仇。别儿哥不得不把所有他
能动员的兵力，投入这场难以取胜的战争。当阿鲁忽得知这一消息后，毫不犹豫地
从东南方掩杀过去，占领了原属术赤封地的楚河西部草原和大部分花剌子模绿洲，

---

　　①　蒙语"拔都"即"英雄"。

所到之处，毫不留情地杀死了所有臣属于别儿哥和曾经为他效力的人。在蒙古人看来，威风是杀出来的，而事实上，阿鲁忽也真的杀出了威风。转眼之间，察合台变成了一个强大的汗国，而且是拥有农业面积最大的汗国。

对于这些，阿里不哥自然是"乐见其成"，因为阿鲁忽正源源不断地向他提供着大量的粮草军需。正是靠了这些，他才有可能发动对忽必烈的南征。至于打了败仗，那是术木忽儿、合剌察儿、阿蓝答儿等人不争气，阿鲁忽却是好样的。即使是兵败之后，他回到吉利吉思一带的旧封地休整恢复、准备反攻的时候，阿鲁忽仍然一如既往地、慷慨地提供了他所需要的一切物资装备，使他得以顺利地收复了喀拉和林，并且和忽必烈进行了两次大规模的军事较量，直到对方退兵。这时的阿里不哥踌躇满志，深深感到自己的强大无敌，立即着手准备再次南下，一举将忽必烈彻底扫平。直到已经把进军的路线都谋划好了，他才接到字鲁合的报告，说阿鲁忽那边已经有段时间不再有物资运送过来，莫说大军南征，就是正常消耗，也有点难以为继了。

阿里不哥一下子就急了。怎么回事？这怎么可能？

就赶紧派人去催问麻速忽，结果派出的人有去无回。

麻速忽出了什么事了？

时间紧迫，更何况阿里不哥办事从来不喜欢拖泥带水，更不会为麻速忽这种小角色的命运瞎操心。他快刀斩乱麻，立即另行任命了一位专员火速动身，前往察合台境内收取赋税。直到这位新专员送信回来报告说，征收工作已经展开，虽然当地民众多有抱怨已经交过赋税了，但经过他晓以利害，征收工作尚称顺利，所征物资钱财不日即可运回云云。阿里不哥这才放下心来，接着谋划他的南征部署。

阿里不哥不知道，麻速忽确实"出了问题"，更不知道问题的根子却在阿鲁忽那里。阿鲁忽实现了他的设想，虽然当时兀鲁忽乃曾经对此不屑一顾，后来却正是由她按照阿鲁忽的授意实现的。实际上，恐怕也只有兀鲁忽乃能够说服麻速忽，因为他深知太后——现在是皇后了——对他能力的赏识，而他对皇后的赏识则心存感激。用汉人的话说，就叫"士为知己者死"。他接受了兀鲁忽乃的邀请，被阿鲁忽任命为察合台汗国的理财大臣，从此就真的"替我们收税"了。在阿鲁忽最困难的时候，阿力麻里已经被阿里不哥占领，麻速忽仍然从不花剌和撒麻耳干一带替他征收到大量的钱财，使他得以击退海都发动的一次意在乘虚而入的入侵，使察合台汗国得以在困境中站稳脚跟。直到元世祖至元二十六年[①]去世，麻速台一直是察合

---

① 公元 1289 年。

台汗国的理财大臣，并以贤明著称于世。如果做个专业的比较，他为察合台汗国提供的服务，比阿合马为忽必烈做的贡献，还要高出好多倍！

而当时的阿里不哥，实际上早已将他抛在脑后，只关心新派去的那位专员的动静了。他接到了赋税已征收完毕，即将启程押解运回的报告，然后就没了下文。直到一个多月以后，才有一名侥幸逃回的随员报告，说他们刚刚启程，就遭到了阿鲁忽所派军队的突袭，专员被杀，物资被抢。接着，本来已在暴跳如雷之中的阿里不哥，又听到阿鲁忽已正式宣布归顺忽必烈的消息，气得差点儿发疯。公平地说，任何人听说他最信得过的人在他最需要的时候竟然背叛了他，也是很难保持理智的。他立刻下令调集军队西征。西征比南征好办，打到那里就有吃的了。应该说，他对此举的后果不是完全没有想到。出发前，他召来喀拉和林城里有名望的长老，叫他们在忽必烈的军队到达时不要抵抗，只管开城投降，以免他的宫殿毁于兵火，等到他消灭了阿鲁忽再打回来时，正好里应外合。

前面种种他的预料都不差。听说他引兵向西，忽必烈的军队果然来了，长老们果然开城迎降，完成了对喀拉和林的又一次和平接管。

只是阿里不哥却再也没能回到喀拉和林。

19　北乱南变

宋景定四年①，朝廷下诏，正式推行"买公田法"。

直到诏书即将发出的最后一刻，贾似道还起过拦阻之意，不过最终还是放弃了。买就买吧。他毕竟不敢得罪皇上。虽然这时已经有些攻击他的人说他是"权相"，然而他心里明白，权相之"权"亦仅限于"相"，再怎么擅权，擅的也无非是相权——大宋朝廷的事，终归还是皇上说了算。至少当今皇上是这样。

他原来提出要实行的是"公田法"。皇上说前面要加一个"买"字。皇上说要加一个字，不加都不行，何况这事儿原是你提出来要搞的，等皇上要搞了，你又说不搞了，这是闹着玩儿？也不必弄什么"莫须有"，只说皇上要加一个"买"字，你偏不肯加，整个儿要撂挑子，那定要治你一个抗旨不遵！

贾似道是个战略家，但战术上则不行。他这个公田法，针对当时南宋的实际情况，革除弊端，富国强军，委实是很有战略眼光的。江南土地肥沃，灌溉便利，在

---

① 公元 1263 年。

农业发达的基础上，手工业、商业也有一定的发展，经济、文化一直优于北方。但由于制度本身的缺陷，特别是自临安被定为行在以来官僚体制的强力介入，也出现了很多问题，其中最致命的一条，便是土地兼并的加剧，尤其是那些产量高的好地，越来越集中到少数大地主手里。这些大地主财大气粗，或与官府相互勾结，或者本身就是在职的或致仕的文官武将，权钱结合，便千方百计地少交、不交朝廷征收的各种钱粮赋税。有段时间，甚至弄得军队所需的粮草都难以为继。为了能让士兵吃饱肚子，朝廷开始推行一种叫"和籴"的政策。卖粮叫"粜"，买粮叫"籴"。官府向农民买粮，价格低于市价，自是天经地义，别看价钱低，你还是非卖不可。说是"和籴"，你自愿来卖，当然和和气气，一旦不肯来，那个把你从不愿变成自愿的过程，往往就相当不和气、不客气了。大地主们财大势大，籴粮官吏不敢惹也惹不起，自然对普通农民格外凶狠。南宋课税本来就重，交完公粮再卖余粮，农民们"汗滴禾下土"，滴到最后两手空空。虽然多数官员都不拿这当回事儿，市井出身的贾似道却很明白，这会挫伤农民的生产积极性，长此以往，"诚非社稷之福也"。真到了需要再额外多筹几千石稻谷时，面对已经两手空空的农民，却是无论和与不和都籴不出来了。贾似道心中虽无直捣黄龙北定中原的雄心大志，但收回他眼睁睁看着失去的长江之北以迄河南的那片土地，却是他耿耿于怀的未了之事。虽然青山矶大捷之后，蒙军有所北撤，长江的控制权已经夺回，不再是那种局部地区隔江而据的局面，军事上尚可接受，但失地之耻，仍是事实。他又不会当那种侈谈和与战的言官，说不出类如大忠臣吴潜那种"以和为形，以守为实，以战为应"的空论。在他看来，战端一启，能筹集到多少粮草，甚至比能招募到多少士兵还紧要。所以他为了富国强军而想到的第一要务，就是必须废止"和籴"。那是竭泽而渔。那么，怎样才能放水养鱼呢？废止"和籴"以后，军粮从哪里筹集？他盯上了当时最大的弊端：已经达到危机临界点的土地兼并。当他把土地和粮食这两个既有区别又有关联的问题放在一起考虑时，一个整体性解决的方案便有了眉目：根据地域情况的不同，为各地分别规定一个私人拥有土地数量的上限，超出的部分，按一定比例由朝廷、官府出资将其买下，作为"公田"，再将这些"公田"租给农民耕种，所收的田租，即充作军粮。这样一来，既遏制了土地兼并的进一步加剧，又使军粮的筹集有了一个稳定的渠道。从朝廷官府一面来讲，从买粮改为买地，一次投入，不断产出；从农民一面来讲，为数众多的佃农、自耕农将从中受益，并获得一个使家底逐渐殷实起来的机会。市井出身的贾似道，很早就从切身的体会中明白，哪里的殷实人家多，哪里的民风就平和，民心就安定。成为地方大员之后，这个切身体会变成了他的执政理念：国富民穷很危险；藏富于民才是上上策。后来在清查江西沿江制置副使袁玠时，查明此人虽也从中得了一些私利，但公道地说委实有限，不过类同于卖肉的沾了两手肥油，而其聚敛所得，除了一部分至清查时仍在那里存着，其余的确实大多用在了修筑工事和供应军需上。以此看其本意，未始不是一片忠心耿耿，结果却适得其反，弄得当地渔民竟出船出人去帮蒙军打宋军。应该说，此事也是促使贾似道决心推行公田法的起因之一。

战略家贾似道为公田法划定了一个很好的轮廓，但是，如何制定各种实施细节，却非其所长了。比如允许私人拥有土地的上限究竟定在哪里，二百亩还是三百亩；超出部分又按什么比例征买，四成还是六成；征买的价格如何确定，一次付清还是分期付清，分三年还是分五年；这笔银钱又从哪里筹集，能不能筹得到筹得够……这期间的种种分寸，他深感自己很难拿捏得准，何况这些都需要进行大量的实地调查，才能提出可行的方案，所以他虽然看出了问题的存在，却提不出解决问题的办法。还有一些问题，他只能模糊地感觉到它们可能存在，甚至肯定存在，可是既然连问题本身都吃不准，自然更谈不到解决的办法了。首先，他深知从公田法中获益的是农民，利益受损的是大地主。以往朝廷推行的种种新政，十有八九被搜刮的总是农民，唯独这个公田法，却要对大地主下手。这些人本来就不好惹，现在竟然要太岁头上动土，肯定会有巨大的风险。倒不怕他们造反；他们反不了，反了倒好办了。可是绝对不能指望他们会心甘情愿地出血，或者虽不心甘情愿至少还能老老实实地出血。那绝对不可能！别管他们以前从朝廷那里得了多少好处，现在要他们拿出很小的一部分来还给朝廷，那也是与虎谋皮，痴心妄想。他们会想出种种办法来阳奉阴违，软磨硬泡（不是硬抗而是硬泡），而一旦让他们达到了目的，公田法就会被搅拌成一锅烂糯粥，弄得面目全非，最终事与愿违。必须早做防范，事先就从制度上杜绝他们捣鬼的可能，然而他们届时到底会想出什么捣鬼的办法来，却又是现在很难预料的。更何况事情要靠人去做，推行公田法这样的大事，自然离不开一大批各地各级官吏的参与执行。人一多，自不免鱼龙混杂，而眼下这支队伍究竟是什么成色，贾似道自是心知肚明。别看他们平时都领受着皇上的恩典、朝廷的俸禄，事到临头究竟能不能尽力执行，真是没人敢替他们担保。别看这事儿只是拿了朝廷和官府的银钱去买大地主手里的土地，那官定的价格比市价只会低不会高，而卖家们又皆是一个赛过一个的人精，猛一看根本挤不出什么灰钱，捞不到什么油水，但贾似道比谁都清楚，只要是有银子滚动的地方，这帮大小官吏，总能想出种种办法，即便如火中取栗，也能把那滚动着的银两转眼间变成自己的囊中之物。因此，若要顺利地推行公田法，就必须事先做好最严密的防范，堵住所有可能出现的漏洞，使官吏们再怎么想贪赃枉法徇私舞弊都无从下手。怎样才能做到这一点呢？贾似道不清楚。可是另外的一面他却异常清楚——在他还是一名游荡街头的无赖少年时就有切身体验，这些官吏做起这种勾当来，具有无穷的智慧，在他们中间，蕴藏着巨大的、难以估量的潜力。

贾似道虽然拿不出正面的解决方案来，但是在审查由幕僚们提出的方案时，却总能很轻易地发现其中的破绽，因为当年他自己就颇为精于此道。不过他也知道，自己在这方面绝对算不上拔尖人才，如果一个方案连他都治不住，那肯定不行。有几次他自己也犹豫不决，究竟是魔高一尺道高一丈，还是道高一尺魔高一丈？当年他处在"魔"的位置上，相信后面的说法，现在位置颠倒了，他仍然希望自己能占据那个"一丈"。景定二年三月，他忙里偷闲，沿长江自东向西走了一程，既是视察沿江防务，也是春游，走到真州时，去看了看被他拘留在那里的郝经。那是两位智者之间的一次简短的谈话，二人都是用不同的话语反复表达着同一句问话。贾似道问的是："你明知退兵时根本没有什么割地纳贡的条款，怎么还敢来讨要？"郝经问的是："你明知有那些条款，为什么要赖账？"两人都问不出答案来，也就不再问，转为说闲话，免得总是有问无答，寡淡无味。贾似道先是问："听说先生在此每日讲学不辍，不知所讲何学？"郝经就向他讲了讲所讲之学。贾似道虽是听不明白那些学问的奥妙之处，却是比他日常听朝中大臣们所讲的那些学问要实在。他心中一动，就问："我朝欲推行一项重大新政，为避免善政于推行中生出弊端，或贪官污吏从中渔利，或歹徒刁民无事生非，自应未雨绸缪，早做防范，使不法官民难售其奸，想先生必有以教我？"贾似道此时虽不能把公田法说到明处，但他自有办法于虚实之间道出其种种复杂之处。郝经三言两语便听出个大概，把头一点，抚掌而笑，说："我朝有位大儒，姓刘名秉忠，法号子聪，丞相想必也早闻其名，而丞相所言之事，须是用了他的推衍之法，可保万无一失，将种种可能发生之事预做判断，再施以对策，自然当疏处疏能跑马，须密时密不透风。"就把那刘秉忠的推衍之法，简略介绍了一遍，听得那贾似道目瞪口呆，击节不已。这儿也有个缘故：虽然郝经的介绍甚是简略，而其中的一些说法贾似道听来亦颇耳生，但贾似道自己也是个行事很有预见的人，虽然所用方法有异，但殊途同归，其间自有暗合之处。赞叹之余，贾似道不由得脱口说了一句："吾安得如子聪者用之？"此问一出，倒也让郝经心中暗暗一动，想起当年忽必烈向他和姚枢、张易所做的那几乎如出一辙的问："吾安得如似道者用之？"是啊，虽不过一句话，却是天下大势，由此而定啊！想到此，郝经不由脸色一正，轻轻答道："千里马常有，善御者不常有。"

回到临安以后，贾似道正式下令成立"一丈斋"，作为谋划推行公田法的专门机构。他没有把被命名为一丈斋的那座建筑物选在他的相府，而是将他办公的地点

——都堂里的一座原名"临漪斋"的旧建筑改为此名，实际上就排除了廖莹中、翁应龙领衔该机构的可能性。当时他俩已经把主要精力放在了《福华编》的写作上，贾似道的意思也是就让他俩安心于创作，并以此向外界昭示一丈斋的"斋主"尚虚席以待贤能。在这一点上，他并未完全理解郝经的话。他对自己的知人善任毫不怀疑，问题是先得找到那匹千里马。他大张旗鼓地开始做这件事，虽然没有公开张贴招贤榜，却也很快弄得朝野尽知。他并没有坐等，而是派专人四处求访，连四川、闽广都没放过，可带回来的，不过是些刀笔小吏之才，能在一丈斋打打下手的，就算不错了。这时他开始意识到郝经的话另有含义了，就让人专门在"归正人"中寻觅，而得到的回话却是，近时已绝少再有北人南来"归正"的了。直到这时，他算是终于听懂了郝经的话——水往低处流，人往高处走啊！

就在此时，人报陈宜中求见！陈宜中？贾似道对这个名字倒不陌生，因为此人替他做过几件事，做得都不错。可是贾似道也没有让他白做，短短三年，已经让他从一个五品小官升到了三品要员，难道还贪得无厌，竟登门而来当面要官？因为先有了这几分不悦，就又往下想了想，结果就另加了几分不悦——按相府的规矩，这种求见本不该报到他这里，现在居然报来了，必是求见者在里面做了手脚；至于能做怎样的手脚，贾似道心里门儿清得很。若是没有这些不悦，贾似道多半会摆摆手，至多再加一句"照规矩办"，那时自会有人出面，去问来人有什么事，若愿意说，就指点他这事该去找哪个衙门；若不肯说，也不勉强，你爱找谁找谁。皆因有了这些不悦，贾似道才起了少年之心，想捉弄他一下，便发了个话，让他且在下面候着，过一个时辰，若得空时，再叫他。按这个话的本意，是先让那小子干等一阵，再以不得空把他打发了，偏巧就在一个时辰将尽之际，忽有人送来一份"大内急报"。只是这份急报却透着蹊跷，文辞甚是周纳，却又于闪烁其词之间，透露着一层意思，似乎皇上已从大内的类似"急报"中得知贾丞相正在进行某种"网罗"归正人的活动。看到这里，不由贾似道不倒吸一口凉气！这种事，皇上不问则已，一旦问下来，那可就百口莫辩，浑身上下长满了嘴也说不清楚。正在心烦意乱，忽有侍从提醒，一个时辰已到，要不要把那人打发了？贾似道"哼"了一声，说让他进来！这可分明是要拿陈宜中当出气筒了。

贾似道端坐不动地受了陈宜中的礼，就直愣愣问："有什么事？说吧！"

好个陈宜中，明明看出贾似道那满脸的不高兴、不耐烦，却照样不动声色，甚至更加慢条斯理地说："卑职此来，是想效法毛遂自荐的故事，为大人解忧。"

"哼！"

此时贾似道的心里，暗暗说出的是一句"果然不出所料"。什么毛遂自荐？不就是跑官要官嘛！而口称"卑职"，更显不伦不类。你在朝中为官，自有供职的衙门，并非我贾某人的属僚，说个"下官"，也就罢了，偏要口称"卑职"，分明是想套近乎。不过此时的贾似道，心思还没有完全从那份"大内急报"上转过来，须是还得再积攒更多些怒气，才好发作，所以只是先"哼"了一声。

须知贾似道虽然生得女相，却是个颇有官威的角色，所谓不怒自威，便是这一声"哼"，换了别人，已足够吓他个满脸煞白，可是陈宜中却没事儿人似的，照样不慌不忙、不紧不慢地说下去：

"卑职昨日偶然听人言及，说贾大人近日好像对北人的推衍之术颇有兴趣，只是不知所传是真是假。若果如此，则大人不必费心，卑职虽才疏学浅，然此类雕虫小技，却还略知一二。"

"什么？"贾似道登时站了起来，"你说你——你知晓推衍之法？"

"略知一二，略知一二。"

贾似道点点头："好，我就听听你所略知的那一二。看茶！"

陈宜中讲了小半个时辰。毫无疑问，这是一场面试，不过考的不仅是应试者，更是考官。考官贾似道需要通过面试判断陈宜中是不是真懂那推衍之法，是否确实掌握了其要义和真谛，但贾似道本人对其了解却仅限于郝经那简单扼要的介绍，而郝经的介绍总共不过十几句话。就是这十几句话，贾似道也不能说都有透彻的理解，只能说其中的主要精义，确实与他原有的一些想法暗合。现在陈宜中滔滔不绝地讲了小半个时辰，那些话的具体内容——何况不少话好像其实并没有什么具体内容，他也是听得似乎明白又似乎不怎么明白，不过他还是抓住了一个要点：郝经的那十几句话里的意思，陈宜中都有所涉及。至于那十几句话以外的多出来的部分，除了让贾似道觉得此人对推衍之法的了解可能确实比较详尽全面，也不是一点都没有引起贾似道的怀疑——它们缺少那种结实、严密的品质，听上去带着某种凌空蹈虚的浮夸。然而贾似道几乎已经处于别无选择的境地，心想或许只是南边人和北方人表达习惯上的不同吧。所以他最后的决定是一种试探性的认可，或有保留的接受。在陈宜中告辞时他起身相送，三天后奏明皇上，说他临时需要陈宜中帮忙做些事，得到皇上的批准后，陈宜中就成了一丈斋的主持者，但是却没有任何职衔。未办正式的调动任免，颇类似于后世的"借调"。这倒为陈宜中十四年后反戈一击预留了地步。

虽然公田法的准备工作一直在进行，但贾似道对这项新政的信心却有减无增，而到了推行打算法临近收尾时，他的决心也开始有所动摇了。由于整的是武将，打算法又是全由文官来推行，以往被武将们用种种办法掩盖着的事实，都被查了个底儿朝天，他们个人的家底全被查得清清楚楚。原来武将们全都那么喜欢买地！贾似道自己不喜欢买地、放贷；后来他被抄家的时候，抄得的最值钱的是字画收藏。他知道武将们比文官更爱买地，但没想到会多到这种程度。如果说打算法还只是收拾了武将中的一小部分，那么公田法就要触犯到所有武将们的利益了。几年之内两次拿他们开刀，一次比一次厉害，一旦边关有事，将士们还会用命吗？

皇上却显然不在乎这个。贾似道一心想赶快推行公田法时，被皇上压制了一下，让他先推行打算法。到了贾似道有心打退堂鼓时，皇上却一再催他推行公田法了。圣意难料；皇上实际上是怎么想的，贾似道只能猜个大概，而按皇上自己的说法，是他早有倦勤之意，赶快把这个大事办好，使他能把一个国泰民安的盛世江山禅让给太子赵禥，自己就可以搬到德寿宫去颐养天年了。

贾似道拗不过皇上，并且按皇上的意思加了"买"字，以朝廷的名义下诏推行"买公田法"。

有大约两个月的时间，各地似乎都在"运气"。官员们一面认真学习有关政策文件，一面观察揣度朝廷的真实意图。他们在这段时间里的普遍表现是很不得力、很不理解。历朝历代，即便真是国库空虚，需要补充，那也总是去向小民们，尤其是农民们搜刮，毕竟，这是数量最多的人群，从每个人身上压榨出一点点，合起来就是一个大数目。如果是这样，他们知道该怎样做，办法现成，道理也现成。现在却要向大地主们伸手了，惹得起吗？要得到吗？所以他们很自然地就不愿相信朝廷真想这样搞，说不定后面跟着就会有吏部的、兵部的、工部的种种"解释"，从那些"解释"中，才有可能真正领会到朝廷的真实意图，直至皇上的真实"圣意"。当然，在这个"等着瞧"的过程中，他们也没有真闲着，而是通过反复学习文件领会精神实质，吃透文件的具体内容，所以当朝廷三令五申，反复强调这回是要动真的来实的，严肃认真、不走过场地全面落实贯彻执行的时候，他们也已有了充分的准备，钻研出了文件里所有的破绽，想好了各种相应的对策。结果——

举国上下转眼间就陷入了一片混乱之中！

南边大乱，北边小乱。

这"北边"，指的是阿里不哥。

阿里不哥的"小乱"，"小"在地域有限，殃及的人有限，而"乱"的程度，尤其是表现形式的凶残惨烈，却是达到了极限。

而南宋的"大乱"，"大"在地域之广阔，影响之深远，"乱"的形式却很温和，有一段时间就连贾似道都几乎毫无察觉。朝廷下达的各种指令和要求，都按照多年以来行之有效的规矩得到及时传达和贯彻落实，过段时间便有相应的反馈禀报上来，说是某项指令某项要求已经得到充分的、圆满的、不打折扣的坚决执行。陈宜中每次向贾似道汇报时，都对各地实行买公田法的进展情况给予充分的肯定。总之，形势一片大好，而且越来越好。

阿里不哥可没有那么强的控制能力，一开始就因为一支部队的失控而吃了一场败仗。

上一年的秋天，得知阿鲁忽背叛的消息，阿里不哥怒不可遏，立即引军西征。随他西征的是他所有的部队。他的愤怒很容易理解：他最信任也最倚重的人背叛了他，这是放在任何人身上都难以容忍的事。更何况阿鲁忽的背叛给他的打击又是那么沉重。他一直在进行第二次南征的准备，自认为有必胜的把握，只等着阿鲁忽承诺的粮草一到，大军即可出发。他从来没有怀疑过这些粮草不会按时运到，所以尽管军中存粮已经不多，他都丝毫没有放缓南征备战的步伐。现在猛然间乾坤倒转，不仅南征的计划彻底落空，就是按兵不动，两三个月以后有些部队都可能断炊。所以，他决定放弃好不容易才收复的喀拉和林，率全军西征，虽然看似出于暴怒之下的冲动，其实那背后也有一种说不出的万般无奈。尽管阿鲁忽此时的兵力有所增加，终究只是一个察合台汗国，跟全蒙古的统治者阿里不哥不在同一个档次，阿里不哥只要拿出一半的兵力，打败阿鲁忽已是绰绰有余。那么阿里不哥为什么还要率领所有的军队杀向伊犁河？因为只有到了富饶的伊犁河流域，他的骑士和战马才不至于挨饿。

仓促中自不免出现混乱。原来按南征需要而部署的军队，突然间改为西征，兵力、序列、位置整个儿不符合西征的要求，而阿里不哥的命令却是就地出发，各自择路西进。在阿里不哥看来，打阿鲁忽根本不是问题，而作战部署则可以在行进中逐步调整，直到发现由乌日更达赖统领的一支总兵力约两千人的部队"去向不明"。阿里不哥警觉起来，然后又被他常有的那种从一个极端向另一个极端的摇摆所左右。如果这支找不到了的军队也背叛了他，甚至直接投靠了阿鲁忽，那么双方的力量对比就会发生明显的变化。他火速传令让走在前面的部队停下来，等完成一个大体上的集结再一起前进。

其实，乌日更达赖对阿里不哥绝对忠心耿耿。他的驻地原来就比较偏西，是阿里不哥南征计划中准备用于向六盘山出击的部队。接到西征的命令后，他火速出发，一路疾行，准备抢个头功。阿里不哥没有向他手下的将领通报全局情况的习惯，所以乌日更达赖既不了解整个西征的计划，也不知道察合台汗国的实力已经今非昔比，反而认为凭他手下这些勇敢的骑士，就足以势如破竹地向虎牙思杀去。他还乘机施展了一下他所学得的兵法，先是虚张声势，号称精兵三千，奉大汗之命要刻日剿平反叛作乱的察合台家族。出发不久，又突然改道，想给阿鲁忽来个出其不意，不过此举并未瞒过阿鲁忽的斥候，倒是让阿里不哥的传令使者找不到他了，而他又因没有得到大汗新的指令，也不觉得有什么需要向大汗禀报，结果就被阿里不哥列为失踪。

阿鲁忽对阿里不哥会兴兵前来报复是有思想准备的。他暂停了对钦察汗国的征战，将大部兵力从西线紧急调到东线，准备向所有蒙古人展示察合台家族有能力独立行事，包括不惜与拖雷家族的阿里不哥对抗，以维护自己的尊严，因为忽必烈大汗已经承认他是自阿勒泰山至阿姆河之地的统治者。当他得到报告，说阿里不哥只派了三千人马前来"问罪"时，他甚至有些失望，决定以一次格外严厉的打击，来惩罚竟敢如此小瞧他的阿里不哥。在仔细研究了乌日更达赖的行军路线以后，调集了将近四千兵力，在赛里木湖和艾比湖之间的普拉德一带布置了一个伏击圈，专等乌日更达赖的到来。

毫无准备的乌日更达赖一头栽进了为他设好的陷阱，仓促之间既来不及展开阵形，也无法让战马跑出马速，战斗很快就转变为事实上的屠杀。阿鲁忽这支从西线调来的部队，仅仅一个月前刚从钦察汗国的别儿哥手中夺取了花刺子模省，并彻底摧毁了讹答刺城，不仅士气正旺，而且在血洗讹答刺城中更是杀人杀得手顺，所以这一回的普拉德之战，就成了一场没有俘虏的战斗。除了极少几个逃得性命的侥幸者，可怜包括乌日更达赖本人在内的这两千人，被就地一举全歼。

阿鲁忽慷慨地犒赏了大获全胜的将士，但是并没有让他们歇着，而是再次挥师向西。他要继续扩大对钦察汗国的战果，不给别儿哥更多喘息的机会。事实上，他此举也不完全是因为被胜利冲昏头脑，确有报告称别儿哥已在调集军队准备乘机反攻夺回失地。一个多月以后，他同时接到两个报告，一个报称他的军队已经完成在西线的部署，一个报称阿里不哥亲自率领的大军已经快要到达塔里木河一带了。现在阿鲁忽才明白，他从一个错误的情报开始，犯下了一个多么严重的错误，但一切都为时已晚。他差一点犯下最后一个错误；事实上他已经发出了将部队再从西线调回的命令，但随后又飞马追回。然后，他做出了正确的决定，带上能够带走的人和物，朝喀什和于阗逃跑，接着又向撒麻耳干撤退。他不得不放弃了美丽富饶的伊犁河流域，包括汗国的都城虎牙思，盛产粮食和苹果的阿力麻里，但是保全了他的军队。如果说蒙古人早已习惯了打不赢就跑，那是因为他们过的是游牧生活，很容易把所有的人和财产全部带走，可是伊犁河流域却是城廓农业区，民众已经习惯了定居生活，阿鲁忽根本无法把他们带走，只好把他们留给阿里不哥了。

这一年的冬天，阿里不哥是在阿力麻里度过的。他的骑士和战马都吃得很饱，但将士们很快就不满足于此了。而他们的大汗所提出的"为乌日更达赖全军报仇"的号召，正好迎合了他们的需要。事实上他们也很不习惯于一场未经流血的胜利。屠杀开始了，而且是在不加任何掩饰之下公开进行的。在整个伊犁河流域，凡是在察合台政权中担任过一点官职的，甚至只是奉命做过一点什么事的，一律被视为大汗廷的敌人，毫不怜悯地杀掉其全家老幼，毫不手软地夺走其全部财产。他们这些行动得到了阿里不哥大汗的支持和赞许，阿里不哥说，这正是他的祖父、伟大的成吉思汗所说的"人生的最大乐趣"。于是，原本因为一场战争而引起的血腥报复，逐渐演变为一种持续不断的、常态化了的杀人和抢掠的游戏。它不再与乌日更达赖有关，也不再与察合台家族有关，杀戮与掠夺的对象扩大到了当地所有的居民，不仅针对蒙古人，也针对各种色目人，包括畏兀儿人、回鹘人、突厥人等。人们开始四散逃生，好在阿里不哥的将士们并没有采取特别的手段加以制止。他们似乎认为，剩下的人越少，需要吃饱的肚子就越少，因而他们自然就能得到更多的粮食。几个月下来，原本繁荣富庶的伊犁河流域，已经变得残破不堪，田园荒芜。到了第二年冬天，素有"粮仓"之称的阿力麻里发生了严重的饥荒，直到这时，阿里不哥的将士们才意识到，粮食如果没人种，并不会自己从地里长出来。

与此同时，贾似道也意识到推行了多半年的"买公田法"已经完全背离了它的初衷，走向了它的反面。他意识到一向以知人善任自诩的贾丞相，这一回是彻底看走了眼，上了陈宜中的当。不过，为了维护大局的稳定，当然也是为了保住他自己的面子，只是很客气地让陈宜中卷起铺盖离开了"一丈斋"。他向皇上奏称陈宜中已经很好地完成了其在都堂的工作，并奏请皇上恩准将陈宜中的官职由三品晋升到从二品。即便如此，陈宜中仍然怀恨在心，这也为贾似道日后被陈宜中反戈一击埋下了祸根。而实际上，贾似道亦确非宽容厚道的角色，能对陈宜中这么客气，实是因为此时还没有完全明了问题的严重性。去掉陈宜中这个中间环节以后，更多的真实情况禀报到贾丞相案头，他才真正明白这个"买公田法"买出了怎样一副乱象。这时的他确曾深有悔意，不该这样便宜了那个陈宜中。贾似道虽然没有多少学问，但确实天性聪颖，在他不得不格外用心的时候，还是凭借那份悟性，感觉到了陈宜中那个"推衍之术"，与北人刘秉忠的"推衍之法"的根本不同。同样是推衍，但发端迥异。刘秉忠是从一个实际存在的情况开始推衍，陈宜中却是从一个设想的可能性开始推衍，前者是由实到实，后者是由虚到虚，所谓差之毫厘，失之千里。他下令让已经文名大噪的翁应龙重新扮演主要属吏的角色，组织一批得力的吏员，分赴各地了解真实的情况，并不打折扣地如实禀报。等到这类禀帖陆续汇集到他的案头时，他再次原谅了陈宜中。这不是一个人的问题。朝廷在各地的行政机构，宛如一架庞大的装置，当这架装置已不再听从朝廷的指令，而是按各自的业已形成的规则自行运转时，换了谁都很难预测会有什么事发生了。

按"买公田法"的规定，首先是依官品确定可以拥有的土地限额，并明确了一个下限：占田二百亩以下者免买。凡占田超过限额的，其超出部分的三分之一由官府买回，作为公田租给农民，农民按规定比例交纳的佃租即充作军粮。如果这块地原来即由佃农租种，买为公田后一般仍让其租种，以保持稳定。由此，人数颇多的佃农受影响不大，且由于是与官府打交道，交足佃租后就没事了，不像与地主打交道时还有诸多的杂役、孝敬之类，一时之间，颇有不少巴望着自己租种的田地被买为公田者。而占田二百亩以下者免买的规定，则使广大的中小地主和自耕农均置身事外，整个"买公田法"的实施，就成了官府与大地主们之间的一场角力。一方买地，一方卖地，名为买卖，却非自由交易，实是强买强卖，所以价格就成了交易是否公平的关键。按贾似道的设想，地价应由官府确定，可略低于市价，但不能低太多。低一点，官府占点小便宜，不致太受诟病，地主吃点小亏，不会太承受不起。正是在这极为关键的一点上，自己不喜欢买地的贾似道，低估了地主们对土地的感情。土地是他们倾注了全部乃至毕生心血而置下的产业，而且，在他们的核心价值观里，为人一世，最低的标准，或最高的理想，就是从父亲手里继承了多少土地，那么至少也得传给每个儿子多少土地，而在盛行纳妾的宋朝，一个大地主有五六个、七八个儿子绝不稀奇。纵然手里有银子，你想买，须得有人卖，而所有以土地为生的人都是同一个想法：不到万不得已，能卖什么也不能卖地。买地又不同于买别的，不能到远处去买，只能在近处买，最好是能连成片的。所以，大地主们往往是一些典型的"以邻为壑"者。他们多半并非天生如此，而是买地的欲望把他们变成了这样。他们多数也读过书，甚至写过一些道德文章，不见得全都天良泯灭，只因为了买地才昧着良心干出种种缺德之事。他们把这些昧心事也算在买地的成本里，倒是一种天良未泯的反映。所以，莫说是略低于市价，就是略高于甚至远高于市价，他们也不会心甘情愿地卖地。于是，一场大地主与官府的角力迅即展开。当然，没有人造反，甚至没有人动武；大地主手里唯一能够动用且极为有效的武器就是银子。这个武器一旦被动用，"官府"就变成了某种只是虚拟的存在，并在实践中具体化为一个个的"官员"。这样一来，他们的积极性就被调动起来了，聪明才智也发挥出来了。朝廷原来在诏令里做出的种种要求和规定，本意是要对各地官府便于考核，不仅规定了各级官府最少要买多少亩地的指标，还规定了买为公田后的产量指标，以确保公田的质量。

各地各级官府都不打折扣、不走过场地完成并超额完成了朝廷下达的任务，到第二年即景定五年年底，各地官府共收买公田约一千万亩，年收租米六百多万石。"官府"堂而皇之地向朝廷"交了一份令人满意的答卷"，而"官员"们则另有一本个人的收益账。在得到大地主们足够的孝敬之后，他们以种种名目"破格"予以奖励，例如在某日前"主动"卖地者准其少卖三成亩数等。而为了完成朝廷下达的亩数指标，就转而要求那些占田少于二百亩的中小地主甚至自耕农卖地了。大地主为了自己少卖地，也主动改变了自己的角色，从与官府角力的对抗者，变成了帮助官员们推行种种实施细则的帮凶。而在得到这种配合之后，官员们的实施细则也就得以强势推行。然后，这种压倒性的强势，又进一步启发了官员们的想象力，使他们想出更多的办法来达到收益的最大化。首先是地价。原来向大地主买地时，还只是略低于市价，到了向中小地主和自耕农买地时，就是远低于市价，而且越来越低了。在贾似道派往各地了解情况的吏员们的禀帖中，买公田的地价已经彻底成了一只万花筒，花样迭出，应有尽有，最极端的一例，是原来价值一亩千贯的田，竟然是以一亩四十贯的价格买下的。不过这仍然还是付钱的，四十贯虽然少，终归还是沉甸甸的铜钱。到官员们的想象力得到充分发挥以后，铜钱就变成了纸。最初是"会子"——它是一种纸币，虽然它几乎每天都在贬值，到了一定期限后就作废，但终归还是"钱"。接着是"度牒"——它是一种证明，表示官府已正式批准某人出家为僧了，虽然也只是一张纸，但凭它可以按规定免除赋税、劳役，终是一种实惠，而且也不用真的住进寺庙落发受戒。然后是"官诰"——它是一种"荣誉称号"，虽然因为带着一点"官"样而折价极高，却完全是一个虚名；某人得到一纸"诰封"，说你已被封为"忠义员外"，或你老婆已被封为"爱国夫人"，原来属于某人的二十亩、三十亩地就变成公田了。当然，官员们也都很擅长数字游戏。某自耕农原有田三亩，每亩核定的产量是七斗，这块地被买为公田后，就变成了四亩，每亩产量一石，从此每年即须按四石交纳税赋，当然还有额外的佃租。这种游戏给广大的自耕农、佃农造成了更为严重的伤害。时间不长，凡已经推行"买公田法"的地方，已是乱象丛生。

贾似道骑虎难下，只得挑选一批得力的吏员，在他亲自督办之下，对浙西路搞了一次复查。这回没人再敢捣鬼了，所以这块地方也就成了推行买公田法唯一一个基本不太走样的地区。这项新政在这个地方一直实行到十一年后临安失陷，对于缓解朝廷的财政困难起到了一定的作用。然后他试图在各地推广这种在浙西路行之有效的办法，但是他又不可能亲自督办所有地方的复查。景定五年春，他在得到皇上批准以后，又在各地实行"经界推排法"，主要内容就是在各路清查田亩产量，既为买公田法提供可靠的依据，也为收足钱粮税赋打下基础。在朝廷的三令五申之下，各路官府按照"严肃认真、不走过场"的要求全面落实之后，查实的总田亩数有了显著的增加，核实后的总产量有了大幅度的提高，只是每年收得的钱粮税赋反而出现了令人吃惊的下滑，而且一年比一年少。越来越多无法交足税赋、佃租的自耕农、佃农被迫离家逃亡，流离失所。虽然官府采取了种种强硬的措施，得以暂时维持社会的稳定，却止不住民众对朝廷和官府的不满和失望。和这些地方的民心浮动、怨声载道、风雨飘摇不同，唯独浙西路另是一番景象。浙西路也有民怨，但主要不是来自下层，而是来自人数不多但能量极大的大地主们。他们不怨朝廷也不怨官府，只把不共戴天的深仇大恨集中在贾似道一人身上。中国的历史确有"奸臣误国论"的传统，但像贾似道这样，能在战场上赢得对手的尊重，却在"自己人"笔下被描写为一个贪生怕死之徒的，实不多见。而最后，正是因为把大地主们得罪得太厉害了，才为贾似道种下了杀身之祸。

景定五年秋，贾似道已经深深意识到，"买公田法"也好，"经界推排法"也好，全都败局已定，而且回天无术，因为导致新政失败的原因，不在新政本身，在于朝廷多年以来各种举措综合形成的巨大惯性。这是任何个人都无法改变的。焦头烂额、心力交瘁的贾似道萌生了退意。

其实贾似道也明白，既在其位，须谋其政。不想干了，得把位子让出来。他考虑再三，到底没敢按他的本意"上表乞骸骨"。首先是这时他其实还有些留恋，但更重要的是现在这样做有危险。圣意难料啊，眼见得因为推行"买公田法"和"经界推排法"形成的这种局面，实在是相当的微妙；虽然皇上在朝议时多次表态说成绩是主要的，大局是稳定的，但哪天不高兴了稍稍一改口，也不必全面否定，只说成绩很大但问题很多，就足够你贾似道吃不了兜着走！你上表乞骸骨，他顺水推舟说你是引咎请辞，接着就可以问责治罪。贾似道只是想多一点时间玩玩乐乐，却不想有这种结果，所以只是上了一份奏折，说近来贱躯违和，想请半年病假。三天后，贾似道被赵昀叫到勤政殿，狠狠训了一顿。

幸好皇上脸色尚称平和，不是那种真正震怒的模样。

"朕知道你近来辛苦。"赵昀说，"军国大事，日理万机，更兼接连推行三项重大新政，打算法，买公田法，经界推排法，嗯，能有今日这样的成果，爱卿居功至伟，朕知道。朕也知道你少年情趣，爱好广泛，这个也很好嘛，朕最看不上那种僵硬呆板之人，遇事只会说一通空话，没事儿了反倒一本正经。爱卿想过几天清闲日子，玩玩乐乐，朕不反对，不，朕以为很应该。可是这得看看时候对不对？现在是个什么情况，不用朕说，你自己也知道，你也别以为朕不知道，那你就想错了，朕什么都……”说到这里，话被一阵突然发作的咳嗽所打断，待止住咳，才又接着说，“朕什么都知道！当此紧要关头，唯有倾全力以赴，将既定之规贯彻到底，自能开启一代之盛世，若稍有松懈，半途而废，不仅前功尽弃，只恐后患无穷，所谓进则生，生机无限，退则死，死无葬身之地，爱卿你说，朕说得对不对？”

如果说前面那些话还只是讲道理，甚至还对贾似道一年多以来的工作给予了充分肯定，后面这一问，却是直指贾似道的命门了。皇上的话，居然要做臣子的来当面评说对不对，世间焉有此种道理？吓得贾似道登时满脸冷汗，扑通一声双膝跪倒，连磕了三个头，说：“万岁英才天纵，高瞻远瞩，洞察一切！”

“嗯，朕觉得也是。好了，起来吧，站着好说话。”停顿了一下，用眼角的余光觑着贾似道战战兢兢地起来，站好，这才接着说，“朕并非不体恤爱卿的心意，情势使然，不得已耳。朕早有倦勤之意，也多次对爱卿讲过，到现在还不是仍在勉力支撑，欲罢不能？爱卿再辛苦一阵，等把买公田法和经界推排法都执行得井然有序，让朕把一个太平盛世交给太子，朕自去德寿宫颐养天年，那时爱卿或进或退，朕就不管了。”又咳了一阵，摆摆手，“好啦，卿且退下，善自思之，好自为之，不可辜负朕的殷望！”

贾似道回到相府，并没有多想。皇上不高兴了，若说一点儿都不紧张，那不是真的；若说真有多紧张，那也是假的。两项新政还能再往前走多远，他心中已有定见。冰冻三尺，非一日之寒，时至今日，积重难返，不是皇上或他想怎样就能怎样的。皇上不准假，接着当他的丞相也就是了。真正让他心中一动的，倒是皇上那脸色。往日上朝议政，离得远，看不真切，今日离得近，竟有新发现！跟皇上说话，自是得看着皇上的脸色说，而在看出皇上虽有不悦却并未震怒之余，他竟从龙颜之上看出了一种深而少露的病容。还有那咳嗽。万岁的龙体，自有太医们照料，不是大臣们可以妄议的，但那龙体恐怕仍是血肉之躯，一旦违和，一旦……

还真让贾似道猜着了！三个多月以后，即景定五年十月，万岁爷赵昀终于未能实现他当太上皇的心愿，驾崩了！

按照赵昀的临终嘱咐，贾似道以太师、右丞相、枢密使的身份主持了新皇上赵禥的登基和老皇上赵昀的安葬。赵昀在遗诏中很破例地加了一条：由他的皇后、新皇上的太后谢道清“辅政”。任何一个王朝，后宫不得干政都是常例，只有在特殊情况下，比如新帝年幼，才会有太后监国、辅政之类的特别措施。可是这一年赵禥已经二十二岁了，老大不小的了，甚至早几年就已经被人指为“好内”了，而且事实上，他登基以后也是按一个亲政皇帝行事的。更何况当时朝政中并无急难险重的危机，整个朝廷行政的运转亦完全正常，所以赵昀这个太后辅政的遗诏，就很像是临死之前，对一向信任的赵禥和贾似道，忽然间变得都不信任了。可是像这种事，皇上没有明确这样说，哪个大臣敢往这上面猜？所以，赵昀这个决定所产生的第一个后果，就是被贾似道用来作为口实。当初请假未准的贾似道，这回自己放了自己的假。在他的主持下，完成了赵禥的登基大典，确定了先皇赵昀的庙号为"理宗"，再把宋理宗赵昀的灵柩护送到绍兴"攒宫"。和南宋的国都不叫国都叫"行在"，南宋的皇宫不叫皇宫叫"大内"一样，南宋的帝陵也不叫帝陵叫"攒宫"。"攒"，存也。意思是帝王们的遗骸先在这儿存着，等"中原光复"后再一起"归葬"到正式的"宋陵"①。不过，皇帝终归是皇帝，临时存放一下的地方也马虎不得，又或者他们心里明白"中原光复"实是遥遥无期之事，所以每个皇帝的墓仍然称"陵"。理宗赵昀来这儿攒聚时，在他之前已经有了四座攒宫，即高宗赵构的永思陵，孝宗赵眘的永阜陵，光宗赵惇的永崇陵，宁宗赵扩的永茂陵。理宗赵昀在位时间相当长，他的永穆陵早就修好了在那儿等着他。虽然贾似道亲临一线靠前指挥，办公地点就设在永穆陵的配殿里，但一切都有既定的规制，并没有太多的事须他劳力操心。真正让他比较费心的，是如何悄悄把他在绍兴的私宅收拾出来。等到先皇帝的葬礼诸事完毕，他自己也就住进了那处私宅，一面上表辞官。新皇帝赵禥接到贾似道的辞职报告，急忙派人去相府打听，这才得知贾似道一去未回。赵禥一时慌了手脚，急去后宫禀报谢太后。谢太后闻听此言，直如万丈悬崖一脚蹬空，手里的茶盏掉在地上摔个粉碎。当初先皇帝托孤时，她曾力辞，说臣妾自入宫以来，一向恪守妇道，从未与闻朝政，根本不知道那些军国大事怎样处置。倒是赵昀耐心解释，说太子初登大位，或者有人又拿什么"好内"的话来蛊惑人心，皇后原是后宫的班首，现在以太后之名辅政，自可堵住那班人的嘴，至于朝中的军国大事，自有贾似道等一班大臣料理。这样一说，谢太后才应承下这辅政的重任，岂料消停日子还没过上几天，那贾似道倒甩手不干了。正没主意，偏又接到吕文德发来的紧急军情：蒙军大将阿里海牙率部五千余人急攻下沱②！赵禥只问了一句"那下沱离临安还有多远？"便再无别的言语了。

　　阿里海牙自作主张攻打下沱，实际上也有很深的用意。这一阵忽必烈大汗实在太安逸了。自从平定李璮叛乱之后，蒙古人的军队基本上没再打过仗。虽然军队没打仗，忽必烈却坐等着他的凤敌阿里不哥自己前来投降。现在，南边的大宋又出现

---

① 在今河南巩义境内。
② 在今湖北宜都东南。

了皇位更迭，新登基的小皇帝才二十二岁，能有多少治国治军的经验？从大汗廷发来的政情通报中，总是不断列举宋廷朝野的种种乱象，让阿里海牙觉得大汗似乎也在等着南宋的小皇帝会自动来降。此外，听说大汗正在大兴土木，要将燕京建成新的都城。前不久更得到消息，说大汗正在筹备一次大规模的狩猎，动用的士兵、猎手、随从竟达三万余人，仅驯鹰师就有五百人。这样安逸下去，将领们到哪里去建功立业？而且，在阿里海牙心中，蒙古与大宋早晚必有一战，而这一战的开篇之役，必在长江、汉水一带，当年忽必烈王爷让他留在这里养伤，深意亦在于此。不过，他胆子再大，终不敢承担"擅启战端"的责任，所以他在呈报给大汗廷的军情中编了个瞎话，说他的一支运粮队受到了宋军的偷袭，查得被抢去的粮食现在下沱，所以攻下沱只是要把原属于自己的粮食抢回来。

　　在这段时间里，真正称得上"励精图治"的领导人，大概只有阿鲁忽了。他以放弃伊犁河流域大片富饶的土地为代价，保存了现有的军队，先是向喀什、于阗逃避，继而更向撒麻耳干撤退。这时，他的理财大臣麻速忽发挥了巨大的作用。这位贤明的行政官在不花剌和撒麻耳干一带实行了一系列鼓励生产的措施，既得到了民众的拥护，也征收到了大量的钱财物资。凭借这一经济实力，阿鲁忽和兀鲁忽乃招募了大量新兵，加强了对新旧部队的装备和训练，大大提高了部队的规模和作战能力。这时海都又给了他一次通过实战检验部队作战能力的机会。海都对阿鲁忽的迅速恢复元气一无所知，实际是想乘阿鲁忽被阿里不哥打败后立足未稳捡个便宜，率军南下袭扰、抢掠察合台汗国的领地。不料阿鲁忽闻讯后立即领兵来迎，并一举将海都的军队击溃。海都的部队原本拥有善战之名，现在却被阿鲁忽的骑士一举击溃，胜利者自是由此威名大振。阿鲁忽也因此有了信心。稍事休整，他即宣布乘胜出发，西征阿里不哥，誓为察合台汗国雪耻，为伊犁河流域被阿里不哥残害的死难者报仇！

　　这回轮到阿鲁忽失望了。他没有经过任何战斗就回到了阿力麻里，只是这地方已经被阿里不哥糟蹋得面目全非，残破不堪了。由于阿里不哥的蹂躏，一向富饶的阿力麻里竟然发生了严重的饥荒。而阿里不哥放纵部队杀戮抢掠的同时也反过来腐化了他的部队，大饥荒来临时，先是有零星的士兵逃离，很快就发展为整支的部队"不知去向"。当阿鲁忽的军队杀过来时，他手里已经没有多少还能投入战斗的部队了。他知道落在阿鲁忽手里决不会有什么好结果，于是他选择了向他的二哥投降。

20   坐稳汗位

为了和四弟的这场戏剧性的会面，忽必烈做了很充分的准备，但是在最重要的一点上并没有形成最后的决定。这个问题在政治上太复杂了。在其他方面遇到类似的问题时，他往往能从他的汉人幕僚那里得到很好的建议，但是这个问题他根本就没打算听取幕僚们的意见。他要自己考虑，自己做出决定，用汉人的话说，就是"乾纲独断"。登上大汗位以后，他对这个"乾纲独断"体会越来越深，兴趣越来越大，经验也越来越多。实际上，让他的四弟继续替他管理蒙古本土的想法早就产生过、存在过，两次用兵，都留有余地，没有逼他过甚，就是为了给他保留必要的体面和威严。倒是阿里不哥自己在阿力麻里的所作所为，让他自己声名狼藉，也让忽必烈相当失望。忽必烈虽然早就知道四弟任性，但蒙哥在世时，他对蒙古本土的管理也还中规中矩，现在看来，那是没有遇到事儿，一旦有事，他什么都做得出来。这可就很难让人放心了。

但是忽必烈也没有下决心改变初衷。这盘棋背后还有更大的一盘棋。他这个大汗，已经不是蒙哥那个大汗了。他不仅是蒙古的统治者，也是北方中原的统治者，将来还要成为整个中原的统治者——这个计划虽然有所动摇，但从来没有真正放弃。而更重要的是，他将把他的行政中心放在中原，或者说他本人将在中原来统治他所拥有的辽阔的疆域。中统元年，在打败阿里不哥之后重回喀拉和林时，他从内心感到一种强烈的拒斥——这个都城不属于他，他也不属于这座都城。不是因为习惯，而是由于他深知只有作为中原的统治者，他才能继承并完成由原先的中原统治者所开创的事业：国威遍及寰宇，万邦来朝，成为"万王之王"。这才是他那个"思大有为于天下"的理想，也是他今年改元"至元"的重要原因之一。

但是，作为一个蒙古人来担任中原的统治者，首先就面临一个人口问题。在中原北方，除去女真、契丹、鲜卑、高丽等不算，光汉人就有一千多万人，要想真正成为中原的统治者而不是掠夺者，还得实行与民生息的政策，其结果必然是人口的迅速增加。而在中原南方，还生活着两千多万汉人！蒙古人才有多少？总共不过一百多万，而生活在中原的蒙古人仅十几万人。但是，在忽必烈经过精心设计并已经基本完成的治国体系中，蒙古人仍然、也必然处于主导地位，是权力的来源，同时也是权力实施的监督者，而这种地位的合法性，首先必须、也只能来自大汗忽必烈对蒙古本土的有效统治。在中原，治理汉人要靠汉人；在漠北，治理蒙古人同样得靠蒙古人。把蒙古本土交给谁治理最能让忽必烈放心？当然是拖雷家族的人。对于三弟旭烈兀的伊儿汗国，忽必烈就从来没有特别担心过。

至元元年七月，忽必烈接到阿里不哥率领其同党诸王，包括阿速台、昔儿吉等人一同来降的消息。忽必烈当即表示"朕极欲见之"。此后的一切下面自有安排，以确保这些客人的绝对安全和尽可能地舒适。八月二十七日，客人们到达开平，被安排在近郊一处军营里歇息。次日，脱合察尔那颜奉忽必烈大汗之命前来看望他们。脱合察尔那颜是成吉思汗的侄子，忽必烈派这样一位人物前来，可以说给足了阿里不哥面子。当然，作为长辈，也更方便说话，所以脱合察尔那颜在告知"大汗将于明天宴请诸位"之后，也顺便数落了他们几句。听者都明白自己现在的身份，只能唯唯诺诺。然后又让阿里不哥留下，单独教育了一番，宣谕了明天宴会的程序和注意事项，特别强调大汗的襟怀比草原更大，比天地更广，只要你好歹认个错，定能如何如何。脱合察尔那颜不可能想到忽必烈会有意让阿里不哥重新成为蒙古本土的统治者。

八月二十八日，阿里不哥一行被护送到一群蒙古包前。路途并不很远，表明这群蒙古包也在都城郊外。原来这也是忽必烈大政方针的一个体现，汉式的皇宫之外，还有这样一处蒙式的行宫，一切的建筑、陈设、仪规，完全保留着蒙古人的传统，作为大汗与蒙古诸王贵戚饮宴、议事之地，汉人一般是不许进入的。忽必烈即将举行的一次大规模的蒙古式狩猎，正在这里紧张地筹备着，虽然因为大汗今天要在这里宴请阿里不哥，各种活动奉命暂停进行，客人们还是在他们经过的地方看到了一些驯鹰师的身影。在蒙古人中，驯鹰师有着特殊的地位，也有一种特殊的标记，那就是他们的肩膀上往往会蹲着一头巨大而凶悍的猎隼。这让客人们感到有些意外，但也没容他们多想，就被人带到了一座很大的蒙古包前，再被告知他们将在这儿受到塔察儿、移相哥等诸王的款待，而大汗本人则会在御帐内宴请阿里不哥。阿里不哥和他的同党诸王分开时甚至没有道别，因为根本就没想到从此再也不能见面了。他被单独带到一座更大、也更豪华的蒙古包前，带他来的那队人中为首的一个指了指蒙古包对他说"这就是大汗的御帐"，然后便朝身后的人招招手，一起离开了。

就剩下阿里不哥一个人孤零零地站在了御帐前的空地上。

他在那里站了一会儿，时间不太长，也不太短。在这段时间里，他可能想得很多，也可能想得不多。然后，他迈开步子朝御帐口走去，走得不是太快，也不是很慢。如果他没有惜生之念，他本可与阿鲁忽拼死一战，何必大老远跑来向二哥输诚？如果他只为求得一条活命，他又怎么配是成吉思汗的嫡孙？

走到离帐口还有二十步左右时，脱合察尔那颜从里面迎了出来，阿里不哥也停了脚步。

脱合察尔那颜却只是面色严峻地站在那里，一言不发。

没错，昨天交代过了。

阿里不哥深吸一口气，又朝前走了十步，然后站住，两腿一屈，双膝着地，一丝不苟地行了跪拜礼，一面大声说："忽必烈大汗！四弟阿里不哥特来请罪！"

此话一出，脱合察尔那颜顿时喜形于色，急忙走进帐中，不一会儿又急急走了出来，大声说：

"大汗有旨，传皇弟阿里不哥晋见！"

阿里不哥起身，掸了掸膝上的土，站直，长出一口气。这时，他觉得自己已经得到了脱合察尔那颜所说的"如何如何"。他庆幸自己这回做出了正确的选择，也感念二哥的宽容仁厚。当他走进御帐时，他的步子也比先前更坚实了一些。御帐里的光线比外面暗得多，乍一进来，看不很清，只是感觉到里面有不少人。他一时看不清都有谁，哪个认得哪个不认得。当然，二哥成了大汗，又想在前来输诚的四弟面前摆个场面，能在这儿作陪的，少不得都是最显赫的诸王。自己可能不是所有人都认得，但他们肯定都认得自己。这样想着，也就不再去留心他们，只把目光投向那位久违的二哥。眼睛渐渐习惯了光线，忽必烈的模样也变得更清晰。二哥约略还是原来的模样，仍旧很健壮，很有威仪，但也多了一些富贵相和老相。看着看着，眼泪不由自主地流了下来。他赶紧抬起手，用袖口擦去眼泪，然后他看见忽必烈的眼里也含着泪水，但脸上依然带着几分严峻。这时他才警觉了一下，向前跨了一步，可是就在他刚要扑下身子的瞬间，忽必烈已经把右手抬了起来——

"免了吧！"忽必烈的声音不高，但声音里仍带着几分威严，"多年不见了，这一回就免了吧！"

阿里不哥犹豫了一下。按说，君臣之间的大礼是不能免的，可忽必烈说得明白，免的只是"这一回"，是一次特别的例外。为什么？阿里不哥一下子就找回了他的尊严感。是的，他不仅是成吉思汗的孙子，而且是拖雷的儿子。他虽然还没有弄清楚在场的都有谁，但完全可以猜到能称为成吉思汗孙子辈的会有好几位，然而作为拖雷的儿子，除了忽必烈，就是他阿里不哥了。于是，在犹豫了一下之后，他收住了下俯的身躯，然后就势行了一个简单的拱手礼，高声说："谢大汗！"

忽必烈的嘴边浮起一个刚可察觉的微笑。是的，他要的就是这个。两番北征，几场恶战，双方各有多少将士尸横沙场，不就是为了这两个人中有一个当面向另一个尊称一声"大汗"吗？当这一声"大汗"明白无误地叫出之后，那一页历史便永远地翻过去了。当然，那即使只是刚可察觉的微笑也是转瞬即逝，忽必烈再开口时，面容仍是严正的，只是语气里多了一点儿平和：

"你我兄弟多少年没有见面了？"

"快七年了。"

阿里不哥回答得很快，并且以为接下来忽必烈会跟他说一些兄弟之间的温情话，却没料到忽必烈很长时间没有再说话。

于是就出现了一个长长的停顿。

一点不错，这哥儿俩上次见面是在蒙哥七年①。那一年，由于忽必烈的势力发展太快，引起了蒙哥的强烈猜疑，令阿蓝答儿在关中设立钩考局，罗织了忽必烈手下一大批主要官员的一百多条罪状，一旦对这些官员进行查处，势必引起忽必烈下属整个行政系统的激烈震荡，甚至陷于瘫痪，把忽必烈几乎逼到了不得不起而抗命的地步。就在这大哥、二弟矛盾已经白热化，眼看就要"摊牌"的时刻，忽必烈采纳了刘秉忠、姚枢的建议，将包括一位正妻和一名嫡子在内的眷属送往喀拉和林，"准备久居"。这年十二月，忽必烈又亲赴和林朝见蒙哥。蒙哥见忽必烈来朝，降阶以迎，相对泣下，要忽必烈不用再做任何表白。也正是在这次朝见中，忽必烈和阿里不哥有过几次相聚。毫无疑问，这事儿他们俩都记得。忽必烈重提此事，当然不是因为他算不清从蒙哥七年到现在过去了几年，非得等着阿里不哥告诉他"快七年了"。没人知道阿里不哥是真不明白还是故意装糊涂，可是忽必烈自有他的理解。或许阿里不哥根本就算不上是个政治家；也或许阿里不哥只是个蒙古政治家，而这里恰好体现了他和已经高度汉化了的政治家忽必烈的差别。于是，在经过了一个漫长得让人窒息的停顿之后，忽必烈发出了一个直截了当的质问："吾弟，我们两个人究竟哪一个有理？"

忽必烈这样问，出于无奈——既然我的方式你不明白，就用你的方式吧。可是在阿里不哥一面，却感觉到了逼迫。他得想一想再回答。在这个"想一想"当中，他"东张西望"了一下。这可不是只有他，甚至也不是只有蒙古人才有的习惯。现在他已经一眼就能看清周围那些人了。有将近一半的人他不认识，认识的人当中，真正属于黄金家族的也不过三四个。这首先让他想到黄金家族中的多数人是支持自己的，然后又让他想到自己在这些人面前必须保持起码的尊严。就这样，这个"想一想"的结果，是想到了所有回答当中最坏的一种回答："原来是我，现在是你。"

---

①　公元 1257 年。

他当时还有些得意，因为他觉得这并没有超出脱合察尔那颜昨天交代过的底线——"好歹认个错"就行。

而所有其他人的感觉就完全不同了。阿里不哥这话一出口，他们都觉得整个御帐猛地暗了一下，因为这时忽必烈大汗那双原本有些细眯的眼睛，陡然间张大了一下，有一道光芒从那双张大的眼睛里迸射出来，而那道光芒里携带着的是难以掩饰的杀机！

下一瞬间，脱合察尔那颜忽地一下跳到了忽必烈和阿里不哥的中间，舞动着手臂叫道："算了算了！大汗看重的是今天，不问过去的事，只追寻此刻的欢乐！来人啊！上酒！"

看见忽必烈确实点了点头，侍从们才吆喝一声摆酒上菜，于是宴饮开始。觥筹交错之间，气氛放松下来，忽必烈的脸色也显得相当平和。到宴会快结束时，他甚至又跟阿里不哥说了几句话，告诉他一个大规模的、完全蒙古式的狩猎活动正在筹备之中，并且向后者介绍了其中的一些细节，甚至说到新近得到的几头难得一见的好猎隼。在座的诸王后来追忆时，都承认大汗并没有涉及会不会邀请阿里不哥参加的问题，可是奇怪的是，当时大家又确实都觉得阿里不哥将有机会参加——不然大汗为何会向他说到这些？也正因为如此，所以大家都觉得大汗已经原谅了他的四弟。至于脱合察尔那颜，要到很久以后才私下里悄悄承认，若不是大汗事先有交代，即便他是成吉思汗的嫡亲侄儿，即便再借给他一副熊心豹胆，他也不敢擅自以大汗的名义说三道四。

是的，一切都在忽必烈事先计划好的各种方案之中。他要通过这次见面对阿里不哥进行最后的考察，以便做出最后的决定。他预想的要求低得不能再低了，真是只要他好歹认个错，不管这个错认得多么浮皮潦草，多么避重就轻，哪怕仅仅承认是"一时糊涂"，只要包含着"以后再也不会这样了"的意思，这件事就算过去了。阿里不哥的回答恰恰就触犯了这条底线。按忽必烈的理解，那个"原来是我，现在是你"，表达的正是谁强大谁就有理，因而一旦阿里不哥认为自己足够强大了，就会又觉得自己有理了。刚刚经历过李璮叛乱的忽必烈，怎么会再给自己留一个更大得多的后患？不过，这种结果，也在忽必烈的预计之内，而他的相应的方案是，即便如此，他也要让所有人都认为他已经原谅了阿里不哥。

所以，宴会结束以后，阿里不哥没有再回军营，而是被带到一个虽不豪华但很清静的去处，并且被告知他已得到大汗的赦免，以后将在这里住上一段时间。

而他手下的同党诸王，宴会散后又回到了军营。虽然迟迟不见阿里不哥回来，他们的心情仍像宴会当中一样的愉快。塔察儿、移相哥等并没有难为他们。多年以来，蒙古内部不同地域、部落之间经常发生战争，骑士们奉命出征各为其主，渐渐养成了习惯，在战场上相遇就是对手，在酒宴上相逢就是朋友。他们倒真是只追寻此刻的欢乐，并不知道御帐里发生过什么事，当然也想不到阿里不哥的一句话就彻底改变了他们的命运。当天夜里，从睡梦中惊醒的他们被戴上了沉重的枷锁，三天后被全部处死，只有阿速台一人得到了赦免。得到了赦免的阿速台还得到了一笔路费，以便返回原来蒙哥留给他的领地。临行前，一骑飞至，说大汗要亲自见见他，吓得他一路胆战心惊，生怕大汗反悔，不放他走了。幸好大汗见他时面色平和，并且态度亲切、语重心长地告诫他回去以后要加强学习，切记始终和大汗廷保持高度一致，时时牢记拖雷祖父的教诲，管理好自己的领地，照看好蒙哥先大汗的陵墓，保护好自己的家园，再也不要跑出来惹是生非了。

一个多月以后，阿速台回到了自己的家乡。

也是一个多月以后，阿里不哥在自己的住所因病死去。

与此同时，一度下落不明的原阿里不哥丞相孛鲁合也被抓获，旋即处死。

不久之后，忽必烈又接到三弟旭烈兀派人送来的先期禀报，说他已决定派遣他十分信任的年轻将领伯颜作为使者，前往大汗廷奏事，不日即将出发。旭烈兀是个让大哥、二哥都很放心的三弟，在他治理之下的远在中亚的伊儿汗国，所有的军情政事，从来都是他说了算，原先的蒙哥没有干涉过。后来的忽必烈也没有干涉过。此番所谓的"奏事"，无非是让使者前来禀报一下那边的情况，让大汗知道一下而已。真正的意义，更在于表达对大汗的忠诚和尊重。

现在忽必烈彻底放心了。如果说他在内心深处一直相信旭烈兀是可以信赖的，那么现在旭烈兀证明了自己确实没有辜负忽必烈对他的信赖，也证明忽必烈一直淡化处理术木忽儿帮助阿里不哥的事是正确的。经过近五年的努力，忽必烈终于把拖雷家族彻底摆平了。从蒙哥开始，大蒙古帝国的大汗位转到了拖雷家族手里，蒙哥又利用大汗的权力使拖雷家族的实力远远超出了其他三个家族，所以当拖雷家族内部已经不再有人对他的大汗位存有异议时，他相信自己这个大汗的宝座就算已经坐稳了。当然，他知道窝阔台家的海都还很不服气，还在向不仅仅是忽必烈本人，同时也是整个拖雷家族提出挑战，到处散布大汗位属于窝阔台家族，由拖雷后人占据大汗位实为非法的言论，但他毕竟实力有限，最多只能在他周边地区闹腾闹腾，根本无力对忽必烈构成实际的威胁。而他在自己周边地区闹腾，直接威胁的却是察合台家族的阿鲁忽的利益，现在阿鲁忽已经明确宣布归顺忽必烈，正好替忽必烈充当牵制海都的"前卫"。术赤家族曾经是拖雷家族坚定的同盟者，当年如果不是得到了拔都的全力支持，蒙哥几乎不可能从窝阔台家族手里夺得大汗位。但是在拔都之后，这个家族内部纷争不断，而新任的钦察汗国可汗别儿哥能力一般，又不断被内部和周边的事务所困扰，所以对大汗廷的态度一直模棱两可。他并没有参加阿里不哥在喀拉和林召开的忽里勒台，但是在阿里不哥宣布自己为大汗以后，他在自己汗国内新发行的铜币上却铸上了阿里不哥的头像。这让忽必烈极为"不悦"。后来，察合台汗国的阿鲁忽崛起，直接以钦察汗国为目标，乘别儿哥正忙于高加索地区的战事，将属于钦察汗国领地的楚河西部草原和大部分花剌子模绿洲夺走。别儿哥没有其他选择，只能不断加强与窝阔台汗国的关系，对海都的所作所为表示积极的支持。虽然直接的目的是为了牵制阿鲁忽，但任何对海都的支持都不会让忽必烈高兴。阿鲁忽被阿里不哥打败以后，忽必烈一度对那边的局势很担心。幸亏阿鲁忽在他的皇后兀鲁忽乃和理财大臣麻速忽的帮助下很快就东山再起，不仅一举击败了海都，接着又迫使阿里不哥不得不向忽必烈投降。到至元二年，据说阿鲁忽的兵力已经扩张到十多万人。忽必烈希望阿鲁忽拥有较强的实力为他充当"前卫"，但是当阿鲁忽的实力太过强大时，忽必烈又对阿鲁忽不能完全放心了。虽然整个蒙古已经没有人再对他的大汗地位构成威胁，但那里的局势仍然让他牵挂，只是目标已经从确保自己的大汗位，转为确保对那里的有效控制。这是因为，在他的政治蓝图里，他要在中原建立一个以蒙古人为主导的王朝，他对整个蒙古的有效控制，就是这个王朝的权力合法性的依据。

他并没有忘记南边。南边所发生的一切，他都给予了足够的关注，但除非确有必要，通常都不会做出特别的反应。轻重缓急，各得其所，驾驭全局，兼顾局部，这种大帝王的感觉让他很享受。当他接到阿里海牙攻打下沱的奏报时，他并没有特别在意，但也没有忽略不问。他踱到牙牙国的牙牙教士为他绘制的大地图前，眯着眼睛看了一会儿，怎么也找不到那个"下沱"，才微微一笑，心想：是个不重要的小去处吧。可是到了次日，又觉不放心，着人找来小区域的作战地图，见下沱虽然靠近长江，离峡州①很近，但那一段长江滩多水急，航道狭窄，难以用兵，算不上什么要冲之地。其实，忽必烈原本就不怎么相信阿里海牙会让自己的运粮队被宋军抢了，估计多半是为了挑起事端制造的借口，这个畏兀儿人立功心切，也忒急了些个，不过……也随他去吧。打个小仗，让士兵小校们活动活动筋骨，也没坏处。当然，他肯这样放手，有个大背景：不久前刚听说南宋的贾似道埋了老皇上以后，就向新皇上辞官，且不等批准，就留在绍兴，不回临安了。在忽必烈心里，贾似道是个很难被捉摸透的人，他此举究竟所为何来，别人无论说什么，忽必烈全都也信也

---

① 今湖北宜昌。

不信，他自己更不去乱猜，倒毋宁平常视之，则"一朝天子一朝臣"原是常有之事。一个月以后，他接到新奏报，说经过皇太后谢道清和新君赵禥的再三敦促，并加封为太师、魏国公之后，贾似道已重回临安视事。忽必烈头一个想到的，就是赶紧给阿里海牙下一道命令，要他无论被抢的军粮是否已经夺回，此前所出动的人马立即撤回原地，"不得轻举妄动"！

至元二年五月，伊儿汗旭烈兀的使者伯颜到达开平。伯颜带来的贡品中，包括伊儿汗献给大汗的四十匹波斯马，所以路上耽搁的时间比较长。

忽必烈在他通常用来单独召见大臣的议政殿里接见了伯颜。一见面，这位使者就引起了他的注意。首先是伯颜的年轻——这一年伯颜刚刚二十九岁。然后是伯颜那副凸起而宽大的额头——蒙古人的额头通常都比较平、比较窄。忽必烈命随侍拿来一副狼皮坐垫，让伯颜坐下，说是坐下好说话，却没有叫伯颜禀奏伊儿汗国的情况，先问他的年龄，接着又问他的身世。伯颜奏称自己是窝阔台七年①出生，他的曾祖父失儿古额秃曾经臣属泰亦赤兀部首领，后来归属成吉思汗。他的祖父阿剌黑、祖叔父纳牙阿都是成吉思汗的属下将领，分别担任过千户长、中央万户长。他的父亲晓古台，作为成吉思汗的遗产，传给了成吉思汗的幼子拖雷，他本人就出生在拖雷三子旭烈兀的封地，并且于蒙哥三年即他刚满十七岁时跟随旭烈兀合罕西征波斯。旭烈兀合罕在遥远的中亚创建了伊儿汗国，他也就成了伊儿汗手下的一名将领，虽然很受信任，其实并没有多少战功，只是以治军有方而受到合罕的赏识罢了。他微笑着介绍说他长期生活在"极西之地"，且身为武将，却对东方汉人的儒学深感兴趣，同时又成了一名信奉也里可温教②的教徒，连他自己都觉得有点儿不可思议。

听完伯颜的介绍，忽必烈沉思了一下。伯颜的介绍有点散漫，但忽必烈听出来了：那背后有一个没有明说的反问——大汗究竟对什么有兴趣？

所以忽必烈的下一个问题就有了针对性："朕也听说你向以治军有方闻名，而听你刚才的口气，好像又觉得那并不是什么特别值得夸耀之事；然则你能不能为朕讲讲你的治军之道？"

伯颜淡淡一笑，那"淡"里似有些许的失望，所以回答得虽很认真，却又不免简略："治军之道，涉及诸多方面，细说起来，自可条分缕析，若以微臣看来，

---

①　公元 1235 年。

②　基督教。

此皆各部将校之职司，而主将治军，举纲以张目者，无非于宽严之间、恩威之间、收放之间、赏罚之间乃至予夺之间审时度势，择其善者行之而已。"

忽必烈点点头。他其实也注意到伯颜所使用的两个称谓有点特别。伯颜称呼其主不称可汗称合罕，虽然两种叫法指的是同一个意思，但在蒙古人通常多用"汗""可汗""大汗"的情况下，伯颜却多次称旭烈兀为合罕①，听起来自有意味，包括某种对旭烈兀的格外的尊崇。伯颜又自称"微臣"；他本是武将，蒙古人通常对武将也比对文官更看重，他以此自称，虽也符合目前的使者身份，可是听起来，忽必烈又觉得似乎带有希望不要把他仅仅视为一介武夫之意。不过，忽必烈还是把这些放在了一边，先抓住他最感兴趣的问题问道："听你的意思，好像治军之道并非你最看重的事？"

伯颜的眼睛立刻亮了一下，朗声应道："大汗圣明！"

为什么？

治军者，养兵也。汉人有道，养兵千日，用兵一时。千日之养，只为一时之用，所以将之上者，不仅要会养兵，更要善于用兵。

忽必烈紧紧地接着问："你觉得你更善于用兵？"

伯颜却没有立刻回答。

忽必烈紧追不放："尔可据实陈奏，不必自谦。"

伯颜仍然迟疑了一下才说："微臣于此道向不自谦，但用兵者，却是以万千将士之性命，于战场上一搏胜负之凶事，高低优劣，口说无凭。而我主旭烈兀合罕宅心仁厚，西征以来，疆域粗定之后，即不再恣意扩张，一心休养生息，唯愿与民共享安宁富足。微臣生不逢时，合罕拓疆立国之时，微臣尚在少年，并不曾立下多少战功，以验用兵之优劣；及至合罕专心理国，军队只以保土安民为职，微臣虽得合罕之重用，却不过徒得个治军的虚名。治军之道可验，用兵之法无证，微臣实不知当以何奏闻。"

可是忽必烈并不肯就此放过："然则尔既自言于此道向不自谦，可见自我期许之高，除了有会于心，总得亦有可以言说之处吧？"

这回伯颜就显得相当放松了："以微臣所见，治军固有治军之道，用兵更有用兵之法。汉人称之为兵法，且多有以其著书立说者，谓之兵书，其中尤以《孙子兵法》为最，相传千余载，而后人仍无出其右者。反观我蒙古帝国，自成吉思汗以来，勇将迭出，而兵家却寥若晨星，至于文武齐备智勇双全如木华黎者，更是屈

---

① 合罕即"可汗"，亦可简称为汗。

指可数。一般将领，无非是在战场上一仗一仗地拼杀，再以战功晋升，从带领二三百人到统率三五千人，实则在用兵之法上并无多大长进。可是实际上，我军的辉煌战绩，决非仅凭简单冲杀所取得。微臣自幼即景仰成吉思汗，反复研习其战例史实。纵观成吉思汗一生，大战数十，小战数百，除起事之初吃过一次亏，所向披靡，从无败绩，细察那些大仗、恶仗、险仗，从目标的确定，到进军的路线，再到兵力的分配，以至最后决战地点和时机的选择，在在显示出大汗的天纵英才、奇思妙想和深谋远虑。可惜我们常常无意间忽略了这些珍贵遗产，只是去简单颂扬他的英勇无敌而已。"

忽必烈点点头表示赞许，却颇似故意地发出一个诘问："依你所言，我们蒙古的将领多不称职？"

伯颜不慌不忙地破解道："微臣所言，只是一个渐进的事实，无涉褒贬。首先，许多前辈先贤，决非微臣这样一个晚生可以妄议；然后，所谓事者，时也，势也，时势不至，事何以兴？须是时至今日，自有其事其人因势而生。"

"你是说现在已经有这样的人了？有多少？都是谁？"

"这样的人，何需成十上百？陛下军中，能有一二佼佼者足矣。"

"啊，你是说佼佼者。也对，即便有心于此者不乏其人，能得其精奥者终是少数。然则尔以为谁才是当今此道中之佼佼者？"

"以微臣看，新一代蒙军将领中堪当此誉者，唯阿术将军与微臣。"

"啊"——忽必烈长长地"啊"了一声，记起阿术也有过类似的说法，不由得进一步追问："你二人相较呢？"

"应在伯仲之间。"

"就没有高低差异了？"

"差异自有，高低难分。"

"尔为吾言之！"

"稳扎稳打，步步为营，先使自己立于不败之地，再迫敌陷于必败之境，微臣不如阿术；若夫全盘错落有致，局部灵活多变，诱敌失措，一击而中其要害，阿术不如微臣。"

一番话，说得忽必烈那微微张开的嘴良久没有合拢。不过忽必烈终究是忽必烈，从这番向所未闻的话里，他立刻听出了一个伯颜没有明说的道理：要战胜南边的大宋，首先取决于我们蒙古人自己能不能建立起一套与以往截然不同的全新的战略思维。蒙古军队此前遇到过各种不同的对手，总是觉得往西打比较容易，往南打就困难。打西夏就费了很多周折，几乎用了成吉思汗毕生之力；打金人甚至不得不与南宋结成暂时的联盟，而在与南宋的战争中，从来没有取得过像样的胜利。现在他明白了，问题不在于某一仗打得怎么样，而在于他们从根本上说还没有弄清那个"取胜之道"究竟在哪里！而刚才伯颜所说他和阿术分别擅长的战法，不正是对南宋作战的取胜之道吗？忽必烈岂肯放过这等紧要关节？当然，在此之前，他先得核实得真确，就问："听尔所说，好像尔与阿术比试过？"

伯颜一笑说："微臣有幸，曾于蒙哥二年兀良合台将军出征云南之前，与少将军阿术盘桓数日，切磋用兵之法。那时微臣方只十六岁，从少将军处获益良多，说到兴浓处，不觉纵马出营，于大漠深处做了一番沙上推衍……"

"且慢！尔适才说的是？"

"沙上推衍。"

"我问的不是沙上，是推衍。"

"是啊，就是以推衍之法，在沙上假设两军攻防进退……"

"等等，尔听说过刘秉忠吗？"

"微臣久仰其名。"

"朕素知刘秉忠深谙推衍之法，以为仅汉人精于此道，原来尔等亦擅用之？"

"这个，陛下……"伯颜打了个结巴，差一点把"陛下有所不知"说出口，幸亏及时察觉，改口道，"据微臣所知，这原是一种由已知求未知的思虑之途，或谋事之道，本为人人固有之能力，然其中亦有技艺高低之分，盖环环推衍，推之愈严，则衍之愈真，而一环不严，则差之毫厘，谬之千里。是以虽为各地诸人皆有之本能，却因不同地域民情有异，遭际亦自有别。"

"如尔所言，那刘秉忠岂非横空出世？"

"所以微臣以为刘秉忠实为汉人中之奇才。盖推衍之法，虽为人人固有之本能，但若要得其精奥，推得严密衍得真确，却又殊非易事，甚至需世代积累方可望臻于完美。而在千余年来备受压制之后，刘秉忠竟以一己之力，将推衍之法发挥得如此淋漓尽致，诚如陛下所言，称之横空出世，实不为过。"

"尔言甚合朕意！"

"话虽如此，奇才出世，其出亦必有道，绝非凭空从天而降。同是汉人，南人就出不了刘秉忠。盖刘是邢州人，而邢州一带，一百五十年前已在金人治下，近数十年又转入我蒙古之手，且即便上溯至北宋时期，宋廷对那里的影响已日渐式微，而辽、金的影响则不断加强。然而即便如此，刘秉忠若不是遇见了陛下，仍然难逞其才。微臣听说他在追随陛下之前亦曾出仕，却只做了个邢台节度府令史，郁闷之下，只得去武安山出家当了和尚。"

听得忽必烈哈哈一笑，说："确有此事！确有此事！"

伯颜却又接着说："不过微臣仍有一个不虑之虑，汉人中间，此道终是不受尊崇，亦少有根基，刘秉忠身后，恐怕还是要后继无人的。"

忽必烈点点头说："既是奇才，必不可多得。子聪之后，但有几个能得其皮毛者，已足堪大用矣。"却突然间话锋一转，问："然则尔对宋廷之贾似道又如何看？"

话题的转换，于忽必烈自有其缘由，于伯颜却不免突兀，所以想了一下才从容答道："以微臣看，贾似道则是南人中的一位奇才。"

"哦？"

"据微臣所知，此人幼时不过是个浪迹街头的无赖少年，纵然胡乱读过一些开蒙书课，充其量不过粗通文墨，谈不上学得多少文韬武略，以至治国之道，或用兵之法。后来多年出任制置使，以常人视之，最多也就是能渐渐成为此道中人，临敌之际，知道怎样处置而已。而以鄂州之役观之，这个贾制置确有过人之处，据实而论，其对全局之洞察力，对各个局部发展变化的预见性，乃至其应变之策中出人意料的奇思妙想，令微臣尝慨叹其似有神助。宋廷的以文官领军事之体例，原不足法，只是误打误撞，遇此奇才，方有此奇迹。不过陛下亦无须多虑，奇才终是不可多得，贾似道之后，亦断无甄似道、魏似道可为后继。"

"尔看此人可有短处？"

"寸有所长，尺有所短，何况奇才总非全才，既有所长，必有所短。贾似道的短处，就在于他终是没有文韬武略的深厚根基，大略说来，胜得败不得，一遭失算，便难收拾，蝼蚁之祸，可致一溃千里。"

"啊——"忽必烈又长长地啊了一声，多种感慨，尽在其中，且恍然联想到刚才伯颜的自诩——"诱敌失措，一击而中其要害"。这个伯颜真能成为贾似道的克星吗？

而伯颜却侃侃说下去："况且这还不只是贾似道一人之弱点，即便是宋之武将，亦普遍有此短处，而以文官领军事者，更是不通。"

"此话怎讲？"

"当年微臣与阿术将军切磋之中，曾有一所见略同之识，即凡研习兵法者，须先从兵败入手，打了败仗，如何收拾残局，如何尽快聚拢残部，如何尽量减少损失，如何尽早稳住阵脚，如此等等，就好比我们蒙古人学摔跤，先练怎样被摔，再学怎样摔人。汉人于此刚好相反，观其兵书，连篇累牍俱是怎样克敌制胜，至若打了败仗乃至打了败仗后如何处置，即付阙如。"

"尔此言堪称精辟。"

"但凡事总有例外，若依此而论，则南人之中，还有一位奇才。"

"什么？还有？"忽必烈这脱口一问，便透着几分不安。

伯颜却微微一笑道："陛下不必多虑，此乃一位古人。"

"啊，既是古人，尔曷不为朕言之？"

"此人便是他们的高宗皇帝赵构。靖康之变，汴京陷落，徽钦二帝以下，朝廷官员乃至后宫嫔妃，更遑论珍宝财物，几被金人掳掠一空，其文武体系，实已荡然无存。此时赵构自行宣布即位，手中莫说可以作战的军队，便是中低级的文官武将，总共也没有几个，从登基伊始，便开始向南落荒而逃，一直逃到海边，最后更逃到海上，单以此论，好像他当皇帝就是为逃命，而逃命又只是为了当皇帝。可是当这个逃命皇帝重新回到岸上，再回到临安时，一个南宋朝廷已经初具轮廓，文足以安民收税，武足以御敌守边，虽是偏安一隅，宋祚却赖以又延续数十年，而此间的种种曲折得失，便是他们宋人亦绝少记载。倒是金人，还知道当年错在未能斩草除根，终成后患。"

话越说越多，说到这里，已经颇有些纵论天下英雄的意味，说得忽必烈心痒不止，差一点脱口说出让伯颜谈谈对自己的看法。然而大汗终是大汗，深知让臣子当面对自己来一番品头论足，这个先例是万万开不得的。当然，这也是皇帝对臣子的最大的关怀、最大的爱护，因为一旦臣子当面说出皇帝哪怕是一星半点的不好来，那最后的结果只能是无论如何也得把他杀掉。于是，意犹未尽的忽必烈换了个话题。他先让太监上茶备酒，要与伯颜边饮边聊，让伯颜说说从伊儿汗国远道而来一路上的见闻。

在太监上茶的过程中，伯颜想了想他要说的话。大汗或许也想听些稀奇有趣之事，但他肯定更关心那边的局势。伯颜为忽必烈描绘了一幅原属大蒙古帝国那辽阔疆域的最新政治版图。首先，他向大汗保证"我主旭烈兀合罕"可以"绝对放心"。因为离得远，旭烈兀合罕对忽必烈大汗的伟业确实难以提供太多的实际支持，但大汗对合罕的忠心却无须有任何的怀疑。而实际上，伯颜相当详细地介绍了旭烈兀的日常起居、性情爱好，特别是他对养马和驯马的痴迷，传递的信息是他对目前境况的满足，既没有任何惹是生非的愿望，更没有其他的野心。然后，他认为大汗也不必对钦察汗别儿哥太在意，因为别儿哥才能平平，却又要同时应付西面高加索人的压力和东面阿鲁忽的侵袭，完全是一种自顾不暇的状态。伯颜讲了几则在花剌子模一带听到的挖苦别儿哥的笑话，虽然其中可能有阿鲁忽的影响，但也确实能反映出他处境的窘迫和他本人的笨拙，以至处理种种事情时往往会显得滑稽荒唐。伯颜还提到别儿哥与海都之间日益紧密的关系，认为这种关系虽然具有互相利用的目的，可是实际上别儿哥帮不了海都什么大忙。伯颜很明确地指出，窝阔台家族的海都，早晚会成为心腹之患。

伯颜关于海都的这番话引起了忽必烈的重视。伯颜介绍说，海都正在推行一种军民一体的做法，让所有的民众都成为军队的一部分，即使不能和军队一起投入战斗，至少也能和军队一起撤退。原来海都连打了败仗以后怎么办都先想好了。伯颜对海都的威胁的严重性，看得也比忽必烈的一般谋士重。这些谋士认为，以海都的兵力，不可能打到中原来，但是伯颜却以一些见闻为例，强调海都的真正目标不仅是扩大汗国的领地，而是蒙古帝国的大汗位，因为他总在宣扬只有窝阔台的子孙才有资格成为蒙古帝国的大汗。一旦他打出这个旗号发动叛乱，大汗廷就无法置之不理。伯颜对阿鲁忽的看法，也与忽必烈的谋士们不同。不错，作为大汗廷在那个地区发挥稳定作用的主要力量，阿鲁忽现在的实力还足够强大，但是伯颜通过一些具体的见闻让忽必烈相信，阿鲁忽确实励精图治，也很有成效，但是他太急于成为那个地区的主宰，急于求成，用力过度，恐怕不用太久就会难以为继。这个看法很符合忽必烈的想法，他自己就一直在告诫自己切勿操之过急，凡事总要留有余裕。

而最让忽必烈赞赏的，还是伯颜对蒙古本土，也就是原来由阿里不哥治理的那一大片地域近况的讲述。一段时间以来，忽必烈也常常得到那里"平安无事"的报告，但始终还是不能让他真正放心，因为他深知"无事"并不等于"平安"。现在他可以放心了，因为伯颜通过种种具体的见闻，不仅让他相信那里的人心是稳定的，而且明白指出了人心之所以稳定的原因。原来那里的种种规制，都是由拖雷一手制定，又由蒙哥很好地延续下来。蒙哥成为大汗以后，交给阿里不哥治理，阿里不哥并没有什么特别的想法，基本上听其自然地继续执行，其间蒙哥的丞相孛鲁合为了便于治理，也起了一定的稳定作用。后来阿里不哥执政日久，时或闹出一些任性的举措，但因并非出于真有什么想法，其消极的影响也多是暂时性或局部性的。总的来说，在民众的心目中，阿里不哥是个可以接受的统治者，却不是一个很受拥戴的领袖。现在没有了他，一切又都恢复到原来的样子，人们反而觉得日子过得更安稳了。

伯颜这些介绍和分析让忽必烈进入了一种兴奋状态，加上又喝了几杯酒，忽必烈自己也打开了话匣子，开始向伯颜介绍他这几年在建立和改进大汗廷过程中的一些想法和做法。这些年来，他周围的人没有一个能真正地、完全地理解他用在这上面的心思，知道他为此耗去了多少精力和思虑。他多次产生一种难以抑制的冲动，希望有一个人能聆听他的倾诉，让他把心里的甘苦尽情地往外倒一倒。然而对他来说这又是绝对的禁忌——一个真正的帝王是不可以让臣子们把自己摸透的；实际上他往往会在不太重要的事情上故意玩弄一些反复无常的游戏，好让大臣们体验"圣意难料"的高深，以保持必要的战战兢兢的心理状态。现在他终于找到了一个倾诉的对象，这个人能听懂他的话，而目前却不是他的直接臣属。这一点太巧、太微妙了。不错，他现在已经知道自己会把这个人留下并加以重用，但这个人过去是"外人"，跟他要讲到的种种没有任何利益关系，而今后又将是"自己人"，不会产生把"内情"泄露给"外人"的后果。当然，他不会把一切全都倒出来，该有保留的还是会有保留，而且总的说他仍然讲得非常简略，不过他还是把想说而又能说的都说了。

他说到了刘秉忠的巨大贡献——登上大汗位之前，整个"国体"的设计基本上出自刘秉忠的构想。他也没有埋没王文统的功绩，牵扯进李璮叛乱一案是后来的事。在说到大汗廷的"政体"设计时，忽必烈透露了一个鲜为人知的秘密：在这个重大工作中，郝经居功至伟。忽必烈在说到郝经时动了感情，连声音都带了点哽塞，发誓一定要把这位至今仍被宋廷羁押在真州的国使接回来，并且给予最隆重的褒奖。他说郝经的忠诚和气节，堪称汉儒家的典范，是建立在学识和信仰的基础上的敢作敢当和深谋远虑的承担，决非一般的博取虚名者能够望其项背。正是这位郝经，曾经提交了一份万言奏折，就新政体应如何创建提出了十六点建议，内容几乎涉及未来行政系统怎样设置和运作的方方面面。尽管其思虑已非常严谨周密，郝经却仍然建议召开一次大型的、包括各方面的主要官员和幕僚参加的会议，对此进行充分和广泛的讨论，而他的建议可以作为讨论的基础，但是不必宣布是他的意见，以利于与会者畅所欲言。中统元年秋，这个会在开平整整开了一个月，对新政体的设计起了至关重要的作用。正是在这个基础上，忽必烈得以确定他的大汗廷的基本架构，其后又多次进行调整、修改，才形成了目前这样一个行之有效的行政系统。这一套机构的主要方面沿袭了汉、唐以来中原王朝的基本做法，是中原民众（包括汉人、金人等）所熟悉的，也容易被他们所接受。但是，它的某些部分也有所改变，目的是为了更精简、更有效率，尤其是它的核心部分，又与以往有重大的区别，因为忽必烈必须强调这个政权的最高统治者是蒙古人。当然，这就需要他的政权能首先得到蒙古人的支持，而对于他来说，这一点实际上比得到中原民众的支持更困难。

在他新建立的大汗廷里，自唐朝以来便存在的宰相制被废除了，尚书省亦被取消，但中书省则被保留下来，并成为全权负责行政事务的唯一机构。中书令（左、右丞相）是中书省的最高行政长官，也是其下辖六部——吏部、户部、礼部、兵部、刑部、工部——的总管。稍后他建立了枢密院，负责军事。还有一些特殊机构如内务府、将作院等，专门负责为皇宫和他本人提供服务。大汗廷对地方的管理则通过"行中书省"实施。中原地区被划分为若干个行省，每个省均有一个"行中书省"，作为中书省的派出机构负责当地的行政监管。省以下划分为若干个"宣慰司"，再下一级为"路"。各路总管常由汉人充任，但是和总管平级的地方行政官（蒙古语叫"达鲁花赤"）经常被派往各路巡视监督，而达鲁花赤通常由蒙古人或色目人充任。这种权力的分散和重叠起到了很好的制衡作用，但也造成了效率降低乃至政出多头。忽必烈对这种缺陷只能容忍，因为这正是他的软肋。他面对的是比任何其他中国皇帝都要严重的困难。他需要所有人——蒙古人、色目人、汉人、金人、南人——都拥护他，但是他本人又必须保持对所有人的不信任。首先他不能信任汉人，文有王文统，武有李璮，都证明汉人不可信任，需要有蒙古人、色目人去监督他们。当然，即便是负有监督汉人之责的色目人，仍然需要有蒙古人予以监督。然而，最后，谁来监督那些作为监督者的蒙古人呢？蒙古人同样也是不可以信任的，而且实际上，忽必烈迄今为止所受到的最有威胁性的挑战多半来自蒙古人。蒙古人的排异心理比汉人更强烈。如果说让汉人接受一个蒙古皇帝很困难，那么让蒙古人接受一个汉化了的大汗就更困难。但是，在经过几年的漫长苦思之后，忽必烈相信自己找到了解决这个问题的办法，那就是建立一个机构和一套制度来监督所有人，包括那些负有监督色目人、汉人、金人之责的蒙古人。这个机构就是不久前刚刚成立的御史台。和中书省一样，御史台也在各行省设立了派出机构，监察地方官员，同时大汗廷还定期派出御史到各地巡查，以确保各地各级官员的忠诚和清廉。试行数月以来，忽必烈对其结果是满意的①。

忽必烈还把他的一些独特的想法，通过一些具有独特才干的人付诸实施。其中最显赫的，当推八思巴与阿合马。

八思巴是吐蕃萨斯迦②人，出身于当地贵族昆氏家族，本名罗追坚赞，"八思巴"是对他的尊称，意为"圣者"。乃马真称制时期，其伯父萨迦班智达应召赴凉州会见蒙古宗王阔端，十岁的八思巴随行。蒙哥三年，十九岁的八思巴谒见忽必烈，忽必烈对他极为赏识，并从受佛戒，八思巴也就留在那里，为忽必烈处理宗教事务。中统元年，忽必烈即大汗位，当年封八思巴为"国师"，赐玉印，"使统天下佛教徒"，实际上也掌管着整个大汗廷的宗教事务。蒙古人没有本民族的宗教，

---

① 后世有学者指出："（忽必烈的御史台）监察制度……比以往任何朝代都更全面，更具渗透性，其中央集权的严密程度在中国历史上是前所未有的……是中国历史上的一个制度性奇迹。"

② 今西藏萨迦。

自然就成了各种宗教争取的对象，尤其是随着成吉思汗开拓疆土，与东、西方的交流都不断扩大，而成吉思汗也采取了很开放的宗教政策，所以蒙古人中信仰各种宗教的人都有，而各种宗教包括天主教、基督教、伊斯兰教、佛教、藏传佛教、道教等也都享有平等的地位。忽必烈继承了这种开放的宗教政策，而八思巴也很好地执行了忽必烈的政策。去年，即至元元年，忽必烈建立总制院，管辖全国释教和吐蕃僧俗政务，以国师领之。为此，忽必烈特别设立了一个新的政区——乌思藏①。八思巴回到乌思藏，设置宣慰司等官衙后，返回中都。此时忽必烈已决心将国都南迁，先改称燕京为中都，作为陪都。八思巴回到中都后，又接受了忽必烈交给他的一项重大任务：创制"新蒙古字"。蒙古原来已有文字，但这种旧蒙古字不够规范，使用也不够方便，即使在蒙古人中也并不通行。忽必烈要求八思巴创制的新蒙古字，实际上是一种以藏文字母为基础的拼音文字，不仅要能为藏语拼音，还要能同时为多种色目语和汉语拼音。在忽必烈心目中，它将成为未来大一统政权的唯一官方文字，取代包括方块汉字在内的所有其他文字。

阿合马则是回回人。由于蒙古人普遍不善理财，所以大蒙古国自窝阔台汗以来，大汗廷的财政主要都是由色目人主持。阿合马最初只是忽必烈幕府中的一名谋士，当然主要是就财政税赋方面的事务提出建议，渐渐也参与处理一些实际事务，其才干也受到忽必烈的赏识，直到中统三年，被任命兼管中书左右部，兼任诸路都运转使，成为大汗廷的首席财税主官。此后数年中，大汗廷管理财税事务的衙门多次改变名称，阿合马的官衔也随之改变，但首席财税主官的地位始终没变。在他的主持下，忽必烈即位以来的财政状况一直良好。他在开源和节流两方面都实行了一些好的做法，对于盐、铁的生产与流通也采取了一些能起促进作用的措施。尤其是他成功地发行了纸币。南宋也在发行一种叫作"会子"的纸币，但总是会迅速地大幅度贬值，最后只能成为一种朝廷敛财的手段，对经济反而产生破坏性的消极作用。阿合马主持发行的纸币，迄今为止币值相当稳定，从而也就很好地发挥了纸币便于流通的优点，促进了经济的发展。这说明阿合马对纸币发行的规律有很好的认识。

不过，忽必烈面临的最大难题，还是如何对待汉人的儒家文化。他在这方面的态度很复杂，但这与其说是因为他本人思想的复杂性，还不如说恰好反映了儒家文化本身的复杂性。忽必烈毫不含糊地废除了汉人从隋朝以来延续了六百五十年的科

---

① 这应是中原政权首次在西藏地区设立行政区。乌思（清以后译作卫）指前藏；藏指后藏。实际上这个行政区还包括今之阿里等地区。

举制度，无论他手下的汉族谋士怎样劝说，他都毫不动摇。他宁愿通过其他途径和方法来选贤任能，因为他怀疑的不仅是那个考试方法，也包括那个考试的内容。他手下有不少汉人谋士，他的幕府从一开始就致力于大量吸引有才干的"汉儒"，但这个"儒"只是泛指读书人，并不全是"儒家"的那个"儒"。他认为自己能够识别真有才干的人，而且能够提供机会让他们充分发挥其才干。在他这个必须以蒙古人为主导的权力结构中，有些官职是不能让汉人担任的，但是有些汉族幕僚的影响力甚至比一些职位很高的蒙古官员还要大，虽然这种情况从未被正式定义，却是所有人都明白，因为这些幕僚的建议往往会被大汗欣然采纳。

在忽必烈介绍这些情况时，伯颜只是注意地听，并不时点点头，表示赞同或明白。不过，他唯一提出的一个看法却让忽必烈既出乎意料却又似在意料之中。伯颜说："陛下设计的御史台制度，可能是所有监察制度中最好的，但监察总是受到制约的，尤其是要对官员们的忠诚和廉洁同时进行监察是有困难的。"他本来说到这里就打住了，直到忽必烈一定要他说出为什么，他才在犹豫了一下以后说："因为忠诚有时候是需要收买的。"

他们的长谈持续了将近两个时辰，最后，忽必烈宣布了他的决定："朕要你留下。朕要亲自看看你的用兵之法。"

伯颜没有立刻回答。

忽必烈又说："伊儿汗那边，朕自会选派合适的使者前去恳请，并且把你的家眷接来。"

伯颜这才答应："承蒙陛下如此看重，微臣理当从命。"

"那好，那好！可是……朕原以为你会高兴，怎么看上去竟有些勉强？"

"微臣心里原是很高兴的。有幸追随陛下，臣的才识抱负可以施展，有生之年，何愁荣华富贵、位极人臣？只是汉人有言，一将功成万骨枯；是以微臣身后，恐怕只能剩下一个上帝不肯收留的有罪的灵魂了。"

不久，伯颜即被直接任命为中书左丞相。

至元四年，刘整入朝，于十一月二十七日陛见忽必烈。

刘整自中统二年六月弃宋降蒙，已经过去六年半了。这六年半里，他似乎一直在等待着这一天，而这一天终于被他等到，却又相当偶然。

刘整来降时，忽必烈确实曾经"大喜"，但喜过之后，也就渐渐不以为意了。他这个级别的将领一大片，大汗不可能时时惦记着每一个。何况这段时间忽必烈关注的重点不在南宋，再加上受李璮叛乱的影响，忽必烈整体上对汉人将领很少注意。而实际上，刘整在川陕一线多数时间也只是与宋军对峙，最多偶尔闹点小摩擦。去年，因为在这种小摩擦中立了点小战功，刘整受到了奖励：授行中书省于成都、潼川两路，仍兼都元帅，并赐银一万两。和南边的官场差不多，北边的官场也不是很干净，就因为这点奖励，同样引起了同列们的嫉妒，不过这回刘整比较有经验了，听说有人参奏他"图谋不轨"，赶紧自己上奏要求降级，"请分帅潼川"，上面也就依请准奏，让他改任潼川都元帅。叙功升迁和无故降级的拟议，当然都经过忽必烈的御批，但大汗都是如拟照准，连个缘故也没有问一问。官场之上，这种事太平常了，不值一提，不过，按这个"势头"，很难想到一年之后会召他入朝，更不要说直接觐见大汗了。

一见之下，最先引起忽必烈注意的，就是刘整那双眼睛。那是一双真正的老鹰眼，犀利的目光深藏在高耸的眉骨之下，两颗饱满的瞳仁又大又圆，有时漆黑，有时又透出一种青黄的色泽。一个念头不招自来地从忽必烈的脑海中闪过："亡宋者，此人乎"了。

关于忽必烈与刘整的这次谈话，后来有一种说法，认为只是由于在谈话中刘整的"力劝"，才促使忽必烈最后下定了灭宋的决心。言过其实了。忽必烈下定灭宋的决心，用不着刘整劝，也不是刘整能够劝得动的。刘整确实可能说过"自古帝王，非四海一家，不为正统，圣朝有天下十七八，何置一隅不问，而自弃正统"一类的话，但那个话也就是说说而已，因为无论是刘整还是忽必烈，都明白那个"一隅"并非弹丸之地，而盘踞在那"一隅"的，更非可以轻易战胜之敌。如果说这次谈话确实产生了让天平发生倾斜的效果，那么那个导致倾斜终于出现的砝码，绝不可能只是几句说说而已的话，只能是因为——正是通过这次谈话，让忽必烈最终找到了足以在灭宋战争中克敌制胜的其人、其地。

"当年贾似道攻打朕的青山矶，听说是你的主意？"因为怕吓着刘整，忽必烈是带着略可察觉的微笑问的。

刘整一怔。虽然没有明显的惊慌，那张黑脸确实白了一下，但他还是镇定地回答了一个字："是。"

忽必烈又一笑："两国交战，各为其主，朕岂会再究既往？不过，尔既然已经归顺圣朝，能不能为朕也立一个——不，为朕立一个更大得多的奇功？"

刘整还是有些局促："末将人微言轻，岂敢造次？万岁要末将做什么，恳请明示。"

"朕这里也有一张地图。若是朕决意伐灭南宋，尔也能为朕指出一个地点吗？"

刘整又答应了一声："是。"起身向地图走去，他看见图前立着一根细木杆，走到近前，将那木杆拿在手里，却转身向忽必烈问："万岁是远看还是近看？"

忽必烈也不答话，从龙椅上站起身，走下丹陛，一边走一边想，这张牙牙国的牙牙教士所画的地图，刘整看得懂吗？却见刘整的木杆已经落到图上。那杆尖所指区域让忽必烈出乎预料，快走几步，近了，便看见那杆尖落处所标出的地名——襄阳！

忽必烈顿时觉得脑海中轰然一声长鸣！

啊，襄阳！

此前金人伐宋，战略方向始终是淮河一线，久攻不克，反倒让大宋将那一段防线经营得愈益牢固。而蒙古人用兵中原，从成吉思汗开始，习惯了以六盘山为出发地。虽然成吉思汗由此成功地征服了西夏，却未能战胜金人，以至留下了要向宋借道伐金的遗嘱。但蒙哥大汗却仍视六盘山为伐宋的必然出发地，征大理是从这里出发的，蒙哥八年伐宋还是从这里出发，所以战略进攻方向便选在了四川。当时忽必烈亲王所率的东路军，虽然兵力不小，但在整体战略上只是一支策应之师。攻川未克，蒙哥归天，忽必烈直攻鄂州，策应变成了主攻，尽管后来撤兵有急于北返的因素，但在久攻不下之际，他确实常常感到这一仗打得很别扭。首先是"其人"不敷。这个很明显。张柔确实是尽力了，从始至终也没有什么重大失误，但是单靠一个张柔，要打败南宋肯定不行。他也感觉到了"其地""其法"不合，不过这个感觉就比较模糊了。如果说鄂州之战没有白打，那就是让忽必烈意识到灭宋之战不可能在短期内取胜。他甚至已经预见到某种战争的进程——总说南宋"偏安一隅"，可是那个"一隅"地域辽阔，很难想象双方会在那么辽阔的战线上反复冲杀攻守。这种打法，双方都承受不起，结果必定是双方都打到力竭为止，以平局告终。忽必烈可不想要这种结果。所以，这场战争的长期性，应该只体现在一个局部的地区，或者说一个战略的重点。那将是一场长时间的反复冲杀，不仅要拼兵力的消耗，更是拼物资的消耗。等到在这个点上决出胜负，双方也就分出了强弱。此后的进攻，虽然土地还要一点一点地推进，城市还得一个一个地占领，但基本上已经是以强打弱的进军，最后甚至只是某种摧枯拉朽式的扫荡了。忽必烈关于青山矶的设想，正是缘此而来。然而当他看到刘整所指出的那个襄阳时，立刻意识到这个设想有点一厢情愿。你想在这儿决战，人家肯来和你拼吗？襄阳就完全不同了。襄阳与樊城夹汉水相望，素称兵家必争之地，你去攻他，他必定死守；何况那里城防坚固，地势险要，更兼经过长于营建的高达多年苦心经营，已有"固若金汤"之称。必须守，又自认为守得住，他怎么会不来和你一拼呢？这同时，忽必烈也看出了襄樊与鄂州的不同。虽然都是着眼于取得对长江的控制权，而且襄樊的城防比鄂州还要坚固，但是既然打的是消耗战，打鄂州，自己的补给线比对方长得多，打襄樊却正相反！

刘整的木杆一直指着襄阳，但始终没有开口，让大汗有足够的时间去自己琢磨。到这时，他才简单地做了一句提醒："南宋无襄则无淮，无淮则江南唾手可得。"

他甚至都没有解释一下为什么"无襄则无淮"。

当然，忽必烈也用不着解释。现在，在他的心里，伐宋的问题已经彻底得到了解决，不仅"其地"有了，"其人"也齐了。此番伐宋，可不再是单要一个光杆司令了。他要为对手准备一个司令集团。这个集团分三个层次。第一个层次已经有了，那就是史天泽和伯颜，一个汉人，一个蒙古人；第三个层次也已经有了，那就是张弘范和阿里海牙，一个汉人，一个畏兀儿人；唯独第二个层次，到此前为止，仅有一个蒙古人阿术。打南宋没有汉人是不行的，那么现在也有了。这个人，舍刘整其谁？

刘整被任命为镇国上将军、都元帅。但是这个任命直到次年七月才公开宣布。

所以，当镇守襄阳的大宋荆湖制置使吕文德接受蒙古使者献上的那条玉带时，并不知道这个使者是刘整派来的，也不知道这条玉带是刘整的。俞兴的母亲或许还能认出这条玉带，可惜她此时不在襄阳。刘整是个军人，原本对行贿之事一窍不通，在他看来，行贿实乃苟且之举，即使是为了战事向敌方将领行贿，那开支也是不能向公家报销的，只能自己掏腰包。他又没有什么值钱的东西，只有这条玉带。玉带就玉带吧。当年如果俞母收下了这条玉带，那就不仅仅是轮不到吕文德收它的问题了，恐怕整个宋、元历史都得是另一种写法。对于贵重物件，吕文德是识货的，知道这玉带价值不菲，问使者有何请求，原来只是小事一桩：要求在蒙、宋双方实际控制线的中间地带建立一个榷场，也就是类似于集贸市场的交易场所，供双方民众做买做卖，互通有无。到这时为止，蒙宋处于相持状态已有七年，虽是川陕一线常有小摩擦，荆湖一带却一直相安无事，在这种相对太平的日子里，给百姓们一个来往交易的机会，似乎也在情理之中，便很爽快地答应了，那条玉带也就予以笑纳。于是，蒙古人就在襄阳东南的鹿门镇开设了一个颇具规模的榷场。可是榷场开张不久，便有一伙来路不明的毛贼明火执仗杀了来，抢走了一些货物，还伤了几个两边的商人。不久，蒙古人就在鹿门山造了一道土墙。吕文德得报后遣人去问，那边回禀说是为了防止盗贼，保护商户和货物。想想也有道理，便不再理会，毕竟收了人家的玉带，总得行行方便。就在这不理会间，那土墙的内部却修筑了坚固的堡垒和屯兵的营房。紧接着，类似的土墙又在其他地方出现，包括一些并没有榷场的地方，仿佛既然先例已开，后面的只是依前而行，顺理成章。年末，吕文德被调回朝中另有任用。次年春，他的弟弟吕文焕被调来接任。新来的襄阳守将在巡视城防时看见了那些土墙，心里觉得挺别扭，可转念一想，那都是大哥在任时修的，想必得到过大哥的应允。大哥的为人，四弟是知道的，说不定为此还收受过商人们供奉的红包之类，现在自己若干涉此事，对方没准儿将这些扯出来，须是多有不便。何况那也就是道土墙，而自己的城防却固若金汤，自可有恃无恐，谅他也奈何我不得。思来想去，虽然心里终是别扭，权衡之下，也就罢了。他这一"罢了"不当紧，时隔不久，便有蒙将阿术率部在襄阳东南的鹿门堡和东北的白河城修筑堡垒——这回是直接修筑堡垒，不要外面的土墙了，并且公然有军队掩护，若去干涉，弄不好就会打起来。吕文焕闻报，去地图前一看，叫了声"苦也"，原来一旦襄阳有事，需要后方支援时，这两处堡垒恰好切断了援军的必经之路。一年后，又有蒙将史天泽率部在襄阳西部的万山堡百丈山筑长围，在南面的岘山、虎头山筑城，以连接此前修筑的诸堡，从而形成了一个工程体系，完全切断了襄阳与西北、东南的联系，完成了对襄阳的战略包围。

襄阳自此成了一座处于战略包围圈里的孤城！

第三卷　鏖战襄樊

21　大哉乾元

大蒙古国至元五年（宋咸淳四年，公元 1268 年），忽必烈开始在自己的心里，描绘他的大元王朝的蓝图了。以"大元"为国号，是根据刘秉忠的提议确定的，取《易经》中"大哉乾元"之意。早些时候，刘秉忠被忽必烈派往燕京，负责在那里营建新的都城，行前受到大汗召见，君臣二人曾在议政殿有过一次长谈。当时，忽必烈要在燕京营建新都城的计划，在群臣当中，尤其是在一些蒙古高级将领当中，是有异议的，因为花费大量人财物力，将开平扩建为粗具规模的都城，才不过三五年，另建新都，正不知又要多少用度，当此百业待兴、百废待举之际，何堪如此重负？这些议论，说来也是一片忧国忧民的拳拳之意，所以忽必烈纵是不以为然，也并没有出言批驳，并不把他心中之所思所想，晓谕群臣。然而，刘秉忠对忽必烈的想法却有深刻的理解，所以在这次长谈中，有备而来的他在向大汗禀报有关新都城的设想时，描述的已经远不是再建一个开平，甚至也不是仿造一个临安大内的模样了。它参照了长安、汴梁的气象，但更主要的还是体现了刘秉忠对于中原王朝的礼仪、规制的理解，从而推衍出他对于一个中原正统王朝的皇宫的想象。当刘秉忠以一个营建家的严谨口吻向大汗启奏这些设想时，忽必烈忍不住听得心潮起伏、热血沸腾了。"子聪知我！"这是他心里由衷发出的一声赞叹。

刘秉忠提出了那些被忽必烈欣然采纳的建议：先将开平命名为"上都"，然后将新建的都城命名为"中都"；在南征取得初步胜利时启用"大元"为"国号"，从而向天下晓示"取代大宋，一统寰宇"的政治目标；与此同时或稍后，将已经初见轮廓的"中都"更名为"大都"，正式定为大元王朝的皇都，而上都则保持原称，并定为大元的夏都。按刘秉忠的推衍，待大都建成，大元王朝正式迁都，忽必烈将在这里指挥对大宋残余势力的最后扫荡！

至元五年夏初，伯颜奉诏回朝述职。两年半以前，他以中书左丞相的身份被派往漠北，驻节喀拉和林，替忽必烈总管他的大后方。经过伯颜的精心治理，原来由阿里不哥管辖的广阔区域，已是一片安定富庶的景象。伯颜还在靠近中亚一带建立了三个基地，在那里囤积粮草，养马练兵，以备不时之需。当然，这是为了对西边的那几个汗国起一种监视和震慑的作用，因为那边的形势一直不稳定。最西边的伊儿汗国在旭烈兀的统治之下倒是没什么内忧外患，与大汗廷也一直保持着友好的关系。而同样也很靠西的钦察汗国就远没有那样太平了。才能平平的别儿哥把汗国治理得乱象丛生，民穷国弱，领地也不断被北边的高加索人和南边的察合台汗国所蚕食。对于忽必烈来说，领地在两个汗国之间易手，倒也无所谓，何况他还视阿鲁忽为自己的支持者，但是蒙古人的土地被高加索人夺走，却是他难以容忍的。他甚至派了使者去见别儿哥，表示如果别儿哥需要，大汗可以帮助他对付高加索人，可是得到的答复却是：钦察汗国的事，自己能应付。

当然，远在中原汉地的忽必烈，想插手高加索一带的事，实际上也真是鞭长莫及，而别儿哥更有自己的打算，他宁可跟相邻的窝阔台汗国的海都搞好关系，也不愿跟遥远的忽必烈有什么来往。他很清楚，海都始终把忽必烈视为宿敌，自己一旦跟忽必烈有了来往，立刻就会失去海都的任何支持。可是别儿哥能从海都那儿得到的支持也是有限的：海都从自己的需要出发，只支持那些有利于削弱察合台汗国的事，却不管与高加索人有关的事。不管是出于真心还是迫于无奈，最终别儿哥只能奉行一项"宁与外贼、不与家奴"的路线。等到察合台汗国出现了变化以后，这个路线就改成了"堤外损失堤内补"：每当他受到高加索人一次侵扰，他就会在随后向察合台汗国发动一次袭扰。

至元三年年初，察合台汗国的阿鲁忽突然病故。同年三月，他的遗孀兀鲁忽乃，按照早先与阿鲁忽的约定，把她和她的前夫哈剌旭烈所生的儿子木八剌沙扶上了汗位。木八剌沙成了第一位皈依伊斯兰教的蒙古汗，不过汗国的大政一时仍在兀鲁忽乃的控制之下。但是，木八剌沙的宗教信仰还是引起了一些蒙古人的猜忌，这些人串通了忽必烈身边的一些持有类似看法的诸王贵戚，频繁对忽必烈施加影响。忽必烈对宗教信仰并无成见，但是对这些人所说的木八剌沙缺少治理汗国的能力倒是颇为关注。一个稳定并相对强大的察合台汗国，符合忽必烈大汗的利益。另一个因素也很重要：兀鲁忽乃拥立木八剌沙的决定，事先没有征得他的同意，更不要说由他本人出面来任命了。在这种种因素的合力推动之下，他做出了一个事后不免有些后悔的决定，挑选了由诸王贵戚推荐的八剌，授予他一道"札儿里黑"——从成吉思汗时即开始沿用的一种刻在木板上的诏书，任命他和他的堂兄木八剌沙共同执政。忽必烈的这个决定还是比较温和的。而兀鲁忽乃则一如既往地保持着她的政治风格，顺从地接受了大汗的决定，因而使八剌得以顺利地进入阿力麻里。八剌本是察合台的另一位宗王木阿秃干的孙子，很快便向人们显示了他的野心和鲁莽。到达不久，他就于九月策动了一次兵变，逮捕了木八剌沙，夺取了他的汗位，将其贬为管理王室狩猎的长官。当然，这样一来，兀鲁忽乃也就失去了原有的一切权力。等到内乱粗定，八剌做的第一件事，就是派兵将忽必烈派去的使者蒙古台撵走，再以自己的人取而代之。忽必烈闻报大怒，命蒙古台就近调集军队征讨。蒙古台好不容易调集了一支由六千骑兵组成的军队，可是向西开进不久，就遇到了八剌前来迎战的三万大军。众寡悬殊，蒙古台不敢贸然开战，恰好此时忽必烈已将西域的事务交给伯颜总管，蒙古台就向伯颜请示。伯颜审时度势之后，即下令蒙古台撤军。

直到此次伯颜奉诏回朝述职，才向忽必烈详细禀明了他当时的考虑。他认为要有把握战胜八剌，就需要动员五万以上的兵力，这样做得不偿失。更何况一旦将八剌的军队打垮，别儿哥，特别是海都，就会乘虚而入，倒不如留着这些军队去牵制海都，因为无论如何，海都才是心腹之患。后来的事实果如伯颜所料。海都在得知八剌已和忽必烈闹翻的消息之后，毫不迟疑地对察合台汗国领地展开了全面的袭扰。由于八剌本人在民众中根本没有阿鲁忽、兀鲁忽乃那样的威望，再加上失去了大汗的支持，士气民心有所动摇，很快就陷入被动挨打、穷于应对的困境，以至在伯颜向忽必烈禀奏那里的形势时，反倒有了另一种担心：一旦八剌不得不屈服于海都，会使海都变得更强大。

忽必烈在听取伯颜的奏报时几乎没有提出任何问题，甚至都没怎么插话。在伯颜的奏报结束后，他只说了一句"有爱卿在彼，朕对碛北诸事很放心"，然后便开始仔细询问另一任务的完成情况。这是只有他们两个人知道的绝密任务：伯颜虽然被派往碛北，忽必烈却要求他拿出至少三成的时间和精力，谋划在中原的用兵之道。听到伯颜奏称，他已对三百年来辽、金、蒙与北宋、南宋之间所有重大战例，和宋朝历代名将的用兵特点，都进行了仔细的研究，忽必烈频频点头表示满意。随后，君臣二人即就未来的襄樊之战做了深入的讨论。半年前，忽必烈决定采纳刘整的建议，即派专人就此向伯颜做了通报。伯颜让使者带回来的信息是"深表赞同"。此番长谈，更在许多具体问题上取得了一致的看法。

伯颜返回喀拉和林时，忽必烈特派阿术送行，使这两位未来伐宋的主要将领得到一次交流的机会。十天后，阿术即被派往襄阳。行前忽必烈给他的交代，一字不差地引用了伯颜的原话："稳扎稳打，步步为营，先使自己立于不败之地，再迫敌陷于必败之境！"至此，襄阳一线已经有了一支由刘整统率的汉军和一支由阿术统率的蒙军，忽必烈围攻襄樊的部署初见轮廓。

阿术到达襄阳后，即开始在襄阳东南的鹿门堡和东北的白河城修筑堡垒。这两个地点是行前由大汗亲自指定的，当时阿术还不知道实际上出自史天泽的谋划，可是稍稍看一下地图，就不由得击节赞叹：打蛇打七寸，这两处正是襄阳的要害！稍后他去造访刘整，在刘整的带领下看了那些土墙和土墙后面的暗堡。巡视路上，刘整告诉他，自今年夏初起，这些地点都是大汗钦定的。阿术闻听，不由两手一拍，脱口高呼："大汗背后，必有高人啊！"

襄阳城里的南宋守将吕文焕，自亦不是等闲之辈，阿术、刘整看得出厉害，他焉会看不出？如果说刘整那些土墙暗堡还只是让他觉得别扭，那么到了阿术在蒙军的护卫下明目张胆地修筑堡垒，他感到的已是切肤之痛了。所有这些军情，他都及时向朝廷奏报了，可是朝廷似乎并不以此为意，除了让他"继续密切监视"，并无其他反应。现在，军情已经成了真正的敌情，战争已成迫在眉睫之势，身为镇守一方的将领，他再也不能无所作为了。是的，情势及此，对方等于已经不宣而战，唯一有利的选择，就是先发制人，乘其堡垒尚未建成，发起一次突袭，将敌人赶走。于是，他呈上一道奏折，详陈此意，并请朝廷批准发起这次突袭。信使回来禀报，奏折已经由内府入中。他才舒了一口气，一面开始调集兵马，筹办粮草，一面等待朝廷的批准。可是，等了十天，没有回音；又等了十天，还是没有回音。无奈之下，他又写了一封"家书"，派人星夜送往临安，呈给他的大哥吕文德。

功成名就的吕文德，此时正以枢密使的身份掌管着朝廷的枢密院。可是按照大宋祖传的御将之法，现在是和平时期，他既没有调动军队的权力，也没有指挥作战的权力，更不要说发动一场战争的权力了。所以，在由使者带回去的那封很长的"家书"中，他着重表示的也仅仅是自己的懊悔和爱莫能助的无奈。他表示完全同意吕文焕的判断：局势相当危急。他对当初轻易地允许蒙方建榷场、筑土墙非常懊悔，说是中了敌人的奸计，甚至以"误国家者我也"深深自责。但是他对朝廷会批准吕文焕的先发制人的建议却不抱希望，因为"圣上意不在此"。尽管如此，他仍然认为吕文焕的先发制人的设想是正确的，而且是必要的。吕文焕接到大哥这封回信，思谋了整整三天三夜。得到了大哥的首肯，他更加坚信发起突击的必要性了。那么，这一仗是非打不可了。"后发人制，遗患无穷"，他可不想再像大哥那样，有朝一日因为自己的坐失良机，复以"误国家者我也"来自责。然而，既然要打，就务期必胜。考虑再三，他决定调集优势兵力，将敌围而歼之，把他真正打疼，使其不敢再来，方可确保一时无虞。将在外，君命有所不受。即使被朝廷追究开启战端之责，亦在所不计！自己完全是为大宋江山的安危着想，一片忠心，苍天可鉴，清夜扪心，可以无愧！

咸淳四年十一月，南宋守将吕文焕调集了六千人马，向在鹿门堡、白河城修筑堡垒的蒙军发起了突击。决定大宋生死存亡的襄樊之战，由此打响！

已故的理宗皇帝眼光不差，他挑选的接班人赵禥，完全符合他的预期。这位"守成之选"登基之后，内外朝政一切照过去方针办，凡是先皇帝理宗做过的决定，都是金口玉言不得更改；凡是先皇帝理宗发出的圣旨，一律坚定不移地遵照执行。

这就保持了朝廷的大局基本稳定。

赵禥的不幸，在于外患。如果没有外患，他通过一系列英明、正确、大胆、巧妙的措施，所达到的那种精准而微妙的平衡，从而在"守成"的基础上所达到的朝廷大局的基本稳定，原本足以确保大宋江山的安稳牢固，他自己甚至有可能成为一代明君。怎奈他生不逢时，即位刚三年，也就是咸淳三年，正是他的各种保持稳定的措施初见成效的一年，忽必烈采纳刘整的建议，下决心以襄阳为战略突破口一举灭宋。而更糟的是，这些保持内部稳定的措施，偏偏不利于抵御外患。公平地说，这是赵昀的判断失误，不能单怪赵禥。赵禥不幸之中唯一的大幸，就是他死得早。到咸淳十年他三十四岁驾崩时，襄阳城刚刚在前一年失陷，忽必烈的大军距临安行在还有千里之遥，这样他才没有直接成为亡国之君，得以落下一个"度宗"的庙号，而不是什么哀宗、末帝、废帝之类。他甚至还得到了一个"端文明武景孝皇帝"的谥号。虽然南宋朝廷在他之后还有三个皇帝，毕竟临安陷落只是他"大行"之后一年略多的事，说是"亡国不于其身，幸矣"，但后世不少史家仍然认为南宋终归是亡在了他的手里。

对待这样一个皇帝，史家喜欢采取一种最简单省事的策略，就是将其归类为"昏君"。而中国历史上的"昏君"，除了极少数的例外（如明末的思宗朱由检），通常都不是"昏"在管事太多、管得不对上，而是"昏"在不管事，即"不理朝政"上。皇上不管事，那些事谁来管？所以中国历史上的各位"昏君"身旁，必有一个不可或缺的搭档：大奸臣。或是大宦官，或是奸相，总之事儿都被他们管坏了，不是皇上管坏的。昏君赵禥身边的这个奸相的角色，就由贾似道来充当了。这儿还有一个漏洞：天生有权管所有事儿的皇上，为什么偏偏不管事儿呢？这得有一个原因。史家给赵禥找的这个原因，就是——"好内"。当然，这是个委婉的说法。老祖宗早已有"食色性也"的说法，那么对于一个拥有大量（其数量指标上不封顶）女人的皇帝来说，这一条好像连缺点都算不上。但对于一个对亡国负有重大责任的昏君来说，虽然同样是那点事儿，性质就完全不同了，说法改为"荒淫无度"，就不仅是缺点、错误，直接变成罪过了。

按《宋史·本纪第四十六》的说法，赵禥是宋太祖赵匡胤的十一世孙，他的父亲过继给了荣王赵与芮。从嘉熙三年六月到次年四月，荣王府里不断出事，先是荣文恭王夫人全氏梦见有神人来给她下通知，说："帝命汝孙，然非汝家所有。"然后是嗣荣王夫人钱氏"梦日光照东室"。也在同一天夜里，齐国夫人黄氏也做了一个梦，梦见"神人采衣拥一龙纳怀中，已而有娠"，怀上了赵祺。当然，赵祺出生时少不得也得弄出点动静来，叫作："及生，室有赤光。"这可不是野史，更不是民间传说。有了这样的记载，赵祺被赵昀册立为太子，才具有充分的合法性——他虽然不是皇子，却是真正的"龙种"！

　　"龙种"生下来以后也不能和别人一样，得有异禀。赵祺一生下来，即"资识内慧"。但他那过人的聪颖却一点都不外露，"大智若愚"，常人是看不出来的。其表现之一，就是"七岁始言，言必合度"。寻常百姓的孩子，也有"开口"晚的，到快两周岁了才开始牙牙学语，赵祺却是直到七岁才"开口"，而更奇的是直接越过了牙牙学语的阶段，一旦开口，说出话来就是一套一套的，而且总是说得那么正确、深刻，天生就是发表重要讲话的角色。于是"理宗奇之"——别人看不出来的超人智慧，老皇上理宗早早就看出来了，并决意将他培养为接班人。淳祐六年，赵昀就任命这位年幼的皇侄为贵州刺史；当然了，不是真要他治民理政，给他的实际差使是"入内小学"。第二年，又晋升为宜州观察使，"就王邸训习"。这个"入内小学"和"就王邸训习"，是比现在的考取北大清华要超前得多的"起跑线"，而且赵昀把这种严格要求、精心培养一直坚持下来。到景定元年，二十岁的赵祺被册立为皇太子，入住东宫等着接班，这种"训习"更直接变为皇上的"家教"，而这种"家教"的规则又被设计得"甚严"。按这个规则的规定，每天早上天不亮赵祺就得起床，鸡叫头遍即到父皇赵昀那里去问安，鸡叫二遍回到东宫，鸡叫三遍"往会议所参决庶事"，从一些较小的事情开始锻炼处理问题的能力。办完事，一天的功课紧接着就开始了，至讲堂听讲官讲课，先讲经，再讲史，从早讲到晚，"终日手不释卷"。傍晚，再次去父皇那里问候起居，而父皇则要检查他这一天的学习情况，考问他这一天所学经、史的内容。答对了，父皇自然喜欢，赐坐赐茶；答得不对，父皇会亲自充当讲师，耐心地为他反复剖析，直到仍然听不明白（也可见道理之深），终于生气了，说：回去吧，明天让讲官重新讲！

　　按这样的作息时间表，他哪里还有时间去"好内"？经过整整五年这样严格的培训，赵祺接班登基时，怎么可能会是一个昏君呢？即使不能说他什么都明白，起码也不会什么都不明白吧！事实证明，即使他没有学到多少真正的文韬武略，至少也深深体会到了学习的好处，养成了热爱学习的良好习惯。

　　景定五年十月，赵昀驾崩，赵祺即位。举行完仪式以后，新皇上却不肯上朝理政。大臣们着急了，上表请新皇上听政，"不允"。到了十一月，宰执以下联名上表请视朝，仍"不允"。大臣们更急了，每天上一道表，"凡七表，始从"。新皇上这种就了职却不办公的姿态，是不是在向天下臣民宣示他的"守成"理论，表示朕别无新意，一切照过去方针办？皇上没明说，大臣只能猜，别管猜得多么有道理，那也是你猜的，算不得数，因为"圣意难料"，猜错了自己负责。

果然，新皇上刚听政，就做出了第一批任命：命马廷鸾、留梦炎兼侍读，李伯玉、陈宗礼、范东叟兼侍讲，何基、徐几兼崇政殿说书。虽然是新任命，却都是陪皇上学习的，不是给皇上办事的。不久又有了新举措："召江万里、洪天锡、汤汉等赴阙。"这个涉及范围很有限的动作，却引起了强烈的反响。把原来的地方要员召到朝廷任职，虽然第一批只有四五个人，是不是意味着新皇上要实施新政，因而更重视有地方工作经验的官员？所以一些地方要员，本来正在谋划盖房子、置地的，都停了下来，甚至有人开始悄悄打点行装遣散童仆，准备赴任京师了。这种猜测很快得到了进一步的印证：旧臣李忠辅、何舜卿受到弹劾，被罢官治罪，流放边地。眼见得"吐故纳新"由此开始，新皇上却在这时开了个岔：由地方上调中央的洪天锡被任命为侍御史兼侍读——也是陪皇上学习的活儿嘛！回头再看，那江万里三十年前就是老皇上的侍读了！

像是为了证实这一点，新皇上开始"筵请"群臣了。然而此"筵"非彼"宴"，不上鱼翅，不上茅台，叫作"经筵"。规格、频率极高，"诏儒臣日侍经筵，辅臣观讲"。按这样一种架势，这种课究竟是讲给皇上听的，还是讲给大臣们听的，就有了"受众不够明确"之嫌。尽管如此，该讲还是要讲。第一堂课，是在一个大殿里讲的，这个殿因此被更名为熙明殿，所讲内容是由礼部尚书兼侍读马廷鸾进读《大学衍义序》，"陈心法之要"。

显然，这很符合先皇帝重视"正心"的传统。

但是这也带来一个问题："正心"与"好内"是不是有矛盾？

当年以大忠臣吴潜为首的反对立赵禥为太子的一派，反对的主要理由就是说赵禥"好内"。赵昀予以驳斥，认为此乃小节，实则也就等于承认赵禥的"好内"是事实，至少是基本属实。按正史之外的另一种记述，赵禥入住东宫之后，这个毛病进一步发展，而在即位之初，更是恶性膨胀。按大内的规制，嫔妃们头天夜里得到皇上的宠幸，第二天一早要到一个叫"合门"的地方去谢恩，由那儿的主事官员记录在案。类似的规矩倒是历朝各代都有，为的是一旦某个嫔妃怀了孕，有案可查。事关重大，自然有一套严格的核查制度，以防被人以野种冒充了龙种，不是单凭某个嫔妃自己说了就算数的。而据《续资治通鉴·宋纪一百八十》记载，"及帝之初，一日谢恩者三十余人"。就算那时夜长，从天黑到天亮也不过五个时辰，平均下来，这位皇上每个时辰得临幸六位嫔妃，此类记载倒是可以佐证他的不管事儿，因为夜里如此"忙碌"，白天莫说处理朝政，就是参加那种每天都有的、有诸多儒臣和辅臣参加的"经筵"，也难保不会打盹儿。可是正史上却没有关于皇上在听讲时打盹的记载，倒是记有皇上听政之初两个多月里的一系列重大举措，除了任命了一批新官员，还包括"诏求直言"，"又诏先朝旧臣赵葵、谢方叔、程元凤、马光祖、李曾伯各上言以匡不逮"等等。这一年的最后一个月，更出台了一系列大动作。如果说"诏改明年为咸淳元年"只是例行公事，那么发行以七百七十文为一足贯的"铜钱关子"，就得说是一项重大的货币改革了。在主要区域进行的人口普查也于岁末有了结果："是岁，两浙、江东西、湖南北、广东西、福建、成都、京西、潼川、夔、利路户五百六十九万六千九百八十九，口一千三百二万六千五百三十二。"又，"大理寺奏大辟三十三人"，一年之内只处决了这么点罪犯，比后世一个中等城市在一次"严打"中所杀的人只少不多，表明并没有因为换届就紧张得不得了，新皇上对自己的权力合法性还是相当有信心的。

事实上，这一次最高权力的更迭，始终处在赵禥的有效控制之下，而且相当成功地把握着"守成"与"布新"之间的微妙平衡。他巧妙地安抚着以贾似道为首的一帮老臣，同时又不显山不露水地更换了朝廷和地方的主要文武官员。两三年下来，整个领导层的更新换代基本上完成了，尤其是赵家一向最重视的军事将领，到咸淳四年，襄樊之战开打之后，宋军将领已经完全不是鄂州之战的那拨人了，吕文焕、张世杰、夏贵、李庭芝、范文虎……整个儿就是一茬新人了。

现在我们可以大致看出赵禥为保持大局稳定所采取的基本原则了。他起用了一批新人，但对绝大多数老臣的职位尽量不动。大宋的官制有个特点：所谓的职位，实际上只是个职衔，是领俸禄的依据，却不是一个大臣行使职权的依据。即如当年对贾似道的任命——"枢密使兼京西湖南北四川宣抚大使、都大提举两淮兵甲、总领湖广京西财赋、总领湖北京西军马钱粮、专一报发御前军马文字、兼提领措置屯田、兼知江陵军府事"，前面那个"枢密使"，包括后来"军中拜相"，成为"右丞相兼枢密使"，都只是职位，而后面那一长串，才涉及让你干什么事，给你多大权。一旦"得胜回朝"，贾似道仍然是"右丞相兼枢密使"，但后面那一长串相当于"前线总指挥"的"差使"和"权力"就没有了，因而也不再有任何一支军队听他调遣了。这种制度恰好为赵禥的人事布局提供了最大的方便。老臣们保住了职位，只是很少再得到差使。更令人叫绝的是，赵禥虽然把满朝文武办事的人都换了一茬，却做到了既不改变所办之事，也不改变办事之法，真正做到了新瓶装旧酒，换汤不换药。即便偶有一些小的新做法，也不事张扬，悄悄去做便了，唯独对于一些似新非新、似旧非旧的"说法"，却高度重视，广为宣传，乃至奉为治国之本。咸淳元年九月，吏部侍郎李常上七事，曰崇廉耻、严乡举、择守令、黜贪污、谳疑狱、任儒师、修役法；咸淳二年二月，侍讲范东叟奏正心之要有三：曰进德，曰立政，曰事天。对于这样的奏折，赵禥都当即做出了重要批示，并要求在"经筵"上从治国纲领的高度进行宣讲。

景定五年，贾似道曾向赵昀上表请辞，虽然未获批准，却足以表明他此时即已萌生退意。次年，办完理宗的丧事之后，贾似道再次向赵禥辞官，并且滞留于绍兴私宅，不肯回朝，以示决心。那时赵禥刚开始听政，搬出了"辅政"的谢太后一起，并且以"手诏"的形式，再加上拜太师、封魏国公，命其"迅即回朝视事"。

这样的一套组合拳，使贾似道只能就范，否则就难逃抗旨不遵的大罪了。也正是在这一来一往当中，赵禥明白了贾似道这块招牌的重要性，贾似道则明白了新皇上需要这块招牌作为新朝廷保持稳定的象征。到了咸淳三年，贾似道以为朝政既已渐入正轨，新皇上用不着他这块招牌了，于是再次向赵禥上表，以年老多病，乞归家休养。而赵禥的反应，却是弄出了比上一次更大的动静。他组织了三拨人，一拨是大臣和侍从，每天四五次轮流去贾府"传旨挽留"；一拨是宦官，每天十来次去贾府送各种赏赐；一拨是差役，昼夜轮流在贾府门外值守，说是怕贾大人自行离京回家。这样闹了五七日，皇上才正式下了圣旨，一面拒绝了他的请辞，并特授"平章军国重事"，一面又说既然身体不好，特许三日一朝。稍后，皇上进一步隆恩圣眷，在靠近里西湖的葛岭，赐宅第一所——您不是身体不好吗？就在那儿休养吧，离得远了些，以后可每五天坐船入朝一次，不过"平章军国重事"的名儿还得挂着。皇上弄出这么大动静，贾似道自然明白自己这块招牌皇上还要用，并不是真要他管事，也就不好再强求。后来他又自己给自己放宽期限，改五日一朝为十日一朝，朝散即回，也不到都堂理事。皇上竟仍是不说什么。

22　备战

吕文焕用了三天时间研究地图，这才真正明白为什么襄樊自古就被称为兵家必争之地；又用了三天时间实地勘察了襄阳东南、东北的地形，这才真正明白了兵家要在这儿所争的是什么"地"，以及它是多么的难争。

襄樊位于南阳盆地南端，一面依山，三面环水，汉江穿城而过，北岸是襄阳，南岸是樊城。一般而言，一个中心枢纽型城市的形成，是民生需要自然选择的结果，单纯的"军事要塞"只是少数的例外。和平时期的襄樊，本是一个商业枢纽。无论是民间的贸易，还是朝廷物资的转运，货物的运输都离不开水陆交通，而一个水陆交通体系的形成，首先是具备得天独厚的自然条件，然后是人为经营对这些条件的充分利用。当一定范围内的东西方向、南北方向的主要通道恰好在这里交汇时，襄樊的重要性便自然而然地突显出来，"衔接东西，贯通南北"。到了战争时期，大规模的军队调动和军需补给，都离不开水陆交通体系的支撑，而这个交通体系的交汇点，自然就成了"兵家必争之地"。原来占有的一方，为了取得防守上的更大优势，自会不遗余力地加固城防，使其"固若金汤"。

襄樊还有个与众不同之处，就是汉江在这一带所形成的极其复杂的地形。襄樊地处汉江中游，总体说来，水量充沛，江面开阔，通得大船，也摆得开大战场。沿江而下，不远就是鄂州，水军可直入长江，这正是它在战略上的重要之处。但另一方面，襄樊一带的汉江，河道与流向皆甚是诡异。它本是自西向东而来，到了襄樊，主河道陡然一个急转，竟是直直向南而去，却又同时向东延伸出若干支岔，在襄樊以东形成一个河汊洲湾纵横交错的水网地区。即使是主河道，中间又常有多年淤积而成的沙洲。这样的地形使得战术选择复杂多变。

吕文焕看地图时，在这一带注目良久，思谋再三，最后还是倒吸一口凉气，说不准它到底是凶是吉、是祸是福。以他此时的军事素养，只能有个大致的判断：总体上说，这个地形对防守一方有利，但若被进攻一方巧妙利用，说不定反会陷守方于灭顶之灾。至于主河道上的那些诡异之处，不习水战的吕文焕更是吃不准其间的利弊得失。这一段的汉江，江面时宽时窄，水流时缓时急，且一年四季之间，由于雨量的不同，江水涨落相差极大。

襄樊还有个更突出的不同之处，就在于方圆数百里之内，无论是向东向西，还是向南向北，都是唯一的可守之险，对于防守方来说，一旦丢了襄樊，便会有一大片地方无险可守。

有宋一代，在与北面之敌（辽、金、蒙）的长期战争中，襄樊被反复争夺，多次易手。金人在伐灭北宋过程中占领了襄樊，后扶立刘豫为大齐皇帝，襄樊划在伪齐政权管辖范围之内。再后，南宋征讨伪齐时，岳飞占领了襄樊，但此时的襄樊，已因连年战乱而残破不堪。直到南宋政权逐渐稳定之后，才稍得恢复。宋理宗端平二年，蒙古窝阔台七年①，宋蒙联合灭金之后，宋即撕毁盟约，去蒙古人手中"收回失地"，遭到蒙军猛烈反击，其中由窝阔台三子阔出所率领的中路军，兵锋直指襄阳。由于南宋的襄阳守将赵范贪杯误事，手下的一支由金国降兵组成的部队临阵反叛，打开城门接应蒙军入城，襄阳未经战斗即告失陷，赵范只身逃出。襄樊弃守，南宋此段防线无异于门户洞开，不到一年，宋方京西南路的一府八州军，即有七个州军失陷，致江陵告急。一旦江陵易手，长江天险就会成为蒙军沿江而下的进攻通道。由此可以看出，无论是从南往北攻，如关羽之伐魏，还是从北往南攻，如阔出之伐宋，襄樊都是防守一方的重要屏障。

阔出没有能够进一步扩大战果，是因为此时南宋已将名将孟珙调到这条战线上来，而阔出自己又在次年秋突然患病死去。孟珙在蕲州、江陵等地，接连击退蒙军的进攻，从而扭转了战局，经过一段时间的胶着、相持，宋军逐步取得了战场上的主动。宋嘉熙三年②，孟珙发起进攻，三战三捷，收复襄樊。但在进入襄樊以后，孟珙发现那里的城防已被蒙军破坏殆尽，人口锐减，物资匮乏，已经成为一座易攻难守之城，权衡利弊，不得不决定暂时放弃。

此后，孟珙一直以京湖安抚制置使主持这里的防务，直到淳祐六年③病逝，由他所力荐的贾似道继任。淳祐十年，贾似道移镇两淮，这里的防务实际上由高达主持。高达当时的职位不高，只是个"京湖制置司副都统"，但很有能力。恰好这段时间蒙古内部出现长期的汗位之争——自淳祐元年窝阔台病死，两年后继任者贵由又病死，其后多年国无大汗，国势日衰。高达抓住机会，在孟珙、贾似道所进行的长期的军事准备的基础上，果敢发起攻击，一举再次收复襄樊。接着，高达又充分发挥他在营建方面的特长，短短六七年间，把襄樊两城的城防，修筑得坚固完备，既有足够的纵深，又形成了相互呼应的体系。这中间，樊城还曾再次易手，于宝祐二年④被蒙将史权侵占，三年后才被高达重新夺回。到宝祐五年，蒙古将领塔察儿攻樊城无功而返，但稍后却被由董文蔚率领的另一支蒙军偷袭，外城被攻破，不久又被高达击退。在这种反复争夺中，原有的城防免不了受到程度不同的破坏，但高达总能及时将其修复。次年，蒙哥攻四川，襄樊已能起到遥相支撑的作用，并已经做好了西进增援川东的准备。又次年，忽必烈攻鄂州，高达更是直接率军增援，在鄂州保卫战中起到了极其重要的作用。

---

① 公元 1235 年。
② 公元 1239 年。
③ 公元 1246 年。
④ 公元 1254 年。

　　九年后，接替大哥主持襄樊防务的吕文焕，一面看着地图，一面温习着历来襄樊的攻防战史，更加体会到了襄樊这个"弹丸之地"在战略上的极端重要性——不仅是地区的，更是全局的战略重要性。南宋自高宗以降，在与北面之敌所进行的一百四十多年的战争中，已经形成了两条主要战线：以两淮为主并沿长江向西延伸的东南战线，以四川为主并向东延伸到陕西、关中的西北战线。而襄樊，恰恰处在这两条战线的接合部！再想到朝廷近期发来的各种军情通报中，蒙军在两淮、川陕均无较大的异常举动，唯独在襄樊一带，不仅暗中集结兵力囤积粮草修筑土墙，现在更明目张胆地在军队的掩护下筑堡垒建围城，实际上已经形成对襄樊的围困之势！虽是引而不发，那以此为大举攻宋战略突破口的野心已昭然若揭！由此，吕文焕似乎也体察到了大哥吕文德当年的深谋远虑和良苦用心。鄂州解围之后，吕文德援川、援鄂两功并赏，是除贾似道之外的头号功臣，现放着许多美差毫不动心，却不惜动用了一切可用的关系，将高达"升调"江陵，然后自己又以京西、湖北安抚大使兼制置使，取得了防守襄樊的职权。作为军事将领，在朝廷中地位的轻重，是由防区在战略上的重要性决定的。当然，占便宜有时也要付代价，一旦发生战事，就得以命相拼了。只不过这一回略有变化，占便宜的是大哥，以命相拼的却是四弟。然而兄弟之间，原本不分彼此，何况这也是国事，食君之禄，为国分忧，更是责无旁贷。这样想着，便觉豪情满怀，天下安危系于一己之身，杀敌报国，此其时也！

　　更何况这还是个为二哥吕文信报仇的大好机会！

　　也正因为想到了二哥，到了真正用兵之际，他才格外谨慎。鄂州之战伊始，二哥便在阳逻堡不幸阵亡。当时他正在福建任职，消息传来，悲痛万分，正欲前去奔丧，却接到大哥差专人送来的火急家书，让他坚守职司，切勿因私废公。虽是其时福建并无战事，且离战区甚远，吕文焕心中不免有些疑惑，但既然大哥有话，便亦照遵行事。其中也有个缘故：当时宋军中的多数"世家"，往往诸多兄弟乃至子侄辈俱在同一军中供职，所谓打仗亲兄弟，上阵父子兵，而吕家却反其道而行之，兄弟子侄各在一方，各求各的前程。吕文德对外宣称的理由，是吕家人丁不旺，若都在同一支军中，一旦碰上一场硬仗，弄不好会断了吕家香火，但他对弟兄们私下里说的却是，大宋无大军，兄弟子侄都挤在一支几千、万把人的军队里，便难有出人头地的机会。后来的事实果然证明了吕文德的卓识远见，当弟兄子侄中不断有人成为一方的主将之后，吕家在整个大宋军界便取得了举足轻重的地位。当然这是多年努力之后的结果，而在起事之初，作为大哥的吕文德早已立下规矩：即便天各一方，所有人都得听大哥的话——理解的要执行，不理解的也要执行，然后在执行中加深理解。因为大哥的阻止，四弟吕文焕没有去参加二哥吕文信的葬礼，心中一直不能释然，也始终未能对大哥的决定加深理解。直到鄂围已解，他才接到大哥的一封长信，明白了事情的原委。原来二哥根本就没有什么像样的葬礼，因为吕文信的尸体始终没有找到。这一回，大哥在信中直言不讳地告诉他："咱家老二打了一场窝囊到不能再窝囊的败仗，自己搭上了性命不说，若不是贾大人仁厚，且当时正面临忽必烈大军渡江，确实难以顾及，如果认真追查兵败之责，只恐老二难辞其咎，身后还得背个恶名。"吕文德后来自己派了亲信去阳逻堡暗中察访，甚至找到了当时吕文信属下的多名小校士卒，不仅没人说得出老二尸首的下落，便是那一仗究竟怎么打的怎么败的，亦竟无人能说出个所以然来。当时还是从截获的蒙军战报中，看到有"斩宋将吕文信"一语，才得以证实其确已阵亡，结束了吕将军活不见人死不见尸的"失踪"状态。所以，大哥在信中反复告诫四弟："兵者，凶事也；临敌之际，务必慎之又慎，进退攻守，千变万化，种种可能，都要算计得清清楚楚，明明白白。"又再三叮嘱："自古以来，治军之道，用兵之法，博大精深，未可穷尽，为将者不可不深自惕厉，反复研习，犹有挂一漏万之虞，及至真正提军上阵，平日里研习之所得，又不过纸上谈兵，须得一仗一仗地打下来，方能积累种种的实战经验。贤弟作为镇守一方的将领已有多年，几千人对几千人的阵仗，自亦经历过一些，然唯其如此，才更须谨记，不同规模的仗，有不同的打法。尤其是一旦与蒙军主力大部队正面相遇，进行大规模作战时，千万不要再以当年之法应对。你二哥多半就是吃了这个亏，殷殷之鉴，贤弟其察之！"

对于大哥的这番谆谆教诲，如果说当时的吕文焕尚体会不深，那么到了此刻，也就是"真正提军上阵"之际，吕文焕已经深切意识到，大哥所言，乃是二哥以生命为代价所换来的血的教训。虽然现在面对的仍不是蒙军主力大部队，所要进行的仍只是几千人对几千人的阵仗，又是己方主动突袭，握有出其不意攻其不备之利，但还是对方方面面都做了精心的准备和筹划。他把调集来的六千人马分为三路，命部将郭智、黄勇各率两千五百人，分头突袭鹿门堡与白河城。这两路人马又各分为两支，分别以一千人直取在建中的堡垒，另以一千五百人偷袭蒙军掩护部队的大营。吕文焕自己则亲率其余的一千人马，进至与鹿门堡、白河城呈掎角之势的杜家冲，以为接应。按他的计划，这支一千人的预备队，是确保此战万无一失的双保险——前面两路得手，可以赶去扩大战果；万一哪一路进展不顺，可以及时前往增援接应。也就是说，有了万无一失的把握，他才下定决心：开始行动！

咸淳四年十一月初七，战争行动按吕文焕的计划开始了。但开始不久，战事的进展就不按吕文焕的计划进行了。当日申时末，吕文焕率领他的千人预备队进至杜家冲以东，在一处事先选定的偏僻去处，将部队收拢集结，看看天色将晦，传下令去，悄悄埋锅造饭。出发前即已晓谕各营，凡点火之处，俱要四面遮挡得严密，不使火光外泄。此时郭、黄两部先后差人来报，部队已按原定计划顺利到达进攻出发地。酉时未尽，众将士已吃得饭饱，将息得精神，遂在吕文焕的带领之下，于一片地形开阔之处，面朝东列好了阵形。盖此去东南十数里便是鹿门堡，东北二十里便是白河城，无论哪边需要，均可迅即驰援。

吕文焕骑在马上，面朝正东，一时往左前方看看，一时往右前方看看，心中暗暗掐算着时间，情知郭、黄二部发动偷袭的时间已经临近，正不知哪边会率先打响，却猛然间听得身后一声炮响，急勒转马头回身看时，却也怪，那炮只响了一声，便再无动静，问身边两个小校，竟都和他一样，因为注意力集中在东面，虽是听得这声炮响确在身后，却说不准具体方向。正在惊疑之间，又见一股火光腾起，倒也看得分明，正是在西北方向。那火光倒不甚大，可也绝非某处民宅或某个柴草垛失火。心中默想，看那方位、距离，那一带并非人烟稠密之区，又是宋蒙两军遥相对峙的中间地带，应该不会有何战事发生。然而转念一想，若是有一支蒙军从那里杀来，自己虽是不怕，却是再难顾得上接应东边那两路人马了。情势至此，不得不防，遂一面下令，选派细心得力之人前往火光升起处察看，一面分出二百人马，命一个叫王强的率领，朝那个方向前出五里，预做防备。

吕文焕目送着这队人马离去，当他们的身影刚刚消失在夜色之中，他的心里突然略噔了一下：如此分散使用兵力，岂不是兵家之大忌？这样一想，不由得心中又是一咯噔——即如偷袭鹿门堡、白河城之军，据细作探得，蒙军都是近两千人的兵力，自己若以两千五百人去打，也不过略占优势，却又各分出一千人去攻打、破坏正在修建的堡垒，如此一来，用于偷营的兵力就只与对方大略相当了。纵是偷袭占着不少便宜，若是与集中用兵相比，自是觉得胜算便少了一些。再说那些在建的堡垒，工地附近所驻只是一些民夫和少量的工兵，等把蒙军的作战部队解决以后，再去驱赶、破坏亦不为迟。这样想着，便有心将那二百人叫回来，却又转念一想，军令如山，眨眼就改，影响士气军心，正委决不下，忽听身后又是三声炮响。这一回的身后，却恰是东南方向，炮响三声，正是原来的约定，知是黄勇已向白河城之敌营发起攻击，片刻之后，便见那个方向有火光升起，随后便见那火光渐大，正是按他的计划，部队突入敌营之后，即放火烧他的营帐，再乘其惊慌混乱之机，斩杀其士卒。想到这里，自是心中一喜，却又听得左前方三声炮响，亦是升起了火光，然则便是郭智亦按原定计划发起了攻击，心中又是一喜。

按吕文焕此时的想法，虽然尚未得到具体的战报，但这两支奇袭之兵，只要将敌人的营帐点燃，便算得手了一半，此后不过是斩敌多少的问题了。正有些志得意满，猛听得身后一阵马蹄声急邃而至。虽是听得出那只是一匹马的蹄声，心中竟是又咯噔了一下。

应该说，直到这时，吕文焕的军事天分才在他的心中真正苏醒——情况总是出现在他身后，这让他猛然间意识到其间恐怕有什么不对的地方！果然，来的正是一名报信的小卒，原来他刚才分出的那二百人，尚未及前出五里，便遇到一股蒙军的伏击，虽然对方人数并不占优，毕竟事出仓促，且情况不明，只能且战且退。"小人奉命飞马来报，求将军再派些人马前去接应才好。"听得此报，吕文焕不由得沉思有顷，初时还有些拿不定主意，猛然间心中一亮，遂不动声色发令道："回去传话给王强，叫他切莫恋战，速将人马撤回，待离得近了，这里自会有人接应。"眼看着那报信的小卒复上马疾驰而去，这才再次勒转马头，却在那转身之间，抬起左臂用肘弯挡住颜面，一面撩起战袍飞快地拭去眼角的泪水。这可是两滴不折不扣的英雄泪！原来适才间他认识到了此役败局已定！西边那孤零零一声炮响，到腾起一片不大不小的火光，都是为了分散他对东边的注意力。他果然上当，分兵前出，并遭到伏击。这中了埋伏的二百人原该凶多吉少，而对方却没有痛下杀手，只是纠缠在一起，所为何来？无非是诱使他再次分兵前去接应，使他进一步削弱增援鹿门堡、白河城的能力！也就是说，对方的指挥者对他的作战意图、兵力部署，全都了如指掌，其中当然包括他对鹿、白两处所谓的"偷袭"！自己的部队杀入一座空营，待点着了营帐，等于给了敌方一个信号，敌军便在火光影里从外向内杀将过来。毫无疑问，鹿门堡是这样，白河城也是这样。到了这个时候，吕文焕反倒清醒过来。他首先命令留下两个人在原地等待。事后证明这是一个正确的决定——那王强接到他不要恋战的命令后，很快摆脱了蒙军的纠缠，蒙军也没有再追赶。这两个人传达了吕文焕的命令，令王强将残部直接带回襄阳。然后他又挑选了五个有些身手的士兵，命他们飞马前往鹿门堡，向郭智传达他的将令：迅即聚拢残部，撤出战斗，并且不要按原计划朝杜家冲方向靠拢，而是朝南经由白河城西撤回襄阳。然后，吕文焕高叫一声："跟我来！"一催跨下战马，率先朝白河城方向冲去。这又是一个正确的决定；如果他再将手下这八百人马各分一半去救援鹿、白两地，很可能两边都是白白送死。皆因吕文焕在危急关头，终于懂得了集中使用兵力，又是在他的率领下奋力向白河城的蒙军军营冲去，一番拼杀之后，才将已被围困在敌营之中的黄勇残部救出。

次日天亮，吕文焕一行残兵败将回到了襄阳。毕竟是回到了城里，自有一干人等去处理种种善后，精疲力竭的吕文焕睡了整整一天，至晚才来到中军大帐，听取诸般禀报。黄勇部因为得到援军解救，损失较小；郭智部全靠自己的力量突围出来，伤亡惨重。至于那二百人的小队，倒也回来了一多半。总括起来，伤亡近两千，等于三停里折了一停。不过，回头再看，若不是吕文焕在最后关头及时判明了败局，从而做出了一系列正确的决定，伤亡过半在所难免，甚至全军覆没都有可能。而在各种禀报当中，有一则信息引起了吕文焕的高度注意，其关切程度甚至超过了那些伤亡数字。原来在白河城的混战当中，也抓了几个带伤的蒙军俘虏，经过审问，从其中一个俘虏的口中得知，指挥此战的蒙军将领，竟是敌酋忽必烈原来的怯薛长、宿卫将军阿术！

闻听此言，吕文焕不由得倒吸一口凉气！虽然到此前为止，宋军还没有跟这个阿术正面交过手，但关于此人的消息传闻，吕文焕却也听到过一些。这让他猛然想起，四年前，即景定四年，阿术在济南平定李璮之乱时，是如何对付李璮的偷袭的。李璮派去偷袭蒙军辎重队的五千人马，只有一千残兵逃回济南！同样是反偷袭战，虽然那一仗的整体打法颇不一样，但在战术设计上那种诡异细密、绵里藏针的风格，竟然如出一辙！这让吕文焕不能不相信，他昨天夜里面对的对手，正是这个阿术！阿术是什么人？即以济南一役论，那是一场十万人规模的大战的指挥者！想到这里，吕文焕记起了大哥的叮嘱，也就更加明白了自己错在了哪里。是的，昨夜一战，只是一场几千人对几千人的战斗，可是那几千蒙军的指挥者，却是一位能指挥千军万马的将领。如此一想，打了败仗的吕文焕，心中竟陡然升起一股豪迈之气——今后，俺吕文焕也要成为这样的将领，才不致辱没了命运的赏赐：三生有幸，遇到了这样一位对手！

然后他想到，忽必烈把阿术派到这里来，当然不是为了指挥一场几千人对几千人的小打小闹。

这想法，改变了他就此次败绩向朝廷所呈奏折的基调。如实奏报的想法并未改变；他承认此战是由他主动发起，意在于敌军之围困最终形成前先发制人，并情愿承担开启战端的重大责任；他还依实奏报了兵员伤亡和装备损失的数字，并情愿承担战败之责。但是他没有像他原来准备的那样，在奏报中详细检讨自己在指挥作战中的一连串失误，却突出强调了他在了解敌情方面的重大疏忽。他奏称，直到战后，他才从俘虏口中得知对方的统军将领竟是原宿卫将军阿术，并且获悉蒙方统管修筑土墙、暗堡的刘整，早在一年前就已被忽必烈任命为镇国上将军、都元帅，属于大汗廷最高级别的将领。所以，在奏折的结尾，吕文焕顺理成章地得出了结论：蒙军以如此高级别的将领为统率，在襄樊周围修筑明碉暗堡，渐成围困之势，其欲以襄樊为战略突破口，并大举伐宋的野心，已昭昭然而欲揭！

23　贾似道失势

　　鹿门堡、白河城之战，也就是打响襄樊战役的第一战，以宋军惨败、蒙军全胜而告终。实际上，近两三年中，蒙宋之间类似规模的战斗已经发生了多次，双方互有胜负，得胜的一方觉得捡了个便宜，战败一方自认吃了个亏，其后便各自打各自的算盘，表面上剑拔弩张，行动上却相安无事。这种态势，渐渐便成为一种常例，无论是哪边的朝廷，接到这种奏报，都不会太当回事儿。所以吕文焕的奏报到了临安，一时并没有在朝野上下引起多大反响。直到一个多月之后，一个很偶然的机缘，此事才引起了贾似道的注意。

　　机缘多少与时令有关。进入腊月，一般人都在为准备过年而忙碌，唯独对于贾似道而言，每年这个时候，都是他最没有兴致的季节。贾似道只能泡在他的多宝阁里，终日把玩他那些珠宝字画之类的收藏。看得多了，亦觉无趣，心里腻了，少不得就会去府里各处闲逛。这一日，走得脚顺，竟走到了外府，却听得几个门客正在一间花厅里小酌清谈。走得近时，听得些只言片语，似是关乎近日何处打了一个败仗，他不由得心中一动，想到自己原是以贾制置闻名，又是以鄂州之功而升至高位，却已多年不问军情战事了，一时竟有些"技痒"，遂走向前去，见那花厅的门只是虚掩着，便踱到门里，站在一边听。那几个门客，原自说得热闹，且正为这一仗的败因分为两派，相互争执不已，并未因来了一个生人而在意，依旧你一言我一语地喋喋不休。这儿还有一个缘故，盖贾似道闲居葛岭，没有多少公事要办，亦很少有官员来访，所以在自家府中便不甚讲究，往往一身家居穿着，图个舒适快活，又因极少与门客来往，认不得其中的几个，而门客中亦没几个认得他。贾似道就这样站在旁边听了一会儿，听出了两派的分歧所在。原来一派认为此仗败因实为主将用兵过于分散，乃至被蒙军各个击破；另一派则认为如此分兵，有主攻有副攻有策应，各司其职，正说明主将深谙用兵之道，且虑事审慎周到，方方面面都有未雨绸缪之策，实乃胜券在握之战，其所以功败垂成者，败在事机不密，被敌事先得了风声，预做准备。且不论孰是孰非，两边说来说去，总不过这点道理。贾似道便有些不耐烦，插嘴问道："列位在说什么？何时何地与那蒙军又有一战？"

　　府里还养着一帮门客，贾似道是知道的。但这多半是一种惯例，一种风气，达官贵人总要养几个闲人。有那自称身怀一技之长的，也不必究其真假，便留下，无非是一日三餐，几副衣衫鞋袜，外加些许零星用度，说是一旦用得着时，也好应急效力，其实难得有用，无非就闲养在那里。倒是人们议论起来，某府某府养了多少门客，不过是某府大度，某府悭吝，为的是一种脸面。以贾似道目下的实情，皇上只要他在葛岭逍遥快活，并不要他过问多少朝政，何况尚有一班幕僚属吏在那里，还有什么事轮得上要这些门客应急？所以，与门客有关的事，总是翁应龙在料理。他只知道养着的门客人数不少，与他应有的脸面相当，但究竟是多少，是二十还是三十，他并不清楚，至于都是些什么人，姓甚名谁，年齿相貌，各自有些什么本领，更是从不过问。只是此番听得那几个门客正在说到哪儿打了败仗，这才记起有一回听得翁应龙偶然说过，门客中也有几位擅长纸上谈兵的角色。听得贾似道一声问，众人方纷纷抬头的抬头，扭头的扭头，去看这个不请自来的听客。其中原来背朝着贾似道的一个老门客，因在贾府待得日久，认得这位主家，慌忙起身，趋前一步，深深一揖，道了声"给贾丞相请安"。众人听说，自亦忙不迭纷纷起身施礼请安。贾似道也不一一还礼，待众人乱过一阵，方打总一拱手，侃侃说道："我也是闲来无事，偶然到此，恰好听到各位清谈高议，甚是有趣，不觉插了句嘴，来来来，坐，坐，接着说，接着说！"

又乱了一阵，让贾似道上首坐了，门客们却是无人敢坐，只在两侧垂手侍立，更无人再"接着说"。倒是那个认出贾似道的老门客出头转圜道："我等不才，为那个败因争执不下，说了多时，难辨究竟。丞相想也听了多时，何不明赐教诲，让我等也得些长进？"

贾似道倒也没有推辞，捻须笑道："我尚不知何时何地有此一仗，只是听各位所言，就事论事，凡偷袭之役，全在出其不意，若事机不密，走漏了风声，使对方有了准备，再要取胜便难上加难了，当年鄂州城下的鹅车之战，各位想必听说过吧？至于分兵合兵的利弊得失，却不可一概而论，一要看敌方兵力部署，二要看战场地形地势，若要探其究竟，须是对着地图才好说话。怎么，翁总管没有给你们提供所需的地图？"

这回是一个年轻些的门客反应迅速，连说有有有，这就去取，说完便疾步而去，少时便携了一卷地图转回。自有那有眼力的门客将桌上的杯盏等物挪开，清出一块桌面。那年轻门客就此处将地图展开。那年老门客也上前一步，伸出手来指着那地图说："丞相请看，这儿就是所说的白河城……"

"且慢！"门客的话音未落，贾似道已是一声断喝，不仅打断了门客的话，同时已将门客伸向地图的手拨到一边，然后便瞪圆了双眼盯着那地图看，看了一会，渐渐便抬起了胳膊，又渐渐伸出了手，再渐渐把手指朝地图上的一处地方伸过去，到挨近地图时，那手指分明已在微微发抖，同时就用也有些发抖的声音问："你们说的这地方是……"一个长长的停顿之后，"是襄阳？"

　　次日早朝，万岁爷赵禥初时多少有点心不在焉，直到大臣们行礼如仪参拜已毕，赵禥这才发现，领衔站在群臣班首的，竟是老太师贾似道！心想不对啊，三天或者四天，最多五天以前他不是来过吗？怎么今天又来了？有事？朕最近正要大力推行正心之道，这贾老头儿于此道向无心得体会，若是弄出点别的事来，岂不是搅了朕的大局？虽是心里这样想，自己立下的规矩还得做，便从龙椅上站了起来，一直走到丹陛的前端，还朝贾似道点了点头——虽是微微的一颔首，已是皇上的破格大礼了。那贾似道自亦不敢怠慢，忙匍匐在地，重新来了一遍三叩首。

　　"爱卿平身！"赵禥又略抬抬手说，见贾似道重新站好，用极其关切的语气问，"爱卿近日无恙否？"

　　"承万岁隆恩圣眷，贱躯尚称顽健，只是……"

　　话刚到这里，见皇上已经转过身去，便住了嘴。这也是赵禥破了祖制自立的规矩，每逢贾似道上朝，都要亲自走到丹陛前跟他寒暄一句，以示对这位前朝老臣的恩宠有加。但寒暄已毕，皇上是不能站着和大臣说话的。到赵禥重新在龙椅里坐定之后，贾似道才接着说："只是以臣看来，倒是大宋的江山社稷略有微恙。"

　　"是吗？爱卿所虑何来？"

　　"臣近闻蒙人于襄阳一带再启战端，不知此事是否已达天听？"

　　赵禥笑了笑说："知道，这事儿朕当然知道。不过朕听说此番吃亏倒怪不得蒙古人，原是那吕文焕贪功心切，偷鸡不着反蚀了把米。蚀了就蚀了吧，就朕所记得，这些年来，宋蒙之间，这样的你来我往，非止一端，原不必当真，何况我大宋早晚是要将蒙军灭掉的，太过相安无事，反而不好。爱卿以为如何？"

　　"万岁仁厚，不介意蒙军的宵小之举，自是高瞻远瞩，然襄樊地处要冲，且敌军已渐成围困之势，非他处可比，不可不察。"

　　"依爱卿之见，这襄樊比两淮、四川还要紧？"

　　贾似道好像被噎了一下，没有即刻回话。一时之间，他竟不知道该怎样回答皇上的问题。有一刹那，他的心里不由得涌现出一个大逆不道的想法，一个身为大臣对皇上绝对不该有的想法：这个年轻的皇上实在忒迂了些。在那些庄严隆重、张大其事的经筵上，皇上是那么既好学不辍又诲人不倦，还常拿一些他向所未闻的经句、人名来难为他，却从来不曾问过他治军用兵之事，更不要说那些全局性的眼光韬略了。现在，面对这位对战略大局几无所知的皇上，要说明襄樊之所以不同于四川、两淮的特殊重要性，岂是三言两语便能说明白的？但事已至此，欲罢不能，只得知其不可为而为之了，便尽可能简明扼要地奏道：

"襄阳樊城地处中原，夹汉水而立，跨连荆豫，控扼南北，自古以来即为兵家必争之地。四川、两淮，固然是我大宋抵御金、蒙南侵的重要屏障，一西一东，首尾呼应，而襄樊之地，恰在这东、西两道屏障的连接处，实为我大宋整条防线的中心枢纽，一旦中心动摇，势必两翼震动，中心有失，则东西阻断，首尾不能呼应，我大宋防线再难成为一个整体，实有被敌各个击破之虞啊！"

贾似道一面说，一面不时偷眼看看皇上的脸色，见皇上听得极是认真专注，便也多了些自信。等到把话说完，那皇上竟然连连点了三次头，开口说道："嗯，爱卿所言极是，此论甚合朕意！列位大臣以为如何？"

皇上都说"甚合朕意"，哪个大臣还敢再有二话？自然是一片赞同、赞扬之声。不仅众大臣，此时贾似道的心里也发出了由衷的赞扬之情。别人赞扬的是贾太师，贾太师赞扬的是万岁爷。如此艰深的道理，只寥寥数语，万岁爷居然一听就明白，端的是天纵英才，绝非凡夫俗子可比。能有这样的天才执掌江山，实在是大宋子民的万幸啊！

等众大臣赞同、赞扬已毕，赵禥再开金口，问："贾爱卿，既然大家都赞同你的说论宏议，就说说你有何应对之策吧！"

"臣以为既然襄樊实为咽喉之地，就要抓住先机，力谋其万全之策，不可有万一之失。"

赵禥又连连点头称是："接着说。"

"吕文焕兵出鹿门堡、白河城，意在破敌之筑堡企图，不使其形成围困之势，防患于未然，应是有远见之举，其志可嘉，纵然兵败，其情可悯。而究其败因，固难辞其用兵不当之责，若深究起来，实亦受兵力不足之制也。"

"说得好，接着说。"

"若然，则事已至此，臣以为索性乘敌立足未稳之际，加派援军，协同吕文焕再次出击，务求将敌已建及在建之土墙堡垒等悉数破除，并迫敌退兵！"

这回赵禥没有再点头，而是停了一会儿，才问："加派援军？"

"正是。臣拟请皇上即日下诏，命湖北安抚副使高达自江陵率部火速驰援襄樊，协同吕文焕扫荡蒙军之土墙堡垒；命两淮安抚使李庭芝调集一万人马沿长江西进，以为策应。"

此话一出，满朝肃然。就连赵禥，也不能不为之动容，沉默良久才缓缓说道："爱卿此议，倒让朕想起当年鄂州之战时，卿当机立断，调吕文德、高达两路驰援，事后看来，果然是胜负攸关之举。不过当初之鄂州，那是敌酋忽必烈十万大军压境，而今之襄樊，却只有几支人马不过数千的小股蒙军，吕文焕出击失利，即使不说是咎由自取吧，总不过是一次小摩擦，而爱卿此议，却分明带着点要大动干戈的意思了。"

"臣正是这个意思。我若大动，正可迫敌不动，不敢动；我若不动，则敌必大动矣！"

"话虽如此，但经书上说得好，兵者，凶器也，圣人不得已而用之。此事容朕再想想吧。兵部、枢密院也可议一议，给朕上个折子。好，众爱卿还有别的事要启奏吗？"

贾似道听得明白，便不再多说，看来圣上的"天纵英才"，也只是在经筵上，做决断时就是另一回事了。

但这个事还是很快就在朝野上下传开了。首先是皇上并没有把话说死，说不定哪天圣聪勃发，来个"如奏照准"，一场战争便由此而起。当然也因为这一奏请非出自其他大臣，而是出自已多日不问朝政的贾太师。贾太师当年"戎乘一临，士气百倍"的英名，本来已经日渐淡出大宋臣民们的记忆，现在又被想起来了。这样的人物，说了如此这般的重话，想让人不予重视都难啊！万一真这样做了，就会有一连串的事接踵而至，既往已经形成的种种格局，就会不可避免地被打破、被改变，那么，至少是其中的相关者，就不能不认真想一想，再采取必要的措施以防患于未然了。

李庭芝听说此事之后，一度血脉偾张，摩拳擦掌，虽然觉得在那说法中他的角色不过是前出策应，但以他的军事眼光，不难看出一旦吕、高合军出击，战事极有可能越打越大，大到一定程度，他的策应之师就会被投入战斗。迄今为止，他还没有打过规模如此之大的仗，那不正是他渴望已久的报国之日吗？不过，他的这种兴奋状态并没有持续多久。随着时日的迁延，他也很快就由热转凉。虽然他一向尊敬贾似道，视之如同恩师，自视如同私淑弟子，这一回却觉得其议不免有过于天真之嫌。毕竟老太师于朝政已隔膜久矣，而自己却一直身在事中，自然更知晓人之远近，事之利害，水之深浅。这事儿弄不成的——这就是他的结论。

高达对此事的态度则简单得多。他的一位现居临安的故旧，听说此事之后，特意修书一封，差人送来，贺他重受朝廷重视，祝他再立勋功。不料高达看后哈哈大笑，对那送信的人说："多谢你家大人的美意，也难得朝廷还记得高达，只是这世事变迁，沧海桑田，如今的高达已是须发斑白，贱疾缠身，心灰意冷，再想找回当年鄂州城下那个亲冒弓矢、身先士卒、火中取栗的高将军，哪里还有？没有了，没有了啊！哈哈哈哈！"——也难怪，坚守鄂州立下赫赫战功之后，却把人家从咽喉重地的襄阳调开，硬给塞到重要性小得多的江陵，现在襄樊有事了，却又要人家前去驰援了。高达能没有情绪吗？

吕文德却并不知道高达的这种想法。也不能说吕文德纯属杞人忧天。高达即便果是这样想，当真朝廷诏书到时，他未必就敢抗旨不遵。所以当吕文德在早朝上听到贾似道的建议时，第一个想到的，就是无论如何不能让高达援襄之议得以施行。本来鄂战之后，他费了很大劲，才把战功仅次于他的高达，贬谪似的弄去江陵，从而把襄阳防务的主导权抓在了自己手里，现在怎么能让高达轻而易举地卷土重来，掺和他们吕家地盘上的军事？更何况他考虑的远不只是一个高达！

他也预见到围绕襄阳、樊城以至江陵、鄂州，将会有一场大战。因此，他经过深思熟虑之后，写了一封家书，抄录成相同的六份，分别寄给了他的两个儿子吕师夔和吕师孟，两个弟弟吕文焕和吕文福，女婿范文虎，和虽然不姓吕却是同乡旧识老部下的夏贵。这封家书发出得很必要、很及时，概括了他对今后若干年内宋蒙战争中吕氏集团应有地位的整体设想和战略安排，高屋建瓴，谋划周全。所以，这个设想和安排，不仅立即得到吕家人的一致拥护，就是在吕文德去世以后，仍然被吕家人作为共同纲领而继续贯彻执行。

在寄送给范文虎和夏贵这封一式六份的纲领性的"家书"里，他还分别另写了"附言"，要他们从现在起就开始整军备战，特别是准备好随时驰援襄樊。他还明确指出，未来的襄樊之战，决定胜负的将是水军。蒙军不擅水战，而襄樊之地水道纵横，水面开阔，正有利于宋军发挥水战优势。

吕文德确实是个很有战略眼光的将领。

正是在这种战略考虑之下，经过一番仔细权衡之后，他给时任两淮都统张世杰写了一封信。张将军目前正统辖着一支规模可观、装备精良的水军，但这并不是吕文德选中他的主要原因。在南宋诸将当中，张世杰是个相当怪异的存在。到目前为止，他还是一个"无依无靠"的将领——不是他不想找个靠山，而是没人愿意给他当靠山。没人认定他必然不忠诚，但也没人忘记他那个"归正人"的身份。淳祐年间，蒙将张柔奉命镇守河南三十余城，驻于杞县①，行伍出身的张世杰是张柔的部下，因为犯了罪，逃离杞县跑到南宋，投奔当时正在统帅"忠顺军"的江海及其族侄江万载。他跟江家的关系似乎不怎么好，但好像又不是很糟，所以他脱离江家的原因和经过也有点不明不白，大略说来，既不是因为闹翻了决绝而去，当然更不是江家把他举荐给某人让他去谋个更好的前程。他去了哪里，干了些什么，史

---

① 今河南杞县南。

书全无记载，到他重新出现在人们面前时，已经是统率着一支水军的将领了。至于他是如何走到这一步的，似亦无人深究。不错，人们能听到一些传闻，说张将军是个深谙用正心之道来治军的将领。早在先皇帝理宗时代，他就开始讲正心，到了新帝即位之后，更是大讲特讲，并且很善于结合实际，说文以死谏，武以死战，为将者之正心，要义全在一个"忠"字，故当以"精忠报国"作为自己毕生追求的最高目标，也以此来教育部属。可是按一般人的理解，这样不断地表忠心，固然可以给一个人带来某种美誉，却不足以给其带来官位，更不要说军权了！张世杰既无显赫的靠山，又无显赫的战功，以一个"归正人"的身份，居然能成为一支部队的主将，而作为一个北方人，统率的又是一支水军，怎么看都让人难明就里，给人一种"来路不明"的感觉。更何况他还有一个重大历史疑点：有人说他是张柔的族侄，也有人说不是。辩之者说他若真有这个背景，自能受到张柔的回护，用不着逃跑；攻之者则说张柔治军向以严厉著称，莫说族侄，便是亲侄乃至亲儿，犯了军规也是要治罪的。真真假假，莫衷一是。所以，吕文德选中他，当时是担着很大风险的，因而在信里使用的完全是一种公事公办的口吻，若要概括为一句话，那就是"加紧备战，不日援襄"。问题在于，吕文德虽然身为枢密使，是张世杰的上级，但按大宋的规矩，现在是和平时期，枢密使并没有调兵遣将的权力，正常说是不该给张世杰下这种"公事"的。张世杰能看懂其中的玄机吗？吕文德很快收到了回信，证明果如自己所料，看懂了。张世杰的回信写得很是弯弯绕，但最终却归结到一句明白话："大人令到之日，张某愿效驰驱！"

当然，在吕文德心里，上面这些都是问题的外围，四弟吕文焕才是问题的核心。所以，他派了心腹给吕文焕送去的那封家书，就格外地厚些。里面除了那一式六份的纲领性文件，给范文虎、夏贵附言的抄件，又加了一个特别的"密令"。这密令的前一部分，即令其所办之事及如何办法，表述得曲曲折折、含含糊糊，而最后一句，却来得斩钉截铁："务即遵照执行为要！"

这事儿还真是让吕文焕煞是为难。那个要办之事，虽是说得曲折隐晦，却尚可意会，无非要他用个计，使高达无法染指襄阳之事，然则计将安出，却语焉不详。若是望文生义，似乎有两个意思：一是要他制造一点事端，跟高达打一小仗，让朝廷知道"二将不睦"，难以共事；二是如其不然，亦可另谋良策。想到这里，吕文焕不由得发出一个苦笑。他现在殚精竭虑对付蒙军，犹嫌兵力不够，自忖亦深恐不是对面阿术、刘整的对手，哪里还有余裕跑去百里之外找高达"打一小仗"？而揣度那"密令"的行文，"亦可另谋"之语，眼见得大哥自己也知道此非"良策"，大略是目的必须达到，若无良策，即使出此下策，也要"遵照执行"。

　　吕文焕不想出此下策。幸好他是个不肯轻言放弃的人，为了执行大哥这道密令，还是决定另谋良策。他也不愿让非吕家的外人跑到自己的地盘里来瞎掺和，问题是他与高达各在一方为将，人家并不归他调遣，如何便能不让他来他就不来？这种事又不便找人商量，只能自己想。想来想去，直直想了三天，仍是不知计将安出。苦思不得，难免心下烦躁，便在自家府里乱走，走得累了，便立于一条短廊下长吁短叹。正郁闷间，却见一个老者远远走来，来得近时，认得是自家的老门客葛明。原来从吕府开始养门客，此人便在这里，当年三十多岁，如今已是年近半百，出来进去，见得多了，所以认得。原以为他只是路过这里，不料他径直来到自己面前，先是长长一揖，然后在侧面垂手站了，悠悠地说：“在下从旁留意，见大人坐立不安已有三日，莫非有何难解之忧？”

　　吕文焕心里正烦，又听得葛明如此动问，便冷然道：“你问这个干什么？”

　　按说这话明明带着几分不悦，那葛明竟不动声色，仍是悠悠地说：“在下在大人府里已经十有三载，衣有衫食有鱼，却是不曾为大人效过什么力，或者今日是个机会，能替大人分分忧解解难，亦未可知？”

　　吕文焕听了此话，心中不由一凛，便看着葛明，脑海中随之翻起了两朵浪花。其一，此人在我府中十几年，从来没被正眼看过，却又一直在此，很有“一身不事二主”的意思，看来是个重义之人，今我把这事对他说了，即便拿不出什么像样的主意，料也不至于坏了我的事。其二，确也有过耳闻，道是此人有个绰号，叫作“半个军师”，当时听了，不过一笑，以为是一句戏言，此刻一想，也说不定是人们见他确然有些聪明急智，方有此一说。其实说到底，总是医急乱投医，吕文焕就把他眼下忧心之事，对葛明概略说了，一面说，还一面看他的面色，心想若是因其事之难难住了他，倒也罢了，若是因其事之大把他吓着了，却没道理。不料那葛明仍是声色不动，只轻捻着他那把山羊胡须，默默听着。待吕文焕说完，将那胡须又捻了片刻，他才徐徐说道：“若论此事，实是两难。然则两难之中，取其易者，与其打自家人，不如打蒙军。”

　　“此话怎讲？”

　　葛明没敢要求“附耳上来”，只是自己凑将过去，就吕文焕耳根处轻轻说了几句话，这般如此，如此这般。

　　吕文焕听得明白，发了阵怔，又转过身来，直直将葛明看了片刻，猛然间就是深深一揖，说：“是吕某不才，有眼无珠，竟使先生屈居麾下一十三载！幸得先生宅心博大，不离不弃，天意如此，实吕某三生之幸也！今后，即请先生常随吕某左右，有事也好讨教。先生勿辞！先生勿辞！”

打这儿开始，葛明就成了吕文焕身边之人。正是在他的参与之下，吕文焕很快制订出了一个周密的作战方案。实际上这一仗也不是多么难打，关键是筹划阶段并没有多少人参与，没有了走漏风声之虞，更兼蒙军刚刚占了便宜，压根儿没想到宋军会卷土重来，而且打的还是那个刚刚吃了苦头的地方，凡此种种，成全了一个实实在在的出其不意。咸淳四年腊月初七，吕文焕亲率五百精兵，于拂晓时分再次偷袭鹿门堡。这一次他不仅没管白河城，甚至也没有去招惹鹿门堡的掩护部队，而是直奔正在修筑中的堡垒工地，见人就砍，杀完就走，捎带着也将那在建的堡垒破坏了一些，走前放把火，把堆放在一侧的木料烧了个干净。等到就在不远处的掩护部队匆匆赶来，那五百人马早已在吕文焕的率领下绝尘而去。这一仗打得干净利落，来如猛虎去如脱兔，虽说不上战果辉煌，却显示了吕文焕用兵上的长足进步。回到襄阳，吕文焕传下话来，让赶紧统计有多少斩获。虽说是"见人就砍"，毕竟那只是个施工所在，又在拂晓时分，原没有多少人在那里，所以最终报上来的战果，是共斩杀敌兵一十七人。文书先送到葛先生那里，葛先生看了看，一面捻着山羊胡须，一面就提起笔来，不动声色地在那"一"字上添了几笔，改成了"共斩杀敌兵百十七人"。

捷报传到临安，再由兵部禀奏皇上。皇上看得明白，原来是吕文焕亲率精兵奇袭鹿门堡，斩杀敌兵百十七人，将敌已建之堡垒悉数捣毁，敌所储之木料全部化为灰烬，不由龙心大悦，欣然在折子后面做了朱笔御批：吕文焕将功补过，殊堪嘉许，着即前过不再追究，此功应予赏赐。

那赵禥由此便想到了贾似道。两天之后，便有一队人马，浩浩荡荡来到葛岭。为首的是一位资深的太监总管，奉了皇上亲谕，给太师爷送皇上的赏赐来了。除了种种珠宝和金器，另有美女十人。最后是皇上御笔亲书的条幅。贾似道先三拜叩首三呼万岁谢了恩，就地上跪着双手接了，展开看时，果然赵家皇帝都写得一手好字，那上面的四个大字是：

颐养天年！

24 张世杰得胜

在得知鹿门堡被宋军偷袭的情况之后，阿术极为震怒。但即使是盛怒之下，阿术也没有失去冷静，只是这冷静之中含着更大的杀机。虽然损失有限，毕竟也是一场败仗；打了败仗，尤其是在这个大汗最为关注的地方打了败仗，就必须奏明大汗。他很清楚，大汗非常重视情报，临安朝廷里有什么大事小情，很快就会传到上都。宋军得了这个便宜，少不得会大肆渲染，飞马报捷，朝野上下，自是会有一番热闹，不难为派往那里的耳目所知，所以阿术必须在大汗从那个渠道得知此事以前，先行将这个败仗据实奏报。既然是打了败仗，除了经过和损失，奏折里总得检讨一下败因，可这种鸡零狗碎的小阵仗，除了疏于防范，还能说出个什么长短来？而即使是这样一个不痛不痒的自责，也让他觉得窝囊！指挥千军万马的大蒙古国的都元帅，还得为那么一个弹丸之地的疏于防守担责！

好个阿术，的确是位深具战略眼光的大将军！在随后拟就的那份奏折里，他写道：襄樊二处城防坚固，储备充足，急切之间，实难攻下，故仍应以围困为本。但宋人贪安畏险，因循苟且，我若只围不攻，彼恃其城中储备尚可支撑，一时未必来援，则我之兴师动众，只能收围城之效。故应不时佯攻之，逼其派兵驰援，而我攻城是假，打援是真，盖此类援军远道而来，将士疲惫，又无险可凭，我军以逸待劳，易于将其击破。如此反复，不仅可加速城内敌军储备之消耗，更可借此大量消耗宋之军力、国力，一举两得。而襄樊城破之后，敌颓势已成，我军挥师东进南下，必如摧枯拉朽，直捣临安，指日可待矣！

阿术这个奏折，通过刚刚启用的驿站，很快送到了上都。在忽必烈的命令和督促下，经过近三年的努力，面向中原的驿站网已初具规模。各种文书、信件、货物，通过这个系统逐站传递，既保证了很高的速度和效率，也节省了大量的人力、物力，更无须再将"不要怕把马跑死"的话挂在嘴边上了。十天以后，阿术就得了大汗专为这个奏折下达的上谕。大汗对"围城打援"之议甚表赞赏，谕示即以此作为从现在开始，直到真正对襄樊发起总攻之前，这一段时间内的战略作战原则。大汗还授权都元帅阿术相机行事，择机对襄樊发起佯攻。上谕中一并向阿术通报了大汗廷为此采取的一系列其他措施，包括将临近地区的几路人马向襄樊集结，命四川行省速调水军三千、战舰五百艘前往襄樊，命董文炳调集步、骑兵两万，一俟集结完毕，即由山东南下，投入襄樊作战，务求于半年之内，使襄樊可用于作战的兵力达到五万人。上谕中还附带着提到，大汗将于近日发出诏书，将期盼休养生息不欲挑起战端之意，晓示江南民众。

蒙至元六年，宋咸淳五年，正月十六，蒙将阿术亲率精兵三千，于拂晓时分突袭樊城之西南角。因事发突然，攻击点又选在了宋军防守的薄弱处，宋军仓促应战，虽奋力将蒙军之第一波攻击击退，但当蒙军发动更强大的第二波攻击时，即告不支。蒙军登上城墙后，一面捣毁和焚烧城防工事，一面追杀宋军败兵，并渐渐杀向樊城南门城楼。樊城宋军守将牛富闻讯，急率匆忙调集的守军赶来增援，待他赶到城西南角时，蒙军已退至城下，并从城下向他喊话，说："那牛富何不早早投降，既不失自家的荣华富贵，又可免全城百姓生灵涂炭，如其不然，城破之日，玉石俱焚，悔之晚矣！"虽是聒噪得紧，牛富却顾不上理睬，一想到适才蒙军竟已登城，仍止不住心跳不已，汗如雨下。原来这樊城城防，当初在高达的多年经营之下，完善了又完善，几乎无隙可乘，堪称固若金汤，若是在自己手里被敌人一攻即破，却是如何向朝廷交代！这样一想，不由得急急赶回府衙，一面擦汗，一面派人速去襄阳知会吕文焕，一面着文员拟写奏章，向朝廷告急。

此后数日，蒙军没有再行攻城，而是在城外明目张胆地集结部队，有几股甚至抵近到距城二三里处安营扎寨，更有一班蒙军士卒，三五人一伙，干脆来到城下，相距不过一箭之遥，公然伸臂出指，朝城上指指画画。如此这般，牛富在巡城时俱看得一清二楚，心中愤愤，觉得蒙军欺人太甚！话说回来，宋廷能将如此要紧去处交给他把守，毕竟不是等闲之辈，大敌当前，他也不敢争强逞胜，倒是忍下了心头一口恶气，反下令各小校士卒小心巡逻，不可轻举妄动，只等敌人来攻，据城固守。果然，正月二十七日，复有蒙军千余人再次攻城。这回攻的是东南角，鼓噪而来，却被宋军早有防备，未能得逞。那牛富少不得又向朝廷告急，请求火速派兵驰援解围。

与此同时，朝廷也接到各处紧急军情，所报皆是蒙军异动频频，兵分数路各向襄樊一带开进。这样一来，再没人怀疑蒙军真个要动手开打了，都认为一场大战已迫在眉睫，而那份蒙古大汗的宣示求和拒战的诏书，无非是想麻痹大宋的警觉，其狼子野心，昭然若揭，正可当作一份宣战书来解读。二月初六，便有三道诏书发出，着京湖都统张世杰率马步舟师火速赶往襄樊，着四川安抚制置使夏贵、殿前副都指挥使范文虎各率水军，分头东进、北上，增援襄樊。与此同时，枢密院亦发文指示襄阳守将吕文焕、樊城守将牛富，襄、樊二城要互为犄角，彼此呼应，切忌轻举妄动，务必固守待援！

一个要"固守待援"，一个要"围城打援"，果然是各扬其长，针锋相对！从后来的情形看，一场长达五年的襄樊攻防战，前四年的作战焦点都集中在"援"军上。不能简单地说宋军的"固守待援"本身就是一个战略错误，因为从北宋到南宋，这一战法始终是其在对付北方敌军入侵时一个克敌制胜的法宝，百试不爽，无可怀疑，最近一次的鄂州之战，就是一个典型的战例。如果说这一作战原则的确定出自吕文德的主导，那么他显然也是在总结了鄂州的成功经验的基础上提出的。这显然无可指摘。而且，替大宋着想，舍此之外，岂有他途？

但襄樊又确实与鄂州不同，其最大的不同，就在于鄂州有贾似道，襄樊却没有。早在蒙哥攻川之初，理宗赵昀即当机立断，任命当时并不被看好的贾似道为这场抗蒙战争的前线总指挥，并给予了充分的授权，而贾似道也确能不辱使命，成了自孟珙以来唯一能受到敌方尊敬的宋军最高指挥官。襄樊战役打到后来，规模超过了鄂州，但从头到尾，宋军就没有一个可以指挥全局的战区最高指挥官，而在战役之初，这一点尤其明显。调动张世杰、夏贵、范文虎三路人马的诏书都出自朝廷，猛一看好像是朝廷在指挥一切，但实际上和任何朝廷一样，赵禥的朝廷并不具备实际指挥作战的机构和功能。如果说朝廷里还有一个人在指挥一切，那这个人就是吕文德。可是吕文德之所以还能说了算数，并不是因为他得到了真正的授权，而是出于以他为首的吕氏集团在军界的实际影响力。他在运用这种影响力时，最优先考虑的是不能让吕氏集团以外的将领插手其间，比如高达、李庭芝。以他所有的影响力，完成这样的部署倒是尽够，但大略也就到此为止，他没有、也不可能再插手任何一路人马的备战、行军、攻防等具体事宜。这样一来，在朝廷的三道诏书下达之后，我们能看到的，就只能是那三路人马分头行动，各行其是，各自为战，直到各吃苦头了。

最先到达战区并投入战斗的是张世杰。他来得最快，不仅是因为他离得近，更是因为他的积极性最高。去年收到吕文德的信，他就意识到实现那精忠报国夙愿的机会终于来了，立即开始严肃认真、不走过场的整军备战工作。新年伊始，他以回信的形式，向吕文德全面汇报了整军备战的丰硕成果：全军将士士气高昂，摩拳擦掌，厉兵秣马，整装待发，只等将军一声令下。此番接到了朝廷的诏书，更是不敢耽搁，当即启动应急预案，各路马步舟师，迅即向指定地点集中，不过几日，便集结完毕。张世杰传下军令，大军即刻浩浩荡荡向襄阳挺进，水军溯江而上，马步三军则夹江而行。因为是在自家的地面上，并未遇到什么阻拦，一路晓行夜宿，毫无延滞，三月中，便开进到荆襄地区。

那日傍晚，战船于江边列成长阵抛锚停泊，两岸马步军安营扎寨已毕，张世杰在自家的大船上刚刚用罢晚膳，便有手下参赞军机的军士前来禀报，说据派出探路的小队回禀，前方二十余里以后，河道便越来越宽，且多有港汊沙洲，地形复杂，原本在两岸夹江而行的步兵马队，恐怕很难再与水军齐头并进了，请将军定夺。张世杰说声知道了，挥挥手让那人下去，自己便在船舱里踱步沉思起来。出发前，对于这一带水陆地形的复杂多变，张世杰是知道的，但是对于遇到怎样应变，却并未准备下任何预案，因为在他看来，行军作战，情况千变万化，而用兵之道，即在于随机应变，相机行事，无论遇到什么情况，自有解决的办法。即如现在这个问题，应对之策其实也是一目了然。战船上不了岸，水军自然还得沿河道而行。步兵马队不能继续循岸行进，另选别的路就是了。至于具体的路线，行进的速度，与水军的联络和策应，自有军中那些参谋去拟订方案，再由他审核批准，下达执行。他现在要考虑的，是更高层面的问题：他们的目的地究竟是哪里？诏书里给他的任务，只是"增援襄樊"，再没提到别的。一路走来，他不断向朝廷报告开进的进度，却没有再收到朝廷任何新的指示。现在已经临近战区，这个问题也就日益凸显出来了——我应该以怎样的方式来增援襄樊？到了襄樊之后，我的作战行动听谁的指挥？我的部队部署在哪里？作战任务是什么？一概不知。如果参照当年援鄂的方式，我应该把部队带进襄樊，可是，是进襄阳还是进樊城？而且，我又将如何进去？樊城正在受到敌军的围攻，襄阳也已受到围困，想要进去，必须打进去，可是我直到现在对襄樊一带敌军的兵力部署还一无所知，这个仗又该怎么打？像这样一些问题，却是都应事先有所谋划，不能事到临头再见机行事的。

张世杰越想越发愁，越发愁越想不出办法来。没有新办法，就还得按老办法走，没想到走着走着，这些难题竟被自行化解了。又走了数日，计算行程，距樊城已是不过百里之遥了。张世杰担心这一带江面开阔，河汊纵横，以至同行的步兵马队，与水军的距离也越来越远，基本上已是各为一路，一旦有事，很难形成互为呼应之势。正不得破解之策，忽有人来报：前方十余里之外赤滩圃一线江面，发现蒙军战船！张世杰也没有问问那敌军战船共有多少，便一面吩咐加速，一面登上舰楼观察。原来张世杰用作指挥旗舰的这条船端的非寻常可比，平时行驶在阵列之间，自是不紧不慢，稳稳当当，一旦加速，便比其他舰船快出许多。诸船皆认得那是张都统的旗舰，见加速驶来，自然纷纷让路，所以不需多时，便驶到了阵列的前端。

张世杰站立舰楼展眼眺望，果然前方江面上有船一字排开，从左岸到右岸，把整个江面拦腰截断。一看这阵势，张世杰便料定是敌军水师前来阻截，若是樊城水军来迎接，断不会如此列队。不由得心中暗喜，初战便是水上遭遇战，正好给敌人一个下马威，当即传令众舰船以雁阵队形快速出击。军令既出，张世杰的旗舰开始减速，渐渐停止了前进，一条条战船从旗舰两舷超出，向敌阵驶去。张世杰立于舰楼之上，远远望见自己的舰队恰似一支利箭射向敌人的横阵，箭头到处，对面的横阵中间便闪开了一处缺口，两边却并不相让，宋军的雁形阵便被挤得收拢了两翼，几乎变成了纵阵，鱼贯相随地冲进敌军阵中。直到两军相接，张世杰才发现敌军阵中竟有不少大船！原来适才在相距二三里之外处看过去时，张世杰虽能看到敌船及其阵形，却是看不清船的大小，更看不清那一字长蛇阵的后面有怎样的纵深。而按照通常水军中大小舰船的比例，则敌军的数量恐不会少于、弄不好还会多于我方。

如此一来，像这样以少打多却又冲入敌人阵中，三面、四面受敌，定是凶多吉少矣！当然，张世杰此番轻敌，还有一个缘故，就是他压根儿不知道敌人已从四川行省调了五百艘战船增兵襄樊。这样大规模的军事调动，自然瞒不过宋军耳目，临安朝廷得报，随即知会了襄阳樊城，也告知了夏贵、范文虎，只是不知为什么却没有通知张世杰，而张世杰一路走来，虽然时常感到对敌情了解甚少，却又始终没有采取什么有效的措施去了解更多敌情。以这样的指挥水准去进行战斗，面对的又是阿术、刘整这样的敌方指挥官，那战斗的结果也就可想而知了。

直到收拾残局的时候，张世杰才发现，这一仗之所以还有一个"残局"可供收拾，全靠后队中有一个叫张泰的统制，在关键时刻果断命令所属舰船停止前进，并奋力向两岸靠拢。在过往的水战中，从无此种战法，就连他的部下，一时也很不适应，舰船的阵形几乎无法保持，倒是敌方很快看出了他的意图，出动大批战船压了过来，于是就在这片不大的水面上，形成了赤滩圃之战当中战斗最为残酷激烈的焦点，张泰本人也在这场短兵相接的水上肉搏中以身殉国。然而，正是因为有了此举，才给整个舰队留下了一个败退的出口。如果张泰部没有将这个口子撑住，更或者如果没有张泰的当机立断，而是跟随前队冲入了敌阵，被敌军封住了后路，那结果多半就是全军覆没，连"残局"都没有了。

张世杰率领着他那损失过半的水军，后退了四十余里，见蒙军不再追赶，这才找了个水面开阔的去处停泊。喘息稍定，下令统计损失，正在不堪点数之际，又接到报告，说他那已与水军失去呼应的马步兵，受到了阿术部队的突然袭击，转眼间便被彻底击溃，四散逃命。直到三天之后，才陆续有侥幸逃得性命的小校士卒找了过来，张世杰就命人在江边搭了些帐篷，碍于地形地势，也就不再讲究军营兵寨的方位规制，能住人就好。又等了几天，渐渐竟也聚拢了五七百人。张世杰闻报，心中竟如打翻了五味瓶，说不清苦辣酸甜咸。按这个生还者的人数比例推想，蒙军来袭之际，手下这支军队，显然并没有做过多少抵抗，分明是一触即溃，转眼间便作鸟兽散了，想来实在令人气闷。可反过来再想，若不是跑得快，哪里能剩下这么多人？心里不免又觉得幸亏如此，不然在向朝廷奏报时，折损太多，须是自己脸上也不好看。

这时属下报来了张泰以身殉国的英雄事迹，张世杰读罢，心中大喜，当即下令厚葬张泰，并认真整理其战功业绩，奏请朝廷予以旌表。随后又把军中的头头脑脑，召集到他的船上来，向列队于甲板上的众将士，发表了慷慨激昂的演讲，号召大家都要以实际行动向张泰学习，英勇战斗，不怕牺牲，精忠报国。听说张泰还有两个弟弟张顺、张贵，亦在其兄军中，即命人把他们找来，要给予重赏，委以重任。可惜据去找的人回来报称，听士兵们说，那天与蒙军接战之前，张泰曾把两个弟弟叫到近前说了一番话，大意是安排后事，让弟弟去投奔李庭芝大人。士兵们都如此说，真假莫辨，但那张顺、张贵，实是已不在军中，遍寻无着了。

张世杰听了这话，自是颇为不悦，却已无可奈何，只得命那人切勿将这些谣言扩散。又过了两日，张世杰下令撤军。说来也是无奈，一仗下来，损兵折将，好端端一支生力军，转眼间变成了"残部"，不仅伤兵满营，连战船亦多有毁损，亟待修理，自顾尚且不暇，哪里还有战斗力去支援别人？便是那些准备送进城里的物资，虽然东西还在，却又如何送得进去？在此已停留十日，并不见有人指示他该做何事，只好自己做主，既然久留无益，不如就回去吧。

归途中，张世杰就在船上拟就了一份奏折，以绝对正面的、积极的笔墨，报告了此番增援无果的详细经过。他虽是行伍出身，却也有些文采。无论是出发后的士气高昂，还是战斗中的奋勇争先，都被他描写得壮怀激烈，气冲牛斗。即使是在战局不利的危急关头，面对数量超过自己的蒙军，将士们仍然毫无惧色，奋不顾身，英勇杀敌。而水军统制张泰，更是其中的光辉典范，在关键时刻指挥若定，善于捕捉战机，起到了力挽狂澜的作用。撤出战斗以后，由于适时地进行了一次精忠报国的教育，士气很快得到恢复，众将士纷纷表示，今后定将保持我部在此役中所表现出的英雄气概和与敌人誓不两立的决心，以最快的速度重整军备，投入与敌人的决战，一雪前耻，再立战功！

后来，皇上在这份奏折的后面亲自做了批示：很好。朕阅后甚感宽慰。与强敌作战，胜败皆为常事，张世杰在受挫之后，却能保持斗志不衰，豪情不减，报国之心不变，殊为难得，实堪嘉许，朕观其材，可大用也。

夏贵的援军于五月初到达襄樊以西。他汲取了张世杰的教训，没有轻敌冒进，而是在距襄樊百余里处便停了下来，水军舰船集结于汉江之上，步兵骑兵也选了个稳妥的去处安营扎寨，形成了一种蓄势待发却又引而不发的态势。这种少见的用兵之法，让善于用兵的阿术、刘整一时看不明白，看不出夏贵想干什么，也拿不定主意该如何应对。

实际上夏贵是在等银子。

夏贵原是吕文德的同乡旧识，以这层关系为基础，他也很愿意有吕文德这样一个靠山，多年来一直忠心耿耿地追随吕文德，从而得到吕家的信任。就连吕文德以外的其他吕家人，也都承认他为吕氏集团中的可靠成员，尽管他不姓吕，跟吕家也没有亲戚关系。当然，吕文德也不是平白无故就对他青睐有加的。撇开职位低下时的履历不算——那种情况下，无论打了胜仗、败仗，都算不到他的头上，自他能称得上"提军上阵"之日起，从嘉熙三年①他独自率军解寿春之围，到景定五年②以安抚制置使兼知重庆调防战事吃紧的四川后，多次击败蒙军，使西线战局得以稳定，将近三十年无败绩，被誉为常胜将军。一个将领能有这样的骄人战绩，自然会被另眼相看。范文虎虽然也不姓吕，却娶了吕文德的女儿，也要算吕家人了，可是在其他吕家人眼里，更被看好的却是夏贵，不是范文虎。

夏贵能常胜不败，除了作战勇猛，用兵诡异，更与他的出身密切相关。史书记载夏贵的出身时，说他"少长兵间"。按大宋的募兵制度，其父被招募当兵后，他这个半大小子也被父亲带在身边，整天跟那些士兵混在一起，等长得够大了，自己也正式成了其中的一员。正因为有这段经历，所以他对士兵们的心理有很透彻的了解。等到他成为一名年轻的军士时，一个偶然的机缘，使他得到当时南宋重要将领赵范的赏识，成了赵范的一名亲信。赵范待手下很宽厚，也没有架子，不讲尊卑贵贱，史书说他经常与心腹"朝夕酣狎，了无上下之序"，因而颇受将士拥戴，军队也比较能打仗。深受赵范影响的夏贵在自己成为将领之后，每逢领受了作战任务，必先申请一笔作战经费，狮子大开口，多多益善，到手之后，则必优先抽出大头用于犒赏参战将士。重赏之下必有勇夫，所以将士用命。朝廷见凡用着夏贵时，虽花钱多些，却是总能取胜，好在理宗一朝财政尚好，这点钱还拿得出，渐渐便成了常例。到了赵禥上台，国库便日渐空虚，虽是下了命夏贵援襄的诏书，却给不出夏贵申领的"随军用度"，只好一面用公文敷衍着，一面让他先设法"就地筹措"，但必须尽早出发，不得贻误战机。何谓"就地筹措"？军队的作战经费，都有专项的拨款，在战争中私自支取官府钱物用于军需者，是要治罪的。鄂战之后，理宗一个"打算法"，连向士璧、曹世雄这样有大功的人，都被要了性命。所以夏贵一看就明白，这是要他用自家的银子去替赵家打仗。世上哪有这样的事？不过，夏贵也算个顾全大局的人，一面磨磨蹭蹭按兵不动，一面也把两只眼来瞄着一双难兄难弟。得知张世杰已经出兵，他还不太当回事儿。那只是个新来的小兄弟，而且按他的估计，张世杰所部兵力有限，亦无作战经验，即便到了战区，亦断不敢单独行动。不料转眼间张世杰就兵败撤军。听说范文虎已经发兵，就有点沉不住气了。范将军是吕大人的女婿，也算是吕家的人，人家都动了，自己一个外姓人若再按兵不动，朝廷说不定会怪罪下来——他知道那些以朝廷名义所下的命令，实际上都是吕大人的

---

① 公元 1239 年。
② 公元 1264 年。

主意。

可是，等行进到距襄樊还有二百余里时，却又听说范文虎走出一百多里路就不走了，加上朝廷对于"随军用度"一直没个说法，他在又前进了百十里后也不走了。水军抛锚停泊，马步军安营扎寨，俨然一副就在这儿驻下了的模样。阿术、刘整看不透他想干什么，大宋朝廷却心知肚明。不多几日，果然接到了临安的加急文书，说经圣上特许，以钱四十万缗随军给用。应该说朝廷这个决定完全正确，非常及时。文书送达夏贵军中之时，恰值连日大雨之后，江水暴涨。夏贵虽觉这四十万缗委实少了些个，毕竟自己只是个提军在外的将领，朝廷给了台阶，当下则下，何况他终归是个打仗的，眼见得天赐良机，如何就舍得错失？一声令下，便有五百艘战船，载着各种物资，朝襄阳城驶去。守襄阳的是吕文焕，夏贵选择襄阳而不是樊城，合情合理。阿术对这一手不能说毫无防备，但暴涨后的汉水江面极宽，水流湍急，那五百艘战船顺流而下，百来里航程，竟然只用了两个多时辰。在这样的水势之下，蒙军舰船想要在江面上逆流列阵阻截，绝无可能，也只能眼巴巴看着人家进了襄阳城。

对于宋军来说，顺利圆满地完成了任务，无异于打了一场漂亮的大胜仗。襄阳城里的军民，人心大振。这一成功，越到后来越显出了其难能可贵。从后来的情形看，长达五年的襄樊保卫战，本质上就是一场围困与反围困之战，宋军能够突破敌军围困进入襄阳，五年当中总共只有两次，这次就是其中的一次！但任何事物都有正反两面，这次成功也让宋朝的决策者产生了错觉，以为向被围困的襄樊城里运送物资并不难。在使用大量言辞把夏贵赞扬了一番之后，朝廷没有继续让他向襄樊运送物资，而是严令其尽快出城与敌一战，以解襄樊之围。这个决定看起来很有道理——解了围，城里自然就从根本上解决了物资短缺问题。

夏贵知道这一仗非打不可，也确实想打赢这一仗，所以把开战时间拖延到了七月。在此期间，他不断催促朝廷赶紧把那四十万缗随军给用拨来，而朝廷的答复却总是"正在筹措之中，不日即可拨给"。一位兵部侍郎还给过他一封私信，说朝廷承诺，断不会食言，若有急需，可先行借用垫支，钱到后补还。夏贵暗想，我出兵在外，远离辖区，上哪里去告贷？分明是让我拿自家的钱去垫。如此拖到了七月中，朝廷下了紧急军令，"着即火速发兵，与吕、牛会合，击退蒙军"，又听说范文虎部已再次出发，情知这一仗无论胜败，非得现在就打了，遂下令进攻。原来确实想取胜，为何现在却无论胜败了？因为他不想自己垫钱。虽然那兵部侍郎有"钱到后补还"的话，万一那钱终于不到，岂不就被忽悠了去？他可不想重蹈向士璧的覆辙。淳祐年间，蒙军进攻四川，合州告急，向士璧捐家资以供军费，领军赴援，可是到了"打算法"时，竟是根本不提了。不过，这些事情和他的想法，都只有他知道，手下将士却是毫不知情，所以出兵之后，军中竟没有多少人认为真是要去打仗，因为以过往的常例，每次作战，事先总会有一笔可观的犒赏，似此一文未发，压根儿就不像要打仗了。

如此这般，刚走出不足五十里，这支浩浩荡荡的三万人马、三千战船的大军，突然遭遇阿术五千精兵的突袭，不战而溃。众将士纷纷夺路逃命时，已是折损了两千人马、百余战船。夏贵想到战前未行犒赏，自己亦觉有所亏欠，不好深责手下将士，索性就坡下驴，好在前有车后有辙，就依了张世杰的做法，一面向朝廷奏报打了败仗，一面就下令撤军。至于那四十万缗的随军给用，朝廷始终没有拨来，他也没有再要，不过在他心里，却是认定了朝廷是忽悠人，即便打了胜仗，这钱也是不会给的。

这是夏贵第一次打败仗。从此以后，他再也没有打过一次胜仗，以至史家有了一种说法，认为夏贵本人不失为一员"福将"，但他率领的却是一支"钱军"。这支军队能打胜仗，也能打败仗，全看有没有钱，有钱必胜，无钱必败。以此推论，南宋之亡，就亡在了财政失败上。

夏贵撤军之际，正是范文虎进军之时。不过，夏贵走得极快，范文虎却来得很慢。九月，范文虎的大军逼近战区。他的行军路线，和四个月前张世杰所走的路大同小异，到了离张世杰惨遭败绩的赤滩圃还剩下四十余里，范文虎下令停止前进。他在这里停留了整整十天。没人知道他在这十天里做了哪些事，考虑研究了哪些问题，反正到了十天头上，他下达了撤军的命令。大军毫发无损，原路退回百十里。他在写给朝廷的奏折里说，诏书里让三路援军驰援襄樊，现夏将军张将军均已兵败撤军，只剩下他一路，实是孤掌难鸣，不得已只好撤军。待朝廷重新做出重大战略部署之后，他愿为前驱，逢山开路，遇水搭桥，夺关斩将，在所不辞！

范文虎的不战而退，让阿术颇为不解，亦甚觉无趣。为了阻击范文虎的援军，他原已集结了一万精兵，严阵以待，不料等了多日，最后却没能打上一仗，等于白折腾了一阵，心想这部队既然已经集结，不用白不用，何不再找个地方打它一下，也好让敌人疼一疼，促其早日另派援军前来送死。善于战略考量的阿术，此番选的是较强之敌的薄弱环节。上次攻樊城，牛富相比于吕文焕属于较弱之敌，但打的却是硬处，虽是佯攻，攻城也是硬仗，这回他却要到靠近襄阳的地方，就在吕文焕的眼皮子底下，打一场抄掠战。这种仗，普通部队都能打，现在却以精兵去执行，无异于以石击卵，稳操胜券，却可收损其物资、乱其民心之效。唯一没有想到的是，他低估了吕文焕用兵的长进。结果，就是在这样一场看似有胜无败的"以石击卵"当中，吃尽了吕文焕的苦头，直到差点儿枉送了自己的性命。

吕文焕是如何得知阿术这一计划的，无人知晓。反正他提前得到了消息。正是在他的精心策划之下，由阿术发动的这场本意只是顺手牵羊的抄掠战，竟然演化为历史上著名的"安阳滩之战"！

25   忽必烈的财政

南宋朝廷支付不了夏贵申领的随军给用，导致夏贵兵败撤军，既不是朝廷小气，也不是故意刁难夏贵，确实是因为财政困难，没有这个支付能力。江南本是富庶之地，经济也比北方发达得多，即使到了理宗后期，财政出现了种种困难，为改变这种局面而推行的"买公田法"也没有成功，但是驴倒架不倒，正常的财政运转尚能维持。赵禥即位后，几年工夫，就弄到了这种地步，说来也不容易。究竟原因何在，谁的责任，史籍语焉不详，后世的历史课里更是压根儿不提。宋朝的皇帝一般都不管经济，赵禥也就是负个领导责任，最多加上用人不察，估计与"好内"扯不上干系。至于到底是哪些被他不察而用的人把事情搞砸了，竟成了一个讳莫如深的历史谜案。如果一定要做个猜想，那么到了南宋即将灭亡之际，有一个很有趣的现象，就是他的主要武将们纷纷望风而降，地方官也多有变节者，但朝中的文官里却颇有几位以身殉国的大忠臣。或者，那些把财政搞砸了的，竟是亡国之时做了忠臣，史书本着为贤者讳的传统，就略而不述了。也可以说，皆因南宋实际上是亡在了一班大忠臣的手里，所以那段历史才看起来总透着蹊跷，让人摸不着头脑。

忽必烈灭宋，是从北往南打，根据地在北方。北方的自然条件和经济发达程度，都远远比不上南方。那些最终导致朝代更迭的杀伐，打的是战争，拼的却是财力物力。忽必烈能在财政上压倒南宋，端赖用对了一个人，这个人就是阿合马。

毫不夸张地说，阿合马极有可能是中国有史以来最聪明、最有能力、最会算计、最有口才、最有想象力、最富创新精神又最难对付的一个人，至少是之一。当然，在中国历史上，这种人大概率会被定性为大奸臣，但那是后话，至少在最初几年当中，为了给忽必烈提供足以实现其灭宋目标的财政支持，他干了许许多多在常人看来，尤其是在儒家看来纯属大逆不道的事，引起了很多人的不满，但这些人却根本奈何不了他。就连忽必烈的二皇子、后来被正式册立为皇太子的真金，尽管对他非常不满，却也拿他毫无办法，而在与他的斗争当中，反而一不小心被他给算计了，差点儿因此丢了性命。可是，就是这样一个人精，却在蒙宋两军于襄樊一带激烈交锋之际，遇到了真正的对头。这个对头当然只能来自本阵营的内部，而且同样也是一个人精。这个人精叫安童。安童出生于贵由三年①，于至元二年②被忽必烈任命为中书省右丞相，时年一十七岁。您想想，不是人精是什么？

您再想想，两个这样的人精就在丹陛之下斗来斗去，坐在龙椅上的忽必烈，若不是人精里的人精，如何摆得平？

先说说阿合马。

阿合马是回回人，按一个不一定可靠的说法，出生在花剌子模国锡尔河边的别纳客惕城，自幼被掳为奴，在翁吉剌惕部长阿勒赤那颜家长大。阿勒赤那颜把女儿（也可能是孙女）察必嫁给了忽必烈，阿合马是陪嫁的奴隶之一，因此得以进入忽必烈的王府。王府对这些陪嫁奴隶进行登记造册时，他连自己确切的年龄都说不清楚，所以史籍上没有他的出生时间。一开始，他在王府里做些洒扫之类的粗活，做得尽心尽力，渐渐讨得了忽必烈夫妇的欢心，让他学习管理器物钱财之事，不料他竟一学就会，还能举一反三，触类旁通，管理得清清楚楚，井井有条，引起了忽必烈的注意。善于识人用人的忽必烈，连这样一个陪嫁奴隶都没有放过，到南征大理时，阿合马已是一位重要的随军谋士，并专司钱财物资的筹措管理。至于这个从奴隶到谋士的过程，史籍却语焉不详，不知是为了抹杀这个大奸臣的才智能力，还是为了掩饰忽必烈错用了大奸臣的一时糊涂。然而有一个事实却是抹杀不了的：在整个忽必烈与阿里不哥争夺大汗位的斗争中，包括大兴土木营建开平府，阿合马为忽必烈提供了充分的财政支持，是忽必烈得以取得最后胜利的重要条件之一。如果没有这个铁的事实，忽必烈不可能在登上大汗位之后不久的中统三年，即任命阿合马为"领中书左右部事，兼诸路都转运使"。这个任命委以重任，与其说是，还不如说是论功行赏。

忽必烈建国之初，对于行政机构的设置，和各机构运转的体制机制，有一个试验、摸索的过程，所以开始时经常变动。在阿合马被任命为"领中书左右部事"的当时，"中书省"的下面还没有设六部，而是只设了左、右两部，左部是吏户礼三部的混合，右部是兵刑工三部的混合。两部各设尚书二人，侍郎二人，郎中四人，员外郎六人。阿合马受任"领中书左右部事"一职，便是两部官吏的总头目，却并非"宰相"。他的官阶，次于"参知政事"，是"事务官"，不是"政务官"。

_____

① 公元 1248 年。
② 公元 1265 年。

但是这个职务却很有实权，而他又是一个极会"用"权的人，更何况还兼着一个"诸路都转运使"，自然就把这些实权用到了极致。客观地说，他也必须这样，才有可能推行他那些没有多少人赞成的做法，以确保忽必烈的大汗廷有可靠的财政收入。

后人总结忽必烈的成功之道，核心的一条就是"用汉法、尊儒士"。长期以来他身边的那些幕僚谋士，大都是熟读儒家经典的汉人，偶有例外，比如廉希宪，虽然是个地道的畏兀儿人，却也是自幼接受纯正的儒家教育。

阿合马为了给大汗廷增加财政收入，那增加出来的每一文钱，都是从老百姓那里拿来的。这个道理不用多想就能明白，儒家自然不例外，所以阿合马增加的财政收入越多，他们就对阿合马越反感，因为在儒学的基本教义里，除了忠君，"重义轻利"就是最核心的价值观了。可惜的是，重义轻利的儒家们对另一个同样也很明显的道理却压根儿没有去想——阿合马的目标，是要保持财政收入的持续增长，因为他知道大汗的灭宋计划，决非三年五载便可完成。所以他绝对不能搞那种竭泽而渔式的横征暴敛，正相反，在增加收入的同时，他还必须更多地涵养财源。实际上，如果中国的历史能客观公正地把他的事迹记载下来，即使到了今天，他理应仍然受到全世界经济学家的尊敬。他是世界上第一个在如此广大的地域、如此巨大的经济总量的条件下，成功地发行了"纸币"的人，并且以创造性的"银本位制"保证了这种货币币值在较长时期内的基本稳定。他还用一种重要的物资——盐，为一次改朝换代的长期大规模战争提供了大部分军费。

他那个"诸路都转运使"的职衔，中间实际上应该加一个"盐"字。虽然他也替大汗廷"转运"其他各种东西，但主要是盐。他是怎样盯上这个自古就有的东西的，史籍亦无记载。盐铁专卖也不是新鲜事，但从来没有达到过如此重要的地位。比较常见的有两种说法。一说当时的盐引收入最高时曾占到整个财政收入的八成——这个说法显得有点夸张了，另一种说法好像更可信些——盐引收入为灭宋战争提供了六成以上的军费开支。

盐铁专卖，古已有之。但官府怎样从这种垄断中收取好处，则有各种办法。由官府直接去卖盐，卖到各家各户，显然无法操作；所以最常见的办法，就是由官府严格控制盐的生产，再对生产出来的盐课以高额的税，经过这道程序以后，才可进入流通环节，而因为已经被征了重税，它的销售价格自然远远高于生产成本，就成了"专卖"。那些逃过征税环节直接进入流通环节的盐，即使获利很高，销售价格仍然低得多，即为"私盐"，亦称"小盐"。由于盐的生产简单分散，所以不论官府怎样严加控制，私盐的生产和流通从来没有被禁绝过。于是就有了"盐引制"的出现。现在已经没有任何可靠的史料，能够证明它是阿合马的发明，倒是有记载说它"始于宋"，但是只要注意一下它的运用机制就能知道，如果没有一个稳定健全的货币政策与之配套，尤其是南宋所发行的纸币总是迅速大幅度贬值的情况下，它几乎不可能存在。

阿合马发行的盐引，直观地说就是一张准许你卖多少盐的凭证，当然你得花银子去买，比如用五十两银子，就可以买到准许你卖出六千四百斤盐的盐引。这个制度带来的第一个性质上的改变，就是不再与实物盐直接关联。如果说原来的征税，只能在盐被生产出来以后才能征收，那么官府现在就可以提前把盐引卖给你，而不必管与它相对应的盐是否已经生产出来。这就使它具有了某种类似"国债"的性质。国债应该是可以流通的，而盐引也确实是允许流通的——它在发行时已经有了确定的价值，流通时则可以以高于或低于这个价值的价格转让。这就又使它具有了某种"货币符号"的功能。纸币也是一种货币符号。如果纸币的币值很不稳定，那么这两种货币符号的同时存在，势必加剧流通、金融领域的混乱，并导致盐引的功能变质。

阿合马发行的纸币叫中统钞。从北宋到南宋，纸币的发行始终处于摸索阶段是正常的，但是在长达二百年的时间里所取得的进展实在很有限。除了名称的改变（"会子""关子"等），只是完成了从私人发行到官府发行的转变，使用的地域从受限到不受限，使用的时间从有期限（"分界"）到无期限（"永远行使"），但是从始至终都没有解决好"本位制"的问题和限制发行量的问题。宋朝的纸币始终是"不可兑换"的，即不能兑换成与面值相同的金、银等贵金属，所以也就没有"本位制"，其购买力源于政府的权威和信誉，再加上发行量不受限制，就不可避免地会出现通货膨胀。政治经济形势相对稳定时还好些，否则就会迅速大幅度贬值。这也是它不得不"分界"的一个重要原因。理论上三年为一届，发行新币，收回旧币，但实际执行情况又非常混乱，往往会在贬值不严重的时候由朝廷下令"展届"，其中第十四届会子竟流通使用了二十余年。有时又会在发行新币后并不收回旧币，"两届叠用"，以至现在已无人能列出一张各届会子流通的时间表。直到南宋末期，朝廷才认识到这样做的种种弊端。理宗赵昀于淳祐七年下诏：会子不再分届，第十七、十八届会子"永远行使"。可是因为没有同时解决贬值的问题，过了十七年，就再次发行了更名为"关子"的新币，一贯新币相当于三贯旧币。

毫无疑问，阿合马的中统钞，是在总结了宋朝发行纸币的经验教训的基础上发行的。但真正令人惊讶的是，他竟然把那些弊端认识得如此透彻，而他想出来的解决办法又如此有效，甚至可以说一举解决了纸币发行中所有的基本理论问题！他首先确立了"银本位"制，在皇宫内修建延春阁，作为大汗廷的银库，储备了足够的实物现银，规定中统钞可以随时向指定的机构兑换与面额相等的白银。他精确计算并严格控制了中统钞的总流通量，谁也不知道他是怎样计算出来的，反正这个数量总是保持在合理的水平，以至即使是在灭宋战争使大汗廷的财政负担达到峰值的时期，中统钞的贬值仍然是缓慢与温和的。纸币的稳定保证了盐引的稳定：开始发行盐引时的官方初始价为每张九贯，到战争消耗最严重时，流通价也只涨到了十四贯，而在完成了统一并实现了经济恢复以后，更回落到八贯。

阿合马的私德确实极差，这与他的个人品质有关，可能也与他出身寒微、没有受过良好的教育有关，也与忽必烈对他的使用有关。在忽必烈看来，要消灭南宋，实现他的"思大有为于天下"的宏愿，离开这个经济天才是不行的。实际上阿合马一直是个备受争议的人物，大汗廷又拥有一个相对有效的官员监督体系，所以对他的批评、攻击始终持续不断，其中自然也包括对于他的私德的非议，更不要说对他的"聚敛纳贿""安插亲党"等的检举揭发了。这样的奏折，忽必烈每隔一段时间便能看到几个，如果说他全然不信，恐怕太不合情理了。只能说这是忽必烈的一个政治判断：既然一统天下离不开阿合马，那么这个人就必须用，用定了。谁说什么都白说。

阿合马在"领中书左右部事，兼诸路都转运使"任上干了两年，到中统五年亦即至元元年十一月，他就被忽必烈升为"中书省平章政事"，地位与廉希宪相等，比姚枢、商挺都高。当时姚枢是左丞，商挺是参知政事。但是阿合马并没有因为这种火箭式的提拔而满足，何况同虚名相比，他更看重实权。廉希宪、姚枢、商挺都是主张重义轻利的儒家，对阿合马那些千方百计弄钱的政策很是不以为然。有这三个人在中书省，阿合马就很难施展手脚，处处受到限制，所以他不得不把他的聪明才智先用在扫清障碍上。

按一般人的想法，这三个人在忽必烈与阿里不哥争夺大汗位的斗争中，都是居功至伟的人物，绝非轻易即可撼动的，可是阿合马只用了三个月的时间，就把廉希宪和商挺挤出了中书省，又过了四个月，姚枢也被调离。七个月下来，中书省已经被阿合马牢牢地控制在他一个人手里了。但是，忽必烈也没有亏待他的功臣。廉希宪、商挺仅仅被外放了两个月，就被忽必烈重新召回中书省任原官，而这一出一进，等于向他俩打了个招呼：你们干别的事朕都放心，唯独有一点要注意，就是别碍阿合马的事。这两个人回来以后，才把姚枢调走，那是因为姚枢的情况又有不同。姚枢似乎生来就是个当谋士的料，不太擅长干实事，所以他被外放的时间也比较长，召回以后也只得到一个"同议中书省事"的闲差，后来才得到一个"昭文殿大学士"的虚衔。在忽必烈这里，论功行赏和委以重任是截然不同的两码事，分得一清二楚。

至元三年二月，阿合马离开中书省，做了新设的"制国用司"的"制国用使"。这是忽必烈对大汗廷行政体制又一次重大调整的一部分。忽必烈希望中书省发挥更大的作用，却不能把这样一个强而有力的机构交给阿合马去管，因为阿合马从本质上讲是个难得的事务官，却不是一个好政务官。而阿合马要推行他那套千方百计弄钱的政策，又必须有足够的权力，不受别人的掣肘，于是就有了单为他设置的机构"制国用司"，和单为他设置的官位"制国用使"。这个机构与户部的职能多有联系甚至重叠，却又代替不了户部。阿合马离开后，忽必烈大大加强了中书省，而这种"加强"，不是加派新官员，却是让两个原来就在那里的人发挥比过去更大的作用。这两个人，一个是忽必烈心目中的接班人——皇子真金，另一个就是安童。真金自中统三年受任为"守中书令"以来，实际上并没有怎么真管中书省的事，中间还曾两次被派去外地维稳，防止和弹压那里可能出现的反叛或骚乱。现在他被要求留在上都，以便加强对中书省的管理。不过从实际情形看，他终归是个"政治家"而不是"政务官"，尤其是长期在中书省里已经形成的工作习惯，遇到大事总是直接请示大汗。他也就习以为常，不想改变。即使现在有人来找他了，他因为并不清楚前因后果，也很少拿主意，多数还是转而向父皇请示定夺。这样一来，真正在中书省起主导作用的，就是安童了。

现在可以说说安童了。

安童是木华黎的四世孙，父亲叫作霸突鲁，祖父叫作塔思，高祖叫作孛鲁。忽必烈攻鄂州时，欲撤军北返，第一个想见的就是霸突鲁。安童幼时，因为母亲和忽必烈的皇后是姊妹，常被带着进宫，得以见到忽必烈，并深得忽必烈的喜爱和器重。忽必烈即大汗位后不久，就把安童召去充任怯薛，成为四名宿卫将军中的一个，当时安童才十三岁。至元二年，十七岁的安童，在没有任何从政履历的情况下，直接被任命为中书省右丞相，与老将史天泽同位，而与他同时被任命为左丞相的是伯颜。从这个比较中，不难看出忽必烈对他委以重任的良苦用心。他也确实没有辜负大汗对他的期望，拜命不久，即着手调整中书省的机构设置和人事安排，阿合马于至元三年二月离开中书省，就是这个调整的一部分。至元四年三月，安童向忽必烈提出了进一步的改革计划，建议将中书省的高层官员人数固定化。原来中书省的高层官员不仅人数多，而且不固定，往往会因为一些临时的、具体的原因而增加一个或减少一个，以至常常出现分工不清、职责不明、政出多头等弊端。安童建议今后中书省只设丞相二人，平章政事、左丞右丞、参知政事亦均只设二人。忽必烈非常赞赏安童这个建议，认为它突出显示了安童的才干，深得提纲挈领、抓住根本的要义。事实上，它也充分体现了安童特有的"从抓制度建设入手"的行政风格；也正是这种按制度办事的规范，形成了对阿合马的种种制约。当年六月，忽必烈按照安童的这个设计，重新选定了中书省八大重臣。安童被任命为唯一的右丞相，成了中书省实际上的主导者。

原来的另一位右丞相史天泽另有重用，因为这时对襄樊的围困即将进入具体的谋划阶段。

这时中书省的下面设有四个部：吏礼部、户部、兵刑部、工部。和阿合马关系最密切的是户部，而户部尚书马亨刚好是他的"对头"。马亨是邢州人，当年金莲川幕府中所谓"邢州集团"的成员之一，后来又任职于廉希宪、商挺手下，自然也是一位重义轻利的汉儒。在阿合马看来，户部本来就是一个管钱财税收、人口户籍的衙门，却让这么一个儒来当尚书，实在匪夷所思，太不靠谱，少不得施展些手段，想让他挪动挪动，却因马亨根基深厚，终不得逞。不过，在官场运作当中，马亨毕竟不是阿合马的对手，所以在那些职权比较模糊或有所重叠的区域，还有不少原本属于户部的职权，被阿合马以各种名义、方式转到了"制国用司"的名下。尽管阿合马并不满足于此，可眼见得安童越来越紧、越来越严地搞制度建设，阿合马好不容易占到的那点便宜亦有难保之虞，他确实不能不来一个绝地反击了！

既然是绝地反击，就要出手凶狠，一击而中其要害。对于阿合马来说，想出这样一个办法毫不困难，但是他还需要等待一个机会。这个机会在至元六年的初冬终于出现了。从遥远的襄樊传来了战报——那里发生了一次大规模的激烈战斗：安阳滩之战。这次胜负参半的战斗，让忽必烈和整个大汗廷相信，一场以消灭南宋为目的的战争正式开始了。此战的一个直接结果，是根据阿术和刘整建议，忽必烈做出决断，立即组建一支由七万人、五千艘战船组成的水军。不要说即将进行的这场战争，单是从无到有地组建这样一支水军，就得多大的花费！阿合马当然不会错过这个机会。他先向忽必烈提出一个重大的机构改革建议：撤销于史无据的制国用司，成立尚书省。忽必烈当即准奏，并任命阿合马为尚书省唯一的平章政事。尚书省不设尚书令，也不设左右丞相，阿合马这个平章政事就成了最高主官。忽必烈做出这样的安排，显然意味着尚书省的级别低于中书省，但阿合马却很满意，因为他更看重的是实权，而不是级别。不过，满意归满意，阿合马并没有到此止步，又上了一道奏折。在这个奏折中，他不厌其烦地一一列举了安童自担任中书省右丞相以来的种种政绩，又不怕重复地引述了多位重臣对安童的高度评价，甚至重温了大汗本人多次对安童的充分肯定，然后指出：像安童这样政绩突出、威望极高的人，应该位列三公，方能彰显出大汗的赏罚分明！

看罢这个折子，忽必烈沉思良久。阿合马的用心，一目了然；这种用级别换实权的把戏，也毫不稀奇。问题是，眼见得两个人精在丹陛之下斗法，坐在龙椅上的大汗，须得用怎样一种巧妙的处置，方能让诸臣都信服呢？

最后，他提笔做了御批：发交诸儒议奏。

大汗亲自做了重要指示交办的事，诸儒哪敢稍有怠慢？三天后，诸儒来到议事堂，姚枢、窦默、许衡、廉希宪、商挺、王恂、王磐、刘秉恕、张学谦等十余人，团团围坐成一圈。虽然刘秉忠因为正在忙于中都的营建，经大汗特许免予参议没有来，郝经则还被南宋朝廷囚禁在三千里外的真州，但此情此景，还是让不少人都倏然记起了当年金莲川时期的往事。然而，所有人都知道，彼一时也，此一时也，诸儒还是那些诸儒，当今的大汗却已不是当年的亲王。当年的忽必烈亲王虽已立下"思大有为于天下"的宏愿，却还有很多事不明白，需要诸儒的提醒、建议甚至教诲；而当今的忽必烈大汗已经什么都明白了，高瞻远瞩，洞察一切，掌上千秋史，胸中百万兵，似这等区区小事，少不得早已成竹在胸，哪里还会等着这帮人替他出主意？所谓的发交诸儒议奏，只不过是要借诸儒的嘴，说出大汗想说的话。所以，诸儒在落座之后寒暄已毕，便开始了一段长时间的沉默。他们得好好想一想。如果让他们说说自己的见解，他们可能用不着这样冥思苦想，然而现在却是要他们猜猜大汗想怎样处理这事儿，这就等于要他们先假设自己是大汗，而他们实际上又不是大汗，甚至不敢假设自己是大汗，所以就有了难度。好在他们都追随忽必烈多年，堪称忽必烈的心腹，且又都是睿智之士，起码也算得上半个人精，所以终于有一个人出头，打破了那长时间的沉默。这个人是商挺。商挺只说了一句话："安丞相乃国之柱石，不可一日出中书！"此话一出，诸儒俱点头。如果要做一份会议实录，这个实录也不可能再有第二句话，因此当会议结论以奏章的形式呈奏给大汗时，那奏章仍然只得这十五个字："安丞相乃国之柱石，不可一日出中书。"未增一字，亦未减一字。

忽必烈在这十五个字的顶上批了四个字：准奏如拟。

诸儒圆满完成了任务。

阿合马则遭遇了他的官场斗争史上的首次重大挫折。

安童则留在了中书省，继续他的制度建设。针对阿合马喜欢擅自任用亲信的不良嗜好，他提出了一项官吏委任制度：凡大小官吏的任用，一律由吏部开列合格人选名单，呈请尚书省圈选，再由尚书省咨请中书省上奏，经批准后发表。

忽必烈又批了四个字：准奏如拟。

26　逃出安阳滩

阿术本来要打的是一场抄掠战，顺手牵羊，打完就走。打这种仗而使用精兵，并不是预见到要打的是一场硬仗、恶仗，只是因为这支精兵原是给范文虎准备的，范文虎没有来，就把这支原本用来打阻击战的精兵用于打一场抄掠战，大马拉小车，正可轻松取胜。

吕文焕是如何得知阿术这一计划的，无人知晓。反正他提前得到了消息，而且对阿术的计划了解得相当具体，包括出兵时间和用兵方向、兵力人数和部队构成。如果说还有什么不尽如人意之处，那就是得到消息的时间有点晚，离阿术行动的时间只剩三天了。换了别人，调集一路人马，往蒙军的来路上一挡，敌军见我已有准备，说不定就不来了，即便其心有不甘，杀上一阵，我军以逸待劳，先占着三分便宜，所谓兵来将挡，水来土掩，原是用兵常理，如此应对，这三天时间自是足够。即便是吕文焕，放在一年前，八成也是这个办法，然而现在的吕文焕已非一年前可比，得到消息之后，他立刻意识到这是一个机会。他要抓住这个机会，让敌人知道他的厉害，下次再也不敢如此轻举妄动！

于是，为了取得最大的战果，他面临着两个问题：这一仗应该怎么打？在哪儿打？

他把葛明召来，先不说自己的打算，只把得来的消息概略讲了一遍，然后问："先生有何高见？"

那葛明闭目凝神，一下下捻着他那山羊胡须，沉思有顷，方重又睁开双眼，轻轻说道："宜诱而痛击之！"

话音刚落，吕文焕的追问旋踵而至："在哪儿？"

葛明应声答道："安阳滩！"

阿术事后回想安阳滩之战的全过程，忍不住几次跌足大恨。从他的参谋人员为他搜集来的情报中，他得出的结论是，他的对手吕文焕，作为一个高级别的军事将领，目前至多处在相当于他当年和伯颜在沙滩进行实战推衍的阶段，说白了就是学习阶段。情报显示，吕文焕确实是个很有悟性的学习者，学得也很刻苦用心，但是他万万没有想到，自己也成了对手的学习对象，而且被学得惟妙惟肖——在安阳滩之战中，宋军的整个作战方略，活脱脱就是他当年在济南时打李璮抢粮队的翻版！

当然，这只是就"作战方略"而言。在战术细节上，吕文焕的作战方案要复杂得多，不然也不足以让阿术的部队一步步走到了安阳滩这个倒霉透顶的地方。直到阿术发觉上当但为时已晚的时候，他甚至还想不清自己到底是被逼还是被诱到这儿来的。

和当年在济南一样，对手事前已经知道了他的行动计划。也和当年一样，对手并没有派出一支军队在他的前进路上进行阻截。如果是那样，或是就此收兵，或是向前迎战，选择权在他手里。如果他愿意打上这一仗，那么这一仗也确实可打，因为这时他的部队刚刚出发不久，体力尚佳，士气正盛。可是对手没有这样做，正如他当年在济南也没有这样做。他甚至能想象，吕文焕在向部下布置任务时，必定会以某种特别的口气，说到那句老话：以其人之道，还治其人之身！

就这样，阿术所部没有遇到任何阻拦，天亮后不久就在水军的掩护下从袁家冲渡过了汉江，辰时未尽就前进到了预定地区，然后用了整整一个上午，袭扰抄掠了三个较大的乡镇，掳获了数百人口和大量财物。抄掠临近尾声时，阿术下令各部埋锅造饭。抄掠结束，饭也造好，正待众将士饱餐一顿，便可收兵奏凯，猛听得三声炮响，便有三支宋军马队，呈半圆形杀将过来。一时间杀声震天，蹄声动地，正不知有多少人马。阿术闻报，心中便是一紧，盖一听敌军是分三路同时杀来，即知决非临时调集的救援部队，必为早已等候多时的埋伏之兵，而不早不晚，恰恰在此刻杀出，正可见出敌将之用心良苦了！

事已至此，别无良策，阿术只得下令部队紧急收拢后撤，一面派出一支精兵断后，并嘱其切不可恋战，且战且退便好。乱了半个多时辰，大队已经退出约十里，断后的小队亦派人来报，说来袭的宋军见我军有精兵断后，未敢造次冲击，只是不远不近地尾随于后。听得此讯，阿术心中又是一沉：宋军有备而来，焉能有"礼送出境"之好事？做了个换位思考，若是自己如此用兵，则必是前路还有伏兵，那时首尾夹击，便是一场围歼之战了。想到此处，急忙传令大队停止前进，派出一队尖兵探路，不多时得到回报：前面路上果然有一支宋军，且已经在一片开阔平坦处列阵以待，只等我军一露头，少不得放马冲将过来。闻听此言，阿术不由得倒吸一口凉气！好个吕文焕，长得也忒快了！一般将领用兵，既已探明敌方路线，大抵都会选个隐蔽去处埋伏了，待敌军到时突然杀出，以收出其不意之效。虽是如此，只因凡隐蔽之地必不够开阔，由此杀出时，展开面多不会很宽，通常亦不易跑出最好的马速，冲击力就会差些。若是这种战法，被冲击的一方虽是一时难免被动，但如果将领指挥得当，部队又训练有素，尚有望在混战中渐渐挽回颓势，不致一败涂地。然而像现在这样，对方竟于平坦开阔处公然列阵以待，待到两军劈面相遇，再一字长蛇阵地冲杀过来，那冲击力非寻常可比，尤其是那展开面宽出来的两翼，转眼间便可形成包抄之势，让你至少三面受敌，哪里还会有调整兵力阵形的余地！这种打法，不仅明摆着要置敌于死地，眼见得还要其死得非常难看！须知阿术率领的虽是一支精兵，若是来时遇到敌方这种列阵以待的阻击，还真是不怕与其来一个对冲，而此时的精兵实际上已经成了疲兵，又被搅了午饭，众将士一个个饥肠辘辘，哪里还有力气纵马拼杀？不过，倒吸一口凉气之后，阿术又不能不暗自庆幸，多亏早有预料，又派人探得了虚实，没有贸然去自投罗网。既然这股宋军咱招惹不起，这条路不让走，咱另找一条能走的路走吧！

　　阿术就马上沉思默想了片刻。襄樊一带的地图，就在他心里装着。权衡了种种利弊之后，他选定了从安阳滩渡过汉江的路线。主意已定，他立即传令派一支由五十人组成的精锐马队，绕过列阵以待的那支宋军，以最快速度赶到等候在袁家冲的水军，命其火速进至安阳滩接应。安阳滩在袁家冲的下游，相距二十余里，应能在大队到达之前控制那一带江面。选定在那里渡江，这是一个重要的因素。他下达的第二个命令，是将一支最有战斗力的约五百人的骑兵，部署在大队的右翼，如果那支列阵等待的宋军闻讯向安阳滩赶来，就果断冲击其侧翼。别看它列阵等待时不敢招惹它，一旦它处在行进之中，以五百奇兵突然冲击它的侧翼，足以将它冲个稀里哗啦。第三个命令是舍弃战利品，车也不要了，别管是抢来的车，还是自己带来的车，只要是装着那些抢来的财物的，就让那些掳来的人丁全部拉走。有拖泥带水不肯快走的，一律按宋军奸细论处，就地问斩。最后，他命令大队即刻以战斗行军态势向安阳滩进发，也就是说，一面走路，一面随时准备与遭遇之敌交手。

　　"过了江就埋锅造饭！"阿术没有忘记在命令中安抚他的将士。

　　毕竟是一支训练有素的部队，再加上主帅阿术镇定自若地发布了一系列命令，胸有成竹地做出了新的战斗部署，军心很快稳定下来。又去掉了那些掳掠来的人口财物的拖累，这支又累又饿的部队，居然在申时未尽前到达了安阳滩，比平常的速度慢不了多少。可是，就在阿术刚要松一口气的当儿，一骑快马飞驰而至，刚到近前，那骑手已滚鞍落马，单膝跪地："报——"

　　"快讲！"

　　"前方江面宋军战船云集！"

　　"怎么讲？"

　　"宋军战船云集前方江面！"

阿术的脸上掠过一丝惊讶的表情，但马上就恢复了镇定。他听出了两个消息：除了宋军水军的堵截，还有他那支在袁家冲的水军的噩耗！他派出的那五十骑精锐肯定已经把他的军令传到了袁家冲——如果他们中途遇阻，哪怕遭了暗算，总不至于逃不出三两个人回来报信吧！既然军令已经送到，而此刻并没有赶来接应，反而是宋军战船云集江面拦住了去路，自己那支水军眼见得必是凶多吉少了。不过，转念一想，也就不再觉得意外，因为换了自己，既然能料到对手会改道安阳滩，理所当然也不会轻易放过对方在袁家冲那支水军，最起码也不会放其顺流而下，赶到安阳滩来接应。

阿术意识到，他已经被对手逼入了绝境！

正在这时，猛听得又是三声炮响，正惊疑间，又有人飞马来报：左后方有一股敌军杀来！应该说，这个时候有一股敌军从侧后杀来，不在意外，但出乎意料的是它不是来自右翼，竟是来自左翼！直到这时，他才猛地拍了一下自己的额头，心里叫了一声惭愧："我上当了！"现在他明白了，那支摆在通往袁家冲路上列阵以待的宋军，实是一支疑兵！他们没有隐蔽埋伏，就是为了让他容易看见！那多半只是一支人数和战斗力都有限的部队，而现在从左翼杀来的，自然确定无疑是宋军的主力了！

想到此处，他顾不得再多想，两腿一夹，一勒缰绳，胯下战马便向左后疾驰而去。跑出了十数丈远，心里一动，让战马略减了减速，等他的卫队追了上来，这才重又加速。当他飞马来到战场时，那里果然已经出现了一定程度的惊慌和混乱！而当他看到这里竟是一片河滩地时，不由得暗暗叫苦。

原来这河滩地土质松软，又夹杂些卵石，恰恰抵消了蒙古骑兵的优势。但此时的阿术已容不得多想，马不停蹄直向阵中冲去，一面高喊："步兵向前！步骑相护！"好个阿术！在卫队的簇拥下，他纵马在阵中环绕疾驰，反复高喊着这两句话。这是一个最高指挥官直接指挥士兵时的最好方式，而这两句话又恰恰简单明了，切中要害。还得说这毕竟是一支精兵，训练有素，久经战阵，此时见主帅亲临战场，入阵指挥，自然士气大振。原来蒙军因骑兵拥有优势，步兵通常总是跟随在骑兵之后，此前因见骑兵不占便宜，步兵亦不敢向前，越来越被动，现在经主帅临阵明令，步兵冒死向前，果然步骑相护，战场上的微观局势顿时发生了变化。短兵相接之际，蒙军不再被动挨打，积小成大，不多久，整个战局便有了改观。蒙军渐渐稳住了阵脚，由惊慌混乱转为顽强抵抗。阿术这时差不多已在阵中驰骋了一圈，见局势已得到了控制，而统领这些部队的将校应该能够应付了，便又想起了汉江上云集的宋军战船。那是比这儿更要紧的去处！

　　这样想着，正要勒转马头赶去江边看个究竟，猛见前面有一股宋军，径直朝他冲了过来，为首的一员宋将，一边挥着手里的鬼头刀，一边高喊："捉了那个蒙军头领，重重有赏！"此时阿术也是刚刚跑得兴起，不由得冷笑一声，手中一挺长枪，双腿一夹马肚，那战马便迎着来敌冲了过去。不料尚未及跑起来，那战马猛然间一个趔趄，紧接着便朝前跪倒下去，正是所谓的马失前蹄，登时将阿术朝前摔了出去，那杆颇为沉重的长枪也脱了手。多亏那马还没有跑起来，加上阿术在被摔出后没有慌乱，及时调整了姿态保护自己，落地后打了两个滚，就翻身站了起来。一面随手抽出腰间的防身宝剑，舞动了两下，手臂腿脚都无大碍，心中便有了底气，一面展眼观察，却见那股敌兵正凶猛扑来，而自己的卫队也正奋力来救，两者与自己的距离相差无几。不过，事情也就在这一瞬间发生了变化。卫士们见主将马失前蹄，救主心切，一个个都不要命似的催马来抢；而宋军见此情景，便有些含糊，哪里还敢再来个对冲，一时收不住马，只能缰绳一勒，略改变方向。眨眼之间，就在卫队已将阿术护住的同时，宋军却从其两侧轰然驰过，倒让那些卫队的骑手向前空跑了一程，好不容易才收住马，兜转回来。若论阿术，刚从马上摔下时，说他一点都没惊慌，那是吹牛，待到卫士们转回来将他围住时，他那脸色也是青一块白一块，心中不由得一阵阵后怕。这时已有卫士将他失落的长枪捡来，另有卫士寻到了那匹战马，遛了十余丈，只是左前腿略有点跛，亦似无大碍，纵使当时还没有跑快，伤得不重。虽是如此，牵到阿术面前后，还是问："将军是仍骑这匹，或是换一匹？"这匹马纵使有伤，虽无大碍，眼见得是出不了全力的，但临阵时换一匹生马，实亦大忌，两难之间，得阿术自己做主。阿术说："既是还能骑，就仍骑这匹吧。"说着走到马前，将手在马脖子处轻拍了两下，低声说道："宝贝儿，休再误我！"话音刚落，只见那战马随着一声长嘶，陡然间前蹄腾空，用一双后腿直立，马嘶声落，前蹄亦复落地，竟是双眼含泪，将马头拱到阿术怀里，用舌头在阿术的护心镜上舔了几下。阿术点点头，将手一伸，自有卫士将他的长枪交到手中，就挂着枪，向卫队长下了两道令："我要去江边，你派两个人去找怀都，让他速到江边等我。"说完，绰枪在手，翻身上马，缰绳一抖，先让那战马走了一段，见走得尚称平稳，双膝一紧，便小跑起来。

　　阿术一行到达江边时，大队亦已进至江岸，怀都也早在那里候着了。阿术催马向前，直至离江水不过十余丈的距离，展眼向江面望去，果见宋军战船云集，不过却都是在江的对面，背靠江岸一字排开，只把船头朝着这边。一看这架势，阿术便明白了吕文焕的意图：这些水军的任务，只是阻止自己的部队过江。此时已是深秋，汉江正值枯水期，天气却尚未大冷，蒙军无奈之下，有可能强行涉水过江。若果如此，宋军战船只需稍稍向前开进，便可收半渡而击之的奇效，使蒙军无法渡江。不过，无论蒙军是否强渡，这支水军决不会靠近这边江岸，更不会杀上岸来。阿术想到，吕文焕已经为他准备好了一支足够强大的部队，于今日深夜或明天拂晓发起总攻，将这支进退两难的蒙军"就地解决"。但此时的阿术已不是太担心了，因为他已经仔仔细细把宋军的战船看了一遍，以目力之所能及，从左到右，再从右到左，总共也不过六七条大船，其余都是中小战船，且尤以小船居多。如果说他让卫士去找怀都时，对这个计划还没有多大把握，特别是担心宋军大船较多，怀都就很难完成任务，那现在他就比较放心了。怀都本人的勇猛和能力，都是可以信任的。阿术招招手，把怀都叫到近前，用很平和的语调向他下达了命令。阿术讲得很详细，不仅讲到了战斗中各个环节的打法，和相互之间的配合，还讲到了各类战功的不同赏格，尤其强调对夺得宋军战船的要格外重赏。最后，他用更加平和的语调说："这是绝处逢生的一战，也是以不利攻有利的一战，伤亡在所难免。不要怕伤亡。要晓谕所有将士，全靠他们的奋勇向前，以他们的血肉之躯，来为全军杀开一条生路。"

目送怀都策马离去，阿术就岸边不远处寻了一小块平坦去处，让卫士就地铺了一条毡，便去那毡上躺下了。十二名卫士人挨着人，脸朝外围成一圈，将阿术围在了人墙之内。阿术用左臂挡住了眼睛，不一会便酣然入睡。

一觉醒来，挪开左臂，睁开眼睛，阿术看见天光正在暗下来，同时也听到了战鼓声和呐喊声。翻身站起，围着他的人墙散开了，同时便有卫士牵来他的战马。

阿术很快来到了江边。

江上的战斗已经开始。

他对怀都能如此之快组织好并开始实施这场战斗很满意。

这是一次组织难度很高的战斗。

按照阿术的命令，怀都已经集合起数百名识得些水性的士兵，发起这场以夺取宋军战船为目标的战斗。在蒙军的步兵骑兵中，要找真正水性好的士兵，找不出几个，所谓"识得些水性"，大略也就是能在水里往前游，最好的也就是能憋一口气在水面以下潜游个丈把远近的。好在数百人一起行动，前后左右彼此都有照应。饶是这样，战后点数伤亡，也有大几十人属于溺亡。除了这支水上的敢死队，岸边还密密麻麻排开了三百余名弓箭手。这个倒不难，蒙军中无论骑兵步兵都能射箭，何况这还是一支精兵，不乏射得远射得准的神箭手。

按照阿术的要求，敢死队下水后即开始泅渡，能潜游的尽量倒换着潜游。不必游得很快，但要尽量保存体力。毫不夸张地说，阿术设计的这些细节，对确保此战成功起到了至关重要的作用。枯水期的这一段汉江，江岸坡度平缓，若是涉水向江心走去，有相当一段距离上半身露在水面以上，会早早被宋军发现。如果作战意图被宋军识破，于半渡之际乱箭射来，即使不被击退，等到接近宋军战船时，恐怕连一半人也剩不下了。现在蒙军入水即开始泅渡，水面上只露着个脑袋，离得远时就看不清了。事实上，宋军是在蒙军敢死队游到江心时才发现的，而且发现之后，因为敢死队总有人替换着潜游，看到的人数就比实际人数少了许多。这就使宋军一时看不透蒙军的意图。

尽管是枯水期，江面还是颇为开阔，风浪虽不大，总有些波流起伏，在这样的背景下，只见一颗颗人头在水面上时隐时现，如何就能点数得清！大略望去，总不过三五百人，如此不慌不忙地泅水而来，要干什么？能干什么？遍观古今水战史，以这么点兵力，泅水去攻击列阵以待的六七十艘战船，向无先例。若说他们是来投降的，倒更让人信服。这时的宋军，总头领猜不透敌方意图，未敢造次，各船上的头头未得统一的命令，自然也是在各自猜疑，有觉得对方是来投降的，也有疑心对方是来做孤注一掷强攻的。总而言之，都在观望，却没有采取任何应对之策。可另一方面，毕竟是两军对阵，临敌之际，戒备之心，还是有的。也就在这时，怀都按照阿术的计策，命令岸上的蒙军突然擂起了战鼓，且擂得又急又重，而那些隐蔽在岸边的弓箭手们亦齐声呐喊起来。虽然隔着多半个江面，那鼓声喊声传到宋军战船上，还是很有威慑力的。军中传令，向来是擂鼓则进，鸣金则退，鼓声一响，宋军明白了，那泅水而来的蒙军，不是来投降的，而是来强攻的。鼓声喊声虽远，来攻之敌却不远，此时看那支泅水而来的敢死队，游得快些的离宋军战船已不过一箭之遥。船上的头头，有戒备心强的，即时有了反应，也不等上方统一指挥，就下命令开船迎敌。开始不过几艘船抢先开进，其他船上的头头见了，亦先后下令跟进。这就是阿术的福气了。若论宋军此战，原有几种打法，即使前头的变数全不算，蒙军擂鼓呐喊之后，判明了他要强攻，若指挥者下令放箭，对方刚好处在射程之内，即使其冒死强攻，游到战船近前时，少不得总要有些伤亡，战斗力有所削弱。更重要的是，宋军若是在统一号令下同时前出迎战，保持原有的阵形，甚或就在原地不动，单等蒙军来攻，一个在船上，一个在水里，居高临下，蒙军人数又不占优，大半胜算实在宋军手里。现在宋军的战船却是参差不齐地陆续开出，那驶在前面的，就处在了以少打多的境地了。不过这里也有个心理因素：历来宋蒙两军水战，优势多在宋军一方，何况那还是船舰之间的交手，此刻眼见得蒙军只是泅水而来，宋军船上一众人等自是不怎么把对方放在眼里，只管放船冲了过去。等到战船划出了船速，有了冲击力，也正好与泅水的蒙军相遇，却才发现这仗打得有点不对，原来两军相接的当儿，并没有船舰的对冲对撞，而水中的蒙军虽也有游得快慢之分，前后略有些参差错落，毕竟只是一条线，并无什么纵深，所以这些宋军的战船转眼之间便冲过了头，反倒是水中的蒙军转身游回来去追宋军的船。

接下来发生的事就更加不对了。宋军的战船开始减速准备掉头，却发现那船仍在以接近原来的速度朝对岸驶去！"是蒙军在推船！"船上有宋军发出了惊呼，然后这才真正发生了短兵相接的战斗！船上的宋军拼命想砍杀推船的蒙军，水里的蒙军也分出一拨来对付船上的宋军，但并没有特别用力地去攻击宋军，而是以掩护推船的蒙军为主要目的。兵刃相格，乒乒乱响，虽是伤亡都不大，那船却在不断向对岸靠近。靠近到一定程度，就有了伤亡了。只听得岸上几声梆子响处，便有一阵箭雨朝这船上袭来。叮叮咚咚一阵响声过后，虽然钉在船身上的箭多，钉在人身上的箭少，毕竟没被射中的人也所剩无几，而且被吓破了胆，有的躲进船舱再不敢露头，有的于惊恐间跳进了江中。这也是水军的一个特点，见势不妙便不由自主地往水里跳。一旦落入水中，再与水中的蒙军交手，可就不占任何便宜了。运气不好的，就做了蒙军的刀下之鬼；运气好且水性也好的，拼命顺着水势往下游方向游去，侥幸逃得了性命。船上没有了宋军，船轻了许多；水中原来担任掩护的蒙军也去推船，船很快就靠了岸，成了蒙军的战利品。水中的蒙军游上岸，自去歇息，等着记功领赏，另有新一拨蒙军上了船，重新向对岸开去，投入战斗。这第一波的泅水夺船，蒙军虽是以不小的伤亡为代价，毕竟夺得了三十余艘战船，等到这三十余艘战船换上了蒙军，去寻宋军的其余战船拼杀时，那些宋军的战船此时均在江心一线，很快便搅作了一团。论理此时的宋军仍占着优势，不仅船数上仍多于对方，更何况船上原是训练有素的水军，而蒙军船上不过是些临时充作水军的步兵，莫说是对两船相接时种种拼杀的战法一窍不通，便是那船也驶得格外拙滞。此时正在岸上督战的阿术，手心里仍是捏着一把冷汗，几次让怀都命士兵们加劲擂鼓呐喊。阿术明白，此时的蒙军仅有的取胜之道，全在士气！宋军见敌军驾着刚才还属于自己一面的战船来攻，心理上先就不适应。接战伊始，发现对方采用的根本不是水军作战时的战法，战术上也不适应。只要双方的船一靠近，蒙军士兵便义无反顾地纷纷跳上宋军的战船，来找宋军士兵捉对儿厮杀。这不是水军的战法，倒是更像步兵攻城时的战法。攻城时多少还有个退路，似这等跳上了敌人的船，再想回自己的船却是回不去了，摆明了就没打算再回去。那气势先就压人一头，所以很快就出现了饶有兴味的一幕：往往是蒙军跳船的人一多，宋军就纷纷跳水。好在蒙军意在夺船，对跳了水的宋军倒也网开一面，任其泅水逃命。这一仗，宋军没有全军覆没，却也端赖开头时没有同时出动，有前有后，乱了阵形，到蒙军驾着夺得的战船来攻时，有些便离得远些，见势不妙，未等敌船靠近到能跳过人来，便已逃走。好在蒙军亦不追赶——其实也追不上，他那些桨手全是"临时工"。阿术在岸上看得分明，见好就收，下令鸣金。锣声响处，江面上还剩下的战船，便纷纷朝这边江岸驶来。现在这些船已经变成蒙军的了。原来所说"宋军战船云集江面"，现在这五十余艘战船驶将过来，倒也称得上浩浩荡荡，气势不凡了。

阿术稍稍松了口气。虽然有了渡江的船只，大队人马仍在险境。夺船之初，他曾经庆幸这些船都不大，好夺一些，及至夺到了手，又嫌其太小了。数千人马，用这五十余艘小船渡江，恐怕到天亮都很难渡完，而吕文焕随时都可能从背后掩杀过来，即使他不因被夺了船而提前行动，按其原定的计划，发动总攻的时间最晚也晚不过拂晓。

还得想个特别的办法。

阿术派人去江里把怀都叫来。敢死队泅水夺船之初，怀都还在岸边指挥，位置稍后的阿术一直能看见他。自从夺到了第一批敌船，阿术忽然看不见他了，后来还是卫士指给他看——原来怀都这时已经站到江里去指挥了，江水没到了他的膝盖以上。他没有让那些准备上船的士兵在岸上等船靠岸再上船，而是让他们涉水到江中去上船，以便早些投入以船夺船的战斗。让士兵下水，他自己就率先下了水，而且一直就在水里指挥。

在怀都到来之前，阿术已经下达了一连串的命令。他命令部队分头陆续向安阳滩集结，准备在这里渡江。各个方向都派有必要的兵力断后，如果哪个方向受到了攻击，还得有必要的兵力策应。各部队的辎重要立即清理分类，不好带的坚决扔掉。又特别安排了一拨火头军，携带粮食灶具最先渡江，到了对岸即埋锅造饭，让渡了江的将士一下船就能吃上饭，让船上的桨手也尽快吃饱，有力气划船。等阿术下完这些命令，怀都来了，虽然只是大腿以下的裤子是水淋淋的，可是这个健壮魁梧的大汉，此时也是脸色煞白，身子止不住地微微颤抖。阿术叫他来，本来是想跟他商量一下，有没有什么特别的办法，能让大队尽快渡江，可是在看到怀都以后，他已经有了办法，但还是关切地问："江水很凉吗？"

"比夏天凉，不像冬天那么凉。"

阿术的嘴角不由自主地浮起一个赞赏的微笑。别看只是句大实话，不是一条真汉子，说不出这样的大实话。又问："咬咬牙，能扛得住？"

"是条真汉子，钢牙咬紧，什么扛不住？"

阿术点点头，下了命令："好，你去换条裤子，回来还在这儿指挥大队渡江，所有将士，一律涉水至江中等候上船。你要把他们下水的时间揣算好，首先是不能让船等人，但是也别让人在水里等船的时间太长。"

"末将明白！"

"还有，等船的地方，以水深齐腰为限。一旦淹没胸口，寒气攻心，人受不了。"

"领命！"

阿术又靠近些低声说："那边做熟了饭，我会让人给你带过来一点，你要找个别人看不见的去处悄悄吃了……"

"不用，末将扛得住！"

阿术眉头一皱说："这是军令！没吃，或是吃的时候让别人看见了，皆为违令——军中无戏言，违令者斩！"

"得令！"

阿术是半夜时分渡江的。怀都调来一艘稍大的船，直抵江岸来接阿术。说是稍大，也只装得下少量的贴身卫士，和他们的战马。登船之前，他又回头望了望身后的黑夜。与其说看见，不如说多半是感觉到那些等待渡江的将士，大抵都默默地席地而坐，暗暗地盼望着早些轮到自己渡江。天黑前后，他曾经很担心的事并没有发生，吕文焕并没有在得知战船被夺的消息后发起攻击。此刻已是子时将尽，然则拂晓之前应该是不会来攻了。心里琢磨着这个对手，一喜一忧共有两条。其一是看来这个对手还不够老到，临时应变的本领还欠火候；其二是令人生畏，或者这个对手实是老谋深算，准备不足时并不轻易出手，一旦出手则必欲置敌于无力还手的必死之地。而无论如何，阿术此时都只能听天由命了。

到了对岸，已经有人为他准备了一顶小帐篷，帐中的一个小案几上，摆好了还略有余温的饭菜。他早已饥肠辘辘，可吃了几口，就吃不下去了。他想起了还在那边等待渡江的士兵，尤其是在江水中等待上船的。船近江心时，曾从离他们很近的地方经过，他看见他们紧挨着站在江水里，有的人还互相挽着胳膊，以防被江水冲走。多数人都是水淹至腹部以上，个子矮的甚至被淹到了胸口。他原想过去命他们稍稍退后些，再一想却又作罢了。情知这些士兵此刻的心情，俱是宁可多往前站一步，也不愿往后退半步。水中也有一些马匹，但不多，且多是役马。主要的骑兵部队都被派去断后了，现在还真是难说他们能不能撤回来。

胡乱吃了一点，阿术便躺下入睡了。约莫两个时辰以后，他被卫士叫醒。他甚至没有问发生了什么事，便翻身而起，匆匆赶到江边。用夺来的船渡江的工作仍在进行，只是更多了一些紧张乃至慌乱，对岸稍远处，拂晓的微明里隐隐可见明明灭灭的火光，偶尔还能听到依稀可闻的喊声。不用说，那是吕文焕发起了最后的攻击。这时的阿术已经不抱任何幻想了。吕文焕就是吕文焕。吕文焕没有在得知蒙军夺船的消息后仓促出击，而是按原定计划完成充分的准备后才发起了总攻。说不定他还是有意放一部分蒙军渡江，然后以悬殊的兵力一举将剩下的蒙军吃掉。反正事实正是如此。阿术从火光和喊声中可以想象到，那是他的断后部队正在和宋军拼杀。那是一些颇有战斗力的部队，主要是由勇敢的蒙古骑手组成。阿术知道他们还能抵挡一阵，以便渡江的船再多走两三个来回，但那些骑手自己是回不来了。当然，他们会让宋军也付出一定的伤亡为代价。虽然阿术后来在给大汗廷的奏折中强调了这一点，但在此时此地，他却很难排解心中的悒郁。毕竟，那些勇敢的骑手是被他"放弃"在对岸的。

三天以后，阿术专程造访了刘整。三天里他一直在思谋这件事，而最终促使他下决心成行的，是他得到了关于怀都的报告。怀都没有回来。这个倒不是太出意外。让他震动的是，据最后逃回来的士兵说，在宋军已经杀到距江岸不足一里之遥时，怀都出现在江岸的高处，向士兵们喊道："宋军就要杀过来了，如果都在这儿等着，恐怕走不了几个，如果有人上去抵挡一阵，就能多走几个。你们听明白没有？好，我也不指名道姓点兵点将，有不怕死的好汉子，跟我来！"

然后他就朝着那火光明灭的方向冲去，甚至没有回过头来看看有多少人跟在他身后。

让阿术震动的，不仅是怀都的视死如归，更是这一战最后的惨烈。在准备报呈大汗廷的奏折中，他对比了双方的伤亡损失，称此战为有得有失，胜负参半。但是在想到这最后的惨烈时，他不能不承认这实在是一场败仗，只是在收拾残局时，没有让敌方的预谋得逞，将大部分部队带出了绝境，也给敌人造成了不小的伤亡，还夺得了几十艘战船。他想起了父亲的教诲。兀良合台常说，胜败皆兵家应有之事，做一个优秀的将领，要善于从胜败之间参悟用兵的得失，尤其是一场败仗之后，必有若干将士实是因尔之过送了性命，若再不细心揣摸，以为后车之鉴，如何对得起那些捐躯沙场的英灵？实际上，阿术自己已经把此战的前前后后想了一遍又一遍，也想到了其间的种种应有或可有的变化，但是总觉得还有某种更深的东西没有想到，却又想不出它究竟是什么。于是他想到要不要去造访刘整。和一位同级别的将领，而且还是一个汉人，讨论自己刚打的一场败仗究竟败在哪里，其实是件很别扭，甚至很痛苦的事，犹豫再三，直到听完有关怀都的那个惨烈的事迹，他才最后下了决心。

前一日，阿术已经修书一封，细细说了此番造访的原因，所以阿术到时，刘整虽亲至辕门外迎候，却没有将阿术引至中军大帐，而是直接来到一座小小的议事帐。亲兵看茶后即行退下，帐中便只剩下刘整、阿术。二人略作寒暄，阿术便开始介绍此战的详细经过。一个讲得恳切，一个听得用心，仿佛都意识到这一番谈话，这一个时刻，将在很大程度上影响两个朝廷的命运走向。

"将军此来，非为安阳滩之战，实为灭宋。"听完阿术的介绍，刘整沉思良久，才开口说道。

"愿闻其详。"

"将军趁范文虎不战而退之机，用已经集结的兵力，进行一次骚扰抄掠作战，良有以也。围困襄樊，就是要不断消耗其物资兵力，消磨其民心士气，此等骚扰抄掠，以后仍是多多益善。至于目标之选择，将军所定亦称上选，与襄、樊二城的距离，太远则不足以震慑，太近则敌易救援，将军所选，不远不近，恰到好处。况出以精兵，正如以石击卵，势在必得。"

"惭愧。"

"至于事机不密，致敌有备，虽是日后确需引以为戒，然此等情事又实系在所难免。两军交战，双方都会不遗余力、千方百计刺探对方军情，难免你中有我，我中有你，难说万无一失，是以行动之初，即应想到敌人若事先有备，会有何种应对，从而未雨绸缪，以免临时措手不及。"

"承教。"

"然此类道理，说说而已，战场上风云变幻，实非事先能够一一想到，更何况此战立意即在突袭，若过多去想敌方早有准备，则整个作战计划便很难成立。是以在实战当中，更端赖主将随机应变的能力。而由此看来，将军在遭敌伏击之后的种种举措，俱可圈可点，堪称力挽败局之范例。虽孙、吴再世，大略亦不过如此了。"

阿术推掌一拦，正色说："将军如此说，倒叫在下无地自容了。"

刘整却只微微一笑，摇摇手道："将军莫急，我这可不是给将军灌迷魂汤喂迷魂药，替将军吹嘘。"说到这里，脸色也是一正，"为将者提军上阵，自应破敌制胜，打了败仗，还有什么好吹的？然则我观将军前日手书，将军之所以枉驾亲临者，原不是为了细究那些小得小失，而是要通过对此战的参悟，谋划灭宋全局之大道！"

"正是。"

"若然，依在下看，此战之败，恰恰败在了将军旌旗未到之处！"

"此话怎讲？"

"将军请看！"刘整边说边站起身来，招招手将阿术引至一张大案几前，那案上事先已经铺好一张地图，刘整伸手一指，说，"就是这里！"

阿术展眼看时，刘整的手指正好指着一个地方——袁家冲！

阿术不由得倒吸了一口凉气！

"将军决定在此渡江，实为不二上选。"

"应是如此，确实再无更好的去处。"

"然则将军回军之际，明知这里留有接应的水军，又已进至相距不远之处，在得知有宋军阻截后，毅然决定改道安阳滩，依在下猜想，恐非怯于与宋之马步军冲杀对决，实是料定袁家冲的水军用不上了。"

"正是因此啊！宋军敢于北向列阵以待，显系毫无后顾之忧，若我的水军尚在，他岂敢如此！"

"将军做此决断，恐怕还有其他缘故吧？"

"正是尚有一未可轻易明言之处。吾观敌我双方之实力，陆地上对抗，敌不如我，然水上作战，实我不如敌。若是以我之有备而攻敌之不备，或者还有几分胜算；若敌以有备而攻我之不备，定败无疑。吕文焕既已料定我必由此回师，我在袁家冲那点水军，必是早已被他收拾了。"

刘整点点头，侃侃说道："将军所言，切中肯綮。目前敌我双方在水战上的实力对比，正是如此。水军之弱，实为我军的软肋！以这样的实力对比，即使仅以襄樊一地而论，日后恐亦多有捉襟见肘、首尾难以兼顾之时，盖我军对襄樊的围困从陆上形成之后，宋军必不惜代价由水路增援，是以围困襄樊之后期，与他拼的就是水军。若是放眼长远，襄樊克服之后，正是我乘胜追击沿江而下直取临安的大好时机。可是我们现在手上的这点水军，哪里担得起如此重任？那时再图筹划，恐已坐失良机了！"

"听将军宏论，在下茅塞顿开！以将军之意，就是要从即日着手，从最终灭宋着眼，组建我大蒙古国的强大水军？"

"正是！"

"然则这样一支能在整体作战能力上完全压倒敌方的水军，以将军估算，大略应有多大的规模？"

"此等事怎可大略估算？"刘整捻须一笑说，"奉到将军大札之后，我细细算了一算，这支水军，须有战舰五千，将士七万。"

阿术点点头，低头默想有顷，复抬起头，双眼看着刘整，良久，才徐徐说道："汉人有句古话，将军想必早有所闻。"

"怎么讲？"

"千军易得，一将难求。"

刘整坦然一笑，说："主意是我出的，事情自然还是我来做。"

听得此言，阿术纳头便是一拜，同时说了一句掷地有声的话："若论临敌用兵，前辈原在晚辈之上，如此一来，前辈势必专心于治水军，这战场上的大小功劳，却是前辈都让给晚辈了！"

27　刘整练水师

咸淳五年腊月，吕文德疽发于背，旋病故。医家言：背疽多因外感风热、火毒，湿热蕴结，七情郁结，脏腑蕴热而发。推究起来，可能与接到吕文焕的家书有关。关于安阳滩之战，吕文焕在给朝廷的奏报中称之为"胜负参半，各有得失"，但是在给大哥的家书中，却直接用了"功败垂成"的说法。他在分析原因时既不怨天也不尤人，只恨得到情报的时间晚了一点，因为他已经想到扼住安阳滩的那支水军里应该配有二十艘左右的大型战舰，可是当时大船都在较远处停泊待命，想调过来已经来不及了。事后看来，若当时有这样一批大船在，阿术的夺船之举是万难得逞的。吕文焕这样讲，原是一种客观的、言之成理的分析，可是在吕文德看来，却是痛失了一次不可多得的良机。吕文德近些年来孜孜以求的，就是自己在军中的地位。他越是得意于位高权重、一言九鼎的威风，就越是有一种社稷安危系于自己一身的压力，越是对当年一时糊涂，为了贪图一条玉带竟同意蒙古人建榷场而追悔不已。他为此曾经以"误国者我也"自责，等到发现这话不知为何竟传了出去，又为一时冲动说了这个话而追悔不已。大丈夫敢作敢当，可这个话说得太早了。他巴望着有一天四弟吕文焕能将蒙军击退，来证明自己同意建榷场并无不妥。安阳滩之战功败垂成，让他的希望又一次落空了。

吕文德病故，自然要赶紧奏报皇上。噩耗报进宫去，很快便由宫中传来了话，说万岁闻报大恸，深感痛惜。当然，这只是一种说法。赵禥的真实想法，只有很少几个内臣知道。深宫中的赵禥，听说了这个消息之后，连说了两个"好"，然后说："这样好，对朕来说是好事，对吕爱卿来说也是好事，否则，像他这样拥兵自重，早晚逼得朕再演一回风波亭。"这个话虽然只是在宫里面说说，但到了朝堂之上，他说出的旨意仍然很耐人寻味。当着全体朝臣的面，他口吐玉言："吕爱卿劳苦功高，今率尔辞世，朕甚是痛惜，丧事自然要办得隆重，但蒙古人大兵压境，襄樊一带战事频仍，而其余各地亦多有民心不稳者，值此多事之秋，所有各地的文武官员，宜各安职守，恪尽守土之责，或修个唁函，或派个幕僚，表示哀悼之意便好，就不要擅离职守，跑到临安的吕府来凑热闹了吧。"此话一出，顿时满朝文武无不肃然。都说圣意难料，但皇上这个话意指何方，却是一目了然。这是一道禁令，意在不给吕氏集团的将领们一个聚会的机会，以免他们借此商议吕文德之后继续结党营私。

咸淳六年春正月，朝廷发出了诏书："任命李庭芝为京湖制置大使，督军再援襄阳。"

赵禥显然是想借此晓谕他的臣民，由吕氏集团主导大宋军事防务的时代，结束了。

他没有想到的是，失去了首脑的吕氏集团仍然是个集团。即使到了吕文焕被忽必烈封为昭勇大将军、侍卫亲军都指挥使、襄汉大都督，并作为元军统帅伯颜的兵马先锋，率军南下进攻南宋时，这个集团仍然在起作用——吕文焕兵锋所向，凡是这个集团的宋军将领，无不闻风纳降。

而奉诏"督军再援襄阳"的李庭芝，则始终没有到达能看见襄阳城墙的地方。

也就是在这个时候，忽必烈做出了另一个重大决定：命令刘整组建、训练一支拥有七万名将士、五千艘舰船的庞大水军。

忽必烈已经在考虑，甚至也已经开始私下里和刘秉忠讨论"国号"的问题了。随着他的军队在不久的将来大举挥师南下，他的"国号"自然也要跟在军队之后，进入那些被占领的区域。在这一点上他做得扎扎实实，有条不紊。不知不觉间，或者说在南宋朝廷几乎没有察觉的情况下，阿里海牙和张弘范先后进入了襄樊战场，而史天泽则被任命为蒙军的最高统帅。让忽必烈略感遗憾的是伯颜。在忽必烈的"老家"碛北，随着钦察汗国和察合台汗国的日益衰落，海都领导的窝阔台汗国却越来越强大，按伯颜在奏报中的说法，这个海都的自我感觉是"渐觉羽翼丰满"，给人的印象则是"叛意已萌"。这让忽必烈很难下决心把伯颜调到襄樊来。在忽必烈看来，把一个伯颜留在那里，比派过去三万精兵更让他放心。权衡再三，他终于认定，襄樊再难打，终不过是弹丸之地，有史天泽在那里，足堪胜任，等到襄樊克服，大军全面南下之际，再将伯颜调来不迟。当然，反过来说，那时无论碛北是什么情况，也必须把伯颜调过来了。在忽必烈的心目中，和围困襄樊的长期作战正相反，从拿下襄樊，到攻陷临安，必须在一年之内完成，因而将是一场速战速决的大范围作战，不说别的，单是史天泽的年迈体弱，就碍难胜任了。

让刘整组建和训练一支强大水军的计划大获成功。依实而论，当初做此决断时，忽必烈对于刘整能否当此重任，心里并不是特别有底，只因再无更好的人选，才于犹豫间做了决定。要从无到有地组建一支如此庞大的水军，从大小舰船的打造，包括木料的征集采购，各种不同功能、类型舰船的样式设计和搭配组合，到士兵的征集挑选，各级部将、统领的选调、任命，再到有计划有步骤地加以严格的训练，最后使其成为一支有战斗力的、足以使双方力量对比发生逆转的水上作战部队，谈何容易！在忽必烈的印象里，刘整是一员以作战勇猛著称的悍将，令他攻城陷阵，倒是可以一百个放心，而像现在这样，如同变魔术般凭空弄出一支舰船五千、将士七万的水军，却是超出他的预期的！

因此，放心不下的忽必烈便不时派人前去军中察看，而刘整对此不仅毫不介意，反倒非常配合，一任那些钦差随意巡视。忽必烈细细听取钦差们的禀报，竟是从中听不出一丝一毫的疏漏之处，反倒是不断听出种种他始料不及的奇思妙想。他很快发现，刘整在各个环节的衔接上思虑周密，安排严谨。其征购所得的木料、铁器等物，总能源源不断地运到各个造船工场，既不积压过多，亦从未发生过供应不及之情事。而各处造船工场，则管理得井井有条，进度极快，新船一俟造好，即投入试航，腾出坞位，另造新船。经过试航合格的舰船，立即分批陆续送往各个新兵集训之地，而那里亦必有一批刚征集好的新兵，船到后立即投入训练。在这种环环相扣紧密衔接的背后，就连忽必烈也能分明感到那种时不我待的急迫心情，以至他有一次几乎动了下一道罪己诏的念头，痛责自己虑事不周，如此重要之事早该动手，却拖延至今方始想到。直到有一天，他再次听他派去的钦差回朝禀奏。该钦差那日正在一处新兵集训营中巡察，恰遇风雨大作，水面上更是风急浪高，急流汹涌，很难行船，那些连日来已在严厉的训练中练得腰酸腿疼的水军新兵，正在暗暗庆幸可以歇息一日了，却见刘将军冒雨策马疾驰而至，当即传下将令，命各部就营中画地为船，继续操练攻防实战中各兵员的位置转换更替！听了这番描述，忽必烈大汗默然良久，稍后即命人给刘整下一道圣谕："朕这里诸事猬集，闲人无多，今后碍难再派人前去督察，凡新建水军造船、兵员、训练等相关事宜，悉着刘整相机处置，便宜行事，准予先行后奏。钦此！"

也就是在这个时候，忽必烈才从张易那里听说，大宋名将孟珙有句名言：为将者，战时善用兵，平时善治军，二道俱佳者也，缺一不可。有名师方有高徒；刘整的治军之道，端的就是孟珙一手调教出来的！

28 吕文焕

宋咸淳六年，蒙至元七年，春，史天泽以战区最高统帅的身份来到了襄樊前线。如果说此前为了围困襄樊所建的那些土墙、堡垒，都是由刘整、阿术按他所设计的蓝图来具体施工的，那么这张蓝图的最后，也是最致命的部分，就要由他来亲自完成了。从一场不算重可也不算轻的偶感风寒中刚刚痊愈，但身体尚未完全恢复的史天泽，少部分路靠骑马，大部分路干脆就是让人抬着，用了三天时间，沿着他心中那些点、线、面，从头到尾走了一遭，看了一遍。三十五年前，蒙窝阔台七年，宋端平二年①，三十三岁的史天泽曾经跟随窝阔台的三皇子阔出攻打襄阳，不过那时他还是一个只管冲锋陷阵的前线将领，执行的又是进攻作战。在那次战役中，他最出色的战功就是率部攻克枣阳。所以整个说来，他对于襄樊一带的地形地貌，周围山脉河流的起伏走向，并没有特别留意，那幅围困襄樊的蓝图，主要还是看着地图设计出来的。现在他终于把这些地方实地勘查了一遍。三天下来，他深感体力不支，不得不放弃对几处已建成的重点工事进行实地考察的计划，改为把阿术、刘整请来，做了详细的询问。然后，他觉得所有的位置、所有的环节都准确无误了，毅然下达了所有剩余工程全面动工的命令。这些工程包括：在襄樊西部的万山堡、百丈山一线修筑长围，将原来诸堡垒连成一线，又在南面的岘山、虎头山筑城，完全切断了襄阳与西北、东南的通道，并在鹿门修筑营寨，派驻军队，作为一个向前突出的据点，以监视宋军的动静。

史天泽明目张胆地大兴土木调动军队，自有宋军细作探得，一一报与吕文焕知晓。每接到一个报告，吕文焕便会相应地在地图上做出一个标记；每做出一个标记，吕文焕的心便被收紧了一圈。此时的吕文焕尚不知道对方的这一切举措，究竟出自何人之手，但他能觉察到这盘棋局的变化。从咸淳三年冬开始，到现在的咸淳六年春，两年多一点的时间里，他的这个不露面的对手，已经在襄阳与樊城周围的山山水水之间，落下了一颗又一颗的棋子，渐成合围之势。应该说他从一开始就未敢小觑对手，知道来者不善的古训，但是从内心深处，还是忍不住觉得这个对手有点儿异想天开的狂妄。围城之计虽是古已有之的战法，但襄樊远非那种孤悬之地，岂是轻易就围得住的？可是这一年多来，眼看着对手落下的那一颗颗棋子，不能不

---

① 公元 1235 年。

日益感到对面那个弈者，不仅是位高手，简直就称得上神手了。而到了咸淳六年的春天，对手的包围圈进入了最后合拢的阶段，吕文焕也就看得更清楚了，当这几处同时开工的工程完成之后，一向号称水旱码头、四通八达、衔接东西、贯通南北的襄樊，就将成为被切断与外界所有联系的孤城！

在吕文焕的心目中，如果把襄樊比作一局棋，即便真的成了一局险棋，只要能让他做出两个眼来，这局棋仍然是局活棋。一个眼是现成的，那就是襄樊二城本身的特点。二城中间隔了一条江，唇齿相依，互为策应。因为有一条江把二城分开，蒙军就无法把它们当作一个目标来打，只能一个一个地打，这就使宋军有了回旋的余地，攻彼则此应，攻此则彼应，使攻城的蒙军必须顾两头，不能只顾一头。但是这条把两座城分开的汉江，同时又是连接它们的通道。以宋军水上作战的优势，保持对这一段江面的控制权不会有任何问题，更何况它上面还有一座牢固可靠、维护良好的浮桥。问题只在第二个眼。具体说，就是在敌军的围困线合拢之后，虽然日常的通道均被切断，但宋军至少还要在这条围困线的某一个点上，保持相对的战术优势，可以在必要时从这里突破，打出一条临时的通道，以得到最低限度的补给。有此两项，吕文焕对于守住襄阳还是有信心的。因此，当吕文焕看出对手显然与他想到了一处，分明不给他做出这第二个眼的任何机会时，他不能不忧心如焚了！

因此，就必须抢在对手的围困线合拢之前，强行撕开一个口子，然后以足够的兵力守住它，哪怕只是时断时续地保住也好。当然，这样的战斗，不是他现在手中的这点兵力能够做到的，何况他也不敢进行这种孤注一掷的豪赌，因为他经不起太大的伤亡——他得留下尽可能多的兵力用于守城，且朝廷给他的任务也正是"固守待援"。他现在能做的，就是隔上十天半月便发出一道告急文书，催请朝廷火速发兵增援，而每次得到的回复，也都是千篇一律的命他固守待援，援军已在途中，不日即可到达。自从吕文德去世以后，没有了大哥的家书，他对朝中诸事的了解不像以前那样详实可靠了，但要紧的大事也还有人随时向他通报。一开始，这些消息总的说来还是让他比较乐观的。朝廷并没有骗他，确确实实下了诏书，派出了两路大军增援襄樊。起先，据说还是出于圣天子的乾纲独断，任命了原在两淮的李庭芝为京湖制置大使，"督军再援襄阳"。这个消息一度让吕文焕有些不快，因为大哥生前说过，这个口子是吕家人开的，理当由吕家人堵上。后来转念一想，既然这个决定是皇上做的，皇上必有高瞻远瞩明察秋毫的圣意，为臣为将者即便不理解，也只能在执行中加深理解，更何况作为襄阳守将，最要紧的还是赶快得到增援，至于来增援的是不是吕家人，就是次要的了。当然，他能不计较这个，也与范文虎的存在有关。

　　去年秋，范文虎即以殿前副都指挥使奉命率诸军入援襄樊，于九月到达距张世杰兵败的赤滩圃四十里处，停留了十天后，以张世杰、夏贵俱已兵败撤军，自己孤军深入恐凶多吉少为由，不战而退，引军后撤百余里，集结待命。他这个"待命"，一待就待到了现在。张世杰、夏贵都是一方将领，撤军之后，自回自家的地盘，顺理成章；范文虎却是个殿前副都指挥使，如果就此交差，他就得交出兵权，自回"殿前"应卯，所以他给自己撤军所下的定义是"待命"，不是"交差"。那时吕文德尚在，且即使这位枢密使大人本人不出面袒护，其他的朝中文武也不会有人出头去较这个真，非要那位副都指挥使回到殿前应卯不可。这样一来，范文虎增援襄樊的差使，至少在理论上并未终止。范文虎虽然暂时远离了临安的似锦繁华，但军中自有带着的一班美姬娇妾，每日跑马击鞬踢球，更是别有一番情趣，倒也乐不思蜀。及至看到朝廷任命李庭芝的诏书，这才猛然想起自己身上还背着援襄的差使，再看那诏书上命李庭芝"督军再援襄阳"的话，一时全无了玩耍取乐的心思。那一天，从早晨到午后，中军大帐内外，共有三个姬妾受到了范文虎的痛斥臭骂，五个侍从亲兵挨了板子。临近黄昏，范文虎召来了军中的文案，说："你给我拟一通文书，问问他们，这个'督军再援襄阳'的屁话，是他奶奶的什么意思？遮莫我范某人的大军，也要那个姓李的小儿来督？你告诉他们，与其受那厮的辖制，我范某情愿自领精兵数万杀入襄阳，一战即可荡平那些来犯的蒙军兵，事成之后，所有功劳悉归朝中促成此事的各位大臣！"他这个话是对着文案说的，怎么说都行；文案落笔之际，自会把那个意思表达得足够拐弯抹角，却又于必要的委婉中，保留着适当的强硬。果然，半月之后，朝中有了回应，一道诏书下来，任命范文虎为福州观察使，"一并督军援襄"，其所辖部队因系其任殿前副都指挥使时调集的，现在仍由朝中直接控制。

　　吕文焕在襄阳城中得到这个消息后，也就心平气和了。此前他在与葛明议论朝廷对李庭芝的任命时，葛明也认为那委实是个问题。如果李庭芝果真"督"着两支大军入援襄樊，虽然他的职级与吕文焕大略相当，但由于援军的人数、实力都大大超过了守城部队，即便朝廷没有明确说法，吕文焕或多或少也得听命于李庭芝，整个战区的主导权，就难免由吕家落入外姓之手。吕文焕显然也不愿意看到这种局面。现在好了，有了范文虎的"一并督军"，即使李、范二军同时入援成功，这两支援军也各是各的，分开来看，哪支也不比吕文焕的守城部队势大，自然就是一种三足鼎立的局面。

　　此时的吕文焕有这种想法，实是未可深责。葛明不姓吕，只因在吕文焕府里待了十几年，鉴时谋事也是这个路子，更不要说地位仅次于大哥的老四吕文焕了。而他们之所以会这样看问题想事情，并不是他们自己凭空想出来的，而是赵家祖传的御将之法把他们教会的。

于是，吕文焕就在一种心平气和当中，将希望寄托在了这两支援军身上。他主动派出使者，分别与李庭芝、范文虎取得联系，送去了襄樊战区标有敌我双方兵力部署情况的作战地图，并提请此后及时互相通报军情。根据葛明的建议，他还交给两位使者一个秘密的任务：花些银两在那两支军中收买几个密探，让他们私下里通报些信息。使者带回来的消息让吕文焕安心不少。范文虎在回信中"敬请四叔放心"，说他的部队已经完全做好了援襄的各种准备，但因朝廷的诏书中规定了他的部队要由朝中直接调遣，所以一俟朝廷下达了发兵的诏令，他自会即刻率军北上入援襄阳，合兵后相机出击，一战即可荡平敌寇，将蒙军赶到黄河以北。稍早前吕文焕曾从临安得到消息，说范文虎有过如此这般一个给枢密院的文书，因两位知枢密院事都觉口气太大，未敢直接入中，只将那意思口头启奏给皇上了，当时还不太相信，心想这个侄女婿领兵多年，又有大哥的亲自栽培，理应知道战事之凶险，似不该出此近乎戏言的大话。看了这封信，方才信了。这也罢了，只要范文虎的援军能杀到襄樊，破了敌人的铁桶之围，以后的仗，便好打多了。

从李庭芝那里得到的回信，则平实得多。里面没有豪言壮语，只是一个详实的进军计划，并以此推算，至多半月以后，他的部队即可到达预定的集结地。他将在那里和范文虎将军共同制定一个具体的入援作战方案。李将军的话到此为止，但吕文焕可以意会，朝廷起初是命他"督军再援襄樊"，后来又追加了命范文虎"一并督军"之说，自然就包含了不可擅自行动、要与范文虎商量好了相互配合一起行动之意。这倒让吕文焕对李庭芝有些刮目相看了。去年，朝廷前后脚派了三支大军援襄，说起来原是由吕文德统一谋划，三位将领都是吕家线上的人，却是谁也不理会谁，各行其是，各打各仗，结果张世杰、夏贵先后被各个击破，范文虎孤掌难鸣不战而退。相比之下，这李庭芝倒懂得顾大局识大体，并未因后来那个"一并督军"耿耿于怀。吕文焕当然也更愿意看到这两支援军能密切配合，共同行动——这比各自为战胜算大得多。

此后，李庭芝每隔三五日便有军情通报送来，虽不过寥寥数语，告知部队已按计划进至某某处，吕文焕也知道，那是在自家地面上行军，通常不应有多大变故，但看了通报，毕竟心里踏实，也更觉得李庭芝做事中规中矩，将来或者不难共事。范文虎那边，却是自那封豪言壮语的信后，便再无消息，但吕文焕也没有太在意，因为那支部队就在百数十里之外，且已在那里待命了半年有余，无非是等着李庭芝的部队一到，便可一同投入战斗。

这一日，吕文焕接到了李庭芝送来的第四份军情通报，内容略多了些，称他部已到达集结地，并已知会范将军，于五日后同时向襄阳方向出兵，范部在东，他部在西，请吕将军亦预做准备，届时相机出兵接应为要！

看罢这个通报，吕文焕心头真有一种拨云见日的感觉！他当即下令召集手下的部将统领前来议事。听他宣布了这个消息之后，手下诸人也都一个个喜上眉梢，气氛很是热烈，少不得俱皆摩拳擦掌，纷纷表示只等吕将军令下，定当奋勇向前，将援军接应入城！众人议论纷纷，吕文焕频频点头。他对自己的部队和属下是了解的、信任的。何况这一年多以来，部队早已处于战时状态，那些驻地靠近前沿的部队，已是经常夜不解甲，枕戈待旦，根本用不着再做什么战前准备的。

就在这种喜洋洋的气氛里，忽然间响起一个瓮声瓮气的问话："若是他们来不了，或者根本就不来呢？"

此话一出，莫说众人，便是吕文焕，听了也是一愣。展眼看时，说话的不是别人，正是荆鄂都统唐永坚。若是郭智、黄勇一类的部将说出这样的话，吕文焕倒可能不十分上心，唯独这个唐永坚，吕文焕却不能不格外注意了。盖此人原在大哥吕文德的麾下，当年曾随吕文德南征北战，援川、援鄂都立过战功，后来大哥特意将其荐给吕文焕，其间自是含有以得力部将来辅佐四弟之意。来此五年，其治军与作战的能力，吕文焕都是满意的。

错愕片刻之后，吕文焕试探着问："将军何出此言？"

唐永坚也没有立刻回答，停顿了一下，似乎察觉自己的话有些唐突，开口回答时便带了些往回找补的意思："末将也就是如此一说，他们来了当然好，万一不来，或者来不了，我们事先有个打算，终是好过事到临头手足无措。"

吕文焕听罢，便把脸转向葛明："先生以为如何？"

葛明不动声色地捻着他那把山羊胡须，不紧不慢说道："凡事预则立，唐都统言之有理。"

吕文焕就再把脸转向唐永坚："那么依你之见，我们应该有个什么打算？"

这次唐永坚回答得很干脆："他们不来，我们自己打出去！"

当吕文焕再次把脸转向葛明时，葛明没等他问，已经做了回答："援军不至，我们只能自己打出去！"

吕文焕点点头，说："是啊，我们总不能眼睁睁地看着蒙军把包围圈合拢，好歹须给自己留一条与外界联系的通道。不过，兹事体大，且是后话，现在还是要着眼于接应援军入城！"

众人听得明白，这是此事议到此处为止之意。吕文焕如果真想谋划一场主动出击的战斗，也不会当着这么多人谋划；何况现在就做这样的谋划，内里就含有一种违背朝廷诏书之意。朝廷让你固守待援，且亦派了援军，你怎么就认为他们来不了，甚至根本不来呢？

但吕文焕对唐永坚的话还是很重视的。散会之后，他让人悄悄传话给唐永坚，留他在襄阳歇息一日，明日再回驻地。当晚，他只带了一个随从，秘密来到唐永坚的下榻之处，请其直陈为什么会有援军来不了的疑虑。

唐永坚见吕文焕一片诚心诚意，也就据实相告。原来他在追随吕文德期间，对范文虎多有了解。这个范文虎，对于用兵之道、治军之法，倒也颇有了解，一旦打起仗来，攻守进退，俱合章法，临敌应变，亦甚得体，是以颇受吕文德的青睐，但此人有一致命的缺点，就是贪乐畏苦，贪安畏险，贪生怕死。初时职位较低，进退自有上司调遣，听命而行，此点尚不明显，及至职位渐次升迁，到了自领一军之时，每当临敌，便时有犹豫观望畏缩不前之举。吕文德很快便有所察觉，用兵之际，对范文虎就格外多加几分严厉督促。好在吕文德治军甚严，令行禁止，无敢违者，范文虎对吕文德亦甚是惧怕，硬着头皮也只得遵令而行，倒也没有发生过明显的贻误军机一类的事。现在他独领一支大军在外，吕老将军又已作古，朝中哪里还有人支得动他？更兼出兵入援襄樊，面对强敌，明摆着要打一场硬仗、恶仗、凶险之仗，只怕他避之犹恐不及，如何便会毅然发兵，与蒙军决一死战？

一席话，说得吕文焕良久无语。一时难置可否，只好说些难得直言相告，容我再细想想之类的话，便起身告辞。唐永坚送至门外，忍不住又加了一句："人不救我，是人之过；我不自救，是我之错。将军鉴之！"

唐永坚说得诚恳，吕文焕听了也很感动，说："我知你所说皆是肺腑之言，断不会视同儿戏的。"

"我深知将军为人，知道说了不会白说，才有这番言语。将军痛下决心之日，无论打哪里，唐某愿为先锋！"

"好，我可是记住你这句话了。"

"军中无戏言！"

给李庭芝的任命，是借吕文德之死解决已渐成形的吕家独大；给范文虎的任命，则是为了对可能出现的李家独大防患于未然。平衡才有稳定；稳定高于一切。

同样出于保持稳定的考虑，赵禥在这一年还做出过一项决定。这项决定所涉及的那名官员，虽然后来成了个重要人物，但在当时却几乎没有显露一点点的重要性，所以赵禥至少在做法上就显得有点潦草。他在那份请求致仕，也就是告老还乡的奏折上，连通常的"照准"两个字都懒得写，只批了个"行"字。

呈递这份奏折的官员显然没想到会有这种结果——皇上英才天纵，怎么舍得让一个忠心耿耿的臣子归隐山林？更怎么可能批准一个刚刚三十七岁的官员"告老还乡"？他想到的这些原本也是有道理的，他没有想到的是皇上更看重稳定，所以不喜欢他的太爱折腾。

这位三十七岁就被批准回家养老的官员，叫文天祥。

赵禥最初看到这份请求致仕的奏折时，压根儿不知道文天祥何许人也，特意把陈宜中叫来问了问。据陈宜中介绍，这位官员是庐陵①人，原名文云孙，字天祥，中贡士后，以天祥为名，改字履善，宝祐四年②中状元后又改字宋瑞，号文山。因为仅仅四天后其父病故，未及任职，即归家守丧，三年期满后才开始供职，历任宁海军节度判官厅公事、刑部郎官、江西提刑、尚书左司郎官等职。其所在各个任内，虽无特别值得称道的官声政绩，却也恪尽职守，办事认真。但有一点，尽管本职工作做得一般，却时常关心朝廷大计，所任并非言官，却每每上书言事。开庆元年，忽必烈攻鄂州，宦官董宋臣劝先帝理宗南迁行在以避敌锋，那时文天祥刚刚丁忧期满，入为宁海节度使判官，当即上疏请斩董宋臣，昭示坚决抗蒙决策，"以一人心"，即确保朝野上下与皇上在思想上保持高度一致。先帝觉得那董宋臣不过提了个建议，本心也是出于考虑皇上的安全，采纳与否，自有圣断，不能因为提了个不对的建议便砍去脑袋，遂不允。稍后，文天祥迁至刑部郎官，恰逢董宋臣入为都知，文天祥又上书极言其罪，请严加追究，又不允。其后，文天祥出守瑞州改江西提刑、迁尚书左司郎官，虽辗转各地，而心在朝阙，多次上疏弹劾朝中大臣，今日弹张三，明日劾李四，奏请将其罢黜、放逐。只因所涉都是些一时一地的言论，无关宏旨，大抵俱被尚书衙门留下，未得入中，故皇上也未必知道。咸淳二年，丞相贾似道称病请致仕，有诏不允，这原是皇上与首辅之间的事，官为除军器监兼权直学士院的文天祥又上疏议论，且语多讽刺。说个一回两回也就罢了，他却说了三年四载，说贾太师辞官是要挟圣上，而圣上竟再三迁就，就有纵容之嫌了。吏部认为，一个五品官员如此屡屡讥讽当朝太师，已有以下犯上之嫌，其间更杂有以臣议君之语，甚是不妥，故两年来已对其多次予以训斥，而他此番奏请致仕，即因此而起。说来是援钱若水例，既数斥而心不服，即应请辞。但文天祥尚在壮年，正是报国效力之时，却要告老还乡，其中是否亦有要挟之意，或者想要皇上对他也迁就、

---

① 今属江西吉安。
② 公元 1256 年。

纵容一下，则未可知也。

　　陈宜中虽然能言善道，怎当得赵禥早已心知肚明、洞察一切。陈宜中先以不偏不倚的客观态度介绍了文天祥的履历，到了后面，那些话就显然对文天祥相当的不利了，而最后竟含沙射影地讲到了"以臣议君"，几乎就是在"欲加之罪"了，以赵禥的天纵英才，如何会听不出来？但皇上终究是皇上，皇上考虑问题总是高屋建瓴、统揽全局的，他不知道也不打算知道文天祥怎么就得罪了陈宜中，或陈宜中为什么会看不上文天祥，而是只考虑这个陈宜中口中的文天祥是否有利于他的保持稳定的既定国策。结果是否定的。他提倡广开言路，鼓励官员们互相揭发检举，那是为了保持稳定而采取的一种手段，决不允许任何人利用它来惹是生非，破坏稳定。你可以上折子揭发检举你认为贪污腐败、不忠不孝的任何官员，即使没有证据、捕风捉影都没有关系，但是你必须到此为止，处不处理，如何处理，要由朕来决定，不能逼着朕按你的意思办，这是一条不可逾越的红线。至于朕已经决定了的事，已经向满朝文武明白晓谕了的"圣意"，比如对待贾似道的态度，就更不是你可以妄加臧否的事情了，这更是一条绝对不允许超出的底线。做臣子的本应认真理解、深刻领会，你却不断地说三道四，且"数斥"而不悟、不服，要这样的人却有何用？所以，皇上最后在那奏折上批了一个"行"，并不是因为听了陈宜中的话才处理的，而是因为皇上本来就要处理的。陈宜中那个"以臣议君"之说，虽确有"欲加之罪"的嫌疑，但在皇上看来，文天祥的问题比这个性质更恶劣。"以臣议君"，说是罪就是罪，说不是罪也可以不是，历朝历代都推崇"文死谏武死战"，敢于拼死进谏的自然是忠臣，但因为进谏就可以获死，足见还是有罪，而且是重罪。赵禥既不认为文天祥有罪，也不认为他是个忠臣，只认为他是个爱管闲事惹是生非因而不利于保持稳定的人，对这样的人，最好的处置就是赶紧打发走。

　　于是，他就在文天祥请求致仕的奏折上批了个"行"字。

　　于是，年方三十七岁的文天祥就此告老还乡归隐山林了。

　　无官一身轻的文天祥从此过上了优哉游哉的日子。

　　吕文焕终于下了决心，按唐永坚的说法，"自己打出去"了。如果不是唐永坚早有预测，吕文焕可能还会再等一等，因为这个决心确实不是那么好下的。实际上他已经等了一个多月了。这一个多月里所发生的事，从一开始就如唐永坚所预料，或者是说得更确切些，不是"他们来不了"，而是"根本就不来"。在吕文焕将部将统领们召来议事的第三天，他就接到了李庭芝的紧急通报，说原定的五日后发兵，因为接到范文虎将军的信，内称他尚未接到朝廷让他发兵的诏令，未敢擅自行动，不能如期进行了。此后的一个多月里，他多次派人与范、李联系，从范文虎那里得到的答复，仍是尚未得到朝廷的诏令；从李庭芝那里得到的答复，则始终是范将军尚未得到发兵的诏令。派去临安的人带回来的消息有点暧昧，揣度其大意，约略是朝廷里没有哪个衙门、哪位大臣认为自己有权做决策，也没人敢就这件事去奏请皇上圣裁。

　　这让吕文焕怎能不心烦意乱？但是，心烦意乱并不能解决问题，他必须有所行动。唐永坚说得对，"人不救我，是人之过；我不自救，是我之错"。而"自救"之道，也只有一个"打出去"。决心既下，就要制定一个具体的作战方案了。而这个方案第一个要解决的问题，就是——打哪儿？

　　表面上看，吕文焕选择的余地还是挺大的。在蒙军的包围圈的外面，至少有六到七成的地面仍在大宋的控制之下，从这个范围的任何一点打出去，都能打开一条与外界的联系通道。

　　而实际上，吕文焕在思谋这个问题时，却于不知不觉间将"打哪儿"的问题换成了"打谁"的问题。既然只要打开一个口子就行，自然就要选一个敌人相对薄弱的地方打，而从敌军的兵力部署看，虽然忽必烈投入这个战区的总兵力已陆续增加到近十万，但这十万人马却分散在整个包围圈的四面八方，如果吕文焕拿出自己的一半兵力来，打他哪个点都具有人数上的优势。所以，吕文焕的选择，最后就变成了"打谁"的问题。

　　首先，他不想碰刘整。尽管他已听说刘整正在筹建、训练一支水军，但刘整原来辖区的部队仍由刘整指挥。刘整降蒙之初，大哥吕文德曾奉旨征讨，当时就在家书中多次说到这个"赛存孝"如何不好对付，话里话外也是提醒四弟，日后若在战场上与其相遇，务必尽量避免正面对冲，而实际上那一仗，刘整也不是被大哥打败的，而是在大哥的围困、逼迫下主动弃守的。

　　然后，他也不愿意再去招惹阿术了。安阳滩之战，那么好的机会，那么有利的开局，最后竟功败垂成，至今一想起来就让他痛惜不已。同时他也不能不对阿术奉上一份敬意。败到走投无路，濒临绝境，居然能在山穷水尽中力挽狂澜，迎来柳暗花明，那得多大的勇气和智慧啊！

　　所以，他最后选定要打万山堡，与其说选的是这个地点，不如说选的是那个地方的蒙军将领。他为自己选择的这个对手叫张弘范，是宋军老对手张柔的第九子，今年三十二岁。宋军将领都知道张柔，一度是友军，后来则是反复交手的敌人。鄂州之战时，也跟他的第八子张弘略交过手，其后更是长时间与其所部对峙。按宋军的研判，张弘略应该就是张柔为自己选定的继承人，吕文焕自然也是这样认为的。

所以，当他得知驻扎在万山堡一带的蒙军将领是"益都淄莱诸路行军万户"张弘范时，心中颇觉意外，暗想忽必烈手下战将如云，可用之人俯拾皆是，怎么竟派了个乳臭未干的小娃娃来此独领一军独当一面？猜了猜，多半是忽必烈念张柔征战多年，李璮之乱后又废除了汉人的地方诸侯世袭，所以在张柔告老时，除了张弘略，又额外多照顾了一个张柔的小儿子，此番派他来襄樊，自是给他一个建功立业的机会。更兼细作们又探得，张弘范所部，很大一部分是由李璮的旧部收编组成，这种部队虽然士兵多勇悍之徒，但军纪松弛，往往有令不行、有禁不止，因而在大规模正规作战时就不是很有战斗力。尤其是当他探得史天泽因连日劳累旧病复发几乎不能视事时，他觉得这简直就是天赐良机了。他原来只是觉得张弘范应是个相对更弱的对手，但对张弘范背后的史天泽还不能不有所顾忌，那么现在这一层顾虑也消除了。到了这时，他才想到万山堡在地理位置上也真是值得一打——多年以来，那里就是一条主要粮道的必经之地。

于是，他下定了攻打万山堡的决心。

他叫来葛明，把这个决定说了。当然，那言语口气，都不是要跟他商量的意思。葛明默默地听了，吕文焕说完以后，他不仅没有开口，甚至都没有抬起手来去捻他那把山羊胡须。正是他这种态度，倒让吕文焕心里有点不踏实了，迟疑片刻，终于问："先生何以无言？"

"将军当机立断，无须小可多言。"

"先生尽管说来听听。"

葛明这才抬起手来，去捻他那把山羊胡须，捻了许久，方慢悠悠说道："依小可看，襄樊以南，自西而东，可打之处不下十个，但打而必胜之处，一个都没有。将军所选，应是胜算最大的一处了。"

吕文焕反复琢磨葛明这个话。表面上看，是肯定了吕文焕的选择；往深处听，是指出此战之难，提醒他万万不可轻敌。所谓"胜算最大"，不过是相比较而言，究竟有多大，是五六成还是七八成，葛明并没有明说。当初安阳滩之战，原本是志在必得，看起来胜券在握，只因对手不是别人而是阿术，最后竟功败垂成。那么这个虽然对手换成了张弘范，但胜算却要低几成的万山堡之战，会有怎样的结果呢？吕文焕想到这里也就明白了，此战之不可轻敌，首先就在不可小看了张弘范！

所以，在向唐永坚交代任务时，说到张弘范，已经不是他原来的想法了。

吕文焕先向唐永坚宣布了要打万山堡。唐永坚说了声："是！"吕文焕又向唐永坚宣布任命他为先锋，唐永坚说了声："得令！"吕文焕告诉唐永坚，已探得驻守万山堡的张弘范部马步军共约八千人，我方此役将投入的总兵力为一万五千人，总体上以多打少。这么大的作战行动，在集结部队阶段即很容易被敌方探知，所以不可能采取突然袭击的方式，只能用大部队梯次推进的战法。这一万五千人马将分作前后两队，前队六千人，由唐永坚率领，逢山开路，遇水搭桥，并扫清敌人的小股阻击骚扰，其余各部作为后队，由吕文焕统领，前后队相距保持在五十里左右，最后在距万山堡二十余里的田家冲聚齐，然后一起向万山堡发起总攻。唐永坚听罢，仍是只说了声："遵命！"于是吕文焕话锋一转，说到了他们的对手张弘范："这个张弘范，虽然出身将门，毕竟年纪轻轻，据查除了曾经参与济南平定李璮之战，好像并无多少实战的经历，亦无值得称道的战功。蒙军可用之将领甚多，忽必烈偏偏把他派来此地，说不定此人确有过人之处，将军切勿掉以轻心为要。"

这回唐永坚想了想才徐徐答道："将军教诲，末将谨记了。都说将门出虎子，末将不敢大意。"

"你有此见识，我就放心了。此战事关重大，你又身负前锋重任，既要小心从事，三思而行，又要不避艰险，身先士卒。此间要旨，一言以蔽之曰，当行则行，当止即止，务请牢记。将军此去，能旗开得胜，马到成功，吾之愿也。"

唐永坚又是想了想才徐徐答道："末将虽然不才，毕竟戎马一生，战场上的吉凶轻重，也还识得。此去若能旗开得胜，那是大宋的国运未尽，自有苍天保佑；如其不然……"停顿了一下，才又接道："末将的家眷，只好求将军照应些个了。"

"那是当然。只是……尚未出师，如何便说起这个……"

"兵者，凶事也。为将者引军临阵，志在取胜，理应将生死置之度外，何况如其不胜，能以马革裹尸，唯恐求之而不可得也！"

历史上著名的万山堡之战，就在这样悲壮的气氛里拉开了帷幕。后世的军事评论家在论及此战时，得出的结论几乎是完全一致的。不仅对于襄樊防守战来说，就是对于整个大宋的皇祚而言，万山堡之战都是最后一个机会。吕文焕没有放过这个机会，不愧是一位有眼光的军事家。然则以此而论，他也就是有宋以来当得起军事家称呼的最后一人了。

29　最后一次出击

唐永坚率领的前队在距万山堡还有五十余里时便遇到了蒙军的第一次阻击。两天前，他就探得张弘范已经派他的部将李庭率领一支约两千五百人的马步军前出迎战，并在他去万山堡的必经之路上进行阻击。细作随后报称，李庭部已在一个叫双峰驼的地方安营扎寨。对万山堡一带地形已经了然于心的唐永坚，根本不用去看地图，便明白了对方的作战意图。万山堡处于群山之间，不过这些山都不算很高，也谈不上多么奇险，而它的周围则是浅山区，再往外还有一个丘陵地带，双峰驼就位于这个丘陵地带的边缘，距万山堡五十余里，而它的前面，则是一片开阔的平坦去处，正适宜于两军厮杀。所谓的双峰驼，其实也就是两座突兀耸立而起的山包，并不很高，只是拔地而起，四周山坡陡立而已。而像这样的山，宋军上不去，敌人同样也上不去，更何况它的周边另有通道，并不是攻不下来就无法通过的那种可据之险，所以李庭在此扎营，显然不是为了据险坚守，而是为了在它前面的开阔地上列阵阻击。但另一方面，唐永坚觉得对方应该也约略知道宋军为此役调集了多少兵力，而张弘范却只给了李庭这么点人马，显然只是用来打头阵的。

以有限的兵力，却又前出五十余里之遥开始阻击，那么不难想象，张弘范并不指望将对手一举就挡在这里，而是采取步步为营的战术，后面那五十余里还会节节防守，阻滞宋军前进的速度，争取时间加强万山堡的防御工事，最后在那里据险固守，以待援军。不过，唐永坚又觉得，万山堡的工程不久前方始开工，建的又是长围，虽然也有防守功能，毕竟不是专门用来据险而守的防御工事，即便草草赶工完成，也未必就多么难攻。所以，在考量了各个方面的有利不利之后，唐永坚得出的结论是：张弘范的这种选择，虽然颇合一般的用兵之道，但也没有什么新奇之处。话虽如此，在唐永坚的内心深处，还是觉得有某种让他不舒服的地方。要到十几天之后，他才真正明白了他为什么会不舒服——这场万山堡之战，完全是由宋军一方主动发起的，而一旦真正打起来，在哪儿打，怎么打，却是由张弘范决定的！直到一个月以后，当他真正站在了万山堡的长围上面时，他才看得明白，如果当初他果真打到了万山堡，攻破长围、占领万山堡简直易如反掌——这个时候，那所谓的长围，有些地方才建成不过三尺来高啊！确实，到它建成以后，就没有宋军的机会了。

但这都是后话。且说当时，唐永坚率军从集结地出发，用了两天的时间，走到了距双峰驼十余里的鹤尾洲，唐永坚传下军令，安营扎寨，准备明天出战破敌。走得不快，是为了节省体力，使部队随时都可以在遇敌阻击时投入战斗。他还很注意鼓动将士的士气，使全军上下都充满着杀敌的决心和必胜的信念。这种情绪甚至反过来也影响了他自己，以至在受到敌人的骚扰时，也没有特别在意。那天夜半时分，营中的将士们入睡不久，从侧后方向突然闯入一股敌军，人数约有数百，也不知如何就冲破了警戒闯进营中，一个个脸涂锅灰，明火执仗，见人就砍，见帐篷就点，有的呼哨，有的呐喊。宋军大营转眼间乱作了一团。

待到宋军惊魂甫定，小校们匆忙组织士兵抵抗，相邻的宋军正要赶往救援，那蒙军中又响起几声长长的呼哨，发声喊，转眼间便齐齐地撤出了战斗。宋军追到营外时，那些不速之客已经消失在昏黑的夜色和茫茫的芦苇深处。军情报到被急忙叫醒的唐永坚处，那边的敌情实际上已经结束，不过一时还没有安定下来，又接到唐永坚传下的军令，命各部切不可大意，务必细查营中各处，以防尚有潜伏或残留之敌。如此又乱了一阵，到真正安定下来，却是已没有多少觉可睡了。唐永坚将下面报来的情况略作分析，也就没有特别在意。说是闯营之敌约有数百，以唐永坚多年的经验，这种情况之下，小校们很容易于惊慌中夸大敌情，就算真是上了百，大略总不过百十余人。如此举动，自然谈不上是偷袭劫营之类，顶大算个骚扰，说不定根本就不是奉了军令行事，只是一伙无良军士心血来潮，出来撒个野，捎带着捡点便宜。稍后果然有人来报，那伙人临走时不仅带走了我军失落的兵器，更有闯入营帐的，乱翻士卒们的行囊，莫说是散碎银两，便是略值些钱的物件，乃至那边未必用得上的铜钱、会子，也都席卷而去。唐永坚听罢，不由冷笑一声，心想这等行状，分明就是一群毛贼了，又想到天明后还有一场真正的仗要打，赶紧接着睡觉去了。

终是被扰了一阵，醒得便有点晚，实际上还是卫兵叫醒的。急忙净面更衣，刚有人送来早饭，便有探子来报，说双峰驼的蒙军已经出动。唐永坚不敢怠慢，毕竟久在行伍，眨眼间便将盔甲穿戴整齐，等到他率领众军上前迎敌时，蒙军已是乱哄哄杀了过来。唐永坚展眼一看，那蒙军虽是在行动上占了些先机，却是并没有什么像样的阵形，心中又是一声冷笑，听说李庭原是张弘略手下的一员部将，被八哥荐到九弟处效力，那意思，倒是跟他自己由吕文德荐给吕文焕差不多，按说应该是有点儿能耐的，岂料到了战场上，进攻时连个阵形都没有。就算他手下这支军队是由李璮的旧部改编的，李璮的部队也不至于连列个方阵都不会吧？可毕竟是在战场上，不再多想，将手中长枪往马上枪环中挂了，顺手抽出腰间宝剑，剑尖朝天高高一举，也不用开口，这一举便是如山军令，部队亦是训练有素，便听得身旁身后众将士齐声呐喊："杀蒙军啊！"挥舞着刀枪奋勇冲了上去。

"杀蒙军啊！"

"杀蒙军啊！"

战场上响彻一片的"杀蒙军"声，也是平日训练的结果。其实在战场的对面，朝他们杀将过来的，绝大多数都是汉人，间或有少数的金人，却是没有什么蒙古人。倒是在忽必烈那里，并不将宋人称为汉人，只叫个"南人"，北边的才叫汉人。

　　就在两军即将对接，相距不过一里之遥时，蒙军后面突然响起了三声号炮。只这三声炮响，顿时见出那也是一支受过些训练的军队，炮声响处，齐刷刷收了脚，又齐整整转身往回跑。这时唐永坚正骑着马随在大队之后，看得真切，那敌军断非战败而逃，亦绝非不战而退，但跑得既快且乱，又不像诱敌深入的架势，一时也想不出就此放过蒙军们的道理。就在这一念之间，将士们没有得到新的命令，自然仍旧向前冲杀，便成了追击之势。其势既成，唐永坚也就顺其自然，仍旧让战马小跑着随在大队后面。

　　蒙军在前面跑，宋军在后面追，追出了三里多地时，唐永坚察觉出有些异样。原来不知不觉间，他自己的位置与冲在最前面的前锋竟比原来远了一些，他前后周围的将士也显得"稠"了一些。凭着多年的临阵经验，他知道这是地形有了变化，忙一催坐骑赶向前去看时，却见前面已经与敌军接了手，并且很快便形成了所谓"捉对儿厮杀"的混战局面。这回他看得可不是那么真切了，分不清来战之敌究竟是原来的那伙，还是另有生力军投入。将马一拨，就近寻了个地势略高的去处，刚登了上去，便有一支箭从身旁不过二尺远处"嗖"的一声飞了过去。地势高，又是骑在马上，少不得就成了人家的靶子。将军临阵，却是顾不得这个，否则怎叫"不避弓矢"？展眼看时，先看出混战当中自己一方整体上并不吃亏，心中稍稍一宽，再往远处周遭一看，不由得心中"啊"了一声。原来这一带的山势，呈倒八字形向两侧展开，中间的平坦地面就成了个外宽内窄的漏斗状，此刻两军交锋的去处，便接近漏斗的底部，平坦地面的宽度自然短了许多。唐永坚心中这一声"啊"，正是他由此看出了对手的心机缜密之处。对手把他引到了这儿才开打，正是因为这儿所能形成的战线宽度，正好便于对手展开全部的兵力，而他自己的兵力，却有很大一部分被挤在后面，形不成直接的战斗力，所以他的总兵力虽然三倍于敌，但真正能投入战斗的人数却与敌大致相当。这样想着，自不免有些心中发紧，对手能把作战细节思虑到如此精微之处，实是不可等闲视之！正在告诫自己万万不可轻敌，却听得对方阵后一片锣声响起，心中不免且惊且疑。鸣金是收兵的号令，而以他的观察，此时战场上的形势，自己一方只是稍占上风，而对方并没有明显的吃亏，何以便要撤出战斗？而实际上，在这种情况下主动撤出战斗，反而往往要吃亏的。正常来说，战场上正在相持不下之际，无论哪一方想撤出战斗，都不是那么容易脱身的。

　　让唐永坚出乎意料的是，还未等他看得明白，原来搅作一团的敌我双方，很短时间里就分开了，又很快形成一种敌方且战且退之势，紧接着那且战且退的就只剩下少量的断后部队，大队人马却是已经绝尘而去。如此战法，即便是敌方将领于战前已有布置，若是部队没有经过相当的训练，在战场上也是很难实现的。想到这里，不再多想，唐永坚果断下了军令：鸣金！他后来跟部下说，敌军未败而退，必有蹊跷，也不必再有多少埋伏，如果我军贸然追赶过去，前方平坦地面越来越窄，少不得士兵们挤作一处，敌人乱箭射来，起码得枉送二三百条性命。且喜这支部队尚称训练有素，锣声响处，便都收了脚，不再去追敌人。几千士兵就站在原地等待新的命令，竟然等了小半个时辰。这当然是唐永坚造成的，却又怪不得他。他也不知道该怎么办好了。命人去前方打探，很快回来报称，前方已没了敌人的踪影。可是稍一想，又觉得并不可靠，因为那只不过是远远地一看，没看见有敌军罢了。若是轻率向前，焉知不会从哪里猛地杀出一支伏兵？这样想着时，他其实也就明白了，今天是断无前进的可能了。可是退回原来的营地，他又心有不甘。那等于白折腾了半天，战场上并无败局，却未能前进半步，人员器物的折损怎么交代？展眼又把周围地形看了一遍，心想若能在此就地扎营，好歹也算往前推进了数里，只是这地方怎么看怎么不适合扎营，兵书上谆谆告诫的那几条大忌，这儿几乎样样俱犯。万般无奈，只得传下军令：收兵回营！

又回到了原处。

唐永坚也回到了他的中军大帐。毕竟只是个都统，虽是独领一军在外，发号施令、调兵遣将的去处也叫个中军大帐，其实亦不甚大。传令多派探子务必尽快探明敌军的动向之后，他便在这不大的大帐中来回踱步，走上十几步一转身，走上十几步一转身，反复琢磨着今天这窝窝囊囊、不明不白的一仗究竟是怎么打的。对面这支敌军，虽然主要是由原来李璮的旧部改编而成，却不失为一支训练有素的部队。尽管李璮后来发动了叛乱，但当初也是一方将领，即便其军中多有盗匪出身的士卒，毕竟不能以此便把那支部队视为一群土匪，少不得平时也有军纪管束、操练演习。到了张弘范手里，自会更有一番整饬，想那张弘范虽然年幼，用兵上可能缺少经验，家传的治军之道是不缺的。纵观今日之战，蒙军几度变化，皆进退有据，号令既出，都执行得整齐快速，无可挑剔。

想明白了这一点，唐永坚便解开了另一个谜。蒙军一开始发起进攻时，为什么竟是乱哄哄而来，连个像样的阵形都没有？因为他们并不想用这种队形投入战斗，而是要在直接接触之前就转身往回跑，将宋军引到他们想打的地方再开打。那么这个"转身"的动作，怎样才能做得干净利落？如果是列阵而来，就要转换阵形，最起码要来一次"前队做后队"，即使做得整齐娴熟，总得有个过程，反而是现在这样的无形之阵，只要事先交代清楚，听得三声号炮，就各自原地转身，只要一个个士兵转过身来，整个部队就完成了"转身"的动作！想到这里，唐永坚不由得从心里涌起一股寒意，转眼间寒彻周身！这可是任何兵书里都没有提到过的战法啊！那乳臭未干的小儿张弘范，就敢如此用兵，且用得这等实惠有效？而能够出此奇想且成功用于实战，那得具备怎样的胆略和见识？若果如此，自己将拿什么去对付这个难以预测的对手？须知率军临阵，对手再怎么深谙用兵之道，做得再怎么中规中矩，那兵法里的种种，终是你知道的我也知道，而一旦遇到一个不按规矩行事的对手，这个仗可就很难说该怎么打了。

傍晚时分，派出去的各路探子陆续回营，自有手下人等将情况汇总起来，报与唐永坚。唐永坚有过军令，要多派探子，其中自然就有要探得细一些、远一些的意思，所以汇集出来的情况也是五花八门，不过最后归结起来，能报给主将的却只有一句话：

"敌军去向不明！"

"怎么讲？"

"原在双峰驼的敌军已拔寨而去，前方十数里内未再发现敌军！"

"狸子沟呢？"

"狸子沟未见异常！"

狸子沟距双峰驼有七八里，是个可以据险而守的去处，按唐永坚原来的估计，那里才是他可能最早遇到敌方阻击的地方。不料敌人出来得更远，在无险可守的双峰驼打了第一场阻击战，可是只交了一下手，并无胜负可言，却又主动放弃，不再守了，而且一退老远，连狸子沟这样的好地方都弃而不守了，到底想怎么样？

他下了令：明日再探，无论远近，一定要找到李庭部的下落！

这个命令里其实还包含着另一层意思：找不到李庭，就无法确定前进的路线。

不管敌人如何不按规矩用兵，有一点唐永坚还是可以认定的：张弘范既然给了李庭一支人马，命其前出阻击，李庭就不可能只在双峰驼做做样子，率尔便径直撤回万山堡。他一定还在附近。过了双峰驼，再往前就是山区了。虽然是浅山区，对于防守一方来说，没有那种一夫当关万夫莫开的险要之地，但对于进攻一方而言，却是每一个山脚背后都有可能兀的杀出一彪人马来。唐永坚可不想让自己时时处在这种措手不及之中。他必须先弄清李庭在哪里，然后才敢往前走。

晚饭后他再传军令，命各处加强戒备，尤其是营寨外围的巡逻警戒，严防小股敌人袭扰。应该说他这道军令很有预见，但是却未能起到预防的作用。和昨夜一样，只不过今夜是在大营的右前部，又有据后来报称数百之众的敌军，也不知如何就冲破了警戒闯入了宋军大营，一个个脸涂锅灰，明火执仗，见人就砍，见帐篷就点，有的呼哨，有的呐喊。幸好今晚宋军毕竟有了些准备，很快便有小校们吆喝众士卒集合迎敌。不料宋军们刚从帐中冲出，蒙军却紧跟着冲进帐里，宋军们齐集到营帐间的地面上，却一时找不到对手厮杀，待发现蒙军们从营帐里出来，一起向前时，那蒙军中又响起几声长长的呼哨，发声喊，转眼间便齐齐地撤出了战斗，宋军追到营外时，那些不速之客已经消失在昏黑的夜色和茫茫的芦苇深处。等到这些宋军士兵重新回到营帐里，却是一个个只叫得一声"苦也"，原来他们的行囊已经被胡乱翻过，但凡值点钱有点用的东西，竟被洗劫一空，还有更倒霉的，整个儿不见了那行囊，端的成了个一无所有的穷光蛋！有那脾气暴的，止不住跳着脚乱骂；有那心眼儿窄的，一屁股坐在了地上号啕大哭。

乱过一阵，自有人将诸等情事报与唐永坚知晓。唐永坚听罢，便在那不大的大帐中来来回回踱起步来。走了一阵，觉得额头上出了汗；又走了一阵，觉得手心里也出了汗。心里一阵燥热，便走出帐外。在帐前一处空地上伫立有顷，觉得额头和手心的汗渐次退了，却见皓月当空，银光泻地，蓦地听得一阵梆子声响，想是营中值更的，默默数着那梆子，正是三更三点，又觉得夜凉如水，竟不由自主地打了个寒噤。也就在这一个寒噤之间，他不得不承认一个事实：我唐永坚委实不是那张弘范的对手。这个张弘范，不知得的是哪门哪派的传授，用起兵来，专在那前人从未想到过的细微处做文章，让你防无可防，却又总是一击而中要害。即如纵令自己的士兵去抢劫对方士兵的行囊家当，看似毛贼行径，其实最能扰乱对方的军心，打击敌人的士气。在不明就里的外人看来，当兵吃饷，原本就是个卖命的勾当，自然早就把生死置之度外，更何况那些所谓的"身外之物"？其实不然。行伍多年的唐永坚知道，士兵们的心思根本不是这样。当兵的都知道打仗要死人，但这一仗轮到谁死，却没有定规。再凶险的恶仗，也有活下来的人，谁愿意认定活下来的人里就必定没有自己？常人每每说到的"生前身后事"，在士兵们看来，生前只想生前事，身后之事死了再想不迟。到了史书上，自然是"一将功成万骨枯"，枯骨们哪里会有姓名留得下，然而在那一战又一战战成历史之前，没留下姓名的士兵们却是一个个的大活人，活着时就会有活人的念想。相比寻常百姓，对于那好不容易攒下的一点银两钱财，士兵反倒是往往会看得更重些，如此不明不白地就没有了，岂不格外地心疼？便是那等虽不值钱却是日常使用的物件，要用时没的用了，也是老大的不便。正是这些让人添堵烦心之事，无形中就会影响军心士气，而且很难补救。有心给那些受了损失的士兵一点补偿吧，怎奈军中向无此例，日后追究起来，却是无法交账。若是战后再来一次"打算法"，没有丢在战场上的小命，保不齐被"打算"了去。

实际上，这时他已有意把自己的想法，向吕文焕做个如实的禀报，却又心有疑虑。毕竟征战多年，凭着一点一滴积累的军功，在军界也有了些许名声，如今提军上阵，刚打了一仗，并无明显的败绩，却去向上司承认自己不是人家的对手，原非一件容易开口明言之事。万一吕将军不察，再误解为临敌怯战，甚至贪生畏死，日后还有何脸面去见同僚？正自委决不下，次日午时，便有派出的探子急急来报：敌将李庭正率部在狸子沟一线布防，摆开了一副要据险固守的架势！唐永坚听罢，愕然良久，令手下火速查明为何昨日报称狸子沟未见异常。不多时手下回禀：昨日派去狸子沟一带的共有三名探子，各走一路，现已逐一问过，都说昨日确实未见那里有何异常，除了几个路过的百姓，连个蒙军的影子都没看见！

　　唐永坚默然有顷，摆摆手说声下去吧，自己又在那不大的大帐中踱起步来。打了半辈子仗，还真没见过如此用兵的。李庭那厮要守狸子沟，尽可从双峰驼直接退到狸子沟，自是少去些走路之苦，多出些备战的时间，为何要先退出一大退，今日却又返回这里？若是换个对手，倒是无妨做个简单的猜测——此乃敌将指挥失措，一步退得过远，又反悔了；可是面对李庭和李庭背后的张弘范，唐永坚断不敢做此设想。那么，这就是个疑兵之计了。做出这样一个笼统的判断倒不难，敌人这一退一进，无非就是给自己摆下一个疑团，但是若再进一步，敌人究竟居心何在？却是真个想不透了。不过，唐永坚毕竟也是个久经战阵的将领，在做了几种设想，又一一排除以后，便不再多想了，因为他从实战出发，倒也看明白了根本的一点：我既然要去打万山堡，就得从狸子沟这儿过，无论你有千条妙计，不管你有什么圈套诡计，我打上前去再说！于是传令下去，命各部养精蓄锐，明日攻打狸子沟！

　　然后他叫来一名心腹。他主意已定，无论会有什么后果，总是个人名声事小，贻误军机事大，必须把他对敌方将领的感受禀报给吕将军。但是，他又不想把这种长敌人志气灭自己威风的话落在纸上，实际上也很难写得清楚，所以还是派人去口头禀报更好。他把要说的话，对那心腹细细说了一遍，又反复叮嘱务必按他的原话向吕将军依样转述，不能说多了，也不能说少了，更不能说走样了。

　　吕文焕听完使者的禀报，并没有觉得使者有什么没讲明白之处，却又隐隐觉得自己好像还有什么没听明白的地方。可是这个"隐隐觉得"却没法跟那使者明说，只能问："唐将军还有别的话吗？"连问了三遍，使者也把"再没别的了"回答了三次，最后还特别剖明，来时唐将军再三嘱咐过，不能说多了，也不能说少了，更不能说走样了。要说也是，这里面的一点参差，委实怪不得这位唐永坚的心腹。唐永坚并没有看错人，那真是个绝对靠得住的心腹，问题在于他只是唐永坚的心腹，再怎么心腹也成不了唐永坚本人。他根本没有唐永坚那种提军上阵的经历，怎么可能有那种一念之间决定胜败的感受？这个疑问，要到吕文焕再次见到唐永坚时才得以解开，不过那已是襄阳城破的前夕，一切都为时已晚，而且所谓的"解开"，也是心里明白，只可意会，无法言传。传统的汉语当中缺少表达此类意思的词汇。当然，若是用今天的话来表达，就非常简单了：这是一场在级别上明显不对等的战争。唐永坚当时所承担的任务，等于是让一个团长去打人家的军长；而整个襄樊战役，一方是由三军总司令在指挥，另一方却是由三个军分区司令在指挥，而且这三个军分区司令还是各指挥各的，各行其是，互不协调。

不过这是后话。以当时而论，吕文焕知道唐永坚不是贪生怕死之人，也不会平白无故灭自家志气长敌人威风。惺惺相惜，他能体会到唐永坚特意派人带给自己这样一番话，既需要很大的勇气，也体现了以国事为重的忠心。所以，那使者返回时，他命其带话给唐将军："务必小心行事，当行则行，当止则止，但已经决定的事不能变，万山堡一定要打，不然何以自救？两三日内我即率部前出三十里，靠近你部，以为呼应，你可放心去攻狸子沟。"

当初命唐永坚率军六千作为前队，吕文焕自领九千大军随后跟进，相约两军距离五十里。由于唐永坚走出不到五十里就在双峰驼遇阻，所以吕文焕的大军仍在襄阳城外一带集结，尚未出动。现在他决定前出三十里，应该算是一个很大的调整，即便那时唐永坚已经攻下了狸子沟，两军也不过相距二十余里，靠得很近了。

不料这时吕文焕得到一个情报：蒙军又有一支万余人的生力军投入襄樊战区，为首的将领是忽必烈曾经的怯薛长阿里海牙，并且放出话来，说是奉了大汗圣旨，要一举攻破樊城。这个情报让吕文焕多犹豫了两天。阿里海牙当过忽必烈的怯薛长，想来也不是等闲之辈，但宋军对他并没有太多具体的了解。大哥说起过，此人曾参加过鄂州之战，但那时仍是忽必烈的怯薛长，只是鄂战后期在战场上露过一次面，而且一露面就受了很重的箭伤，以至忽必烈北返时被留在了原地养伤，后来没有再回到忽必烈的身边，也没有成为领军作战的将领，所以宋廷军方也没有太注意这个人。即使此番率军前来，据探知也没有得到独领一军那种任命，其官职只是个"同签河南行省事专责入奏军机"。这时的吕文焕还不可能意识到，阿里海牙出现在襄樊战区，正是忽必烈投下的一颗棋子，是蒙方正在由最高统帅指挥这一战役的又一例证。至于阿里海牙扬言要攻樊城，吕文焕根本不信。这一年多以来，敌人的进攻重点是襄阳而不是樊城，早已明摆在那里，阿术倒是攻过一次樊城，事后证明只是一次佯攻。真正让吕文焕有所顾忌的，倒是阿里海牙会不会以攻樊城为烟幕，临到近处时陡然间兵锋一转，指向襄阳。这一手却是不可不防。不过这番犹豫也只是让他的前出计划推迟了两天，等他接到唐永坚已经攻占狸子沟的报告时，他决定先不管阿里海牙了。首先是并未见那畏兀儿人有何实质性的动作，继而又有新的情报对此前的情报做了更正——阿里海牙是以得到新的任命，只身来此赴任，并非率军前来，跟那增派到这里的万余人的部队没有关系。何况只是前出三十里，万一襄阳有事，再行回军也来得及。

唐永坚没有再派使者面禀，此后的所有报告，虽然都是飞马来报，却是一看便知是军中掌书记的手笔，行文严谨，只是没有细节，也少有态势分析。这也罢了，军中向来如此。按那报告，唐永坚用了三天时间对狸子沟的蒙军实施了轮番强攻，到第三日，蒙军已有不支之势，正准备翌日一举拿下，不料蒙军已连夜退去。随后的报告则称，已查明蒙军并未退远，只在十余里外，又摆开了阻击的架势，我军拟稍事休整后即继续前进。吕文焕接到的最后一份报告，是唐永坚在出发二十七天之后，终于冲破了敌人的多次阻击，到达了预定的总攻出发地——田家冲！接到这份报告，吕文焕终于长长地出了一口大气。只要到了田家冲，就可以猛击张弘范那小儿了。想想唐永坚这一路打过去，委实不易，换个别人，还真是恐难担此重任，战后一定要奏明朝廷，论功行赏。至于报告中所称将士疲惫，士气低迷，也是难免之事，实际上吕文焕也早有准备，向万山堡发起总攻时，自然以自己所率的生力军为主。便传令下去，命全军做好准备，明日一早出发，务必于午前赶到田家冲！

这天午夜时分，吕文焕突然被值宿卫的军士从睡梦中叫醒。"大事不好了！""怎么回事？""唐都统的大营遭了蒙军的偷袭！""怎么讲？""蒙军偷袭了唐都统的大营！""有这等事？快叫报信的来见！""启、启、启禀大人，没有报信的，是几个乱军中逃得性命的士卒……"

只这一句，足够让吕文焕意识到那边的情况凶多吉少了。唐永坚久经沙场，遇到这种情况，理应想到要做的第一件事就是派人报信求救。连这个都没来得及做，可见当时的危急窘迫非同一般了。

"传令！紧急集合！火速驰援田家冲！"

"大人……"

"快去呀！"

"大人，非是小的多嘴，这个……使得吗？"

吕文焕愣了片刻，然后一声长叹："是呀，你说得对，使不得。"

委实使不得。从逃回来的士兵到达的时间推算，张弘范发动偷袭应是黄昏时分。按兵家常法，偷营劫寨，多在夜深之后或拂晓之前，天没黑就动手，委实少见。但唐永坚让使者转述的话里，说到过张弘范那厮用兵奇诡，偏偏于人不备时突施奇袭，出其不意，也是有的。但若再一想，又焉知其中没有包藏着更大的祸心？

因为按时间推算，若吕文焕得报后火速来救，势必要赶几十里夜路。半路之上，也不必大队人马，只千八百精兵，挑个有利的地点埋伏了，宋军虽是人多，却正在行进之中，并不能收作一团，势必拉成一条长线，他若打你一个局部，无论是击头还是击尾，突兀而至，怕不杀你个人仰马翻！不仅救不了田家冲之危，还得再搭上不小的折损。眼见得唐永坚那六千人马已经落入虎口，能不能逃回一千两千都很难说。现在连他自己都觉得奇怪了，当初不是没有考虑过万山堡之战或胜或败的各种可能，为什么竟没有多想想这种几千几千地折损兵力的后果？或许到这时他才算彻底清醒了：襄樊被围之势已成，他手里这三万余人的兵力，是他今后很长一段时间里困守孤城的老本，再没有新的兵源了，折损一个少一个啊！

他没有发兵去救唐永坚，但是也没有立即撤军。他在原处停留了三天，派出许多小队去各处收集从田家冲逃出的残部。他忍受着内心的煎熬去探视那些逃回来的士兵，他们虽然还没人当着他的面指责他，但有意无意之间，他也几次听到他们向他的手下发火，愤怒质问为什么按兵不动，见死不救！他自己也说服不了自己，尽管他有充分的理由按兵不动，但是这并不能改变那个见死不救的事实。尤其是一直无法查明唐永坚的下落，更让他深感对不起自己手下这位勇于担当、恪尽职守的将领。当然，这三天里，他也努力想从逃回的士兵口中了解更多的情况，尽量搞清当时那里都发生了什么。他很快查明了敌军发动攻击的时间，不是他原来猜想的黄昏时分，而是还要早些，当时营寨的安置刚刚就绪，火头军正在造饭。看来真是"英雄所见略同"，当初安阳滩之战，他打阿术也是选的这个时间。兵书中少有提及，但有创见的兵家却可能发此奇想。张弘范以后还多次用过此法，其中最有名的当数八年后的五岭坡之役，宋军正在造饭，张弘范指挥的蒙军突然杀来，宋军措手不及，其主将竟在惊慌失措中忘记了指挥部队应战抵抗，而是急忙吞服事先准备好的冰片自尽，但由于太过匆忙，吞服的药量不够，只是造成了一时的昏迷，等他自己又醒过来时，却发现已被蒙军捆了个结实，成了俘虏。这位宋将叫文天祥。

三天里，陆续收集到的唐永坚残部竟然超过了三千人，其中颇有成建制来归队的。这让吕文焕颇为意外，亦甚是庆幸，但就中也得到了一个更让他揪心的情况——蒙军袭来之际，唐永坚传下了最后一道军令：各部不要硬拼，可相机逃散，去投吕将军大营——吕将军守城要用人！这道军令虽然没有来得及传开，但是有几处离中军近的显然接到了命令，然后是他们的四散而逃引起了连锁反应，方使这六千人马避免了大部被歼的命运。另一个情况显然也起了作用：蒙军可能因为人数上没有多大优势，所以并未采用全面攻击的战术，而是从一开始就以一支精兵冲击宋方的中军——八年后的五岭坡之役也是这种打法。当然，这也更加预示着唐永坚的凶多吉少。第三天的午后，人报抬回来了一名身负重伤的宋军，自称是唐都统的贴身侍卫。吕文焕当即亲往探视时，军医正在为其裹伤。因为是贴身侍卫，唐永坚来见吕文焕时，亦常跟随左右，所以吕文焕尚能约略认得。据此人说，当时蒙军来得很突然也极迅猛，唐都统下达那个"相机逃散"的命令时，他还在其身边，但很快就被蒙军冲散，他也随即受了重伤，失去作战能力，只得躺在尸首堆里装死，直到天黑后才勉力逃出，所以也不知道唐都统后来怎么样了。

虽然唐永坚仍旧下落不明，但吕文焕情知在此久留有害无益，只得下令大军撤回襄阳。回到襄阳的第二天深夜，吕文焕正要就寝，人报葛明求见。军师黠夜来此，料是必有紧要机密之事，遂让到一间内室相见。那葛明在侧面坐下，捻着山羊胡须，默然良久，直到见左右皆已退下，这才开口说道："适才接得密报，唐都统他……"

"他怎么样了？"

"他还活着。"

"现在哪里？"

"在张弘范那儿。"

"啊——"

这一声"啊"，说明吕文焕全明白了。其实也不难明白。不是被俘，唐永坚到不了张弘范那儿；不是归降了，他不会还活着。

沉默有顷，葛明才又开口："此后诸事，请大人定夺。"

"然则先生何以教我？"

"小可愚见，不足为凭。"

"请先生直言相告。"

"与吕将军、唐将军截然不同，小可自幼生长民间，至今仍是一介布衣，不曾有一日吃过朝廷俸禄，便是在吕大人府上这十几年，葛某人的衣食用度，皆拜吕大人所赐，是以念兹在兹者，力所能及时为吕大人分忧而已。便是近日吕大人要用在下，想给个名分，在下也只愿就叫个军师，无非因其不是朝廷官职，不领官俸不吃军饷。故以在下看来，并不是朝廷养着百姓，而是百姓交纳钱粮赋税养着朝廷，也养着文官武将为朝廷效力。然则在百姓看来，以何为忠，就与朝廷有所不同。以其身为人臣主政统军者，文不能安邦，武不能定国，何以言忠？至若听上峰差遣行事者，总要倾尽全力，尽职尽责。以此而论，唐都统直到最后时刻，仍在为吕将军守城要用人着想，实是为大宋尽到了最后一份心力。及至已经成了蒙军的俘虏，再要为大宋尽力已无可能，何去何从，就是另外一回事了。"

吕文焕听罢，默想有顷，摇摇头说："先生所言，似亦言之成理，然在吾听来，终是甚觉耳生，想来或者正如你所说，与吃没吃过朝廷俸禄有关。圣贤有云，杀身成仁，舍生取义，何况唐永坚不似先生，终是个吃着朝廷俸禄、领着朝廷官职的人。大丈夫生而何欢，死而何惧？一死而已，有那么难吗？"

葛明依旧捻着他那把山羊胡子，缓缓答道："朝廷，或为朝廷着想者，当然会如是想，做事好坏成败倒在其次，死节与否却是不能含糊的。在下才疏学浅，所知有限，但有一点，即以在下看来，唐都统并非那种贪生怕死之徒。"

这回吕文焕点了点头："这个嘛，倒也是。你这一说，倒让我想起唐都统出征前说过的一句话——如其不胜，能以马革裹尸，唯恐求之而不可得也！"

"战场上的瞬息万变，将军比在下清楚。"

"既然如此，还得烦劳先生去办这件事。"

葛明站了起来："请大人吩咐。"

"这事得先生自己去办。"

"是。"

"你从我家中账房取二百两银子，拿去交给唐夫人，就说是我说的，战事倥偬之际，一时顾不得长远，聊充眼前的应急用度吧！"

"在下明白。"葛明可是真明白，这话的意思，就是让她们快走，二百两纹银，正是投奔蒙军去找唐永坚的川资。他朝吕文焕深深一揖，说："在下这里替唐将军谢过吕将军的仁义恩德了！"

三天后，军中传出了唐都统被俘后降蒙的消息，随后又有其家眷已不知去向的传言。战乱之中，人们自顾不暇，自然少有闲心去深究这些事情，听听也就罢了。何况这里原非唐永坚的老家，只不过是他的任所，他又是个武将，跟随他在任上的眷属本来就不多。便是那宅子附近的邻居们，初时还见偶尔有原来的家丁进出，忽一日那大门上便被贴了封条，封条上的大红官印，理所当然地向人们昭示着这些事自有官府在料理，无须尔等百姓劳心。等到新任都统黄勇走马上任，也住进了那处宅子，这一页历史便最后翻了过去，作为襄樊战役中一个重要节点的万山堡之战，也就彻底结束了。折损了近三千人马的吕文焕，再也没有发动过主动出击的战斗，转而采取了据城固守的策略。面对蒙军十万之众的围攻，他仅仅凭借手里的不足三万人，在几乎没有得到任何有效外援的情况下，又坚持了整整三年。

30　成为孤城

就在赵禥批准时年三十七岁的尚书左司郎官文天祥退休养老之后不久，忽必烈任命时年四十二岁的郭守敬由都水少监升任为都水监。文天祥和郭守敬是两个完全不同的人，这两个人唯一的共同点仅在于他们俩都是汉人。而且即使这样一个共同点也是要打折扣的，因为按照忽必烈的标准，郭守敬才是汉人，文天祥是"南人"。

忽必烈虽然很欣赏、很重视郭守敬，但是并没有让他当很大的官。忽必烈从当亲王时开始就很重视发展水利，因为他知道这是使北方的经济强大起来的重要因素。到了至元八年，他心目中那幅大一统中原王朝的蓝图已经越来越清晰了，既然他未来的国都将设在原来的燕京，中原王朝的政治中心将前所未有地北移，那么北方的经济——主要是农业，也需要有一个相应的、前所未有的发展。兴修水利、发展航运自然就成了一个重要的议题。他需要有一个机构来管理这个大事，需要有一个人来管理这个机构，而他选定的这个人就是郭守敬。但是在既有的"编制"之内，他能给予这个人的任命却只能是都水监。直到又过了五年，即至元十三年，都水监并入工部，郭守敬才被任命为工部郎中。

这样级别的官员通常是不入史的。所以直到很久以后，史家终于认识到此人虽然官职不高，但史书中却不能不对他有所记载时，才发现有点儿为时已晚，由于此前从未注意资料的积累，到了这时候，竟然很多基本的事实都死活弄不清楚了。其中最要命的是完全没有他父亲的资料，一直到最后，也没能考证出他的父亲是何许人也，连个名字都没有！幸好总算找到了他祖父的一些资料，知道他祖父叫郭荣，还是当时一位有点名望的学者，精通五经，熟知天文、算学，擅长水利技术。郭守敬从小就跟随祖父生活，并且从祖父那里学得了宝贵的天文、水利、数学知识，为日后开创性的科学工作打下了坚实的基础。

在郭守敬十岁那年，郭荣把他送到刘秉忠门下去学习。这一段师生关系对郭守敬的一生十分重要。当时刘秉忠正在邢州乡下隐居读书，收下郭守敬的第二年就随高僧海云印简前往喀拉和林觐见忽必烈，并且留在了那里。在这短短一年多的时间里，小小的郭守敬究竟能从刘秉忠那里学到多少具体的东西，确实很难说，但是从郭守敬后来的实际情形看，他确实承续了刘秉忠身上那些最可宝贵的东西——科学的实证精神和逻辑推导的思维方式。关于刘秉忠离开邢州后这师生二人之间有没有来往，史书中毫无记载，直到十八年后，刘秉忠将郭守敬推荐给自己的老同学张文谦，说明刘秉忠对这个学生后来的情况还是有所了解的。能够到张文谦的手下工作，则是郭守敬生活道路上的一个重要转折点。还有一点或许更重要，就是郭守敬在刘秉忠那里结识了他的小同学王恂。王恂比郭守敬还要小四岁，但师从刘秉忠却比郭守敬更早些。这一对小师兄弟感情甚笃。不难想象，在刘秉忠离开以后，他们经常来往，切磋学问技艺，为日后在创制《授时历》中的天才合作打下了坚实的基础。

　　郭守敬最早显露出来的天赋，是在器具的制作方面。他从小就喜欢制作各种器具，由简单到复杂，在这个过程中逐渐掌握了一些器具制作的规律。当然，在那时，这种能力不过是"匠人"的雕虫小技，远不如同龄的学童能背诵一篇"四书五经"中的文章更显灵气。直到他十五六岁时，居然仅凭一张图纸就做出了一个久已失传的"莲花漏"来，才让人不能不刮目相看。

　　莲花漏是一种计时器，是北宋时一个叫燕肃的人发明的，在古代漏壶的基础上改进研制而成，达到了比较高的计时精度。古人用漏壶来计时的做法由来已久，原理倒也很简单：上面一个盛着水的漏壶，下面一个容器，让漏壶里的水均匀地漏下来，漏到下面的容器里，再根据容器里存下了多少水，来推算过去了多少时间。它的技术难点在于，水要漏得均匀，就必须保持漏壶里的水量不变，因为水少了，压力就小了，漏水就慢了。从理论上说，就是漏壶里的水必须在漏掉的同时补充同量的水。古时的文人不谙工艺之事，才有"漏尽更残"一说，其实"漏"里的水不但不能"尽"，少一点都不行。燕肃的贡献在于不仅提高了单个漏壶的精度，更在于采用了多个漏壶的设置，来修正和抵消单个漏壶的误差，所以"莲花漏"的计时精度比过去的计时漏壶有了很大的提高。这种设计思想上的创新具有很高的科学价值，因为在采用了多个漏壶的设置之后，如何保证单个漏壶的误差能够相互修正、抵消，而不会被叠加放大，需要有一套独特的办法。但是，就是这样一种天才的发明，对于统治者来说，却根本不在他们的核心价值体系之内，所以也得不到起码的重视，加上它结构复杂，制作要求高，很快便失传了。或许是燕肃对此有所预见吧，他留下了一张图，而郭守敬得到的就是这样一张"莲花漏图"。要知道那时可没有后世所谓的机械制图方法，更不会用"三视图"的方法去表现一个物体的三维形状，只能是把一整套结构复杂的器具画在一张平面图纸上，按后世的标准，它最多能算是一张"示意图"，而且肯定不附带任何制作工艺的提示。刚刚十五六岁的少年郭守敬，仅凭这一张图，通过自己的刻苦钻研揣摩，居然成功地制作出来一套"莲花漏"！不难想象，连父亲的名字都没有搞清楚的史书居然能记载下这件事，想必当时也是引起了不小的轰动的。

　　郭守敬在二十岁那年，又有了一次惊人之举。邢州北边某个交通要道处，原有一座石桥，后来毁于蒙金战争。天长日久，桥身桥基已被淤泥掩埋。这时当地想在原地重修这座桥，却已无人能指出旧桥的确切位置，就把郭守敬请来。郭守敬查勘了河道上下游的地形走向和河水的流量流速，然后用手一指：就在这儿！人们按他所指的地点，一下子就挖出了被掩埋已久的桥基。石桥修好后，元好问听说了，特意写了一篇碑文记述此事。郭守敬在这件事中所表现出来的那种思维的才能和特点，确实与刘秉忠的"推衍法"颇为一致，用后世的说法，就是逻辑推导。不过，这种事能起到的作用，也就是"传颂一时"，并没有给他的生活事业带来什么改变。如果没有后来刘秉忠的推荐，他终其一生也就是民间的一位能工巧匠罢了。

　　中统元年，刘秉忠把他推荐给了张文谦，这时他已经快三十岁了。恰好张文谦被派到大名路①等地任宣抚司长官，因为也有兴修水利的任务，就带上了郭守敬。郭守敬跟随张文谦到各处勘测地形，筹划水利方案，督导工程施工，科学知识和技术经验更丰富了。他还把少年时试做过的莲花漏铸了一套正规的铜器，留给当地使用。此举使已经失传多年的莲花漏重现于世，展示了它远高于其他计时器具的精度，后来还得到朝廷的天文台的采用。

　　通过两年多的实际考察，张文谦对郭守敬的才能很是赞赏，就向忽必烈奏报了郭守敬的情况。一直对水利很重视的大汗很快就召见了郭守敬。有备而来的郭守敬，当面向忽必烈提出了六条有关水利建设的建议，因为这六条建议都是他经过仔细勘察后产生的切实可行的计划，对于经由路线、受益面积等都有数据、有论证，大汗听得清楚明白，更是欣赏他这种认真求实的方法，当即任命他为提举诸路河渠，次年又升为银符副河渠使。此后，他就辗转各地修建河渠堤坝，其中跟随张文谦前往西夏巡察时，只用了几个月的时间，就将那里已经毁坏的两条长达数百里的古渠整修好，开闸放水那一天，沿渠百姓欢声雷动。忽必烈闻奏大喜。得民心者得天下；这正是他得天下的一部分啊！郭守敬回到上都后，即被任命为都水少监。六年后，升任都水监。

　　万山堡战败的消息传到临安时，赵禥发起的"正心"恰在渐入高潮之际。

　　这段时间里，朝野上下，都是一派祥和喜庆的气氛，便是那遍布西湖周遭的教坊，也新翻出若干曲盛世欢歌。偏是这个时候，吕文焕兵败万山堡的边报来了！若

――――――――――――

　　①　治所在今河北大名一带。

是以往那种小摩擦，是否有必要上奏，还可以考虑考虑，研究研究，似这等一仗就折损了三千人马，便是当年蒙哥攻川、忽必烈攻鄂皆不曾有过，如何敢压下不奏？那日早朝，便由枢密院、兵部各遣一位大臣出班，联袂将此事启奏皇上。这一回，圣意倒也一如所料，皇上听罢，脸上极是难看，却又默然良久，一言不发。一时之下，众大臣也都面面相觑，噤若寒蝉。皇上金口不开，连问问该怎么办的话都没有。君臣们就这样谁都不说话，弄到最后，开口的还得是皇上，因为皇上是不想说，而大臣们则是不敢说。耗到皇上想说了，唯独他没有不敢说的问题。不过这回皇上所说的话，却是格外的圣意难料，当时在场的满朝文武，没一个能听懂的。

皇上说："朕闻养兵千日，用兵一时，既然兵到用时无所可用，那还愣着干什么？散了吧。"

就散朝了。

散朝之后，众位大臣，特别是枢密院和兵部的大臣是怎样揣摩圣意、制定对策的，史籍没有记载，不过从后来的结果看，他们至少抓住了皇上那仅有的一句话中的一个关键词："用兵。"于是就给范文虎下了一份诏书，命其火速发兵以援襄樊，会同吕文焕将胆敢来犯的蒙军一举消灭。

枢密院和兵部都是级别很高的衙门，办事自然有一套规则。从他们向范文虎提出了如此之高的要求看，他们的档案工作是规范的，当初范文虎来信所说"我率兵数万进入襄阳，一战就可扫平敌军"的话是被记录在案的。他们也很清楚自己的权限，此刻并非战时，他们无权调动军队，更遑论指挥作战了。李庭芝虽然领过"督军再援襄阳"的诏书，但他的仗怎么打却不由枢密院或兵部指挥。范文虎就不同了。当初他以殿前副都指挥使率兵援襄，虽然部队是临时调集的，但是他却带去了千余原来归他指挥的禁军，作为这支部队的核心——若要说得更直白些，他实际上是把这部分皇家的禁军变成了他自己的卫队。虽然这些禁军的人数仅为这支部队的三十分之一，却使他所率的整个部队也带上了禁军的性质。所以等到他以福州观察使再次奉诏"一并督军援襄"时，虽然他已经不是殿前副都指挥使了，那支部队却仍被视为禁军，诏书上就有了一个特别的说法：该部仍由朝廷节制。所以，命令他火速出兵，也就有了充分的依据。

范文虎接到命令后所做的第一件事，就是打听清楚是否也给李庭芝下达了同样的命令。直到核查确实，朝廷只把这个任务给了他一个人，他才志得意满地下令发兵。这倒很能证明，当初他说"我率兵数万进入襄阳，一战就可扫平敌军"那个话，并不是吹牛，他真是这样认为的。

九月丙寅，宋将范文虎以兵船二百艘来援襄阳，并扬言此战非为解围，而是要一举荡平鞑虏，光复失地。

范文虎上得船来，只说得一声"时辰一到，即刻开船"，自去舱中倒头便睡，无论是那二百艘战船依次陆续起航，还是自己这艘旗舰起锚开船，范文虎一概不知。一觉醒来，已交未时，正待传些酒饭来充饥，却是心中一阵烦乱，顿觉身上处处非痛即痒，心里事事没着没落。烦了一阵，勉强起身，自有随侍人等伺候着洗漱更衣已毕，酒饭已自摆好，坐下来时，却是胃口全无，连箸子都懒得去拿，倒觉得一颗心悬将起来，堵在咽喉间。自己心中也在纳闷，猛然间想到：遮莫是天意示警，此番出战凶多吉少，甚或直接于己不利？这也有个缘故，盖范文虎虽然身居高位，毕竟是个武夫，平素行事蛮横霸道，颐指气使，内心里却有一个软处，最怕上天的因果报应。直至想到了这个至关紧要的去处，他才记起人们常挂在嘴边上的一句话：兵者，凶器也。然后才记起似是见过一个军情通报，说蒙将刘整正在打造兵船演习水军。想到此，心里更觉烦躁，盖一向不把蒙军放在眼里，只因要去的地方是襄阳，并非碛北，要拼的不是骑兵，是水战。数十年来，两军较量，从来都是宋军的骑兵不占上风，而水军却占尽先机。那刘整此举，显然是要改变这种局面，若果如此，却是不可太小觑对手了。虽然想到了这一点，毕竟自信得久了，不由得转念再想时，便觉得其实还是多虑了。造几条船不难，招募些兵丁更容易，但要建一支经得阵仗的水军，岂是三朝两日即可一蹴而就？便是让一个只能在河沟里扑腾几下的人真正习得一身好水性，不亦得三五年吗？正待要松一口气，另一个截然相反的念头却又不招自来：战场上的胜负，和将领的休戚并不是一回事！打了胜仗却折了将帅的事绝非罕见！那么，此刻的心烦意乱，焉知不是上天对他个人的示警之意？

他叫来侍从，吩咐把酒饭撤了，把随军的"易天师"叫来。

易天师为范文虎打了一卦。

然后，易天师期期艾艾说道："这卦象嘛……却是凶险得紧。"

范文虎白着一张脸急问："主何凶吉？"

易天师看了半天方道："却又甚是蹊跷。"

"怎么讲？"

"论卦象，分明是个凶象，辨卦理，却难辨凶在何处，险从何来。"

"这却怎生破解？"

"须得大人明示此前一天之内都做过何事。"

"这个嘛……"

"若是大人觉得事关军情机密不该小可知道，小可就此告辞。"

"且慢！我就说与你听听吧，也好辨个吉凶祸福。"

其实也没有什么军情机密。一天当中，除傍晚时用了不到半个时辰看了看已经发下去的作战文书，范文虎再没做过其他与军队或作战相关的事。而说到这一节时，易天师自亦乖觉，并不去问那些作战文书的内容，亦不多问范文虎看后有何观感，是否满意。唯独说到夜间与营妓快活之事，虽是范文虎原想一带而过，却被易天师细细盘问了一番。姓甚名谁，身材相貌，黑白肥瘦，何时开始，多久结束，俱不放过。初时范文虎还有些不悦，问答到稍后，却正好搔到了他的痒处，有问必答，务求详尽，简直是把昨夜的快活又温习了一遍。正这等边讲边想时，却猛听得那易天师啪的一声拍了下桌子，脱口迸出两个字："是了！"

那范文虎一惊，愕然住了口，却又一时没反应过来，只把眼来直愣愣瞪着易天师。

易天师道："原来这凶险就应在此妓身上！"

"怎么讲？"

"大人明鉴，依大人所述，这妓女叫了个白白。白者，素也。叫一个白字，也就罢了，两个字皆为白，意欲何为？这不是要全军缟素吗？"

一席话，说得范文虎脸色煞白，呆若木鸡。想那易天师的话，原是点到为止，自留着话外未言之意。说什么全军缟素？分明指的是要折全军主帅呀！

正在胆寒之际，那易天师已自离席而起，深深一揖之后，侃侃言道："小可适才所讲，只是就卦言卦，所谓君子问祸不问福，总不过提个醒儿，趋利避害，择其善者而行。至于大人听了，听了也就完了，正不必放在心上，祸福由天定，吉人自有天相……"这番话，听上去是一番宽解之辞，细究起来，却更像是在说此等凶险已经无解，大限已定，在劫难逃，听得范文虎脊梁沟一阵阵冒凉气儿。恰恰正在这时，一名侍从慌慌张张地闯进舱来，手指前方说道："启禀殿帅，前方有紧急军情通报！"

"说什么？"

"说敌将阿术、合答、刘整率战船三百艘逆战于灌子滩！"

"什么？蒙军来了多少？"

"战船三百艘。"

"他……他……他哪来那么多船。"

原来在范文虎心里，敌方在这一战区的战船，即便连能载十几个人的小船都算上，甚或连只能运货的船全算上，归拢包堆亦不过三五百艘，如何即能一战就投入战船三百艘？但转念一想，这是早先的数儿，而刘整奉命造战船练水军的事儿，自己原是知道的，只是没有计算在内罢了。说到底，范文虎毕竟是一员久经沙场的战将，明白这样一种误差，就叫失算。临敌出战，事前失算，总有后患，怪不得天意示警，方有易天师这厮的一番言语。到了这般时刻，范文虎反倒不再惊慌了，就在那舱里不紧不慢踱起步来。虽说是殿帅的官舱，毕竟是在船上，虽是大船，船舱终是不能很大，七步之外，也就从这头踱到了那头。这样地踱了五七个来回，范文虎便成竹在胸，主意已定。立定之后，先指了一指易天师，便吩咐那侍从："且引这位易先生去客舱里歇息，少时我还有事讨教，然后去找孙将军，命他即刻到我这儿来。"

不多时，孙将军来了。其实此人也算不得什么将军，只是范文虎近前的一名部将，约略是那些侍卫、侍从的头目，间或亦为范文虎传传军令。

范文虎就向他下达了两个命令。

第一个命令是："适才前方探得敌将已引军至灌子滩迎战，但只得战船二百艘，少于我军，分明是前来送死的。可命我军按既定预案出击，务必多斩敌军，多毁敌舰，一战而胜之。我现在有点晕船，你可速去找条小船来，送我上岸，我即在此等候众将的捷报，一俟取胜，即时清点斩获之数，速来报我，以便早早奏闻朝廷。"

第二个命令是："去客舱里找那姓易的，好言将其引至船后，给我一刀砍了，将尸首抛去江中便了。那厮虽无甚大罪，却是知道得忒多了些个，还是死了的好。"

一个多时辰以后，两军在灌子滩一带的汉江江面上劈面相遇。这是有史以来蒙宋之间规模最大的一次水上作战，蒙军投入战船三百艘，逆水顺风；宋军投入战船二百余艘，顺水逆风。史书中没有记载此战的经过，只记录了战斗的结果："九月丙寅，宋将范文虎以兵船二千艘来援襄阳，阿术、合答、刘整率兵逆战于灌子滩，杀掠千余人，获船三十艘，文虎引退。"

这个记载中的"二千艘"之数，分明不实，却也正好反映出中国史籍对数字的一贯态度。这个明显出自胜方蒙军之手的数据，自然不吝夸大敌方的兵力，以显示自己战绩的辉煌。

开战前即被一艘小船"引退"到岸上的范文虎，不仅没等到他要等的捷报，一直到最后也没有人告诉他这一仗是怎么打的，怎么败的。上面引用的那段史书上的记录，其实也只是蒙方单方面的说法，却无法从宋方的记录中得到印证。如果不看蒙方的记录，只看宋方的记录，你肯定会觉得根本未曾有过一个所谓的灌子滩之战，因为如果真打过这样一个大败仗，范文虎怎么会没有受到任何的追究呢？这就是万岁爷赵禥大力推行"正心"所取得的丰硕成果了。经过"正心"之后的大臣们，都懂得了要大力传播正能量，决不传播负能量。虽然从皇上到大臣都知道有过一次灌子滩之战，也知道那一仗打出了什么结果，但这种事情不仅不能让小民们知道，而且在任何官方文书中都不可留下痕迹。两相对照，你甚至会觉得所谓灌子滩之战，纯粹就是阿术之流为了蛊惑人心而凭空编造出来的，一如后世专事造谣惑众的大 V。

不过，这种一手遮天的事，毕竟难度极高，稍有不慎，终会从手指缝间泄出些许光亮，比如在史书的另外一处，却记载了奉诏"督军再援襄樊"的李庭芝，曾为灌子滩之败"上表自责"。除了为这个他本来没什么责任的败绩自责，还主动表示了一种"可取而代之"的意愿，称情愿乘敌尚未得休整之际，即率所部入援襄阳。但在经过"正心"的朝中诸大臣看来，此议即便有些个积极性，却是个负能量，藏头露尾，分明是想乘人之危独揽兵权，遂不报。那李庭芝等了半月，没听到朝廷做出任何反应，只从一位私交处得到了一个小道消息，说皇上曾就此事垂询过，部议之后呈上的奏折称：我军方受重挫，急切间再战，恐多不利，宜徐图之。

李庭芝在那道表章里还对灌子滩之战的结果做了一个分析。他认为，此前蒙军与我水战，凡蒙军稍占上风时，必着意于夺我战船，当年忽必烈攻鄂大军渡江时，就曾重赏夺船有功的朱国宝。但此番在灌子滩，蒙军占尽优势，杀我将士千余，却只掳去战船三十艘，表明其作战方略有了变化，更着重杀人，不再着意夺船。由此看来，蒙军已经能够自己造出足够的船了。

实际上，对于这一点，吕文焕比李庭芝体会更深，认识得也更清楚。吕文焕有自己的信息采集体系，对于来援大军一路上的进展情况，少不得会派出若干细作随时打探，所以在大宋的满朝文武中，他是对灌子滩之战的各种细节了解最多、最详的一个。综合这些具体战况，吕文焕认为这是一次最"平常"的水战，双方都是以最"平常"的战法投入战斗，都没有采用任何新奇取巧的战法，在宋军应是认为不必多此一举，在蒙军则应是觉得新军初建未敢弄险。以此而论，这一仗打的就是两军的实力——实有的战斗力，具体说就是比拼双方的船和人。此战以蒙军大胜宋军大败告终，证明宋军已经不再拥有水上作战的优势，至少在襄樊是这样。这意味着什么？这意味着，在万山堡之战以后，襄樊守军已无望从陆上打开一条与外界相连的通道；而灌子滩之战后，蒙军又取得了水上通道的控制权。

襄樊已经彻底成了一座孤城！

31　困守

灌子滩之战结束后，在半年多的时间里，史书中并无任何与战争有关的记载。从大宋一面看，仿佛朝廷已经把那一座孤城遗忘了，倒是出兵攻打过一次莒州①。而在蒙古国的大汗廷，似乎就连忽必烈本人也处在一种半休眠状态。在至元八年的最初几个月里，他多次就与高丽国有关的事做出重要批示，而与襄樊战事有关的决定只有两项，其中真正主动做出的决定只有一项：以同金河南等路行中书省事阿里海牙参知尚书省事；另一项则是被动做出的——针对史天泽上表告老，忽必烈做出的决定是"不允"。

似乎只有吕文焕一个人在独自面对那日益严峻的困境。从吕文焕在战役初期那些主动出击的行动中，可以明显看出他并不怎么担心物资的消耗，说明他手里掌握着可观的储备，对于能继续得到补充也抱有信心。咸淳五年七月，夏贵利用江水暴涨之机成功地将五百船物资送进襄阳，使刚刚开始出现的困境及时得到缓解，一时间士气民心大振，但在另一面，也无意间助长了某种盲目乐观的情绪。话说回来，这种乐观情绪也不是平白无故就有的。这里早就流传着一句老话，叫"大路不通走小路"。陆地上遍布着纵横交错的小路，肩挑背扛，骡载驴驮，终是可以运送物资的通道。水路上也一样，即便汉江被蒙军封死，还有那众多的支流河汊，或行得小船小艇，或漂得木排竹筏。到了急切间，总有办法可想。

殊不知这多半年里，在史天泽的指挥下，自阿术、刘整、阿里海牙、张弘范以下的十万蒙军，或百八十人一队，或三二十人一伙，俱撒网般撒开去，拉网似的查勘，再小的道路河汊也不放过，一经发现，便在紧要处设卡拦截，人是只许进不许出，物是只许出不许进。初时，因为此间人员物资的流通只是些民间来往，吕文焕并不知情。到他下达了疏散令之后，得知那些想逃出襄阳的百姓都被蒙军撵了回来，他才意识到自己的每一个汗毛孔都被堵死了！

万山堡之败，使吕文焕最后放弃了主动出击、为自己打出一条陆上通道的打算。唐永坚被俘前下达的最后一道军令——"相机逃散，去投吕将军大营"，让他五内震动；尤其是那句"吕将军守城要用人"，更是让他镂骨铭心！由此他下定了据城死守的决心。而不久之后范文虎的水军又大败于灌子滩，更让他认识到宋军的

---

① 今山东莒县。

水上优势已不复存在，水上控制权已经易手，使他进一步做好了困守孤城的思想准备。今后，襄阳城里的守军，兵是折损一个少一个，箭是射出一支少一支，米是吃掉一粒少一粒，柴是烧掉一根少一根。只有消耗没有补充！

但是他却下不了疏散民众的决心。他自幼所学得的治军治民的道理，都是这样讲的，危急关头，最要紧的就是稳定人心，多告诉他们好消息，不告诉他们坏消息。敌人兵临城下，正合军民齐心协力拼命死守，虽然他私心里确实希望老百姓们离开襄阳，走得越多越好，但他们自己逃离是一回事，由守城主将下令让他们走则是完全不同的另一回事。他确实非常担心那样会被误解为连主将都觉得这个城守不住了，所以才让他们各自去逃命。那样一来，首先会造成民心不稳，然后反过来再影响军中士气，岂非自取其祸？出于这种考虑，去年十一月和腊月，他还两次发出安民告示，说虽然蒙军确有来犯之意，但我襄阳府城池坚固，兵精粮足，有备无患，料敌未必就敢轻举妄动，且据多方探得，其亦实无近日即将攻城的迹象。故特晓谕百姓，宜各安其业，切勿轻信谣言，庸人自扰云云。不过这也有个缘故，便是迄今为止，虽已显出各种物资的匮乏，毕竟百姓们还是各吃自家饭，各烧自家柴，或有不足者，自有邻里间接济，无奈这样又熬了半年，渐渐地已是益发难以为继了，便是原本相当殷实的人家，俱弄得家徒四壁，自顾尚且不暇，再无力去接济邻里。虽是还有些家底丰厚的大户人家，毕竟为数不多，再有些悭吝的，不免要算计着给自家多留些地步，其实亦情有可原。

到了三月末梢，正是平日所谓青黄不接的季节了，三朝两日之间，便不时有某处饿死人了的消息报来，接着便有地保之类呈来禀帖，要求官府开仓放粮，"以解民于倒悬"。官仓倒是有，也确实存着官粮，但在吕文焕心里，眼下的官粮虽然还是和军粮分着的，可到了万不得已时，官粮还是得当作军粮来用，总不成敌军尚未开始攻城，率尔就把官粮吃掉，日后一旦军粮告罄，却是再从哪里变出粮食来？

情势逼人，他心中却益发狐疑不解，这襄阳城里的百姓，怎么就恁死心眼儿？民间原有句话，道是"大难入乡，小难进城"，指的是如遇常有的匪患之类，因其多是在乡间袭扰作乱，宜进城躲避；若是遇到大的战乱，因其往往会攻城夺寨，反倒是乡间要安妥些。以吕文焕往昔所见，实亦莫不如此。每有风吹草动，未及打探得清楚，便不惜撇家舍业，急忙逃生，有时甚至是乡下人往城里跑，城里人往乡下跑，大路小路上俱都人头攒动，尘土飞扬，一时蔚为壮观。怎的到了此时的襄阳，眼见得蒙军就要攻城，竟然会无动于衷，全都赖在城里不肯走？多一个人就多一张嘴呀，这等简单的道理都不懂？

思来想去，别无良策，也只有下令疏散百姓这一条路了。

于是，吕文焕下达了疏散百姓的命令。

32　大汗的威仪

至元八年三月，忽必烈举行了一次大规模的狩猎。

忽必烈喜欢打猎。但是大汗的狩猎不是为打猎而打猎。他以最大的克制力强忍了三年没有打猎，就是为了让以合察为首的那一班人准备好一次真正的大汗的出猎。这班人是由忽必烈亲自一个个挑选出来的，而挑选的标准，首先是他们必须来自真正的黄金家族，拥有成吉思汗的血统，然后又必须接受过一定的汉化教育，懂一点汉人的礼仪。他要让人们看到的，是一个成了中原皇帝以后的蒙古大汗的出猎！具体说，他想要蒙古人看到，他成了中原皇帝以后，仍然是个蒙古人，仍然把打猎当作一种重要的、带有庄严神圣意义的活动来进行，并且正是他这个蒙古人，才能在征服了中原之后，教会中原的汉人认识到狩猎体现的是一种人和天地之间的关系，而不仅仅是一种娱乐或健身活动。同时他又想要汉人看到，这个蒙古人现在已经成了他们的皇帝，他会像他们以前的那些皇帝一样管理他们和保护他们，同时又给他们带来了他们以前没有、只有蒙古人才有的新东西、好东西，而这些东西又是他们能够理解并且可以接受的，所以他们将会从他这个蒙古人这里，得到比以前所有其他皇帝都更加好的管理和保护。

这个任务有可能完成吗？

实际上此次狩猎还有一个前奏。按照合察等人的设计，既然大汗的出猎是一次蒙古式的狩猎，就应该从一个具有蒙古特色的地方出发，这个地方被确定为上都的帐篷区。前一天，即三月二十一日，所有与狩猎有关的人员都在这里集中，包括大汗的后妃们，一百名怯薛，三千人的卫队，一千名驯鹰师，一万名塔斯科尔及另外一万名将要承担各种其他任务的士兵。这天晚上，大汗本人也在这里专门为他搭建的御帐里就寝。三月二十二日一早，大汗从他的御帐里走出来，一位怯薛长将已经备好的乌云牵过来，他接过缰绳，轻轻拍了拍它的脖子，然后翻身上了马。他的这匹坐骑仍是一匹漂亮的波斯黑马，仍然叫"乌云"，但已经不是原来那匹了。原来那匹老了。他骑着马缓缓行进了大约半里之遥，来到一个广场。他刚一出现，此前已经在广场上列队等候着的士兵们便开始欢呼，他就在这持续不断的欢呼声中，纵马来到他的专门用于出猎的龙车前，翻身下了马，然后在几名怯薛的帮助和保护下登上了龙车。虽然已经五十六岁的大汗身手仍然尚称矫健，但登上这辆龙车确实不易，所以这种帮助和保护是很必要的。

这辆专门用于出猎的龙车，是由合察等人特别设计出来的。也只有这几个人想得出这种主意。简单说，就是在排成一列连在一起的四头大象的背上，用木板铺成一个地面，再在那上面搭一个亭子，而亭子的四面都有幕幔，放下来，亭子就变成了房子。合察等人能想出与大汗的意图如此完全相符的主意，首先得归功于大汗的选人得当。大汗选中了合察，而合察恰好在早年跟随大汗远征云南时见过大象，并且亲耳听到大汗说过将来应该把暹罗纳入大蒙古国的版舆。在得到大汗的赞扬和重赏之后，合察宣布他从暹罗采购了一万头大象，而实际上他是从云南采购了三十头。这三十头大象历尽千辛万苦运到上都之后，存活下来二十六头，最后完成了训练的共二十一头，刚够分为三组，一组首选，两组备用。为什么一组要七头大象？因为狩猎将在东边靠近大海的地方进行，而那里和沿途有些地方很是偏僻荒凉，道路崎岖狭窄，容不下由并排四头大象组成的龙车通过。那时大汗将换乘由两头象，甚至一头象驮着一个小亭子所构成的龙车。当然，即使只有一头象，也必须驮着一个亭子，而且里面得有足够的空间，让大汗能躺着。大汗毕竟已经过了知天命之年，无复当年那种不惧鞍马劳顿的勃然英气了。

向东走了三天，便进入了狩猎区，不过还只是狩猎区的边缘区，要再过三天才能进入核心区。休息一天之后，狩猎开始了。从三年前起，这里便被划定为大汗的狩猎区，并且颁布实施了一系列的规章制度，其中最重要的原则就是严禁在此"私自"行猎。这个道理倒也不难明白——既然这是大汗打猎的地方，别人在此行猎自然就成了"私自"。但是任何规则要想能真正得到实行，就得有必要的通融。这里既然本是个适合行猎的地方，少不得就会有不少的猎户。对于这些猎户来说，打猎是他们的生计。

难为了合察等人，经过一番仔细的权衡裁量，这才制定出切实可行的规章制度，诸如除极少数经过特许的蒙古贵族，可以代表大汗在核心区打猎以外，其他任何人一律不得在此"私自"行猎。经过核准的确以打猎为生的猎户可以在边缘区行猎，但也要在时间、地点、种类、数量等方面受到种种限制。例如大汗认为在飞禽里鹤类属于最高贵的种群，所以严禁"私自"捕杀，得留着给大汗当猎物。有一些限制是合理的，例如在飞禽走兽繁育期禁猎。按照合察等人的预期，狩猎区经过这样的涵养，到大汗亲自来狩猎时，一定能够提供丰富的可猎之物了。

大汗带着两万多人亲自来打猎，并不是真要大汗动手。那样的话，要那两万多人干什么？这两万多人中的三分之一，其任务就是动手替大汗打猎，他们打到的猎物都记到大汗的名下。还有另外两百多名经过严格筛选才获此殊荣的蒙古贵族，是来陪大汗打猎的。怎么才叫"陪"？就是他们可以把亲自打到的猎物记在自己的名下，并且每天把成绩奏报给大汗。不用说，他们同样也不动手，自有手下人替他们打猎。按照合察等人的设计，每天狩猎的结束，是以大汗在众人的欢呼声中从他的龙车上降临地面为标志，在此之后，大汗就要做打猎以外的事了，包括处理军国事务，以及享受女人和酒，所以在此之前，大汗要在龙车上听取这一天狩猎成绩的奏报，包括大汗本人的成绩和陪大汗打猎的各位贵族的成绩，然后在众人因为这成绩的辉煌而发出的欢呼声中，由怯薛们帮助和保护着下龙车。问题是两万多人参加的狩猎，狩猎区方圆超过百里，离得远的，直线距离也有数十里，即使飞马来报，也得跑上个把时辰，所以合察等人做了规定，对每天成绩进行统计的截止时间，要根据距离远近适当提前，此后的成绩则计入下一天，依此类推。

第一个狩猎日临近结束的时候，合察就一直跟随在大汗龙车的旁边，以便亲自记下各处报来的数字。当然，真正动手记，自有他的属下代劳，他只要亲自听见就好。不过今天是头一天，他一边听，一边也在心里做着粗略的加法，加着加着，他的脸色就越来越难看。成绩相当不辉煌！即使因为是第一天，没有前一天的余数挪过来，实际上只是三四个时辰的成绩，他也了解大汗，知道大汗思虑缜密，自会把这个因素考虑在内，但即使这样，这个数字还是太小了。果不其然，虽说众人不管那数字是多是少（其实他们也听不见），照样发出了热烈的欢呼声，可是当大汗从龙车上下来以后，合察立刻看出龙心不悦！追随大汗几十年，合察自然知道大汗的脾气，大汗听到这样的奏报，会比听说打了一场败仗更不高兴！

好个合察！既然身上流淌着成吉思汗家族的血，就不愧是一名敢于担当的蒙古拔都！未等大汗传召，他便大步流星地走了过去，离大汗还有十来丈远，扑通一声跪倒在地，大声喊道：

"臣办事不力，请大汗赐罪！"

大汗在龙车上被摇晃了一天——原来这些大象虽是经过严格的训练，这四头又是训练效果最好的一组，终是加起来共有十六条腿，停下时倒还稳当，走起来时，那龙车上终是会感到有些摇晃，如此摇晃了一天，大汗难免有点不舒服。如果说他有生以来东征西讨，南征北伐，对鞍马劳顿早已习惯，但对这种因摇晃而产生的不舒服，却是一时很不适应。再加上那些听上去相当让人泄气的成绩，让他心有不甘。这样一来，直到他从龙车上降临到地面，心里还在想着这事，所以当合察突然在他面前跪倒，发出那雄赳赳气昂昂的喊叫时，确实让他愣怔了好一会儿。他直直地看着合察，看着看着，他本来板得紧紧的脸上，渐渐有了一些活泛，最后竟然透出一丝刚可察觉的笑意。

"起来吧！"大汗抬抬手，淡淡地说。

"叫你起来，你就起来吧，站着好说话。"停了一会儿，见合察仍跪着，大汗又说。

合察这才站了起来，惶恐之间，竟然忘了谢恩。

大汗却也没有怪罪。就在刚才那段时间里，大汗心有所思，意有所悟，现在他要把这些所思所悟，以对臣子训谕的方式说出来，让他的臣子们都知道。

"合察啊，朕把这件事交给尔等去办，三年以来，尔等不辞劳苦，殚精竭虑，那一片兢兢业业之心，忠心耿耿之义，朕是看见了的。可是这就行了吗？忙了三年，耗费了那么多钱财物品，及至朕带着两万多人来此狩猎，却让朕大有出师不利之感，岂不扫兴？"

说到这里，大汗停顿了一下，那合察便又要跪下，只是两条腿刚开始弯，又被大汗一抬手制止了："你站好了听，听得明白，比听得恭敬要紧。即如尔等那一片忠心，朕看见了，固然亦甚欣慰，但朕更加期许的，还是事情办好。朕近日得到战报，说宋将范文虎又率领着数万水军北上，要解襄阳之围。战报是加急战报，但朕看了心里一点都不急。何故？有阿术在那里，朕放心。朕不仅信得过阿术他们的忠心耿耿，也信得过他们的用兵之道。那范文虎对宋廷也不谓不忠，可是到了战场上却是屡战屡败，这种忠臣，要他何用？"

"大汗教训得极是，臣羞愧无地……"

大汗轻轻摇了摇头，合察赶紧闭嘴。摇完了头的大汗接着说："光知道羞愧和光有忠心一样，于事无补，于我大汗廷亦无益。朕且问你，你知道你错在哪里吗？"

"这个嘛……"

"朕适才略想了想，倒有一得。尔等将这狩猎区分为两部分，中间的平时完全禁猎，然则原在那里打猎的猎户何以为生？自然是也到周边来打猎了。尔等也不想想，原来这里只有一拨人打猎，现在又来了一拨，如此两拨人在此打猎打了三年，还能剩下多少猎物？"

这一次合察的两条腿根本没有打弯，直挺挺就跪到了地上，大声说道："大汗训谕如醍醐灌顶，愚臣茅塞顿开！"

等合察从地上爬起来，却只看到了大汗一个正走远的后背——大汗正朝他的"乌云"走去。但合察在从地上爬起来的过程中，还是听见大汗转身离去之前撂下的一句话："下去好好查一查，他们奏报的猎物数差出了多少。"

这一回合察岂敢怠慢？当即把这事布置给他的下属，下属又布置给下属的下属，下属的下属再布置给他们的下属。合察以下连同他的各级下属，全部忙了整整一夜，方得以在次日出猎之前给了大汗一个奏报：昨日所奏狩猎成绩，误差应在一成以内。

忙了一夜，仍是这样一个大概，这恐怕跟他们的汉化沾点关系。蒙古人原来计数还是比较精细的。他们在冬季、夏季转换牧场时，马群自不待言，便是羊群，也要一只一只地过数，精确到一只不差。当然，那时他们的部族规模还比较小，接触的通常只是几十到几百的量级，很少有上千的。等到他们的部族规模变大了，他们的文化也开始汉化了，有意无意之间，对于那些大量级的数字，也开始像汉人那样有了"不堪点数"的概念，有了大而化之的思维。话说回来，这恐怕也跟成吉思汗有关。成吉思汗从来不精确统计杀了多少人。他认为去做这种麻烦事很不值得。

不过，实事求是地说，要让合察把大汗的打猎成绩点数得精确无误，也实在太难为他了。那是两万多人在方圆百余里的地面上行猎。如果再看看他们是怎样替大汗亲自行猎的，以及合察为使统计尽可能精确都采取了哪些措施，就更能明白只差一成得算相当精确了。

在这支队伍中，真正处于"一线"的角色，或者说与狩猎行动最密切相关的是两类人：驯鹰师和驯兽师。他们各有一千人。驯鹰师是蒙古人早已有之的职业，他们每个人照料和训练一头鹰，鹰有好几个品种，如兀鹰、大雕（猎隼）、白隼、游隼等，但是绝不用鸷类。驯鹰师们最标准也最引以为自豪的形象，就是自己威武雄壮地站在路边，再让他的鹰同样威武雄壮地站在他的肩上。驯兽师则是合察等人的创造。蒙古人原来有驯犬师，每人训练并照料一只猎犬，这个行当仍然存在，甚至仍是现在这支驯兽师队伍的主体，占八百余人。合察等人的创造在于将这支队伍扩大了，增加了一些专门训练和照料猛兽的勇士，所以就将这支队伍里的人统称为驯兽师。有哪些猛兽呢？有狮子，有山猫，还有猎豹（后世称为华南猎豹）。不过，大汗的这一次出猎，这些猛兽没有来得及参加。三年的时间太短了，对它们的驯化还没来得及完成。它们在平时倒是已经养成了对于由驯兽师给它们投喂食物的依赖，样子也显得很温驯，多数时候都是一副懒洋洋的神情，驯兽师从它们面前走过，它们甚至懒得睁开眼睛。不知是不是因此导致了它们视力的退化，一旦把它们带到狩猎场上放开以后，它们往往看不见——也许是懒得去看见那些为大汗准备好的猎物，倒是会把驯兽师们直接当成了猎物，以至三年下来，这支队伍已经折损了二十多名勇敢的驯兽师。不过，这项工作好像最终还是取得了成功，所以后来有一个来自西边叫马可波罗的"西儒"，写了一本关于他来看望忽必烈皇帝的游记，里面就有记载，说："忽必烈带着驯化的狮子、豹和山猫打猎，它们追逐并且经常捕获野猪、野牛、熊和野驴。"

在这支两万多人的队伍中，有将近一半即一万人被称为塔斯科尔，这个似乎并不是来自蒙古语的称呼，意思是"看守鹰群的人"。这支狩猎大军中虽然有一千名驯鹰师，每个驯鹰师都训练和照料着一只猎鹰，但到了行猎时，真正被放飞的鹰只有其中的一半，即大约五百只。大概猎鹰们也需要轮换着休息，还有难以避免的伤病情况。此外还有那些来陪大汗打猎的贵族们的鹰，加起来每天放飞的也有二三百只。这一万名塔斯科尔中的每一个人，都要对所有放飞的猎鹰负责。他们被分成两三个人一组，然后一组一组地分布在这个方圆百里的狩猎区内，组与组之间的距离，要求在各个方向上都能彼此看得见，所以整个狩猎区的天空，就都处于塔斯科尔们的视线之内，并且不留任何盲区。他们每个人手里都有一个哨子和一块布，当他们发现自己头顶上的猎鹰捕获猎物时，就会朝它吹响哨子并挥动那块布，受过训练的猎鹰便会落到他们面前，将猎物交给他们。每只鹰的腿上都系有一块小银牌，上面刻有主人和驯鹰师的名字，以便确定猎物的归属并交给其主人。蒙古人多重名，再加上参加狩猎的人太多，猎物无法找到确定主人的事仍会时有发生，这时便可以把它送到一个特定的地方。管理这地方的官员叫"巴尔加格奇"，大略是"无主财物监护官"的意思，然则这地方便很像后世的失物招领处了。它通常总是设在地势最高的地方，同时还要竖起一根很高的旗杆，悬挂一面特殊的旗，让人能从很远的地方看见。在整个狩猎期间，它可能是最忙碌的部门，至少是之一，实际上它负责对所有无主财物的监管。任何人在狩猎区内捡到的任何东西，从一匹马、一把剑、一条狗，到一只鸟、一条马鞭、一把小刀，都要送到这里。捡到东西不交会受到很严厉的惩罚。当然，如果有人丢了东西，也可以到这里来寻找辨认申请，经过审核确认后即可领回。当然，冒领别人的财物也会受到严厉的惩罚。而相比之下，驯鹰师们就清闲多了。他们早上把猎鹰放飞之后，看管猎鹰的责任就交给了塔斯科尔们，只消黄昏时分再到放飞的地方等候，猎鹰会自己飞回来。

如此这般，这一整套事务、程序、规则的制定和管理，大事小情，头绪纷繁，能大体理顺已属不易，又怎么可能做到尽善尽美、滴水不漏？有些事就只能含糊着了。比如到了黄昏，驯鹰师来到放飞之处等候猎鹰回来，一直等到天色黑透，却不见猎鹰踪影，怎么办？通常，驯鹰师会在第二天去找巴尔加格奇，但能找到的希望微乎其微。然后，在整个狩猎期剩下的时间里，就只能像一个鬼魂那样在狩猎区里四处游荡，说是在找他的鹰，其实包括他自己在内，没人相信能够找到，因为如果不是训练时偷工减料打了折扣，一只活着的猎鹰，是绝对不会不在它的驯鹰师身边过夜的。到最后，这只猎鹰就只能计入"折损"项下。

像这样不算很大的问题都有无能为力无计可施的，大汗所提核心区猎户都来边缘区打猎的问题，如何便能解决？解决不了嘛！他们祖辈相传以此为生，猎总是要打的。你不让他在这里打，就得让他在那里打，如果哪儿都不让他打，他就会偷着打，打得更"狠"，打得更"绝"。难为合察等人，居然还真想出了一个法子，就是在整个狩猎区的最西边，又额外划出了一个完全禁猎区。次年春三月，大汗再次出猎时，第一天就旗开得胜，猎获甚丰，龙心大悦，少不得重赏合察等人。

　　两万多人替大汗打猎是这样打法，大汗亲自打猎则另有打法。大汗亲自打猎，虽无须自己动手，但得亲身体会到打猎的快乐。却说狩猎进行到第十天，按理正该渐入高潮之境，因为这地方已是狩猎核心区的中心地带，而且已经靠近了海边，正是猎物的数量和品种都最多的地方。实际上，近几天来大汗的兴致一直极高，不料今天出猎开始不久，大汗就降旨让把他所乘龙车四面的貂皮幕帘全都放了下来。前面说过，大汗所乘的龙车，是由四头大象驮着一个亭子组成，亭子本身自然是四面全都敞开的，大汗可以坐在亭子里，观赏他的猎鹰怎样飞上天空捕捉猎物。不过这敞开着的四面又都备有貂皮幕帘，放下这些幕帘，亭子就变成了房子，这意味着大汗要休息了。此前大汗也有放下幕帘小憩的时候，但通常都在午后，像今天这样未到巳时就垂下幕帘，实是出猎以来的首次。且往日的午后小憩，顶多半个来时辰，而今天自那幕帘放下之后，一个多时辰过去了，里面竟是没有一点点动静。这也罢了。大汗或因心有所虑兴致不高，或因昨晚享受酒和女人时过了度而有些困倦，自非随侍们可以擅问之事。好在原有规定，若大汗亲自观战之际，随侍们发现空中有禽鸟飞过，尤其是大些的如鹳、野鸭之类，更尤其是发现了鹤，那是一定要先奏明大汗，再由大汗发出"放鹰"的命令，以表明此猎物确实是大汗自己亲自猎得的。但如果大汗休息了，打猎却并不停止，改由值宿卫的小怯薛长替大汗下令放鹰，由此猎得的猎物，自然仍旧算大汗自己亲自猎得的。跟随在大汗龙车旁边的不是一般的猎鹰，而是十只极其珍贵并经过最好训练的白隼，它们的腿上系着的标志不是小银牌而是金牌，如果它们因追逐猎物而飞得远了，回收猎物的塔斯科尔会当即飞马将猎物送到大汗的龙车前。所以在这一个多时辰里，龙车上的亭子里虽是无声无息，龙车周围的人们并没有闲着，只不过玩得高兴时，不敢大声欢呼喊叫而已。恰在此时，一个眼尖的随侍，忽然指着天上喊了起来：快看，那是什么？众人随着他的手指看去时，竟都一时说不出话来。原来在那高远的蓝天之下，有一个小小的黑点一动不动地停在那里。都是行家，从那高度看，虽是仅能看到一个小黑点，却必定是个大家伙，再看它竟能一动不动地停在那里，即便看不真切，猜也能猜到，那不是一只大鸳，就是一只苍鹰！既然是来打猎，出现这样的猎物，岂有放过之理？如果隐匿不奏，万一大汗事后知道了，那是多大的罪过！可是就为这个贸然去把大汗叫醒，万一大汗不耐烦了，也是大罪！当然，这样的两难，最后就落在了那个唯一有资格去叫醒大汗的阿木古郎身上。这个刚好轮到今天值宿卫的小怯薛长今年才十八岁，但已经当了四年怯薛，并且因为颇得大汗的赏识，去年就升任为小怯薛长了。原来自安童以后，大汗便常会选拔几个十四五岁的少年做他的怯薛，或许是希望再出几个安童那样的人才吧。果然，他一点也不觉得为难，想都没想，就轻轻走到龙车前，站在最靠外的那头大象的肚子底下，用一种恰到好处的声音和语气叫道："大汗，启奏大汗，大汗万岁，启奏大汗……"

那声音说高不高，说低不低，高要高到足以让龙车上的大汗能够听到，而大汗听到时，又会觉得那是在用很低的声音在轻轻唤醒他。然后是那语气，要让大汗初听之下能感到是有要事启奏，再听之下又觉得原不是什么大事。按阿木古郎的想法，这样地叫上六七遍之后，若大汗仍不答应，他就可以自行下令放鹰了，事后即便大汗问起，正可答称叫了多遍无回应，知大汗正好睡，便没再叫，料大汗也不会再责怪什么。没想到刚叫了两遍，就听得头顶上响起了大汗的问话："有什么要紧事？"

阿木古郎后退了两步，高抬起头，方看到龙车上的貂皮幕帘已经掀起了一角，露出了大汗的龙颜。

眼见得大汗根本没睡觉！

阿木古郎有点措手不及，一时没把早已准备好的话说出去，只把手来朝天上那个小黑点指了指。

大汗顺着阿木古郎所指方向抬起了头，又眯着眼睛望了过去，一看之下，顿时来了精神，双掌一拍，大喊一声："放鹰啊！"

大汗的话音刚落，龙车周围便有五只白隼扑啦啦拍着巨大的翅膀飞了出去。若是寻常猎物，通常只会放飞一只猎鹰，便是野鸭大雁之类，一只白隼已足够应付，这回同时放出了五只，便有了未敢轻敌之意。两只白隼败在一只大鹫爪下的事，以前也发生过。高远的天空中出现了一个凝然不动的小黑点，众人都看见了，那些站在驯鹰师肩头的白隼自然也早已看见，而且进入了跃跃欲试的状态。现在驯鹰师发出了起飞的号令，那五只得了放飞令的白隼便一跃而起，直如五支闪着银光的利箭，笔直地朝着空中那个黑点射去！

这边厢，随侍们早已将龙车上那个亭子四周的幕帘卷起，大汗本人则站在了亭子边上，抬头兴致勃勃地看着那场空中的好戏。按照合察等人的设计，所有跟随龙车伺候的人员，这时也都聚集到龙车的周围，黑压压地站了一大片，以便为大汗助兴。

正在这时，天空中上演了极富戏剧性的一幕。原本高悬在云端的那个小黑点，显然也看见了那五支射向它的利箭，猛然间身形一变，似乎变得更小了些，但行家知道，那是它原来张开着的双翅突然合拢了，紧接着便像一支黑色的利箭，迎着朝它而来的那五支银色利箭射去！人群中顿时响起一片惊呼声、欢呼声、议论声、喝彩声。仰头观战的大汗则猛然发出一阵哈哈大笑，笑完之后，仍仰着头，却是对大象肚子底下的小怯薛长说道："阿木古郎，你看见没有？上面那个大家伙，还以为朕是在给它送午膳呢！"

"大汗万岁，却也有一场好斗可看呢！"

阿木古郎答应完这句话，便抽身离开了。大汗一句话提醒了他，午时已过了将近一半，他得替大汗去传御膳了。

大汗却并未留意，一心只关注着天上的好戏。由于上面那个大家伙迎了下来，离地面便近了许多，自是可以看得更加真切。等到双方搅作一团时，人们都看得明白，那大家伙不是一般的大，而是比白隼们整整大出了约有一倍！好在小了一半的白隼毕竟是以五打一，至少也混个势均力敌。它们在空中到底是怎样出招，怎样使用它们的尖嘴、利爪和巨大沉重的翅膀，地面上自是看不真切，又或者战斗还没有进入那个短兵相接、贴身肉搏的最后阶段，人们能看到的，还只是它们上下盘旋，闪展腾挪，各自试图抢占发动致命一击的最有利的位置。这个过程持续了相当长的一段时间，实际上也是在消耗对方比拼耐力的较量。人群中不断发出种种的议论声，而大汗却一直在默默地观看。他能听到近处一些人所发出的高声议论，知道那也是合察等人的安排，为的是给他助兴，否则谁敢在大汗面前如此高声喊叫？他听见有人说，论比拼耐力，大汗的猎鹰是由驯鹰师精心饲养的，而那等野物却得自己觅食，觅得多少吃多少，如何能比？大汗边听边摇了摇头，心中不以为然。在这种长期禁猎的地方，到处都是肥壮鲜活的飞禽走兽，一只强悍的大鹫苍鹰，是很容易吃饱肚子的。他又听见有人说，若论抢占有利的攻击位置，自然是居高临下好，由下攻上，总归是事倍功半。大汗边听边点了点头，心说这个自然，否则打襄樊何至如此耗时费力？

这一点实际上正在得到验证。

那五小一大六只正在盘旋缠斗的鹰，因为都试图抢占到可以居高临下发动攻击的位置，就在这盘旋缠绕的过程中，不知不觉间整体越飞越高了。

越高越小，越高越小，最后就出现了一个临界点。

越过了这个临界点，大汗忽必烈就看不见了。

忽必烈大汗把眼睛眯细，再眯细，还是看不见！

他把目光从天上收回往下看，看到的是人们都在仰着头往天上看。

他再次抬起头往天上看，可是什么都没看见。

就在这时，人群中爆发一阵欢呼声。

他再次收回目光往下看，看见为他助兴的人们欢呼雀跃，挥舞着手臂和头巾，然后逐渐转换成整齐热烈的欢呼："大汗万岁！大汗万岁！大汗万岁！"

现在他知道，他的猎鹰得手了！

他不由自主地又抬起了头往天上看，可是仍然什么都没看见。

就在这时，他的脸猛地一暗，就像有一道幕布啪嗒一声垂落下来。

"阿木古郎！"他厉声喊道。

"朝鲁在此候旨。"答应的却是一个年近三十的怯薛。

"阿木古郎呢？"

"给万岁传膳去了。"

"快把这些帘子都放下来！"

"遵旨。"

"今天的午膳——免传了！"

"遵旨。"

朝鲁是一块石头吗？不错，在蒙古语中，朝鲁就是石头。他除了说"遵旨"，还能说别的吗？不能了。他可不敢问为什么。

大汗没有吃午饭。龙车上那座亭子重又被貂皮幕帘遮挡得严严实实，直到狩猎结束都没有再卷起来。黄昏时分，那幕帘掀开了一条缝，露出了大汗的半边脸。他用很清晰的声音吩咐阿木古郎传话给合察："朕今天不听狩猎成绩的奏报了，让合察记下来就行了。"合察就站在大象的肚子底下代大汗听取了各处来人的奏报，并且事先已经告诉那些人声音要大，以便大汗若是想听时也能听见。可是没等奏报完毕，大汗本人已经在怯薛们的保护和帮助下从龙车上降临到地面上。他的双脚刚刚触到地面就站定了，那本应迈向他的御马的双腿没有再往前迈出半步，就厉声叫道："阿木古郎！"

"在。"

"朕今晚要帐寝！"

"遵旨。"

在蒙古语中，"阿木古郎"是平安的意思。阿木古郎要保全自己的平安，除了说"遵旨"，还能说别的吗？不能了。莫说是问一声为什么，就是问一问"帐寝"到底咋回事，他也不敢啊。可怜阿木古郎虽然已经当了四年的怯薛，毕竟今年才一十八岁，他隐隐约约听说过，早年大汗还是亲王时，立下过睡觉时有不同睡法的规矩，有"宫寝"和"帐寝"之分，但也就是老怯薛们嘴里的传说罢了。他努力回想，想起老怯薛们说过，大汗只是在远征云南时有过几次帐寝，征鄂州时有过两次，此后即再未有过。再仔细回想，想起了老怯薛们说过一个帐寝的基本原则：不能让大汗看见女人。

这不能怪阿木古郎。说他是小怯薛长，并非因他年龄小，而是因为他的官儿小。他可不是当年阿里海牙那样的怯薛长。实际上他只是一名管着二十来个怯薛的小队长罢了，只不过仍然叫了个怯薛长。这是大汗本人造成的。自从把阿术和董文炳派往前线提军上阵之后，大汗就没有再任命新的宿卫将军。他开始悄悄改组他原有的怯薛部队。他没有让任何人参与这件事。就连一直在帮助他设计国体的刘秉忠，也不知道这位未来的皇帝会把这支部队叫个什么，是御林军，还是禁卫军或近卫军？刘秉忠也不知道忽必烈会以怎样的职衔取代原来的"宿卫将军"。

阿木古郎最终保住了自己的平安。他一面向老怯薛们请教，一面用自己的脑袋做出种种判断，一面用自己的嘴发出种种号令。他假传圣旨给御膳房，说大汗今晚要吃涮羊肉，害得御膳房只得把原已齐备的晚膳统统撤去，重新为大汗准备涮羊肉。大汗被引至用膳的帐篷里，坐等御厨们为他生炭火切肉片兑调料。大汗食欲不佳，一点都不觉得饿，只心事重重地坐在那里候着。而大汗吃涮羊肉又是有定量的，那端上来的四盘肉片，必须吃到每盘都只剩下薄薄的一层，才能"膳毕"，忽必烈不想让人们因为他吃不下饭而引起种种惊慌和混乱，只好慢慢地吃完他的定量。就是靠了这些小计谋赢得的时间，等到大汗"膳毕"，被阿木古郎引至他平时用来召见蒙古贵族的议事大帐时，他看到大帐后面的角上，已经用狼皮围割出一个小间，应该就是他今夜的下榻之处了。

他先围着大帐周边转了一圈，阿木古郎就在他身后亦步亦趋地小心跟着。然后他掀起门帘进了狼皮围成的小间，跟着进来的阿木古郎在他身后怯怯地说："仓促之间，有何不周之处，请万岁明示。"

大汗只匆匆扫了一眼，就转过身看着阿木古郎。看着看着，那张阴冷的脸上竟渐渐有了一丝暖意。忽必烈毕竟是个能体察下情的大汗！看着阿木古郎那副提心吊胆、忐忑不安的神情，想到这个才十八岁的小怯薛，对于什么是帐寝，莫说以前从未见过，恐怕都没怎么听说过，急切之间还能弄出如此一副模样，也就勉为其难了。

"这张卧榻……"大汗又转身看了那龙床一眼，"虚设而已。朕今夜怕是不得安睡了。"

"万岁明日还要行猎……"

未等阿木古郎把话说完，大汗一抬手止住了他，又稍停了半刻，才漫声问道："朕昨晚接到一份密报，你可知道？"

"知道。"

"所报何事，你可知道？"

"不知道。"

"朕告诉你吧，密报报称东北宗王乃颜有图谋不轨之迹象。"

"啊？不能吧？怎么会呢？"阿木古郎一时惊得呆若木鸡。乃颜可不是一般的蒙古贵族，即使在黄金家族中都算得上很重要的成员。他是成吉思汗之弟斡赤斤的直系后代，他的祖父是蒙古人中口口相传的英雄，以作战勇猛和对大汗绝对忠诚著称的塔察儿。也正因为有这样显赫的身世，他才被忽必烈扶持为东北诸宗王的领袖人物，为的是在南征灭宋时有一个安定可靠的后方。西北不稳，固然也是一患，但毕竟离得很远；若东北不稳，忽必烈就很难专心于南征了。

忽必烈的脸色一时又显得很是阴冷，但很快便再次回暖，甚至还浮出一个略可察觉的笑意，轻声说道："好吧，朕就借你的脑袋留个话，以为将来的验证。以朕今之所料，只要一面有所防范，一面又给他足够的好处，这个乃颜一时还不会怎样。但十余年后，只要他还能活到那时候，必反无疑！"

一席话，听得阿木古郎后脊梁直冒凉气儿。毕竟是善于识人的大汗挑选出来的，这个十八岁的小怯薛，已经有了相当不俗的政治头脑。他看出了那个声名显赫的乃颜，说到底不过是这盘棋中一颗极其可怜的棋子。如果他现在就反，虽不一定成功，至少也能给大汗造成相当的麻烦，可是大汗有办法让他现在不反。等到十几年后他再反时，大汗已经不怕他反了，最多也就是一个小麻烦。而且到了那时，他不想反或者想不反都不行了，大汗有办法让他反，以便作为将其剪除的堂堂正正的罪名。

这样的大事，大汗处置起来都如此举重若轻，那么让大汗几乎彻夜无眠的，又会是多大的事呢？大汗没有说，阿木古郎自然不知道。但他确实看到，大汗这一夜真的没怎么入睡。大汗在大帐里时而端坐凝思，时而踱步沉思，还几次走出帐外，在月光下徘徊。阿木古郎始终跟随在大汗左右，看得心疼，到天快亮时，趁大汗正要朝帐外走，从他的身前经过时，扑通一声双膝跪倒，焦急求道：

"求万岁还是睡一会儿吧，万岁天亮后还要行猎，又得劳累一整天呀！"

大汗收住脚步，站在阿木古郎面前，略低下头，看着跪在地上的小怯薛，看了一会儿，脸上渐渐浮出一个浅浅的微笑，然后，那笑意里又渐渐生出一丝狡黠和顽皮，最后开口说话了："阿木古郎，你说得对，朕就不去打猎了。"

"遵旨！"

"朕要回上都。"

"啊，万岁要回上都？"

"对，就这样。你传旨给合察，朕要回上都，天明后就启程。朕记得他是准备了一套应急之策的，告诉他就按那个办法实行。"

合察确实有准备。作为一员久经沙场的老将，他知道临阵之前，须得对种种可能发生的意外有所估计，以免事到临头措手不及。虽是如此，实际上还是延至将近午时才启程的，而天亮之后，狩猎却照常开始进行，只是由一名事先已准备好的替身，穿了大汗的白袍登上由四头大象驮着的龙车。真正的大汗则乘着一辆宽敞舒适的由四匹马拉着的龙车，悄然离开了狩猎大军的大营。这一小队人马的离去并未引起太大的注意，即便有人远远看见了，也无人敢往这上面猜。跟随大汗提前返回上都的只有那些最离不开的怯薛和随侍，连他的皇后和妃子们也都悉数留在原地继续打猎。一旦踏上归程，大汗的心情似乎立即发生了变化，很快就在有些颠簸的车上酣然入睡，一觉足足睡了两个时辰。

回到上都以后，他接连发出了一系列上谕，其中最重要的有三项。

他传谕东北诸王，内称朕闻尔等所管辖的地域近日祥瑞数现，喜报频传，风调雨顺，平安稳定，军队兵精粮足，百姓安居乐业，甚感欣慰。称赞之余，随以重赏，而赏赐之丰厚，前所未有。而赏赐的数额，更是别出心裁，乃援汉人之例，数字以"九"为大，大上之大，则九九相乘，即九九八十一也。即如宗王乃颜，赏赐黄金八千一百两，绢八千一百匹……

他传谕正在西北主政的伯颜，命他做好一切准备，采取必要的措施，确保他离开后的大局稳定，而最多一年之后，他将调回中原效命，以完成南征灭宋之大业。

最后是一项意义多少有些模糊的任命：以同佥河南等路行中书省事阿里海牙参知尚书省事。

33　摩拳擦掌

阿里海牙是个带兵打仗的将领，原来让他"行中书省事"，其实也就是那么一说罢了，现在让他在"行中书省事"之外，再"参知尚书省事"，无非是他可以多知道一点事情的意思，真是说不上有多少实际意义，倒不如说大汗的这项新任命，实为向所有正在襄樊战区的各级将领发出的一个信号：尔等都动作快点，朕等不及了！

这个信号发到了阿里海牙的身上之后，大大加快了襄樊之战的进程！

原来阿里海牙来到襄樊战区之后，一直没有明确哪一支部队归他统率，也不知道他具体的作战任务，而是不断在各处"行走"。这正是大汗的知人善任之处。若论统军作战，无论是治军之道，还是用兵之法，阿里海牙虽然也有一套，但肯定不在阿术、刘整之上，后来证明也及不上张弘范，而他的长处，在于他能发现那些别人一时注意不到的破绽。正是因为这个，当年作为怯薛长的他，才能确保忽必烈亲王的安全万无一失。那么，当他在襄樊战区各处行走了这么长时间之后，发现什么破绽了吗？

发现了。

但是，这个发现太大，太重要，也太敏感了。他看了又看，想了又想，直到确信自己看明白了，想清楚了，有把握了，却还是没有下定决心把它说出来。从根儿上说，他的这个想法，最初还是从张弘范那里得到的启发，可是当这个想法在他自己的脑子里形成之后，他都没有再跟张弘范说过。

直到大汗给了他这个新任命，他的想法才发生了一个大转圜：再不把它说出来，那就愧对大汗的信任与器重了。

但是他仍不敢贸然行事。如果采纳了他的想法，襄樊战区目前所实施的整个作战方略，就得做一次彻底的改变，而目前正在实施的方略，是由阿术和刘整二人共同一步步形成的，是得到史天泽支持并得到大汗本人批准的。这四个人，他谁都惹不起。在考虑能不能被采纳之前，他实际上先考虑的是会不会被认为是一种冒犯。若果如此，他还有好日子过吗？

得走一步看一步。

所以他最先去拜谒的是刘整。刘整终是个汉人，即使不高兴了，毕竟不能拿他一个色目人太怎么样。

话虽如此，当他还没来得及把想说的话都说完，刘整已经离席而起时，还是把他吓了一跳。不过，等他发现刘整并非动怒，而是大步走向作战地图时，他稍微宽了宽心。他相信，一个真有眼光的大将军，听了他的话再去看地图时，是能够看明白的。他心里刚有了这想法，却已听得那刘整猛然间发出一串连四壁都被震得哗哗作响的哈哈大笑，笑声甫落，便是一声大喊："走！我和你一起去见阿术将军！"

阿术做出的是同样的反应：

"走！咱们三个一起去见史丞相！"

史天泽想告老，既不是因为没事干，更不是撒娇。他是真有病，而且病得真不轻。他仰卧在病榻上，微合着双眼听完了阿里海牙的陈述。阿里海牙讲完了，他仍原样不动地合着眼躺着，让人觉得就跟睡着了似的。过了一会儿，他开口了，眼睛还是微合着，声音也很低，但吐字是清晰的："请三位将军回去拟一份奏折交给我，我联署后转呈大汗。"

大汗很快批准了这份奏折。

于是，襄樊战区的作战方略发生了一个重大的改变：由先攻襄阳改为先攻樊城。襄阳与樊城隔江相望，唇齿相依。唇亡则齿寒，尽人皆知。若先打下樊城，则樊城既下，襄阳动摇，自然好打得多了，毕竟两城相比，樊城好打得多。而且，阿里海牙引入了一种新的变量，使问题有了新的解法。他掌握了一种新的攻城武器：回回炮。这种炮威力巨大，但也有一定限度。用来打城坚池阔的襄阳，作用不一定很大，若打樊城，则必有奇效。

刘整还做了一个补充：经过长期的围困之后，襄阳的实力亦必被消耗到所剩无几，樊城既克，襄阳也有不攻自破的可能！他知道张弘范手里还有一个唐永坚！

这样一来，襄樊二城剩下的日子也就真的不多了。

吕文焕对此却一无所知。

首先，蒙军的作战方略是悄悄改变的。按照蒙军的作战计划，对樊城的进攻应在做好充分准备后突然发动，而在此之前，仍然保持对襄阳的佯攻。尽管是佯攻，但因此前蒙军对襄阳的作战一直以围困为主，从来就没有真正尽全力去打过，所以在吕文焕这里，一点也没有产生压力有所减轻的感觉。

更重要的是吕文焕的军情系统已近于瘫痪，即使他有所怀疑，也很难再组织力量去刺探个究竟了。他已经不得不最大限度地收缩力量，说白了就是龟缩城内了。在他下达那个晚了一步的疏散令以后，一种畏敌心理不能不油然而生。这个"畏"并不是因为胆怯，而是确确实实认识到敌人的强大和周密，自己真的不是人家的对手。当他得知好不容易动员和组织起来准备疏散出去的百姓，又纷纷被蒙军堵截回来之后，他亲自去察看探访了近三十家，从而得知了蒙军已几乎控制了每一条小路和每一道河汊。他再命军士们逐街逐巷逐户地查问，得知出去了没有再回来，也就是侥幸能够出城的人家，竟然十不足一。听闻有人探得蒙军的哨卡都接到命令，人是让进不让出，东西是让出不让进，他真有一种不寒而栗的感觉。他已经别无选择，仅有的希望就是据城固守，以待援军。固守是他的事，援军则是朝廷的事，现在蒙军尚未发起真正的强攻，所以他现在唯一舍得不惜代价去做的事，就是不断派人设法把一封封向朝廷告急求援的文书送出去。

朝廷没有回音。三封文书里，总有一封能送到吧？好不容易有一个赤胆忠心的人回来了，报告说朝廷是有回复的，可是没人愿意往襄阳送，只好让襄阳派去的人带回来，而派去的人一旦出去了，谁愿意再回到这围城中来？蝼蚁尚且贪生，为人岂不惜命？除了重赏这个回来的，也就不好太深责那些不肯回来的了。那人带回来的朝廷回复里说，皇上对告急文书高度重视，当即做了重要指示，已严令范文虎将军火速出发率军援襄！

这是真的，不是只有空话，而是确有实际行动。咸淳七年四月，在朝廷的严令和督促下，范文虎率水军四万、战舰三百余艘，在马步军的配合下，再次出兵援襄。

这次范文虎不仅没有抗命之意，甚至也没有丝毫的拖延，一俟四万大军集结完毕，立即挥师出发，直奔襄阳。他不像吕文焕那样有畏敌心理，对于此去一战即可荡平蒙军，仍然抱有充分的信心。站在旗舰的桥楼上，望着江面上列阵前行的三百余艘大小船舰，军旗招展，军威浩荡，一时英气勃发，豪情满怀，便命人找了个会作诗的文案来，替他作了一首古风，由他亲自拟定题名，曰《出征感兴》。他自己不会作诗，所以才找个人来替他作，但他也识得诗的好坏，后见那替他作的诗实在不怎么样，就又命人去船舷边烧了，是以未得流传下来。此番出征，他还是汲取了上次战败的教训，他的旗舰每晚只在江中锚泊，不再靠岸，他亦不再上岸。

如此这般，天亮开船，傍晚锚泊，晓行夜宿，一路无话。忽一日，来到一个叫湍滩的去处，与阿术所率万户阿剌罕部之蒙军战船约五百艘迎面相遇。俗话说"冤家路窄"，江上水战同样"窄"，只有那么宽的江面，双方又各是数百艘船舰，哪里会有什么迂回之地？你朝着我冲过来，我对着你冲过去，正面对冲之后，只有向前之理，断无后退之路，转眼间便搅作一团，一场厮杀，从未时杀到酉时，看看天晚，双方俱各鸣金收兵。锣声响处，各船舰方相机脱离接触，驶向来路。这一仗，双方各有伤亡损失，只因宋军毕竟兵力少些，略吃些亏，虽然未能实现援襄的目标，但战后亦未退兵，只略略后撤了十数里，摆出了一副寻机再战的架势。从军事上说，只能算一次接触，不能算一次战斗。这样一来，双方给各自朝廷上奏的战报，传播的都是正能量。蒙军奏称：阿术率万户阿剌罕部与宋将范文虎战于湍滩，败之，获统制朱胜等百余人，夺其军器。而宋军给皇上的奏折则称：范文虎率众将与蒙将阿术战于湍滩，初战即挫敌之锋芒，予敌重创，宜增兵再战，俾早日解襄樊之围。

这个奏折里的关键词其实只在"增兵"二字。它表明朝廷中的大臣们已经认识到此前低估了敌军兵力，或者说错估了敌军的兵力分配。敌军并没有把主要兵力用在攻城上，而是用在了打援上。而大臣们一旦认识到这一点，纠正错误的力度还真是够大的。当然，本着集中力量以多打少的方针，所增之兵都给了范文虎，而既然投入了这么多的兵力，眼见得是要成就一番大功劳的，这大功劳自然应该落在吕家，不能让李庭芝也来分一杯羹。

仅仅两个月后，即咸淳七年六月，范文虎再次率军进击。今非昔比，这一次划归他统率指挥的军队，达到了宋制祖宗御将之法的最高上限：舟师十万，战舰千艘！在新增加的部队里，还包括一些以骁勇善战闻名的水军将领如苏刘义、夏松等。范文虎自亦不敢怠慢，除严肃认真、不走过场地审阅了下属们制定的作战方案，提出了一些重要的修改意见外，还做出了重大决定，将他的义子范天顺调来军中。那范天顺也是一员水军将领，原是他的侄儿，后被他收为义子，调来之后，只说是"殿帅之子"，到真打起来的时候，他将代替殿帅本人亲临一线直接指挥。

应该说范文虎是费了心尽了力的，至于最后却打了一个大败仗，只能说是天意如此，人力难违。实际上这一战的具体过程，史书上也语焉不详。有时间六月癸卯，却没有地点。后世更有闲人分析，认为这个没有地点似亦自有道理，因为宋军既然出动了舟师十万战舰千艘，蒙军要将其打得大败，至少也得动用相等的兵力，而遍观襄樊一带的江河湖泊，根本找不出一个地方能供如此庞大的两军展开兵力，摆下战场。但事已至此，我们还是得相信历史上确曾有此一战，好在蒙军一面尚有一个粗略的记载，说："阿术率诸将迎击，夺其战船百余艘，敌败走。平章合答又遣万户解汝楫等邀击，擒其总管朱日新、郑皋，大破之。"然则阿术又一次采用了夺船战术，打宋军了个措手不及。盖宋军水军作战时从不以夺船为目标，故别人来夺自己船时，一时亦不知如何应对，不免乱了手脚，纷纷弃船跳水。时当六月，江水既暖，水军们又总归识得些水性，料应不难逃生。

这一仗打完，宋军不见了"殿帅之子"范天顺。这成了范文虎战后最难处理的一件事。问遍了诸多将校士卒，无一人能说出范天顺的下落，活不见人，死不见尸，如何向朝廷交代？更莫说是请予旌表了。直到数十年后，因大元朝廷废了科举，文人们断了进仕之路，纷纷以编剧本、编野史为乐，内中有好事的，遍查了降元宋将的名单，确认内中实无范天顺其人，才敢落笔写了一句话：范文虎之义子（实为其侄）范天顺，于襄樊之战中殉国。经此大败，宋军已无心再战。宋廷也意识到若要强行破围入援襄阳，实是一厢情愿之事，随即下令撤军，并就此销了范文虎"一并入援襄阳"的差使。

至此，仍然领有"援襄"之命的，就只剩下李庭芝了。既然范文虎的十万舟师尚且大败而归，李庭芝手里那万余人马还能怎样？也就没有让他去以卵击石，只令其原地驻扎待命，以为牵制之势罢了。

到了这地步，吕文焕的"任务"就变得模糊不清了。从理论上说，朝廷给他下达的"固守待援"的命令仍然有效——只要朝廷没有让他弃城突围，他就必须在那儿守着。但是，在那个仍然有效的"固守待援"的任务中，由于朝廷并没有发出援襄之兵，实际上已经无援可待，剩下的就只是一个"固守"了。但此时襄樊二城所处的情势，已是一目了然：没有援军，断无可能守住。既不能固守，又无援可待，吕文焕还能做什么？

吕文焕知道自己还能做什么，并且义无反顾地做出了相应的、别无选择的选择：与襄阳共存亡！

实际上朝廷要他做的正是这个，也只是这个。有宋以来，朝廷从无命令围城中的将领弃城突围以保存兵力的先例，更不要说下令举城投降以免居民生灵涂炭惨遭荼毒的神话了。

选择了与襄阳共存亡的吕文焕，把更多的时间和心思用在对城防和街市的巡察上。他没有固定的巡察时间和巡察路线，但他的部属们发现，他把更多的时间用在街市上而不是城防上。这可能与一段时间以来蒙军没有攻城的迹象有关，不过部属们很快就意识到了他们的主将没有明说的，但心里肯定一直在想的是什么——城破之后，将会是一场惨烈的、战至最后一兵一卒的巷战。确实，吕文焕在不断地留心着各处街道小巷的宽窄、走向的变化，关注着那些处在街头巷口或转弯拐角处的障碍物，那些可以埋伏下一小队奇兵，可以隐藏住几名弓箭手的去处。他还经常找来一些地保问话，了解还有多少储备可供消耗，尤其是那两样最重要的东西——粮食，和把粮食做成熟饭所必需的木柴，并且在心里估算着能不能撑到那一天，让他的士兵可以在饱餐一顿之后，再去投入那最后一战。也正是在这种不断的巡察，不断的问讯，不断的估算中，他渐渐觉得这座襄阳城正在与他合为一体。虽然他的巡察没有固定的时间和路线，但是却有一个固定的终点：南门。他总是临近黄昏时分到达这里，在巡视完城防之后，便走到城门楼前，伫立于箭垛一侧向南方久久凝视，一直到天色黑尽。部属们起初以为那是他判断的敌军的主攻方向——那里也确有大约两千的蒙军抵近扎营形成进逼之势，但他们很快发现，吕文焕所凝视的方向要偏东一些，而那里，正是临安的方向！

但是，吕文焕预期中的蒙军强攻，并没有很快来临。看来蒙军并不想给他任何机会，使他可以让将士们饱餐一顿之后，再投入最后的殊死一战，而是要把他困到绝无还手之力时再来收拾他。然后，他得到了一个消息，让他恍然明白，他真正的对手不是阿术、刘整和张弘范，而是敌酋忽必烈。在忽必烈的棋盘上，襄樊只是一颗棋子；忽必烈还有很多更大的事要做，一时半会儿尚顾不上来收拾他吕文焕。

这一年的十一月，忽必烈宣布给他的帝国正式建国号曰"大元"。此举让天下人都觉得有些意外，因为当时并没有发生什么特别的事件或变故。即使按年头算，从他于中统元年宣布自己为大汗算起，到这时已经过去了大约十一年半，也不是什么逢五排十的整数。自阿里不哥投降后，他的大汗地位已不再受到真正有威胁的挑战，至于像海都那种不承认、不服气、时不时就会捣乱一番的不稳定因素，原来有，现在仍然有，没有进一步的恶化，也说不上有明显的改善。伯颜仍然被牵制在漠北，就连忽必烈本人，都在担心能不能在中原需要他时把他调回来。大宋则依旧是个庞大的存在，它的朝廷、江山看上去仍很稳固，真正的伐宋战争还没有开始，即使是在襄樊这个唯一的热点，也还处在"围而不打"的状态，有限的几个大仗都是打大宋的援军。从大蒙古国本身来看，它也还没有真正稳定下来。它的政体仍处在摸索之中，忽必烈时不时就改一回主意，好像总是摆不平尚书省与中书省之间的职权分配与相互关系，也拿捏不准怎样让御史台既能充分发挥监督作用，又不会弄得官员们人人自危不敢做事。就在这样一种半生不熟的状态下，他颁布了建国诏书。诏书说："顷者耆宿诣庭，奏章申请，谓既成于大业，宜早定于鸿名。""可建国号曰大元，盖取《易经》乾元之意。"这道诏书就成了这桩大事仅有的历史印迹。并不隆重甚至不怎么"正式"的庆典之后，一切照旧。他甚至没有更改年号，实际上现在实行的年号"至元"，才是跟"大元"这个国号配套的年号——它正是同样采用了《易经》中的"至哉坤元"之意。或许只有忽必烈能感觉到那个巨大的变化——虽然他能够有效管辖的土地和人民都没有增加，但是他已经从一个大汗变成了皇帝。春季狩猎时他发现自己老了，意识到该做的事都得加快去做，否则留给他当皇帝的日子很可能不多了。但是那些所谓该做的事，却没有一件是他想加快就能够加快的，唯一能按他的意志予以提前的，就是建国号、登皇位。现在这个愿望终于实现了。他登上了皇位。虽然金銮殿还是原来的金銮殿，丹陛还是那个丹陛，皇位还是那个大汗位，甚至龙椅也还是那把龙椅，但他的感觉却真的不一样了。

自从他的祖父成吉思汗建国以来，六十五年过去了，一直是以族名为国名，称大蒙古国，即使是大力推行汉化的"社稷之臣"耶律楚材，也没有提出像北魏、辽、夏、金那样于族名之外建立国号。就是他自己，在登上大汗位以后，也只是改变了过去以汗名纪年的方式，建年号为"中统"，然后又在中统四年之后改元为"至元"，但是并没有建立国号。现在他终于有了国号！大哉乾元，大哉乾元！这个从汉人典籍《易经》中产生的国号，表明他这个"国"是把所有汉人所在的地域都包括在内的。所以，尽管龙椅还是那把龙椅，但汗位已经变成了皇位，坐在龙椅上的大汗自然也变成了皇帝。他感觉到了自己责任的重大。虽然他的或者他的士兵们的脚还没有站在那片土地上，但是只要他把那片土地视为自己的皇土，那片土地上的人民自然就是他的子民。

忽必烈的这道建国号的诏书传到了临安，在大宋朝野引起了一定的震动，但大臣们最终并没有做出任何反应。过了一段时间，皇上没有问起这件事，大臣们也就不再拿它当回事了。只有一位五品地方官员上了一道奏折，指出这道所谓诏书，再次暴露了蒙古人的"狼子野心"。这样一来，就形成了一种氛围，无形中只把这道"伪诏"视为蒙古人的一种僭越，一种冒犯，一种一厢情愿的妄想。在这种氛围下，原本正在商讨、筹划中的一项援襄举措，也被延搁下来，虽然没有取消，但进展缓慢，以至拖到次年三月，那道命令李庭芝出兵援襄的诏书，才从临安发出。

皇上本人也看到了这道"伪诏"，但看过之后就放在了一边，并没有做出任何批示。皇上一眼就看出这是一道向他宣战的战表，矛头直指他赵家的江山社稷。但是想到这里之后，他就没再继续往下动脑子了。这种力不从心的情况，近来时有发生。在当了七年皇上之后，"好内"的后果开始显现。刚过而立之年的赵禥，因为纵欲过度，实际已是生命垂暮。

但是，有个畏兀儿人，现在却处于一种生龙活虎的状态，他就是阿里海牙。他正在距樊城不远的一处隐蔽的山沟里，率领着一批工匠，昼夜不停地赶制回回炮。作为一种威力巨大而又充满神秘色彩的武器，这种回回炮的赫赫威名，留在了中国的军事史上。史籍明确记载，它在攻打樊城的战斗中起了至关重要的作用，但奇怪的是，在此后漫长的中国战争史中，甚至是在随后紧接着进行的灭宋战争中，它却再没有出现过。只能说它"失传"了，否则就是质疑它是否真的存在过了。有趣的是，这种炮在失传了七百余年之后，又出现在张北县元中都遗址博物馆的展厅里。那里曾展出了一门回回炮，但它有一根铁铸的炮管。

这恐怕不对。中国人虽然最早发明了火药，但一直没想到过它可以用来做杀人的武器。它用在军事上仅限于作为"号炮"，其实也就是一种大号的爆竹，只能发出声响，并不具有杀伤力。回回炮虽然也叫作"炮"，其实只不过是一种"抛石机"。宋军就使用过一种抛石机，叫"七梢炮"。这种炮是以粗大的绳索拽拉炮杠，再借拉力将石块抛出，一门炮要一百五十人拉拽，却只能将一石①略多的石块抛出五十余步远。五十余步正是弓箭最有杀伤力的距离，很可能这一石多石块还没扔出去，先已被敌人射倒了一大片，所以这种炮也就很少在实战中使用。回回炮就先进得多了。首先，它的射程在三百步以上，所以它的操作人员不再受敌方弓箭的威胁。实际上它也用不着百余人拉拽绳索，只需十几个人操作，却能把近三石的石块抛出去。这就使它的用途有了质的飞跃——不仅有强大的杀伤力，还有很大的破坏力。为什么它能只靠十几个人就完成一百多人做不到的事？今天看来就很简单了：它利用了杠杆原理。回回炮是从西方引进的，实际上它还有一个名称就叫"西域炮"。不过它到底是从哪儿来的，却有三种说法。一说它是阿里海牙曾奉旨出国考察，从美索不达米亚带来了两位著名的穆斯林工程师——毛夕里的阿拉丁和希拉的伊斯迈尔，现在带领工匠们在樊城附近造炮的，就是此二人。一说它是回回人亦思马因等主动自西域来找阿里海牙，献其所造巨石炮的图样，阿里海牙遂命其率工匠于樊城就近依样造炮十余门，以攻襄樊。第三种说法比较绕，说是忽必烈本人亲自派人到伊儿汗国，向他的侄儿——旭烈兀之子、现任的伊儿汗阿八哈求援。阿八哈遂派其最好的制炮工匠阿老瓦丁和亦思马因前来，忽必烈就让他们在大都制造大炮，造好后运到襄樊用来攻城。前两种说法难辨孰真孰伪，第三种倒是很典型的中国人制造伪历史的手法，因为当时刘秉忠虽然正在全力营建中都，但还远没有建成，改称大都则是次年二月的事，而此时阿里海牙已经在用回回炮轰击樊城的城墙了。何况这种炮也相当笨重，忽必烈应该不至于傻到在大都造好了再运到襄樊去。为什么会造出这么一段伪历史来？无非是因为后来阿里海牙成了奸臣，他此前的功劳便得一笔勾销。

34　三千义军

宋咸淳八年，元至元九年（公元 1272 年）二月，元军开始对樊城发动总攻。三天前，忽必烈刚刚宣布把在建的中都改称大都，并以大都为大元帝国的国都。为此他不避严寒，御驾南下，亲自视察了原称燕京的尚未建成的大都。

"朕不仅是想对未来大都的规模制式先睹为快，其实也是想见见为朕不辞劳苦的子聪。"在接见刘秉忠时，大元皇帝忽必烈语重心长地说，"见到爱卿尚如此红

---

① 一石约合 60 公斤。

光满面，精力充沛，朕心甚慰。"

"承圣心惦记，臣实深自羞愧。"也就是刘秉忠，皇上这样惦记他，他没有说那种感激涕零的话，却说了个深自羞愧，"不敢欺瞒万岁，自四年前蔡国公殡天之后，每遇事务繁杂之际，臣亦时有力不从心之感，然重任在肩，臣未敢有丝毫懈怠，且喜臣虽年事渐长，贱躯尚称顽健，足堪驱使。请万岁放心，两年后的元旦，陛下必能在此接受群臣的朝贺。"

蔡国公是张柔去世前一年所得到的最后的封号。因为提到了他，忽必烈默然有顷，才徐徐说道："史徒以筹议，不如张氏百战之立功也。"

看来，张柔虽然因为他在营建保州中所显示出来的才能，于告老后又被派来协助刘秉忠营建皇都，但是在忽必烈的心目中，他终归还是一员武将。

接下来他们讨论了新的帝国在国体、政体建设中还有哪些遗缺。刘秉忠提出了一项重大建议：新的帝国应该有新的历法，何况现行的历法本来就不太准确，加上已实行多年，积累出的误差已经太大了。

"爱卿此议甚是要紧，朕——记下了。"忽必烈说。

确实，这事虽然要紧，眼前却还顾不上。

在阿术、阿里海牙、刘整的率领下，元军的主力向樊城发起了总攻。阿术是蒙军都元帅，指挥蒙军部队，阿里海牙和刘整都是汉军都元帅，共同率领汉军部队。回回炮是阿里海牙引进并监制的，也由他的部队使用。

这次总攻带有很大的突然性，因为宋军一直认为敌军的主攻方向是襄阳而不是樊城，所以樊城的作用，一直被定位在"策应"上，具体说就是以它的存在形成对攻襄元军的牵制，就连襄阳一旦告急，它是否要出兵支援，都没有认真考虑过。因为以它的兵力，一旦出击援襄，能否有效还在其次，多半连缺少了防守兵力的樊城也会一并丢掉。就是在这样的情形下，樊城守将牛富率领他那有限的兵力，凭借着远不如襄阳坚固的城防仓促应战。虽是拼命死守，终是挡不住元军那经过充分准备、志在必得的进攻。

尤其是元军首次使用的回回炮，直接就成了宋军的一场噩梦。与鄂州之战中的鹅车计不同，宋军事先对此一无所知，而阿里海牙所采用的战术，又充分利用了这一点。在最初的三天里，他没有让士兵们去攻城，而是只用回回炮去轰击宋军的城防。没有士兵们的鼓噪，大炮发射时也没有能让三百步外听到动静，在事先毫无征兆的情况下，当那些密集的巨大石块突然飞来，宋军就是再勇敢也不能不被吓破了胆，一片鬼哭狼嚎。别说这些回回炮没有射击精度，在当时的战争中，这根本不算一个缺点，反而让防守一方的士兵更恐惧，因为他们不知道下一波大石块会落在哪里，所以没有一个地方是安全的。经过三天的轰击，原有的城防被破坏了将近一半，士兵损伤巨大，而更重要的是士气也明显地低落下来。然后，元军的攻城开始了。在一线直接指挥攻城作战的元军将领是张弘范。这位年方三十四岁的天才战术家，用下棋时如何吃掉对方一条大龙的方式指挥了这场攻城战，在两波试探性的，同时也是扫清外围的攻击之后，第十天上，一场真正的强攻打响了。没有任何悬念，一举攻破了樊城外城。宋军守将牛富见情势已然至此，若再坚守，于事无补，徒增损耗，遂下令收兵，退到内城坚守。

吕文焕收到牛富传来的"外城失守、退至内城"的战报时，正在东城门巡察城防。因为是紧急军情，中军派人飞马给吕文焕送来。吕文焕飞快地看了一遍，默然良久，才把那份战报交给随从，自己却转身向南走了几步，停下，然后便朝着南方凝然伫立，犹如一尊石像般定在了那里。他的目光略略抬起，似在向远方望去。这些天来，他的一颗心时时向着南方，他的一双眼也时时向着南方。南方，那是樊城的方向。现在，他又在向南方望去，望着望着，便有两行冷泪不由自主地潸然而下。樊城外城失守，怪不得牛富。牛富守不住樊城，不在意料之外。抛开兵力、储备等一概不论，单就将领对将领，牛富哪里能是张弘范的对手？万山堡之战，唐永坚几乎就是被张弘范牵着鼻子走的，而唐都统的资历和见识，应远在牛富之上。自己虽然还没有直接和张弘范交过手，但观其在万山堡之战中的用兵，总是出其不意，又往往似有神助。自忖即便倾尽全力，能与其相持到胜负难分也就不错了。可是在敌方的指挥体系中，张弘范还只是个第三等第四等的角色。他上面还有阿术、刘整，再往上还有史天泽，而实际上指挥这里一切的乃是敌酋忽必烈！你不能不承认，那是一个确有雄才大略的人物！而反观我大宋的满朝文武，谁人才是与其能有一拼的真正的对手？是的，这样的人确有一个，至少是曾经确有一个，那就是贾丞相贾似道。当年先皇帝在诏书里赞扬他的那句名言——"殷然殄患，奋不顾身，戎乘一临，士气百倍"，即便略有过誉，终非凭空杜撰。或许正是这个缘故，尽管这几年皇上不断给他加官晋爵，人们还是习惯地依旧例称其为贾丞相。贾丞相啊贾丞相，是你出山的时候了！再不出山，可是要为时晚矣！趁着这座大厦的根基尚未动摇，及时出手，尚有可为，若到了大厦将倾之际，只恐就独木难支了。你再有天大的本事，又焉能独力回天，挽狂澜于既倒……

赵禥原来是很重视批阅大臣们的奏章的，现在却越来越觉得力有不逮了。这天在看了将近半个时辰之后，已经忍不住呵欠连连了，强忍着瞌睡，又看了一本，却不想这一看之下，竟然睡意全无，反而惊出了一身冷汗。

　　这是贾似道上的一道"请缨表"。本应在葛岭快活的贾似道，主动上表请缨，要求亲自出马，率军援襄！

　　掐指算来，贾老太师高寿已五十有九，马上就到耳顺之年，却在表中发出豪言壮语："愿统雄兵十万，以解襄樊之围。"

　　贾似道在"请缨表"中陈述的那些战略战术上的利害，莫说现在，就是赵禥当年头脑清明之时，也难说看得明白，就跟当年贾似道在经筵上答不出皇上所问的那些名人典故毫无二致。但皇上毕竟是皇上，英才天纵，非比寻常，他立刻从贾似道上表请缨这件事本身，明白了事情的利害！贾老太师宁愿放弃葛岭的快活，去受那鞍马劳顿之苦、刀斧弓矢之险，看来这事儿真是不得了了。于是他特别注意到了奏章中的八个字：襄樊有失，江浙震动。襄樊到江浙还有段距离，为什么襄樊有失，江浙就会震动？他不是太明白，但他宁愿相信贾老太师的话，因为他那聪明的脑袋瓜已经提示他又往下想了一步。江浙震动，也就罢了，那之后呢？是啊是啊，一旦江浙震动，再下一步就是"临安不保"了！到了那等地步，朕怎么办？谁来给朕护驾保命？别看平日里讲正心之道时，满朝文武站了一片，一个个仪表非凡，气宇轩昂，真到了大敌当前，能挺身而出、舍命护驾的，还真是非贾太师莫属。于是他放下了所有看过的和没看过的奏章，自去小憩了个把时辰，然后便让太监传话给他的讲师团，如此如此，这般这般……

　　三天之后，针对贾似道的这道请缨表，共有一十二位大臣给万岁上了奏折。这些奏折，有的写得慷慨激昂，捶胸顿足，仿佛大难临头，自取其祸；有的写得冷静克制，条分缕析，剖陈利害。不过皇上都没有看，因为他不用看也知道所为何来。待凑够了十二之数，便派了宫中一位资深的老太监，赍了一份足以体现皇恩浩荡的赏赐，去见贾老太师，捎带着那十二份奏折，只说皇上请老太师过过目。皇上可以把话说得轻巧，贾似道哪里就敢怠慢？用了小半天时间，把那些长长短短的奏折一一仔细看了一遍，然后呆坐在那里想了一会儿。这一沓子奏折，长长短短，虽然说的是同一件事，同一个意思，但说法却林林总总，榆柳槐杨其实只得一句话。这句话让贾似道想起一桩往事。当年蒙古有个叫阿合马的大臣上了道奏折，说他们的中书丞相安童功高盖世，宜位列三公。大汗想借别人的嘴说自己的话，就发交诸儒议奏。诸儒议之而后奏曰："安丞相乃国之柱石，不可一日出中书。"现在若把这十二道奏折里的意思归结为一句话，正好和这个话如出一辙——贾太师乃国之柱石，不可一日出临安。

　　又呆坐了好一会儿，贾似道长叹一声，说："罢了……"

　　然而又错了。这应该是贾似道一生中所犯的几个重大错误中最重大的一个。皆为这一声"罢了"，这件事被轻轻一带而过，所以到了后世的历史教科书中，就有了另一副模样：贪生怕死的奸臣贾似道，深恐皇上会派他去解襄樊之围，就一面装模作样地上表请求率军出征，一面又让追随他的大臣们上奏折，说他得留在临安以保行在的万无一失。当然，类似的"史实"，所在多有，不足为奇。比如就有这样一种说法，说贾似道虽然不理政务，却一手遮天对皇上封锁消息，直到襄樊行将沦陷，皇上还对襄樊被围一无所知，忽一日，皇上问贾似道："朕听说蒙军兵把襄樊围困了？"贾似道一面谎称那里的蒙军早已被击退，一面又反问皇上是听谁说的。皇上只好说是听一个宫女说的。事后贾似道就把那个宫女杀了。这个谣言，倒是足以使上面那个谣言不攻自破——皇上根本不知道襄樊被围，贾似道怎么会上表自请去解围？但谣言终是谣言，别的不说，单说那宫里的人，岂是朝中的大臣想杀就能杀得的？

在史家看来，昏君身边必须有个大奸臣，所以无论如何，贾似道这个大奸臣是当定了。

与襄阳唇齿相依的樊城危在旦夕，大宋朝廷好歹得有个应对之策。既然贾太师不可一日出临安，其请缨表被皇上"不允"，朝廷便有一道诏书下到了早已奉命率军援襄，却又一直按兵不动的李庭芝军中，命其即刻出兵，入援襄阳！李庭芝看完诏书，长叹一声，然后又发了半天愣。明明是樊城告急，却让我"入援襄阳"。这也罢了，襄阳加强了，樊城自亦受益，又或者朝廷觉得樊城已难保全，不如只守襄阳，亦未可知。然而既然要我援襄，为何不给我增兵，又没有另派军队协同作战？两个月前，一度遭到贬斥的范文虎，不知通过怎样的运作，不仅官复原职，仍是"殿帅"，而且无须异地做官，重新被派到襄樊战区，率军三万，驻于郢州①，那郢州距襄阳不远，为什么不命其同时出兵，起码可以互为策应吧？十个月前，就是这个范文虎，率十万舟师援襄，尚且不是元军对手，被打了个丢盔卸甲，人死船沉，如今就靠我这万余人马，怎的却能到得襄阳城里？再往深处一想，倒又有些明白了。大宋祖制，无论多大规模的战争，集结的兵力都不得超过十万，再多，无形之中就构成了对皇位的潜在威胁。去年六月，拨给范文虎的十万舟师已经达到了极限，却仍遭败绩，那么，十万八万是打，一万两万也是打，看来朝廷是要把我手里这万余人马，权作孤注一掷了。

李庭芝能想到这一层，实非偶然。去年六月范文虎惨败之后，李庭芝就认识

---

①　今湖北钟祥市。

到，自此以后，无论在什么地方，以什么方式，与蒙军正面作战，已实难再有胜算，须得换一种特殊的办法，或者还可望与之周旋。从这时起，李庭芝就开始以重金招募新兵，另立一军，名之为"义军"，其中多为襄阳至郢州一带的渔民，个个身手敏捷，且俱是好水性。李庭芝更为这支义军配备了特制的战船和武器，并施以特别的训练，以适应他为这支新军所制定的独特的战法。且喜他手中还有两员悍将，正好用来率领这支义军。此二人原是兄弟，一名张顺，一名张贵，原来在张世杰帐下效力，跟随其长兄统制张泰。三年前都统张世杰率军援襄，赤滩圃一战，张世杰兵败，张泰力战殉国。战死之前，张泰叮嘱他的两个弟弟，若此战能获幸免，留得性命，且勿在此久留，可火速去投奔李庭芝李大人！李庭芝对前来效力的这兄弟二人极是赏识，但初来乍到，亦无像样的战功可言，不好给予太高的官职，所以只给张顺委了个"总管"，让张贵当了个"路分钤辖"，名分虽低，却将这支三千人的义军交给了二人统率。眼见得在他们的治理、训练之下，义军已经学会了那套独特的战法，具备了很强的突击作战的能力，现在，奉了朝廷的诏书，要冲破敌军重围入援襄阳，杀敌立功，此其时也！

一场悲壮激烈的战斗，由此拉开了序幕！

咸淳八年五月初六日傍晚，刚刚过完端午节的三千义军，驾驶着专为他们打制的一百艘快船，在高头港集结完毕。张顺和张贵的两条船，围绕着这一百艘列成方阵的战船巡视一周，见各船俱已准备停当，二人将船靠了岸。那张顺纵身一跃，跳到了高高的码头上，高声说道："弟兄们！我等此番入援襄阳，须得于重重围困的敌军之中杀开一条血路，方进得去，从这高头港到襄阳，水路一百二十里，一路之上，少不得几番恶斗，要我等以命相拼！所谓刀枪无眼，水火无情，只有拼死向前，岂可心存侥幸？当年李大人招募我等时早已言明义军宗旨，时至今日，正是我等义无反顾、有去无回的时候！话虽如此，你们当中有谁并非出于自愿，或者事到临头心生悔意，也不必勉强，现在走还不晚，莫等到临敌之际再畏缩不前，误了我援襄大事！"

那列成方阵的一百艘战船，三千名义军，鸦雀无声。

张顺又喊了一声："有没有怕死惜命的？此时快走！"

正无人应答间，忽地有一人高喊："杀蒙军啊！"

话音未落，"杀蒙军"的喊声已是响成一片。

张顺将手一挥："好！出发！"

军令如山。张顺那"出"字方出口，张贵的船已经开动，转眼之间，便箭也似的射了出去，接着是张贵的一声大叫："弟兄们！跟我来呀！"

　　船队驶出了高头港，不久进入了汉江的一条支流。张贵一船当先，接着便是那一百艘战船的方阵。这是一个真正的方阵，横着数是十艘船，竖着数也是十艘船。这里的水面并不很开阔，十艘船横着排开，几乎占去了绝大部分航道。张顺的指挥船则位于方阵的尾部，押后督阵。而在他身后，则是另外五十艘辎重船，其中三十艘满载着粮食，二十艘满载着刀枪弓箭。此时天色早已黑透，众船却皆不点灯，也无任何声响，只于黑暗中悄然破浪前行。毕竟是渔民出身，常年出入于江河湖泊，风里走浪里行，便是在这暗夜里，那船队仍然保持着规矩严整的阵形。迤逦驶来，不觉已过了两个时辰，前方不远，便是驻有元军的狼尾洲了。

　　驻守在狼尾洲的元军，是万户解汝楫所辖的水军。解汝楫是一员老将，久经战阵，更兼素来治军严谨，率军在此驻守，任务就是卡住襄樊与外界联系的水上通道。虽然一年多以来并无宋军试图在此通过，但仍然不敢稍有懈怠，所以二张的船队离此尚有十余里之遥时，便被他的士兵发现，飞速报与解汝楫。那解汝楫虽是被人从睡梦中叫醒，却毫不慌张，所谓有备无患，待二张的船队临近狼尾洲时，解汝楫的水军也早在狼尾洲旁的江面上列阵完毕，以逸待劳。因为据发现宋军的士兵报来的消息，宋军的船队中并无大船，俱是那种每艘船可载三十名左右士兵的小船，解汝楫便决定不采用以动制动、提前开船、以便驶出船速与敌对冲的战术，而是下令以静制动，大船在前，横列于江面，先将敌船挡住，再居高临下攻击。

　　按说，在敌小我大、敌寡我众的情况下，这样打绝对正确，只是他没想到宋军采用的却不是平常的战法。首先，这是一场夜战。须知那时所有的照明手段仅限于油灯和蜡烛，而江上风大，便是灯笼、火把，亦不可靠，更不安全，所以通常夜间是不行船的，俱是天黑前把船泊了，次日天亮后再开船。解汝楫治军严谨，倒也对所辖水军做过一些夜战训练，但说到底也不过是为了以防万一，何况训练终是训练，并没有真正经过夜间的实战。再说又是半夜里突然发生情况，仓促之间，各种细节难免多有不周，便是士兵们被从睡梦中叫醒，少不得会有人哈欠连天迷迷怔怔，到了交战之际，这些不利之处都会影响战力。当然，更让元军措手不及的，还是宋军采取的那种从未见过的打法。前面说了，宋军行船，完全是靠经验，并无任何照明，而在这个月色都不明亮的夜里，元军很难早早看见他们。实际上，元军最先看见的，是对面江上突然闪亮的一些密集的火花，一闪即熄，却又不断地闪亮。正不明就里，猛然间便有一阵阵铁砂呼啸而来，然后是从那边传来的嘭嘭嘭的声音，很像过年时燃放鞭炮的声响，而与此同时，便有站在船上的元军中了那铁砂弹，发出一片惊叫哀号。没被打中的，自是纷纷躲避，有的更干脆躲进了船舱。

　　"火枪！"一名有经验的元军小校惊呼。

是的，李庭芝给他的义军配备了火枪。本书第一卷中说到过，宋军一直有人在研制火枪，但始终未能进入实用阶段。原理已经很清楚了，就是很难把每一支枪的枪膛枪管都造得足够结实，往往发生爆炸事故，伤了枪手。义军将这种靠不住的火枪投入实战，就带上了一种不计代价的悲壮色彩，很有点"自杀式袭击"的意思了。但是，不管有多少枪没打出去伤了自家枪手，毕竟还是有一部分打出去了。尽管那些铁砂弹的实际杀伤力也相当有限，真被直接打死的没有几个，毕竟还是打伤了一些元军，更重要的是在元军中造成了一时的混乱，为宋军赢得了气势。等靠得更近了，他们也就改用强弓硬弩了。李庭芝为义军特制的弓弩，射程比普通弓弩要远一些，当然也需要射手有更大的臂力，好在经过挑选的义军中，不乏精壮之人。

却说那些被铁砂弹吓得纷纷躲避的元军，刚被头目们撵回到自己该待的地方，不料又是一场箭风矢雨劈头盖脸般袭来。这时他们已能隐约看见宋军的战船，只是看那距离，明明还不到放箭的时候——不然他们也该放箭了，少不得又是一阵惊慌。说话间两军战船已到了接战的距离。解汝楫将大船排在前面，船大，自然就高一些，居高临下，正该是元军占便宜的时候了，不料宋军又亮出了出人意料的武器——长柄大斧！这又是李庭芝专门为义军打造的，斧柄是经过加长的，斧头是特意加大加重的，由义军中的这些精壮汉子抢将起来，虎虎生风，势不可当！更有一层，原来这些长斧，不仅有朝着人头砍去的，也有直接朝着船体砍去的。须知水军最怕的就是沉船。用来打造战船的虽说都是好木料，但终归是木头，哪里就禁得住偌大斧头来回砍？一旦船沉人落水，纵然再好的水性，须是仍得将一颗脑袋露出水面，暴露在利斧之下。

也不必等谁个下令，元军士兵已是顾不上与对方厮杀，纷纷去护船。由于元军的船本来是停着的，而宋军的船却是疾驶而来，连挤带撞，便将那些大船推向两边，而一旦中间有了路，宋军也就不再纠缠，只鱼贯向前。被挤到两边的元军惊魂未定，眼看着宋军战船过去了，辎重船也过去了，然后接到了解汝楫的命令：不必追赶！推敲起来，解万户这个决定还是正确的，盖人家那是轻舟，如何便追赶得上？倒不如派人从岸上快马报与鹭嘴滩的守军早做准备。水里行船，再是轻舟，纵是不如马快。喘息稍定，又下令各船重新列阵，列出的仍是刚才的阵形，只不过这回是朝着相反的一面了。按解万户的预想，一旦驻守鹭嘴滩的水军统领方仁根将宋军击败，宋军的残部必将由此逃遁，候在这里，正好将其一网打尽。

可惜他白等了。

话休烦絮。由高头港到襄阳，水路一百二十里，中间共有四处元军的关卡，张顺、张贵的三千义军，一路血战而来，于次日申时将尽之际，抵达襄阳码头！

　　而吕文焕接到李庭芝的通报时，申时已经过了将近一半了。李庭芝一共派出了三拨人分三条路前来报信。恐路上有失，被敌人过早得了消息，直到太阳偏了西，算来义军就要出发了，才让他们上路。这三拨人里，只有一拨侥幸到得襄阳，一路上也是历尽千辛万苦、千难万险，用了差不多整整一昼夜，方得到达。

　　中军接报，适吕文焕去城中巡视，急派人去找。找到时，吕文焕正在一个巷子里，看一户人家拆他家厢房的窗棂。这家人烧光了所有能烧的东西，现在不得不开始拆房子当柴烧，好把那所剩无几的米做成饭吃。吕文焕已经得报，说城中开始有人拆房当柴烧了。而且地保们也已给居民们做了主张，说先拆窗棂，然后是门板，再然后，便是那些住不着的房子本身。拆得一间房，那梁柱檩条，倒也够烧上一阵。眼前虽是刚有开始拆窗棂的，也已让吕文焕心下甚是不安，前天刚下了一道军令，命士兵们务必加强市井间的巡逻，严防有那不逞之徒，对学堂、寺院一类公共建筑进行哄拆哄抢。在他心里，这些也是要在万不得已时留作军用的。虽是如此，今日巡察路过这里，从敞开的院门，望见里面正在拆窗棂，还是心中一动，便走进院子里看。却见正是一位须发皆白的老者，领着一个十来岁的童子爬上爬下地在拆，那老者见有位军官模样的人进来，只是看了一眼，并未过来见礼。

　　吕文焕知是人家心里难受，倒也没有怪罪，见那一老一少，并不是多么有力气的，有心上前帮上一把，再一想，却又止住。皆因见那老少二人，动作极是缓慢，像是万般的不得已，能挨一时算一时，活儿却又做得极仔细，仿佛眼下虽是在拆那窗棂，心里想的却是将来再装新窗棂时，怎的可以少费些周折。遂想，还是让他们自己慢慢拆吧，就默默地站在一边看。初时原是垂手而立，看着看着，那右手不觉间渐渐抬了起来，先是握住了腰间佩剑的剑柄，接着那手不由得越攥越紧，到后来竟忍不住微微颤抖起来。却见那老少二人已将窗框与墙壁剥离，一边一个轻轻将窗棂抬走。隔着已经变成一个大洞的那扇窗，吕文焕直接看到了屋里的情景。那屋里已经没有了任何家具，一些大大小小的包袱只得摊在地上。眼见得这户人家，所有的桌椅床凳箱笼柜橱，俱已烧得干净，各种衣物，便用旧单子包了，随处一放。到了这种时候，莫说那些家常衣衫，便是锦衣玉饰、绫罗绸缎，也早视如草芥了。看到此处，吕文焕只觉得胸间一热，血往上涌，心中叫了声惭愧！想我吕文焕身为武将，吃着朝廷俸禄，上不能保大宋之江山社稷，下不能保黎民之安居乐业，眼睁睁看着襄阳城朝不保夕势如累卵，而一旦城破，眼前这些甘愿吃苦受难的百姓庶民，少不得又是一番玉石俱焚生灵涂炭！战而不能胜者，我之罪也，却与他们何干？

　　就在这时，猛听得一阵疾驰而来的马蹄声由远而近。这战马的蹄声眨眼间便把他唤醒，让他当即回到了自己的角色之中。那紧紧攥住剑柄的手顺势一撩战袍，猛回身走到院门之外。

"李庭芝大人有紧急军情通报！"

"快拿来我看！"

军情文书，没有那些繁文，短短数行，用眼一扫，一目了然。吕文焕没有片刻耽搁，飞马赶回中军，立即下令向高头港方向火速派出探马，探明李大人的水军现已到达何处！可是等到喘息稍定，心下却不由得踌躇起来。就在几个月前，"殿帅"范文虎率领十万水军战舰千艘北上援襄，走出不远与敌相遇，转眼间一战即溃；如今李庭芝仅派了个叫张顺的总管，只动用了百艘轻舟三千义军，说是也要入援襄阳——他们到得了吗？不过吕文焕很快就把这想法撂在了一边，传下了第二道军令：命水西门水军紧急集合待命，准备出发接应援军入城！他传令时特别强调了"待命"二字，是因为他实际上还没有真正下定决心打破据城固守的方针出兵接应。令是传下去了，他却回到地图前，凝思良久。

独领一军困守襄阳，于今已是第五个年头了，今之吕文焕，自亦不再是当年的吕文焕。李庭芝以轻舟百艘入援襄阳，自是与范文虎的兴师动众不同，出的是奇兵。奇兵的好处是出其不意，但战争终是凶险之事，不照规矩打，中间就势必带上几许弄险的成分。反复看那地图，从高头港到襄阳，水路一百二十里，中间四道关口：狼尾洲、鹭嘴滩、孙家冲、杜北口。如果说冲击前两道关口还能收出其不意之效，那么到了后两道关口，元军自会得到前面传来的消息，也不再是夜战，难称奇兵了。那张顺到得了这里吗？到得了，又能通得过吗？最后，吕文焕的目光久久停留在杜北口这个点上。此处距襄阳二十余里，已是汉江主河道，水面开阔，作为水战战场，受两岸地形制约较小，回旋余地较大，战况不利时容易撤离。饶是如此，还是经过一番踌躇，这才下了决心：如果探得援军已经过了孙家冲，就断然出击杜北口，与援军形成两面夹攻，以迎其入城。是啊，援军前面连闯三关，少不得多有折损，到了这里，已是力竭之师，总不能让其在这里功败垂成！想到这里，不再犹豫，毅然朝外走去，走到门口，却又停下，抬手正了正头盔，整了整铠甲。就在这一瞬间，他想到了当年鄂州之战的守将张胜，心头浮起一股有去无回的悲壮情怀。当年张胜率军守鄂州，据城坚守数月，击退敌人多次进攻，却因出城接应大哥的援军入城而捐躯沙场。今若也能如此，博得个精忠报国的美名，也省去了日后的许多烦恼，实为幸事。

一边想着，正要出门，却听得外面一声叫："报——"

叫声甫落，那探子已闯了进来："报吕大人，那李大人的义军已到蓝溪口！"

"什么？蓝溪口？哪个蓝溪口？"

"出螃蟹的蓝溪口呀！"

出螃蟹的蓝溪口距襄阳城仅十里之遥！张顺的义军不仅闯过了孙家冲，而且已经闯过了杜北口！

吕文焕不由得将身躯缓缓转动，转到面向东南，微抬起头，以手加额，轻轻说道："天佑我大宋，天佑我吕文焕啊！"

然后又是一声大喝："快去迎接！"

那"十里"之数，约略算到襄阳城的西边，而由中军到水西门水军码头，也有三里开外，吕文焕一行虽是一路放马小跑而来，到得这里时，先到的义军已有十余艘船靠了岸，这边也有百十守城的水军上前接住。码头上欢声雷动。吕文焕的马刚到，便见有一名精壮汉子分开众人，跌跌撞撞来到马前，扑通一声双膝跪倒："路分钤辖张贵叩见吕大人！"一面说，一面已经双手扶地，连磕了三个头。等他重新抬起身来，方见吕文焕亦是双膝着地，跪在他的面前。

原来吕文焕滚鞍下马后，并未站立，直接就跪倒在地上了。

那张贵忙说："不可不可，遮莫折杀了小人！"

却听吕文焕问道："那张顺张将军何在？"

"那张顺原是小人的二哥，自在后面压阵，少时便到了。但他只是个总管的官职，却是称不得将军的。"

"话不是这等说，若夫披坚执锐，提军上阵，临敌交锋者，须是打得这等好仗，方不枉人家叫一声将军！"吕文焕又摇摇手，"休说这些了，既然张将军亲自断后，你我快去江边迎候才好！"

吕文焕拉了张贵的手，自有随侍护卫簇拥着一起来到江边，看义军的船陆续抵达靠岸。经过苦战一百二十里、连闯四关的义军，少不得多有折损，约有七十艘战船靠岸之后，便是辎重船了。这时已有更多的守城水军赶来迎接，帮着抬运受伤的士兵，亦自有人将辎重船引到货船码头去停靠，以便卸货。此时不见张顺，张贵便有些急，去问那些后到的船上士兵，多称并未见到张总管。直到最后一艘战船靠了岸，那船上的头目说，闯过杜北口之后，因见有几艘元军的战船紧追不舍，张总管恐后面的辎重船被追上，带了两艘战船留下断后，却没有再看见他们追上来……

天色渐渐暗下来。码头上已基本安静，只有不多的士兵仍在来去忙碌，而西边江面上空空荡荡，再稍后，便是那空空荡荡的江面，也渐渐被一层薄薄的轻雾所遮盖。那张贵伸出阔大的手掌在脸上抹了一把，然后朝吕文焕深深一揖，道："此时仍然不到，我二哥怕是……殁了。常言道，瓦罐不离井上破，大丈夫以身许国，正该如此。吕将军请回吧。"

　　吕文焕没有接他的话，默然良久，回身朝随侍招了招手，说："传令下去，沿江军民人等，近日务必仔细搜索巡查，凡有我阵亡义军将士遗体，定要打捞起来，妥为安葬。尤其要全力搜寻查找张顺将军的下落，活要见人，死要见尸！"

　　四天之后，人们在江中找到了张顺的遗体。张顺身中四枪六箭，仍左手握弓，右手执箭，怒目圆睁。襄阳军民怀着沉痛敬佩的心情安葬了张顺，并立庙祭祀……

　　义军苦战一百二十里，杀开一条血路，终于成功入援襄阳！除张顺阵亡，义军还付出了近千人伤亡的代价，一百艘战船也沉、毁了近三十艘。五十艘辎重船，到达襄阳时还有不足四十艘。对于偌大一座襄阳城来说，这四十艘船上的物资确实只能说是杯水车薪，它更大的作用还在于大大振奋了襄阳军民的精神。这是自三年前夏贵趁春季汉江江水暴涨之机，用战船将一批衣物送进襄阳之后，被围困的襄阳城再一次得到了外界的支援！它让襄阳军民重新燃起了希望之火，看见了希望之光！原来那铁桶般的围困，还是可以撬开一道缝隙的！能有这一次，为什么就不能再有下一次？

　　事实上，义军的任务也并没有到此为止。

　　到达的第二天，张贵就向吕文焕禀报了李庭芝交给义军的下一个任务：到达襄阳、进行必要的休整后，向南出击，与现驻郢州的殿帅范文虎相约南北夹击，打开一条襄阳与外界联系的通道。义军从高头港出发前，李庭芝给张顺、张贵做了具体交代，一俟得知义军到达襄阳的消息，他就会派人与殿帅联系，请其率精兵抢占龙尾洲，接应义军并与之会师，但具体的行动时间，要视义军在襄阳休整的情况而定，所以须由义军派人去通知殿帅。

　　听了张贵的禀报，吕文焕默然良久。已经有了丰富的实战经验，又对元军有着最直接了解的吕文焕，很容易看出这是一个一厢情愿的计划，一个不可能完成的任务。最乐观地说，即使张贵能和范文虎的部队在龙尾洲会师，也不等于就此打开了一条襄阳与外界联系的通道。这次过去了，不等于下次还能过去。没有足够的实力控制这一段江面。而实际上，义军一路杀过来，已经有了很大折损，即使经过短期休整，仍是一支疲劳之师，饶是再英勇善战，也难说一定到得了龙尾洲。那么，李庭芝为什么还要做此安排呢？一个最可能的原因就是，他还要用这支义军，不想把他们留在襄阳。按一般的用兵之道来说，李庭芝让他们绕道郢州，确实比让他们原路杀回胜算更大些；义军以残损疲惫之师，再想从有了防备的原路杀回去，几乎是不可能的。但有一点李庭芝显然没有意识到，义军这一路杀来，对手不过是解汝楫、方仁根之辈，而此去龙尾洲，与之交手的却是张弘范！元军的主要将领，除史天泽仍在养病，阿术、刘整、阿里海牙都在攻打樊城一线，张弘范被派到南线，是为了盯住郢州的范文虎那三万人。但是，以现在吕文焕的身份，又怎么好跟张贵去讲这个张弘范如何如何不好惹？思之良久，他才轻轻说了一句："你此去龙尾洲，务必诸事多加小心。"

"是，小人自会仔细。"

"尤其是那个张弘范，最会在细小处施诡计，不可不防啊！"

"承大人垂训，小人记下了。"

"要不要我给你补充些兵员器械？"

"吕大人如此顾念小人，小人心领了。大人守襄阳，更要用人用物，小人的差使，小人自去应付。"

吕文焕也就没再多说。如果他的判断不是像现在这样，如果他也认为此战有可能为襄阳打开一条通道，并且有相当的胜算，多半也会舍得投入一点本钱的。既然只是李庭芝要把这支义军撤回去，他不好硬将他们留下帮他守城，却也犯不上护送他们回去。

吕文焕不说，张贵根本想不到这些。他用了十天时间休整部队，将受损的战船稍加修理，将辎重船稍加改装也充做了战船，船上桨手与各船混编，顶替出一些人来充当弓手弩手。来时火枪手的折损也相当大，多为点枪时枪膛爆炸所致，但所剩火药已经不多，也就不再补充了。七拼八凑，约略又有了三千士兵、一百艘战船。明知士兵们还没有真正恢复过来，但眼见得襄阳不仅粮食奇缺，便是烧饭用的柴薪也在一根一根地算计着烧，心想我这三千多张嘴，少吃一天是一天，遂决定尽早出发。派了得力的心腹去联络殿帅，第三天便回来了，说殿帅大人对义军的骁勇善战赞不绝口，答应按约定时间亲率五千精兵到龙尾洲接应会师。

咸淳八年五月十九日午时将尽之际，义军从襄阳水西门水军码头出发。前来送行的吕文焕，虽然对张贵说了不少壮行的话，但表情却是凝重中暗透着一种凄然。当年荆轲出发去刺秦王，说到底拼的不过是他和帮手秦舞阳的两条性命，而一曲"风萧萧兮易水寒"，竟引来后人"气贯长虹"之赞！眼前这三千大宋男儿，面临的同样是"壮士一去兮不复还"的命运，后世也会有人为他们的壮举发出哪怕是一声轻微的赞叹吗？目送着张贵的战船渐渐消失在烟波浩渺的江上，吕文焕不由得缓缓向右转身，朝着临安的方向屈双膝跪下。他本来想说点什么，却又一时不知说什么才好，终于什么都没有说，只默默地磕了三个响头。

且说张贵一船当先，率了他的三千义军百艘轻舟顺汉江而下，先是向东，过了襄阳的水西门不久又折而向南，也不鼓噪，只在一片风声水声桨声中悄然前行。走了约有两个时辰，张贵的船先慢了下来。按原定计划，义军要在这里歇歇力气。一是考虑到他们的体力还没有恢复到最佳状态，二是等天完全黑透，再进入随时可能与敌遭遇的区域，以发挥义军夜战的优势。正在这时，一艘快艇追了上来——这种快艇是专门用来在船队中间通报信息和传达命令的。快艇报告了一个坏消息：一名昨天因违反军纪受到鞭笞的亲兵不见了！史书上就是这样记载的，但了解古代治军规则的人都知道，部队在临战状态下通常都管得很严，一般不会给士兵们违反军纪的机会，若真有违纪者，重的直接就砍了，轻的无非训斥几句了事，或干脆等到战后再说，鲜有会动用体罚的。你把他打得皮开肉绽，动弹不得，打仗时是带上他还是不带？不过，这个原因虽可能是假的，少了一个人却是真的。那张贵闻报，说声不好，走漏风声了！容不得多想，当机立断，下令取消原定的休息，乘敌人得信不久，还来不及准备，赶紧杀将过去！就命那小艇上的人将这道军令传了下去。他的船重新加速开进，其他船自然跟了上来。走了一程，便开始遇到元军，所幸都不过是数十艘船、数百人的小股部队，一番纠缠苦斗之后，便四散逃去。张贵等且战且行，到天黑时，已经冲过了三股元军的拦截。看看天黑，张贵心中自亦放宽了些，入援襄阳时，他已知元军水军不习夜战，再相遇时，自然更多了几分胜算，到了这时，他更加觉得刚才他那当机立断果然不错，若等敌人有了准备，也不必再调兵遣将，只是将前面那三股合为一股，能不能闯过来都很难说。

就这样打打走走，不断向前。差不多每隔半个多时辰，总要遇上一小股敌人。一路上都这样过来了，张贵便也不再多想，只率领着义军冲杀过去。这一股又一股的元军水军，看上去都差不多，却是一股比一股更加难缠。不能说张贵毫无察觉，只是想了想，估摸着总是自己的弟兄们越来越疲劳的缘故。说到底，他就是这么个角色，所有的军中经历，总不过是听了上面的号令，再身先士卒地率领着手下的弟兄奋勇向前。好在敌人纵是难缠，最后却总能杀出一条路来闯过去，只是多耗些力气、多费些时间、多受些折损罢了。直到后半夜，掐算着多半已交了寅时，众义军已是筋疲力尽，却没再遇到敌军。那残余的七十余艘战船顺流而下，不多时，竟远远望见了龙尾洲！靠得再近些时，已能看到江面上的点点灯火，随后更看到了灯火之间招招展展的旌旗。毕竟天无绝人之路，范殿帅果然在龙尾洲接应我等了！

“放炮！”

随着张贵一声令下，义军按照事先的约定，放了三声号炮。这边炮声响过，那边的舰船纷纷启动，渐行渐快地迎了过来。众义军都站到了船甲板上，一时欢声雷动，便是那张贵，也不由得两腿一软，跌坐在船头上。正在这时，猛听得对面船队中响起了一声号炮，只这一响，各船突然火把齐明，转眼间将江上照得明明亮亮。这也是张弘范在细微处做的一篇小文章，为的是抵消义军擅长夜战的长处。不过，它实际上起到的第一个作用，就是让义军们清清楚楚地看明白，迎接他们的这队船舰，打的俱是元军的旗号！

一个时辰以后，天亮了。初升的太阳，把明亮的阳光投射在波光粼粼的江面上。江面上空旷而安静，只有浩浩荡荡的江水，前推后拥地向南流去。

张弘范提前三天就探得了义军的行动计划，从而有足够的时间，给义军做就了这样一个牛刀杀鸡的圈套。最后从那名叛逃的义军亲兵嘴里得到的消息，除了证实之外，也让他觉得自己有点高估了义军。他太想彻底消灭这支曾经给解汝楫、方仁根制造过麻烦的义军了，免得斩草不除根，说不定日后还会给自己添点麻烦。他原可以在距离襄阳不远的地方，选出一个江面开阔的去处，将义军围攻而歼之，但是战场上的情势瞬息万变，而义军的船快，使船功夫又好，弄不好会有一部分逃回襄阳去。他不想看到这种结果。他不想给义军留下哪怕一个士兵、一块船板。

很难指责范文虎失信。他确实按约定的时间亲自率军出发，前往龙尾洲接应义军了。问题是他出发不久就遇到了张弘范的水军。也不能说他带的不是精兵。那确实是大宋水师中一支有名的精锐部队。也不能说这位殿帅不会用兵。他的属下为他准备的作战方案中规中矩，其中也包括如果敌方有准备，出兵拦截，我方应如何应对。只要照着方案去打，即便是与张弘范交手，也未必就全无胜算。问题是范文虎太过爱惜自己的性命，一旦打起来，他就忍不住想跑。而一旦主将的旗舰掉头就跑，再精锐的部队，也难称精兵了。

五天以后，两名降卒拉了张贵的遗体，来见吕文焕。战场上约定俗成，这样让降卒送对方将领尸体，就是来劝降的，那尸体自是含着隐喻：如若不降，就是这个下场。不过这回小有不同。那降卒对吕文焕说："张将军让捎话给吕大人，吕大人降与不降，全凭吕大人自己斟酌，张将军只愿吕大人善自珍重，好自为之。张将军让我等把张铃辖的尸首送回来，是因为张将军敬重张铃辖的忠勇，送回宋军，也好得个安葬。"吕文焕手起掌落，啪的一声脆响拍在案几上，大喝一声道："放屁！我吕某人堂堂大宋朝臣，出身将领世家，岂是贪生怕死之辈，怎的就会降了元军？来人呀！"此话一出，帐下发声喊，便有几个精壮随侍站到了那两个降卒身后，只待主将一声令下。

按战场上的约定俗成，被劝降的若是不肯降，总是把来劝降的砍了，以示决绝，所以他想都没想就迸出一声"来人呀"，及至这话出了口，却又迟疑了片刻。片刻之后，没有把那现成的"绑出去砍了"说出来，反倒换了不那么严厉的口气对那两个降卒说："我今日且留着你两个脑袋，只为借你等的嘴，回去告诉你们那乳臭未干的什么张将军，就说我吕大人说了，为将者提军上阵，奋勇杀敌之外，心里还应多装些对手下小校士卒的体恤怜悯！即如尔等两个，战败被俘，归降了他，无非是为了留条活命。如今却又派尔等来劝降，分明是要借我的刀杀了你们，不亦忒歹毒了些吗？听明白了吗？记下了吗？滚吧！"

张贵的遗体被安葬在他二哥张顺之墓的旁边，墓侧亦依张顺例盖了一座小庙。庙成之日，吕文焕亲临拜祭。礼成，吕文焕退得庙门，又面朝东南拜了三拜，猛然间抑制不住，哇的一声哭了出来。自此起，这位久经沙场、出生入死的大宋武将，变成了一个爱哭的人。史籍中记载，吕文焕困守襄阳五载，"撤屋为薪，缉麻为衣，每一巡城，南望恸哭"。

但史籍没有说他为什么哭，哭什么。

然而有一点是不难猜到的：他深知大宋王朝的气数已尽。

35   襄阳城破

受义军成功入援襄阳的刺激和张弘范全歼义军的鼓舞，元军加快了准备攻打樊城的步伐。发起总攻的决定权握在大汗手里，而大汗做出这个决定，几乎不用考虑元军做了多少准备。他即使提前一年下达总攻令，元军也有八成以上的把握将樊城一举攻破。忽必烈根本就没把樊城当回事儿，他的目光紧紧盯住的不是樊城而是临安。如果不能把攻下襄、樊作为整个伐宋之战的揭幕战，拿下这两座城池对他来说几乎毫无意义。在他的心目中，这一场在极短的时间和极广阔的地域展开的大战，离开伯颜的指挥是不行的。可是伯颜却一直被滞留在漠北。这又是一个解不开的死结。伐宋之战打得再快，总得几年时间，而在这几年时间里，万一北边乘机而动，自己势必处于腹背受敌、首尾难以兼顾的被动局面。在这一点上，忽必烈绝对不敢心存侥幸，换了他是海都，眼见得对手正在南边全面开打，即使实力还不足以有把握取胜，也会忍不住要碰碰运气。

大元王朝在北边的最危险的敌人是海都。在这一点上，忽必烈与伯颜的判断完全一致。在所有非拖雷系的宗王里，此人最聪明能干，最野心勃勃，最无所顾忌，最狠毒狡诈，最懂得伺机而动，也最能屈能伸。但是，那些不像他那么"危险"的人，未必就不会在某个时候干出很危险的事。而这种"险象环生"的局面，并不是哪个人造成的，所以也不是忽必烈或伯颜能够改变、控制的。若要追根溯源，倒是都与成吉思汗有关。首先，在他的相当一部分子孙后代的血管里，都流淌着那种不甘心听命于人的血液。然后，这些人做起事来，一般都不需要理由。海都是窝阔台之孙，合失之子。在窝阔台系失去大汗位的变故中，合失负有很大的责任，自然在本家族中落下不太好的名声。海都之所以能在短短几年内迅速崛起，脱颖而出，端赖钦察汗国术赤系几位宗王的大力支持。那么，这些术赤系的宗王为什么要支持海都呢？没有理由。作为成吉思汗长子的术赤，没有能够继承大汗位，是因为老二察合台的反对，而老三窝阔台是最终的受益者。术赤及其后人如果因为失去了大汗位耿耿于怀，这笔账原该记在这两家身上，跟拖雷家族没有关系。然而这几位术赤系的宗王却大力支持海都而反对忽必烈。后世的史家，勉强替他们找了个理由，说他们的封地与海都的封地离得近，常来往，因而有交情。

可是海都跟他们不一样。海都不仅有目标，还为他的目标提出了很正当的理由。这正是他的危险之处。他的目标是要当蒙古国的大汗，他的理由是这个大汗位本来就是窝阔台家族的。他这样说是有根据的。按照成吉思汗的安排，窝阔台即大汗位时，全体宗王曾立下誓言："只要是从窝阔台合罕子孙中出来的，哪怕是一块肉，我们仍要接受他为大汗。"后来贵由继承大汗位时，诸王又重申了类似的誓言："只要窝阔台有一个吃奶的后代，都比其他人优先继承。"蒙哥成为大汗以后，这个话实际上不算数了，但是即便是蒙哥，也很难彻底推翻这个说法，即使他也想把大汗位留在拖雷家族之中。所谓投鼠忌器，你否定了这种继承优先权，你自己就失去这个优先权了。

可是，海都这个为自己保留优先权的"理由"，却同时产生了另一个结果：现任大汗的权力合法性是可以挑战的。这一点正好被非窝阔台的有野心的宗王所利用。一时间，这些成吉思汗的后代子孙各打各的算盘。其中对忽必烈最为不利的，要算察合台汗国态度的转变。阿鲁忽时期强大的察合台汗国，曾经是忽必烈可靠的盟友，是忽必烈在西北诸汗国中一支很有效的制衡力量。但是随着阿鲁忽的去世，加上忽必烈不恰当地干预了汗位的继承，这个曾经强大的汗国很快就衰落了，而衰落的察合台汗国为了自身的生存，反而与窝阔台汗国结成了反忽必烈联盟。面对这种捉摸不定的形势，尽管伯颜想尽办法，采取了各种措施，也只能维持暂时的、相对的稳定和平衡，并且经常处于那种按倒葫芦起来瓢的状态。至元九年十月，忽必烈派使者前来询问何时可望脱身，伯颜不得不回复称：长治久安的局面短时间内不可求，而且完全有可能在意想不到的地方出乱子，但大局则是可以控制的，故一切全由皇上决断。正是这个答复，使忽必烈最后下了决心，诏令伯颜相机行事，再做一些防患于未然的安排，即动身返回上都。

伯颜知道忽必烈的想法，于临近年底时，不惜冒着严寒穿越大漠动身南返。忽必烈一接到他动身的消息，立即下达了攻打樊城的命令。新年伊始，元军便对樊城发动了总攻。

这是一次既突然又猛烈的强攻。根本没有事先的劝降。这与其说是为了突然，还不如说元军根本就没这个打算，为的是做个样子给襄阳看。战斗称得上惨烈，但没有任何悬念。在很短的时间内，樊城的所有防线几乎同时被元军攻破。只有反应最快且运气最好的宋军士兵成了俘虏，实际上元军士兵接到过不要俘虏的命令。只是因为史天泽放过狠话，元军才没有太多地屠杀平民，但抢掠财物和女人的事没少发生。没有人知道牛富遇到和经历了什么，只是在元军事后发布的战报里，提到"斩樊城守将牛富"。宋方的说法不太一样，也相当奇怪，说是"牛富投火殉职，偏将王福赴火自焚，樊城陷落"。

伯颜几乎是和攻克樊城的捷报同时到达上都的。他立刻被忽必烈任命为伐宋最高统帅，并火速前往襄阳前线就任。这个任命清楚地表明，即将开始的不仅是对襄阳城的总攻，更是对大宋王朝的全面战争。

至元十年正月二十二日，伯颜在襄阳以北六十余里的元军大营的中升帐。有备而来的伯颜发出的第一道军令就是屠城令："查彼襄阳，违逆天命，负隅五年，顽抗至今，损我资财，耗我士兵，城破之日，鸡犬不留，以示雷霆之怒，以为后来者戒！"

这道屠城令呈报到忽必烈面前时，忽必烈正要就寝。按他的旨意，所有与襄樊有关的文书，一律随到随呈。一看之下，睡意全无。本想立即下诏制止，转念一想，伯颜是个懂谋略、知全局的人，理应知道，如果伐宋竟从一场屠城之战开始，那得被后世咒骂多少年？但伯颜就任伊始，如果第一道军令就被皇上废了，往后还怎么指挥三军灭宋？这日恰好是阿木古郎值宿卫，便命他火速去把安童叫来。毕竟两个都是年轻人，动作麻利，不一会儿，阿木古郎就领着安童来了。安童私下里见忽必烈，有点儿孙子见爷爷的意思，该行的礼一样不落，但每样基本上都是点到为止。赐座之后，看过阿木古郎递给他的那份文书之后，这位大元帝国的中书右丞相，便开始揉他的下巴。这一年安童二十五岁，稍微有了一点胡须，但不长，更不密，试着留了几个月，怎么看怎么不是个模样，就不留了，先让下巴光着。所以他揉下巴，大略就相当于别人捋胡须。揉了一会儿，开口了，却是一句问话："史天泽有何说辞？"

忽必烈皇上愣了一下，才反应过来，道："史天泽他——他没有说辞。"

"既然史天泽都没说辞，以臣愚见，这事儿陛下就不要管了。"

忽必烈又愣了一下，然后连说："对对对，朕不管，朕不管，朕不管……"

咸淳九年二月初九傍晚，阿里海牙动用了五门回回炮，以最大的石块，轰击了襄阳城的北门城楼。吕文焕闻讯赶到时，炮击已经停止，但那些作为"炮弹"的石块还散落在城楼各处。望着这一个个重约半石以上的大石块，他不由得倒吸了一口凉气。他想象不出，那些他原以为只会在草原上跑马放箭的蒙军，用了什么神奇的方法，竟能把这么重的大石头从那么远的地方扔过来。查看了一下损失，说不上很严重，但那些大石头砸下来时所留的痕迹，还是让他触目惊心。心理作用往往是从比较当中产生的。已经殉国的牛富，此前曾派人夜泅汉江，过来通报情况，包括元军使用回回炮的情况，但那只是听说，这回才算亲眼得见。据城坚守的好处，就在其居高临下的优势。滚木礌石也好，火把金汁也好，那都是从上往下打，是防守一方的优势之处。对于从下往上打的进攻一方，你只有拿命去拼，别无选择。在吕文焕的意识里，除非确有敌方的士兵攻上了城墙，否则你根本不用担心你的城防工事会受到破坏。现在居然出现了这样的情况，而且就在眼前！他不能不想到，如果敌人每天这样用回回炮轰击他的城防，轰上一个月，他的城防将被轰得怎样一片狼藉！预想之中的"据城固守"，还能剩下多少可"守"之"据"？

从城楼上走下来之前，走到阶梯口时，他站住了。这里正好朝着东南方向。天已向晚，似明不明，似暗未暗。半座襄阳城在他的眼前展开，它已是那样的衰败和残破，无论是街市上还是院落里，都再也看不见一棵树了，触目可见的，是那些没有了门板的门洞和没有了窗棂的窗洞，就像瞪大了的一只只没有了瞳仁的眼睛。所有的木制品都被烧完了。襄阳城里多少还能收罗到一点米，却很难再找到把这些米做成饭的柴火了。军民已经开始试用新的办法——用水把米泡软，然后生着吃下去。吕文焕缓缓抬起目光，渐看渐远，看向行在临安所在的那个地方。已经有半年多了，每到这种时候，他都会情不自禁地恸哭一场，连他的随从们都已经习以为常了。可是今天他没有哭。他好像也想哭，可是却哭不出来。他看到东南方向极远的天地间，似有一股暗黑的气在升腾滚卷。不错，樊城也在那个方向。可是樊城已经失陷一个多月了，该杀的都杀完了，该烧的都烧完了，事实上那里已经成了元军进攻襄阳的跳板和后方，他们不应该还在那里杀人放火。不是的。那不是黑烟，而是黑气！或许，正是皇上在经筵上与他的众位侍读、侍讲反复钻研的正心之道，那些诸如"进德""事天""立政"的宏经伟论，最后化成了这股黑气……

吕文焕今天没有哭。他只是默默地跪了下来，朝东南方向磕了三个响头。

回到中军，他就独自待在他的房里，再也没有出来走动过。随侍进来掌灯、送晚膳时，看见他就在那张太师椅上坐着。来收拾餐具时，看见他仍然在那里坐着，而晚膳几乎没有动过。他自己也不知道他都想过些什么，好像就是在那里回想种种的往事。

听见巡夜的更夫敲着梆子从不远处经过，猛然间悚然一惊。数了数，竟已是二更三点。正在这时，悄悄进来一个人。出于军人的自卫本能，他警觉了一下，一看只是一名侍卫，放松了一下，紧接着却又警觉起来。此人不属于他那几个最贴身的侍卫，按说这个时候不应该在这里，甚至不可能到得了这里。那人似乎也看出了他的警觉和疑惑，并没有再靠近就开口说话，但声音仍然很低："禀大人，有故人求见。"

"故人？谁？"

"唐都统。"

吕文焕默然良久。他甚至没有去想唐永坚为什么要来；这个根本不用想。他只是在想他为什么要这样来。前些时候襄阳城里到处流传着伯颜的屠城令。当然，那是为了动摇城里的民心士气。他想过，但并没有真让去查这些谣言是怎么来的。要么是有敌人混进城来，要么是城里有内应，抑或两者都有。城防早已难称严密，近日已常有军中的将校士兵出城投敌。元军倒也奇怪，百姓逃出城的，俱被撵了回来；将校士兵去投降的，倒是全都收下了。情势如此，对方想混进几个人来，或在城里收买几个内应，原都不难。唐永坚要偷偷进来，串通几个帮手，不奇怪。

吕文焕开口了："让他来吧！"

唐永坚来了。客商打扮。吕文焕与他行了主客之礼后，让他一侧坐下。

"谁让你来的？"

"张弘范张将军。"

"来劝降？"

"也是，也不是。"

"怎么讲？"

"张将军让我传话给吕大人，襄阳之战，大局已定，吕大人降与不降，自会权衡利弊，择善而行，无须我等饶舌，更不必以身家性命相胁迫，或以封官许愿相诱惑。盖以张将军揣度，吕大人所虑，当不在此。"

"那他认为我之所虑者何在？"

"吕大人心之所系，唯襄阳城中十万百姓耳。所以张将军想让大人知道，若大人果能当机立断，化干戈为玉帛，张将军愿以八个字相约。"

"哪八个字？"

"秋毫无犯，送米送柴。"

吕文焕没有再往下问，轻轻站了起来，在房里来回踱步沉思，走到大门口向外看了看。门外持刀而立的，仍是他的一个贴身侍卫，见吕文焕过来了，迎上前去。吕文焕轻声发话道："去找个人，把葛先生请来。"不一会儿，葛明来了。他一进来，唐永坚便站了起来。葛明见了唐永坚，竟没有显出丝毫的惊讶，躬身一揖，道："唐都统别来无恙？"唐永坚还了一揖，也道："先生一向安好？"吕文焕让葛明在另一侧坐了。三人落座后，又让唐永坚把适才那番话再对葛先生重复一遍。唐永坚说完，吕文焕转过身对着葛明徐徐问道："先生何以教我？"

葛明把他那山羊胡须捻了一会儿，没有说话。

吕文焕又问："若是换了先生身临此境，当会如何？"

葛明把他的胡子尖晃了晃，说："大人与小可，原不是一种人。"

"先生此前也曾言及于此。"

"小可在此，衣食皆拜大人所赐，能略尽绵薄为大人分忧，就算没有白吃白拿。大人吃的却是朝廷的俸禄。朝廷的俸禄，自然来自皇上，但皇上却不种地，金銮殿上也不长粮食，那车载舟运囤积如山者，俱是升升斗斗，从民间聚敛而来。大人吃了这俸禄，自是重任在肩，上要保国，下须安民，虽斧钺加颈，难辞其责也。"

"而今眼见得国将不保……"

"依小可之见，唯国其不保，更不可弃民！朝廷已经不管了，若大臣们再不管，民何以堪？"

"这个意思，先生此前也曾说过。"

"故以小可度之，此间的是非利害，大人早已了然于胸，其所以仍然举棋不定者，还有一个决心难下耳。"

"是啊。这句话一旦说出去，吕文焕这三个字，生前身后，就是万劫不复的千古骂名了。"

"大人所论极是！吕文焕这三个字，若要万古流芳，彪炳史册，怕是也只能拿襄阳城十万军民的性命去换了。"

大宋咸淳九年、大元至元十年二月十六日，襄阳府大宋守将吕文焕举城投降，归顺了大元。

元军随即挥师南下。刘整提出乘胜追击，长驱直入，直取鄂州。但他的意见被阿术所阻止。由此，在这两位元军的主要将领之间，爆发了一场激烈的冲突。

襄阳失陷的消息传到临安，朝野震动。皇上赵禥抱病临朝，严责众大臣迅即拿出方案，调整兵力，退守长江一线。

襄阳本身倒是很快就回归平静。这天早上，吕文焕刚刚起身，就有随侍来报：

葛先生走了。吕文焕连声问道："什么？葛先生怎么了？什么叫走了？"随侍据实报称："天刚亮时，葛先生什么都没带，只背了个小包袱，揣了些散碎银子，出东门去了。"吕文焕听说，立时跌足大叫一声："快……"他本来要喊的是"快追"，只因跌脚时跺得重了些个，把整条腿都震痛了，心里却也明白过来，不仅没把那个"追"字喊出来，反而垂头丧气地说出了一句随侍没听明白的话：

"算了。他说过他和我不一样。让他走吧……"

第四卷　一统中华

36　战火四起

　　刘整提出直取鄂州的计划，被阿术所阻。手下的两个主要将领意见相左，让刚刚上任不久的伯颜很是为难。刘整与阿术地位相当，前者是汉军都元帅，后者是蒙军都元帅；一个是汉人，一个是蒙古人。阿术反对，刘整就很难自作主张。而在当时的情势下，伯颜不想得罪这两位将领中的任何一位，更不想因为自己的表态，加剧这两位将领之间的矛盾。当然，如果他心里真是毫无保留地赞同刘整，为了全局的利益，他也会毫不犹豫地下令攻鄂州；问题是他对此有保留。他理解阿术反对攻鄂的理由——阿术喜欢稳扎稳打，这在战略上通常都是对的，虽然有时候也会误事。刘整的计划有点儿冒险，但战场上往往是谁敢冒险谁占便宜。一个统率大军的将领，在面对一场大战之际，最重要的，也最能见出高低的一条，就是看他怎样发现和评估他面临的风险和机会。以他的计算，此时攻鄂，胜算约有六成。问题是这六成胜算够还是不够。正常情况下，六成胜算往往值得一试，但此战却不比寻常。如果说攻克襄樊意味着全面伐宋的开始，那么此战就是全面伐宋的第一战，要初战必胜，六成胜算就显得少了些。

　　关键在郢州。至元十年二三月间，鄂州还处于几乎无戒备的状态，兵力不多，防备松懈。从襄阳出兵，沿汉江而下直取鄂州，肯定是个上佳的选择。只是这条进军路线，中间要经过郢州，而郢州却有一支由范文虎率领的宋军扼守。三万水师堵住江面，另有一些马步军协防于两岸，总计有近四万人。如果元军能顺利闯过这一关，鄂州自然不在话下，万一在此受阻，莫说过不去，即便最后过去了，鄂州的防守肯定已经大大加强了。那么，以四万之众扼守郢州的这个范文虎好打吗？刘整认为好打。他认为，范文虎虽然在宋军中声名显赫，号称"殿帅"，实际上徒有其名，纸上谈兵头头是道，临阵交锋不堪一击。阿术却认为不一定好打；虽已几次将其击败，但以他的感觉，总觉得好像还没有真正与其交过手，总怀疑范文虎是出于某种战场以外的原因，没有把真本事拿出来。这也怪不得阿术。从兀良合台麾下的"少将军"，到现在的蒙军都元帅，一仗一仗打下来，无论大仗小仗，哪一仗不是殚精竭虑地去谋划，不避生死地去拼杀？从后来的事实看，大元朝中有类似看法的，远非阿术一人。

战场上瞬息万变，战机稍纵即逝。是大宋朝中的高人，帮助伯颜避开了这种两难的处境。史籍中虽未留下高人的姓名，毕竟还是记载了相关的事实。首先是传出了贾太师即将出山的消息，几天之内便传得朝野尽知，一时间士气民心为之一振。伯颜在得知这个消息的第三天，就接到了忽必烈皇上的手诏，提醒他务必密切关注这一新动向，万万不可等闲视之。伯颜虽然没有直接跟贾似道交过手，但仔细研究过十五年前鄂州之战的案例，也知道当年忽必烈说过的"吾安得如似道者用之"那个话，即便不认为贾似道不可战胜，对皇上的话还是不敢不当回事。

其后不久，临安又传来一个重大人事变动的消息：宋廷以多次入援襄阳无果为由，解除了"殿帅"范文虎的兵权，改任知安庆府，另行任命张世杰为黄州武定诸军都统制，并迅即移司郢州，以防襄樊之敌沿汉江南下。这个战略节点选得极准，给张世杰配置的兵力也恰到好处。不仅原在郢州由范文虎指挥的那近四万人转归张世杰统率，原属张世杰的近两万人亦将随后赶往郢州，而且"黄州武定诸军都统制"这个职衔，使张世杰有权调动和使用沿江九郡的所有地方守军，这样一来，摆在郢州一线汉江两岸的宋军达到了六万，而张世杰可以动用的部队总数不下九万之众。

伯颜对张世杰没什么了解。在来到襄樊战区之前，他只在有关赤滩圃的战报中，看到过一次这个名字。在那份战报中，阿术对那次战斗的结果并不满意，已经快要形成的包围圈最终未能合拢，全歼或歼其大部水军的意图未能实现，让阿术深感自家水军的战力尚不理想，无意间也就高估了张世杰的能力。伯颜或多或少也受到这个判断的影响，不过更主要的，还是他觉得对方能在这么短的时间内做出扼守郢州的部署，那么被选派出来当此重任的主将，肯定也不是等闲之辈。而且他也看不清吕氏集团在宋廷的地位发生了怎样的变化。身临战争之后，他才意识到情报是多么欠缺。无论忽必烈给他提供了多么全面、详尽的情况通报，远在喀拉和林的他，是很难切切实实地扣住这边的局势变化的。毫无疑问，吕文焕的归降，会影响到吕氏集团在宋廷中原有的地位，否则范文虎很可能不会被追责，但是那影响似乎又仅限于此。没有其他人发生变动的消息。接替范文虎的张世杰仍然属于吕家的体系，只是不处在那么核心的位置；而一直是吕家主要将领的夏贵，则仍然统领重兵据守长江一线，作为一旦郢州有失的第二道屏障。不属于吕氏集团的李庭芝，则仍然不受重用：他就在附近，却没有得到任何新的命令。

无论如何，情势已经发生了重大的变化，郢州的防御已经得到了加强，再要直取鄂州，已不可能。这样，伯颜已无须再就刘整和阿术的争论做出任何决定了。到了这个时候，他反而更想弄明白刘整那个直取鄂州的计划，到底有多大的实际可行性。因为有了足够的从容，他最大限度地复原了二三月间两军的兵力部署和军事态势，然后得出结论：大元朝确实失去了一次稍纵即逝的、难得的良机！

他以他特有的严谨，把这个结论写在一份奏折里，供皇上御览。他相信皇上能够明白他的用心。这份奏折里还对下一步的战事提出了一个全新的设想，请求皇上圣断，准予照此执行。从后来的事实看，这份奏折决定了大宋王朝的最终命运。

至元十年四月，驻蜀元军突然向两川要地大举进攻。当年蒙哥率军攻过的那些地方，包括打下来过和没打下来的，都受到了不同程度的攻击。此举一度在大宋朝廷中引起了相当的混乱，恰逢此时赵禥的病情略有好转，也不知听了哪个大臣的主意，下旨严查元军增兵四川的重大军情究竟事先是否探得？如果确未探得，为什么没有探得？如果探得了，又是谁，为什么，竟敢匿而不报？皇上钦命严查，来势凶猛，被查的自然是那些与刺探情报相关的部门，被查得鸡犬不宁、人人自危，只顾了洗刷自己，哪里还顾得上去刺探新的军情？闹腾了一月有余，这才终于查得明白，既不是发生了重大军情贻误，更不是有人匿而不报，实在是根本就没发生过增兵这回事儿。也就在此时，就像是为了证明敌军确实未向两川增兵，两淮驻军连传急报，俱称敌军正在大规模向淮东、淮西增兵。急派人前去仔细察探，不久传来一个消息：有探子亲眼在正阳①看见了刘整！大宋的满朝文武，哪个不知道刘整？此人出现在淮西意味着什么，不言自明！而与此同时，西线却开始捷报频传，虽然被掳去一些财物人口，但几股来犯之敌已陆续被悉数击退。情况都搞清楚了，形势渐渐明朗，终于在早朝上，皇上赵禥发话了。

"蜀中的仗打得不错，"赵禥说，"指挥得当，将士用命，击退了所有来犯之敌。此前每每有人说元军如何如何难打，我大宋的两川部队用事实证明了这种说法是错误的！两川的胜利，也再次证明了正心教育之必要性和迫切性。心之不正，军威何以立？军令何以行？只要我们敢于胜利，我们就一定能够取得胜利！"

"现在我们已经查明，敌人攻两川是假，欲犯我两淮是真！尔等皆知，两淮非两川可比；两川虽然也是兵家必争之地，终究距临安尚有数千里之遥，而两淮则近在咫尺，旋踵即至！现在敌人就在朕的家门口调兵遣将，耀武扬威，是可忍，孰不可忍？所以我大宋一定要拿出天威不可犯的气势来，把敌人的嚣张气焰彻底打下去。尔等一定要汲取襄樊之战中一味被动防守的深刻教训，乘两淮之敌虽然蠢蠢欲

---

① 今安徽霍丘东北。

动但尚未准备就绪之机，先发制人，果断出击，以泰山压顶之势，将其……"说到这里，赵禥停顿了一下，问，"两淮一线，哪里是敌之要害？"有大臣回答道："正阳。"皇上遂接着说，"好，那就把正阳给朕攻下来！"

"至于贾太师出山之事，"说到这里，皇上的口气带上了几许温情，"朕意无须再议了吧！太师德高望重，乃朝廷之柱石，社稷之屏障，岂可轻易舍行在而远出？况太师年事已高，这杀敌立功的机会，就让给那些年幼的将领吧！"

赵禥皇上这一系列重要决策，一时间真是把伯颜原定的计划打乱了。尤其是那个主动攻击正阳的命令，使整个战局发生了重大的变化。伯颜增兵两淮，确实是想在秋天的某个时候，从那里发动一次佯攻，以配合元军主力沿汉江南下作战。根据他的建议，大元朝廷发布了一系列任命，包括任命博罗欢为淮东都元帅，从沿海一侧向南实施袭扰，任命中书左丞相合丹，河南行省参知政事刘整，山东都元帅塔出、董文炳，行淮西枢密院事。当合丹、刘整、塔出、董文炳这四位"行淮西枢密院事"齐集于淮河以西之后，所做的第一件事，就是选定以正阳府为大本营，夹淮河筑东西两城，建行院府，"以图两淮，南逼长江"。然而，就在他们刚刚招募的各种工匠、泥瓦匠开始打地基铺砖吊线之际，宋军却杀将来也！按史书记载，宋军的作战目标，就是"阻其筑城"。

赵禥皇上做出"主动出击、攻占正阳"的重要决策以后，并没再管后面的事。结果，奉命前去攻打正阳的重任，就落在了沿江制置副使兼知黄州陈奕的身上。而朝廷调配给陈奕的部队，则是"安丰、庐、寿①等州兵"。不知是朝中真有慧眼识珠的伯乐，还是阴差阳错歪打正着，这位陈奕还真是个角色。估量一下自己，再掂量一下手下这支部队，陈奕知道要攻占正阳纯属痴人说梦，于是审时度势，探得元军正在筑城，就将作战目标定为阻其筑城——阻一下而已。好个陈奕，目标定得恰当，用兵也很得力。对方既然正在"筑城"，那城自是尚未筑成，没什么高墙深堑可守，自己这点地方部队，平日亦不曾习得多少阵势队形，就平地里拉开一个横列，又因前后左右都有些弯弯曲曲的河汉池塘，开阔之处有限，人数却也不算太少，自然而然便也有了些纵深层次。

元军见宋军来攻，便由塔出领着一支精兵出来迎战。皆因刘整是以"河南行省参知政事"来"行淮西枢密院事"，只身到任，手下无兵，且初来乍到，合丹就派了山东都元帅塔出前去迎敌。一边是训练、装备都不怎么样的地方部队，一边是蒙古精兵，自然说不上势均力敌，然终归是刀枪剑戟的肉搏厮杀，一个人只当得一

_____

① 　今安徽寿县、合肥、凤台。

个人用，一条命得用一条命去拼，宋军的劣势，无非是伤亡多一些，拼杀一阵便节节后退。那陈奕一见事机不妙，便下令鸣金。战场上的各种战法，唯独逃跑是不用训练人人都会的，锣声一响，宋兵便跑得飞快。塔出这一边见宋军退去，即不再追赶，亦自鸣金收兵。塔出刚刚回到自家营盘，尚未及卸去盔甲，却又听得南边炮响三声，人报宋军又来搦战。如此这般，塔出率精兵日出战十数次，看看天黑，那宋军方始退去。消停得三五日，那陈奕又领着宋军来了，却是马队在前，大有直接冲击在建的新城之意。塔出倒也早有防备，仍率了他那支精兵出战，果然将宋军杀退。话休烦絮，在这一年的整个秋天里，正阳一线是宋元之间唯一的一片两军交锋的战场，整个大宋抗击元军的战争，就是由沿江制置副使兼知黄州陈奕率军在那里打的。初时，陈制置还有些担心会不会受到朝廷的追究，为何战了多日，还没有把正阳这个弹丸之地拿下来，后见朝廷并无责怪之意，仲秋时节还颁给了一份可观的赏赐，让他不仅深深体会到皇恩之浩荡，也明白了虽然皇上有过重要指示，但朝廷上下并没有真想让他把正阳拿下来，能不时骚扰以阻其筑城，也就不错了。况且他还听到了传言，说皇上自秋凉之后，龙体再次违和。他当然明白，这一类的传言，通常都所言非虚。圣躬欠安，也让他动了效忠之念，初冬之际，他开始在离正阳不远的六安打造战船，"谋攻正阳"。

元军细作探得之后，报与合丹，引起了合丹的高度重视。盖刘整虽然曾在襄樊战区为元军打造了一支强大的水师，却未曾把一船一卒带到淮西来，故两淮一线，元军的水师实仍不占优势，这就难怪合丹听说宋军要从水路来攻正阳，不免着急上火了。这回他动用了两位山东都元帅。元军动了真格的，宋军自然不是对手。那塔出和董文炳各领一支精锐骑兵，呼啦啦杀去六安，放了一把火，将陈奕那些建好未建好的战船烧了个干净。陈奕经此一劫，不免伤了些元气，遂安分了许多，只引军从远处盯着，再未敢造次靠前。他安分了，合丹也就没有再怎么样他，这个相持的局面也就维持了足有大半年。后人点评南宋战史，说到陈奕时，有人觉得以他的职衔和兵力，能做到这样，亦属不易。

这一段，也被史家算作了淮西之战的一部分，但真正的淮西之战，要到次年三月才算开打，而那时已是双方各拥兵十万的大规模作战，不再有陈奕什么事了。

而这一切，都是按照伯颜的计划进行的。伯颜正确地估计了占领襄樊以后的全局态势，没有像原来预期的那样，立即乘胜南下，大举伐宋，而是安排了一个一年略多的休战期。后来的事态发展完全证明了休战的必要性。元军在襄樊战区投入的兵力约十万人，而这个兵力数已经到了极限，因为那个地方就这么大，兵力再多，不仅无法展开，反而可能彼此妨碍，并加重后勤负担。可是若要乘胜大举南下，即使能如刘整所愿直取鄂州，但在此之后，还是会出现一个停顿，因为要在广阔的长江一线展开全面进攻，这十万兵力就远远不够了。

忽必烈很好地享受了这段休战期。这一年的冬天，他离开了寒冷的上都，搬到基本建成的大都皇宫去住了。他特别喜欢刘秉忠为他建成的那些海子。以游牧为生的蒙古人，世世代代逐草放牧，傍水而居，但实际上真正有水源的地方并不多见，往往须长途跋涉之后，方能觅得一块有水的去处，自是异常珍爱。又因其难得罕见，遂不免夸张，不大一块水面，往往也称之为海子。当然，加了这个"子"，就成了昵称，即如后世所谓的袖珍版、迷你版的意思了。金之旧都燕京，原也不是水源丰沛之地，幸得刘秉忠巧妙引导，精心规划，大力修葺，居然使整个皇都内外，遍布着一个个大大小小的海子。现在这些地方均已完工，正好供皇上游览。皇上逐个看了一遍，果然看得心花怒放，喜不自禁。乘着好兴致，给它们赐了名号。原来皇城两边，各有三海，忽必烈分别名之为内三海和外三海。内三海分别赐名南海、中海、北海；外三海则赐名前海、后海、西海，并特准其合称什刹海。然后就是郊外的更多的海子了。永定门外是皇家苑囿，赐名南苑；南苑一带的海子，统称南海子，其中包括头海子、二海子、三海子、小海子等多处。皇城西北角上还有一大片水面，是刘秉忠将原来燕京西北诸泉之水分别引入都城，再聚汇于此而成，故名积水潭，亦称西海子。再往外，更大的一片水面则赐名海淀。北为北海淀，南为南海淀。这个名号特别有讲究；别的地方都直接称"海"，唯独这儿却在"海"的后面加了一个"淀"，猛一听好像淀要比海小一点，其实这个"淀"是对着"子"说的，是说它比别的海子都大，大到已是一个像海一样的"淀"了。

表面上看，忽必烈在给这些大小海子赐名时，挑选的都是些简单、直白的叫法，在南边的就叫个南，在北边的就叫个北，而实际上，在做出这些命名时，他的心里装着的是他的整个大元帝国，而他的皇都、皇城就是这个大帝国的凝缩了的象征。东西南北中，加上内外和前后，就是一个大一统的寰宇之国了！他虽然还没有亲眼见过海，但他知道什么才是海，而眼前这些海子并不是真正的海！那么，在他的大元帝国的辽阔版图里，完全应该再包括几块远在大海之外的土地！他知道只要一直往东走，最终就可以走到海边。那紧靠着海水的最后一寸土地，仍然在他的大元帝国的版舆之内，但是他的"皇土"也就到此为止了。不错，在十三世纪的蒙古人忽必烈的头脑里，还完全没有"领海"的概念。那上面既不能放牧，也不能住人，自然就是个无主的去处。可是如果在它的对面还有一块土地也是他的皇土，那么这块地方自然就归他所有了，就像草原上那些海子，如果它正好在某人的领地之内，自然也就是某人家的海子了。这正是他始终重视高丽的一个很重要的原因。

高丽是他的属国。高丽每年都会派使者来，纳贡称臣，奏报国情政事。他很少去管那里的事，偶尔会下个诏书，说某事应如何处置，至于人家是否真照他的旨意去做了，他一般并不会再派人去核查督办。与收到的贡品相比，他给予的赐赏价值要高得多。他觉得那是作为宗主国对藩属国应有的恩典。高丽国王对他的顺从恭谨的态度让他很受用。在他的山东与高丽国中间隔着一片海，他虽然不知道应该怎样定义，但是他觉得那片海就在他自家的"院子"里。

他为此感到满意，但同样没有因为这个满意而满足。他听说过那片海上也有船只来往，可是与高丽之间的正式的使臣来往都走旱路。那是一个有陆地相连的属国，不是一个真正"隔海相望"的属国。真正隔海相望的是日本。虽然也时有使者来往，可是日本一直拒绝接受藩属国的地位，无论怎样晓之以利，或胁之以武，始终不肯就范。至元三年，忽必烈就曾经派兵部侍郎郎赫德、礼部侍郎殷弘共同出使日本。二人奉了大蒙古国的国书，去见日本国王，国书里讲得明白，日本应该效法高丽，举国来朝以示通好，如不相通好，则将至"用兵"。两位侍郎大老远跑去日本，却未能受到日本天皇的接见，人家只是把那国书要去看了看，又以"书辞无礼，不能接受"予以退回。忽必烈并没有因此就放弃，此后每隔一两年，都要派使者去跑一趟，宣示他那通好的意愿，外带即将用兵的威胁，中间还让高丽国也派人去日本，劝他们以自己为榜样，归属忽必烈，结果全部无效。至元九年春，忽必烈派出的特使赵良弼再次出发，当年十月才到达日本九州。赵良弼觐见天皇的要求再一次被拒绝，便按照行前得到的授权，向日方发出了最后通牒。可是，还没到两个月，日本人就对他下达了驱逐令。不过，在等待答复的这段时间里，他也没有闲着。至元十年六月，他回到上都，向忽必烈报告了日本人的态度和他所受到的羞辱，认为"等同于宣战"。他还报告了他对日本考察的结果，包括那里的风土民情，直至那里的防务。他说他在那段时间里，所到之处，从未看见过一支稍微成点规模的军队，最多时也就是十数个武士模样的人结伙而行。他还报告了日本人与南宋之间的贸易往来，说这种往来之密切令他印象深刻。与此相应的，他还了解到日本人与南宋之间的民间往来也相当频繁，在他下榻的馆驿周围，就有不少人家有亲人在南宋长期居住。公平地说，他只是客观地奏报了他所看到和听到的情况，却没有想到，这些介绍让忽必烈产生了一个强烈的念头：日本人和南宋是一伙的，对日本用兵，就成了全面伐宋的一部分！

是的，忽必烈已经做好准备，正如在两川、两淮都要同时有所行动一样，还应派出一支小部队东征日本，以切断南宋朝廷和宋军残部逃往海上的退路。

这一点很重要。作为一位杰出的军事家、战略家，忽必烈一生都在努力避免同时打两场战争。他绝无可能在一场大战正要开始的时候，去主动挑起另一场战争。

如果说六月里在听取赵良弼的奏报时，他已经下定了对日用兵的决心，但仍然还有一点犹豫，因为那毕竟意味着需要分出一支兵力，开辟一条新的战线，那么到了十一月，在他兴趣盎然地遍游大都那些水光潋滟的海子时，他已经不再犹豫了。

至元十一年正月元旦，按照刘秉忠的精心安排，忽必烈在刚刚建成的大都正殿，接受了全体大臣的朝贺。整个朝贺过程的仪式程序，充分体现了刘秉忠的儒家理念，庄重威严，细致缜密，既体现了天朝大国的皇皇气象，又严格符合中原王朝的礼仪规制。朝贺进行得肃穆而紧凑，让人感到振奋和敬畏，而不是让人感到疲倦和懈怠。就连皇上本人也被这氛围所濡染，深感天下系于一己之身的责任重大，证之以当年那个"思大有为于天下"的宏愿，自亦感触良多。

没人注意到还有两个级别远远不够的人，也接到了来大都参加朝贺的邀请，而且是皇上直接发出的邀请。他们按时来到大都，虽然没有参加在正殿举行的朝贺仪式，但是在朝贺结束之后，立即受到了皇上本人的召见。这两个人，一个是凤州经略使忻都，一个是高丽军民总管洪茶丘。皇上亲自与他们讨论了远征日本的各种问题，从需要动用的兵力和舰船的数量，到军队的调动集结和大小舰船的配置和制造，以及高丽国在此番远征中应起的作用，出多少兵、多少船，派什么样的将领统率等等。最后是忻都和洪茶丘二人立下了军令状：所有远征日本的准备工作，半年内完成！

这张弓就此拉开了。开弓没有回头箭！

在忽必烈看来，这是伐宋大战的组成部分。可是在大宋朝廷看来，这些毫无关系。

大宋朝廷的目光，始终紧紧盯着两淮，尤其是淮西。

开春以后，元军在这块水网交织的平原地区动作频繁。随着正阳的新城粗具规模，元军开始源源不断地向这里增兵。三月，大元朝廷发布了新的任命：伯颜、史天泽并为左丞相，行省于荆湖。从"行省于河南"改为"行省于荆湖"，剑指何方，一目了然，但大宋朝廷似乎并没把它当回事儿，抑或此前赵禥皇上曾痛斥过增兵郢州之事，现在没人敢再提这事了。与此同时，任命合丹为左丞相，刘整为左丞，塔出、董文炳为参知政事，行省于淮西。与原来那个"任命中书左丞相合丹，河南行省参知政事刘整，山东都元帅塔出、董文炳，行淮西枢密院事"相比较，等于一个临时拼凑的军分区司令部，正式组成了一个战区指挥部。这个指挥部一成立，就派塔出率军进攻安丰、庐、寿等州，"俘生口万余"。如果说宋军方面居然没人能看出其作战目标的蹊跷之处，那也太小觑大宋朝中无人了，只能说是明白人不做主，起作用的还是赵禥皇上原来那个"主动出击"的最高指示。宋廷把当时被认为最有战斗力的夏贵所部的十万舟师，从长江一线紧急调了过来，直扑正阳。这才是史上有名的那场"淮西之战"。

伯颜的"阳谋"轻易得逞。那本来很容易被识破的东线佯攻，真的算不上阴谋，只能叫阳谋。实际上伯颜根本就没指望对方会把淮西当作元军伐宋的主攻方向，只是想分散一下宋军的兵力而已，万没想到宋廷会做出如此强烈的反应。六月，夏贵的十万大军开始环攻正阳，其时塔出部仍在安丰一线，守正阳的只有董文炳部。以寡敌众，对手又是夏贵，一时真把董文炳折腾得不轻。

中国的军事史学家，对夏贵研究得还不到位。前面说过，援襄未果之前，他从未打过败仗，条件是必须给够他银子，以便犒赏将士和他自己。须知那胜仗毕竟不是银子买出来的，还是打出来的，那终归得是一支能打的军队，问题要看他们愿不愿意出力去打。即使是朝廷没有给够银子，在襄樊打了败仗，只因夏贵善于捕捉战机，还是利用江水暴涨成功地将三百船物资送进了襄阳。此次淮西之战，再次证明了这支部队的战斗力。咸淳十年六月时的大宋朝廷，已经给不出"随军用度"了。夏贵知道要也不会给，所以根本就没要。何况他亦闻听了关于圣上龙体违和的种种谣言。很可能因为受了他这种态度的影响，全军上下俱都对此不抱希望，反倒少了一些怨言怨气。正阳新城虽是已草草建成，毕竟那建城的初衷，只是为了"建行院府"，并没有准备在这里打一场守城战，自然谈不上高墙深堑。怎当得那夏贵为了发挥兵力上的优势，用的是"环攻"之策，让董文炳难以兼顾首尾。

那天从天亮开始攻城，一波方退，一波又至，兵如潮涌，矢如雨下。董文炳见来者不善，亲自登上城楼指挥防守，哪里情势危急，他就赶往哪里。他原是一个以勇猛著称的将领，又以善射闻名，每逢敌军攻势凶猛情势危殆之际，尝亲操强弓急射，箭无虚发，敌不敢前。在他的带领和鼓舞下，将敌击退，转危为安。看看天黑，本以为敌军可以稍退，不料夏贵又换了一拨人来乘夜强攻。董文炳战得兴起，选了个高处连连放箭，不料突有一支流矢飞来，也是黑暗之中看不真切，一个躲避不及，那支箭正中董文炳左臂，不仅将左臂贯穿，还射入肋下寸余。董文炳大叫一声，怒目圆睁，将那支箭连血带肉地拔了出来，奋力再战，又连发四十余箭，自己的箭射完了，朝随员要了十余支箭，终因力竭，弓不能张满，这才找了个地方坐下，继续指挥。将领不避弓矢，士兵自然用命，虽然险象环生，最终还是将宋军击退。第二天，夏贵又生一计，命人决淮河水灌城。那水直淹到城墙外廊，董文炳不得不令军士退避。夏贵命宋军乘势列阵进逼，眼看就要城破之际，董文炳令其子董士选在前面带领士兵守城，自己则带重伤在后督战。那董士选持戈勇战，势不可当。偏有宋军的一员偏将，冒冒失失撞将过来，被董士选横戈一扫，打翻在地。众士兵发声喊，登时活捉了。众宋兵见没了指挥官，也发声喊，却是掉头向后退去了。宋军虽然占尽优势，终是功亏一篑，未能破城，恐怕也是与没有使出全力有关。如果宋廷给够了随军用度，将士们战前都得到了丰厚的犒赏，那结果还真是难说会怎样。

　　元军还有一个吃亏处，就是刘整病了。刘整来到淮西不久，即觉身体不适。众人初时还以为初来乍到，一时水土不服，也是有的。后来一想，恐怕不对，那刘整当年效力于孟珙麾下，没少在两淮驻防，怎的就会不服这里的水土？急延名医诊脉，方知得的是一种肝火虚旺、脾水实虚的疑难杂症，须安心静养，慢慢调理。众人不免亦惊亦疑，却又想到他在襄阳时与阿术的争执，尽管伯颜将他两个拆开，也是一番好意，他心中郁闷，一时排解不开，亦是人之常情。便是合丹，对他也甚是顾念，正阳危在旦夕，都没有惊动他，只是急令塔出回师救援。塔出别出心裁，选择经颍州①回救正阳，中途突然袭击了正在攻打颍州的宋军。宋军猝不及防，大败。塔出乘胜突围进入正阳，与董文炳合军一处。时逢霖雨，道路泥泞，不利作战。塔出与董文炳父子坚壁不出，夏贵亦无可奈何。等到雨过天晴，合丹已重新调整了兵力部署，开始发动全面反攻。正阳城里，塔出与淮西行院副使阿塔海分率精锐出城，渡淮至中流，猛攻宋军；另有万户花达兀，率部出淮河西岸，攻击宋军侧翼；就连病中的刘整，亦亲临一线，与宋军鏖战。宋军本来就士气不高，一触即溃，伤亡惨重，几天工夫，即被斩首数千级，被夺走战船五百余艘。偏在这时，又传来了皇上殡天的噩耗，夏贵无心恋战，仓皇撤兵，正阳之围即解。那阿塔海还不依不饶，追夏贵军直至安丰城下始还。

　　淮西之战至此结束。它既是伯颜所希望看到的，又是按赵禥的重要决策进行的。赵禥的主动出击打乱了伯颜的原定计划，但最终却给了伯颜一个他原本想要的结果。这是赵禥为大宋王朝所做的最终一个重大决策，最终未能如愿以偿。以常情而论，这并不是他有意规避，也不是他的初衷。他或许本是很希望看到这个重大决策怎样挽救了大宋的江山社稷的，只是没来得及等到那一天罢了。正当夏贵和塔出在阴雨绵绵中对峙于正阳城上城下之际，可怜的赵禥却用完了他的阳寿，撒手人寰，驾鹤西去。

---

　　① 今安徽阜阳。

37　气数将尽

咸淳十年秋七月癸未，赵禥驾崩于临安大内的福宁殿，万岁三十有五，谥"端文明武景孝皇帝"，庙号度宗，葬于永绍陵。盖棺论定，史家说他运气好，"亡国不于其身，幸矣"。

史称赵禥死后，遗诏由太子赵㬎即位。新皇上赵㬎时年四岁。

赵㬎继位，合法性不是很充分。实际上并没有"太子即位"的遗诏，也根本没有住在东宫等着接班的太子。大行皇帝根本就没有立太子，哪里会有什么太子即位的遗诏！所以大宋王朝便面临一个谁有资格当新皇帝的大问题。而在这个问题之前，还有一个更大的问题：谁有资格出面主持讨论这个问题。皇位问题不是朝政，不会上朝议。皇位问题也不是国事。也不是说当大臣的不能就此发表意见，但那得担着巨大的风险，南宋一朝，前有岳飞，后有吴潜，最后丢了性命，都与"妄议废立"有关。皇位继承是家事，是赵家的事，得由赵家人说了算。这时候赵家人里谁老大？赵禥不是理宗皇帝亲生，是养子，他再有多少亲兄弟，都算不到皇脉上来。他倒是有三个儿子，七岁的赵昰为杨淑妃所生，四岁的赵㬎为全皇后所生，三岁的赵昺为俞修容所生。三个娃娃都还太小，自己的事还做不了主，赵家的事更轮不到他们。没有了能做主的男人，这才轮到赵家的女人。这就该轮到母仪天下的全皇后了，可是她这时实际上还没有接后宫的班，临安大内的后宫事务仍是谢太后在管着。赵禥在位十年，为什么全皇后还没有接掌后宫？这就得说到谢太后的不同寻常之处了。

谢太后名道清，出身世家，祖父谢深甫曾在宁宗时为相，在宁宗选后的过程中，杨氏能被选中，他的力挺起了很大作用，杨皇后自然也对他很感激。等到理宗即位，杨皇后成了杨太后，就给刚刚登基的赵昀下了一道懿旨，叫他一定要在谢家选一个皇后。而此时谢深甫的孙女中，只有谢道清尚未出嫁，便成了不二人选，被送进宫里。可是谢道清长得并不出众，皮肤有点黑，眼睛还有点斜，在一大群花容月貌的嫔妃里，难免相形见绌。赵昀心中最宠爱的是贾妃，也就是贾似道他姐，却拗不过杨太后喜欢谢道清，最后还是遵从了懿旨，册封谢道清为皇后。皇上拗不过太后，论的是家法，而且也不是因为赵昀孝顺。杨太后并不是皇上他亲妈。不过真正起作用的反倒恰是这一条，正因为是继子，更应该听太后的话。后来的事实证明杨太后是对的：妃子们的作用才是讨皇上喜欢，而皇后却要管理整个后宫。谢道清虽然脸蛋不是很漂亮，但脑袋很聪明，再加上出身世家，见多识广，又受过良好教育，所以处理起后宫事务来，竟然头头是道，井井有条。更难得的是，皇上专宠贾妃，她毫不计较；贾妃死后，皇上又专宠阎妃，她仍然毫不计较，只是恪尽职守，把后宫管理得和谐稳定，为皇上创造了一个良好的生活环境。如此一来，皇上本人也就找到了感觉，对漂亮女人可以百般宠爱，对这位不怎么漂亮的皇后则甚是尊崇，而且那宠爱常变来变去，这尊崇却始终如一，直至他到了交班的时候，虽然新皇上已经成年了，他还是给谢道清安排了一个以太后身份辅政的差使。辅政不同于监国或摄政，不是"称制"，只是"辅"一下而已，皇上本人还是"亲政"的。谢道清是个守规矩的女人，即使是辅政这种差使，她也做得极有分寸，以至皇上很快便不再有被辅政的感觉，也就想不着还有必要正儿八经去撤销她这个差使了。所以至少从理论上说，谢太后这时仍然负有辅政之责，而当那个被辅的人已不存在，这辅政其实就已自动变成摄政了。

不过谢太后仍然是有分寸的。她并不想摄政。她已经六十五岁了，身体也不太好，更何况她原本就不是个有野心的女人。她负起了应负的责任，同时又把这个责任限定在就由谁即位的问题发一句话。而且，即使是这个有限的责任，她处理的方式也是有分寸的。至少在形式上，她下了一道懿旨，让那些最高层的大臣发表一下自己的想法。

后世的历史书里有一种很奇怪的说法："四岁的赵㬎在奸臣贾似道的扶持下登基做了皇帝。"这个话，只能当作大宋版的《天方夜谭》来看。莫说"扶持"，便是发表个能让人认真听一听的意见，也不是此时的贾似道能做到的。

度宗赵禥在位十年，做得最成功的一件事，就是彻底把能做点事的人都从主政大臣的队伍中清除出去了。到了咸淳十年七月，朝中最重要的大臣有三个：王爚、陈宜中、留梦炎。前面说过，赵禥听政伊始做出的第一批人事任命，就包括"命马廷鸾、留梦炎兼侍读"，随后的另一项举措，则是"召江万里、王爚、洪天锡、汤汉等赴阙"。当年赵禥频频举办的经筵上，贾似道隔三岔五就被皇上拿一些经史中的句子或名人问得脸红脖子粗的时候，也正是留梦炎展示才学春风得意的时候。十年之后，马廷鸾、李伯玉、陈宗礼、范东叟、何基、徐几等诸人渐次淡出，唯留梦炎高居赵禥皇上那个讲经侍读班子的班首之位，并主管皇上高度重视的正心教育。而十年后的王爚，官居左丞相，是整个朝政的主宰者，我们前面未曾提到他，实是因他没做出过什么值得一提的事，并非笔者的疏忽，与鄂州防卫战中没提到江万里是同样原因。不过，在后世的历史课中，王爚也被列为一位大忠臣，他的最有光彩的典型事迹，就是那年贾似道回天台老家葬母，路过新昌时，当地别的官员都去迎送，唯独其时亦在那里任职的王爚没有露面，充分展示了他的"为人清修刚劲"。至于陈宜中与贾似道的关系，就无须重复了。有这样的三个人当朝而立，早被皇上诫勉"颐养天年"的贾似道，还能有好果子吃？

谢太后是不是真想听取众大臣的意见，无可考。史载"众人以为杨淑妃所生赵昰年长当立"，这个"众人"都有谁，亦无可考。但按这个记载的语气，它如果不是一种压倒性的，至少也是一种不可忽视的意见，说明持这种意见的应该是一批有分量的大臣。而谢太后并没有采纳这种意见，恐怕也不是出于什么政治上的考量。她不是一个政治家；如果是，她反倒更有可能认真考虑这些重要大臣的意见了。她只是按规矩下诏，让这些大臣发表意见，然后又按规矩做出了她的决定：由嫡长子赵㬎即位。传位于嫡长子，这是最基本的规矩；在没有特殊理由的情况下，废嫡立庶，就是不按规矩办事。这儿还有一个潜在的背景：如果在四岁的赵㬎之外，还有已经成年的庶子，她或许还有企图干政的嫌疑，可是赵禥诸子中最年长的也只有七岁的赵昰，她是不必有这个顾虑的。

按规矩办事的谢道清，没有想到这样做在政治上带来的后果。这个权力交替是合法的，但是为什么又说它的合法性不是很充分呢？因为做出这个决定的毕竟不是皇上本人。当最后呈现出来的事实，是一个年幼的孤儿和一个年迈的寡妇，来行使一个庞大王朝的最高权力时，那些当初持不同意见的大臣，就会情不自禁地要来挑战它的权威性了。

还是按规矩办事，在一些大臣的多次上书恳请之下，谢道清以太皇太后的身份垂帘听政了。一个还不懂世事的四岁小娃娃，加上一个不谙朝政的六十五岁老太太，首先需要面对的就是元军大兵压境的亡国之危！老太太能做什么？她只能认可已经形成的局面。这时候夏贵已经回到长江一线。淮西兵败之后，他率领他的残部退回到原来的出发地。朝中没有哪个敢去追究他的败绩。大宋还得靠他和他的部队。让他去打正阳是大行皇帝的旨意，现在看来，把他的部队摆在鄂州一带更恰当。在他的前面，还有张世杰的大军扼守郢州，形成了两道屏障，应该可以放心了。只是夏贵撤兵之后，两淮空虚，于是就把李庭芝调了回来。李庭芝奉命率军援襄，除折损了在当地招募的三千义军，原班人马又回到了扬州。与其他几支主力部队相比，这是一支战斗力保存得最好的部队，坚守两淮应该是没有问题的。

就在这时，二十万元军主力，在荆湖行省左丞相伯颜、平章政事阿术的率领下，从襄阳出发，沿汉江南下，兵锋直指郢州！

一场以消灭南宋王朝为目的的大战，由此开始。

忽必烈在大都住了半年多，为了避暑，又回到了上都。在这半年里，他不仅顺畅地处理了那些军情国事，还基本上完成了将朝廷重心转到大都来的种种事务。他在大都住得很舒服，起居、理政都很方便，也很赞赏都城、皇宫在设计、施工上的严谨和威仪。他知道这一切端赖刘秉忠的博学多才和思维严密。刘秉忠虑事时视界开阔，办事时重视细节，举凡紧要关节，事必躬亲。从至元四年正式启动大都的筹建，到现在的粗具规模可以使用，他已经操劳了整整七年！忽必烈是个知道体恤臣下的皇上，他早已悄悄做好准备，所以他准备去上都避暑时，提前召见了刘秉忠。

"朕此去上都，卿须与朕同行。"

闻听此言，刘秉忠立即抖擞精神，问："万岁有何差使？"

"朕要你——歇一歇。"

"这个却是使不得也。"刘秉忠急忙申辩道，"大都应有的规模，臣给万岁详奏过；大都建成后的图样，臣亦请万岁御览过。今日所成，十不足五，日不过午夜未央，岂是臣可以歇一歇之际耶？"

忽必烈只微微一笑："朕早已料到你会有这等说辞。即依你所言，这大都之建成，至少尚需十年，这十年之内，哪一天才是你可以歇一歇的日子？罢了，朕已命人在上都郊外之南屏山，为卿筑成一座精致幽静的别馆，专为爱卿在那里歇一个夏天，卿若执意不去，朕只好命人再把它拆了。"

听说要把刚建成的房子拆了，刘秉忠连连摇手："不可不可，营建匪易，岂可建成了又拆掉？万岁赏赐给别的大臣吧。"

忽必烈摇摇头："我大元朝中，居功至伟，足堪在那里歇一个夏天的，子聪之外，朕实不知尚有第二人！"

刘秉忠不吭气儿了，默然片刻，才道："万岁既出此言，臣若再执意不去，即是不通情理了。"

这又让刘秉忠格外忙碌了一阵子。他得把那些让他不能放心之事，一件件地交代给那些尚能勉强让他放心之人。然后，他加入到皇上那支浩浩荡荡去上都避暑的队伍里。这样的队伍自然不会走得很快，倒也让他有足够的余裕想些事情。那天宿营之后，起更时分，皇上又把他召了去。

皇上说："这几天因为淮西的战事，顾不上，爱卿这一路上可觉劳累？"

刘秉忠说："还行，不累，而且还能思谋点事情。"

皇上立刻有了兴趣："曷不为朕言之？"

刘秉忠想了想才道："万岁自大都一路走来，可觉劳累？"

皇上哈哈一笑说："朕不像你。你自幼读书，后来又出家为僧，须是得斋戒吃素，朕从小在草原上跑马射箭，喝奶吃肉，虽然算起来比你还要大一岁，体魄却比你健壮，你都不累，朕岂会觉得劳累？不过……话说回来，毕竟也比不得当年跑马射箭时的意气风发了，这一路走来，虽然行程尚未过半，说是不累，终是不时便会有几分困倦之意。"

刘秉忠就把手一拍道："臣想的就是这个！这大都与上都之间，共有三条路可走，无论走哪条路，都有数百里，说远倒不甚远，说近实亦不近。万岁以后每年要在两都之间往返一次，况春秋渐长，恐不免终有不堪劳顿之日，须得中间有个停留之地，歇上五七日再走。更兼两都之间，诸多关联，少不得时有公文传递，僚吏来往，中间亦是有个转承之处为好。"

皇上连连点头，又问："若然，卿有何主张？"

刘秉忠抚掌说道："此去前方三五十里，有个叫旺兀察都①的去处，恰在两都之间，地形地势都很合适，臣想待大都全面建成之后，若臣尚有余力，敢请为皇上在那里建一个中都。"

皇上闻听，不由双眉一挑，大喜道："好啊，即此一言为定！"又笑着说："这样一来，子聪可得益发善自珍摄了。你今年已高寿五十有九，十年之后，临近古稀，还要为朕再建一个中都，好志气！"

到了上都，刘秉忠住进了皇上专为他新建的南屏山别馆。那别馆亦称"精舍"，果然建得小巧精致，超凡脱俗，曰之"精舍"，实至名归。皇上差人前往探视，回来报称刘秉忠对那个地方很满意，也就放心了，就把注意力转到诸多军情国事上来，尤其是那一场即将开始的灭宋大战。渐渐时近仲秋，忽一日，有随侍急急来报，说刘太保刘大人归天了。初闻之下，忽必烈不以为意，只又问了一句：

"你说什么？哪个刘大人怎么了？"

"刘秉忠刘大人归天了！"

忽必烈的一双龙目把那随侍从上到下又从下到上看了三个来回，这才说："你把话传错了，朕没听说过子聪有恙！"

"这样的话小的岂敢瞎传？听南屏山来报信的人说，刘大人此前毫无异常征兆，忽地就在自家房里端坐而逝。宫里着太医去看过，太医说刘大人这叫无疾而终。"

忽必烈明白过来，愣了半晌，忽地一声大叫："阿木古郎，备马！"又喊道："传谕他们，不许有丝毫挪动，朕要亲眼看看子聪端坐而逝的模样！"

---

①　今河北省张北县境内。

　　毕竟是皇都，御街上自是会有些来往行人，猛然间就有几匹快马疾驰而过，惊慌之下急忙躲闪，嘴里不免骂骂咧咧，哪里会想到这是他们的皇上忽必烈本人，只带了五七个怯薛，亲自策马朝南屏山疾驰而去。

　　到了南屏山精舍，忽必烈飞身下马，一甩缰绳，大步疾行，这边自有人引着，将皇上引到刘秉忠的书房。忽必烈一边喘着气，一边站定了去看，果见刘秉忠端坐在一把太师椅上，头略略有些后仰，双目微阖，面容安详，却又在那恬然淡然之中，微微透出一股遮掩不住的倦意。见此情景，忽必烈哪里还忍得住，哇的一声哭了出来，边哭边喊：

　　"子聪啊！你是活活让朕给累死的啊！"

　　翌日朝会上，忽必烈对刘秉忠做出了极高的评价，说他"事朕三十多年，小心缜密，不避艰险，言无隐情"。一个幕僚对主家，一个大臣对皇上，能做到"言无隐情"，古往今来曾有几人？这不仅是一种忠诚，更是一种境界。忽必烈高度称赞了刘秉忠的"推衍之术"，说这才是真学问、大智慧。他首先赞扬了他那无与伦比的预见性，说他见微知著，料事如神。他告诉他的大臣们，在一些重要的关键时刻，刘秉忠总能给他提供对各种事态未来发展的预测，而后来的事实总能证明，他的预测无不一一应验！忽必烈动情地说："这些事，因为当时事关机密，尔等都不知道，只有朕知道啊！"

　　刘秉忠生前拜光禄大夫，位太保，参领中书省事，死后赠太傅，封赵国公，谥文贞。成宗时，赠太师，谥文正。仁宗时，又进封常山王。在有元一代，汉人有这样尊贵荣誉的人，仅刘秉忠一人。他在上都去世后，按照忽必烈的旨意，出内府钱具棺殓，遣礼部侍郎赵秉温护送到大都厚葬。后来，他的后人将他的骨殖迎回故土，改葬于邢州祖茔①。八百年后，刘秉忠成了中国历史上一位最大的隐身者；所有研究宋史元史的人都知道他，因为他对那段历史产生过重大影响，研究那段历史绝对绕不过他，可是不研究历史的人却很少有人知道他，因为历史课里几乎就不提他。

　　可是谁也无法把北京从地球上抹掉，虽然出自刘秉忠之手的那个建筑史上的杰作，现在已经转化为"元大都遗址"。刘秉忠不愧为世界史上最伟大的设计师之一，而且既是政治设计师，也是建筑设计师。他为元王朝设计了一系列的政治制度。实际上整个元朝的国体、政体、国号、年号，都出自他的设计，而这些设计的基本理念，又都来自汉文化中的精髓。他为元大都所做的建筑设计，也是以《周

---

　　①　在今河北邢台。

礼·考工记》关于都城建设的指导思想作为基本理念，因而使元大都成了我国封建社会历代都城中最接近周礼之制的一座都城。从前朝、后市、左祖、右社的整体平面布局，到各种宫殿建筑的规制装饰，都做得有根有据、一丝不苟，把前人有关中原王朝皇宫皇都的建筑理念，具体而微地一一展现出来。在他去世十年之后，元大都最终建成，共用时一十八年。大都城墙周长五十六里，宫殿巍峨，寺庙雄伟，园圃美丽，街道宽敞，规模宏大，规划整齐。新建之都城中街巷纵横，错落有致，大街宽二十四步，小街宽一十二步，除了大小街之外，还有三百八十四火巷、二十九弄通，绵延伸展，蔚为壮观，又有诸多大小海子点缀其间，玲珑剔透。

如果你在今日的北京城里，竟然找不到一点点痕迹，是用来纪念那个创建了这座城市的人的，你不必大惊小怪，也不必怅然若失。历史似乎更愿记载那些历代统治者都喜欢的人物，而不是那些为人类创造了精神文明和物质财富的人物。

山雨欲来风满楼。大宋气数已尽，聪明人是能够感觉出来的，只是史书多不记载此类预言。一个大宋朝的臣子，在大宋朝尚未真正灭亡之时，便声称它很快就要亡了，将来怎样才能再把他列为忠臣？但有时又不得不有所记载，于是就只好用"曲笔"。

江万里就是一个例子。江万里是南宋末年的一个大忠臣，这一点不存在任何异议。但是他原本是一个很复杂的忠臣，却在后来的历史中被描写成了一个简单的忠臣。这个事实表明，统治者们不仅要求（或希望）他的臣子们都要当忠臣，而且要求（或希望）他们都是那种简单的忠臣。一个历史上真实的江万里，可以向世人证明，在一个王朝无可挽回地即将覆灭的时候，要当一个以身殉葬的忠臣，是件挺不容易的事。

咸淳九年，也就是襄樊失守之后，大宋皇帝派陈奕前去攻打正阳之际，七十六岁高龄的江万里再度出任荆湖南路安抚使兼知潭州。那年夏天，他的"再传弟子"文天祥到潭州来看望他。原已告老还乡的文天祥，这时又出来做官了，不过仍是个不大的地方官——湖南提刑。离得挺近，就过来看看他一直仰慕的老师。说到当前形势的时候，江万里说了一段很重要的话，被历史记载了下来。他说："吾老矣，观天时人事当有变。吾阅人多矣，世道之责，其在君乎，君其勉之！"这个"天时人事当有变"，显然跟"千秋万代永不变色"不是一个意思，但又不是很清楚，理解为"大势已去"，或者"大难临头"，都不为错。而联系到后面的话，又似乎尚有可为，所以才有"君其勉之"一说。不管自称"阅人多矣"的江万里是否看错，至少在他看来，这"世道之责"，就责无旁贷地落到了文天祥的身上。文天祥也没有推辞，听了这话，"感动不已，流涕再拜而去"。在江老师处受了这一番教诲之后，文天祥痛改前非，原来"自奉甚厚，声伎满前"的他，回去以后，跟换了一个人似的，"痛自贬损"，过起了艰苦奋斗的日子，而且开始学习兵书战策，并陆续变卖家产，悄悄购买兵械盔甲——这在当时可是犯法的。他还在自己的周围制造必要的舆论氛围，对下属进行忠君爱国教育，和宾佐们谈到当前形势和我们的任务时，经常一边流着眼泪一边拍着案几发出豪迈的誓言："乐人之乐者忧人之忧，食人之食者死人之事！"

而江万里自己却没有那么斗志昂扬。这恐怕也不是全都因为"吾老矣"。当然也不能完全排除，是因为形势的进一步恶化，使他对前景的判断由"大难临头"发展为"大势已去"。次年初，他以老病辞去潭州之任，重以大学士提举洞霄宫。等到他看出临安亦已不安，赶在度宗驾崩之前，以疾告老，退居饶州①芝山。他可不是回去安享晚年的。他在芝山后圃凿池蓄水，将池畔的一个亭子命名为"止水亭"。他看透了大宋很快就会灭亡，会死在他这个已经七十七岁的老人的前面。他决定自己和这个王朝一起死，并且为自己选定了死地和死法。后来，饶州城破时，他果然在此跳水而死，和他一起赴死的还有他的儿子江镐，以及受他带动的诸多门人和左右乡里，共计一百八十余人。那个人工开凿的池子不够大，以至"一时尸积如叠"。这个壮烈的景象，给人们造成了一种错觉，以为他全家均已在止水池殉难，连《宋史》都说他"无后"。这个结果让后世的史家很是纠结。按中国人的观念，只有那些德行恶劣的人才会断子绝孙，像江万里这样的大忠臣，应该香火绵延兴旺才对。他们决心揭穿这个恶毒的谣言。

这个过程是从一个疑点开始的。江万里原是都昌②人，告老后为什么不回自己老家，却要"退居饶州"？一个可能的原因，就是饶州虽然离都昌不远，但那里的人毕竟不像都昌人那样了解他家的底细，所以会误以为他举家赴难，断了后代。史家们查阅了大量的各种资料，终于查明这位大学问家前后有妻妾黄氏、邓氏、何氏、彭氏、白氏五人，共为他育有儿子十人，而在止水池与他一起赴水殉难的只有一个江镐，其余那些都去了哪儿？原来他在退居饶州之前，就打发他们分别流寓广东德庆、湖南益阳以及福建各地，老江曾在这些地方为官，少不得还有一些朋友，可以照应来此避难的小江们，小江们也就在那里平安度日，繁衍后代，延续香火。何况江万里还有两个弟弟，二弟江万载，三弟江万顷，时称"江氏三昆玉"。他们

---

① 今江西鄱阳。
② 今江西九江境内。

开枝散叶，直至今日。

这当然令人深感欣慰。大忠臣的后代人丁兴旺，枝繁叶茂，足见好人有好报。只是到目前为止，还没有哪位专家学者，愿意同时也考证一下，那些在止水亭畔因受了江万里的带动和鼓动一同赴水殉难的门人、宾佐、乡里，是不是也都有后代绵延不绝以迄于今。

江万里的二弟江万载，也是一位大忠臣，不过尽忠的方式与乃兄颇为不同。

江万里在饶州开凿止水池的时候，江万载却在鄱阳湖上招兵买马打造战船，组成了一支约有三千人的义军。他的做法，与文天祥有些近似，但不似文天祥做得那么有心计。文天祥是只做准备不拉队伍，他却公然打出了义军的旗号。朝廷得知后深感震惊，主持朝政的陈宜中亟言外患未至，内忧已生，万万不可掉以轻心。

一个月以后，江万载也体验到了类似的心情——他想要抵抗的元军尚远在千里之外，而近在咫尺的鄱阳湖周围，却陆续集结了五七千宋军，对义军形成了围剿之势。干这路活儿，大宋朝廷还是蛮有魄力和效率的。多亏奉命负责围剿义军的饶州通判万道同是个奸臣。奸臣的一个共同特点就是惜命，包括自己的和别人的性命。后来元军大举南下，打到饶州时，他为了保住自己和城中数万军民的性命，遂举城投降，成了奸臣。不过在朝廷命他围剿江万载的义军时，如果当即挥师杀将过去，他本人只在后面指挥，还是比较安全的。可是他不愿看到双方必不可免的伤亡，弄不好就会有数百上千条性命断送在鄱阳湖上，反而选择了一个把自己的性命置于险境的做法——只身去见江万载。当然，还有一个因素，可能不重要，但却不能不提到，就是他俩此前多少有点交情。都是一个地方有头有脸的人物，这种交情很正常。在中国的传统文化里，这么一点交情，面对"大是大非"问题，可能屁作用都不起，但在特定的情境下，它又可能成为某种起决定性作用的润滑剂。

至少，江万载很客气地接待了万道同。

"你不知道这样做法犯法吗？"万道同直奔主题。

江万载多年为官，文职当到过礼部尚书，武职当到过殿前禁军都指挥使，若说不知道这样做犯法，实在说不出口。他只能从动机上为自己辩解。他说："我又不是想与朝廷作对，我这是准备打元军。"

万道同摇摇头说："别人只见你磨刀霍霍，谁知道你是想杀人，还是要宰鸡？"

"余心昭昭，苍天可鉴！"

"那没有用。朝廷已经下令，欲除外患，先解内忧。官军杀来之际，岂容大人自辩？"

江万载默然有顷，这才一字一顿说道："刀锋加颈之际，江某大约也不会坐以待毙！"

　　江万载这个话不是随便说说的。他真会这样做。可见如果不是听了万道同这个奸臣的话，一旦和官军交了手，无论胜败，他就当不成忠臣了。

　　万道同却轻轻一笑说："大人阅世多矣，何不另谋良策？"

　　"请赐教。"

　　"不敢。以下官愚见，大人既然意在抗击元军护卫桑梓，何需早早就磨刀霍霍？待元军临近之日，再揭竿而起不迟。"

　　江万载没有当场答复，只说："承教了，容我再想想。"万道同也不勉强，起身告辞。他知道江万载需要一个转圜的余地。

　　江万载也确实有资格使这个气性。

　　江万载比其兄江万里小十一岁。或因同父异母，不像其兄其弟生来就是文弱书生，他自幼即体格魁伟，臂力过人。其父因材施教，不仅授以家传理学，还重金聘请名师教他武艺兵法。年方十六，即以武选出仕临安府环卫武官，不久又到他族叔江海统率的"忠顺军"中出任步骑都统制，旋又升任忠顺军兵马副都监。当时孟珙也在军中，未满十七岁的江万载，已经成了时年二十九岁的孟珙的直接领导、顶头上司。到他二十一岁时，已经当上了殿前禁军都指挥使，第二年，又以武阶从三品的身份参加文举科考，一举考得进士及第。四年后，他参加了联蒙伐金的战争，史载他"因功获进文阶兵部侍郎"。历史从这儿开始在他身上打马虎眼了。史籍中并无他打了哪一场漂亮仗的记载，更没有解释如果他真是立了战功，为什么升职为文官了。从此他由武将变成了文官，累官至礼部尚书，却从来没当过哪怕一任统揽军政大权的地方官。直到二十五年之后，忽必烈攻打鄂州时，他才被派到贾似道那里去"参赞军机"，成了他哥哥江万里的同僚。江万里在追随贾似道之前，官运一直不好，混到这把子年纪，才去那里当了个参谋，也就罢了，江万载早早就当了部长，这时候也去贾似道手下当参谋，就算是首席参谋长吧，明摆着不怎么对劲儿，可史籍并未给出任何解释。本书第一卷概未涉及江氏兄弟，原因是一样的，因为他们没有做出什么可提之事，但这哥儿俩的具体情况却不太一样。江万里本来就是个文人，没有战功，恪尽职守做好他的文案，最后还是颇受贾似道的青睐。江万载却是行伍出身，此番到鄂州，更是含有回归行伍之意，他的未能有所建树，倒真是与受到了贾似道的压制有关。盖他于到任之初，也就是贾似道与忽必烈各以十万大军相持于鄂州城下之际，提出了一个极富想象力的建议。他认为忽必烈正急欲北返争夺汗位，宋军不宜在此与其久持，而应只留少量部队牵制蒙军，以主力迂回北上，截断蒙军退路，同时传檄北方汉地人民起义，逼迫忽必烈在鄂州一带与宋军决战，围而歼之。

　　这个建议把贾似道着实吓得不轻。当时贾似道的策略是据城死守以待援军，为此还多次叮嘱张胜切勿离城出战。如此以全军之力据城死守，也才勉强守住，若是分出大部兵力迂回敌后，走不到一半路程，这边的鄂州城恐怕早已失陷了。贾似道确非宽容厚道之人，对于提出过这等建议的首席参谋长，自然敬而远之。这样一种用兵之策，虽不足以说明江万载所学兵法之精，却也很能体现他的气性。十六年之后，他又向谢道清提出了一个类似的建议，同样也是气性使然，不过那是后话，后面再说。

　　江万载实际采纳了奸臣万道同的建议，使自己成了一个大忠臣。他表面上解散了这支义军，让士兵们带着发给他的兵器甲胄，回到家里重又当起了渔民、农民。他们本来就是从这一带的渔民、农民中招募来的。他们该种地的种地，该打鱼的打鱼，但也不能误了时时演练些兵刃弓箭，为此他们都能按时收到由专人送来的饷银，而他们收下这饷银，也就是向江大人做出了召之即来的承诺。如此安排之后，江万载修书一封，陈述自己迩来年老多病，自顾尚且不暇，绝无聚众成兵一类情事。那万道同便给朝中上了一份折子，说的却是经他晓以利害，那江万载已将招来看家护院的五七十人遣散了，且江万载原是朝中老臣，也是一时糊涂，想摆摆威风，是不是就不要深究了。恰值皇帝大行，朝中乱作一团，哪里还顾得上这种事？遂不了了之。

38　远征日本

　　元至元十一年，宋咸淳十年，九月初十日，伯颜率军二十万，从襄阳出发，兵分三路，大举南征。东路军由千户唆都率领，趋两淮，实际是以一支小部队增兵淮河一线，加强侧翼。西路军由翟招讨率领，兵锋直指江陵，既是对主攻方向的策应，也含有牵制两川宋军之意图。中路主力则由伯颜统领，沿汉江南下，直取鄂州。

　　从攻克襄阳到现在，伯颜用了一年半的时间，完成了全面伐宋的整体部署，包括将主攻方向的兵力由十万扩大到二十万，并新增了战船八百艘。招募十万新兵的工作在碛北和漠南同时展开，但主要由新兵组成的部队只有少量直接用于前线，更多的是由他们替换出更有战斗力的老部队，再将这些部队集结到荆湖战区，因此耗费了更多的时间。不同的部队战斗力不同，作战特点也有差异，这就需要经过精确的计算和审慎的权衡，才能既把最有战斗力的部队投入主攻方向，又能确保各条战线的平衡和后方的稳定。按伯颜的计划，这个部署一旦完成，就要足以支持到战争结束，因为一场在如此广阔的地域所进行的全面战争一旦开打，再进行大幅度、远距离的兵力调整，就根本不可能了。

可是，相对而言，他对当面之敌却多少有点忽略。

九月二十日，大军到达距郢州还有四十里的盐山。出发之前，自伯颜以下，元军将领并没有拟订出一个如何攻打郢州的具体计划。所以一路走来，伯颜不断派细作去打探敌情，原以为根据这些情况自能找出一种合适的打法，不料当他把这些情报汇集起来之后，得出的结论竟是：这地方没法打！原来郢州旧城位于汉江东岸，依山而筑，以石建城，士兵无法靠近，弓矢的射程也够不到，无法强攻。汉江西岸则是宋军后筑的新郢，与旧城相互呼应。宋黄州武定诸军都统制张世杰来此镇守之后，更是制定了一套不知从哪儿学来的战术。他在两城之间拉起铁索，横断江面，又密植木桩于水中，阻断舟楫往来。更奇的是，他把自己的战船以十艘为一组，也用铁链锁在一起，横列于江面，很像是一座座水上堡垒。这种战法，初时颇让伯颜不解，暗想江上横着铁索，水下布着木桩，你把船又横着锁在一起，这船还开得动吗？再一想，明白了。他并不想和你列阵对冲厮杀开打，就是这样缩成一团不让你过，而且目标很明确，即使你的步兵骑兵能过去，反正水军过不去。是啊，张世杰的想法还真是有点儿道理，郢州并不是元军作战的最终目标，元军第一个要打的战略重镇是鄂州。水军过不去，拿什么去渡江打鄂州？

为了能在堡垒上找出一条缝隙来，伯颜派了一个叫谒只里的偏将，带了几个骑兵去做抵近侦察。刚靠得江边稍近，便被宋军发现，登时有宋军十数骑冲了过来。谒只里无意恋战，下令撤退，却因地形不熟，手下一名骑兵于慌乱中马失前蹄，落马被俘。谒只里见状，大吼一声，回马舞戈冲入敌群，救出部卒，杀宋军四人。宋军稍退，谒只里也见好就收，从容撤出。回来之后，向伯颜禀报称，那宋军士兵虽然不堪一击，但江上情况确如此前所报，过不去的。

一筹莫展的伯颜，最后还是从对手的思路中找到了破解之策。既然郢州之战的焦点，不在攻占其城池，也不在杀伤其兵力，只在为舟师之南下打出一条通道，我不从你这里过行不行？深谙兵法的伯颜明白，有些时候，收缩成一团之敌，比强势展开之敌还要难打，但这种敌人也有一个共同的弱点，就是它的外围空虚。这时，伯颜用了一年时间精心组建而成的参赞机构发挥了作用。这是他在伊儿汗国时得到的好处，在那里，他发现更西边的那些国家里，有些军事将领很重视这样一个协助指挥的参赞机构。他在自己的中军帐下也网罗了这样一班人，现在他把自己的这个意图告诉了他们，实际上就是给他们下了一个任务：为元军的舟师找出一条不经过郢州而直抵鄂州的路！

把兵力收缩在郢州新旧两城之间汉江江面上的张世杰，根本就不知道郢州上游还有个叫黄家湾堡的地方。一日得报，说那地方被元军派总管李庭率军攻占，驻守那里的宋军因只有百十人，力不能支，又无险可守，只得匆忙撤出，折损了二十几个弟兄。张世杰闻报，心里还有些后悔，早知道那里还有百十人，就该早早撤出，也不至于折损这二十几个弟兄。又过了数日，忽地觉得江水不断下降，派人沿江察看了一番，也没看出有何不妥，虽是心中诧异，雨季尚未结束，且前些日刚下了一场大雨，怎的江水不涨反降？且喜过了两日，那水位也不再下降了，江水尚深，战船并无搁浅之虞。再一想，我的战船搁浅了，你的就更过不去了。也就释然不以为意了。

这边厢张世杰闲暇无事，那边厢却忙坏了元军。占领了黄家湾堡之后，元军便组织了两拨人，一拨在江边筑平江堰，一拨在山里伐竹破竹。所谓平江堰，就是拦江填土石建一道坝，也不必把江水完全堵死，只要挡住一部分水下泄，把上游的水位提高，以便把江中的船拖上岸。上岸后，以破竹为席铺地，再在席上拖船。其实这也是他们早先用过的一种老办法。当年蒙军船少，不得已时就用这种办法，把船从这条河拖到相邻的另一条河。这一次，只是规模更大罢了。原来伯颜的那帮参谋，经过四出侦察和当地居民提供的情况，了解到在黄家湾堡以西，有一条沟渠，在眼下的丰水期，深阔数丈，向南可从郢州以南重入汉江。伯颜采用此计，是他第一次在中原战场上显示了他在用兵上的视野开阔和善于避实就虚的特点。不过，这样做也是有风险的。在交战区的前沿，上万士兵投入到筑堰、破竹、拖船之中，整个部队已经不再处于战斗状态。虽然他派了一支精兵前出警戒，但人数不过千余，因为在那个狭小的空间里，无法展开更多的兵力。如果这时张世杰派数千精兵对黄家湾堡实施突击，元军将很难招架。

好在张世杰没有这样做。他根本没有探知这个情况。十月十五日，他才得到报告，他的北面只有少量元军在那里虚张声势，元军主力已经转至他的南面，正在向沙洋堡开进。他急忙令郢州副都统赵文义、范兴率两千骑兵去追。追到泉子湖，与断后的元军遭遇，仓促之间，两位副都统阵亡，其余的见势不妙，转身就跑，因为跑得快，只折损了几十个弟兄。

郢州之战到此结束。十月二十二日，元军主力进至沙洋堡，伐宋战争进入了下一个阶段——沙洋堡、新城之战。奉命驻守郢州的张世杰被甩到了战争的圈外。如果这时他以全部兵力向南出击，足够给伯颜军后翼造成很大的麻烦，但是他也没有这样做。朝廷没有给他这个任务，这也不是"黄州武定诸军都统制"该管之事。不过他并不是真的没有大局观。他审时度势，发现了一个空虚薄弱之处。当然，不是元军的，而是大宋的。大宋朝自先皇帝龙驭宾天之后，四岁的小皇帝登基即位，六十五岁的太皇太后垂帘听政，而朝中的三位重臣，王爚老病，留梦炎迂腐，陈宜中又是个巧舌如簧但手笨如脚的角色，正是一个亟待填补的空虚薄弱之处！看得明白之后，他立即采取行动。他先给朝廷呈上一份奏折，报告了他在郢州之战中所取得的辉煌战绩。他成功地运用了连锁战船之计，以极小的伤亡为代价——前期遭遇战折损四人，黄家湾堡折损二十余人，追击战中折损七十余人，总共不足百人，却成功地阻击了元军主力二十万之众，相持月余使其不能由郢州通过，迫其不得不绕道而行！然后，他放弃了那些开不动、带不走的连锁在汉江上的战船，让那些水军的将士和步兵骑兵一道，从陆路先向东再折向南，然后向朝廷报告："臣恐鄂州一旦有失，长江防务空虚，已火速回师京西太湖一线，以扼长江，拱卫临安！"

张世杰这步棋走对了。按说，未经朝廷下令，一个统军将领自行决定把数万大军带到一个他自己想去的地方，是绝对不合规制的，但张世杰此举却颇得谢道清的首肯。在这位老太太心里，起决定作用的是这样一个事实：正当她为鄂州的安危忧心如焚，又没人向她保证鄂州不会有失的时候，一个能打仗的将领，带了一支能打仗的军队，扼住了太湖一线，并以"拱卫临安"为己任，确实让她暗暗出了一口长气。她看过张世杰关于郢州之战的奏折。她并没有完全被张世杰忽悠住，不认为郢州之战是一次胜仗，但至少没有失城失地，也没有损兵折将，起码不是一次败仗。近数年来，每与蒙元交战，几乎每战必败，像郢州这样战而不败，就很不容易了。大宋的江山社稷，不靠这样的将领，还能靠什么样的人？至于未得诏命即擅自行动，虽然不宜公开提倡，但以情理度之，似亦未可深责。如果按规矩办，现在绝不可能有这样一支军队扼守太湖，让她觉得临安总算有了一道屏障！更加可能的是聚讼纷纭，议而不决！自听政以来，稍微重大些的事，只要是交给那三个人议决，几乎都是议而不决，这三个人的意见从来就没有一致过。于是她做了一个决定。虽然这个决定受到了陈宜中的强烈反对，但在留梦炎的坚决支持和王爚的不置可否下，她还是"乾纲独断"地下了旨，任命张世杰为枢密使兼京西北路宣抚大使兼知常州。

张世杰想要的正是这个。他得到了一个最举足轻重的差使，还有一个枢密使的职衔。当年贾似道就是从枢密使升任左丞相的。

不久后，他果然如愿以偿地升任了左丞相。

就在大宋得到一个候补的左丞相之际，大元却失去了一位现任的右丞相。一直抱病随军指挥的史天泽，行至郢州后病重，不得不离开前线，回后方治疗，并于次年病逝于真定，享年七十四岁。逝世前，他上奏忽必烈："愿天兵渡江，慎勿杀掠。"他和张柔，是仅有的两位被蒙古人用蒙语"拔都"尊称为"英雄"的汉人。

　　从十月二十二日至二十七日，元军完成了沙洋堡、新城之战，攻克了这两个地方。这是一场没有任何悬念的战斗，伯颜开始实行他的招降策略，而吕文焕则在其中开始发挥重要的作用。伯颜已经不再把招降仅仅作为一个"先礼后兵"的程序，而是把它当作了整个战争过程的一部分，极有耐心地反复进行，并且不仅把敌方的主将，同时也把所有的敌军将士都作为他招降的对象。后来的事实证明了伯颜的判断完全正确。在这一阶段，即大元全面伐宋的初期，宋军还没有出现后来那种望风而降的局面，主要将领基本上还都有拼死一战的勇气，但下面的军心却已严重动摇。此战中，新城守将边居谊多次拒降，战至最后兵败城破自杀殉国；沙洋堡守将王虎臣、王大用也曾力战守城，直至城破被俘后才归降。可是他们的下属就不同了。沙洋堡之战中，伯颜遣使至城下招降，二王不与对话；又遣一降将持黄榜并带上郢州副都统赵文义的人头入城招降，二王断然拒绝，斩使焚榜。两轮下来，二王虽不为所动，其手下裨将傅益却带了十七名水军乘船来降，接着又有七艘战船来降，并称随后还会有更多的人和船来降，只因被二王察觉，将欲降而未及者全部处死，但实际上军心已经大乱。次日，伯颜命参知政事吕文焕再至城下招谕，二王仍不应，才下令强攻，而这时的宋军哪里还会奋力守城，很快便城防失守，守将二王被俘。有趣的是，这两个曾将欲降未及者全部处死的、已经有了忠臣模样的将领，自己被俘后倒乖乖地投降了，转天就去了新城城下，去劝新城守将边居谊投降。前一天，元军已遣人至城下劝降，被拒。二王来，亦无果。伯颜又命人射招降黄榜入城——伯颜很快就汲取教训，不再派人入城劝降，宋军不遵守"两军交战不斩来使"的惯例，即使是降将，也不能送去给宋军杀了。边居谊心生一计，射信回复，说可让吕文焕来面谈。二十五日，吕文焕应约驰至城下，却被城上乱弩齐发，登时身中三箭坠马，险些被宋军虏俘，多亏吕文焕的护卫手脚快，抢了回来。这让伯颜进一步明白，宋军的将领为了向朝廷显示自己的忠心，是根本不讲战场上的信与义的，不得不为他的招降之策不断增加保护措施。不过，吕文焕那三箭也没有白挨，二十六日，宋军守将总制黄顺越城出降，伯颜授以招讨使之职，命其再至城下招降。边居谊不予理睬，黄顺就向城上那些他原来的部下喊话，果然就有士兵缒城出降。边居谊发现后，也是将那些欲降未及者悉数拦截斩杀，其结果自然也是动摇了自己的军心。二十七日，宋军副都统制任宁亦出降。伯颜觉得差不多了，下令攻城。元军真个攻城了，宋军哪里便守得住？更何况正危急时，偏不见了主将边居谊。不知他是觉得拼力一搏战死城头太累人，还是怕万一不死被俘后坏了名节，总之是选了一个较为轻巧稳妥的法子，于元军攻城正急之际，撇下守城的将士，跑回自己家中，拔剑自刎。却又在慌忙之中，没有割对地方，只觉得剧痛难忍，竟没有流出多少血来，且剧痛之下，无力再刎一回，煎熬多时，且喜家中火起，这才赴火自焚。忠且忠矣，只是忠得窝囊了些。

吕文焕积极参与招降，有他自己的想法。降元后，他被忽必烈授以参知政事之职，倒没有什么特别之处——对于举城来降的对方将领，这是正常做法。难得的是归降之后，他常能感到元军将领对他的尊重。这是惺惺相惜的尊重，一个将领，面对兵力超过自己三五倍之敌，在没有外援的情况下，独自困守孤城长达五年，古往今来，能有几人？正因为有了这尊重，伯颜毫不迟疑地接受了他提出的条件：此番大军南征，他愿意承担任何招降任务，但也到此为止。招降不成，需强攻时，他不参与。

沙洋堡、新城之战总共历时五天，几乎连阻滞元军的作用都没有起到。一支总兵力达二十万人的大军，行动起来是很迟缓的，这五天时间，等于是一辆巨大的战车，稍稍放慢了一点速度，从两座城市的废墟上隆隆碾过。此后，这辆战车仍然以差不多的速度推进，包括中间为了攻克复州①等地，再次放慢了一点速度。这中间还有一个缘故，即直到此时，这支大军与后方的联络尚未通畅，伯颜还在时时观察着张世杰的动静。当时拖船绕行，能拖过来的只是中小型舰船，大船还滞留在郢州以北，而要渡江攻打鄂州，没有这些大船是不行的。不出伯颜所料，张世杰没有尾随在元军身后制造麻烦，实际上张世杰的主要兵力都连锁在江面上了，动弹不得。伯颜没有料到的是，张世杰很快就弃船而去，至于他去了哪里，至少现在与伯颜的作战无关。伯颜派人以最快的速度打通了江面，让滞留的大船，还有张世杰留下的船，火速追了上来。十一月二十三日，大军进至蔡甸②，直逼鄂州，开始了相隔十五年之后的又一场鄂州大战。

而这时，在忽必烈为配合伐宋而开辟的另一条遥远的战线上，一次前所未有的战斗已经结束。那就是对日本的第一次远征作战。

忻都是一个勇敢、聪明的蒙古汉子，强壮彪悍，开得硬弓，骑得烈马，南征北战二十余年，战功累累，渐渐成长为一名独当一面的统军将领。至元十一年十月的

① 今湖北沔阳。
② 今汉阳西。

第一天，他站在高丽国一个叫合埔①的地方，望着面前的大海，就像面对他此番出征难卜胜败的任务，不知道自己能不能也像当年率领着蒙古骑手们冲锋陷阵杀敌取胜那样，率领着他的舰队去征服一个叫日本的国度。他不知道那个国度有多少土地、多少人口、多少军队，只知道皇上忽必烈希望那个国度与大元通好，条件是它应该像高丽一样，成为大元帝国的藩属。

现在他就要出发了，他已经下达了后天启航的命令。那时，他的舰队将驶向大海的深处，可是他不知道自己是不是已经和大海互相认识了。实际上，他是在仅仅一年半以前才第一次见到大海，不过这一年半以来，除了今年年初被皇上召回大都面授机宜，其余时间都是在海边度过的。与他自幼熟悉的草原相比，大海好像太缺少变化，又好像有太多的变化。草原是在平缓的高低起伏中伸展开来的，还时有河流沼泽点缀其间，而大海却是那样的平平展展，无论你把它分成多少块，它的这一块都与其他的任何一块一模一样。可是你如果站在海边上细看，它的每一次潮起潮落都不一样，你也绝对看不到两朵完全一样的浪花。至于风平浪静时的大海和狂风恶浪时的大海，那简直就是两个完全不同的世界了。

一年半以前，也就是至元十年四月，高丽国发生内乱。一个叫林衍的高丽人，在耽罗岛起兵，要推翻高丽王的统治，后世称为"林衍起义"。高丽国多年太平无事，军备松懈，一时难以招架，便向宗主国大元求助，大元皇帝当即派了一支军队前去弹压，这支军队的统军将领便是忻都，辅佐他的便是洪茶丘。这个洪茶丘好像算不上一个重要的历史人物，史料中也有把他名讳中那个"茶"字写成"荼"字的。忻都率军到达高丽后，高丽国王也派了一个叫金方庆的将领，率领着一支高丽军队，配合忻都作战。有了忻都这支蒙古军队的参与，战场上就没有了任何悬念，叛乱很快被一举扫平。忻都向朝廷奏捷，本想等着诏令得胜回朝，没想到等来的不是班师诏令，而是让他在耽罗岛设招讨司，并驻扎镇边军，免得又有其他高丽的不逞之徒生出非分之想。于是忻都得到了凤州经略使的任命，而洪茶丘则被任命为"高丽军民总管"。总管这个职衔听上去很大，其实是个虚职，因为高丽军民自有高丽王管着，轮不到洪茶丘管。不过由此亦可看出，忽必烈嘴上纸上说的是高丽的事，心里想的却是日本的事，所以那镇边军原说是一千七百人，其后陆续增补，后来的远征军就是由这些人为基础组成的。

十月三日，舰队启航出发，朝东面的大海深处驶去。对于这次出征，忻都是做了相当充分准备的。自从年初从皇上那里当面领受了任务，他就开始找人了解情

---

① 今韩国镇海湾马山浦附近。

况，反复研究地图，可是到了最后，又总是觉得抓不住多少实实在在的东西。以他的聪明，人们跟他讲述的那些情况，他完全能够在自己的脑子里转化为具体的景象，但那些景象终归还是虚幻的。这倒是让他更实在地领会到汉人们所说"耳听是虚，眼见为实"的含义。至于那些地图，他特别受不了地图上的空白之处。在他看惯了的那些地图上，空白的地方表示的是空地，可是那些"空地"同时也是坚实的土地，人可以站在那上面，也可以从那上面"走"过去。现在，地图上的空白处表示的却是大海，人不能在那上面"站"和"走"。即如现在，他就站在自己的旗舰的甲板上，虽然他的脚底板并没有悬空，但他并不是站在海上，只是站在漂浮于海上的船上。虽然这是一艘四千五百石的大船，可是遇到稍微大一点的风浪，它还是会很明显地摇晃。忻都打听到的情况越多，这种心里不踏实的想法就越强烈。当身后已经不再能够看到高丽国的海岸线时，他的舰队就处在前后左右全是一个样子的茫茫大海之中了。他有明确的作战计划，第一个目标是日本国的对马岛。可是，海上没有任何可以识别的标志物，他甚至开始怀疑会不会走错路，走到日本国的另外某个地方去了。

虽然大海让他心存疑虑，但他的舰队还是让他放心的。这是由总共九百艘大小舰船组成的舰队。年初，皇上直接下令给高丽国王，半年内造舰船九百艘。其中千石至四千石的大船三百艘，由金方庆负责监造。拔都鲁轻疾舟三百艘，汲水小船三百艘，由洪茶丘负责监造。按照皇上所给的期限，九百艘舰船于六月底如期完成，并奏报朝廷。皇上闻奏大喜，给了很丰厚的赏赐，同时下令组建远征军，由征东都元帅忻都、右副帅洪茶丘、左副帅刘复亨统率，八月出发，东征日本。在忻都的主持下，远征军于八月底在高丽黄埔组建、集结完毕。远征军共有三万二千三百人，其中具有核心战斗力的是一万三千人的蒙古部队和七千人的汉军——不过这支名为汉军的部队中，有半数以上实为金人和辽人。高丽国则派出了由金方庆率领的五千六百人的高丽军，另外还有高丽水手六千七百人。因为听从了当地人的建议，忻都把出发日期推后了月余，以避开海上常有台风的季节。

从远征军舰船的构成到兵力的配置，可以看出忻都是用了一番心思的，对即将进行的战争是有一定预想的。三百艘大船，主要是用来运送兵员的，而不是用于海上作战的，兵力配置中也少有能进行海上作战的水军，看来他已经确切地了解到日本人没有远海作战的能力。三百艘中小型快艇——也就是那个半拉子蒙古语所谓的拔都鲁轻疾舟，则构成了远征军的近海登陆作战能力，不过在冷兵器时代，实际上并不存在后来那种"抢滩"式的登陆战。所以忻都实际上处于一种很矛盾的状态，他费了不少心思去做出种种预想，但心里也明白这都是他的预想。包括那些最了解日本人的高丽人在内，没人能告诉他日本有多少军队，更不知道日本军队怎样打仗。

不过有一点是明摆着的，就是这支由三万多人组成的远征军，得准备好孤军作战——它没有预备队，更没有后续部队。皇上在交代这项远征日本的任务时，根本没说到这事儿。皇上没说，那就是没有。九百艘舰船将一次性地把这三万多人运到日本投入战斗。忻都虽然对日本国没有很清晰的概念，起码也知道那是一个比高丽大不少的国度，有很多很小的岛，也有一些不小的岛和几个很大的岛，不要说全部占领这些地方，这点人远远不够用，就是在那些大岛上作战，他也很难打到远离海岸的陆地上去。他只有有限的骑兵，因为他很难用这些船把足够的战马运过来，更莫说这些战马所需要的草料了。把这些因素综合起来，他觉得他已经揣摩到了皇上的真实想法：皇上没打算占领这个国度，只是想打它一下，给它点厉害看看，好让它俯首称臣。

两天后，十月五日，远征军的庞大舰队抵达对马岛，在靠近陆地的海边锚泊，同时放了三组号炮，每组三响，通知岛上的日本人准备应战。六日一早，都元帅忻都、左副帅刘复亨亲率精兵五百登上了对马岛。说是精兵，却只是步兵，有马可骑的不过十几个将校。在海滩上列好阵形，向前走出了约二里之遥，便见一块隆起的高地上，站了三五十个日本武士。忻都听过高丽人介绍，识得日本武士的打扮。这时便有一个日本武士从高地上走下来，但也没有很靠近，约莫隔着三五十丈，双手拢着嘴朝这边喊话。早有高丽人翻译告诉忻都，说那日本武士声言他们的人还没有到齐，少时人到齐了，便过来交战。忻都暗想这就是日本人的打法了，入乡随俗，就等等吧。少时果见有一队日本武士赶来加入，约有十人。再稍后，又陆续来了两队，每队都是大约十人。正看着，猛听得高地上的日本武士们发声喊，便挥舞着长刀短剑，一窝蜂冲了过来，倒让忻都着实吃了一惊，心想他们在高处自应看得清楚，自己五百精兵列阵以待，他那边不足百人，怎的就敢这么冲了过来？遮莫有什么没见过的暗器不成？不敢怠慢，急忙拔出腰间宝剑，朝前一指，身后便有几面战鼓咚咚咚擂响，那五百元军迎面冲了过去，眨眼间杀成了一团。到了此时，忻都看得明白，那日本武士并没有什么神奇暗器，但个个奋不顾身，骁勇异常，只是众寡悬殊，所谓双拳难敌四手，何况一个打六个？工夫不大，战场复归于平寂，那冲杀过来的日本武士，竟没有一个逃走的。忻都下令清点战果，不多时来报，共斩敌八十整。

要到若干年后，中国人才从日本人的历史记载中了解到，这支八十人的军队，就是对马岛地头宗马允助国先生的全体守护军。当时日本的军队，是以地头制

（亦称庄头制）为基础建立的。地头分"守""介"两级，"介"一级是基层组织，略相当于乡或村，而高一级的"守"，略相当于几个乡或一个小县。担任守、介地头的武士，多为有功于历代"将军""执权"——更高层级的首领——的家臣，是掌握一个地方军政大权的长官，同时还是这个地方负责征税的官吏，又拥有这个地方的警察权。地头按其所管土地面积的大小等需要，拥有并供养自己的军队，但军队的成员均不是"专业"性质，往往是用时召之即来，不用时各回各家，略相当于后世的"民兵"或"预备役"。而在这样一支武士部队中，地头的家人、族人，很自然地就成了骨干力量。如果是"守"一级的地头用兵，可以召集他所辖的各"介"地头，各自率领他们的部队，自成一队前来参加作战。因为长期所受的教育，这些武士都很勇敢，以战死在家长、族长面前为荣，但受限于这种组织形式，很难形成有效的统一指挥，也没有什么战术可言，就是各管各拼死向前而已。元军入侵以前，他们从来没有"对外"的作战任务，基本上只是用于维持地方治安，最多用于相邻地头之间的矛盾冲突，自然规模有限。所以，忻都所遇到的这八十个日本武士，实际上也就是对马岛的地头宗马允助国先生所能动用的全部武装力量，他们在宗马允助国先生的率领下，义无反顾地向入侵者冲去，转眼间全部阵亡，其中包括宗马允助国先生的十二个儿子——亲子和养子。

全歼对马岛的日本守军之后，忻都和刘复亨在海边站了一会儿，想不好往下该怎么办。派人去船上把洪茶丘和金方庆叫了来，商议了一阵子，共同做了一个决定：不管这个岛了，向下一个目标——壹岐岛进发。他们看不出占领这个岛有任何意义，更难以估量深入腹地有多大风险，就连高丽人金方庆也说不准再往前走会遇到什么。

十四日上午，舰队穿过了对马海峡，到达壹岐岛。舰船刚接近海岸时，忻都就下令放了那九响号炮，然后就直接组织部队登岛。由于有了对马岛的经验，这次的登岛动作完成得比较顺利，兵力的配置也更加理想——总共五百人的兵力中包括了百余名骑兵。这一次他们遇到的日本武士稍多些，有一百余人。他们没有通报是不是人都到齐了，也没有主动冲杀过来，却只在那里高声叫骂，偶尔还放几箭过来，不过那些箭只是勉强能落到元军的阵前而已。如此对峙了半个多时辰，忻都意识到壹岐岛的日本人，和对马岛的日本人打起仗来可能有不同的打法，心想不如还是按我的打法打吧，便下令自己的士兵进攻。百余名骑兵在前，三百多步兵在后，呼啦啦地就朝日本武士卷了过去。果然，这里的武士们见元军冲了过来，发声喊，便往四下里散开。忻都看得明白，那不是逃跑，只是散开。这一散，就把刚刚跑出了马速的元军骑兵的冲击力消解了不少，尤其是那些扑了空的，待掉转马头回身再战时，断不可能再有马速上的便宜了。幸好元军的步兵随后赶到，又是以多打少，很快便占了上风，而壹岐岛的日军果然不同于对马岛，见势不妙，有发声喊的，有打个呼哨的，拔腿就跑。这一回是真的逃跑了，日军在前面跑，元军在后面追，一追就追到了壹岐城下。忻都一见，心里叫了声惭愧，原来这里还有座城。看那城防不甚高大，颇似汉人城池的模样，又见天色已晚，遂下令鸣金。残余的日军逃进城去，元军就抵近城下扎营。乘这间隙，左副帅刘复亨返回海边，又调了五百汉军上岸，以备次日参加攻城。由此也可看出，元军作战还是相当谨慎的，很注意临战必有压倒性的优势。如此一来，等到真的攻城时，也就没有了什么悬念，何况这座壹岐城也没有什么可据以坚守的城防，很快便被元军破城而入。既然城是攻破的，元军也就不再客气，少不得一番掳掠，得了不少战利品。原来这壹岐岛因为地处日本国的西南端，渐渐发展成为日本与高丽，尤其是与南宋之间往来贸易的商埠和大宗商品货物的集散之地，自然油水肥厚。忻都见到这些战利品，大喜过望，下令将其余战利品俱皆运回船上，好生看管，不得有失，亦不得擅自据为己有。

后来证明，此举确实极富远见。

元军虽然攻破了壹岐，但没有留下部队占领它。十六日，大元远征军继续前进，逼近了日本国的西南前沿重地——肥前！

肥前是日本的古地名，辖区大略为现在的长崎和佐贺两县，它的上一级行政机构，是统管九州地区、设在今福冈县境内的大宰府。大元远征军没有在肥前登陆，而是将主力转向博多湾，便含有走直线直取大宰府的作战意图。这次忻都遇到的对手级别要高一些，叫藤原经资，官职为"大宰府西守护所少贰"。他统率着一支约有千人的正规部队，是专业的，不属于民兵预备役那种。同时他还兼任着"三前二岛守护"之职，这使他可以调动辖区内各地头的民兵预备役部队，数量在六七百至一千之间，到时候究竟能召集来多少，他自己也说不准。从后来的日本方面的历史记载看，他虽然从对马岛遭到入侵就不断向上级报告情况，但是这些战报报到镰仓幕府，再报到京都，都相当慢，事实上京都直到二十二日才接到对马岛失守的报告，而这时整个战争已经结束。所以，在这场战争中，日本朝廷和幕府没有参与任何的具体部署和指挥，这位少贰，应该就是日军的最高指挥官了。

他做出的第一个军事判断，就是入侵者将从博多湾中部偏西的百道源滨海一带登陆，所以命令他的主力——五百名骑兵前往百道源布防。

但是他的判断不全对。十九日，元军在今津一带沿海登陆。因为那里基本没有设防，元军很容易地杀散少量海滨守军，占领了海边滩头，但很快就发现那里的地形不好，不利于大部队展开作战，且离大宰府较远，得有一天的行程，于是又将部队撤回到船上，准备第二天直接去攻大宰。这说明藤原的判断大方向还是正确的。

二十日，元军展开大规模登陆作战。看来前一天的今津登陆，也是忻都有意为之的一次试探。这次他兵分三路，中路为主攻方向，在西道源登陆，西翼由刘复亨率领攻赤坂，东翼由洪茶丘率领攻箱崎。与此同时，船上的作战部队继续加快登岸，并朝鹿原方向运动，以作为进攻大宰府的预备队。这样一种架势，表明远征军都元帅从现在开始，动真格的了。

但是，他的主攻方向事前已被对方料定，这原是很不利的。他的部队到达海边时，藤原的五百名主力骑兵已经在岸上布好了阵形，以逸待劳。如果他乘元军还没来得及把战马都从船上牵下来就发动攻击，元军恐怕很难有还手之力。但是藤原是大日本国的一名"少贰"，而眼前这场战斗，是他一生当中所经历过的规模最大的战斗，所以他决心认真打好这一仗。换句话说，他得按日本人进行"会战"的规矩来打，不能去占那些不光彩的便宜。再说他还是一名爱动脑子的将领。此前他就听那些经常去南宋的日本人说过，蒙古骑兵作战时如何喜欢跑出马速迎面对冲，所以战前曾反复告诫自己的武士，不要怕与他们对冲，我们的刀比他们的刀重。他要亲眼看着他的武士们，怎样砍杀那些曾经横扫西域的蒙古骑兵。

于是他以极大的耐心等待着，直到眼见得元军列好了阵形，这才下令开始进攻。他的主攻部队首先向元军的头顶上放了一个"鸣镝"，也就是响箭。这种正规的会战方式，是从唐朝传过来的，据中国僧人说，这是一千多年以前，由一个叫"宋襄公"的人倡导的，用这种方式告诉对方，我的进攻正大光明地开始了！然后有一名最勇敢的武士单骑冲向了敌阵，如果战斗结束后这名武士能够活下来，他将成为家喻户晓的英雄。在他身后二十余丈，是大队的骑兵，挥舞着战刀冲杀过来。可是在他们跑出了马速以后，却未见对面的元军骑兵放马过来，紧接着，在他们认为还没有进入对方弓箭射程之前，便开始有人中箭落马，同时还有更多的战马中箭倒地，把武士们摔得满地乱滚。应该说，日本战马比日本武士更及时地做出了正确的反应——它们没经历过这种阵仗，再加上倒地的战马和满地乱滚的武士也妨碍了它们的奔跑，它们开始朝不同的方向乱窜。

这大大减少了日本武士的伤亡，而当元军掩杀过来时，也更有利于四散逃开。元军出人意料地采用了这种战术，据称也得益于忻都的勤思好学。他利用海上航行的间隙，研究了壹岐之战中所得到的日军武器。他发现日军的刀是真好，不仅比元军的马刀厚而重，其锻刀所用的镔铁也更硬，如果在双方对冲时两刀相格，元军的刀多半会受损，弄不好甚至可能折断。但他同时也发现日军的弓箭可是真差。日军的箭很长，几乎比元军的箭长出一半来。箭长，弓也长，那弓竖在地上，几乎有一人高。结果，这样的弓射出这样的箭，射程也几乎只及元军的一半。那么用元军的强弓硬弩对付，定可收猝不及防之效！

于是，这一仗就打成了这种样子。日军败退，元军紧随其后，很快推进至鹿原。

但是，由刘复亨率领的另一支部队进展却并不顺利。他们是吃了日本人的打法的亏。负责防守赤坂的，是日本武士菊池二郎，大略是个"守"一级的地头，所辖的武士部队有一百三十余人，赤坂又没有城防，所以刘复亨的部队很快便冲了进去，占领了赤坂，但喘息未定，即遭到日军的反扑。反扑的日军也有百十余人，但盔甲整齐，显然是一支刚刚赶到的生力军，不是刚刚被打败的那支部队。反扑的日军也没有什么战术，就是那么一边嗷嗷乱叫着一边凶狠异常地扑将上来，给人的感觉，不像是来夺回失地的，只是来拼命的。好不容易将这一拨打退，喘息未定，却又来了一拨，也是盔甲整齐的生力军，也是百十号人，也是拼命一般地扑将上来。

两个多时辰里，元军中间不喘气儿地连续打退了一模一样的五次日军反扑。原来日军的少贰藤原经资，事先也料到赤坂有可能受到攻击，就向那一带及附近的各个守地头发出了征召令，命他们各率自己的武士去协助菊池二郎守护赤坂。当然，他们有自己的规矩。一位地头赶到了，听说赤坂已经失守，便带着自己的武士们打将上去。下一位到了，听说上一位没能夺回来，就又打将上去。菊池二郎也只有在一边看着，因为大家都是地头，谁也不归谁指挥。虽然每一次反扑都被打退，但累积起来，却也让刘复亨感受到巨大压力。这时的刘复亨，对日军的组织和战法也都有了一些了解，大略知道这一拨接着一拨的日军是怎么回事，正不知道后面还有多少拨，而自己的部队不仅已经有了不小的伤亡，尤其是经过这样不得喘息的连续作战，已经成了疲兵，作为一名有经验的将领，他还不能不想到一种更糟的可能——也不必特意安排，万一日军刚好有三拨人同时赶到，同时打将过来，自己这支疲兵可就难说招架得住了。

于是，抢在第六拨日军到来之前，刘复亨下令后撤。然后，他聪明地利用了日军缺乏统一指挥的弱点，让部队转而向鹿原方向挺进，向主力部队靠拢。

东翼的战斗却是相当的顺利。这是日本少贰藤原事先没有料到的方向。洪茶丘的部队轻松地完成了登陆，没遇到多少抵抗就占领了岸边的红松林，稍事休息后继续前进。守护此地的是大友赖泰的武士部队，他们奉了藤原少贰的征召，正准备赶去百道源参加那里的战斗，不料一支元军突然从背后杀来，措手不及，急忙向东南方向撤退。大友并不知道，他这一撤，藤原部队的侧后，就暴露在洪茶丘部的面前。这时的藤原少贰本来就已经进退失据，那五百主力骑兵的冲锋大败之后，刚来得及将残部收拢，又被元军冲了一阵。原来此时刘复亨已经与忻都合兵一处，乘着人多势众，就朝藤原收集残部的地方发起了一次攻击。虽然斩获不多，却将藤原刚收拢的残部再次打散。等到藤原再把残部聚拢，又接到了大友部撤向东南的消息。腹背受敌的藤原哪敢继续久留，急忙撤兵至大宰府水城，准备明天依托水城再与元军交战。而此战中元军也受到了一个意外的损失——左副帅刘复亨为流矢所中，虽未伤及要害，却也伤得不轻。

这时元军开始打扫战场，按史料记载，"未及逃走的老幼妇女，被俘一千五百余人"。这儿有个汉语的模糊之处，好像元军连老头儿娃娃们都要抓，其实非也，那老和幼，指的皆是后面的妇女。当这些老的和幼的妇女被押送到船上安置好的同时，忻都、洪茶丘、金方庆也都回到了海边，与先已因伤被护送回来的刘复亨会合，就在沙滩上举行了一次远征军的最高决策会议。

这是苦战的一天。作战部队中弥漫着一股精疲力竭的情绪，即使是这四位统军的将领，也对日本武士那种不讲战术一味拼命的打法心存惧意。说到日军那种一拨接一拨、不知后面还有多少拨的战法，刘复亨做了详细的介绍，也引起了忻都的高度重视。他指出："我方是孤军远出，而敌方是本土作战，我们的人越战越少，他们的人越召越多，这样打下去，很快就会陷入以寡敌众的劣势。"倒是高丽人金方庆比较乐观："今天的战局总的说对我方有利，只要坚持苦战下去，攻下大宰府，即可据以坚守，等待后续部队或援军的到来。"听到这里，忻都苦笑一声说："问题恰恰就在这里，此番远征，并没有后续部队，也没有援军可派，不仅如此，也没有兵器箭矢粮草淡水的后续供应。一旦粮净矢尽，再找不到足够的淡水，那时想回去也回不去了。"这一番话，说得另三位将领连连点头称是，于是就在思想保持高度一致的基础上，由忻都做出决定："皇上让我们教训一下日本人的任务已经圆满完成，本帅审时度势，深感在此久留无益，决定明日即行得胜收兵。为避免与敌再次发生纠缠，今晚即将所有人马撤到船上，明早天亮即起锚返航！"

应该说忻都的决定是完全正确的，非常及时的。后世有人认为他不应该把岸上的部队撤回船上过夜，其实稍有军事常识的人，想一想就能明白，如果这些部队留在了岸上，那么最可能出现的情况，要么战死，要么当俘虏。

那天夜里，海上突然刮起了强台风，接着又下起了暴雨。没有史料涉及元军为什么对这场暴风雨毫无预感和准备，只记载了暴风雨来临时舰队束手无策的一片混乱。有的船被台风吹翻，有的船在失去控制的状态下相互碰撞沉没。很多士兵落水，但根本无法施救。到后半夜，风势渐弱，雨势渐小，忻都果断下令连夜冒雨返航。虽然显得很狼狈，但仍得说这个决定是正确的，一旦天亮后被日军发现自己的惨状，再要走时，只怕走不掉了。

第二天，日军的少贰藤原经资，以不屈不挠的精神，集合起自己的残部，在大宰府水城前列阵以待，准备与元军一决雌雄，却左等不来，右等不来，遂派人前出打探，竟不见了元军的踪影，不仅陆地上没有了元军，便是海上也没有了元军的舰船。

返航途中，忻都才得以清点他的损失和收获。大略说来，人员和船只的损失都几乎过半，但战利品却大都完好。这让忻都得以写出了一份喜气洋洋的报捷奏折。在这份奏折里，他向皇上报告了他的战绩："入其国，败之。"随后，他派人将全部战利品押送到大都。皇上亲自观览了这些战利品，大喜。他对掳掠来的很有日本特色的物品颇为好奇，尤其是对其中的几枚大个儿的琥珀、玛瑙甚是喜爱。忽必烈是个有战争经验的人，从如此丰厚的战利品，他可以推想忻都等人的仗打得不错，应该是给了日本人一个足够的教训了。他下令重赏出征将士，然后于次年四月，派礼部侍郎杜世忠、兵部郎中何文著等，组成了一个三十余人的代表团，携带国书出使日本，要他们前来纳贡通好。

时任日本镰仓幕府第八代执权的北条时宗，这一年二十三岁，血气方刚，连国书都没有接受，就将杜世忠一行三十余人全部斩首于镰仓龙口，只放逐了四名高丽船员。这四名船员侥幸得了性命，自跑回家去谢天谢地，哪里再管别的？所以很长一段时间里，大元朝廷并不知道自己派出的国使团悉数被杀。直到五年以后，即至元十六年，皇上忽然想起派往日本的使者怎么还没有消息，就又派了人去打探，结果一到日本就同样被北条时宗斩杀，不过这回却有随行人员逃回，并带回了杜世忠等早已被杀的消息。忽必烈闻报大怒，认识到仅仅教训一下日本人是远远不够的。他决心以更大的规模再次远征日本，而这一次，不能再满足于"入其国，败之"了。这一次的目标很明确：入其国，灭之！

而在日本人看来，他们才是这场战争的胜利者。他们把这场从对马岛到壹岐岛再到博多湾的战争，称为"文永之役"——"文永"是当时日本国的年号。宗马允助国成了全日本国的大英雄，其全家父子十三人壮烈殉国的事迹被广泛宣传，奉为忠于天皇的典范和进行爱国主义教育的突出典型。少贰藤原经资则被称为杰出的军事家，他培养、造就了一支打不垮、拖不烂的不败之军。不过，无论如何，这些英雄并没有打出像样的胜仗，为了证明这不是他们的过错，就制造了一些民间传说式的"史实"来证明元军实在是过于强大了。其中有个叫竹崎季长的，自称是肥后武士，参加了百道源一带的战斗，并在战后根据他的亲身经历，绘画出《蒙古袭来绘词》一卷，其中一幅画的左面，画有一个正在爆炸、火光四射的球形火炮，以证明元军在战争中动用了热兵器——火炮。还有一本叫《太平记》的小册子，则做了详尽的文字记载："击鼓之后，刀兵相接，（元军）抛射出球形铁炮，沿山坡而下，形如车轮，声震如霹雳，光闪似闪电，一次可发射两三个弹丸，日本兵被烧害者多人。"然后又有人以历史学家的口吻，称其"为研究元日战争留下了逼真的史料"。不过，毕竟受限于人的想象力，以至多年以后，这种"逼真的史料"就成了纯粹的胡扯。

敌人如此强大，日本武士们又没有打出过任何胜仗，那么日本又是怎样成为胜利者的？神风。那确实有过的一场不期而遇的台风，被说成了为保佑大日本国而从天降下的神风。从那时开始，日本国展开了长期的、大规模的祭拜神风的活动。这个活动断断续续地持续了六百七十六年，直到公元 1945 年，当他们迫切需要再有一次神风来挽救他们时，那神风却迟迟不至，于是只好另想办法，以数百上千名日本青年的血肉之躯，去对付那些来自美国的钢铁舰船了。

后世有考古学家打捞起那些沉船的残骸，发现有些造船的木料材质极差，造船的工艺又极其粗糙，船的构造也不合理，有些甚至是那种根本经不起海上风浪的平底船。如此说来，断送这支舰队，让那些蒙古骑手长眠于日本海底的，倒是那些急于赶工、粗制滥造的高丽造船工了。

可是，这能怪到高丽人头上吗？整个这件事儿，跟人家高丽有什么关系？

同样的命运，正等待着另一支更大得多的舰队呢！

39   再战鄂州

至元十一年十一月二十三日，伯颜统率的元军主力进至汉阳以西的蔡甸，逼近汉阳。蒙元与南宋之间的第二次鄂州之战由此揭开帷幕。

本书以整个第一卷、约占全书五分之一的篇幅，讲述了十五年前那场风起云涌、悬念迭出的战役。那是一场高手之间的对话，双方的最高统帅都是杰出的军事家、战略家。如果说忽必烈比贾似道略胜一筹，那么急于北返争汗位的牵扯则抵消了他的优势，战场上大体势均力敌。而这一次可没有这种势均力敌了，基本上是一场鸡蛋与石头之间的对话。

十月二十七日，伯颜军攻克新城的消息传到临安，南宋朝廷经过一番争论，最后由谢道清拍板，做出了反应：命淮西安抚制置使夏贵率战船万艘控扼长江要口；命权知鄂州张晏然守鄂州；都统王达守阳逻堡；京湖、四川宣抚使朱祀孙率游击军巡江策应。明眼人一看便知，这与其说是军事部署，还不如说只是一次人事任命。没有增兵的计划，更没有任命一位像当年贾似道那样的前线总指挥。这里面最大的一支军队，就是前不久在淮西遭遇败绩、自行移师到这里的夏贵部；它号称"战船万艘"，但其兵员最多不过十万人，不可能一艘船上只有十个兵，所以推算下来其战船数不会超过三千。当然，这也不算少了，问题是夏贵的职衔仍然是淮西安抚制置使，显然不具有调动、指挥当地其他部队的权力。

应该说，夏贵一开始还是很尽责的。他把他的战船集中布防于沙芜口①一带的长江上，也是此前张世杰守鄂州时那种以船堵江的架势，只是没有把战船连锁起来——那是张世杰专有的战法。在当时的战局下，沙芜口确实是由汉入江的必经之路，夏贵这样布兵设防，完全符合朝廷要他"控扼长江要口"的命令。而事实上，伯颜也确实是想从这里进入长江的，他在这儿一堵，伯颜大军也真的不得不在这儿停止了前进。

伯颜不喜欢打那种双方主帅都明白的仗，只喜欢打那种自己明白却不让对方明白的仗。以当时元军水师的战力，与夏贵在沙芜口原也有一打，但他没有这样做。可能他还担心如果战后沉船太多，会在一段时间内使航道阻塞，自己的大船无法通过。于是他将部分兵力转至汉阳方向，并扬言要夺取汉阳渡江。这是一招连环计，所以动用的兵力并不是只够佯攻的兵力。它的第一目标是诱使夏贵回兵救援汉阳，再在运动中攻击之。汉阳地处夏贵部的侧后，原有不可不救之势，但夏贵却没有上当，按兵不动，只是将东侧的部分舰船掉转了船头，调整了阵形。不料伯颜将计就计，见夏贵无意施救，就真的向汉阳发起了进攻，并于十二月初四日一举占领了汉阳。紧接着，他就对夏贵部由侧后发起了进攻，不过用力有限，其实是佯攻，是对沦河行动的掩护。这个沦河行动，几乎就是鄂州之战中黄家湾堡的翻版。又是他的参赞人员在向当地居民请教中得知，沦河虽然不大，但它的上游靠近一段汉江堤坝，凿开堤坝，引水注入沦河，中小型战船便可沿沦河入江。像这种小地域范围的地形地势，往往只有当地人知道，地图上却是没有，基本上靠地图指挥作战的宋军将领，往往根本不了解。所以，当因为打退了几次元军进攻而松了一口气的夏贵，突然得报有一支元军正在逼近阳逻堡时，不禁惊得目瞪口呆！阳逻堡正是他的身后，也就是他的东面，而那个去处，正是当年忽必烈攻鄂州时大军渡江的地方！如果元军攻下了阳逻堡，再由那里渡江，从南北两岸控制了整个长江江面，他这支号称"万艘战船"的水军，岂不就成了人家的饺子馅！情势至此，也容不得夏贵再

---

①　今武汉汉口东北。

有任何犹豫，当即下令所有舰船一律掉转头向东，原来的后军成了前军，并以其一部精锐火速增援阳逻堡！

十二月十一日，元军开始进攻阳逻堡，但进展并不顺利。虽然阿术和阿里海牙都亲临一线指挥，毕竟通过沦河绕道而来的部队数量有限，攻城准备亦不够充分，以至连攻三日不下。伯颜当机立断改变打法，除留部分兵力由阿里海牙率领继续攻城，分出三千骑兵，由阿术率领，利用雪夜乘船沿江西上四十里，泊于青山矶，并于次晨开始强行渡江。这里正是宋军江面防御相对薄弱之处，选择在此强行渡江，鲜明地体现了伯颜的用兵风格。阿术部船至中流，遇到宋都统程鹏飞所率水军的阻截，但被元军击败，几乎全军覆没。

两天后，夏贵也从西面来到了这里。他本意是要增援阳逻堡，但因受到元军佯攻部队的牵制，行动不免迟缓。到了这里，见元军已经渡江，并开始在江上架设浮桥，又有随后赶来的水军开始封锁江面，知道事情已经到了万分危急之际，便一船当先，率领他的船队冲了过去。他这一急，却也非同小可，前面说过，他真要打的时候，还是相当能打的。何况元军也是刚到不久，立足未稳，而夏贵这边又是顺风顺水，居然也就被他冲了过去。不过跟着他一块冲了过去的，只有一小部分，后面的大部分并没有跟上来。也不见得就是赶来堵截的元军有多厉害，多半还是因为他们自己并没有像他们的主将那样真想打。他们当中也有多年行伍之人，其中就有人做出了另外的决定：将船靠到南岸，然后弃船逃命。应该说这法子还是蛮聪明的，因为此时元军还没有控制南岸的地面，只要上了岸，也就安全了。愿意继续吃饷的，自可步行着再去投奔夏制置，照样显得很是忠心耿耿。

夏贵等冲过了元军控制的江面，又往东行驶了二十余里，也就在南岸靠了岸。他不愿、也不敢在阳逻堡一线露面。点数了一下，跟他一起冲过来的战船共有三百余艘。如果以实有三千艘战船计算，总算有十分之一的残部被他带了出来。天黑以后，他才领着船队悄悄东下，未在阳逻堡停留。实在说，他也没有在那里停留的道理。古往今来，没听说过有哪个将领，败绩之后带着十停里折损了九停的残部去"增援"的。那只能叫"投靠"，而夏贵此时还用不着投靠，何况他此前与守阳逻堡的王达"不睦"。后半夜，他的残部在阳逻堡以东约四十里的一个荒野去处再次靠岸。他要在这里等候他那些失散的弟兄。同样行伍出身的他，了解他手下的士卒们。他们从小就靠当兵吃饷为生，不会种地，也不会做买卖，凡逃得性命的，多半还会来投他。他不能丢下他们不管！

伯颜能够实施他的机动灵活、忽东忽西的用兵之道，前提条件就在于他在兵力上拥有足够的优势。现在夏贵的部队已经瓦解，足够的优势变成了绝对的优势。他一面强攻阳逻堡并一举拿下，一面利用青山矶的浮桥挥师渡江，迅速形成对鄂州的包围，并将鄂州与汉阳之间的联系切断。这时，奉命率游击军巡江策应的朱祀孙见势不妙，急忙退回江陵。已成两座孤城的汉阳、鄂州，遂相继请降。被南宋朝廷视为长江中段屏障的鄂州江防，彻底崩溃。

消息传到两淮，病重中的刘整闻讯后溘然而逝。有传言说他是大叫一声："此本应属于我的功劳，却被他人窃据！"然后吐血而死。此说虽亦合乎常人情理，却不像是一个有敏锐战略眼光的人说出来的。他理应懂得，即便当年直取鄂州能够成功，其战略作用与现在的攻下鄂州也是不同的。

对于这种不同，临安的朝廷理应有更直接的体会，但消息传到宋廷之后，却迟迟未见宋廷做出什么反应。那日早朝，垂帘后面的谢道清发现，前来参加早朝的大臣们只到了一半略多。元军沿长江大举东下之际，大宋的朝臣们纷纷请假，这个有事，那个有病，找个托词，便不来上朝。能请个假还是好的，有的干脆连个招呼都不打便不知去向。以往每日早朝，谢道清打眼望下去，丹陛之下，锦冠玉袍地总能站成一片，鄂战吃紧之后，人便一天比一天少，到鄂州失守之后，竟然只剩下一半略多了。更有一层，还来应卯的，都是些原来就指望不上的人，以前他们一言不发地站在那里，起码还有个凑数儿的作用，让朝会显得热闹些，现在再在那里呆站着，反而令朝会显得更冷清了。而原来那些爱奏事的大臣，现在倒都不来了。原来那些爱争论的，别人说往东，他偏说该往西，别人说打狗，他偏说该撵鸡，而且争执起来就互不相让，仿佛如果不照他说的去办，立刻就会天塌地陷一般，现在到了真需要他们拿个主意的时候，却是连影儿都没了。这种人里的头一个，便是左丞相陈宜中。不打招呼不请假，就不来上朝了。差人去找，回来报称：找不着了。谢道清急了，问："怎么叫找不着了？"回称："相府的门上说，陈丞相近日不在相府，去哪里了，陈丞相没说。偌大个相府，他真要找个地方藏起来，多半也找不着他。"谢道清干生了一阵子气，想出了一个万般无奈的法子，命人拿了纸笔来，亲手给陈宜中的老娘写了一封信，虽是措辞颇委婉，那意思却也直白：你赶紧把你儿子给我找回来！

留梦炎倒是一找就给找来了。谢道清也顾不上责问他为何没有请假就不来上朝，只说："现在事态危急，你有何良策？"那留梦炎恭恭敬敬奏称："以臣愚见，当务之急，在于正心。心正而后则行正，行正而后则事有可为。昔日侍讲范东叟曾奏正心之要有三：曰进德，曰立政，曰事天，先皇帝甚以为是。观诸今日，我大宋兵多将广，粮草充裕，何以在战场上屡遭败绩，城池失守？追根溯源，就是因为左丞相陈宜中等人玩忽职守，在此前先皇帝推行的正心教育中，放任许多武将走了过场，以至这些武将平时只知鱼肉乡里，拥兵自重，一旦临敌，往往不战自溃，甚至望风而降。故臣请立即罢黜陈宜中，另委称职者，在武将中进行一次补课，从进德、立政、事天入手，先正其心，知耻而后勇，再打仗时，自然攻无不克，无坚不摧了。"

听完这番话，谢道清默然有顷，问："你还有别的主意吗？"

"没有了。"

"好，你下去吧！"

留梦炎走罢多时，谢道清才喃喃自语道："武将们不行，不战自溃，望风而降，那文臣们呢？文臣们一个个都正过一回心了，怎么到了要用他的时候，假都不请就不来早朝了？"

见太皇太后一个一个地找大臣，王爚没等着来找他，便主动上了一道奏章。听说王爚有献计献策的折子，谢道清心中一喜，暗说还是老臣知道轻重，忙取来看时，却只叫得一声苦也。这道奏折前面说了一番慷慨激昂的话，大略是国难当头，社稷危急，老臣愿以身许国，一死相拼云云，最后主动请缨，要太皇太后授以宣抚招讨大使之职，一面集结现有兵力，一面重金招募忠义之士，由他率领北上抗元，并在芜湖、建康一带与敌决一死战！看罢多时，谢道清才喃喃自语道："这个王爚，半年多来，每次要他拿个主意时，总是推称老病，而一旦别人出个什么主意，他便拼命反对，总是连说不可不可。原以为他确实已高龄七十有五，真的老了，不料这回竟自请统兵北上，临阵杀敌。且不说他那老病之身，就算还不老，你一个从未打过仗的文人，给你十几万大军，你能把他们带去何处？"

不过王爚的这个折子还真是没有白上，它让谢道清想到了另一位老臣——贾似道！

半年多的垂帘听政，谢道清即使出于被逼无奈，也被逼得有了长进。管理朝政虽然迥异于管理后宫，但同样是管理，自有其相通之处。她开始不断留意于朝中的和地方上的文武官员，将他们分类排队，可用和不可用的，可靠和不可靠的，如此等等。她还在自己的周围形成了一个小小的圈子，颇类似于后世所说的智囊班子，只不过它的组成太受她自身的局限，基本上都来自所谓的"外戚"。这些人往往都有点小聪明小头脑，但又普遍缺乏大见识。当她和其中的几位讨论她准备起用贾似道的想法，得到的反馈几乎全是不可。这让她最终明白了，到了关键时刻的关键事情上，大主意还得她自己拿，而这种时候的这种事情上，她只拿些小主意是不行的，必须拿出真正的大主意。人的潜力真是无法限量，一个一辈子在深宫里长大变老，如今已是六十五岁的老太太，还真是拿出了几个大主意。如果不是仅以成败论英雄，以男女论是非，这位老太太本应成为中国历史上一位很有光彩的女性！

这一年的最后一个月，谢道清都在酝酿她的大主意，而战场上的形势，也为她提供了这个条件。占领鄂州之后，伯颜率主力部队沿江东下，但鄂州以西仍在宋军控制之下，而且宋军在那个方向仍有相当的实力。大局观极好的伯颜当然不会让自己处于腹背受敌的境地。他留下了四万大军，让阿里海牙从这里向西、向南用兵，保持主动进攻的态势，但这样一来，他用于东下的兵力就不再有太大的优势，所以一段时间里，他采取了步步推进的战术，既保持进攻的势头，又小心地避免去打大仗恶仗。他任命吕文焕为"先锋"，但这个先锋的任务不是强攻突击，而是招降。由于沿江诸郡的宋军将领多是吕氏旧部，所以很有效果，元军所至纷纷归降，从而使这个富庶的、经济和文化都比较发达的地区，没有受到太大的破坏，沿江百姓免遭生灵涂炭的厄运。不过招降受降也得有个过程，所以元军的推进也就相对迟缓，一个月内总共前进了二百余里。

谢道清抓住了这个机会，拿出了她的大主意。

新年伊始，她做出了两项重大决策。首先，她下诏改元，新的一年即为德祐元年。此举看似例行公事，实际上却是南宋末期政治状态的一个极具标志性的事件。在中国历朝历代的历史中，新皇帝即位却没有立即改元的，这是极少见的例外，以至后世的史料中，常有一些粗枝大叶的史家，将相对于公元 1275 年、元至元十二年的那一年，想当然地误为德祐二年。

当然，影响更为重大、深远的，还是她的另一项大主意——她下诏号召各地忠于王事者组织兵马勤王。这个诏书，一看就是谢道清自己拿的大主意，"乾纲独断"的结果，因为当时朝中的大臣不可能有人给她出这个主意。这个诏书一下，很近似于后世的宣布全国进入紧急状态。此前如果有哪路兵马没有奉诏就朝临安开过来，那只能是谋反，现在就不受这个限制了。当然，真是来勤王的，自然会先打招呼，朝廷会给个合适的官职差使，再下个适当的任务。即使这样，朝廷原来的格局还是会有所改变，甚至打乱重组。正因为有了谢道清这道勤王诏，才奠定了宋末最后的格局，也才使张世杰、陆秀夫、文天祥有可能成为后世所称的"宋末三杰"，江万载才有可能成为一个具有神秘色彩的重要人物。

而元军方面，第一个认识江万载的，是阿里海牙。

十五年前鄂州之战的最后阶段，阿里海牙被派去指挥攻城，仗还没怎么打就中箭负伤。忽必烈北返时没有带上他，而是让他留在原地养伤，其中的深意，现在就显现出来了。伯颜率主力东下，给他留下四万人马，让他解决荆湖地区的问题，他很快就进入了角色。荆湖地区是伯颜的后顾之忧，而鄂州则是阿里海牙的后顾之忧。当初大军自襄阳南下取鄂州，宋将张世杰在这里摆下了一个肉头阵，挡住了去路。伯颜没有和那个肉头阵纠缠，采用绕行之计，越过郢州直取沙洋堡。此后虽张世杰引大军东去，但郢州仍有一定兵力。现在阿里海牙坐镇鄂州，用兵方向主要是向西、向南，而郢州却在他的西北，是他需要首先解决的问题。他四次派人前去招降，均被拒绝。文的不行，就该动武了。从实力上说，这时要打，阿里海牙无论打哪里，怎么打，那过程可能各不相同，但结果总归是一样的，最大的差别只是用时有长短。为了尽快给伯颜东下解除后顾之忧，他做出了一个出人意料的决定：西进打岳州。这表明他对这个地区的战略态势有独特而清晰的认识，而这又得益于他对这里的地形地势有具体的了解，这是初来乍到的人很难做到的。他面对的是三个互为掎角的点：西北方向的郢州，正西的江陵，西南的岳州。这三个点连起来正好是一条弧线，对着鄂州形成张开之势。郢州不降，皆因它有江陵、岳州作为依托。江陵则驻有重兵，一旦春后水涨，舟师可顺流而下，对鄂州是个很大的威胁。三者相较，江陵最不好打，现在就去啃这根骨头，费时费力，伤亡也大。郢州最好打，只要切断江陵、岳州的增援，不难一举拿下，但拿下之后还得再回兵对付江陵、岳州。于是阿里海牙决定先打岳州。三月二十一日，阿里海牙率军到荆江口，次日于洞庭湖口击败由高世杰率领的宋军，追至桃花滩，宋将高世杰见无路可逃，乃降，但阿里海牙以其所屈始降，仍斩之。这就等于向宋军发出了一个严厉的信号：我军到处，只有乖乖地投降，方可保命。这一招果然有效，岳州当即投降。紧随其后的便是江陵，然后是澧州①，接着是常德，再然后是峡州②、复州，回过头来再派人去郢州，问打算怎么办，二话没说就投降了。

　　阿里海牙在上报这些战绩时，用词都很谨慎，过程也报告得相当简略，因为他深知还有一场硬仗要打，那就是潭州。但是在其中却有一个文书，专门报告了一个事实。在他的部队向荆江口开进的途中，遇到了一支来路不明的宋军，打的是宋军的旗号，穿的却不是宋军的衣甲，那打法更是与宋军通常的打法截然不同，明明是寡不敌众，却又一路上死缠烂打，逐之不去，去了又来。经查，统领这支军队的将领，姓江名万载。望伯颜丞相将此情况通报各部，日后无论谁在哪里遇到此人，须是小心则个。

　　伯颜果然将这份文书批转元军各部将领，并于文末做了重要批示：经查旧案，四十七年前，即理宗绍定元年时，此人曾任宋殿前禁军都指挥使，时年二十一岁，

---

① 今湖南澧县。
② 今湖北宜昌。

但次年即转任文职，故于军界鲜为人知。今日复出领兵，端的不可小觑！

40　再次出山

至元十二年二月，大元皇帝忽必烈几乎同时得到了两个消息。一个是不好的消息——南宋朝廷重新起用贾似道，命其督诸路军十三万，战船两千五百艘，出师西上迎战元军。现在的忽必烈已经有了更多的自信，再加上伯颜的指挥才能已经得到充分的验证，自非昔日张柔可比，所以忽必烈只是给伯颜下了个简短的诏令，一面叮嘱他小心行事，一面也提出了要求：力争将宋军之主力精锐消灭于此役。另一个应该说是好消息——贾似道掌权后所做出的第一批决定中，有一项就是释放郝经，并已就近通知淮西方面派人去接。虽说是好消息，却让忽必烈不由得有些伤感，倏然想起当年郝经出使前那番对话：

臣请以国信大使赴临安，责其失信，促其履约。

如其不成？

臣誓不辱命！

爱卿此去，恐非三年两载可回。

臣为国出使，何计归期！

爱卿眷属，朕自会让子聪照料。

臣今此来，就算陛辞了。

好一个“为国出使，何计归期”！屈指算来，已经过去了一十四年！其间多次派人去他的羁押地真州打探，回来总是报称两个“不”：青云之志不坠，每日讲学不辍。而今国使归来之日，当年送他到上都城外十八里的刘秉忠、张柔均已作古，而他行前郑重推荐的张弘范，已经在伐宋大战场上展现出所向披靡的大将风范，高出于乃父的用兵才能。

忽必烈诏令张文谦、刘秉恕南下迎接。郝经被迎接回大都时，姚枢、张易、廉希宪等亦均至十八里外郊迎。三天后，忽必烈单独召见了郝经。忽必烈已经传旨免礼，但郝经坚持在两名小童的搀扶下行了君臣大礼，忽必烈知道他要以此表明自己的不辱使命，行这个大礼作为回朝复命之仪，也就不再勉强，但眼看着郝经那颤颤巍巍的动作，不觉潸然泪下。他不忍心再累着郝经，所以时间不长，就让郝经回去好生调养，并说会派宫中的太医去为他诊治。郝经默然有顷，徐徐说道，贱躯已不堪为万岁效力，臣还是回保州闲度余生吧。

一年后，郝经于顺天府，也就是他习惯地仍称为保州的家中病逝，终年五十三岁。死后封冀国公，谥文忠。当时的大诗人、大学问家元好问称赞郝经：挺然一气立于天地之间，盖亦鲜矣！

在简短的谈话里，郝经提到他此次得以北归，确实是出于贾似道的决定，而且贾似道还专门派了一个叫段佑的总管礼送至淮西。忽必烈虽然没有多问，但意识到这是郝经的外交敏感——贾似道可能想通过此举传递某种信号。果然，不久之后，他得到奏报——贾似道大军进到芜湖，旋即释放了十六名元军俘虏，并让这些俘虏带话给伯颜：化干戈为玉帛，不亦宜乎？

这是有心议和？还是仅仅做个先礼后兵的样子？

贾似道在葛岭的宅子其实并不大，也算不上豪华，顶多也就是地面大一点，而这其实是因为它的地段极差，多征两亩地很容易。不能说它交通不便，因为从那宅子走一里多慢坡路——去上朝是下坡，散朝回来是上坡，岭下有道溪流，可以由此乘船到西湖，再穿过西湖到大内。皆为这个，度宗皇帝才恩准他五日一朝，后来他自己耍赖，改为十日一朝。皇上没有追究，反而顺水推舟，证明他所料不错，这正是皇上巴不得的事。这个地段差还有一样好处，就是别人想来找他也不容易。尤其是最近两三年，朝中重臣如王爚、陈宜中、留梦炎等都与他"不睦"，即便他就住在皇城根儿，人家也只会避之唯恐不及！

近几日，贾似道仍没有去都堂理事，依旧只在葛岭的宅子里，与往日不同的是，不再猫在书房或多宝阁，只要走得动，就会在宅子里四处转悠，东走走西看看，让人觉得好像再不好好看看以后就看不见了似的。也难怪别人会有这种猜测，二月初三，太皇太后谢道清亲自下了懿旨，命贾似道督师抗元。表面上看，同样是临危受命，与当年鄂州一战颇为相似，但实际上，即便是个白丁也明白，此番所临之危、所受之命，远非当年可比。如果说当年最多是个吉凶难料，现在却分明是凶多吉少了。人同此心，心同此理，当贾似道在宅子后面的园子里转悠时，有几次确实心中油然而生一种敌忾之气，想起古时那易水河边的故事。二月初的西湖上，也是西风瑟瑟湖水寒，念及此一去正不知还能不能回来，最是割舍不下的，还是去年秋天刚得的那几条小虫儿。当时曾和一个日本虫痴约定，今夏要一比高低，却不知到时候还能不能实现。

不过，这些念头终不过都是一时之念，想得最多的，还是太皇太后交办的正事。太皇太后的懿旨下达的前两天，即二月初一，知安庆府范文虎举城降元。后来他才听说，早在半月之前，即正月十六日，范文虎即派人以酒馔远至江州迎接元军，朝廷于数日后即得知此事，但并未采取任何措施。不难看出这两件事之间的联系——正是范文虎献安庆降元，导致京西路江防门户洞开，才促使谢道清做出起用贾似道督军抗元的决定，反过来，也正因为有这个背景，谢道清的决定才没有再受朝中诸大臣的牵制，得以顺畅下达。事实上，自年初以来，伯颜率元军主力十六万沿长江东进，以吕文焕为先锋，而宋军沿江诸将，多为吕家旧部，吕文焕所到之处，皆望风而降。新年伊始，元军至黄州①，沿江制置副使知黄州陈奕降。十一日，蕲州②守将管景模降。十三日，宋提举江州兴国宫吕师夔、江西安抚使知江州钱真孙派人迎降元军。十四日，元军方至江州③，宋知南康军叶阆以城降。两天后，范文虎派来迎降的人就到了。这一系列史上少有的望风而降，对于大元来说，可谓水到渠成，对于当地百姓来说，自是免受了许多战乱之苦，但对于大宋来说，却无异于敲响了警钟：你原有的军事体系已经靠不住了！在这一轮降元诸将中，吕师夔是吕文德的儿子、吕文焕的侄儿，范文虎则是吕文德的女婿！整个度宗一代，以吕文德为首的吕氏集团，曾经是大宋军事体系的中坚，而现在，中坚却变成了隐患！正是这个时候，谢道清决定起用贾似道，朝中那几位重臣，再怎么与贾似道"不睦"，想反对也很难再张得开嘴了。

　　贾似道首先要考虑的自然是军事问题。这一仗在哪儿打，他已经没有多少选择的余地。元军主力已经进至安庆，由此往东的下一个重镇自然是芜湖。这一仗怎么打，他同样也没有多少选择的余地。首先，他能调集的兵力不过十二三万，战船不过两千五百余艘，勉强算是与对手大略相当，实际还是以少打多，不可能采用以攻为守的打法，只能被动防守，将对手先挡在芜湖一线。但与当年鄂州之战不同，这不是一场城市攻防战。莫说芜湖没有鄂州那样坚固的城防，就是据城死守，也起不到扼住长江通道的作用，一旦元军主力沿长江东下，芜湖就会成为孤悬敌后的死城，对保卫临安起不到任何作用。所以这只能是一次水上防守作战。至于这条防线应设在哪里，也不必特别挑选，丁家洲④自然就成了首选之地。

　　真正让他费斟酌的，还是让谁去打。贾似道知道自己的长处和短处，而临阵交锋时的战场指挥，更是他的极短处。当年鄂州之战，若没有张胜、高达、吕文德，哪能有那样的结果？而时至今日，遍观大宋朝野，哪里还有这样的将才？那高达虽尚健在，但远在西北，想调也调不过来。而近处的这班将领中，与吕家没有瓜葛而

---

① 今湖北黄冈。
② 今湖北蕲春东北。
③ 今江西九江。
④ 今安徽铜陵北。

又尚堪任用者，也就是一个李庭芝了。然李此时正驻守扬州，而扬州同样是个紧要的去处。自己兵出安徽，一旦扬州有失，立刻就是一个首尾难以兼顾的局面。斟酌再三，还是只让他派了一员叫姜才的得力部将，带着五千人马，赶赴芜湖一线，作为先锋官听用。其实说到底，他对李庭芝的能力也不是很信任。李虽然已多年被赋予重任，但除了在两淮打过几场小仗，战绩不错，真正的大规模大战场的大仗，却一次都没打过，而在这几年的援襄作战中，并没有突出的表现，倒是让贾似道觉得颇有一种观望不前、无所作为的意思。与当年鄂战中高达、吕文德那两支一路拼杀而来的援军相比，实是不可同日而语。除此而外，就只能是矬子里头拔将军了，而且都或多或少与吕家有些牵连。

首先不得不选的是孙虎臣。孙虎臣原是吕文德的部将，但自从奉吕文德之命护送贾似道移司黄州之后，便留在了贾似道那里，后来先后得到过几个独当一面的差使，不觉间与吕家也就疏远了些。问题是，他当年率七百精兵护送贾似道移司，自是威风凛凛，现在要他统率七万步军防守丁家洲两岸，能有什么结果，就只能看他的造化了。至于统率水军的将领，贾似道在张世杰与夏贵之间选中了后者。夏贵虽然近期连吃了几次败仗，起码过去还有过每战不败的战绩，至少是个经验丰富的将领。张世杰虽然与吕家的关系要浅一些，但从他在赤滩圃和郢州的表现来看，委实让贾似道看不上。尤其是张世杰在郢州摆下的那个肉头阵，那种以不变应万变的打法，可说失尽了兵家的体面！

贾似道不愧是个战略家。按说此番太皇太后交给他的任务，直白地说就是把元军挡在芜湖一线，既没有说挡住了以后怎么办，更没有说万一挡不住怎么办。太皇太后没有说，贾似道却不能让自己不去想。前一个问题没有太多可想的，能挡住就是大宋的洪福，挡住以后无非是在那里相持，一时之间他绝无反攻的能力。后一个问题倒是有太多可想，最后他把种种的可能归结为一点：预设一个最坏的打算！

然后他再一次面临那个选人用人的问题。情势一旦发展到"最坏"的那一步，这个事就轮不到他来做了。当他在自家的宅子里东转转西逛逛的时候，没怎么细想，他就对自己的命运了然于心了。首先他不会投降，也不能投降。刘整可以降，吕文焕可以降，范文虎也可以降。他们各有各的降因，各有各的降法，降了也就降了，然后各有各的道路，各有各的结局。可是他贾似道不能降，也不会降。就连那个此番没有露面，只在遥远的北边运筹帷幄的忽必烈，也不会想到要他贾似道投降。后来的史料果然证明，大元朝廷从始至终没有一个人谈论过要招降贾似道。然后，即使兵败，他贾似道也几乎没有马革裹尸的机会。虽然理宗皇帝夸过他"戎乘一临，士气百倍"，实际上他虽有"戎乘"却没有"戎装"，他是一个文官，连副铠甲都没有，所以当年才会被高达嘲笑"巍巾者何能为哉"。他不可能戴着一顶高高的头巾去"不避弓矢身先士卒"，而另一方面，即便打了败仗，也不会笨到让自己成了敌军的俘虏。他知道等待他的命运会是什么。所以他现在拟订的那个最坏的打算，得找一个靠得住的人替他去做。

然而，遍观满朝文武，其人安在？

没有啊！

只能选一个顺理成章的。

出发去前线的前三天，他写了一张四指宽的小纸条，给殿前禁军指挥使韩震。按官场通例，四指宽的纸条，连"便笺"都够不上，何况上无台头下无落款，但上面的八个字却是贾似道的亲笔。那八个字是："便中请来舍下一叙。"

出发前一天，当他最后一次在自家的宅子里转悠时，有侍从来报：韩震求见！贾似道闻听，精神为之一振，连说了"快请快请"！

韩震竟然肯来，就让他很高兴了。虽然他决定找韩震时，已经考虑到韩震不属于朝中王、陈、留三伙中的任何一伙，但越是这样的人，越可能这三伙人都怕，所以并不能确定会不会来，肯不肯来，敢不敢来。那张纸条没有指定时间，而是只说"便中"，不全是因为客气，更是为了多一些余地，什么时候想来了都可以来。从现在的情况看，那韩震其实是挨到最后一刻才来的。贾似道明日出发，朝中之人都知道。

将韩震延至书房，落了座，贾似道直奔主题："今有一事相托。"

"请太师明示。"

"我今一战，若胜了，那是大宋的洪福，只是若败了，大宋也就危矣。"

"太师此去定能旗开得胜……"

"我找你来不为说这个，只为说万一大难临头之事。"

"下官明白了。"

"从现在起，你要把皇室严密地保护起来，一旦临安不保，朝中必定众说纷纭，莫衷一是，你须当机立断，不管哪家大臣有什么主意，都不要听，自以禁军护送皇室去海上避敌。"

"去宁波，还是去福建？"

"都不是！你切勿向南，必须向北！向南走，无论逃到哪里，都逃不出忽必烈的追兵，所以必须向北。"

"去山东？那也是蒙军的地盘呀！"

"向北之后，若再向西，便是他们的地盘，所以得向东！"

"日本？"

"到了那里之后，自是说不得什么名分了，但他们多半会收留的。只要他们肯收留，忽必烈就奈何不了他们。只要大宋皇室的根苗还在，大宋就还有光复的希望！"

"下官愿当此任，赴汤蹈火，在所不辞！"

"此事天知地知，你知我知，勿为他人所知！"

"下官明白！"

二月十日，贾似道到达芜湖。此前的二月六日，伯颜兵至池州①，宋都统制张林以城降。不过这对贾似道没多少影响。他到达后即赴丁家洲视察水步军的部署情况，见孙虎臣、夏贵按他的指示所做的兵力部署都还中规中矩，心中颇觉宽慰，没让他们再做多少变动，倒是他自己把指挥部从城里迁到了城外西南方向的鲁港。十六日，伯颜大军逼近丁家洲，两军相距不过数里。伯颜实地勘察了一番地形，心中不由得一紧，暗想怪不得连皇上都怵这个贾似道，果然名不虚传。那步军指挥使孙虎臣统领七万大军，分布于丁家洲两岸，有点有线有面有纵深。那淮西安抚制置使夏贵以战舰二千五百艘横亘江中，虽然也是一副挡住去路的姿态，但和张世杰在郢州的铁索连环阵有天壤之别。那排列于江上的战船疏密有致，各有不同的阵形，中间又有小船来往游弋，静中有动，而且一旦交战，那阵形显然还会有所变化，其间便有了种种变数。更重要的是，这丁家洲是此段长江中水面最开阔的去处，宋军的兵力可以充分展开，而由此往西，江道却要狭窄许多，元军的总兵力虽多于宋军，但由此处打过去，兵力的展开却受到限制，在局部上就只能以少打多了。兵书上说得明白，凡攻防之战，进攻方的兵力必须多于防守方，否则几无胜算。

不过，伯颜就是伯颜。无论遇到什么难处，他自有办法。

贾似道几天之后就察觉了伯颜的办法。先是有细作报称元军在伐木制作木排，并大量收集柴草。贾似道立即想到伯颜是要用火攻。这个倒不稀奇；你把战船横陈江上，少不得须防人家这一手。让贾似道没想到的是伯颜的攻法。那天深夜，一只堆满了柴草并被点燃了的巨大木排顺流而下，因为事先没有防备，离得相当近了才发现，发现后一时又不知该怎样对付。原来人家那木排上的火，也是算计好了才点的，木排漂到宋军战船近前时，那火烧得正旺，宋军急切间无法靠近，眼看着撞到了宋军战船上，烧得正旺的柴草飞溅开来，引燃了五七艘宋军战船，直到天亮才将

---

① 今安徽贵池。

那火扑灭，已是有三艘船被烧得无法再用。元军不用一兵一卒，就让宋军乱了半宿。由此开始，元军每夜都向下游施放火木排，而且不是只放一个，有时是同时放几个下来，有时是隔上个把时辰放一两个下来。宋军有了防备，自然也要有所应对，少不得派人前出三五里实施拦截。不料那木排上虽然没有人，元军却在两岸设了埋伏，那实施拦截的宋军船只刚要向木排靠近，猛然间岸上一阵梆子响处，强弩齐发，不仅杀伤了不少宋军士兵，急切间措手不及，那船也被木排引燃，未被杀伤的只好跳水逃生，却又因江水正寒，真能游上岸的没有几个。为此，宋军开始派出小股步军，力求控制沿江两岸。元军倒是不来正面争夺江岸控制权，却是乘其不备时以优势兵力突然袭击，三日内竟有两股宋军被敌人围而歼之，折损了三百余人。而在此期间，几乎每晚都有拦截不住的木排撞上宋军的战船，撞上之前要防备，撞上之后得救火，夜夜不得安生。

伯颜的意图，贾似道一望而知。双方各有十余万大军劈面相遇，绝对不是这种打法！其实这正是贾似道的强项——这种打法，跟虫戏的玩法一模一样，就是在用一根蛐蛐草去撩拨虫儿。恼人的是你看得再明白也没有用，它就是能起到制造疲劳、消磨士气、涣散军心的作用。贾似道仍不得不三令五申，严饬水步两军各部务必加强警戒，不仅要严防拦阻敌人的火木排，更须警惕敌人的突然袭击。

所以，不能说宋军没有提防，只能说宋军一方面不断受到火木排的袭扰，疲于应对，一方面又被这种小规模袭扰所麻痹，各部将领越来越把目光盯住小处，却忘了大处。

二十一日，伯颜亲临一线督战，动用了全部兵力，向宋军实施总攻。天刚拂晓，三声号炮响处，水陆齐发，杀向宋阵。水陆相较，自是陆上快些。宋军先锋姜才原是有准备的，虽是仓促些，毕竟还是列了个阵形，只是从姜才本人，到他的部下，小仗虽是打过不少，算是一支也还能打的部队，无奈见识有限，从打娘胎里生下来，哪里见过这样的阵仗？士气这东西，其实一多半来自气势，但见敌军黑压压一片杀将来也，正不知有几万人马，须臾便到眼前，从未战先怯，到一触即溃，只在眨眼之间。那姜才见势不好，拨转马头，竭力阻止士兵乱跑，却又哪里约束得住！这五千人马，一触即溃之下，伤亡却不太重，呼啦啦向东溃退，也占着一个人多势众，转眼间便将原本环环相扣的其他宋军营盘冲了个稀里哗啦，这样一来，哪里还有人去向主将报告战况？那孙虎臣眼见得手下将士俱都向东乱跑，不明就里，一时手足无措。史载孙虎臣"弃阵而逃"，其实他逃时宋军早已没有了什么"阵"，他不逃也顶不了什么用。

岸上的大溃败，自是免不了会影响水军，而恰在此时，由阿术亲率的三千艘元军战船顺流而至。顺风顺水的元军战舰，并排列出了三个楔形攻击阵形，就像三支利箭同时射向宋阵，然后横击宋舰。夏贵的水军原是有相当战斗力的，但他们预先演练过的战术却遇到了一个预先没有料到的情况：原来的战术是以岸上的步兵为依托的，现在元军却先期占领了两岸，此时便有密密麻麻的箭矢从岸上飞来，再加上元军战舰的横击，宋军的水军便乱了阵形，且处在两面受敌的窘境，短暂的相持之后，转眼间便招架不住，各船纷纷自行择路而逃，互相妨碍，互相冲撞，很快便溃不成军。大部队作战，最怕的就是这种局面，一旦形成，就是兵家所说的"兵败如山倒"了，莫说是夏贵，就是孙膑转世，也万难收束得住！但夏贵也有一样好处，就是跑得快。见势不妙，他当机立断，弃了旗舰，上了一条小小快船，溜之大吉。宋军舟师失去了指挥——其实这时有人指挥也是白搭，无非是各船争先恐后地各自逃命，一时这些战败的舰船蔽江而下，几乎布满了整个江面。宋军要逃，阿术哪里就肯放过？好个阿术，先是亲自掌舵，向前直插，待旗舰突至前阵，又弃了轮舵，兀自站到舰首，双手各执一面小旗，一时指东，一时指西，指挥着何玮、李庭等手下诸将追击败逃的宋军。这时的元军，早已不搞原来那种夺船的战法了，所以宋军的战船多被撞翻或击沉，以至战后阿术不得不投入很多人力，费了很长时间，去清理这些沉船，以便疏通这一段江面的航道。

岸上的伯颜，只能比阿术更狠，因为让阿术这样打的命令就是他下的，而他的这个命令也是根据皇上的旨意做出的。皇上的旨意说得明白："力争将宋军之主力精锐消灭于此役！"在击溃了宋军前锋姜才部之后，元军便跟在姜才部的后面掩杀过去。姜才的五千人马夺路而逃，冲乱了其他宋军的营盘，其他宋军便也跟着姜才部向东逃窜。姜才一边跑着，一边渐渐将部队归拢在一起，勉强能算是在有组织地撤退。跟在后面追杀的元军，渐渐不见了姜才部的旗号，却也没有多想——可也是，只要是宋军，杀将过去便了，管他是姜才的旗号还是孙虎臣的旗号！这一天，从天刚拂晓到日落西山，元军跟在宋军后面穷追不舍，其骑兵竟追杀出一百五十余里。伯颜恐怕将士们杀人杀得手顺，眼见得天黑了，看不清时，这才下令收兵。

元军追着追着不见了姜才，是因为姜才领着他那原本五千、现在还剩下四千挂零的残部拐了个弯儿，不再沿江岸向东，而是奔了芜湖城外西南方向的鲁港，也就是贾似道的大本营。别人不知道，姜才心里可是再明白不过，这岸上步兵的大溃败，正是从他的防区开始的，战后若是追究起来，即便浑身上下都是嘴也难剖白得清，须是得有件过得去的功劳，或者才遮盖得过。有了这打算，姜才到了鲁港，顾不上安顿他的残部，只带了十多名亲随，也不等通报，直直闯进了大本营，又直直闯进了中军帐。那姜才进了中军帐，却见贾似道正在他的帅位上呆坐着，说好听点，是一副坦然听天由命的架势；说难听点，就是一副等死的模样。前面水步两军先后溃败，整个防线彻底崩溃，虽然夏贵、孙虎臣都不曾派人前来禀报，但贾似道仍是一如既往有他自己的情报体系，各部的战况皆各自有人探得明白，陆续来报。将这些战报汇集在一起，贾似道自然明白这就是他的末日了。他只下了一个命令：鸣金！于是，就有五名小卒，各执了一面铜锣，在辕门以外齐声筛响。然则这也不过是一种仪式了。军中筛锣，谓之鸣金，是收兵的号令。辕门外鸣金，饶是五面锣齐声筛响，正在江上江边厮杀的将士哪里便听得到？能听见的也就是大本营里的人了，而在这些人听来，这锣声便是丧钟了。

却说贾似道正呆坐着等死，猛然间听见一阵动静，抬眼看时，竟然有一员盔甲不整的战将闯帐，再细看时，闯帐的战将竟是前锋姜才，不由得心中一震，霍地站了起来，问："你怎么来了？"

这一问有些突兀，姜才一时答不上来，贾似道却紧接着又问："你还有多少人马？尚能战否？"

这时姜才已经醒过味儿来，避开贾似道的问话，挑明自己的意图："末将奉命前来护送贾大人移司！"

"什么？移司？谁让你来的？"

"事态危急，刻不容缓，请大人火速移驾！"

"胡扯！前方兵败，大势已去，何谈移司？我哪儿也不去！"

姜才扑通一声双膝跪倒："太师差矣！大宋社稷安危，系于太师一身，请太师以国事为重，即刻启程！"不等贾似道答话，回身朝身后的随从使个眼色，厉声喝道："还不快去搀扶贾大人上路！"

姜才的兵自然听姜才的令，姜才下了令，众随从便一起向前，架了太师就走。那贾似道原是也有侍卫的，见太师被姜才的随从们搀扶着，自是仍跟随在一旁护卫着。其实这笔账一算就明白，留在这里，总是个死，跟着姜将军走，却是一条活路。

从中军到辕门，原是有一段路程的。贾似道被簇拥着出了辕门，自会有人看见。"姜将军奉命前来护送贾大人移司"的话，须臾间传了开去，虽是无人传令，大家都知道这时候该做什么，很快便有人跟了上来。姜才原没有想要把这些人也带上，但"移司"之说是从他嘴里说出来的，并没有说只救贾太师一人，见这些人跟了上来，也只能让他们跟着。幸好他身后尚有足够多的宋军供元军砍杀，前面并未遇到元军堵截。饶是如此，仍不敢大意，且到了此时，他也回到了"指挥若定"的状态，前面自是派出人马开路，后面自是留下人马断后，一切安排，中规中矩。

星夜兼程，一路顺利，第二天便回到了扬州。

为什么是扬州？他本来就是扬州的，不回扬州又去哪里？

但是，他把贾似道也带到了扬州，这又算怎么回事呢？

到了扬州，再不能说贾似道是"移司"了。能让他移司的，只有朝廷，而朝廷可是从来没有下过命他移司扬州的诏书啊！

关于姜才护送贾似道移司的这段故事，史多不载。这很能反映中国人治史的特色。中国史书对一个人的评价，讲究盖棺论定。贾似道是个大奸臣，想不奸都不行，可是姜才最后是战败自杀的，好歹得算个忠臣，这就不能跟贾似道搅在一起了。但贾似道自鲁港兵败后，确实在扬州待了不短一段时间，朝廷讨论如何对他进行追责治罪时，他一直在那里，他为自己辩护的奏章，也是从那里发出的，这一点史籍中有明白的记载，于是就连带出一个不得不有所说明的问题——他是怎么到扬州的。有一种记载说，他是和夏贵、孙虎臣一起逃到扬州的。这个说法的好处，是夏、孙二人都是奸臣，正合物以类聚，但也有一个难以解开的死结：这两个人都是统率数万大军的将领，而扬州是李庭芝的防区，他们怎么会丢下自己的部队，跟着贾似道跑到李庭芝的地盘去？

实际上，贾似道"被移司"到扬州以后，李庭芝只是待之以客礼，并没有再把他当"平章军国重事，都督各路军马"供奉着。不能说李庭芝一点儿都没有顾念贾似道当年对他的提携之恩。其实贾似道自己心里也很明白，此时的他，已不再有任何军国重事等着他去"平章"，也没有任何一路军马等着他去"都督"。他现在的角色是：听候朝廷发落。

41　末路

丁家洲一战，宋军大败，元军大胜。

战场上大胜了，别的事都好办。忽必烈下诏重赏有功将士，诏书中还敦促伯颜乘胜东进，但最后又加了饶有意味的一句：穷寇勿迫。伯颜的用兵，忽必烈早已放心，所以这个话与其说是在告诫伯颜，不如说是在表示对他的信任。皇上已对最后的取胜毫不怀疑，方有此气定神闲之语！

战场上大败了，什么事都不好办了。大宋朝廷上下，顿时乱成一团。丁家洲惨败，直接的后果是长江防线崩溃，其更深层次的影响是主力精锐丧失殆尽，便是各种军械物资的损失，短时间里都难以弥补，但朝中大臣们的注意力，却集中在如何对贾似道追责问罪上。毫无疑问，所有人都意识到，这正是表明自己一片忠心的最好时机！谢道清每天都能收到高高一摞奏折，纷纷要求对贾似道从严惩处，以儆效尤。其中的绝大多数，都写得文采飞扬，义正词严，同仇敌忾，义愤填膺。其中最出色的，还要数陈宜中。他以左丞相兼枢密使的身份，上了一道洋洋数百言的奏章，历数贾似道自从以父荫担任嘉兴司仓以来数十年间种种祸国、误军、殃民的罪行凡四十七条，力请即诛贾似道以谢天下。为了说明贾似道的罪不容诛，死有余辜，还详细剖析了丁家洲之败的各种严重后果，包括防线崩溃、精锐尽丧、军需告罄等。但有趣的是，他的奏章对如何解决这些问题却未置一词，好像只要杀了贾似道，这些问题自然而然就不存在了。

幸亏谢道清不这样想。

应该说谢道清的天分还是相当高的，而通过一段时间的垂帘听政，在如何处理朝政上也有了不小的长进，也比较能分出个轻重缓急来了。群臣可以无休止地众说纷纭，她却到了必须"乾纲独断"的时候了。

她做出的第一个重大决定，就是命保康军承宣使、总都督府诸军张世杰，自临安发兵三路北进抗元。她并不信任张世杰，但别无他将可选，所以只能针对他的一贯战法，给了他一个额外的指示：敌军已进至建康，逼近临安，致我军回旋余地过小，你此次出征，就是要打出去，以攻为守，让蒙军离我远一点！

这是一个怎么说都得算正确的决定。虽然一个妇道，毕竟身在其位，无奈之下，还是有点军事眼光的。

她做出的第二个重大决定，就是下诏各地率兵勤王。实际上，早在正月里，她就下过一个勤王诏。不过那是个直接出自大内的诏书，内容没有上过朝议，更像是个太皇太后的懿旨。她事先就料到朝中大臣多半不会赞成此举，所以没有经过朝议，可是大臣们虽然没有机会表示反对，却自有办法消极抵制。别管是真心想效忠大宋，还是想抓住这个机会建功立业，诏书发出后，各地还是组成了大大小小的几支勤王之师，可是表奏报到朝廷之后，便没有了下文。这就等于让勤王诏失去了实际效用。没有得到朝廷的命令，你就率领一支人马朝临安开去，谁知道你是要干什么？不过，这种情况很快就被谢道清知道了。前面说了，自高宗以降，大内的消息一直是灵通的，所以理宗才会把"朕什么都知道"挂在嘴边。这一回，谢道清在一次早朝上说了这件事，但是没有让群臣们"议"，而且在直接宣布她的决定之后，又下令让枢密院成立一个专门处理各地勤王事务的机构，凡接到勤王奏报时，都要在十日内做出答复，对各个勤王之师前来临安的行军路线、作战任务，做出具体安排，而这些奏报和答复，都要"随时让皇上知道"。

　　这也是一个正确的决定。不仅决定本身是正确的，做出决定的方式、时机，也都是正确的。如果从后来的史书对当时朝中诸大臣的归类来看，还是忠臣多于奸臣，而且忠臣处于主流地位。但也正是这些忠臣，为了保住这个主流地位，更不愿意让地方上的人掺和进来。当然，从他们的角度说，他们也至少有一点是正确的：这些所谓的勤王之师，对扭转战局起不了多大作用，却可能给统领这些军队的人提供某种机会。话说回来，太皇太后的着眼点恐怕恰恰也在这里：眼前这些朝臣办事能力太差了，能发现几个新人才好。她部分地达到了这个目的。勤王诏书发布后不久，发生了江万载、文天祥"入卫临安"的事。但是从根本上说，这两个人都不具备力挽狂澜的能力，更何况他们也始终没有成为朝廷的主流。

　　原来的主流成功地把他们挡在了主流之外。

　　做出这两个重大决定之后，谢道清才回过头来，解决对贾似道的追责治罪问题。这一回，她采取的是欲擒故纵之计。朝议当中，她让大臣们充分发表意见。不出所料，在陈宜中的推动之下，大臣们越说越义愤填膺，越说越慷慨激昂，越说越是可忍孰不可忍，越说越觉得自己说得还不够狠，不足以表达自己对大宋的那一片赤胆忠心。别以为金銮殿上安装着定海神针。没有。后世一个普通批斗会上能够制造出来的那种情绪，金銮殿的早朝上同样能够制造出来。当然，归纳起来也不复杂，无非是贾似道的种种罪状，罄竹难书，不仅不杀不足以平民愤，实在是罪该万死，死有余辜！

　　这时谢道清说了一句话。只是群情激愤当中，多数大臣都没有听清。幸好那位侍候太皇太后临朝听政的老太监很有经验，走到了丹陛前面，又把手中的拂尘拂了三下，等到所有大臣都安静下来，这才宣布，适才太皇太后有话："尔等谁还有新议？"

　　大臣们也就恍然大悟，刚才说的确实都是已经说过好几遍的话了。

　　谢道清又开口了，这回大家都听清了："照你们这么说，这个贾似道是非杀不可了？"

　　就有几家大臣齐声回话："正是。"

　　谢道清停了一会儿，才又问："可是我听说，大宋自开国以来，太祖皇帝即有遗训三条，其中一条，不得杀士大夫及上书言事者，是以有宋以来三百年，从未杀过文官。今若依了尔等的话，岂不坏了祖宗的规矩？尔等这是想置皇上于何地？"

　　其实这时候皇上本人正好端端坐在龙椅上。皇上赵㬎这时已经五岁了，多少懂点事了，至少太皇太后的最后一句话他听明白了其中的意思，站了起来，说："谁敢难为太皇太后，朕即刻杀了他！"

老太监听见皇上开了金口，着实吓了一跳，赶紧过去，连连说："皇上坐下，皇上坐下。"太皇太后垂帘听政，皇上是不能开口的。可是他又不能说皇上闭嘴，只能说皇上坐下。

赵㬎不当皇帝以后，成了一位高僧，说明他其实原有很高的天分。以一个五岁的娃娃，尚未启蒙，就能从谢道清所说的"想置皇上于何地"里，听出那是有人在为难太皇太后，也确实见得出他那过人的聪颖。谢道清垂帘听政，再怎么"乾纲独断"，身份终归是太皇太后，绝对不能称"朕"的。那是只有皇上才能使用的自称。可是如果她按太皇太后的身份自称，就没有了垂帘听政应有的权威，不符合那种金口玉言说了算数的角色。别看就是这么一个称呼问题，在几千年来绝对男尊女卑传统的背景下，却是个怎么解决都不合适的问题。即如后来张世杰安排赵昰当了皇帝，又安排他的生母杨淑妃"听政"，虽然杨淑妃的听政跟谢道清的垂帘听政性质完全不同，终归也是以某种"国母"身份出现的，这杨淑妃就被绕死在里面了，临朝之际，竟然自称"臣妾"，以至传为史上笑谈。谢道清就聪明多了。她避开了自称，指着皇上说自己。她说要让皇上知道，那就是要让她知道；她说想置皇上于何地，那就是想置她于何地。这当然也有点绕，但五岁的赵㬎一听就明白，太皇太后口中的"皇上"，说的不是他赵㬎，而是太皇太后自己。

赵㬎这一插嘴，虽然道理上好像不太顺，太皇太后刚宣示了不杀文官的太祖遗训，他马上就要杀难为太皇太后的大臣，可他毕竟是真正的皇上，你甚至可以理解为这是对太祖遗训的第一修正案——别的罪都可以不杀，唯独冒犯太皇太后是非杀不可的弥天大罪！

这么一闹，再没有大臣再敢吭气儿了。

于是，谢道清宣布：贾似道兵败鲁港，丧师辱国，着免去平章军国重事、都督诸路军马职事！

这也能叫个"治罪"？

然而这才叫"政治"。

一直在扬州驿馆里听候发落的贾似道，听到这个消息的时候，面色格外惨淡，没有一丝一毫松了一口气的意思。他身居高位数十年，好歹也得算个政治家，懂得什么叫"政治"。殷鉴不远，何况他亲历了甚至无妨说亲自主持了朝廷处置丁大全、吴潜的全过程。虽然在史书上，这两个人一个被列入奸臣传，一个被封为大忠臣，但他们的下场其实是一样的。又由于他那个浪游街头无赖少年的出身，他对这种政治自有更深的理解。开头的处理越轻，那条通向最后下场的路就会越长，将要受到的屈辱和折磨自然也会越多。

　　大臣们也不都傻，自有人渐渐地、陆续地醒过味儿来，然后便有人去做各种该做的事。六月，朝廷下令将翁应龙处死。紧接着，朝廷又做出了将廖莹中流放岭南的决定。廖莹中想不明白为什么自己受到的处罚比翁应龙轻，就寻了根绳儿，把自己吊死了。

　　这就自然而然地带来一个疑问：两个从犯都死了，为什么主犯还活着？七月，太学生及台谏、侍从官纷纷上书请诛贾似道。谢道清坚守不杀文官的祖训，但对言官们的建议也得有个回应，下旨削降贾似道三级官职，命他回绍兴私宅去给他母亲守丧。这又是一个很"政治"的决定——别管他母亲是哪年死的，为母守丧总归是尽孝道的好事，至少不失荣光体面。

　　可是贾似道却赖在扬州不肯动身。贾似道不是廖莹中。廖莹中不愿受辱，可以一吊了之，不失读书人的风骨；贾似道一旦厄运临头，冒出来的却是无赖少年的想法。明知终是一死，多活一天算一天，且还要活得尽量好一点。所以他不仅没有离开扬州，还派人接了十几个姬妾到扬州来。

　　这些无赖行径，终于让大忠臣王爚实在看不下去了。他上了一道奏折，认为贾似道"既不死忠，又不成孝，应下诏严责"。谢道清倒是没有下诏，却让人把这折子拿去给贾似道看了。贾似道见是一位老太监奉了太皇太后之命，拿了左丞相王爚的奏折来给他看，自然明白里面的深浅，只好打点行装，去往绍兴。

　　事实证明贾似道赖在扬州不走是有道理的。当初他被姜才移司到这里，李庭芝以客礼相待，等于做下了规矩，只要朝廷没有下诏让李庭芝如何处置贾似道，贾似道就始终是这里的"客"。而他一旦离开了扬州，就再也不会有人把他当"客"了。绍兴虽然有他的私宅，按说去那里相当于"回家"，何况还是诏命他回来为母守丧，不料那里的地方官听说他来了，竟下令关了城门，不让他进城。幸好他在城外一个叫沈家坝的地方，还有一处几十亩的田产，一行人等只得权且在那里歇息了，一面上奏朝廷。却也怪哉，朝廷不仅没有下令绍兴地方官开城放行，反而让贾似道改去婺州①居住。问题是，婺州会欢迎他去吗？正相反，经历过度宗皇帝正心教育的人都明白，到了这个时候，凡是能对贾似道打上一拳踢上一脚的，有官职的都是大忠臣，无官职的也是大忠民。贾似道一行刚住下，住处的外面就有人贴出了告示，勒令贾似道三日内滚出婺州去，否则后果自负。那告示左边的落款却甚是蹊跷，就连见多识广的贾似道都平生未曾见过，看了半天也没看明白。若是按后世的

───────────────

　　① 今浙江金华。

叫法，应该就是"婺州广大爱国群众"了。

不过，曾经的无赖少年贾似道，对什么叫"后果自负"很明白，所以第二天一早，他就乖乖地滚出了婺州，回到了沈家坝，一面再次上报朝廷，请求发落。

这一回费了点周折。先是有御史孙嵘叟等请求斩贾似道以正国法、平民愤，但谢道清仍"不允"，提出"命将贾似道居建宁府"。而大臣们以为不妥，说建宁乃是理学宗师朱熹当年的讲学之地，故那里的百姓深明大义，虽三尺孩童，听见贾似道的臭名都会呕吐不止，怎么可以让他们亲眼看到这个大奸臣的丑恶嘴脸呢？事情涉及国学，况赵昀正是因为大力倡导理学才得了个理宗的庙号，谢道清也不敢造次。这时又有大臣提出，应将贾似道流放到岭南的远恶军州，似乎那里的边民尚未开化，或者还能勉强容忍贾似道的丑恶面貌。谢道清想想也只能如此了，就下诏将贾似道贬为高州团练使，派人监押到循州安置。"高州团练使"虽只是个小官，但大小还是个官儿，所以特别指明让他只在循州居住，以示他不是去当官，而是一个被流放的罪人。于是有关部门也就出台了配套措施，抄了他在临安和台州的家。

因为他这时还在沈家坝，监押他去循州的差使就交给了绍兴。按说这也不是什么好差使，却有一个叫郑虎臣的绍兴府县尉，自告奋勇接了这项重任。有史书上说他受过贾似道迫害，所以才借此机会报仇。若以情理度之，贾似道官儿小时，迫害不了什么人，等他官儿大到能迫害人了，又没道理去迫害一个小小的县尉之类。倒是另一种说法更可信一些，说郑虎臣领了差使之后回家的路上，遇到一个衣着甚是考究之人，深深一揖之后，低声说道："敢请借一步说话。"这天深夜，便有一辆篷车来到郑虎臣家静悄悄地卸了货，卸下的都是白花花的银锭。

郑虎臣的差使是押送官，不是解差。解差的任务是押解犯人去服刑，犯人大抵就是孤身一人。押送官的任务是押送贬谪的官员去谪居，不仅有"押"的责任，还有"送"的责任，而这两者之间到底是什么关系，各占多大比重，并无明确的条款规定，其中自然就有了押送官肯不肯"行方便"的余地。出发之前，贾似道即已着人给郑虎臣送去五十两纹银，道是"一路之上，行些方便则个"，郑虎臣虚推了几句淡话，便"笑纳"了。临出发时，郑虎臣来到沈家坝做行前检查，发现贾似道所带竟是一支大队人马，不仅有许多的箱笼行李，若干的细软，数十名家丁，几十匹或供乘坐或用于拉车驮物的骡马，甚至还有十余个姬妾，俱都打扮得花枝招展，各自坐在一顶小小的暖轿里。郑虎臣一边看，一边心中暗骂：端的是个不知死到临头的蠢货！一面走到贾似道面前，打着官腔说道："兀的那贾似道，你此去循州，非是上任，实是谪居，你可知道？"

"在下知道。"

"既然知道，如何还是这等排场？"

"在下已经是一切从简了。"

"看来你这老儿是一向排场惯了。你明知此去循州，必是有去无回，带些箱笼行李，也就罢了，却又带了那么多细软，是何道理？你过惯了饭来张口、衣来伸手的日子，带几个家丁为你料理饮食起居，也就罢了，一下带了数十人，意欲何为？更有甚者，还带了一大帮姬妾，莫非到了循州想开个妓院？"

"这个……"

"什么这个那个！我告诉你，此去循州，多有穷山恶水盗贼出没的去处，你带了这么多珍宝细软，万一有个闪失，遮莫还要我这个押送官赔你？也罢，你既是执意要带，就交到我那里，我来替你押送！"

"这个……"

"家丁可以带，但要减半——就以二十人为限。至于那些妖精，一个也不许带！"

这回贾似道没有说"这个"。人到绝处，事到极处，就会朝另一面反弹。此时的高州团练使贾似道，变不回半年前的当朝太师了，却很容易地变回了四十多年前的无赖少年。他朝身边的一个家丁低语了两句，家丁点了点头离去，很快便捧了个托盘回来，递与贾似道接了。贾似道掀开托盘上的红绸，露出四锭银元宝，捧到了郑虎臣面前。

"大……大……大、大……大人！"

称一个区区县尉为"大人"，那也是四十年前的事了，一时碍难叫出口，少不得打打结巴，而一旦叫了出来，往下就顺溜了："启禀大人得知，非是在下不明礼义，皆为多年养成的恶习，诸般饮食起居之事，贴身服侍的俱是女流，那些男家丁也不会做这些事。一点散碎银两，不成敬意，还乞大人行些方便则个。"

贾似道喜欢女人，郑虎臣喜欢银子，各有所好，自然便有了转圜的余地。是以出发之后，队列当中，除了二十个精壮的家丁之外，多出了两个也是家丁打扮，却坐着小小暖轿的人儿。可怜这两个小妾，原本一个叫王氏，一个叫沈氏，现在却被要求女扮男装，一个叫了"王生"，一个叫了"沈生"。按郑虎臣的说法，贬官赴谪所还带着女子，被人看见了，押送官须是不好交代。贾似道心里明白，这种事原不会有人去"看见"，真看见了也找不到哪个衙门去告发押送官，明摆着就是要给他些难为和羞辱，但人在矮檐下，不能不低头。街头少年最常说的一句话，就叫"大丈夫能屈能伸"。亏得那两个小妾倒不甚计较，只说此前多承贾大人宠爱，到了这时候，正该忍辱负重，报答大人。说来可怜，这贾似道生前仇人甚多，死后又被列入奸臣传，唯独擅长宠爱女人之道，因此姬妾们对他倒是情深意厚。

出发头一天，只走了不到三十里。贾似道这支人马，自是走不快，其实天色还早，郑虎臣就发话说歇了。初时贾似道还以为是那些银两起了作用，那押送官怕累着他，早早就歇了，后来才明白，这是人家事先就谋划好的。晚饭刚摆到桌上，突地便有一帮子人闯了进来，不由分说，拳脚相加，边打边骂："你个祸国殃民的奸相，欺君罔上，弄出个什么公田法来，搞得民不聊生，怨声载道，岂知也有今日！"一旁虽有几个家丁，哪里就敢拦阻？只得去叫押送官。那郑虎臣估摸着打得差不多了，这才姗姗而至，假意吆喝几声，那伙人这才发声喊散了，却又听得外面一阵乱叫乱响，此时的贾似道，哪里顾得上去理会，直到次日一早动身之时，方知是那伙人砸了他乘坐的轿子，却又砸得怎仔细，别处都好好的，唯独把轿顶砸了个稀巴烂。贾似道只得央求郑虎臣修修再走。那郑虎臣假意看了看，说："轿身抬杠俱还能用，将就着用吧，此时若修，须是误了行程！"贾似道只得就坐着这没有了顶盖的轿子上了路。此时正值初秋，江南一带溽热未退，一轮炎炎烈日当头，火辣辣晒着，炙烤一般，烤得贾似道汗流浃背。郑虎臣却又不让他喝水，说是水喝多了，频频小解，如何赶路？那贾似道正在求生不成求死不得之际，却听得轿夫们用杭州方言唱起了歌，连讽带骂，道他贾似道如何不是个东西，如何不得好死，话里话外，说的还是他推行公田法的不是。贾似道听得真切，心里倒也明白了就里。想这些轿夫，家里能有几亩地？那公田法纵有百样是非，须是碍不着他们什么事。如此看来，竟是那些大地主来找他报仇了。

想明白了这个，贾似道也只得咬咬牙，忍了。常言道，虎落平阳被犬欺，落魄的凤凰不如鸡，恰如当年无赖街头之时，一朝被人压在身下，总得让人家打上几拳吧。然而气儿上忍下了，身子上却已做不得主了，一则娇养得惯了，再则又已是这把子年纪，不久前的八月初八，他刚刚过了六十二岁的生日，这一路上种种折磨，二十余日下来，贾似道早已失了元气。幸得进入福建地界，由旱路改了水路，由坐轿改了乘船，只是虽免了曝晒之苦，却多了落水之险。那贾似道只在船舱中坐着，决不到甲板走动，更死活不肯靠近船舷边上。丁大全的事他还记得，那厮就是船过藤州时，站的不是地方，被"不知什么人"挤了一下，自行落水而死的。这日到了南剑州①，一个叫黯淡滩的去处，郑虎臣见总是不得机会，就走进舱里来劝他了："兀那贾似道，你看这黯淡滩山清水秀，多好的景色，怎的你也不出去舱外看看？"

---

① 今福建南平。

"小可只在这船舱里望出去，端的好景色。"

见贾似道仍是撑着，郑虎臣把脸一沉，贴近贾似道，阴阴地低声说："你再看那江水，何等的清澈！足有两丈多深，仍是清可见底！普天之下，哪里再去找这等好水？不如就在这里死了吧！"

贾似道朝舷窗外看了一眼，收回目光看着郑虎臣，徐徐说道："那水自非寻常好水，我这一命却是寻常之命。俗话说，富贵在天，生死有命。太皇太后许我不死，不敢就死。若要贾似道死，须得有朝廷诏书。贾似道一命在此，有诏即死。"

42 宋亡

人都想活着，贾似道也一样，他可不想轻易结束自己的性命，尽管他知道郑虎臣不会让他活的时间太长，但他还在狡辩拖延。

八月初八贾似道生日这天，他还亲自写了一篇建本醮青词（道教斋祭仪式上写给"天神"的奏表），为自己辩护。说什么"老臣无罪"。又说自己曾始终一节，为国任怨，为人正派得很。

九月，贾似道到漳州（今福建漳州）后做了个噩梦，预感自己将死，故在漳州逗留了两天。

漳州太守赵分如，曾在贾府当过门客，听说主人贾似道到了，就出城迎接，看见贾似道的情况非常狼狈，内心十分伤感，看到旁边负责押运的郑虎臣脸色不十分和善，不知道郑虎臣到底是什么样的想法，也就没有敢表示出十分亲近的样子，更没有说任何事情。这天，赵分如在他们休息的驿馆设宴，好好款待郑虎臣，赵分如还想请贾似道坐到一桌。郑虎臣提出异议，贾似道连忙谦让说："天使在此，罪人安敢与席？"赵分如过意不去，只得在别的屋子里另设了一桌，让漳州通判陪贾似道，自己陪郑虎臣。在酒席中间，赵分如觉察到郑虎臣对于贾似道好像有深仇大恨，就试探着问："天使今日押团练至此，想无生理，何不教他速死，免受蒿恼，却不干净？"郑虎臣笑道："便是这恶物事，偏受得许多苦恼，要他好死却不肯死。"赵分如试探出郑虎臣的意思，也就不再说什么了。他知道贾似道的结果很难改变了，而他自己也没有能力把贾似道解脱出来。第二天清晨，天才蒙蒙亮，郑虎臣便催促一行人起程，没有等到赵分如来送别。

出城五里，天还没有放亮。郑虎臣一行到个庵院，上面写着"木棉庵"，因为一大早起来赶路，于是郑虎臣让大家在这里歇歇脚，并且到庵内梳洗、吃早餐。贾似道看匾额写着"木棉庵"三字，十分吃惊，心内纳罕："二年前，神僧钵盂中赠诗，有'开花结子在绵州'句，莫非应在今日？我死必矣！"到了庵里，贾似道想把同行的两个孩子叫过来，说说话，却没人理会，贾似道才知道两个孩子已经被郑虎臣和他分别关押起来了，这时候想见自己的孩子，是万万不能了。贾似道心中知道难逃一死了，他身边藏有冰脑（冰片）一包，趁着洗脸的时机，捧了点水，把药喝了下去。吞服冰片之后，贾似道只觉腹痛难忍，因为腹泻，就到厕所当中。郑虎臣看贾似道的情况，想到他可能服了毒药，于是骂道："奸贼，奸贼！百万生灵死于汝手，汝延挨许多路程，却要自死，到今日老爷偏不容你！"于是用大槌连头连脑对着贾似道打了二三十下，把贾似道的头打得稀巴烂，贾似道就这样一命归西。郑虎臣派人通知贾似道的两个儿子说："你父亲得了急病死了，快来看看吧。"两个儿子见贾似道身死，放声大哭。郑虎臣怒气未消，于是一槌一个，把贾似道的两个儿子都打死了。郑虎臣让手下人把贾似道和两个儿子的尸体拖至一边，嘱咐手下人，对外只说贾似道的两个儿子逃走了。做完这些，郑虎臣把大槌扔到地上，叹息说："我今天把父亲的仇报了，我为天下人杀贾似道，虽死何憾！"随手用沾上血的衣服，把贾似道的尸体草草包裹了一下，埋在木绵庵的旁边。埋好之后，郑虎臣把贾似道生病身亡的情况报告了漳州太守赵分如。

赵分如明知是郑虎臣做了小动作，看到他非常凶狠的样子，再加上人已经死了，也就没有再说什么，只是按照郑虎臣所说的情况，上报朝廷。等到郑虎臣走了之后，赵分如才备下棺木，挖出贾似道的尸骸，重新殡殓，埋葬了，写了祭文。其中写道：呜呼！履斋死蜀，死于宗申；先生死闽，死于虎臣。哀哉，尚飨！

履斋姓吴名潜，是理宗朝的丞相。因贾似道诬陷，被贬到循州，贾似道暗中让循州知州刘宗申逼他服毒而死。今日似道下贬循州，还没有押送到地方，就死在木绵庵，比吴潜死得更惨。这几句祭文，隐隐说天理报应。

后来陈宜中到福州，果然逮捕了郑虎臣。郑虎臣后来死在狱中。

贾似道被郑虎臣所杀，一时大快人心。然而，南宋王朝灭亡的命运已无可挽回了。元军直逼临安，一切都如覆巢之下。

元军大兵压境，承受这个压力的是孤儿寡母。

宋朝这样的结局，很容易让人想到它的开端。

公元959年，周世宗柴荣崩，七岁的周恭帝柴宗训即位。殿前都点检、归德军节度使，与禁军高级将领石守信、王审琦等掌握了军权。

公元960年正月初一，传闻契丹兵将南下攻周，宰相范质等未辨真伪，急遣赵匡胤统率诸军北上御敌。周军行至陈桥驿，赵匡义和赵普等密谋策划，发动兵变，众将以黄袍加在赵匡胤身上，拥立他为皇帝。随后，赵匡胤率军回师开封，京城守将石守信、王审琦开城迎接赵匡胤入城，胁迫周恭帝禅位。赵匡胤即位后，改国号为"宋"，仍定都开封。石守信、高怀德、张令铎、王审琦、张光翰、赵彦徽皆得授节度使位号。

宋室江山是太祖赵匡胤从后周孤儿寡母手中夺得，最后又失于孤儿寡母之手。后人写诗讥讽道：

> 当日陈桥驿里时，欺他寡妇与孤儿。
>
> 谁知三百余年后，寡妇孤儿亦被欺。

经过鲁港之役，南宋部队损失惨重，士气严重受挫。伯颜继续沿江东下，德祐元年十月，元军自建康分三路向临安挺进。伯颜亲率中军进攻常州。常州地处交通要道，扼守临安门户，战略地位十分重要，伯颜在此投入了二十万军队，常州知州姚訔、通判陈炤等奋勇抵抗。伯颜驱使城外居民运土填充护城河，甚至将运土百姓也用作堆砌材料，最终筑成环城堤防。十一月十八日，元军总攻，两天后常州城被攻破，元军进行了野蛮的大屠杀，上万人被害，只有为数不多的人幸免于难。常州大屠杀产生了蒙古入侵者所希望的震慑作用，随后，当元军逼近平江时，平江守将未经接战便献城投降。

随着蒙古铁骑的逼近，临安府内人心惶惶，大批人试图逃离都城，尤其是朝廷大小官员，为保身家性命，带头逃跑。同知枢密院事曾渊子等几十名大臣乘夜逃走。签书枢密院事文及翁和同签书枢密院事倪普等人，竟暗中指使御史台和谏院弹劾自己，以便卸任逃走，御史章未上，二人已先逃跑。

谢太后严厉谴责了这些不忠之臣，下诏说："我大宋朝建国三百余年来，对士大夫从来以礼相待。现在我与即位的新君遭蒙多难，你们这些大小臣子不见有一人一语号召救国。内有官僚叛离，外有郡守、县令弃印丢城，耳目之司不能为我纠击，二三执政又不能倡率群工，竟然内外合谋，接踵宵遁。平日读圣贤书，所许谓何！却于此时作此举措，生何面目对人，死何以见先帝！"然而，太后的谴责在蒙古铁骑的威胁之下显得如此苍白无力，根本不能激起内外官员为宋室而战的信心。德祐二年正月短暂的休战后，仅有六名官员出现在朝堂上。官员的逃跑瓦解了军心、民心，使宋王朝根本无法组织起有效的抵抗，皇室陷入了孤立无援的境地。

擅权误国的贾似道已被罢免，但朝廷却犯下另一个严重的错误，即任命陈宜中为相。在陈宜中的主持下，宋朝终于陷入万劫不覆的深渊。陈宜中是一个狂妄自大、欺世盗名的两面派，惯于提出冠冕堂皇的高调言辞，谴责任何妥协退让的主张和行为。陈宜中本为贾似道所援引，贾似道兵败以后，他却率先提出处死贾似道，以提高自己的声望，毫无廉耻。统帅禁军的殿前指挥使韩震提出迁都建议，他竟然私自将其骗到自己家中杀害。

陈宜中长期通过这种哗众取宠的表演和豪言壮语来获得权势，提高自己的威望，但事实上却是一个优柔寡断、冒充抵抗英雄的胆小鬼。德祐元年春夏之交，战事最为激烈的时候，朝野内外纷纷要求他亲往前线督战，他却犹豫畏缩，不肯出城。显而易见，陈宜中不可能为宋朝冒生命危险。七月份，他离开临安，逃到了远离前线的南部沿海地区，要求朝廷在这一地区给他安排职务。他拒绝服从朝廷让他回朝的命令，太皇太后无奈，亲自给他的母亲写信。在他母亲的干预下，陈宜中回到了都城任职。太学生对陈宜中的逃跑行为进行了强烈的抨击，指责他畏首畏尾、胆小怕事，是一个言过其实的两面派，是和贾似道一样的误国之臣。

虽然处于危急存亡之秋，但是统治集团士大夫之间的争斗却并未休止，左丞相王爚与右丞相陈宜中虽都为贾似道所提携，但二者之间积怨颇深。大敌当前，抗元成了南宋的头等大事，陈宜中在这个问题上，认识很模糊，既无抗战的准备，也无议和的迹象。王爚在朝中抱怨自己有职无权，提出辞职。为了缓和两位丞相之间的矛盾，谢太后任命陈宜中为左丞相，留梦炎为右丞相，王爚为平章军国重事（位在丞相之上）。留梦炎既无能又无耻，王、陈之间仍钩心斗角不断。当时朝廷命张世杰等四路进击元军，陈宜中与留梦炎都不出督战，王爚坚持要丞相出兵吴门，以安抚诸将，鼓励士气。陈宜中准备出师，但皇帝及许多公卿都决计不下。

德祐元年（公元1275年）七月，张世杰的军队兵败焦山。王爚以为报复陈宜中的机会来了，他提请辞职，并含沙射影地说：“大敌在境，吴门距京都不远，六月出师，诸将无统，臣不得其职，又不得其言，乞罢免。”皇帝没有答应。

不久，王爚的儿子唆使京城大学生刘九皋等伏阶上书陈列陈宜中过失数十条：“宰相当出督而畏缩犹豫，第令集议而不行。”“张世杰步兵而用之于水，刘师勇水兵而用之于步，指授失宜，因以败事，臣恐误国不止于一似道矣！”陈宜中一气之下，弃职而去。谢太后六神无主，连忙罢免王爚，下令逮捕刘九皋，又恳求陈宜中的母亲杨氏动员陈回朝。陈宜中好久才答应回朝，任右丞相。

陈宜中此次回朝之后，开始对抗元救宋想办法了。首先是抗战。他命令夏贵率军保卫临安城，动员全民皆兵，又在临安城招集十五岁以上的男子为士兵。有些童子兵身不满四尺，作战能力低下，“人皆以为笑”。其次是求和。德祐元年十一月，元军攻破常州，又占领独松关，临安城下仅有文天祥的勤王兵三四万人，左丞相留梦炎私自出逃。为了挽救奄奄一息的王朝，积蓄力量，十二月，陈宜中派将作监柳岳前往元军大营求和。柳岳哀求元军班师，保证每年进奉修好，伯颜说：“宋昔得天下于小儿之手，今亦失于小儿之手。盖天道也，不必多言。"其后不久，陈宜中又派正少卿陆秀夫前往，请求称臣纳币，伯颜不答应，又称侄孙，伯颜还是不从。抗战无力，求和不成，陈宜中想到迁都，他向谢太后说明其意图，谢太后不答应。陈宜中在朝廷中痛哭哀求，陈述迁都的必要性，谢太后一向倚望陈宜中，此时已无主意，只好从之。陈宜中与谢太后约定了出逃临安的日期，仓皇之间发生了差错。谢太后已做好出逃的准备，从早上等到晚上，没有见到陈宜中的人影，她将簪珥摔在地上，大怒道："吾初不欲迁，而大臣数以为请，顾欺我欤？"于是迁都之事只好作罢。

文天祥在宝祐四年中状元，进翰林院，结果才过了两年就回乡守孝了，然后在低级官职上起伏了十几年，做过宁海军节度判官，咸淳九年（1273 年）起为湖南提刑，1274 年改知赣州。1275 年勤王，知平江府，入京后知临安府。1276 年，已经是襄阳溃败了，才任右丞相兼枢密使。

宋恭帝德祐元年正月，因元军大举进攻，宋军的长江防线全线崩溃，朝廷下诏让各地组织兵马勤王。文天祥立即捐献家资充当军费，招募当地豪杰，起兵勤王，以"正义在我，谋无不立；人多势众，自能成功"的口号，组织义军三万，开赴临安。宋朝廷委任文天祥知平江府，命令他发兵援救常州，旋即又命令他驰援独松关。由于元军攻势猛烈，江西义军虽英勇作战，然最终因为孤立无援，抗争失败，到最后仅余六人。

陈宜中当国，行事摇摆不定，徘徊在和与战之间，不能做出决断。他口头上喊出各种豪言壮语，实际上却懦弱怕事，没有与元军决一死战的勇气和才能。德祐元年年底，在他主持之下，局势朝着越来越不利于宋朝的方向发展，除了彻底投降以外，已没有其他回旋余地。文天祥、张世杰提出迁都到东南部地区，以图背水一战，胆小的陈宜中否决了这项提议，一意求和。

德祐二年（1276 年）正月，元军进驻皋亭山（浙江杭州市东北郊），临安城里一片混乱。陈宜中以及朝中文武百官纷纷逃离临安。谢太后无计可施，只好派临安知府贾余庆以恭帝名义奉传国玉玺及降表，到皋亭山向伯颜请降。但伯颜对这份降表仍不满意，如仍称宋朝国号、未向元朝称臣等，他要求南宋派宰相来面议投降事宜。丞相陈宜中的逃跑，使谢太后等怒不可遏。她只好在朝中选择可担大任者，派当初组织"勤王兵"的状元大臣、时任丞相的文天祥和吴坚与伯颜议和，但没有结果。是年二月，元军进入临安。三月，皇帝及皇亲、后宫人员数千人被元军押解北上。至此，南宋王朝实际上已经灭亡了。陈宜中也在逃往温州的过程中丧母，从此过着国亡家破的生活，漂泊在海上。

南宋军民的抗元斗争并没有中止，幸免于难的大臣们又在当年五月初一拥立了益王赵昰为皇帝，即是宋端宗。

宋端宗，名赵昰，度宗庶长子，母淑妃杨氏。咸淳五年（1269 年）生，景炎三年（1278 年）卒。终年九岁。

益王时仅八岁，广王五岁，二人尚不谙人事，更别提处理军国大事，经略闽、广了。三位提举皆是国戚，杨亮节与俞如珪更是二王的母舅，以此三人辅政，实是代行其事。二王出判闽、广，幸免罹被俘厄运，为恭帝以后的抗元斗争保留了一个民众向往的中心。

元军入杭前，驸马都尉杨镇等人护送广王和益王离京，同行的还有赵昰的母亲杨淑妃。元丞相伯颜占领临安，派部将范文虎领兵追至婺州，要杨镇交出二王。杨镇思忖道：皇上已降，二王是度宗仅存的两个儿子，不能落入元人之手。于是决定自己返回临安，临行前跟二王说道："我前往就死，以缓和追兵。两位殿下速离此地，不可滞留。"途中遇到范文虎，杨镇骗他说二王已至任所，范文虎只好押着杨镇回去交差。杨亮节等人背负益王、广王在山中隐藏了七天，才脱离危险，逃到温州。

临安沦陷后，南宋一些不甘就范的文臣武将，得知益王、广王抵达温州，都怀着东山再起的心情前去投奔。当时为签书枢密院事的陆秀夫就在这时辗转来到温州。随后，张世杰率领的一支水军也扬帆赶到，陈宜中出逃带来的船队，恰好又停泊在温州附近的清澳，于是昔日宋室的这批重臣，如今又聚集在二王的麾下。陈宜中、张世杰、陆秀夫等大臣立时拥戴赵昰为天下兵马都元帅，广王为副元帅，同时发布檄文，诏示各地忠臣义士紧急勤王，光复宋朝。随后元帅迁往福州。少帝被掳北上后，陈宜中、张世杰、陆秀夫等人就在德祐二年五月初一，拥立益王赵昰为帝，改元景炎，册立杨淑妃为杨太妃，与赵昰一起听政。陈、张、陆三人各被委以重职，组成行朝的权力中枢，企图重整旗鼓，中兴朝政。

小皇帝端宗即位以后，重新为亡宋的抗元斗争注入了生机。扬州城由淮东制置使李庭芝和姜才防守，元将阿术久攻不下。先是派李虎到扬州劝降，被李庭芝杀死，又派使者拿来太皇太后谢氏的手诏招降，李庭芝义正词严地对使者说：奉诏守城，没听说过以诏谕降。恭帝和全太后被掳北上，途经瓜洲，姜才领兵数千人出战，想夺回恭帝及全太后。元军主帅阿术再次派人劝姜才投降，姜才凛然回答道："吾宁死，岂能作降将军！"阿术派兵据守高邮、宝应，断绝他的粮道。攻占泰州新城后，又将夏贵的淮西降卒赶到城下，用以劝降。手下幕僚也劝他早想退路，李庭芝说："我只求一死而已！"元世祖亲自下诏招降，李庭芝把来使斩首，把诏书烧掉。当时，扬州已成孤城，粮食已经吃尽，就煮牛皮充饥，有的士兵甚至杀死自己的儿子充饥，但李庭芝和姜才仍然率军继续抗战。益王在福州即位后，派使者召他们二人赶赴福州，李庭芝就让淮东制置副使朱焕守扬州，自己准备同姜才一起从海路南下。不料，李庭芝刚离扬州，朱焕就献城降元。元将得到情报后，率军急进，将李庭芝、姜才包围于泰州。泰州主将献城投降，李庭芝与姜才被俘。阿术将姜、李二人同时杀害，扬州百姓听到噩耗，没有不落泪的。

景炎二年三四月间，元朝内部不靖，元世祖召还南方两军阵前将领，放慢了征服南方的步伐，宋朝收复了一些失地。这段时间非常有限，元朝内乱平定之后，元世祖再次发动了攻势。

八月，元军元帅李恒派兵增援赣南，自己率军攻击江西安抚使文天祥的大本营。文天祥没有料到元兵的反攻如此迅速，仓皇迎战失利，所率宋兵遗散殆尽，妻子幕僚都被元军俘虏。

南宋军民拒不臣服，激怒了元世祖忽必烈，他清楚地知道：流亡的海上朝廷一日不除，南宋臣民对大元的抵抗便一日不会停止。九月，他火速命令塔出、李恒、吕师夔等率步卒进军大庾岭，忙兀台、唆都、蒲寿庚、刘深率舟师下海，双管齐下，剿灭行朝。

七月，元将唆都增援泉州，正在攻打蒲寿庚的宋将张世杰被迫还师浅湾，元将刘深尾随追来，张世杰迎战失利，护端宗逃亡秀山，又转往珠江口外的井澳。端宗和他的小朝廷不得不继续游荡在海上。

景炎三年（1278年）四月，漂泊海上百余日的小皇帝端宗再也无法承受颠簸无常的海上生涯，病死在广州湾的硇洲，年仅九岁。

投降元军以后，宋恭帝被送到上都，忽必烈封他为瀛国公。或许是为了排解亡国之恨，长大以后的赵㬎醉心于研究佛学。元世祖于是下令让他入吐蕃学习佛学。元代高僧释念常在《佛祖通载》中记载："宋主以王位来归，学佛修行。帝大悦，命削发为僧宝焉。"

赵㬎最终在西藏定居三十四年，公元1323年，这位曾经的南宋皇帝，现在的元朝俘虏，西藏的得道高僧，结束了他的一生，享年五十三岁。至于赵㬎是自然死亡，还是被赐死，至今仍存有争议。

与宋恭帝相比，赵昰的一生要更加悲凉。当元军兵临临安，宋恭帝被谢太后抱着向元军投降时，年幼的赵昰，则在母亲杨淑妃和弟弟赵昺等人的陪同下，由江万载父子护送着出逃婺州。来到婺州以后，陆秀夫带着一部分南宋大臣来投，但是这里终究无法立足，赵昰只能继续被人带着向南逃跑。

可是天大地大，却没有南宋的容身之所，元军不断南下追击，赵昰等人只能不断向南撤离。宋军离开以前，曾开仓济民，所以直到元军占领福州以后，还有当地百姓祭祀赵昰、文天祥等人。

对于赵昰来说幸运的是，他身边有对他忠心耿耿的江万载和张世杰等人，可是不幸的是，即使有他们拼死抵抗，赵昰还是只能逃到海上，在海上漂泊，还要时刻警惕元军的追击。

景炎三年（1278 年）三月，元将刘深率军追击宋端宗。江万载父子奋力击退刘深，但他们却不幸遭遇台风，年幼体弱的宋端宗被卷入海浪当中。年过七十的江万载看到小皇帝落水以后，奋不顾身扑入海中将宋端宗救起，但他自己却被海浪吞噬。

看到朝夕相伴在自己身边的江万载因救自己而被巨浪吞噬，宋端宗连害怕带伤心，染上疾病。又加上元军追赶甚急，宋端宗只能浮海逃跑，不到十岁的小皇帝怎能经得起这样的折磨，不到一个月，他就在碙洲去世，葬于永福陵（今香港大屿山）。

宋端宗去世以后，陆秀夫、张世杰、江万载之子江钲于同月在碙洲拥立赵昺为帝，改年号为"祥兴"，是为宋末帝。不久以后，文天祥被元军俘虏，督军府瓦解，南宋失去了一支重要的力量。

其实这个时候所有人都知道，南宋灭亡已是大势所趋，但不论是陆秀夫还是张世杰，都不愿意背叛南宋，他们率领南宋最后的力量，在崖山与元军展开决战。战前张世杰命人将岛上的行宫军屋全部焚毁，人马全部登船，以示破釜沉舟的决心；他还将帝昺的座船安置在中间，诏示将士与舰船共存亡。

最终，南宋与元军在崖山展开了残酷的海战，经过激战，宋军最后不支，败给元军。祥兴二年（1279 年）三月左丞相陆秀夫见大势已去，背起年仅九岁的小皇帝跃入海中，以身殉国。听到这个噩耗以后，南宋军中哭声震天，几万人跟随陆秀夫和小皇帝投海殉国。

张世杰率领一部分水军突围出来，部下劝他上岸躲避，但被他拒绝，他绝望地说道："无以为也。我为赵氏，亦已至矣，一君亡，复立一君，今又亡。我未死者，庶几敌兵退，别立赵氏以存祀耳。今若此，岂天意耶！"说罢，张将军投海殉国。自此，南宋彻底宣告灭亡。

其实，不论是投降的宋恭帝，还是病逝的宋端宗，抑或是投海殉国的宋末帝，南宋的灭亡都与他们没有直接关系，相反，他们悲惨的一生，是南宋造成的。宋末三帝出生在国家倾覆的时代，这也决定了他们悲惨的一生。但是，在这个过程当中，南宋也涌现出一大批如陆秀夫、文天祥、张世杰、江万载等贤臣良将和慷慨殉国的数十万大宋军民，他们可能"不识时务"，他们或许"不知进退"，但也正是他们用自己的牺牲，谱写了一首南宋的慷慨悲歌。正如文天祥那句诗"人生自古谁无死，留取丹心照汗青"。

大统一的元朝

忽必烈灭亡南宋后，统一了中华大地，一个规模空前的、大一统的王朝出现在世界的东方。《元史·地理志序》说："自封建变为郡县，有天下者，汉、隋、唐、宋为盛，然幅员之广，咸不逮元。汉梗于北狄，隋不能服东夷，唐患在西戎，宋患常在西北。若元，则起朔漠，并西域，平西夏，灭女真，臣高丽，定南诏，遂下江南，而天下为一。故其地北逾阴山，西极流沙，东尽辽左，南越海表。"元朝的疆域为历代之最，巩固了统一的多民族国家的基础。

大一统局面的形成，一方面是历史轨迹发展的必然；另一方面，也有赖于忽必烈为了加强中央集权、巩固统治所采取的诸多举措，"文治"为他的"武功"提供了制度保障。

全国统一以后，忽必烈采取了一系列措施，以确保对全国的控制。

1286 年更定官职，规定行省长官不带相衔，只称某处行省某官。且规定行省一般长官为平章事。从此行省成为地方的高级行政组织，一直为后世所沿用。

1276 年 3 月，忽必烈明令扩江南已附州郡军器，接着又连续下令平毁沿淮、襄汉、荆湖诸城及吉、抚二州城（隆兴滨西江保留）、夔府城壁及川蜀城邑山寨洞穴五十处（渠州礼义城等三十三处拨兵据守）。按照蒙古旧行办法，忽必烈为了加强对所有亡宋官员的防范与控制，敕令江南归附官员三品以上者，都要派一个孩子作为人质，到大都充当皇帝的侍卫。1276 年、1278 年、1279 年，忽必烈又三次拣选江南精锐军队编入侍卫亲军。其余的原南宋军士，都进行了招收改编，依旧例月支钱粮，称之为"新附军"，与原有的蒙古军、探马赤军和汉军同构成为按不同民族或地区所组成的军种。探马赤军是由蒙古人以外的诸部族所组成。平宋初期，忽必烈派军队驻防各地，军官并兼领民职。1278 年，从襄加带之请，始令军民各异其属，如北方制度。

1270 年，鉴于驻防的军官因久戍一地而发生强占田产、为虐百姓的现象，又决定改变江南领军世守而不迁易的做法，限以岁月，实行迁调。

全国统一后，忽必烈在 1276 年定度量衡制，以统一江南斗斛，规定一石当元七斗。禁止使用私制的度量衡器具，犯者笞五十七。

1276 年，元朝灭南宋，统一天下后，张文谦以昭文馆大学士身份领太史院事，全面负责制历工作。王恂、郭守敬等人在张文谦的支持、领导下，率南北日官在全国范围内进行了空前规模的四海测验，掌握了大量准确的天文数据，1280 年，新历告成，忽必烈赐名《授时历》，下诏颁行。《授时历》是我国历代古历中最优秀的一种历法。它的天文数据是古历中最精确和最先进的，许多方面都远远走在当时西方的前面。

元朝实现统一之后，表面看似政治鼎故革新，经济欣欣向荣，权臣大权独揽、官吏贪污腐败、百姓分等级治理等巨大弊端尚未充分暴露。比起后世的皇帝，忽必烈在位期间，不失为元朝统治的"黄金时代"。

忽必烈一共生了十二个儿子。

长子：朵尔只，早卒。

次子：真金（1273 年立为太子，1285 年病死，其第三子铁穆耳成为元成宗）。

三子：忙哥剌（1272 年封安西王，镇关中）。

四子：那木罕（1284 年改封北安王，先镇阿力麻里，后改镇漠北）。

以上几个儿子都是正后察必所生，他们的地位比其他的皇子要高。

五子：豁里台。

六子：忽哥赤（1267 年封云南王，镇云南）。

七子：爱牙赤（封大王）。

八子：奥都赤（西平王，镇吐蕃）。

九子：阔阔出（宁远王，镇西北）。

十子：忽都鲁帖木儿，早卒。

十一子：脱欢（镇南王，初镇湖广，改置扬州）。

十二子：铁蔑赤。

忽必烈对儿子们的教育和要求都是比较严格的。

1294 年正月二十二日（阳历 2 月 18 日）午夜，忽必烈在大都病死，寿八十，在位共三十五年。遗体循蒙古国礼，殡殓于萧墙之帐殿。二十四日早发灵，由健德门北去，往葬漠北起辇谷祖陵。皇孙铁穆耳经忽里勒台选举嗣位皇帝，是为成宗。五月，上尊谥称圣德神功文武皇帝，庙号世祖。蒙语尊称薛禅汗（"薛禅"蒙语意思是贤者）。

忽必烈是一个伟大的历史人物，这一点是千古无异词的。